뤼팽 베스트 걸작선

뤼팽 베스트 걸작선

모리스 르블랑 지음 박현석 옮김

동해출판

04

02

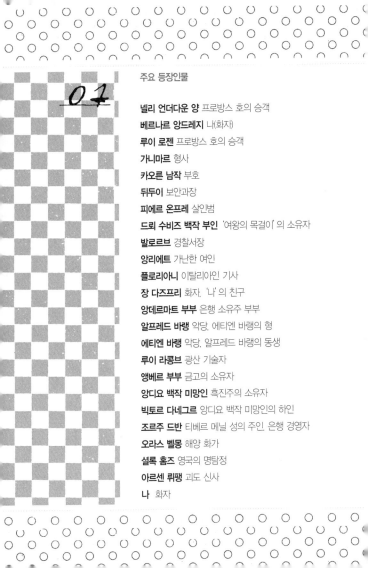

주요 등장인물

아르센 뤼팽의 체포

참으로 이상한 여행이었다! 처음에는 그렇게 좋았었는데! 나는 지금껏 그렇게 느낌이 좋고 상쾌한 여행을 단 한번도 해본 적이 없었다. 기선 프로방스 호(號)는 대서양 횡단 쾌속 정기선이었으며 선장은 상냥하기가 그지없는 사람이었다. 승객들 역시 모두 훌륭한 사람들뿐이었다. 서로가 자연스럽게 친해져 즐거운 시간을 보내게 되었다. 일상 세계에서 분리되어 미지의 섬에 남겨진 우리들은 누가 먼저랄 것도 없이 친밀해질 수밖에 없는 분위기에 한껏 잠겨 있었다.

그래서 우리들은 서로 가까워질 수밖에 없었다.......

여러분들은 한 번이라도 생각해본 적이 있습니까? 어제까지만 해도 전혀 알지 못하던 사람들이 며칠 동안 끝없는 하늘과 망망한 해양 사이에서 더할 나위 없이 친밀한 생활을 하며 언제 일어날지 모르는 바다의 격한 분노와 무시무시한 풍랑의 습격, 그리고 잠든 듯한 바다의 음험한 정적을 함께 견뎌야 한다는 사실 속에 예기치 못할 뜻밖의 사건이 숨겨져 있는지를.......

왜냐하면 결국 인생 자체가 험난한 풍설과 위대함 그리고 단조로움과 복잡함까지도 그대로 극적으로 압축하여 살아가는 것과 같기 때문이다. 따라서 사람들은 출발하기 전부터 이미 그 끝이 보이는 이러한 단기간의 여행에도 뜨거운 의욕으로 미친 듯한 정념을 담아 그것을 즐기려는 것일지도 모른다.

그런데 몇 년 전부터 전해 내려오는 항해의 감격에 또다른 풍취를 더해주는 새로운 무엇인가가 나타났다. 기선이라는 이 떠 있는 섬, 세상에서 해방되었다고 믿게 하는 이 작은 섬도 여전히 세상과 연결되어 있는 것이다. 하나의 연결고리가 바다 위에서 점점 풀어져가지만 그와 동시에 이것은 바다 위에서 또다른 하나의 연결고리가 되어가는 것이다. 무선전신의 발명이 바로 그것이다! 아주 신비한 방법으로 뉴스를 전해오는 그것은 별세계로부터의 호출이다! 인간의 상상력은 이제 더 이상, 보이지 않는 통신이 전해지는 전선 안의 공동을 상상할 수 없다. 신비로움은 더욱 알 수 없고 더욱 시적인 것이 되었기 때문에 이 새로운 신비를 설명하기 위해서는 바람의 날개를 단 전령의 도움을 얻는 것 외에 달리 방법이 없을 것이다.

이런 이유로 우리들은 항해를 시작한 처음 몇 시간 동안 속삭이는 듯한 먼 목소리에 추격당하기도 하고, 보호받기도 하고, 선도되기도 하고 있는 듯 느꼈던 것이다. 처음에는 두 친구가 내게 소식을 전해왔다. 이어서 열 사람, 스무 사람이 공간을 넘어서 우리 모두에게 자신들의 희비가 엇갈리는 작별의 인사를 보내왔다.

그러던 중 거센 바람이 불던 어느 둘째 날 오후, 프랑스 해안에서 500마일 떨어진 해상에 다음과 같은 전문을 보내왔다.

「아르센 뤼팽이 기선 안에 있음/일등/금발/오른 팔에 상처/혼자 여행/가명 R……」

바로 그 순간 어두운 하늘로 격렬한 번개가 지나갔다. 전파는 여기서 끊겼다. R이하의 전문이 도착하지 못한 채 끝나버렸다. 아르센 뤼팽이 그 그림자 밑에 몸을 숨겼다는 가명은 머리글자밖에 알 수가 없었다.

만약 이것이 다른 종류의 뉴스였더라도 비밀은 배 안의 무선국 기사를 비롯하여 사무장, 선장에 의해서 철저하게 지켜졌을 것이라고 나는 믿어 의심치 않는다. 하지만 세상에는 제아무리 비밀로 해두어도 새나가는 사건이 존재하는 법이다. 어떤 경로로 전해졌는지는 아무도 알 수 없었지만 그 날 우리 모두는 그 유명한 아르센 뤼팽이 이 배 안에 숨어 있다는 사실을 알게 되었다.

하필이면 아르센 뤼팽이 같은 배에 타고 있다는 것이다! 최근 몇 개월 동안 모든 신문들이 대담무쌍한 행적을 전하기에 여념이 없었던 그 신출귀몰한 도둑이 같은 배에 타고 있다는 것이다! 프랑스 최고의 형사인 가니마르와 목숨을 건 멋진 결투를 벌인 수수께끼와도 같은 그 인물이 같은 배에 타고 있다는 것이다! 당당한 성채나 부호의 살롱 이외에는 손을 대지 않는다는 저 변화무쌍한 신사, 어느 날 밤 몰래 숨어들어간 쇼르만 남작 집에 「괴도 신사 아르센 뤼팽, 가구가 진품으로 바뀌는 날을 기다렸다가 다시 찾아뵙겠습니다.」라는 글을 명함 구석에 남기고 빈 손으로 나왔다고 하는 그 아르센 뤼팽이 같은 배에 타고 있다는 것이다! 운전사로도, 테너 가수로도, 출판업자로도, 양가집 도련님으로도, 소년으로도, 노인으로도, 마르세유 태생 상인으로도, 러시아 태생 의사로도, 스페인의 투우사로도 변신하는 천의 얼굴을 가진 아르센 뤼팽이 같은 배에 타고 있다는 것이다!

상상할 수 있겠는가! 아르센 뤼팽이 대서양 항로의 정기선이라는 비교적 좁은 공간을 오간다는 사실, 아니 그보다 더 심각한 것은 끊임없이 서로 얼굴을 마주치는 일등선객 전용의 이 좁은 구석, 이 식당, 저 살롱, 흡연실에 있는 것이다! 어쩌면 저 신사가 아르센 뤼팽일지도 모른다. …… 아니면 저 사람일지도…… 식탁에서 내 옆에 앉았던 사내일지도……. 나와 같은 선실을 쓰고 있는 저 사람일지도 모르는 것이다.

다음날 넬리 언더다운 양이 호들갑스럽게 외쳤다.

"이런 상태가 앞으로 닷새나 계속 돼야 하다니! 도저히 견딜 수 없는 일이야. 빨리 체포하지 않고 뭐하는 거지?"

그리고 나를 향해서 말했다.

"이봐요 앙드레지 씨. 당신은 선장과 아주 친하게 지내는 사이가 됐으니 물어보는 건데 뭐 알고 있는 거라도 없나요?"

넬리 양의 마음에 들기 위해서라도 나는 무엇인가를 알고 있었으면 했다! 왜냐하면 그녀는 어디를 가더라도 가장 먼저 사람들의 눈에 띄는 절세미인이기 때문이었다. 특히 이런 부류의 여자들은 그 아름다움과 함께 재산으로도 사람들의 시선을 끄는 힘을 가지고 있다. 그녀들 주위에는 늘 기분을 맞춰드는 무리들과 열렬한 구애자들이 반드시 따라다니기 마련이다.

파리에서 프랑스인 어머니 손에 자란 그녀는 시카고에 살고 있는 백만장자인 아버지 언더다운 씨를 만나러 가는 중이었고, 친구인 제를랑 양이 동행하고 있었다.

사실 처음에 나는 그저 놀이 상대 후보로서 그녀를 대한다는 마음뿐이었다. 하지만 선박여행의 특성상 급격히 진행되는 친밀함의 영향으로 그녀의 매력이 갑자기 나의 마음을 사로잡아버렸다. 덕분에 그녀의 커다랗고 검은 눈동자가 나의 눈동자와 마주칠 때마다 나는 놀이 상대치고는 지나치게 감동하고 있는 나 자신을 느끼지 않을 수 없었다. 어쨌든 그녀는 내가 바치는 경의에 호의를 보이며 받아들였다. 그리고 그녀는 재담에 기뻐하기도 했으며, 나의 경험담에 흥미를 가져주기도 했다. 은근한 동정으로 내비치는 나의 진심에 대해 답해주고 있었다.

다만 마음에 걸리는 경쟁자가 한 명 있었다. 외모도 출중하고 사려 깊으며 우아한 청년이었다. 때에 따라서는 이 남자의 조용한 성격을, 파리 사람인 나의 개방적인 태도보다 더 마음에 들어하는 듯 보일 때도 있었다.

넬리 양이 내게 질문했을 때 그녀를 둘러싼 찬미자들 속에 그도 함께 섞여 있었다. 우리들은 갑판에 있는 흔들의자에 기분 좋게 앉아 있었다. 전날 밤의 폭우로 맑게 씻겨진 하늘을 보는 쾌적한 시간이었다.

"아가씨, 사실 저도 확실한 내용은 아무것도 몰라요. 하지만 아르센 뤼팽의 개인적인 원수, 가니마르가 하듯 우리 손으로 직접 훌륭하게 조사를 할 수 있지 않을까요?"

내가 그녀에게 대답했다.

"어머! 어머! 너무 성급하시네요."

"어째서죠? 문제가 그렇게 복잡한가요?"

"복잡하고 말고요."

"그건 당신이 문제를 해결하는 데 도움이 될 단서를 잊고 있기 때문이에요."

"단서라니요? 어떤 단서를 말하는 거죠?"

"첫째, 뤼팽은 R...... 씨라는 가명을 쓰고 있다는 점."

"단서 치고는 좀 부족한 듯하네요."

"둘째, 그는 혼자 여행을 하고 있다는 점."

"그런 특징이 무슨 도움이 된다는 거죠?"

"셋째, 금발이라는 점."

"다음은 어쩌겠다는 거죠?"

"우선 승객들 명단을 조사해서 여기에 해당되지 않는 사람들의 이름을 지워나가면 될 겁니다."

나는 주머니 속에 가지고 있던 승객 명단을 꺼내어 한번 훑어보았다.

"우리들의 주의를 끌기에 충분한 머리 글자를 가진 승객은 13명이라는 사실을 알았습니다."

"겨우 13명이라고요?"

"일등석 승객은 13명입니다. 13명의 R...... 씨들 중에서 9명은 보시는 바와 같이 부인, 자녀, 하인을 동반하고 있죠. 그렇다면 남은 것은 혼자 여행하고 있는 4명뿐이니 한명씩 살펴보죠. 우선 드라베르당 후작......."

"대사관 서기관이에요. 내가 알고 있는 분이죠."

넬리 양이 옆에서 말을 끊으며 말했다.

"로손 중령......."

"우리 큰아버지시다."

누군가가 말했다.

"리볼타 씨."

"네, 접니다."

무리 중 한 명이 외쳤다. 소리 난 곳을 바라보니 그는 이탈리아 사람으로 얼굴 대부분이 검은 턱수염으로 뒤덮여 있었다.

넬리 양이 큰 소리로 웃었다.

"이 사람을 금발이라고 하긴 힘들겠는데요."

"그렇다면 이 명단에 마지막으로 남은 한 사람이 범인이라는 얘긴데."

내가 말했다.

"그게 누구죠?"

"바로 로젠 씨예요. 누구 로젠 씨를 아는 사람 있습니까?"

모두가 잠잠했다. 그런데 넬리 양이, 내가 경계하고 있던 그 조용한 청년을 부르며 말하는 것이었다.

"어머, 로젠 씨, 대답 안 하실 거예요?"

순간 모든 사람들의 시선이 그에게로 쏠렸다. 그는 금발이었다.

솔직히 말하자면 나는 약간 섬뜩함을 느꼈다. 그리고 우리들 위를 덮친 어색한 침묵이 그 자리에 있던 사람들 전부가 나와 마찬가지로 충격을 받았다는 느낌을 전해주었다. 하지만 이는 말도 안 되는 소리였다. 이 젊은 신사의 태도에는 그 어떤 의심스러운 부분도 없었기 때문이었다.

그가 말했다.

"왜 제가 대답하지 않았냐고요? 실은 이름도 그렇고, 혼자 여행하고 있다는 점도 그렇고, 그리고 머리색을 봐도 그렇고 그 범인의 모습과 너무도 흡사하여 나 또한 지금과 같은 방법으로 조사를 해봤는데 결국 같은 결론에 도달하게 되었습니다. 즉, 나 또한 내가 체포되어야 한다고 생각하고 있소!"

이 말을 할 때 그는 어딘지 모르게 이상한 모습을 보였다. 탄력이라고는 조금도 없어 보이는, 마치 두 줄기 선과 같은 얇은 입술이 한층 더 얇아졌으며, 핏기가 가셔 파랗게 보였고 반대로 눈에는 핏발이 서 있었다.

물론 농담을 한 것이 분명했다. 그럼에도 불구하고 우리들은 그의 표정과 태도에 신경을 쓰지 않을 수 없었다. 넬리 양이 천진한 목소리로 물었다.

"하지만 당신은 상처가 없잖아요?"

"그렇습니다. 상처만 없습니다."

그가 신경질적인 몸짓으로 소매를 걷어올려 팔뚝을 내보였다. 그런데 그 순간 어떤 생각이 내 머리를 스치고 지나가면서 나의 눈과 넬리 양의 눈이 마주쳤다. 그렇다, 그가 보인 것은 왼쪽 팔이었다!

나는 이 점에 대해서 확실하게 말할 생각이었다. 그런데 갑자기 넬리 양의 친구인 제를랑 양이 허겁지겁 뛰어들어왔기 때문에 그냥 지나치고 말았다.

그녀는 몹시 당황스러운 표정을 짓고 있었다. 모든 사람들이 그녀를 둘러쌌다. 숨을 고르려 상당히 노력한 끝에 그녀는 간신히 이렇게 중얼거렸다.

"제 보석을, 진주를! ...... 전부, 도둑맞았어요! ......"

하지만 실제로 전부 도둑맞은 것은 아니었다. 나중에 알게 된 사실이지만 이상하게도 훔친 녀석은 물건을 골라서 가져갔다.

도둑은 다이아몬드로 만든 별 모양 머리장식, 루비 펜던트, 목걸이, 팔찌들로부터 커다란 보석이라고는 할 수 없지만 최고 품질의 최고급, 즉 부피는 크지 않지만 최대의 가치를 지닌 것들만 빼가지고 간 것이었다. 테이블 위에 꽃 모양 장식이 나뒹굴어져 있었다. 나는 그것을 본 적이 있었다. 우리들은 모두 그것을 본 적이 있었다. 아름다운 꽃잎, 아름다운 색색의 빛나는 꽃잎을 뜯긴 꽃처럼 장식되어져 있던 보석들은 모두 뜯겨져 있었다.

그런데 도둑질을 하기 위해서는, 제를랑 양이 차를 마시러 간 사이에 그것도 한낮, 사람들이 빈번하게 오가는 복도에서 선실의 자물쇠를 뜯어낸 후 모자를 넣는 상자 밑바닥에 일부러 숨겨놓은 조그만 주머니를 찾아내어 그것을 열어 보석을 선택하는 수고를 해야만 했다!

그 순간, 도둑맞았다는 사실을 안 모든 승객들은 이것이 아르센 뤼팽의 범행이라고 보고 있었다. 틀림없이 이것은 복잡하고 기괴한 사건으로 짐작하기는 힘들지만 그럼에도 불구하고 합리적인 그만의 독특한 수법이었다. 왜냐하면, 장식품 전부를 긁어모은다면 부피가 크기 때문에 감추기 힘든 물건이 되지만 하나하나 떼어낸 진주와 에메랄드, 사파이어 등의 알맹이라면 그와는 비교할 수 없을 정도로 취급하기 쉬워지기 때문이다!

한편, 그 날 저녁 식사 때 로젠의 양 옆자리에는 아무도 앉지 않아 빈 채로 있었다. 그날 밤, 사람들은 그가 선장에게 불려갔다는 사실을 알게 되었다.

이제 누구도 의심하지 않게 된 로젠의 체포가 모두를 진심으로 마음 놓이게 하였다. 이것으로 한동안 숨을 돌릴 수 있었다. 그날 밤, 사람들은 여흥을 즐기기도 하고 춤을 추기도 했다. 특히 넬리 양은 놀랄 정도로 활달했다. 덕분에 나는 로젠이 그녀에게 나타낸 호의에 처음에는 기뻐했을지 몰라도 이미 그녀는 그에 대해 완전히 잊어버렸다는 사실을 알 수 있었다. 또한 그녀의 아름다움에 나는 완전히 정복당하고 말았다. 자정에 가까운 시간, 휘영청 밝은 달빛 아래서 나는 내 연모의 정을 담아서 그녀에게 고백했다. 그녀도 그리 싫지만은 않은 눈빛이었다.

그런데 다음날, 놀랍게도 로젠은 증거불충분이라는 이유로 자유의 몸이 되었다.

그는 보르도에 살고 있는 대상인의 아들이라는 정식 서류를 제시해 보였다. 그리고 그의 양쪽 팔뚝 어디에서도 상처의 흔적을 찾아볼 수가 없었다.

로젠의 적들이 큰 소리로 말했다.

"서류? 신분증명? 녀석은 아르센 뤼팽이라고. 그런 것쯤은 얼마든지 제시할 수 있을 거야! 상처도 처음부터 없었을 거야. ...... 만약 있었다 하더라도 틀림없이 지워버렸을 거야!"

험담을 하고 있는 무리들에게 보석이 도둑맞은 시간에 로젠은 갑판을 산책하고 있었다는 증거까지 들이대며 항의하는 사람들도 있었다. 그에 대해서 로젠의 적들은 이렇게 반격했다.

"녀석은 아르센 뤼팽이야. 그런 녀석이 자신의 도둑질에 직접 참가할 필요가 어딨겠어?"

그리고 누가 뭐래도, 그를 동정하는 사람들마저도 더 이상 부인할 수 없는 약점이 로젠에게는 있었다. 그 이외에 누가 혼자 여행을 하며, 금발에 R로 시작하는 이름을 가지고 있단 말인가? 로젠이 아니라면 그 전문은 대체 누구를 가리키고 있단 말인가?

점심 식사 몇 분 전에 로젠이 대담하게도 우리들에게로 다가오자, 넬리 양과 제를랑 양이 의자에서 일어나 다른 곳으로 가버렸다.

그녀들은 그를 두려워하고 있는 것이었다.

1시간 후에 손으로 직접 쓴 회람이 승무원을 포함한 모든 등급의 승객들 사이에서 나돌았는데 거기에는 아르센 뤼팽의 가면을 벗기거나 도둑맞은 보석을 가지고 있는 자를 발견한 사람에게는 만 프랑(모리스 르블랑이 이것을 쓸 당시, 프랑의 가치가 지금과 달랐다는 사실을 굳이 떠올릴 필요가 있을까?)을 주겠다는 루이 로젠 씨의 약속이 적혀 있었다.

그리고 로젠은 선장에게 이렇게까지 말했다고 했다.

"만약 그 악당과 맞서 싸우려는 나를 아무도 도와주지 않는다면 혼자서라도 그 녀석을 잡아보이겠다."

하지만 로젠 대 아르센 뤼팽이라기보다 사람들은 아르센 뤼팽 대 아르센 뤼팽이라는 말을 더 즐겨 썼는데 이는 상당히 흥미로운 일이 아닐 수 없었다.

로젠의 몸부림은 이틀간 계속되었다.

로젠이 여기저기 분주히 오가는 모습과 승무원들 사이에 섞여 이것저것 묻기도 하면서 탐색하는 모습을 볼 수 있었다. 심지어 밤에도 어슬렁거리며 돌아다니는 그의 그림자를 볼 수 있었다.

한편, 선장도 매우 활발하게 움직이고 있었다. 위부터 아래까지 구석구석, 프로방스 호 안을 샅샅이 뒤졌다. 모든 선실을 하나도 빼놓지 않고 탐색했다. 범인의 선실 이외의 그 어느 곳에든 훔친 물건을 감출 수 있다는 게 그 이유였다.

"결국에는 어떤 단서든 찾아낼 수 있을 거예요? 그렇죠? 얼마나 뛰어난 마법사인지는 모르겠지만 다이아몬드나 진주를 안 보이게 할 수는 없을 테니까요."

넬리 양이 내게 물었다.

내가 그녀에게 대답했다.

"꼭 그렇지만도 않을 겁니다. 우리들의 모자 속이나 양복의 안감, 몸에 지니고 있는 우리들의 물건을 전부 조사해본다면 또 모르지만요."

나는 그녀의 온갖 자태를 찍기에 여념이 없었던 나의 9×12형 카메라를 가리키며 말을 이었다.

"가령 이렇게 조그만 기계 속에도 제를랑 양의 보석을 전부 넣을 수 있는 공간이 있다는 생각은 안 해보셨나요? 풍경을 찍는 시늉만으로도 충분히 사람들의 눈을 속일 수 있으니까요."

"하지만 그 어떤 도둑도 반드시 증거를 남긴다는 말을 들은 적이 있어요."

"그런데 단 한 사람 증거를 남기지 않는 도둑이 있어요. 그게 바로 아르센 뤼팽이죠."

"어째서죠?"

"글쎄요, 그는 실제로 행하고 있는 도둑질뿐만 아니라, 그것을 배반할지도 모를 모든 조건에 대해서도 생각하고 있기 때문이 아닐까요?"

"당신, 처음에는 좀더 자신감을 갖고 있지 않았나요?"

"그랬죠. 하지만 그 후, 녀석의 실력을 보았기 때문입니다."

"그렇다면 당신 생각으로는?"

"내 생각으로는 이렇게 떠들어봐야 시간낭비일 뿐, 아무런 성과도 얻지 못할 겁니다."

실제로 수색은 아무런 성과도 거두지 못했고, 들인 노력에 어울리지 않는 결과만 있었을 뿐이다. 즉 이번엔 선장의 시계가 도둑맞은 것이다.

화가 난 선장은 도둑잡기에 더욱 열을 올렸으며 로젠을 더욱 엄중하게 감시하며 몇 번이고 그와 이야기를 나누었다. 다음 날, 우습게도 시계는 부선장의 붙였다 뗐다 할 수 있는 셔츠의 칼라 안쪽에서 발견되었다.

이 모든 것이 귀신같은 솜씨로 행해졌을 뿐만 아니라 뤼팽 특유의 유머러스한 수법까지도 나타나기 시작했다. 범인은 틀림없이 도둑이었지만 그와 동시에 호사가이기도 했다. 그는 틀림없이 취미와 천성 때문에 도둑질을 하고 있는 것이었다. 그는 또한 오락을 하듯 도둑질을 하고 있는 것이기도 했다. 자신이 써낸 희곡을 상연케 하고 대기실에서 자신이 만들어낸 대사가, 자신이 생각해낸 장면이 아주 잘 짜여져 있음에 배를 움켜쥐고 웃으며 즐기고 있다는 듯한 인상을 주었다.

어쨌든 그는 개성이 풍부한 예술가임에 틀림없었다. 그리고 뤼팽이라는 독특한 인물이 1인 2역으로 연기하고 있는 것이라 생각되는 내성적인 성격에 고집불통인 로젠을 볼 때면 나는 감탄을 금할 길이 없었다.

그런데 어젯밤에 당직 사관이 갑판의 가장 어두운 부분에서 누군가 훌쩍이며 우는 소리를 들었다. 사관은 소리 나는 곳으로 다가가 보았다. 한 사내가 쓰러져 있었다. 머리는 회색 두꺼운 숄로

덮여 있었으며, 두 손은 밧줄에 묶여 있었다.

사람들이 밧줄을 풀어 그를 안아 일으킨 다음, 응급조치를 해주었다.

그런데 놀랍게도 그는 로젠이었다.

수색하고 있던 로젠이 습격을 받아 무언가에 맞아 쓰러졌으며 품에 품고 있던 물건을 빼앗겼다는 것이다. 입고 있던 옷에 핀으로 꽂아 놓은 종이에는 다음과 같은 말이 적혀 있었다.

「아르센 뤼팽은 감사하는 마음으로 로젠 씨가 내건 현상금 만 프랑을 가져가겠습니다.」

실제로 도둑맞은 지갑 속에는 천 프랑짜리 지폐가 20장 들어 있었다고 한다.

사람들은 당연히 자기 자신을 주인공으로 이런 연극을 꾸민 것이라며 불쌍한 로젠을 공격했다. 하지만 그렇게 단단히 자기 자신을 묶을 수는 없는 일이었고, 종이에 남긴 필적도 로젠의 것과는 완전히 다른 것으로 그것은 배 안에 있었던 지난 신문에 실린 아르센 뤼팽의 필적과 아주 비슷하다는 증거까지 확보하게 되었다.

그렇다면 더 이상 로젠을 뤼팽이라 볼 수는 없는 일이었다. 로젠은 로젠이며, 보르도 상인의 아들이었다! 이렇게 해서 다시 한번 아르센 뤼팽이 실재하고 있음이 밝혀졌다. 그것도 그의 무시무시한 행위에 의해 다가오는 것이었다.

참으로 두려운 일이었다. 선실에 홀로 남아 있을 용기를 가진 자도, 사람들과 떨어진 곳에서 홀로 모험을 즐기는 자도 완전히 사라져버리고 말았다. 사람들은 매우 조심스러워졌으며 서로 믿을 수 있는 사람들끼리 그룹을 만들었다. 그것만으로는 부족했는지, 본능에서 오는 불신감이 가장 친했던 사람들의 사이를 갈라 놓기도 했다. 이유는, 이제 더 이상 공포의 대상은 개인이 아니기 때문이었다. 개인이라면 위험도 더 적어질 텐데 이제 뤼팽은 우리의 동료 모두가 되었다. 우리의 흥분된 상상력은 뤼팽에게 기적적인, 그리고 무한한 능력을 부여했다. 사람들은 뤼팽이라면 생각지도 못했던 그 어떤 모습으로라도 변장할 수 있을 것이라고 생각했다. 존경할 만한 로손 중령이 되었다가, 고귀한 드 라베르 당 후작이 될 수도 있는 일이었으며, 이제는 더 이상 그 의심스러운 머리 글자 같은 것에는 누구도 신경을 쓰지 않게 되었기 때문에 처자나 하인과 함께 있다는 그 사람들까지도 뤼팽이 변장한 것이라고 착각을 하게 되었던 것이다.

신대륙에서 온 첫 전문은 아무런 내용도 전해주질 못했다. 게다가 선장은 우리들에게 아무것도 알려주지 않았다. 하지만 이와 같은 침묵은 결코 우리들을 안심시키는 데 도움이 되질 않았다.

이처럼 항해의 마지막 날은 영원히 계속 될 것 같이 길게만 느껴졌다. 사람들은 무슨 일이 일어날 것만 같다는 불안감에 휩싸여 있었다. 다음에는 단순한 도둑질이나 가해만으로 끝날 것 같지 않았다. 드디어 범죄다운 범죄, 살인이 일어날 것만 같았다. 아르센 뤼팽이 그 정도 하찮은 두 번의 절도로 만족하지는 않을 것이라고 생각하고 있었다. 배 안에서의 권위가 완전히 실추되었으며 그가 절대적인 주인공으로 부상한 지금 바라기만 한다면 그는 어떤 일이라도 할 수 있을 것이다. 그는 배 안의 생명과 재산 모두를 자신의 것으로 삼고 있었다.

하지만 솔직히 말하자면 이는 내게 더할 나위 없이 즐거운 시간이었다. 왜냐하면 넬리 양의 신뢰를 한껏 얻을 수 있었기 때문이었다. 원래 걱정이 많은 성격인데다, 계속되는 사건에 마음이 불안해진 그녀는 아주 자연스럽게 나의 보호를 원하게 되었고 물론나는 그것에 기꺼이 응했다.

즉, 나는 아르센 뤼팽을 축복하고 싶은 기분이었다. 뤼팽 덕분에 그녀와 내가 가까워지지 않았던가? 이 세상에서 가장 아름다운 몽상에 빠질 수 있는 권리가 내게 생긴 것도 전부 뤼팽 덕이 아니었던가? 그것은 사랑의 단꿈이며 실현 불가능한 꿈이 결코 아니라는 사실을 내 어찌 고백하지 않을 수 있겠는가? 우리 앙드레지 일족은 원래 푸아투 지방의 명가였는데 최근 가운이 조금 기운 것도 사실이었다. 따라서 기울어진 가운을 되살리는 것도 남자의 평생 사업에 어울리는 일이라 여기는 마음이 아주 없었던 것도 아니었다.

게다가 이러한 나의 몽상이 넬리를 조금도 기분 나쁘게 하지 않는다는 느낌을 느낄 수 있었다. 방긋이 웃고 있는 그녀의 눈동자가 내게 그것을 허락했다. 그녀의 다정한 목소리는 내게 희망을 가지라는 듯 했다.

이렇게 마지막 순간까지 갑판을 둘러싼 난간에 나란히 기대서서 우리 두 사람은 저 멀리 신대륙의 해안선이 점점 가까워져 오는 것을 바라보고 있었다.

수사는 중단되었다. 사람들은 기다렸다. 위쪽 갑판에서부터 이민자들로 북적이는 중간 갑판에 이르기까지 곳곳에서 사람들은 불가사의한 수수께끼가 풀리는 그 마지막 순간을 기다리고 있었다. 아르센 뤼팽은 대체 누구란 말인가? 어떤 가명, 어떤 가면 속에 그 유명한 아르센 뤼팽이 숨어 있단 말인가?

드디어 그 마지막 순간이 다가오고 있었다. 설령 앞으로 백 년을 더 산다 해도 나는 그 순간에 일어난 사소한 일까지도 전부 잊을 수 없을 것이라고 생각했다.

"넬리 양, 얼굴이 창백한데요."

당장에라도 쓰러질 듯 내 팔에 기대있던 그녀에게 말했다.

"어머, 그렇게 말씀하시는 당신 얼굴도 창백해요. 처음과 많이 달라졌어요!"

그녀가 대답했다.

"당연히 그렇겠죠! 가슴이 설렐 정도로 중요한 순간인 걸요. 난 기뻐요, 넬리 양. 지금 이렇게 당신 가까이서 숨을 쉴 수 있다는 게. 당신은 틀림없이 지금 이 순간을 오래도록 기억하겠죠. 그걸 생각하면……."

그녀는 몹시 지친 나머지 더 이상 나의 말이 귀에 들어오지 않는 듯했다. 트랩이 내려졌다. 하지만 우리들이 자유롭게 배에서 내리기에 앞서 세관원과 제복을 입은 사람들, 우편배달부 등이 배 위로 올라왔다.

넬리 양이 중얼거렸다.

"아르센 뤼팽이 항해 도중에 탈출했다 해도 나는 놀라지 않을 거예요."

"그러면 불명예보다 죽음을 택할 테니 체포되느니 차라리 대서양에 뛰어들었을지도 모르죠."

"농담은 그만두세요."

그녀가 귀찮다는 듯이 대답했다.

나는 갑자기 몸이 떨려왔다. 그녀가 이유를 물어와 내가 대답했다.

"갑판 끝에 있는 조그만 노인 보이죠?"

"우산을 손에 들고 자주색 프록코트를 입은 저 사람이요?"

"저 사람이 가니마르입니다."

"가니마르라면?"

"맞아요. 반드시 자기 손으로 아르센 뤼팽을 잡아 보이겠다고 큰 소리 치고 있는 유명한 형사죠. 드디어 이유를 알았어요. 왜 대서양 건너편 이쪽에서 정보가 전혀 들어오지 않았는지. 거기에는 가니마르가 와 있었던 거예요. 그는 자신의 일에 대해서 타인이 왈가왈부하는 걸 싫어하거든요."

"그럼 뤼팽은 이제 확실히 잡히는 건가요?"

"글쎄요? 가니마르도 변장한 뤼팽밖에 본 적이 없다고 하니까요. 가명을 알고 있다면 얘기는 또 달라지겠지만......."

"아! 뤼팽이 체포되는 장면을 보고 싶어요!"

흔히 여성들에게서 볼 수 있는 잔혹할 정도의 호기심에 휩싸인 채로 그녀가 말했다.

"기다려봅시다. 틀림없이 아르센 뤼팽도 벌써 자신의 적이 나타났다는 사실을 눈치챘을 테니까요. 그는 늙은 형사의 눈이 피곤해질 때를 기다렸다가 마지막이 되어서야 내릴 테니까요."

상륙이 시작됐다. 태연한 표정으로 지팡이 대신 들고 있던 우산에 몸을 기댄 채 서 있기는 했지만 가니마르는 양쪽 손잡이 사이로 몰려든 사람들에게는 그다지 신경을 쓰지 않는 듯했다. 가니마르의 뒤편에 서 있는 한 선원이 때때로 그에게 설명을 해주고 있다는 사실을 나는 깨달았다.

드 라베르당 후작도, 로손 중령도, 이탈리아 사람인 리볼타도 배에서 내렸고 다른 많은 승객들도 뒤를 이었다. 나는 로젠이 다가오고 있다는 사실을 깨달았다.

가엾은 로젠! 그는 자신에게 일어난 불행한 사건들을 아직 완전히 떨쳐내지 못한 듯했다!

"어쩌면 우리의 짐작처럼 로젠이 뤼팽일지도 모르겠네요. 어떻게 생각하세요?"

넬리 양이 내게 말했다.

"가니마르와 로젠이 함께 있는 모습을 찍으면 아주 재밌을 거예요. 제 카메라로 찍어주지 않으시겠어요? 나는 짐이 너무 많아서 찍을 수가 없으니까요."

나는 그녀에게 카메라를 넘겨주었다. 하지만 그녀가 사진을 채 찍기도 전에 로젠은 배에서 내려버렸다. 뒤쪽에 서 있던 선원이 가니마르의 귓가로 입을 가져갔다. 그러자 늙은 형사는 가볍게 어깨를 들썩였을 뿐, 로젠은 그대로 지나쳐갔다.

그렇다면 과연 누가 아르센 뤼팽이란 말인가?

"대체 누구란 말이죠?"

그녀가 말했다.

이제 승객은 20명 정도밖에 남질 않았다. 넬리는 이 20명 중에 제발 그가 없기를 바란다는 듯 두려운 모습으로 그들을 한명 한명 살펴보았다.

내가 그녀에게 말했다.

"이제 우리도 더는 기다릴 수 없을 거 같은데요."

그녀가 발걸음을 떼기 시작했다. 나도 그 뒤를 따랐다. 우리들이 채 열 걸음도 걷기 전에 가니마르가 우리 앞을 가로막고 섰다.

"왜 길을 막는 거요?"

내가 외쳤다.

"선생, 잠깐만. 무슨 급한 일이라도?"

"나는 이 아가씨와 함께라고요."

"잠깐."

한층 더 명령적인 목소리로 그가 되풀이했다.

그가 뚫어져라 나를 바라봤다. 그리고 가만히 내 눈 속을 들여다보면서 말했다.

"아르센 뤼팽 아닌가?"

내가 웃으며 말했다.

"아니요. 나는 베르나르 앙드레지일 뿐이오."

"베르나르 앙드레지는 3년 전에 마케도니아에서 죽었소."

"만약 베르나르 앙드레지가 죽었다면 나도 이 세상에 없게요? 하지만 보시는 바와 같이 나는 이렇게 살아있습니다. 정 의심스럽다면 제 서류를 살펴보시죠."

"그건 틀림없이 그의 서류야! 원한다면 어떻게 그걸 자네가 가지고 있는지 내가 설명해줄 수도 있다네."

"무슨 소리요? 사람 잘못 봤소. 아르센 뤼팽은 R로 시작되는 이름으로 배를 탔다고 하지 않소."

"그렇지. 그것도 자네가 부린 수작이지. 대서양 건너편에서 자네는 그런 식으로 사람들을 속여왔지! 정말 놀라운 솜씨야. 하지만 이제 자네도 운이 다한 듯하네. 어떤가? 자네는 그 이름 높은 뤼팽이 아닌가? 자네가 사내라는 걸 보여줄 때가 왔네."

순간 나는 주저했다. 가니마르가 내 오른쪽 팔을 힘차게 내려쳤다. 나는 고통을 참지 못하고 비명을 질렀다. 그 전문에 있었던 것처럼 아직 채 아물지 않은 상처를 친 것이었다.

드디어 모든 것이 끝났다. 나는 넬리 양을 바라보았다. 그녀는 파랗게 질려서 당장이라도 쓰러질 듯한 모습으로 우리들의 대화에 귀를 기울이고 있었다.

서로의 시선이 부딪쳤다. 그 다음 내가 건네준 카메라로 시선을 떨구었다. 그녀는 갑자기 서두르기 시작했다. 그것을 본 순간 나는 그녀가 한순간에 모든 것을 깨달았을 거라고 확신할 수 있었다. 그렇다. 가니마르에게 체포되기 직전에 조심스레 그녀에게 건네준, 검은 가죽으로 둘러싸인 그 조그만 물건 속 좁은 공간에 로젠의 이만 프랑과 제를랑 양의 진주와 다이아몬드가 들어 있었던 것이다!

아! 신께 맹세코 나는 말할 수 있다. 가니마르와 그의 두 부하들이 나를 둘러싼 그 엄숙한 순간, 내게 있어서 내가 체포되었다는 사실이나 사람들의 적의 같은 것은 아무래도 좋은 일이었다. 오직 하나, 내가 맡긴 카메라에 대해서 넬리 양이 어떤 결론을 내릴지, 거기에만 온통 신경이 쏠려 있었다.

내게 불리한 결정적 물적 증거가 밝혀질지도 모른다는 두려움은 조금도 없었다. 그 증거물을 넬리 양이 형사에게 제출할 것인지, 오직 그 한 가지 사실만이 나의 관심의 대상이었다.

과연 그녀는 나를 배신할 것인가? 그녀 때문에 궁지로 내몰리게 될 것인가? 그녀는 냉정한 적이 되어 행동할 것인가? 아니면 추억을 잊지 못하는 여자, 다소간의 관용과 동정이 경멸하는 마음을 달래주는 여자로 행동할 것인가?

그녀는 내 앞을 지나쳐갔다. 나는 말없이 깊이 허리를 숙여 인사했다. 다른 승객들에 섞여서 그녀는 트랩 쪽으로 걸어갔다. 내 카메라를 손에 든 채…….

그녀도 사람들 앞에서는 차마 증거물을 제출할 수는 없었을 것이라고 나는 생각했다. 한 시간 후, 아니면 몇 분 후에 그녀는 그것을 형사에게 제출할 생각이리라.

그런데 트랩 중앙쯤에서 그녀는 발을 헛디딘 시늉을 하더니 손에 들고 있던 카메라를 방파제와 배 사이에 있는 바닷물 속으로 떨어뜨리고 말았다.

점점 멀어져 가는 그녀의 모습을 바라보았다.

아름다운 그녀의 모습이 군중 속으로 사라졌다. 다시 한번 모습이 보이더니 이내 사라져버리고 말았다. 이것으로 끝이었다. 영원히 끝이었다.

순간 나는 외로움과 동시에 달콤한 기분을 느끼며 움직임을 멈췄다.

"나도 내 자신이 원망스럽소. 성실하지 못한 내 자신이……."

나도 모르게 내뱉은 한숨 섞인 이 말에 가니마르도 놀란 듯했다.

이상이 어느 겨울 밤, 아르센 뤼팽이 내게 직접 들려준 체포되었을 때의 상황이다. 뒤에 다시 얘기하겠지만 어떤 우연한 사건을 계기로 그와 나 사이에는 우정 — 이라고 나는 감히 말한다 — 이 싹텄다. 그렇다. 나는 아르센 뤼팽이 나에 대해서 우정을 품고 있다고 생각한다. 그가 생각지도 않았던 때에 불쑥불쑥 찾아오는 것도 바로 이 우정 때문일 것이다. 내 서재의 조용한 분위기에, 그가 자신 특유의 생생한 활기와 삶에 대한 열렬한 빛과 운명이 호의적인 웃음으로 밖에는 답할 수 없는 인간 특유의 밝음을 가져다주는 것도 바로 그 우정이 있기 때문일 것이다.

그의 모습? 내가 어찌 그걸 묘사할 수 있겠는가? 지금까지 나는 스무 번 아르센 뤼팽을 만났지만 내가 본 것은 스무 번 전부 다른 모습을 한 사람이었다. ...... 아니 오히려 동일한 한 사람이지만 서로 다른 스무 개의 거울이 제각각 변형된 이미지를 비쳐보였다고 해야 옳을 것이다. 서로 다른 눈빛이 있었고, 서로 다른 얼굴의 윤곽이 있었으며, 독특한 몸짓과 모습, 그리고 다른 성격이 있었다. 그가 한 말이 떠오른다.

"나도 누가 진짜 나인지 잘 모르겠소. 거울을 들여다봐도 그게 정말 나인지 알 수가 없소."

물론 틀림없이 역설일 테지만, 그와 동시에 그를 본 적이 있으면서도 그의 무한한 능력이나 강한 인내력, 얼굴을 바꾸는 기술, 얼굴의 표정과 이목구비의 상호 비율까지도 바꿔버리는 그 천재적인 능력을 깨닫지 못한 사람들에게는 진실이기도 하다. 그리고 그는 이런 말을 한 적도 있었다.

"내 어찌 언제나 같은 외모를 할 수 있겠소? 언제나 같은 성격을 갖고 있다는 그 위험을 내 어찌 피하지 않을 수 있겠소? 내 행위만으로도 충분히 나를 나타내고 있을 텐데."

그는 매우 자랑스럽다는 듯이 말했다.

"누구도 '이 사람이 바로 아르센 뤼팽이다!' 라고 마음 놓고 장담할 수 없다는 것은 참으로 고마운 사실이오. 중요한 것은 누구나 '이것은 뤼팽이 한 짓이다.' 라고 확실하게 말할 수 있게 한다는 거지."

어느 겨울 밤, 내 서재의 침묵 속에서 친절하게도 그가 밤새 들려준 이야기를 바탕으로 나는 지금부터 그의 행동의 일부를, 모험의 일부를 재현해 보일 생각이다.......

감옥 안 뤼팽의 여흥

　모름지기 여행을 즐기는 사람이라 불릴 만한 이들 중에 센 강변의 아름다운 풍경을 모르는 사람은 없을 테지만, 특히 그 부근에 있는 쥐미에주에서 생 - 방드리유의 폐허까지 이어지는 길 옆, 강 중간 암석 위에 자리 잡고 있는 말라키의 아늑하고 독특한 봉건 시대 성을 모르는 사람도 없을 것이다. 이 고성과 도로 사이에는 아치형 다리가 놓여 있다. 우뚝 솟아 있는 망루는 그것을 받치고 있는 커다란 화강암 덩어리와 연결되어 있다. 어떤 대지진에 의해서 어느 산에서부터 떨어져 나와 이 강물 속으로 던져진 것인지 궁금해질 정도로 거대한 바위였다. 고성 주위에는 잔잔히 흐르던 강물이 갈대 사이를 소리 내며 흐르고 있었고 여울목의 젖은 조약돌 위로는 할미새들이 꼬리를 흔들며 쉬고 있었다.

　말라키 성의 역사는 '부정한 입수(入手)'를 뜻하는 그 이름만큼이나 거칠며, 그 모습만큼이나 복잡하다. 그것은 투쟁과 침략, 돌격과 강탈, 살육의 연속이었다. 코 지방의 야화에는 반드시 이 성을 무대로 펼쳐졌던 수많은 범죄가 전율과 함께 등장하며, 신비에 넘친 수많은 전설이 전해지고 있다. 예전에 쥐미에주 사원과 샤를 7세의 아름다운 애첩 아녜스 소렐의 거처 사이에 연결되어 있었던 유명한 지하통로도 곧잘 화제에 오르곤 한다.

예전에는 영웅들과 도적들의 거처였던 이 낡은 성에 지금은 나탄 카오른 남작이 살고 있다. 그는 예전에 증권가에서 '사탄 남작'이란 별명으로 불리던 사람으로 너무 빨리 돈을 벌었다는 느낌을 주는 인물이었다. 말라키 성의 성주는 파산하여 하는 수 없이 조상 대대로 내려오던 이 성을 거의 공짜나 다름없는 가격으로 남작에게 팔았다. 성을 사들인 남작은 오래된 가구 · 회화 · 도자기 · 목조 조각 등 멋진 소장품들을 이 낡은 성안으로 옮겨왔다. 그는 나이 든 세 명의 하인과 함께 이곳에서 독신으로 생활하고 있었다. 찾아오는 사람도 전혀 없었다. 따라서 그가 소유하고 있는 루벤스 3점, 와토 2점, 명공 장 구종이 만든 설교단과 그 외의 수많은 명품들, 그리고 그가 경매장에서 한 호사가와 경쟁하여 손에 넣은 명기를 이 고풍스러운 방에서 감상한 사람은 아무도 없었다.

사탄 남작은 두려워하고 있었다. 그가 걱정하는 것은 결코 자신의 신상에 관한 것이 아니었다. 끊임없이 풍류를 사랑하는 마음과 그 어떤 교활한 상인에게도 속아본 적이 없는 뛰어난 직감으로 모은 명품의 신상에 관한 것이었다. 그는 진심으로 자신의 수집품들을 탐욕스러운 수전노처럼 전전긍긍하고, 질투심 깊은 연인처럼 사랑했다.

매일 해가 떨어짐과 동시에, 다리 두 끝과 성의 정문을 지키는 네 개의 철문을 닫고 거기에 빗장을 채웠다. 그 어떤 조그만 충격에도 벨이 침묵을 깨고 요란스레 울려댔다. 센 강쪽으로는 바위가 절벽을 이루고 있었기 때문에 어떤 불안도 있을 수 없었다.

그러던 9월의 어느 금요일, 평소와 다름없는 시간에 우편배달부가 다리 끝에 모습을 나타냈다. 역시 평소와 다름없이 남작이 육중한 철문을 반쯤 열었다.

몇 년 동안이나 보아오던 사람이라는 사실 따위는 잊은 듯, 남작은 이 시골사람의 한가로워 보이는 숨김없는 얼굴과 영악해 보이는 눈빛을 꼼꼼하게 점검했다. 우체부가 어이없다는 듯이 말했다.

"남작님, 언제나 변함없이 접니다. 이 옷과 모자를 훔쳐 변장을 한 수상한 사람이 아니라고요. 걱정마세요."

"그건 알 수 없는 일이지."

카오른이 중얼거렸다.

우체부가 신문을 한 묶음 내밀었다. 그리고 덧붙여 말했다.

"그리고 남작님, 오늘은 다른 게 한 가지 더 있습니다."

"다른 거?"

"편지에요. 무슨 서류라고 하는데요."

친구도, 자신을 걱정해줄 만한 사람도 전혀 없는 고독한 처지로 남작에게 편지가 올 일은 어디에도 없었다. 따라서 그는 이 보기 드문 사건이 불길한 조짐이라는 사실을 예감할 수 있었다. 숨어 살고 있는 이 성까지 쫓아온 알 수 없는 발신자는 대체 누구란 말인가?

"여기에 사인을 좀 해주세요, 남작님."

그는 불평을 하면서 사인을 했다. 그런 다음 편지를 받았다. 우체부가 모퉁이를 돌아 모습이 보이지 않을 때까지 지켜보고 있다가 한동안 이리저리 서성이더니 드디어 다리 난간에 몸을 기대고 봉투를 뜯었다. 안에서 '파리 라 상떼 형무소'라는 주소가 적힌 모눈종이가 한 장 나왔다. 서명을 보니 '아르센 뤼팽'이라고 적혀 있었다. 놀란 그는 편지를 읽기 시작했다.

「남작님께

댁의 두 응접실을 연결하는 갤러리에 있는 필리프 드 샹페뉴의 매우 훌륭한 유화가 제 마음에 쏙 들었습니다. 남작님의 루벤스도 제가 좋아하는 것입니다. 그리고 가장 조그만 와토도 마찬가지입니다. 오른쪽 응접실에 있는 것 중에서는 루이 13세 시대에 만들어진 찬장과 보베 산 융단장식, 야콥의 서명이 새겨진 제정시대의 원탁, 르네상스 시대의 궤짝이 마음에 들었습니다. 왼쪽 응접실에 있는 것 중에서는 보석과 미니어처를 진열해 놓은 장식장이 좋겠습니다.

우선 이번에는 쉽게 매각할 수 있는 위의 품목들로 만족할 생각입니다. 죄송하지만 적당히 포장해서 제 이름으로(운송비도 전부 지불한 뒤) 오늘부터 8일 이내에 바티뇰 역까지 보내주십시오. 만일 도착하지 않았을 경우에는 9월 27일 수요일에서 28일 목요일에 걸친 저녁에 제가 직접 가서 그것을 옮기겠습니다. 그리고 제가 직접 가게 되면 상기의 품목만으로는 결코 만족하지 않을 테니 그리 알고 계십시오.

잠시나마 소란을 피워 죄송합니다만 부디 제 진심어린 존경의 말을 받아주시기 바랍니다.

아르센 뤼팽

P.S. 와토의 가장 큰 작품은 보낼 필요 없습니다. 공립 경매장에서 삼만 프랑이라는 큰 돈을 주고 입수하신 물건이지만 안타깝게도 그것은

모조품입니다. 진품은 집정내각시절에 바라스가 광란의 파티를 벌이다 태워먹고 말았습니다. 아직 발표되지 않은 『가라트 회상록』을 참조하십 시오.

　그리고 루이 15세 양식의 허리띠 장식도 모조품인 듯하니 받지 않겠 습니다.」

　이 편지는 카오른 남작을 경악케 했다. 설사 다른 사람의 서명 이라 할지라도 무척이나 당황했겠지만 다름 아닌 아르센 뤼팽의 서명이었으니 남작이 경악하는 것은 당연한 일이었다.

　평소 신문을 꼼꼼히 읽는 남작은 세상에서 일어나는 도둑질 이나 살인사건에 대해서는 누구보다 잘 알고 있었다. 게다가 무 시무시한 도둑 뤼팽의 범행에 대해서라면 모르는 것이 하나도 없 는 남작이었다. 뤼팽이 그의 숙적인 가니마르에 의해 미국에서 체포되어 투옥되었다는 사실도, 커다란 난항이 예상되는 그에 대 한 예심이 지금 진행 중이라는 사실도 남작은 잘 알고 있었다. 하 지만 남작은 그런 사실들과 마찬가지로 뤼팽은 그 어떤 일이든 할 수 있다는 사실을 잘 알고 있었다. 실제로 이 고성에 수장되어 있는 회화와 고가구의 배치에 대해서 정확히 알고 있다는 사실도 그에 대한 실증 중 하나였다. 누구에게도 보여준 적이 없는 이들 수집품에 대해서 대체 누가 그에게 알려주었단 말인가?

　남작은 눈을 들어 고성 말라키의 장엄한 모습과 험준한 지대와 그것을 둘러싼 깊은 강물을 바라보았다. 그리고 어깨를 한번 들 썩였다. 쓸데없는 걱정이다. 위험은 어디에도 없었다. 이 세상 그 누구도 그의 수집품이 모셔져 있는 이 성전에 숨어들어올 수는 없을 것이다.

그렇다. 그 누구도 들어올 수 없을 것이다. 하지만 아르센 뤼팽은 어떨까? 그에게 철문이나 도개교, 성벽과 같은 장애물이 과연 존재하기나 하는 걸까? 만약 아르센 뤼팽이 그 목적을 달성하겠다고 결심했다면, 제아무리 정교하게 고안된 장애물과 제아무리 뛰어난 예방법이라도 아무런 도움이 되지 않을 것이다.

그날 밤. 남작은 루앙 시 지방검사국 앞으로 그 협박장과 함께 편지를 써 보내 보호와 원조를 요청했다.

곧바로 지방검사국으로부터 답장이 도착했다. '뤼팽은 지금 라 상떼 형무소 내에 엄중한 감시 하에 수감되어 있어 외부와 편지를 주고받을 수 없는 상황이다. 따라서 이 협박장은 이론적으로 보나, 상식적으로 보나, 일의 전후 사정으로 보나 누군가 장난으로 보낸 것에 불과하다는 사실이 명백해진다. 하지만 신중을 기하는 뜻에서 전문가에게 필적 판단을 의뢰했는데 결과는 다소 비슷하기는 하지만 이것은 복역 중에 있는 뤼팽의 필적이 아닌 것으로 밝혀졌다.' 는 내용이 담겨 있었다.

'다소 비슷하기는 하지만'

남작은 무시무시한 이 한 구절에만 마음이 쏠렸다. 그는 이 구절 속에, 단지 그것만으로도 당국이 관여해야 할 충분한 이유가 있는 것이라고 생각했다. 그의 공포심은 더욱 커져만 갔다. 그는 그 협박장을 몇 번이고 거듭해서 읽었다.

'제가 직접 가서 이것들을 옮기겠습니다.'

그리고 명백하게 밝힌 27일 수요일에서 28일 목요일에 걸친 밤!

의심이 많고 무뚝뚝한 남작은 이 사실을 하인들에게 밝힐 수 없

었다. 그들을 완전히 믿을 수는 없었기 때문이었다. 그런데 평소
와는 달리 이 일을 밝히고 의견을 들어보고 싶다는 욕구에 사로
잡혔다. 국가의 재판소로부터 버림을 받은 그는 앞으로 자신의
힘으로 방어할 수밖에 없다는 사실을 깨닫고 파리로 가서 어떤
고참 형사에게라도 도와달라고 부탁을 해야겠다고 생각했다.

　이런 생각들로 이틀을 보냈다. 3일째 되던 날, 신문을 읽고 있
던 그는 너무 기쁜 나머지 몸을 떨었다. 『르 레베이드 코드벡』이
라는 신문에 다음과 같은 기사가 실려 있었다.

　「보안과 최고의 베테랑 중 한 명인 가니마르 주임이 3주일 전부터 우리 마
을에 체류 중이다. 아르센 뤼팽 체포의 수훈자로서 그 명성을 전 유럽에 떨친
가니마르 씨는 지금 모래무지와 붕어를 낚으며 장기간의 활동으로 쌓인 피로를
풀고 있는 중이다.」

　바로 그 순간 가니마르가 가까운 곳에 와 있다니, 카오른 남작
은 천군만마를 얻은 듯했다! 뤼팽의 음모를 영리하고 끈기 있는
가니마르 말고 그 누가 막을 수 있단 말인가!

　남작은 지체하지 않았다. 코드벡 시는 고성에서 6km 떨어진
곳에 있었다. 그는 희망에 넘친 가벼운 발걸음으로 단박에 달려
갔다.

　주임의 주소를 확인하기 위해서 두세 번 정도 잘못 찾아간 끝에
그는 강변 가운데쯤에 있는 『르 레베이드 코드벡』 편집실을 찾아
갔다. 남작은 그 기사를 쓴 기자를 만나보고 싶다고 했다. 한 기자
가 안내 창구로 다가오더니 이렇게 외치며 말했다.

"가니마르요? 사실 저는 그를 저기서 만났죠. 낚싯대에 새겨진 그 사람의 이름을 우연히 보고 알게 됐죠. 산책로의 가로수 밑에 있는 저 조그만 노인이 가니마르입니다."

"밀짚모자에 프록코트를 입고 있는 저 사람이요?"

"맞아요! 무뚝뚝하고 말이 없는 좀 특이한 사람이죠."

5분 뒤, 남작은 그 유명한 가니마르 곁으로 다가갔다. 그리고 자기소개를 한 다음 여담을 좀 나누려 했지만 그게 마음먹은 대로 잘 되지 않자, 그는 바로 본론으로 들어가 자신이 처한 상황을 설명했다.

상대는 낚싯대에서 시선을 떼지 않고 꿈쩍도 하지 않은 채로 이야기를 듣고 있었다. 그러다 남작 쪽으로 돌아앉아 가엾어서 견딜 수 없다는 듯한 표정으로 머리끝에서 발끝까지 훑어보고는 이렇게 말했다.

"남작, 자신이 미리 물건을 훔치러 가겠다고 예고하지 않는 것이 도둑들의 습관입니다. 특히 아르센 뤼팽은 그런 말도 안 되는 짓은 하지 않습니다."

"그래도......."

"남작, 만약 내게 조금이라도 의심스러운 부분이 남아 있다면, 다시 한번 뤼팽 녀석을 형무소에 처넣는 즐거움에 모든 것을 잊고 몰두할 겁니다. 하지만 안타깝게도 그 젊은이는 지금 형무소에 있습니다."

"만약 탈옥이라도 한다면......."

"라 상떼 형무소에서 탈옥한다는 건 불가능한 일입니다."

"그래도 뤼팽이라면 가능할지도......."

"뤼팽 아니라 그 누구도 빠져나올 수 없습니다."

"그래도……."

"탈옥한다 해도 상관없습니다. 내가 다시 잡아넣을 테니. 그러니 걱정 마시고 편히 주무세요. 그리고 더 이상 붕어들을 놀라게 하지 말아주세요."

대화는 이것으로 끝났다. 남작은 가니마르가 신경도 쓰지 않는 모습을 보고 어느 정도 편안한 마음으로 집에 돌아왔다. 그는 돌아다니며 자물쇠를 점검하고 하인들의 거동을 살펴보기도 했다. 그렇게 다시 48시간이 흘렀고 그러는 동안, 남작은 자신의 걱정이 결국 쓸데없는 망상이었다는 생각이 들기 시작했다. 가니마르의 말처럼 자신이 물건을 훔치러 가겠다고 예고하는 자는 어디에도 없는 법이다.

예고된 날이 다가왔다. 27일 하루 전인 화요일 아침까지는 아무런 일도 일어나질 않았다. 그런데 3시가 되자, 한 소년이 벨을 울렸다. 그 소년은 다음과 같은 내용의 전보를 가지고 왔다.

「바티뇰 역에 아무것도 없음. 내일 밤을 위해 준비해둘 것. 아르센」

남작은 이번에도 역시 극도의 혼란에 빠졌다. 차라리 뤼팽의 요구를 들어주는 편이 더 나았을지도 모른다는 생각까지 하게 되었다.

그는 코드벡으로 달려갔다. 가니마르는 전과 같은 장소에 접는 의자에 앉아 낚시를 하고 있었다. 남작은 아무 말도 하지 않고 그 전보를 내밀었다.

"이게 어쨌다는 거죠?"

가니마르가 말했다.

"어쨌다니요? 드디어 내일입니다!"

"뭐가 말입니까?"

"녀석이 침입해서 도둑질하는 날이요! 내 소장품들이 없어질 거요!"

가니마르가 낚싯대를 놓고 남작 쪽으로 돌아앉았다. 그리고 팔짱을 끼며 짜증 섞인 목소리로 외쳤다.

"당신, 설마 내가 이런 터무니없는 얘기를 믿을 거라고 생각하고 있는 건 아니겠지?"

"당신이 27일에서 28일에 걸친 밤동안 나의 성을 지켜주는 댓가로 얼마의 사례금을 드리면 되겠소?"

"한푼도 필요 없소. 그 대신 날 좀 내버려두시오!"

"금액을 정해보시오. 나는 부자요. 엄청난 부자란 말이요."

무례하기 짝이 없는 이 요구에 가니마르는 온 몸의 힘이 빠져나가는 듯했다. 그는 생각을 바꿔 지금까지와는 달리 조용한 목소리로 말했다.

"지금 나는 휴양 차 여기에 와 있는 몸입니다. 사건에 관여할 권리가 내게는 없......."

"아무한테도 얘기하지 않겠습니다. 무슨 일이 일어나든 침묵을 지키겠다고 약속하겠습니다."

"아무 일도 일어나지 않을 겁니다."

"어떻습니까? 삼천 프랑이면 되겠습니까?"

가니마르가 담배를 하나 꺼내 물었다. 그리고 잠깐 생각에 잠겼다가 말했다.

"알겠습니다. 단, 이거 하나는 솔직하게 말해두어야겠군요. 그 돈은 시궁창에 버리는 것과 같은 것이요."

"그건 아무래도 상관없습니다."

"그렇습니까? 그럼 받아두죠. 상대는 뤼팽입니다. 무슨 짓을 할지 알 수 없죠! 부하들도 여럿 거느리고 있을 테고. 댁의 하인들은 믿을 만합니까?"

"그게 좀......"

"그렇다면 그들은 믿지 말도록 합시다. 전보로 듬직한 친구 둘을 부르겠습니다. 그러는 편이 더 안심할 수 있을 듯합니다. ......자, 그만 돌아가세요. 같이 있는 모습은 보이지 않는 게 좋습니다. 그럼 내일 9시경에 뵙겠습니다."

아르센 뤼팽이 예고한 그 다음 날, 카오른 남작은 벽에 걸어두었던 무기를 가져다 손질을 했다. 그리고 말라키 성 주위를 둘러보았다. 특별히 의심스러운 점은 발견되지 않았다.

저녁 8시 30분, 그는 하인들에게 휴가를 주었다. 그들은 거리로 면한 조금 구석진 곳에 있는 별채의 한쪽 끝에서 살고 있었다. 혼자 남은 남작은 조용히 네 개의 문을 열었다. 얼마 지나지 않아서 누군가 다가오는 발자국 소리가 들렸다.

가니마르가 두 조수를 소개했다. 황소처럼 강인해 보이는 어깨와 곰과 같은 손을 가진 커다란 사내들이었다. 그리고 어떻게 된 것인지 설명을 해달라고 했다. 일단 성 안을 살펴본 뒤, 만약을 대비해서 위협을 받고 있는 두 방으로 통하는 모든 창과 문을 꼼꼼

하게 밀폐하고 벽면을 살펴본 뒤 벽의 장식을 들춰보았다. 그런
다음 마지막으로 두 조수를 중앙에 있는 갤러리에 배치했다.

"만전을 기해주게나. 걱정 없겠지? 잠이나 자라고 여기로 부른
게 아닐세. 조금이라도 이상한 일이 있으면 정원 쪽으로 난 창을
열어 나를 부르게. 강 쪽에도 신경을 써주기 바라네. 그런 녀석들
은 10m 정도 높이의 절벽 같은 건 조금도 두려워하지 않으니 말
일세."

그는 두 사람을 갤러리 안에 가둬버렸다. 그리고 열쇠를 꺼내든
뒤 남작에게 말했다.

"그럼 이제 우리도 자리를 찾아갑시다."

그는 미리 봐둔, 두 대문 사이의 두꺼운 성벽 중간에 만들어진
조그만 방에서 밤을 지내기로 했다. 그곳은 예전에도 야간경비를
서던 곳이었다. 밖을 내다볼 수 있는 창이 다리 쪽으로 하나 나 있
었으며, 또다른 하나는 정원 쪽으로 나 있었다. 구석에 우물처럼
생긴 둥그런 구멍이 있었다.

"남작, 틀림없이 이 우물이 지하도로 통하는 유일한 입구라고,
그리고 예전에 이미 그 통로를 막아버렸다고 말씀하셨죠?"

"그렇습니다."

"그렇다면 뤼팽만이 알고 있는 다른 출입구가 없는 한, 우리들
은 마음을 놓아도 되겠습니다."

그는 의자 세 개를 나란히 늘어놓았다. 거기에 길게 누워 파이
프에 불을 붙이고 한숨을 쉬었다.

"남작, 내가 이렇게 한심한 일을 하기로 한 것은 사실 내가 노
후에 살 생각으로 있는 집을 한 층 더 올리고 싶었기 때문이에요.

언젠가 이 이야기를 나의 친구인 뤼팽에게 들려줄 생각인데 그럼 녀석은 배를 움켜쥐고 웃어댈 거예요."

남작은 웃지 않았다. 시시각각 깊어만 가는 불안한 마음에, 가만히 귀를 기울인 채 주위의 침묵 속으로 빠져들었다. 때때로 우물 위로 몸을 굽혀 입을 떡 벌리고 있는 구멍 밑을 불안한 눈빛으로 들여다보곤 했다.

11시, 12시 그리고 1시를 알리는 종소리가 울렸다.

남작은 갑자기 가니마르의 팔뚝을 움켜쥐었다. 깜짝 놀라 형사가 눈을 떴다.

"들리죠?"

"네."

"저건 무슨 소리죠?"

"내 코고는 소리에요!"

"아니에요. 잘 들어보세요 ...."

"앗! 그렇군. 저건 자동차 경적소립니다."

"그렇다면?"

"뤼팽이 당신의 성을 부수기 위해서 자동차를 몰고 올 리도 없으니 걱정 말아요. 내가 당신이라면 조금이라도 더 자겠어요. ...... 미안하지만 난 이만 눈을 붙여야겠네요. 안녕히 주무세요."

이것이 마지막 말이었다. 가니마르는 곧 깨었던 잠에 다시 들 수 있었다. 그리고 남작은 그가 규칙적으로 크게 코를 곯아대는 소리 외엔 아무것도 듣질 못했다.

새벽녘, 그들은 자신들이 있던 조그만 방에서 나왔다. 상쾌한 기운과 더불어 맑은 물가에 아침의 평화가 고성을 감싸고 있었다. 너무나도 기쁜 나머지 카오른의 얼굴에서는 빛이 나는 듯했다. 가니마르는 여전히 느긋한 표정이었다. 두 사람은 계단을 올랐다. 아무런 소리도 들리지 않았다. 이상히 여길만한 것은 아무 것도 없었다.

"남작, 내가 말한 대로지요? 역시 이 일은 맡는 게 아니었어요. 창피해서 어디 가서 말도 못하겠어요."

그는 열쇠꾸러미를 꺼내 갤러리 안으로 들어갔다.

두 형사는 의자 위에 웅크리고 앉아서 두 팔을 축 늘어뜨린 채 완전히 잠들어 있었다.

"꼴들 좋다. 뭐하는 짓들이야!"

가니마르가 소리를 질렀다.

"앗, 그림이 없어졌어! …… 찬장도……."

그는 숨넘어가는 소리로 계속해서 더듬거렸다. 텅 비어버린채, 못만 덩그러니 박혀 있는 빈 벽 쪽으로 손을 가리키며 중얼거렸다.

"와토가 사라졌다! 루벤스도 도둑맞았다! 장식용 융단도 벗겨 갔고, 장식장 속의 보석도 모두 사라졌다!"

"내 루이 15세 양식의 대형 촛대! …… 그리고 18세기 촛대가! …… 12세기 성모상도! …… 모두 없어졌어."

절망한 그는 당황하며 우왕좌왕했다. 자신이 사들였던 가격을 생각했다. 그에 따른 피해액을 계산한 뒤 숫자를 더해갔다. 횡설 수설, 알 수 없는 말들을 더듬더듬 이어갔다. 분하고 억울한 마음에 제정신을 잃고 발을 동동 굴렀다. 허공을 감싸쥐며 몸부림 쳤다. 완전히 파산하여 자신의 머리에 총구를 들이대는 것 외에 달리 방도가 없는 사내처럼 보였다.

가니마르의 아연실색한 모습만이 남작을 위로할 수 있는 유일한 것이었는지도 모른다. 남작과는 반대로 가니마르는 전혀 움직이지 않았다. 마치 화석처럼 굳어버린 듯했다. 그는 멍한 눈빛으로 사태를 살펴보고 있었다. 창은? 닫혀 있었다. 문의 자물쇠는? 아무런 일도 없었다. 천장에도 역시 아무런 흔적이 없었다. 마룻바닥에는 구멍 하나 뚫려 있지 않았다. 모든 것이 뤼팽이 말한 대로였다. 즉, 합리적이고 오차 없는 계획에 따라서 모든 일이 진행된 것임에 틀림없었다.

"뤼팽...... 뤼팽 녀석의 짓이다."

멍하게 서 있던 가니마르가 말했다.

그는 느닷없이 두 형사에게로 달려들었다. 이제야 화가 나는 듯했다. 무시무시한 기세로 두 사람을 흔들어대며, 소리를 질렀다. 두 사람은 눈을 뜨지 못했다.

"그럼, 혹시? ......"

가니마르가 말했다.

그는 몸을 웅크려 두 사람을 들여다보았다. 그리고 한 사람씩 주의 깊게 살펴보았다. 두 사람은 완전히 잠에 빠져 있었다. 하지만 이것은 자연스러운 잠이 아니었다.

그가 남작에게 말했다.

"수면제를 먹였군요."

"누가 먹였다는 거죠?"

"거야 말할 것도 없이 뤼팽이지요! ...... 아니면 놈의 지시로 부하가 먹였을지도 모르고요. 녀석이 즐겨쓰는 수법입니다. 아직도 흔적이 생생하게 남아 있어요."

"정말 그렇다면 내가 졌습니다. 어떻게 손써볼 수도 없이."

"정말 어떻게 손써볼 도리가 없군요."

"하지만 어떻게 이런 일이, 이건 너무 잔인합니다."

"고소하실 거죠?"

"무슨 도움이 되겠습니까?"

"어쨌든 일단 고소해보세요. ...... 재판소라면 어떻게 손을 써볼 수도 있을 테니......."

"재판소라고요? 그자들이 어떤 작자들인지 당신도 봐서 아셨을 텐데....... 지금도 찾으려고만 든다면 뭔가 단서가 될 만한 것을 반드시 찾아낼 수 있을 텐데 당신은 조금도 움직이려 들지 않잖아요."

"상대가 뤼팽인데 무엇인가를 찾아낸다고요? 그건 터무니없는 착각입니다. 뤼팽은 절대로 단서가 될 만한 것을 남기지 않습니다! 상대가 뤼팽인 한 우연은 존재하지 않아요! 미국에서 내게 체포된 것도 일부러 그런 게 아닐까 하는 생각이 들 정도입니다."

"그러니까 나는 도둑맞은 그림을 비롯한 모든 물건을 포기해야 한단 말인가요? 하지만 도둑맞은 것들은 내 수집품 중에서도 명품에 해당하는 것들뿐입니다. 찾을 수만 있다면 돈은 얼마든지 낼 생각입니다. 상대가 상대인 만큼 만약 도저히 손써볼 길이 없다면 얼마면 그것들을 되돌려줄 수 있는지 협상을 해볼 생각입니다!"

듣고 있던 가니마르가 남작을 빤히 쳐다봤다.

"그거 좋은 생각이군요. 설마 한 입으로 두말하지는 않겠죠?"

"걱정 마세요. 그런 일은 절대 없을 겁니다. 그런데 그건 왜 물으시는 거죠?"

"내게 좋은 생각이 있어요."

"어떤 생각이죠?"

"우선 수사가 진행되는 걸 지켜보다가 별 진전이 없으면 그때 다시 얘기하도록 합시다. …… 그리고 제가 성공하기를 바란다면 제 이름을 절대로 입 밖에 내서는 안 됩니다."

그리고 그가 중얼거리듯 말을 이었다.

"어차피 자랑할 만한 일은 아니니까."

최면술에서 깨어난 듯한 멍한 모습으로 두 형사는 차차 정신을 차리기 시작했다. 두 사람은 놀랐다는 듯이 눈을 둥그렇게 떴다. 사태를 파악하려고 노력하는 모습이었다. 가니마르가 물어도 두 사람은 아무것도 기억하지 못하는 듯했다.

"그래도 자네들 뭔가 본 게 있을 거 아닌가?"

"아무것도 못 봤어요."

"잘 생각해보게."

"못 봤어요."

"뭔가 마신 건 없었나?"

두 사람은 생각에 잠겼다. 한 사람이 대답했다.

"맞아요. 마셨어요. 물을 조금 마셨어요."

"이 물병에 있는 물인가?"

"네."

"그 물은 나도 마셨어요."

가니마르가 물의 냄새를 맡아보았다. 조금 먹어보았다. 이상한 냄새나 맛은 느껴지지 않았다.

가니마르가 말했다.

"이쯤에서 그만두세. 어차피 시간 낭비야. 뤼팽이 낸 문제를 이렇게 간단하게 풀 수 있을 리가 없지. 확실히 말해두겠네만 내 그 녀석을 다시 한번 체포해주지. 이번 두 번째 대결에서는 내가 졌지만 결승전에서는 반드시 이겨보이겠네!"

그날로 카오른 남작은 라 상떼 형무소에 수감되어 있는 뤼팽을 상대로 절도에 관한 고소장을 제출했다!

말라키 성이 경찰들과 검사, 예심판사, 신문기자, 들어가서는 안 될 곳이라면 어디든 숨어드는 구경꾼들로 북적대기 시작하자 남작은 고소한 것을 몇 번이고 후회했다.

사건은 세상의 여론을 들끓게 했다. 사건이 특수한 상황에서 일어났고, 아르센 뤼팽의 이름이 세상사람들의 상상력을 강하게 자극했기 때문에 황당무계한 여러 얘기들이 신문에 실리게 되었고, 사람들은 그것을 그대로 믿어버리게 되었다.

그런데 『에코 드 프랑스』지가 게재한(누가 그 내용을 통보했는지 끝끝내 밝혀지지 않았지만) 아르센 뤼팽의 첫 번째 편지, 카오른 남작이 뻔뻔스러운 범인으로부터 예고를 받았던 그 편지가 더욱 커다란 파문을 일으켰다. 곧 터무니없는 해설들이 줄지어 실렸다. 유명한 그 지하도의 존재가 끊임없이 도마 위에 올랐다. 여론의 영향을 받아서 검찰 당국까지 그쪽으로 조사를 집중했다.

덕분에 그 고성은 위부터 아래까지 샅샅이 조사를 받았다. 사람들은 돌멩이 하나도 놓치지 않았다. 고급 나무로 짠 마룻바닥, 굴뚝, 거울의 틀, 천장 위에 있는 기둥까지 하나하나 조사했다. 옛날 말라키 성의 성주가 무기와 식료품을 저장하는 데 썼던 넓은 지하실도 횃불을 비춰가며 조사했다. 암석의 내부까지 탐색의 손길이 뻗쳤다. 하지만 이 모든 일들이 헛수고였다. 지하도의 흔적으로 보이는 유물은 그 어디서도 찾아볼 수가 없었다. 비밀통로도 존재하지 않았다.

정말로 존재하지 않는 것일지도 몰랐다. 하지만 가구와 그림들은 유령처럼 사라져버리는 것들이 아니라며 여기저기서 비난의 소리가 높았다. 가구와 그림들은 창이나 문을 통해서 빼낼 수밖에 없다. 그리고 그것을 훔친 사람도 역시 문이나 창을 통해서 들어가고 나와야 하는 법이다. 그렇다면 그 사람들은 대체 누구란 말인가? 그들은 어떻게 해서 들어왔는가? 그들은 어떻게 해서 나갔는가?

자신들의 무력함을 깨달은 루앙 지방검사국은 파리의 형사를 파견해달라고 부탁했다. 보안과장인 뒤두이 씨는 강력반 형사 중에서도 가장 우수한 형사를 파견했다. 과장 자신도 말라키 성 내에서 48시간 동안 머물렀다. 하지만 이 사람도 다른 사람들 이상의 성과를 거두지는 못했다.

그래서 보안과장은 하는 수 없이 이미 몇 번이고 그의 실력을 칭찬해왔던 가니마르를 불러들일 수밖에 없었다.

가니마르는 말없이 상관의 말을 들었다. 그리고 고개를 크게 끄덕이며 말했다.

"성 안은 샅샅이 뒤져봐야 아무런 소용도 없을 것 같습니다. 해결책은 다른 데 있을 듯합니다."

"다른 데라니? 어디를 말하는 거지?"

"아르센 뤼팽이 있는 곳입니다."

"아르센 뤼팽이 있는 곳이라고? 그렇다면 자네는 뤼팽이 범인이라고 생각한단 말인가?"

"저는 그렇게 보고 있습니다. 아니 확실합니다. 저는 뤼팽이 범인이라고 확신하고 있습니다."

"하지만 가니마르, 그건 말도 안 되는 소릴세. 아르센 뤼팽은 형무소에 있질 않은가?"

"아르센 뤼팽은 형무소에, 틀림없이 형무소에 있습니다. 엄중한 감시 하에 있습니다. 그 점에 대해서는 저도 과장님만큼 잘 알고 있습니다. 하지만 설사 그의 발에 족쇄가 채워져 있고, 손목에 수갑이 채워져 있으며, 입에 재갈이 물려져 있다 해도 저는 제 생각을 바꾸지 않을 것입니다."

"그 의견에 왜 그렇게 집착하는 거지?"

"왜냐요? 그렇게 어마어마한 계획을 세우고 그것을 멋지게 성공시킬 수 있는 실력을 갖고 있는 건 오직 한 사람, 아르센 뤼팽밖에 없기 때문입니다."

"가니마르! 그건 그저 헛소문에 지나지 않아."

"헛소문이 아닙니다. 사실입니다. 그런데도 지하도나 축 위에서 회전하는 암석 등 전혀 엉뚱한 곳에서만 찾아내려 법석을 떨었다고 들었습니다. 뤼팽은 그런 낡은 방법은 쓰지 않습니다. 그는 현대를 살아가는 사람입니다. 아니, 오히려 미래를 살아가는 사람이라고 해야 할 겁니다."

"자네는 그렇게 결론지었나?"

"저는 1시간 동안 뤼팽과 함께 얘기를 나눌 수 있도록 허락을 받아야겠다고 결론지었습니다."

"녀석의 감방 안에서?"

"그렇습니다. 미국에서 배를 타고 돌아오면서 우리는 우호적인 관계를 맺게 되었습니다. 그는 자신을 체포한 나에 대해서 약간의 동정심을 품고 있었다고 감히 말씀드릴 수 있습니다. 자신이 위험에 처하지만 않는다면 깨끗하게 모든 것을 제게 말할 겁니다."

가니마르는 12시가 조금 넘은 시각에 뤼팽이 있는 감방 안으로 들어갔다. 침대 위에 누워 있던 뤼팽이 머리를 들더니 환호성을 올렸다.

"야! 이거 귀한 손님이 오셨군. 친애하는 가니마르 나리께서 납실 줄이야!"

"오랜만이야."

"내 스스로 선택한 이 은거생활에 여러 가지 반가운 일들이 있었지만……, 그 중 최대의 것이 바로 당신과의 재회일 거요."

"황송하군."

"농담이 아니오. 내가 그만큼 당신을 높이 평가하고 있단 말이오."

"나도 늘 그게 자랑거리지."

"애초부터 나는 당신을 프랑스 최고의 형사라고 단언해왔소. 셜록 홈즈에 견주어도 전혀 뒤지지 않는다고까지 말했으니까. 내 진심을 알아주기 바라오. 하지만 안타깝게도 나는 이 의자 외에는 권할 게 없소. 시원한 음료수 한 잔, 맥주 한 잔 드릴 수가 없소! 그래도 좀 참아주시오. 여기는 내가 임시로 머물고 있는 곳이니."

가니마르가 빙그레 웃으며 의자에 앉았다. 그러자 뤼팽이 기쁘다는 듯이 다시 입을 열었다.

"이렇게 정직한 사람의 얼굴을 바라보며 눈을 쉴 수 있으니 정말 기분이 좋구려! 내가 탈옥을 계획하고 있지나 않은지 하루에도 열두 번씩 와서 이 남루한 감방과 주머니 속을 감시의 눈길로 바라보는 녀석들의 얼굴에는 이제 신물이 날 정도요. 정부에서 날 그렇게 귀히 여겨준다니 정말 감격했소!"

"정부에서 하는 일은 옳은 일이야."

"무슨 소리? 난 세상 한 구석에서 조용히 살고 싶단 말이오!"

"남들 돈으로?"

"말할 필요도 없지. 한가하고 좋지 않겠소. 이런, 내 쓸데없는 말을 했군. 멍청이 같은 말을 했어. 당신 바쁜 거 아니오? 그럼 얼른 본론으로 들어가도록 합시다. 가니마르. 무슨 일로 날 찾아온 거지?"

"카오른 사건 때문에 왔네."

가니마르가 얼른 대답했다.

"잠깐! 잠깐만 기다려줘....... 관여하고 있는 사건들이 워낙 많아서 우선은 내 머릿속에서 카오른 사건에 관한 서류를 찾아야 하거든....... 자! 됐어. 그래, 카오른 사건, 말라키 성, 센 강 하류....... 루벤스가 2점, 와토가 1점, 그리고 잡동사니들이 몇 개."

"잡동사니라고?"

"아니란 말인가? 그런 건 아무것도 아닐세. 그보다 값진 것들은 얼마든지 있으니까. 당신이 그 사건에 관심이 있다면 얘기는 또 달라지지만....... 말해보게 가니마르."

"우리들의 수사 상황에 대해서 설명할 필요가 있을까?"

"그럴 필요는 없소. 오늘 아침 신문은 이미 읽었으니까. 미안하지만 당신들 수사는 지지부진하다고 할 밖에 없겠소."

"그렇기 때문에 당신의 호의를 바라고 내가 이렇게 찾아온 거요."

"무엇이든 여쭤만 보십시오."

"우선 이것부터 말해줬으면 좋겠어. 사건을 지휘한 게 바로 당신인가?"

"처음부터 끝까지."

"협박장도? 전보도 전부?"

"전부 내가 한 일이요. 거기 어디에 우체국에서 받아온 수령증이 있을 텐데."

침대, 의자와 더불어 이 감방의 가구 전부를 구성하고 있는 조그맣고 초라한 테이블의 서랍을 아르센 뤼팽이 열었다. 거기서 쪽지 두 장을 꺼내더니 가니마르에게 건네줬다.

"앗! 이게 어떻게 된 일이지? 난 자네가 끊임없이 감시를 받으며 수시로 몸을 수색당하고 있다고 생각했는데...... 그런데 신문을 읽었다고 하질 않나, 우체국 수령증을 수집해놓고 있질 않나!"

가니마르가 외쳤다.

"여기 있는 녀석들이 웬만큼 멍청해야 말이지! 쓸데없이 옷의 안감을 까뒤집질 않나, 구두 밑창을 찾아보질 않나, 이 감방의 벽을 두드려보질 않나. 그러면서도 아르센 뤼팽이 이렇게 뻔한 곳에 숨겨둘 만큼 순진한 사람이라는 걸 아무도 눈치 채지 못한단 말이야. 바로 그게 내가 바라는 바이긴 하지만......."

가니마르가 재미있다는 듯이 외쳤다.

"자네는 재미있는 사람이야! 정말 종잡을 수 없는 사람이라고. 자, 그럼 그 사건에 대해서 들어보고 싶은데."

"이런, 아주 바쁘신 모양이군! 내 비밀을 전부 털어놓고, 방법을 밝히라...... 그건 좀 문제가 커질 것 같은데."

"그럼 자네 친절을 믿고 찾아온 내 잘못이란 말인가?"

"아니, 아니오. 가니마르, 당신이 들려달라면 하는 수 없지."

뤼팽이 감방 안을 두어 바퀴 돌았다. 그러다 우뚝 멈춰서더니 이렇게 말했다.

"남작에게 보낸 내 편지에 대해서 어떻게 생각하고 계시는지?"

"장난삼아 관객들을 놀라게 하려고 보낸 것이라 생각하는데."

"뭐라고? 관객들을 놀라게 하기 위해서라고? 좀 의외로군, 가니마르. 솔직히 말해서 난 자네가 좀 더 영리한 줄 알았는데. 나 아르센 뤼팽이 그런 애들 놀음 같은 짓을 할 리가 없지 않은가? 편지를 보내지 않고서도 남작의 물건을 훔쳐낼 수 있었다면 내 뭐하러 편지를 보냈겠소? 당신을 비롯한 모든 사람들이 알아줬으면 하네. 그 편지는 없어서는 안 될 출발점이었으며, 모든 계획의 시발점이었다는 사실을. 그럼 순서에 따라서 당신과 함께 말라키 성에 대한 절도를 계획해보도록 하지."

"나는 가만히 듣고 있겠네."

"그럼, 카오른 남작의 성처럼 문단속이 철저한 성곽을 상상해

보도록 하지. 내가 갖고 싶은 보물이 소장되어 있는 성곽이 접근하기 어렵다는 이유만으로 내가 그것들을 포기하거나 손을 떼거나 하는 일이 있을까?"

"그런 일은 절대로 있을 수 없네."

"예전에 했던 대로 무뢰한들을 이끌고 돌진해 들어가려고 할까?"

"그건 애들 장난이지!"

"그렇다면 몰래 숨어 들어갈까?"

"그건 불가능한 일이고."

"내 생각에 유일하게 남아 있는 방법은 그 성의 주인이 나를 불러들이게 하는 방법일세."

"그거 정말 재미있는 발상이군."

"게다가 아주 쉬운 방법이기도 하지! 생각해보게. 그 성의 주인이 편지를 한 통 받았네. 그 편지에는 아르센 뤼팽이라는 유명한 도둑이 성에 대해서 계획 중인 범죄를 알리는 내용이 적혀 있네. 그가 어떻게 행동하겠나?"

"그 편지를 검사에게로 보내겠지."

"검사는 그를 비웃을 거라네. 왜냐하면 그 뤼팽이라는 작자는 지금 형무소에 갇혀 있거든. 그러면 주인은 당황해서 누가 됐든 처음 만나는 사람에게 구원을 요청하게 될 걸세. 그렇지 않겠나?"

"의심할 여지도 없지."

"그런데 지방 신문에서 휴가를 얻은 유명한 형사가 근처에서 묵고 있다는 기사라도 읽게 된다면......"

"바로 그 형사에게 의뢰를 하겠지."

"당연히 그러겠지. 그런데 만약 일이 그렇게 될 거라고 미리 예상한 아르센 뤼팽이 자신의 친구 중에서 가장 솜씨가 좋은 사람에게 부탁해서 그를 코드벡으로 가게 하고, 남작이 구독하고 있는 신문인 『레베이드』의 기자 중 한 사람과 만나게 해서 자신을 그 유명한 형사라고 믿게 했다면 무슨 일이 벌어지겠는가?"

"기자는 『레베이드』 신문에 그 유명한 형사가 코드벡에서 휴양을 취하고 있다는 기사를 싣겠지."

"잘 아는군. 둘 중 하나인 셈일세. 즉, 카오른을 물고기에 비할 수 있겠는데 그 물고기가 미끼만 물지 않는다면 아무런 일도 일어나지 않게 되는 셈이지. 하지만 이쪽이 더 확률이 높다고 보는데 남작은 서둘러 그를 찾아갈 걸세. 그렇게 되면 카오른은 나로부터 자신을 지키려고 내 친구에게 애원을 하게 되는 셈이지!"

"드디어 본인이 직접 나서서 어서옵쇼, 하는 셈이로군."

"하지만 그 형사도 처음에는 협력하기를 거부하네. 바로 그 때, 뤼팽으로부터 전보가 도착하지. 깜짝 놀란 남작은 내 친구를 찾아가 거듭 애원한다네. 그리고 자신의 안전을 지켜달라며 그에 상응하는 보상을 제공하겠다고 하겠지. 내 친구는 그의 청을 수락하고 다른 친구 중에서 듬직해 보이는 사람 둘을 데리고 성으로 가네. 그날 밤 카오른 남작이 성 안에서 그의 보호자에게 감시를 받고 있는 동안 두 사람이 밧줄을 이용해서 창 밑에 미리 대기하고 있던 배로 몇몇 수집품들을 내려주네. 아주 간단한 일 아닌가?"

"정말 기막히게 멋지군! 계획 전체의 대담함과 세세한 부분에까지 미친 섬세함은 참으로 감탄하지 않을 수 없어! 그런데 그 이름만으로도 그렇게 쉽게 남작을 매달리게 만든 그 유명한 형사라는 게 대체 누구지?'

가니마르가 물었다.

"그럴 만한 사람이 딱 한 사람 있지, 딱 한 사람!"

"누군가?"

"너무나도 유명한 형사. 아르센 뤼팽의 철천지 원수, 가니마르 형사, 바로 당신이오!."

"그게 나라고?"

"그래요. 바로 당신이요, 가니마르. 여기서 무엇보다 재미있는 것은, 만약 당신이 그 성으로 달려가서 남작의 설명을 듣게 된다면 당신은 나를 미국에서 체포해 왔을 때처럼 당신 자신을 체포하는 것이 당신의 의무라는 사실을 깨닫게 되는 거지. 하하하! 정말 멋진 복수 아닌가? 가니마르가 가니마르를 잡게 한 셈이니까!"

아르센 뤼팽이 매우 즐겁다는 듯이 웃었다. 형사는 기분이 상한 듯 입술을 깨물었다. 이 농담의 어느 부분이 그렇게 재미있다는 건지 도무지 이해할 수가 없었다.

마침 간수가 들어왔기 때문에 그는 잠시 마음을 가다듬을 시간을 얻을 수 있었다. 간수는 특별 허가를 얻어 근처 레스토랑에서 만들어 차입되고 있는 뤼팽의 식사를 가져왔다. 음식을 안으로 들여놓고 간수는 그대로 밖으로 나가버렸다. 아르센은 털썩 주저앉아 빵을 잘라 두어 입 베어 물더니 다시 말을 이었다.

"당황할 거 없네, 친애하는 가니마르. 당신은 거기에 가지 않아도 되니까. 깜짝 놀랄 만한 일을 알려주지. 얼마되지 않아 카오른 사건은 취하되고 말 테니까."

"뭐라고?"

"곧 취하될 거라고 했네."

"어떻게 그런 일이 있을 수 있다는 거지? 내 지금 막 보안과장을 만나고 왔는데?"

"그게 어쨌단 말이지? 나에 대해서 뒤두이 과장이 나보다 더 잘 안다는 말인가? 당신도 곧 알게 될 걸세. 가니마르가 — 자네에게는 미안하지만 — 그 가짜 가니마르가 아직도 남작과 친분을 맺고 있지. 남작이 그에게 나와 교섭을 해달라는 아주 미묘한 청을 해왔지. 사실 남작은 그럴 심산으로 지금까지 많은 말을 하지 않은 거야. 남작은 이미 일정 금액을 지불하고 그 소중한 미술품들을 되찾기 위한 작업에 착수했을 걸세. 그 대신 남작은 고소를 취하하도록 되어 있지. 그러니까 도난사건은 없었던 일이 되는 셈이지. 검사국도 결국은 수사를 그만둘 수밖에 없을 거고......"

가니마르가 어이없다는 표정으로 뤼팽의 얼굴을 바라보았다.

"당신이 어떻게 그 사실들을 알고 있는 거지?"

"기다리던 전보가 지금 막 도착했으니까."

"자네가 지금 전보를 받았단 말인가?"

"그렇다네. 지금 막 받았다네. 자네 앞이라 미안한 생각이 들어서 열어보지는 않았지만. 자네만 허락한다면......"

"뤼팽, 날 너무 놀리지 말게나."

"그럼, 친구. 이 계란 반숙을 자네 손으로 가만히 깨보겠나? 그렇게 하면 내가 자네를 놀리는 게 아니라는 사실을 저절로 알게 될 테니까."

가니마르는 반사적으로 뤼팽의 말에 따라서 나이프의 날로 그 계란을 깼다. 자신도 모르게 그의 입에서 놀라움에 넘친 소리가 새어나왔다. 텅 빈 계란 껍데기 속에 파란 종이 쪽지 한 장이 들어 있었다. 뤼팽이 권하는 대로 그는 그것을 펼쳐 보았다. 그것은 전보였다. 정확히 말하자면 지정 우체국과 시간이 적힌 부분만이 제외된 전보의 일부분이었다. 그가 읽었다.

「협상 성립, 십만 프랑 인수, 모든 일 잘 풀림」

"십만 프랑이라고!"

가니마르가 소리쳤다.

"그래, 십만 프랑일세! 그리 큰 돈은 아니지만 요즘은 불경기 아닌가? 워낙 여기저기 드는 돈이 많아서. 내 예산을 알면 자네 까무러칠 걸세. 대도시의 예산과 맞먹으니까!"

가니마르가 자리에서 일어났다. 그는 마음이 완전히 풀렸다. 그는 한동안 생각했다. 이 사건 전체를 놓고 봤을 때 미약한 부분이 있으면 그것을 밝혀내려 노력했다. 그리고 식견이 높은 사람이 진심에서 우러나오는 칭찬을 하는 태도로 말했다.

"당신 같은 사람이 그렇게 많지 않다는 게 그나마 다행이로군. 아니었으면 나도 이 장사 못해먹을 뻔했어."

순간 아르센 뤼팽이 겸손한 태도를 보이며 대답했다.

"무슨 그런 말씀을! 때로는 무료함을 달래보기 위해서 장난도 쳐보고 싶어지는 법 아닌가? 그리고 이번 계획은 내가 감옥에 없었더라면 성공할 수 없는 성질의 것이기도 했고."

"뭐라고? 자네에 대한 재판, 자네에 대한 변호, 예심 취조 이런 것들만 해도 심심풀이로는 충분하지 않은가?"

"그것 가지고는 모자라네. 나는 내 재판에 출석하지 않기로 결심했거든."

"내 참! 기가 막히는군!"

아르센 뤼팽이 엄숙하게 다시 한번 말했다.

"나는 내 재판에 출석하지 않을 생각이오."

"그러겠지?"

"당연하지 않은가? 설마 당신마저도 내가 저 눅눅한 지푸라기 위에서 평생을 보낼 거라고 생각하진 않겠지? 만약 그렇게 생각했다면 그건 내게 커다란 모욕일세. 아르센 뤼팽은 자신이 있고 싶을 때까지만 형무소에 있는다네. 그 이상은 단 1분도 기다리지 않아."

"그렇다면 애초부터 형무소에 들어오지 않는 편이 좋았을 걸세."

가니마르가 비웃는 듯한 어조로 대답했다.

"아니, 아니. 나리, 그건 농담이시겠지? 생각해보시지. 나리께서 나를 잡던 그 명예로운 순간을 기억하고 계시길 바라네. 존경하는 친구여! 수많은 감정이 교차하던 그 순간에 이보다 몇 배나더 중요한 이익이 내 앞에 펼쳐져 있지 않았더라면 당신 아니라그 누구도 내 털 끝 하나 건드리지 못했을 거라는 사실을 기억하게."

"놀라운 사실이군."

"그 순간 한 여인이 나를 응시하고 있었다네, 가니마르. 나는 그 여인을 사랑했다네. 사랑하는 여인이 가만히 응시하고 있다는 사실 속에 얼마나 많은 의미들이 포함되어 있는지 당신 이해할 수 있소? 솔직히 말하자면 그 순간 그녀 외에는 일이 어떻게 되어도 상관없다는 생각이었소. 내가 이런 곳에 들어오게 된 것도 순전히 그것 때문이었고."

"하지만 내 생각에는 여기 들어온 지 꽤 오래 된 것 같은데."

"처음으로 나는 모든 걸 잊고 싶었다네. 비웃지 말게나. 즐거운 추억이었으니. 내 속엔 아직도 달콤한 추억이 생생하게 남아 있소. 그리고 난 신경쇠약 증세까지도 보이고 있었고! 현대인은 바쁘게 생활하고 있으니까. 적당한 시기에 이른바 격리요법이라는 걸 시행할 필요가 있지. 그런 요양생활이 여기보다 더 좋은 장소도 없을 거야. 건강을 위한 양생법을 완전하게 실행할 수 있거든."

"이보게 아르센 뤼팽. 나를 놀릴 생각인가?"

가니마르가 항변하듯 말했다.

"가니마르, 오늘이 금요일이지? 다음 주 수요일에 페르골레즈에 있는 당신 집으로 가서 담배를 좀 대접받아야겠소. 4시까지 가도록 하지."

"아르센 뤼팽, 그럼 나도 기다리고 있겠네."

그들은 서로의 진가를 인정하는 친구답게 악수를 나눴다. 그런 다음 늙은 형사가 문 쪽으로 걸어갔다.

"이보게, 가니마르!"

가니마르가 뒤를 돌아보았다.

"왜 그러나?"

"가니마르, 자네 시계는 가져가야지."

"내 시계 말인가?"

"틀림없이 자네 시계네. 어쩌다 내 주머니 속으로 들어와 버렸네."

뤼팽이 사과를 하며 그것을 돌려줬다.

"미안, 미안....... 내 손버릇이 좀 나빠서....... 녀석들이 내 시계를 압수해갔다고 해서 내가 자네에게 불편을 끼칠 수는 없지. 내게는 멋진 시계가 있으니 아쉬울 것도 없고."

그는 서랍에서 크고 두꺼우며 사용하기 편리해 보이는, 무거운 사슬까지 달려 있는 금시계를 꺼내보였다.

"그건 누구 주머니에서 꺼낸 거지?"

가니마르가 물었다.

아르센 뤼팽이 시치미를 떼며 시계에 새겨져 있는 머리 글자를 살펴보았다.

"J.B...... 라고 새겨져 있군. 누구였더라? 아! 맞아, 생각났다. 쥘 부비에라고 내 예심판사야. 정말 친절한 사람이지."

아르센 뤼팽의 탈옥

아르센 뤼팽이 막 식사를 마치고 주머니에서 금띠가 둘러진 멋진 담배를 꺼내들고 즐거운 시선으로 바라보던 바로 그 순간 감옥 문이 열렸다. 그에게는 그것을 서랍에 던져 넣고 테이블에서 떨어질 정도의 시간밖에 없었다. 간수가 들어왔다. 산책할 시간이었다.

"기다리고 있었습니다. 사랑하는 친구여."

여전히 기분이 좋은 듯 뤼팽이 외쳤다.

두 사람이 밖으로 나갔다. 그들이 복도 모퉁이를 채 돌아서기도 전에 두 사내가 감방 안으로 들어가 꼼꼼하게 조사를 하기 시작했다. 한 사람은 디외지 형사였고 다른 한 사람은 폴랑팡 형사였다.

이번에야말로 단호한 조치를 취하겠다는 눈빛이었다. 아르센 뤼팽이 형무소 밖에 있는 부하들과 연락을 유지하고 있다는 것은 더 이상 의심할 여지가 없는 사실이었다. 어제만 해도 『르 그랑 주르날』지가 자신들의 회사 사법기자 앞으로 배달된 다음과 같은 편지를 게재했었다.

「보시오. 며칠 전에 실린 기사 중에서 귀하는 제게 대한 있지도 않은

사실들을 나열했습니다. 재판이 시작되기 전에 귀사로 찾아가서 설명을
들을 예정입니다.

아르센 뤼팽」

틀림없이 아르센 뤼팽의 필체였다. 즉, 그가 편지를 보냈다는
얘기였다. 따라서 받은 편지도 있을 것이다. 그리고 그가 밝힌 대
담하기 짝이 없는 탈옥도 틀림없이 실행에 옮겨질 것이었다.

더 이상 참고넘길 수 없는 상태까지 이르고 말았다. 보안과장인
뒤두이 씨가 예심판사의 동의를 얻어 직접 라 상떼 형무소를 방
문했다. 소장에게 대비책을 알려주기 위해서였다. 도착과 동시에
뤼팽이 갇힌 감방으로 두 명의 부하를 보냈던 것이다.

그들은 침대용 지푸라기를 들춰보고 침대도 분해 해보았다. 이
런 경우에 해야 할 일들은 전부 해보았다. 하지만 결국에는 아무
것도 찾아내질 못했다. 그들이 더 이상 조사하기를 막 포기하려
던 순간 조금 전의 그 간수가 서둘러 달려 들어오며 말했다.

"서랍을....... 저 서랍을 조사해보십시오. 내가 들어선 순간 뤼
팽이 그것을 서둘러 닫는 듯했습니다."

그들은 서랍 쪽으로 시선을 돌렸다. 디외지 형사가 외쳤다.

"아, 드디어 꼬리를 밟혔군."

폴랑팡 형사가 그를 말리며 말했다.

"잠깐, 대장이 와서 목록을 만들거야."

"하지만 이 고급 담배는......."

"그런 담배 같은 건 내버려두게. 나중에 대장에게 보고하세."

2분 뒤, 뒤두이 과장이 서랍을 검사하기 시작했다. 그는 거기

서, 통신사가 보낸 아르센 뤼팽에 관한 신문기사 한 묶음과 담배 케이스 하나, 파이프 하나, 담배를 말 때 쓰는 종이, 그리고 책 두 권을 꺼냈다.

그가 표지를 봤다. 그것은 칼라일이 저술한 『영웅과 영웅숭배』의 초판본과 1634년, 레이드에서 출판된 『에픽테토스 어록』의 독일어 판으로 엘제비르 판 발행 당시의 깜찍한 장정이었다.

책장을 넘겨보니 모든 페이지에 밑줄이 그어져 있었으며 무언가 적어 놓은 것이 있었다. 하지만 그것이 과연 암호를 나타내는 것인지, 아니면 단순하게 책에 대한 독자의 열의를 표시한 것인지는 알 수 없었다.

"곧 자세하게 조사해보도록 하세."

뒤두이 과장이 말했다.

그는 담배 케이스와 파이프를 점검했다. 다음으로 금띠가 둘러진 문제의 담배를 집어들며 말했다.

"이건 정말 굉장하구먼. 대단한 양반이야. 어디보자, 이건 헨리 클레어(시가의 유명 상표)가 아닌가?"

과장이 외치듯 말했다.

그러면서 대부분의 애연가들이 그렇듯 무의식적으로 그 담배를 자기 귓가로 가져갔다. 그리고 그것을 가볍게 두드렸다. 그 순간 그의 입에서 놀라움의 소리가 새어나왔다. 손가락에 눌린 담배가 힘없이 쭈그러졌기 때문이었다. 그는 더 자세히 그것을 살폈다. 담뱃잎 사이에서 하얀 무엇인가가 발견됐다. 핀을 이용해서 이쑤시개 정도 크기로 말려 있던 얇은 종이를 가만히 꺼냈다. 그것은 통신문이었다. 그것을 펼쳐 읽어보았다. 여자가 쓴 듯한 자잘한 글씨였다.

「바구니를 바꿨습니다. 10개 중에서 8개는 준비가 끝났습니다. 바깥
쪽을 발로 누르면 판이 위아래로 움직입니다. 12에서 16까지 매일 H·
P가 기다리고 있을 겁니다. 어디가 좋을까요? 답장 속히 주십시오. 안
심하세요. 당신의 여자친구가 당신을 지키겠습니다.」

한동안 생각에 잠겨 있던 뒤두이 씨가 드디어 입을 열었다.

"아주 알기 쉽게 썼군. 바구니....... 상자 8개....... 12에서 16이
라는 건 12시에서 4시까지를 말하는 것일 테고......."

"그렇다면 기다리고 있다는 이 H·P는 무엇일까요?"

"여기서 H·P란 자동차를 말하는 것일 게야. H·P, 즉 호스
파워(horse power), 마력이라는 뜻으로 스포츠에서는 이것으로 자
동차의 힘을 표시하지 않나? 24H·P는 24마력짜리 자동차를 말
하는 것일세."

그가 자리에서 일어서며 물었다.

"뤼팽은 식사를 마쳤는가?"

"그렇습니다."

"그 담배로 봐서 그는 편지를 받기는 했지만 아직 읽지는 못한
것 같아."

"어떻게 들여왔을까요?"

"빵 속이든 감자 속이든 음식물 안에 넣어서 들여왔겠지."

"그건 불가능합니다. 사실은 녀석을 함정에 빠뜨리기 위해서
일부러 외부로부터의 차입을 허락한 것인데 아직까지 발견 된 건
아무것도 없습니다."

"이에 대한 뤼팽의 답은 오늘 저녁에 찾기로 하세. 뤼팽이 감방 안으로 들어오지 못하도록 해주게. 나는 이 편지를 예심판사에게 가져가겠네. 그도 나와 의견을 같이 한다면 재빨리 이 편지를 사진으로 찍겠네. 그렇게 하면 당신은 이 서랍 속에 다른 물건들과 함께 진짜 편지가 끼워진 이것과 똑같은 담배를 다시 넣어둘 수 있겠지. 무엇보다도 녀석이 눈치 채지 못하도록 해야 하네."

그날 밤, 뒤두이 씨는 디외지 형사와 함께 숨을 헐떡이며 라 상 떼 형무소의 서기과를 찾았다. 구석에 있는 난로 위에 접시가 세 개 나란히 놓여 있었다.

"녀석 식사를 마쳤나요?"

"네."

소장이 대답했다.

"디외지, 거기 두어 개 남아 있는 마카로니를 얇게 썰어보게. 그리고 그 빵 조각도 찢어보고....... 아무것도 안 나왔나?"

"아무것도 없습니다."

뒤두이 씨는 접시, 포크, 스푼 그리고 마지막으로 나이프를 순서대로 집어들어 조사를 해보았다. 끝이 둥그렇게 뭉뚝한 어디서나 흔히 볼 수 있는 나이프였다. 그는 손잡이를 왼쪽으로 돌려봤다. 이번에는 오른쪽으로 돌리자 손잡이가 천천히 빠지기 시작했다. 칼 속은 텅 비었으며 거기에 종이 쪽지가 한 장 들어 있었다.

"뭐야? 뤼팽이 겨우 이런 수를 쓰다니. 이제 시간을 낭비할 필요는 없지. 디외지, 자네는 가서 이 레스토랑을 조사해보고 오게나."

이렇게 말한 그는 곧장 종이 쪽지에 적힌 글을 읽기 시작했다.

「모든 걸 당신에게 맡기겠소. H·P는 매일 멀리서 따라오도록 하시오. 그럼 조만간에 뵙겠소. 사랑하는 친구여, 나의 멋진 여인이여.」

"음, 그런가? 그렇군. 모든 일이 순조롭게 진행되고 있는 모양이군. 우리가 조금만 더 협력을 한다면 녀석은 무사히 탈옥할 거야……. 우리 손으로 공범자 녀석들을 전부 잡을 수도 있겠군."

"만약 아르센 뤼팽이 당신 손아귀에서 완전히 벗어나버리면 어쩔 생각입니까?"

소장이 말했다.

"충분한 인원을 동원해서 대비할 겁니다. 그래도 준비가 부족해서 녀석이 교묘하게 허를 찌른다면……. 녀석에게는 안 된 일이지만 우리도 하는 수 없이 최후의 수단을 써야겠죠! 그렇게 되면 뤼팽이 입을 열지 않아도 일당들이 입을 열게 될 겁니다."

그랬다. 아르센 뤼팽은 많은 말을 하지는 않았다. 몇 개월 동안 예심판사인 쥘 부비에 씨가 열성적으로 그에게 매달려봤지만 만족할 만한 성과는 올리지 못했다. 신문은 언제나 이 판사와, 그도 유명하기는 하지만 피고에 대해서는 거의 아는 게 없는 당발 변호사 사이의 의미 없는 공방으로 끝나버리곤 했다.

때때로 아르센 뤼팽이 상냥하게 대답하는 경우도 있었다.

"그렇습니다. 판사님이 말씀하신 대로입니다. 리용 신용은행 도난, 바빌론 가의 절도, 위조화폐 발행, 보험증권 위조사건, 아르메닐과 구레 성, 앵블르뱅과 그로세이 성, 그리고 말라키 성의 도난도 전부 제가 한 짓입니다."

"그럼 설명을 좀 해 주게나."

"쓸데없는 짓입니다. 그 대신 전부 한꺼번에 자백하겠습니다. 그것만으로도 당신들의 상상을 열 배나 뛰어넘을 겁니다."

이 진전 없는 신문에 완전히 지쳐버린 판사는 일단 신문을 중단하고 있었는데 두 통의 편지를 손에 넣은 후부터 신문을 다시 재개했다. 그때문에 뤼팽은 매일 정각 12시에 다른 죄수들과 함께라 상떼 형무소를 출발해서 재판소까지 호송마차로 연행되었다. 그들은 3시에서 4시 사이에 다시 그곳에서 형무소로 돌아왔다.

그러던 어느 날, 형무소로 돌아오는 길에 다른 날과는 조금 다른 상황이 전개됐다. 라 상떼 형무소에서 온 다른 죄인들의 신문이 아직 끝나지 않았기 때문에 아르센 뤼팽만 먼저 돌려보내게 된 것이다. 그는 혼자서 마차에 올랐다.

이 호송마차를 속된 말로 바구니라고 불렀는데 중앙에 뻗은 통로를 경계로 양쪽으로 나뉘어 있었다. 그 통로를 따라서 10개의 좁은 공간들이 오른쪽에 다섯 개, 왼쪽에 다섯 개씩 마련돼 있다. 그 공간 하나하나는 죄수들이 그 안에 몸을 웅크리고 앉아야만 할 정도로 좁았다. 다섯 명의 죄수들은 아주 좁은 공간을 부여받을 뿐만 아니라 모두가 한 줄로 늘어앉도록 짜여져 있었다. 경관 한 명이 끝에서 감시하고 있었다. 뤼팽은 오른쪽 세 번째 공간에 넣어졌다. 곧 무거운 마차가 움직이기 시작했다. 그는 마차가 재판소 앞길을 지나고 있을 것이라고 생각했다. 드디어 마차가 생미셸교(僑) 중간에 다다랐을 때쯤 그는 지금까지 갇혀 있던 감방의 철판을 누르듯 오른쪽 발로 옆을 힘껏 눌렀다. 갑자기 무엇인가가 벗겨지더니 간단하게 철판이 위로 솟아올랐다. 그는 자신이 두 개의 바퀴 한가운데 위치하고 있음을 깨달았다.

그는 기다렸다. 매처럼 눈을 번뜩이며 기다렸다. 마차는 천천히 셍미셸 대로로 올라섰다. 셍미셸 교차로까지 와서 마차가 멈춰섰다. 짐수레를 끌던 말이 쓰러져 있었다. 통로를 가로막고 있었기 때문에 곧 길이 마차들로 뒤엉켜버렸다.

아르센 뤼팽이 고개를 내밀었다. 그가 타고 있는 호송마차 바로 옆에 또다른 호송마차가 한 대 서 있었다. 그는 일단 고개를 안으로 넣었다가 한쪽 발을 커다란 바퀴살에 얹었다. 그리고 지면 위로 뛰어내렸다.

한 마부가 그를 보고 큰 소리로 웃었다. 소리 내서 그를 불렀지만 그의 목소리는 다시 움직이기 시작한 마차들 소리에 묻혀버리고 말았다. 그리고 아르센 뤼팽은 이미 멀리까지 가 있었다.

그는 두어 걸음 뛰다가 왼쪽 보도로 올라서더니 뒤돌아서 주위를 한 바퀴 둘러보았다. 어디로 가야 할지 몰라 아직도 생각하고 있는 듯한 자의 모습이었다. 드디어 마음을 정한 그는 주머니에 두 손을 찔러넣었다. 그리고 산책 나온 사람처럼 느린 걸음으로 길을 따라 올라가기 시작했다.

도심은 따뜻하면서도 기분 좋은 가을날이었다. 카페는 손님들로 가득했다. 그 중 한 카페의 테라스에 자리를 잡았다.

그는 생맥주 한 잔과 담배를 주문했다. 그는 잔을 홀짝이며 담배 한 개피를 천천히 다 피우고는 두 번째 담배에 불을 붙였다. 마침내 자리에서 일어난 그는 일하는 아이를 불러 지배인을 불러달라고 부탁했다.

지배인이 다가왔고 모두 들으라는 듯 커다란 목소리로 지배인에게 말했다.

"지배인, 미안하지만 지갑을 두고 왔소. 하지만 내 이름을 당신이 알고 있다면 충분히 나를 신뢰하고 2, 3일 정도는 기다려줄 수 있을 거라고 생각되는데 어떻소? 내 이름은 아르센 뤼팽이오."

무슨 농담이냐는 표정으로 지배인이 그의 얼굴을 가만히 바라보았다. 그러자 아르센이 다시 한번 말했다.

"뤼팽이오. 라 상떼 형무소에 감금되어 있는 뤼팽이란 말이오. 지금은 도주 중이지. 어떤가? 내 이름을 봐서 2, 3일 정도 기다려줄 수 있겠나?"

이렇게 말한 뒤 주위의 웃음을 뒤로 한 채 멀리 사라져갔다. 지배인은 그 이상 아무것도 요구하지 않았다.

뤼팽은 수플로 가(街)를 대각선으로 가로질러서 생자크 가로 들어섰다. 그는 이 길을 따라서 천천히 걸었다. 상점의 유리진열장 앞에 멈춰서기도 하고 담배를 피우기도 하였다. 포르 루아얄 거리까지 나온 그는 지나가는 사람에게 길을 묻기도 하며 방향을 잡았다. 그리고 라 상떼 형무소를 향해서 똑바로 걸어나갔다. 곧 형무소의 음침하고 높은 담이 솟아 있는 곳까지 왔다. 그 높은 담을 따라 걷다가 그는 보초를 서고 있는 경찰 곁으로 다가갔다. 그가 모자를 벗고 경관에게 물었다.

"여기가 라 상떼 형무소죠?"

"그렇소."

"내 감방으로 돌아가고 싶은데요. 실은 호송마차가 나를 떨어뜨리고 갔거든요. 이대로 도망치기는 좀 미안한 생각이 들어서……"

젊은 경찰이 소리 질렀다.

"이봐, 가던 길이나 가라고!"

"그러니까, 내 가던 길이 이 문을 통해서 가는 거라니까. 만약 아르센 뤼팽이 여기를 통과하는 것을 막는다면 당신은 중벌을 받게 될지도 몰라요!"

"아르센 뤼팽이라고? 장난도 적당히 치라고!"

"명함이 없는 게 유감이로구먼."

주머니 여기저기를 뒤지는 척하면서 뤼팽이 말했다.

경찰은 어처구니없다는 표정으로 뤼팽의 머리끝부터 발끝까지를 경멸어린 시선으로 바라보았다. 그런 다음 할 수 없다는 듯 아무 말없이 벨을 울렸다. 철문이 반쯤 열렸다.

몇 분 후, 소장이 과장스런 몸짓으로 매우 화난 듯한 표정을 지으며 사무실로 달려왔다. 뤼팽은 미소를 머금고 있다가 입을 열었다.

"소장님. 나를 속임수에 빠뜨릴 생각은 아예 마십시오. 그럼 곤란합니다! 일부러 나를 혼자 마차에 태워 돌려보내고, 일부러 길을 혼잡하게 만들고, 그렇게 하면 내가 동료들이 있는 곳으로 쪼르르 달려갈 줄 알았죠? 위험천만이구먼! 자전거에 탄 채로, 혹은 행인을 가장해서 호송마차를 경계하던 보안과 경관 20명은 또 어떻고? 만약 내가 그 사람들에게 붙잡혔다면 어떤 고생을 치러야 했을지, 생각만 해도 끔찍하군요. 아마 날 살려두지 않았겠지요? 어떻습니까, 소장님? 일이 그렇게 되기를 바랐죠?"

그가 양 어깨를 들썩여 보이더니 다시 말을 이었다.

"부탁입니다, 소장님. 나를 그냥 내버려두세요. 탈옥하고 싶으면 난 그 누구의 도움도 받지 않고 탈옥할 겁니다."

이틀 후, 『에코 드 프랑스』지—최근 뤼팽의 활약상을 보도하는 공식신문이 되어버렸으며, 세상에는 그가 주요한 출자자 중 한 사람이라는 소문까지 나돌았다—가 그의 탈옥사건을 세세하게 보도했다. 죄수 뤼팽과 그의 신비로운 여자친구가 주고받은 두 통의 편지 내용이 전부 공개되었으며, 그 편지를 어떻게 주고받 았는지에 대한 설명, 경찰의 가담, 생미셸 거리까지의 산책, 수플 로 카페에서 있었던 일은 말할 것도 없고, 모든 것이 낱낱이 밝혀 져 씌어 있었다. 기사를 쓴 사람은 디오지 형사가 레스토랑의 종 업원들을 조사해봤지만 아무런 성과도 올리지 못했다는 사실까 지도 정확하게 알고 있었다. 그뿐만 아니라 독자는 신문을 통해 서 뤼팽이 사용한 방법이 얼마나 다양했었는지도 알 수 있었다. 당국이 뤼팽의 호송에 사용한 그 마차도, 호송에 사용하는 여섯 대 중 한 대로 그의 부하에 의해서 바꿔치기 당한 완벽하게 위조 된 마차였다는 것이었다.

이제는 그 누구도 며칠 후에 아르센 뤼팽이 탈옥할 것이라는 사 실에 의심을 품지 않았다. 그리고 뤼팽 자신도 명백하게 그것을 예고하고 있었다. 가령 그 사건이 있던 다음날, 뤼팽이 쥘 부비에 판사에게 한 대답도 그 사실을 확실하게 예고하고 있었다. 예심 판사가 그의 실패를 비웃듯 말하자 뤼팽이 뚫어져라 상대를 바라 보며 차분한 목소리로 말했다.

"판사님, 잘 들어두세요. 그리고 한 치의 거짓도 없는 말이라는 점을 믿어주시기 바랍니다. 사실 어제의 탈옥은 내 탈옥계획의 일부였습니다."

"난 무슨 소린지 하나도 모르겠군."

판사가 비웃었다.

"꼭 당신이 알아주길 바라고 한 얘기도 아니었지만."

이 신문 내용도 바로 『에코 드 프랑스』지를 장식했는데, 신문 도중에 판사가 취조를 계속하려고 하자 뤼팽이 지긋지긋하다는 표정으로 외쳤다.

"이런 아무짝에도 쓸모없는 짓을 계속해야 한단 말입니까? 반복되는 이런 대화가 대체 무슨 도움이 된단 말입니까?"

"무슨 도움이 되느냐니? 그건 또 무슨 말인가?"

"그렇지 않습니까? 난 내 재판에 출석하지 않을 겁니다."

"자네가 출석하지 않는다고?"

"하지 않을 겁니다. 그것이 나의 굳은 생각입니다. 움직일 수 없는 결심입니다. 그 누구도, 그 어떤 일도 이 사실을 바꿀 수는 없습니다."

이처럼 단호한 신념과 매일 같이 공공연하게 누설되고 있는 비밀이 사법당국을 당황하게 만들었으며 소란에 휩싸이게 만들었다. 왜냐하면 거기에는 아르센 뤼팽 이외에는 알 수 없는 비밀이 있었기 때문이었다. 즉, 그 이외에는 누구도 그것을 공개할 수 없는 것이었다. 하지만 무슨 목적으로 그것을 공개하는 것인지? 그리고 어떤 방법으로?

뤼팽의 감방을 바꾸라는 명령이 떨어진 어느 날 밤, 그는 아래층으로 감방을 옮겼다. 한편, 예심판사는 취조 내용을 신속하게 종합해서 사건을 기소담당자에게 송부했다.

2개월 간 침묵이 이어졌다. 그동안 뤼팽은 침대 위에 누워 있기만 했는데 대부분 얼굴은 벽을 향해 있었다. 감방을 바꾼 것이 그를 지치게 만든 듯했다. 그는 변호사와의 면담도 계속 거절했다. 담당 간수들과 가끔 몇 마디를 나눌 뿐이었다.

재판이 시작되기 보름 전쯤부터 그는 그나마 기운을 되찾은 것 같았다. 그는 공기가 탁하다고 불평했다. 두 명의 간수가 지켜보는 가운데 아침 일찍 정원에 나가도 좋다는 허락이 떨어졌다.

그 동안에도 세상의 관심은 식을 줄 몰랐다. 사람들은 매일 뤼팽이 탈옥했다는 소식을 기다리고 있었다. 대부분의 사람들이 그렇게 되기를 빌고 있었다. 뤼팽의 말과 활달한 성격, 다양성, 천재적인 수완, 신비에 싸인 그의 생활이 대중들에게 커다란 기쁨을 주었기 때문이었다. 아르센 뤼팽은 틀림없이 탈옥할 것이다. 그것은 피할 수 없는 숙명이었다. 뤼팽이 탈옥을 빨리 실행에 옮기지 않았기 때문에 세상 사람들은 오히려 놀라움을 금치 못했다. 경찰 국장조차 매일 아침 비서에게 물을 정도였다.

"이봐! 녀석은 아직 나가질 않았나?"

"아직 안 나갔습니다. 국장님."

그런데 재판이 있기 하루 전날, 『르 그랑 주르날』 편집실에 한 신사가 나타나 사법기자를 찾더니 그에게 쪽지 하나를 건네주고는 재빨리 사라져버렸다. 쪽지를 보니 거기에는 '아르센 뤼팽은 언제나 자신의 말을 존중한다.' 라고 적혀 있었다.

이런 상황 하에서 공판이 시작되었다.

방청석은 사람들로 붐볐다. 모두가 유명한 뤼팽을 보고 싶어 했다. 그리고 개정 전부터 뤼팽이 재판장을 어떤 식으로 농락할지를 상상하며 즐거워했다. 변호사와 재판관, 신문기자와 사교계

인사들, 예술가와 귀부인 등 파리의 유명인들이 방청석의 긴 의자에 빼곡히 앉아 있었다.

비가 내리고 있었다. 문밖까지도 어둑어둑했다. 간수들에 이끌려 법정 안으로 들어섰을 때 그 누구도 뤼팽의 얼굴을 제대로 볼 수가 없었다. 하지만 둔중해 보이는 그의 태도, 엉덩방아를 찧듯 피고석에 앉는 모습, 넋 나간 사람처럼 멍하니 움직이지 않는 자세, 이 모든 것이 호감을 줄만한 행동은 아니었다. 몇 차례에 걸쳐 그의 변호사가 ―그는 당발 선생의 서기 중 한 명이었다. 선생은 굳이 자신이 출정하지 않아도 된다고 판단했기 때문에 대리인으로 그를 보냈다― 뤼팽에게 말을 걸었다. 그는 고개를 끄덕일 뿐 변변한 대답조차 하지 않았다.

재판서기가 기소장을 읽었다. 그리고 재판장이 말했다.

"피고, 기립. 성명, 연령, 직업은?"

대답이 없자, 재판장이 다시 물었다.

"당신 성명은? 본관은 지금 당신의 성명을 묻고 있소."

그제서야 탁하고 쉰 목소리로 대답했다.

"보드뤼 데지레."

여기저기서 웅성거리는 소리가 들려왔다. 하지만 재판장은 그것을 무시하고 다시 말했다.

"보드뤼 데지레라고 했나? 가명이 하나 더 늘었나보군! 그것이 당신의 여덟 번째 가명 같은데 그것 역시 다른 일곱 가지 가명들과 마찬가지로 곧 쓸모없는 것이 되어버릴 테니 본 법정에서는 보다 널리 알려진 아르센 뤼팽이라는 이름을 쓰려고 하는데 당신에게도 이의는 없겠지?"

재판장이 기록을 들여다본 뒤 말을 이었다.

"여러 가지로 조사를 해봤지만 피고의 정체를 밝혀내지는 못했소. 당신은 이 근대사회에서 과거를 갖고 있지 않는 아주 특이한 경우에 해당되는 인물이오. 본 법관은 피고가 누구인지, 어디서 왔는지 그리고 어디서 소년시절을 보냈는지 무엇 하나 아는 게 없소. 피고는 지금으로부터 3년 전에 갑자기 나타났소. 어디서 왔는지도 모르게 느닷없이 아르센 뤼팽이라는 이름으로 말이오. 피고는 지능과 부패, 부도덕과 자비심으로 뒤섞인 기묘한 괴물이라고 할 만한 존재이다. 본 법관이 지금 이전의 피고에 대해서 알고 있다면 그건 전부 상상에 불과한 것이다. 8년 전, 마술사 딕슨의 조수로 일했던 로스타라는 인물이 아마도 아르센 뤼팽이었던 듯하다. 6년 전, 생 루이 병원 내에 있는 알티에 박사의 실험실에 드나들며 세균학에 관한 세밀한 가설과 피부병에 대한 대담한 실험으로 종종 그 선생을 놀라게 했던 러시아의 학생이 아마도 아르센 뤼팽이었던 듯하다. 유술이 보급되기 훨씬 전에 파리에서 일본식 격투 사범으로 있었던 자도 역시 아르센 뤼팽이었던 듯하다. 그리고 본 법관은 세계 박람회의 대상 상금인 만 프랑을 획득한 뒤 두 번 다시 모습을 드러내지 않고 있는 그 경륜선수도 아르센 뤼팽일 것이라고 믿고 있다. 또한 자선 바자회의 화재 사고 때 조그만 들창을 통해서 수많은 사람들의 목숨을 구하고...... 결국 그들의 물건을 훔친 그 남자도 역시 아르센 뤼팽일지도 모른다."

여기서 잠시 숨을 고른 재판장은 이렇게 결론을 내렸다.

"이 기간은 피고가 사회에 대적해 계획한 싸움에 대해서 치밀하게 준비한 기간으로, 정규 수업을 통해서 당신이 자신의 실력,

에너지, 수법을 최고도로 끌어올린 시기였소. 이상의 사실에 대해서 혹시 이의가 있소?'

이 논고가 행해지는 동안 피고는 등을 둥글게 구부린 채 두 손을 축 늘어뜨리고 있었다. 맥없는 모습으로 풀무를 밟고 있는 사람처럼 몸을 계속해서 흔들어대고 있었다. 날이 점점 밝아오자 극도로 말라붙어 움푹 패인 볼, 기분 나쁠 정도로 튀어나온 광대뼈, 여기저기 흩어져 있는 작고 붉은 반점, 삐죽삐죽 어지럽게 자란 옅은 수염으로 뒤덮인 흙빛 얼굴이 확실하게 보이기 시작했다. 형무소 생활이 그를 늙고 힘없는 사람으로 만들었다. 이전 신문이 가끔 게재했던, 보기에도 기분 좋은 젊고 세련된 모습은 그 어디서도 찾아볼 수가 없었다.

그는 자신이 받았던 신문 내용도 듣지 못한 듯했다. 신문은 두 번이나 반복되었다. 그러자 그는 눈을 들어 생각에 잠긴 표정을 지었다. 그러더니 가까스로 이렇게 중얼거렸다.

"보드뤼 데지레."

재판장까지 웃음을 터뜨렸다.

"아르센 뤼팽. 본 법관은 당신이 선택한 방어방법의 내용을 정확히는 알 수 없소. 하지만 그것이 어리석은 자나 무책임한 자를 가장하는 것이라면 계속 그렇게 해도 상관없소. 본 법관은 당신의 변덕스러운 행동 따위에 마음 두지 않고 재판을 진행할 생각이오."

그런 다음 그는 뤼팽이 범한 것으로 인정되는 절도와 사기, 위조의 내용들을 설명하기 시작했다. 그는 때때로 피고에게 질문을 던졌다. 그러면 피고는 신음하듯 무엇인가를 중얼거리기도 하고 아예 답을 하지 않기도 했다.

증인에 대한 신문이 시작되었다. 무의미에 가까운 증언도 있었는가 하면 그와는 달리 중요한 증언들도 있었지만 모든 증언에서 찾아볼 수 있는 공통점은 서로가 모순된다는 점이었다. 불안감에서 오는 어둠이 변론 전체를 감싸고 있는 듯한 느낌이었다. 바로 그때 가니마르 형사가 호출되어 나왔다. 그러자 비로소 법정이 활기를 띠며 흥미를 끌기 시작했다.

그런데 이 나이 든 형사는 처음부터 사람들의 기대를 저버리는 듯한 태도를 보였다. 겁을 먹은 것처럼 보이지는 않았지만 ─그는 이보다 더 무서운 자들을 헤아릴 수도 없이 많이 봐왔다─ 어딘지 불안하고, 어색함을 느끼고 있는 듯했다. 그는 명백하게 난처하다는 표정을 지어보이며 몇 번이고 피고 쪽으로 시선을 돌렸다. 하지만 그는 증인석 앞의 난간에 손을 얹은 채 자신이 관여해 왔던, 전 유럽을 무대로 한 뤼팽의 추적과 미국으로 갈 당시의 상황 등에 관해서 이야기했다. 사람들은 가슴 조이는 모험담을 듣는 듯 그의 이야기에 열심히 귀를 기울였다. 그런데 이야기가 거의 끝나갈 무렵, 그러니까 아르센 뤼팽과 두 차례에 걸쳐서 대화를 나눴던 부분에 대해서 이야기하다가 그는 갑자기 멍한 표정을 지으며 말을 끊었다.

어떤 한 가지 생각이 끊임없이 그를 괴롭히고 있다는 사실을 누구나 쉽게 알아볼 수 있었다. 재판장이 그에게 말했다.

"몸이 불편하면 증언을 잠시 중단해도 상관없습니다."

"그런 건 아닙니다. 단지……."

그는 말을 꺼내려다 도중에 입을 다물어버렸다. 오랫동안 피고를 뚫어져라 바라보았다. 그러다 다시 입을 열었다.

"피고를 가까이서 보고 싶습니다. 의심스러운 부분을 확실히 해두고 싶습니다."

그가 피고에게로 다가갔다. 모든 신경을 집중해서 피고를 유심히 살폈다. 그런 다음 다시 증인석으로 되돌아와 서더니 아주 이상하다는 표정으로 말했다.

"재판장님. 분명히 말씀드리겠는데 여기 제 앞에 있는 사람은 아르센 뤼팽이 아닙니다."

이 말 뒤에 커다란 침묵이 흘렀다. 한동안 멍한 얼굴로 앉아 있던 재판장이 큰 소리로 외쳤다.

"무슨 그런 말도 안 되는 소리를! 지금 제정신이오?"

가니마르 형사가 침착한 어조로 단언했다.

"아주 닮았기 때문에 언뜻 봐서는 착각할 수도 있지만 단 1초만이라도 자세히 살펴보면 다른 사람이라는 사실을 알 수 있습니다. 코와 입, 머리카락과 피부색....... 아니, 전부 이 사람은 아르센 뤼팽이 아닙니다. 무엇보다도 저 눈이 그렇습니다! 뤼팽이 한 번이라도 저렇게 알코올 중독자 같은 눈을 한 적이 있었습니까?"

"뭐라고? 확실하게 설명해보도록 하시오. 증인은 대체 무슨 말이 하고 싶은거요?"

"저도 잘 모르겠습니다. 뤼팽이 자기 대신 이 사람을 보낸 건지....... 아니면 공범자인지."

예기치 못했던 사건이 터져 아수라장이 되어버린 법정 여기저기서 날카로운 외침과 커다란 웃음소리, 감탄의 목소리가 터져나왔다. 재판장은 예심판사와 라 상테 형무소 소장, 담당 간수들을 소환하기로 하고 심리를 중단했다.

다시 재판이 재개되자마자 피고 앞에 선 부비에 판사와 소장은, 이 사람은 뤼팽과 생김새가 조금 비슷하기는 하지만 뤼팽은 아니라고 말했다.

재판장이 외쳤다.

"그렇다면 이 사람은 대체 누구란 말이오? 어디서 와서 이 자리에 서 있는 것이란 말이오?"

라 상떼 형무소의 두 간수가 불려나왔다. 그런데 이게 어찌 된 일인가? 그들은 틀림없이 자신들이 감시하던 사람이라고 말했다!

재판장은 안도의 한숨을 내쉬었다.

그런데 간수 중 한 사람이 말했다.

"그렇습니다. 틀림없이 그 사람이라고 생각합니다."

"생각합니다는 또 무슨 말이지?"

"당연하지 않습니까? 제가 인도받은 건 밤이었고 거기다 2개월 동안 언제나 벽을 향해서 누워 있었으니까요."

"그럼 그 2개월 전에는?"

"그 전에는 24호 감방에 있지 않았습니다."

형무소장이 그 점에 대해서 설명을 했다.

"뤼팽이 탈옥을 실행한 직후에 감방을 바꿨습니다."

"소장, 그래도 당신은 2개월 동안에 얼굴을 볼 기회가 있지 않았겠소?"

"제게는 볼 기회가 없었습니다. 뤼팽이 워낙 조용히 지내고 있었기 때문에."

"그렇다면 여기 있는 이 사람은 귀관이 수감하고 있던 죄수가 아니란 말이오?"

"그렇습니다. 다른 사람입니다."

"그렇다면 누구란 말이오?"

"모르겠습니다."

"그럼, 우리는 2개월 전에 사람이 뒤바뀐 사건을 이제야 알게 됐다는 얘기군. 이 일에 대해서 어떻게 설명을 하겠소?"

"그건 있을 수 없는 일입니다."

"그렇다면?"

재판장은 어찌 해야 할 바를 모르겠다는 듯한 표정으로 피고 쪽으로 시선을 돌렸다. 그리고 달래는 듯한 투로 말했다.

"어떻게 된 건가, 피고. 왜 그리고 언제부터 감방에 들어갔는지 설명해줄 수 없겠는가?"

이 호의적인 어투가 피고의 불안한 마음을 조금은 풀어주었는지, 아니면 이해력을 자극했는지 알 수는 없었지만 어쨌든 그가 대답을 하려고 했다. 교묘하고 부드럽게 질문을 하자 그는 드디어 몇 마디 말들을 찾아 대답을 하는데 성공했다. 그는 다음과 같은 내용의 대답을 했다. 2개월 전, 그는 부랑자 수용소로 끌려가 거기서 하룻밤과 아침나절을 보냈다. 75상팀(프랑스의 화폐 단위. 1프랑의 100분의 1. - 역자 주)을 품에 품은 채 그는 석방되었다. 그런데 정원을 지나고 있자니 두 간수가 다가와서 팔을 잡아 호송마차 곁으로 그를 끌고 갔다. 그 후에 그는 제24호 감방에서 안온한 생활을 할 수 있었다. 음식은 맛이 있었고 잠을 잘 수도 있었다. 따라서 아무런 항의도 하지 않았던 것이다.

그가 거짓말을 하고 있는 것 같지는 않았다. 웃음과 흥분 속에서 재판장은 추가 조사가 필요하니 재판은 다음 개정까지 연기하겠다고 언도했다.

조사 결과, 일지를 통해서 다음과 같은 사실을 판명해낼 수 있었다. 8주 전에 보드뤼 데지레라는 사람이 부랑자 수용소에서 하룻밤을 보냈다. 다음 날 석방된 그 사람은 오후 2시에 수용소에서 나왔다. 그런데 그날 2시에 최후 신문을 마친 아르센 뤼팽이 예심 취조실에서 나와 호송마차로 송환되었다.

간수들이 실수를 했단 말인가? 비슷한 얼굴에 깜빡 속아 실수를 저지른 사이 이 사내와 뤼팽이 바뀌었단 말인가? 있어서는 안 될 직무상의 실수가 있었다 해도 이미 어쩔 수 없는 일이었다.

이 바꿔치기 사건은 미리 계획된 것이었을까? 바꿔치기가 일어난 장소를 생각해보면 그것은 있을 수 없는 일이었으며, 보드뤼가 공범자라고 한다면 뤼팽과 바꿔치기 하기 위해서는 일부러 체포될 필요가 있었다. 그렇다면 어떤 기적의 힘이, 있을 수도 없는 일련의 기회와 우연과 동화 속 얘기와 같은 과실에 근거를 둔 이런 계획을 성공하게 했단 말인가?

보드뤼 데지레를 감식과로 데려가 조사를 해봤지만 그에 관한 자료는 어디에도 존재하지 않았다. 하지만 그의 예전 생활에 대해서는 쉽게 알아낼 수가 있었다. 그가 쿠르브부아와 아스니에르, 르발루아에서 구걸로 목숨을 연명하고 있었으며, 테른 시장의 문 근처에 모여 있는 넝마주이들의 움막에서 밤을 보냈었다는 사실은 잘 알려진 것이었다. 그런데 1년 전부터 그의 행방을 아는 사람이 없었다.

과연 아르센 뤼팽이 그를 데려간 것이었을까? 하지만 그렇다고 볼만한 근거는 어디에도 없었다. 그리고 그것이 사실이라 할지라도 그것은 죄수 뤼팽의 탈옥에 대한 단서를 제공할 만한 것은 아니었다. 의문은 여전히 풀리지 않았다. 이것을 설명하기 위해서 스무 가지나 되는 가설들이 세워졌지만 무엇 하나 속 시원하게 문제를 풀어주는 것은 없었다. 의심의 여지가 없는 사실 한 가지는 뤼팽이 탈옥했다는 것이었다. 이는 도저히 이해할 수 없는 놀랄 만한 탈옥이었다. 일반 대중도 사법당국과 마찬가지로 그 탈옥이 장기간에 걸친 준비와 서로 미묘하게 얽힌 일련의 노력에 의해서 행해진 것이라는 사실을 느낄 수 있었다. 그리고 그 사실은 '나는 자신의 재판에 출석하지 않을 것이다.'라고 명백하게 말했던 아르센 뤼팽의 오만하기 짝이 없는 예언을 멋지게 실현한 것이었다.

한 달여에 걸친 세밀한 조사에도 불구하고 수수께끼는 여전히 의문으로 남아 있었다. 그렇다고 해서 이 가엾은 보드뤼를 언제까지고 구속해 둘 수만도 없는 일이었다. 그를 재판에 회부한다면 이는 웃음거리밖에 되질 않을 것이다. 그가 무슨 죄를 지었단 말인가? 수용소에서 석방한다는 서류에는 예심판사의 서명이 들어 있었다. 그럼에도 불구하고 라 상떼 형무소 소장은 이 사내를 엄중하게 감시하기로 했다.

사실 이는 가니마르의 생각이었다. 그의 의견에 의하면 이 사건에는 공범도 우연도 존재하지 않았다. 보드뤼는 단순한 도구에 지나지 않으며 아르센 뤼팽이 자신 특유의 교묘한 수법으로 그를

86

이용한 것일 뿐이었다. 보드뤼를 형무소에서 내보내 자유롭게 해 두면 이 사람을 따라서 뤼팽까지, 적어도 그의 부하 중 한 명까지 는 도달할 수 있을 것이라는 주장이었다.

가니마르 형사에게 폴랑팡과 디외지 형사가 조수로 붙여졌다. 안개가 짙게 낀 어느 날, 열려진 형무소의 문 앞에 보드뤼 데지레 의 모습이 나타났다.

처음에 그는 당황하는 기색이 역력했다. 시간을 어떻게 보내야 할지 모르겠다는 듯이 걸어 나갔다. 그는 라 상테 거리를 지나 생 자크 가로 접어들었다. 한 중고 옷집 앞에서 상의와 조끼를 벗은 다음 그 중 조끼를 단돈 몇 푼에 팔았다. 그리고 상의를 다시 입고 는 그 자리를 떠났다.

그는 센 강을 건넜다. 세틀레 거리 앞에서 영업용 마차가 그를 따라잡았다. 그는 거기에 오르려고 했지만 마차는 이미 만원이었 다. 차장에게 표부터 사라는 말을 듣고 대합실로 들어섰다.

바로 그때 가니마르가 두 부하를 가까이 부르더니 대합실에서 눈을 떼지 않은 채 빠른 어조로 말했다.

"마차를 한 대 잡아두게……. 아니, 두 대가 좋겠어. 만약을 위 해서. 내가 한 대를 타고 갈 테니 자네들도 나머지 한 대를 타고 녀석의 뒤를 쫓게."

두 형사는 그의 말에 따랐다. 그런데 보드뤼가 모습을 드러내지 않았다. 가니마르가 대합실로 들어가 보았으나 거기에는 아무도 없었다.

"이런 멍청한 짓을 하다니. 다른 출구가 있다는 걸 잊고 있었어."

가니마르가 중얼거렸다.

대합실 복도의 한쪽 끝은 생마르탱 가와 연결되어 있었다. 가니
마르가 달려 나갔다. 리볼리 가의 모퉁이를 막 돌아가고 있던 바
티뇰 식물원 행 버스의 2층 좌석에 있는 보드뢰의 모습이 얼핏 보
였다. 그는 달리기 시작했고 곧 버스 뒤를 따라잡을 수 있었다. 하
지만 두 형사와는 멀리 떨어지고 말았다. 이제 혼자서 미행을 해
야만 했다.

가니마르는 하마터면 홧김에 다짜고짜 그의 멱살을 잡을 뻔했
다. 제 스스로 백치임을 자처하던 남자가 자신과 두 부하를 계획
적으로 떨어뜨려 놓았다는 것은 더 이상 의심의 여지가 없는 사
실이 아닌가?

그는 보드뢰를 바라보았다. 긴 의자에 앉아서 머리를 좌우로 끄
덕이며 졸고 있었다. 입이 반쯤 벌어진 그의 얼굴에 말로 표현할
수 없는 우둔함이 드러나 있었다. 아무리 들여다봐도 노련한 가
니마르 형사를 속일만한 그런 사람은 아니었다. 그 바꿔치기 사
건은 우연히 이 사내를 이용한 것에 불과했다.

라파예트 백화점 앞에 있는 교차로에서 내린 보드뢰는 뮈에트
행 전차로 갈아탔다. 전차는 오스망 대로와 빅토르 위고 거리를
지났다. 보드뢰는 뮈에트 역에서 내렸다. 그리고 어슬렁어슬렁
발걸음을 옮겨 불로뉴 공원 안으로 들어섰다.

그는 오솔길을 따라 여기저기 돌아다녔다. 입구 쪽으로 돌아왔
는가 싶으면 다시 멀어져가곤 했다. 무엇을 찾고 있는 것일까? 어
떤 목적이 있어서 저러는 걸까?

약 1시간 가까이 돌아다니던 그는 매우 피곤한 모양이었다. 벤

치로 가더니 자리를 잡고 앉았다. 그곳은 오퇴이유와 아주 가까운 곳으로 나무들 사이에 숨겨진 조그만 호숫가였다. 인적이라고는 눈을 씻고 찾아봐도 없었다. 30분 정도가 지났다. 가니마르는 더 이상 참지 못하고 말을 걸어봐야겠다고 생각했다.

그는 가까이 다가가 보드뢰 옆에 자리를 잡고 앉아 담배에 불을 붙이고 지팡이 끝으로 모래 위에 원을 몇 개 그리다 드디어 입을 열었다.

"그렇게 덥지는 않죠?"

아무런 대답도 들려오지 않았다. 그런데 이 침묵 속에서 갑자기 웃음소리가 울려 퍼지기 시작했다. 즐겁다는 듯한, 기쁘다는 듯한 웃음소리였다. 아무리 참으려 해도 참을 수 없어 터져 나오는 어린 아이와도 같은 웃음이었다. 가니마르는 실제로 머리털이 곤두서는 듯한 느낌을 받았다. 지난 날, 몇 번이고 들어왔던 이 웃음, 저승사자와도 같은 웃음이 아닌가?

가니마르는 거친 동작으로 그 남자의 멱살을 움켜쥐었다. 그리고 재판소에서 한 것보다 더 신중하게, 눈에 힘을 주어 그의 얼굴을 들여다보았다. 그는 조금 전에 재판소에서 봤던 그 사람이 아니었다. 아니, 그는 그 사람이면서 다른 사람이기도 했다.

정체를 꿰뚫어 보겠다는 듯 유심히 그를 바라보던 가니마르는 격렬하게 빛을 발하는 눈동자를 보았다. 여윈 얼굴에 예전의 모습이 남아 있었다. 거친 피부 밑으로 진짜 피부색이 드러나기 시작했다. 일그러진 입은 그 뒤에 진짜 입을 숨기고 있었다. 그 눈은 또다른 한 사람의 눈이었으며, 그 입은 또다른 한 사람의 입이었고 특히 표정이 날카로웠다. 활기에 넘친, 비꼬는 듯한, 섬세하면서도 밝고 생생한 표정이었다!

"아르센 뤼팽. 이건 틀림없이 아르센 뤼팽이야."

가니마르가 중얼거리듯 말했다.

갑자기 울화가 치밀어 올랐다. 그는 상대의 목을 졸라 쓰러뜨리려 했다. 나이는 이미 오십을 넘었지만 그는 보통 사람 이상으로 민첩했다. 게다가 상대는 몸이 그다지 좋아 보이지 않았다. 이 녀석을 무사히 연행하기만 한다면 커다란 공을 세우는 셈이다!

두 사람의 격투는 순식간에 끝나버렸다. 아르센 뤼팽은 방어 자세다운 자세를 거의 취하지 않았다. 가니마르는 손을 내밀었을 때와 별반 다를 바 없는 잽싼 몸놀림으로 다시 손을 거둬들였다. 그의 오른손이 경련을 일으키며 힘없이 늘어졌다.

"경시청에서도 유도를 배우게 된다면 이게 우데히시기라는 기술이라는 걸 당신도 알게 될 거요. 1초만 더 꺾었어도 당신 팔은 부러졌을 거야. 그 정도쯤 당해도 당신 할 말 없겠지? 내가 신뢰하고 있는 당신 같은 친구가, 내 스스로 깨끗하게 정체를 밝혔는데도 배신을 하다니, 어떻게 된 거요? 예의가 아니잖소. 이봐! 말좀 해보라고."

가니마르는 아무런 말도 하지 않았다. 자신의 책임이라고 밖에 여겨지지 않는 이 탈옥—사법 당국의 과오는 결국 자신의 어처구니없는 증언 때문이 아니었는가?—은 자신의 경찰 생활에 있어서 씻을 수 없는 치욕이라는 생각이 들었다. 눈물방울이 하얗게 세기 시작한 수염 위로 흘러내렸다.

"이봐, 가니마르! 왜 그러는 거야? 그렇게 슬퍼하지 말라고. 당신이 그 말을 하지 않았다면 다른 사람이 그 말을 하도록 미리 준비를 해두었으니까. 당연하지 않는가? 보드뤼 데지레가 눈앞에서 처형당하는 걸 내가 보고만 있을 줄 알았나?"

"그렇다면 재판소에 있었던 것도 자네였단 말인가? 여기 있는 건 틀림없이 자네네만."

"나였지. 언제나 나는 나였네."

"어떻게 그럴 수 있었지?"

"그렇다고 마법을 부렸다고 생각할 필요는 없어! 그 재판관이 말한 것처럼 어떤 상황에 처하더라도 손을 쓸 수 있을 정도의 수양을 지난 15년간 충분히 쌓을 수 있었으니까."

"대체 어떻게 그 인상을 바꿀 수 있었단 말인가? 그 눈빛하며."

"뭐, 뻔한 일 아니겠는가? 나는 생 루이 병원에서 18개월 동안 알티에 박사에게 여러 가지를 배웠는데 그건 의학을 위한 공부가 아니었지. 그 무렵부터 나는 생각했지. 이후 아르센 뤼팽이라 불리는 명예를 얻을 자는 인상이나 신분에 대해서 세상 사람들이 일반적으로 가지고 있는 생각의 범위 외에 있어야 한다고. 어떻게 인상을 바꿀 수 있냐고? 그런 건 내 마음먹은 대로 얼마든지 바꿀 수 있다네. 파라핀을 피하에 주사하면 어디든 원하는 부분의 피부를 부풀어 오르게 할 수 있지. 피로갈롤을 주사하면 당신은 모히칸 족과 똑같은 피부를 갖게 될 거요. 애기똥풀로 즙을 내어 바르면 버짐이나 종기가 생긴 멋진 피부를 갖게 될 거요. 어떤 화학제품은 당신의 머리카락과 수염을 더욱 무성하게 해주며, 어떤 화학제품은 음색을 변하게도 해주지. 거기다 24호 감방에서 2개월간 먹는 음식의 양을 줄이고, 이렇게 좀 특이하게 입을 여는 모습, 고개를 이런 각도로 구부리고 허리를 구부정하게 하는 연습을 몇 천번이고 반복했으며, 마지막으로 아트로핀을 눈에 다섯 방울 넣어 눈빛을 죽이고 흐릿하게 만들면 모든 게 완성되는 거지."

"어떻게 간수들도 그 사실을 몰랐지?"

"변신은 조금씩 행해졌네. 그들은 나날의 변화를 눈치 채지 못했어."

"그렇다면 보드뤼 데지레라는 사내는?"

"보드뤼는 실재하는 인물일세. 그 가련할 정도로 정직한 사람과는 작년에 처음 만났지. 얼굴이 나와 닮은 구석이 있었다네. 언젠가 체포당했을 때를 대비해서 내 손으로 안전한 곳에 옮겨놓았네. 그리고 나는 우선 우리 두 사람을 다르게 보이게 하는 닮지 않은 점들을 밝혀내기에 노력했지. 내게 있는 그 점들을 약하게 하기 위해서였다네. 내 친구들이 그를 수용소에서 하룻밤 보내게 했다네. 내가 재판소에서 나오는 시각과 거의 같은 시각에 거기서 나오도록 해서 일부러 시간적인 일치가 눈에 띄도록 조치를 취해놨다네. 설명할 필요도 없겠지만, 그 사람이 그 근처에 있었다는 걸 사람들에게 보일 필요가 있었기 때문이지. 그러지 않으면 사법당국에서는 내가 누구인지 의심을 했을 테니까. 하지만 진짜 보드뤼를 내보이면 사법당국의 시선이 당연히 보드뤼로 향할 테니 실제로 바꿔치기가 불가능한 일이라는 사실을 알고 있으면서도 자신들의 무지를 솔직하게 고백하기보다는 오히려 바꿔치기가 실제로 일어난 것이라고 믿게 될 걸세."

"그렇군. 옳은 말이야."

가니마르가 중얼거렸다.

"그리고 내 손 안에는 처음부터 조작해 놓은 멋진 카드가 한 장 있었지. 세상 사람들이 눈이 빠져라 기다리던 나의 탈옥이 그것일세."

아르센 뤼팽이 외치듯 말했다.

"즉, 내 자유를 놓고 벌인 사법당국과 나 사이의 승부에서 당신을 비롯한 당신의 친구들이 저지른 가장 커다란 실수는, 내가 허세를 부리고 있다고 생각했다는 점, 내가 풋내기들처럼 자신의 인기에 취해 있다고 생각했다는 점이오. 이 아르센 뤼팽에게 그런 약점이 있을 거라고 생각했소? 그런데도 당신들은 카오른 사건에서와 마찬가지로 '아르센 뤼팽이 자신의 탈옥을 장담하는 것은 다 그렇게 떠들고 다닐 필요가 있기 때문이다.' 라고 착각을 해 버렸네. 하지만 조금만 생각해보면 뻔한 일 아니겠는가? 탈옥하지 않고도 탈옥한 것처럼 보이기 위해서는 세상 사람들에게 나의 탈옥을 믿도록 해야 할 필요가 있다는 사실을 신앙처럼 믿게 하고, 절대적인 신념으로, 태양처럼 명백한 사실로 만들 필요가 있었지. 그리고 실제로 내 의지의 힘에 의해 실현되었네. 아르센 뤼팽은 탈옥할 것이라고, 아르센 뤼팽은 자신의 재판에 출석하지 않을 것이라고 사람들은 믿었네. 그러니 당신이 '이 사람은 아르센 뤼팽이 아닙니다.' 라고 증언하기 위해 자리에서 일어났을 때 단 한 사람이라도 내가 아르센 뤼팽이 아니라는 사실을 의심했다면 그거야말로 있을 수 없는 일이지. 만약 단 한 사람이라도 의심을 품고, 단 한 사람이라도 '만약 이 사람이 진짜 아르센 뤼팽이라면?' 이라는 의문을 품었다면 그것만으로도 나의 바꿔치기 작전은 실패로 돌아갔을 걸세. 그러기 위해서는 당신과 당신의 동료들이 한 것처럼 내가 아르센 뤼팽이 아니라는 생각으로 날 보는 게 아니라, 아르센 뤼팽일지도 모른다는 생각으로 날 보는 것만으로도 충분했을 걸세. 그렇게만 했다면 내가 제아무리 치밀하게 준비를 했다 하더라도 반드시 간파해 낼 수 있었을 걸세. 하지만 나는 마음을 푹 놓고 있었지. 이론적으로 말해서 누구도 이 간단한 생각을 하지 못할 게 뻔했으니."

그가 갑자기 가니마르의 손을 쥐었다.

"이보게 가니마르. 어떤가? 라 상떼 형무소에서 우리 두 사람이 얘기를 나눈 1주일 뒤 오후 4시에 당신도 정말로 내가 찾아올 거라고 믿고 집에서 나를 기다리지 않았나? 솔직하게 말해보게."

"그렇다면 호송마차는?"

묻는 말에는 대답하지 않고 가니마르가 말했다.

"일종의 협박이지! 내 친구들이 낡은 마차를 수리해서 진짜와 바꿔치기 했고 그걸로 난 일대 연극을 펼친 거야. 하지만 특별한 우연의 도움이 없이는 성공할 수 없을 거라는 사실을 나는 알고 있었다네. 나는 일단 탈주를 시도해서 그 사실을 대대적으로 알리는 게 오히려 편리할 거라고 생각했다네. 대담하게 계획된 첫 탈옥에 대한 평판이 이어질 두 번째 탈옥에 성공한 것과 같은 정도의 가치를 부여했으니까."

"그럼 그 담배도 역시......"

"나이프도 그렇고 내가 직접 조작한 거지."

"그 편지도?"

"내가 쓴 거야."

"그렇다면 그 베일에 싸인 여자친구는?"

"그녀와 나는 동일 인물일세. 나는 어떤 필체로도 마음대로 글을 쓸 수 있거든."

한동안 생각에 잠겨 있던 가니마르가 말했다.

"감식과에서 보드뤼의 카드를 만들었을 때 어째서 아르센 뤼팽의 카드와 똑같다는 사실을 알아채지 못한 거지?"

"아르센 뤼팽의 카드 같은 건 어디에도 존재하지 않는다네."

"그건 말도 안 되는 소릴세!"

"있기는 있지만 전부 잘못된 것들일세. 이 문제에 대해서는 나도 오랫동안 연구했었지. 베르티용 방식에서는 우선 시각에 의한 특징을 기록한다네. 당신도 잘 알다시피 시각은 그다지 믿을 만한 것이 못 되지. 그 다음은 두 눈, 손가락, 귀 등 여러 군데를 측량해서 기록한다네. 이 부분만은 속일 수가 없다네."

"그렇다면?"

"그래서 매수를 할 필요가 있었지. 내가 미국에서 돌아오기 조금 전에 감식과 사람 중 한 명이 내 기록의 첫 부분에 거짓 숫자를 써주기로 하고 그에 상응하는 돈을 받았다네. 그렇게만 해도 방식의 전부가 엉망이 되어 카드 전체가 들어가야 할 곳과는 반대되는 곳에 들어가게 되지. 이렇게 하면 보드뤼의 카드가 아르센 뤼팽의 카드와 함께 보관되는 일은 절대로 없을 테니까."

한동안 침묵이 흘렀다. 잠시 후 가니마르가 물었다.

"자네 앞으로 어쩔 생각인가?"

뤼팽이 외치듯 말했다.

"앞으로? 한동안 휴식을 취하면서 영양을 보충해 원래의 나로 되돌아가야지. 보드뤼가 되기도 하고 다른 사람이 되기도 하며,

마치 속옷 갈아입듯 인격을 바꾸고 마음대로 자신의 외모를 바꾸며 눈빛을 바꾸고 필적을 바꾸는 것도 참으로 흥미로운 일이기는 하지만 내가 나 같지 않다는 생각이 들 때면 쓸쓸함을 견딜 수가 없다네. 실제로 나는 지금 나 자신의 그림자를 잃은 듯한 느낌일세. 나 자신을 찾아서......, 나 자신을 발견할 생각이라네."

뤼팽이 이리저리 거닐기 시작했다. 해가 기울어가고 있었다. 뤼팽은 가니마르 앞에서 우뚝 멈춰 섰다.

"이제 더 이상 할 말이 없을 거 같은데."

형사가 대답했다.

"아직 있네. 자신의 탈옥에 대한 진상을 밝힐 생각인지 알고 싶네. 내가 저지른 실수를......"

"그 점이라면 걱정 말게! 석방된 게 아르센 뤼팽이라는 사실은 아무도 모를 테니. 이번 탈옥에 대해서 그 기적적인 부분을 그대로 남겨두어 나를 신비에 싸인 인물로 만들어두는 편이 내게는 훨씬 유리하니까. 그러니 걱정하지 말게, 친구. 오늘 밤, 만찬에 초대를 받았다네. 이제 옷을 갈아입어야 할 시간이야."

"나는 자네가 한동안 휴양을 취할 거라고 생각했는데."

"나도 그러고 싶지만 뜻대로 되질 않아! 홀대할 수 없는 사교상의 의리라는 게 있거든. 휴양은 내일부터 취해야지."

"그래. 오늘 밤 만찬회는 어디서 열리는 거지?"

"영국 대사관일세."

수상한 여행객

전날 밤, 내 자동차를 국도를 따라 루앙 지방으로 가도록 해놓았다. 나는 열차로 거기까지 가서 그 자동차로 센 강변에 살고 있는 친구 집으로 갈 생각이었다.

그런데 파리에서 열차가 출발하기 직전에 일곱 명의 신사가 내 객실로 불쑥 걸어 들어왔다. 그 중 다섯 명은 담배를 피우고 있었다. 급행으로 가는 것이기 때문에 긴 여행은 아니었지만 이런 사람들과 함께 가야 한다고 생각하니 불쾌하기 짝이 없었다. 게다가 열차가 구식이었기 때문에 복도도 없었다. 하는 수 없이 나는 외투와 신문과 시간표를 들고 옆 객실로 자리를 옮겼다.

거기에는 부인 한 명이 있었다. 나를 본 그녀가 난처한 기색을 드러내는 것을 나는 놓치지 않았다. 그녀가 계단 쪽에 서 있던 한 신사의 곁으로 다가갔다. 역까지 마중을 나온 그녀의 남편 같았다. 그 신사가 나를 바라봤다. 나에 대한 검사결과 아무래도 내게 유리한 결론을 내린 듯했다. 왜냐하면 그가 무서워하는 아이를 달래듯 만면에 미소를 띠운 채 조그만 목소리로 아내에게 속삭였기 때문이었다. 마치 내가 짧지 않은 2시간 동안 좁은 상자 안에 같이 갇혀 있어도 안심할 수 있는 훌륭한 신사라는 점을 알았다는 듯이 빙그레 웃으며 내게 우호적인 시선을 던졌다.

남편이 그녀에게 말했다.

"나는 이만 가봐야겠소. 용서해주구려. 급한 약속이 있어서 더는 기다릴 수 없소."

그가 애정을 담아서 그녀에게 키스를 했다. 그리고 그길로 떠나버렸다. 부인은 창 너머로 남들 눈에 띄지 않게 가벼운 키스를 보내기도 하고 손수건을 흔들기도 했다.

그 순간 기적이 울리고 기차가 움직이기 시작했다.

마침 그 때, 문이 열리더니 차장이 제지하는데도 불구하고 우리들이 타고 있는 객실 안으로 한 사내가 들어섰다. 함께 있던 부인은 일어서서 선반 위에 있던 짐들을 정리하고 있었는데 그를 보자마자 겁에 질려서 비명을 지르더니 의자에 엉덩방아를 찧듯 앉았다.

나는 결코 겁쟁이가 아니다. 오히려 용감한 편이라고 할 수 있지만 그래도 역시 이렇게 갑작스러운 침입은 기분 좋은 것이 아니었다. 그것은 어딘지 의심쩍기도 하고 부자연스럽기도 하기 때문이다. 거기에는 무슨 음모가 있는 듯하다. 적어도.......

이 새로운 침입자의 외모와 태도는 처음 그의 난입이 주었던 나쁜 인상을 완화시켜주기에 충분한 것이었다. 기품 있어 보이는 빈틈없는 복장, 품격 있어 보이는 넥타이, 깨끗한 손수건, 생기 넘쳐 보이는 얼굴....... 그런데 나는 이 사내를 어디서 봤을까? 틀림없이 어디선가 본 듯한 얼굴이었다. 정확히 말하자면 나는 초상화는 몇 번이고 본 적이 있지만 실제로는 한번도 본 적이 없는 듯한 인상을 받았다. 그와 동시에 아무리 생각해내려 해도 소용없다는 사실을 알게 되었다. 그만큼 내 기억은 희미하고 불안정한 것이었다.

문득 부인 쪽으로 시선을 돌린 나는 그녀의 창백해진 얼굴과 매우 당황해하는 표정을 보고 놀라지 않을 수 없었다. 그녀는 옆에 있는 사내를 바라보고 있었다. 두 사람은 같은 방향에 앉아 있었다. 그녀가 겁에 질려 부들부들 떨리는 손으로 무릎에서 12㎝ 정도 떨어진 곳에 있는 조그만 여행용 백을 집으려 했다. 드디어 그것을 잡은 그녀는 신경질적으로 백을 끌어당겼다.

우리의 눈이 마주쳤다. 그녀의 눈 속에서 불안과 격렬한 떨림을 읽을 수 있었기 때문에 나는 이렇게 말했다.

"부인 어디 안 좋으세요? 창을 조금 열까요?"

이 물음에는 답하지도 않고 그녀는 겁먹은 듯한 표정으로 그 사내를 가리켰다. 나는 그녀의 남편이 한 것처럼 빙그레 웃어보였다. 양 어깨를 들썩인 뒤 몸짓으로 그녀에게 내가 여기 있으니 아무것도 두려워할 게 없다고 설명했다. 그리고 이 신사도 해를 입힐 만한 사람은 아니라고 설명했다.

이때 그는 우리 두 사람을 번갈아가며 머리끝에서 발끝까지 훑어보더니 구석에 있는 자리로 가서 몸을 파묻듯 앉아 그 이후로 움직이려 들지 않았다.

한동안 침묵이 흘렀다. 그러다 부인이 전신의 힘을 쥐어짜내는 듯한 표정으로 들릴락 말락한 소리로 내게 말했다.

"그 사람이 이 열차에 탔다는 사실을 알고 계시나요?"

"그 사람이라뇨?"

"그 사람 말이에요. 그 사람....... 틀림없어요."

"그 사람이라니 누굴 말하는 거죠?"

"아르센 뤼팽이요!"

그녀는 같은 객실에 있는 사내에게서 시선을 떼지 않았다. 그녀는 마치 그 사람에게 이 무시무시한 이름을 또박또박 얘기하고 있는 듯했다.

그녀는 모자의 챙을 코 앞까지 끌어내렸다. 얼굴을 가리기 위해서였을까? 혹은 그저 잠을 자기 위해서?

내가 그녀에게 말했다.

"아르센 뤼팽은 어제 결석재판에서 중노동 20년 형을 선고받았습니다. 그러니 오늘 사람들 앞에 나타나는 경솔한 짓은 하지 않을 겁니다. 그리고 신문보도에 의하면 그는 잘 알려진 라 상떼 형무소 탈옥 이후 처음으로 터키에 모습을 나타냈다고 합니다."

부인이 되풀이해서 말했다. 같은 객실에 타고 있는 사람에게도 들으라는 듯한 말투였다.

"그 사람은 이 기차에 타고 있어요. 제 남편은 경시청 형무과 차장이에요. 역 구내에 있는 파출소 주임이 아르센 뤼팽을 찾고 있는 중이라고 가르쳐줬어요."

"그렇다고 꼭 이 열차에 있으란 법은 없지 않습니까?"

"대합실에 있는 걸 본 사람이 있대요. 루앙 행 일등석 승차권을 샀다고 했어요."

"그럼 잡혔을 거 아닙니까?"

"갑자기 사라졌대요. 개찰구에 있는 직원도 개찰을 할 때 그를 보지 못했다고 하고요. 아무래도 교외선 플랫폼을 통해서 빠져나와 이 열차보다 10분 늦게 출발하는 다른 급행 열차에 탄 것 같다고 했어요."

"그렇다면 그 급행 안에서 체포됐을 겁니다."

"하지만 만약 발차 직전에 그 열차에서 우리 열차로 뛰어들었다면…… 아무래도 그런 것 같아요. 틀림없이 그랬을 거예요. 어쩌면 좋죠?"

"그랬다면 이 열차 안에서 반드시 잡힐 겁니다. 역무원이나 경관이 열차를 옮겨 타는 그의 모습을 봤을 테니 말입니다. 그러니까 루앙에 도착하자마자 바로 잡아들일 겁니다."

"그 사람은 절대로 붙잡히지 않을 거예요! 틀림없이 도망갈 방법을 또 찾아낼 거예요."

"그렇다면 나는 그가 무사히 여행을 마치도록 빌어야겠군요."

"하지만 잡히기 전까지 그가 무슨 짓을 저지를지 모르잖아요."

"예를 들자면?"

"그건 저도 잘 모르겠어요. 하지만 무슨 짓이든 할 거예요."

그녀는 매우 흥분한 상태였다. 현재 상황이 어느 정도 그녀의 신경질적인 흥분을 합리화시키고 있는 것도 사실이었다.

나마저도 뜻하지 않게 이렇게 말했을 정도였다.

"하긴요. 기묘한 우연이라는 것도 있기는 하지요…… 하지만 안심하세요. 가령 아르센 뤼팽이 이 열차 안에 타고 있다 하더라도 그는 소란을 피우지는 않을 겁니다. 새로운 문제를 일으키기보다는 지금 자신에게 닥친 위험을 해결하는 데 급급할 테니까요."

내 말은 그녀를 조금도 안심시키지 못했다. 그녀는 더 이상 말을 하지 않았다. 너무 호들갑을 떨었다고 생각한 모양이었다.

나는 신문을 펼쳐들었다. 그리고 아르센 뤼팽의 공판에 관한 법정기사를 읽었다. 대부분 알고 있는 사실들밖에 실리지 않았기 때문에 아무런 흥미도 느낄 수가 없었다. 게다가 나는 어젯밤에 잠을 깊이 자지 못했기 때문에 조금 피곤하기도 했다. 나는 눈꺼풀이 무거워지고 머리가 기울어지는 것을 느꼈다.

"어머, 잠들면 안 돼요."

부인이 내 손에 들려 있던 신문을 앗아갔다. 그리고는 어처구니없다는 표정으로 나를 바라보았다.

"그럼요. 잠잘 생각은 조금도 없습니다."

"그처럼 무모한 짓도 없을 거예요."

그녀가 내게 말했다.

"그럼요, 무모하기 짝이 없는 짓이죠."

내가 대답했다.

나는 창 밖으로 푸른 하늘에 줄무늬로 떠 있는 구름을 바라보며 잠들지 않으려고 애를 썼다. 하지만 얼마 지나지 않아서 부인의 당황스러운 표정과 구석에서 잠을 자고 있는 신사의 모습도 내 눈에서 멀어졌으며, 모든 것이 뿌옇게 한데 어울리더니 나의 내부는 수면의 깊고 넓은 영토로 변해가고 있었다.

희미한 꿈 한 조각이 내 잠을 장식해주었다. 자칭 뤼팽이라 말하며 자신의 역할을 수행하는 남자가 그 꿈 속에서 상당한 위치를 차지하고 있었다. 그는 귀중한 물건들을 등에 진 채 저 멀리 지평선에서 날뛰기도 하고 담을 넘기도 했으며 성 안에서 가구를 훔쳐내기도 했다.

그러다가 아르센 뤼팽에서 다른 사람으로 변한 그 사람의 모습이 어느 틈엔가 확실하게 보이기 시작했다. 그는 내게 가까이 다가오면서 점점 거대해지더니 믿을 수 없을 만큼 놀라운 솜씨로 열차 안으로 뛰어들었다. 그리고는 내 가슴을 짓누르고 앉았다.

격렬한 고통을 느꼈다. 찢어질 듯한 비명을 지르며 나는 눈을 떴다. 구석에서 잠을 자고 있던 그 사내가 한쪽 무릎을 내 가슴에 걸친 채 목을 조르고 있었다.

그런 그의 모습이 아주 희미하게 눈에 들어왔다. 눈이 충혈 되어 있었기 때문이었다. 그리고 발작을 일으켜 객실 한 구석에서 몸을 떨고 있는 부인의 모습이 눈에 들어왔다. 나는 저항하려 들지 않았다. 저항하려 해도 내게 그런 힘은 없었을 것이다. 관자놀이 부분이 격렬하게 고동쳤다. 숨통이 끊어질 것 같았다. 나는 몸부림 쳤다. 1분만 더 있으면...... 질식할 것 같았다.

사내도 그 사실을 알고 있는 듯했다. 그는 목을 조르던 팔에서 힘을 뺐다. 몸을 떨어뜨리지 않고 미리 끝을 둥그렇게 매듭지어 놓았던 줄을 오른손으로 꺼내 아주 간단하게 내 두 손을 묶어버렸다. 나는 순식간에 결박당했으며 재갈이 물려져 꼼짝도 할 수 없게 되어버렸다.

그는 이 모든 일을 아주 자연스럽게 해치웠다. 익숙한 손놀림, 절도와 살인 상습범의 기량을 엿볼 수 있는 유연한 태도였다. 격렬한 말 한마디, 동작 한번 보이지 않았다. 그저 냉정함과 대담무쌍함을 보였을 뿐이었다. 그리고 나는 미라처럼 묶여서 의자 위에 내동댕이쳐져 있었다. 바로 나, 아르센 뤼팽이!

틀림없이 이는 어떤 놀림을 받아도 할 말이 없을 만큼 한심한 일이었다. 하지만 완전히 궁지에 몰려 절박하기 짝이 없는 상황에 처했으면서도 나는 일견 우습기도 한 이 사태를 진심으로 즐기지 않을 수 없었다. 아르센 뤼팽이 풋내기처럼 계략에 빠져들다니! 평범한 사람들처럼 강도를 당할 줄이야. 말할 필요도 없이 그 사내는 내 지갑과 소지품을 가져갔다! 아르센 뤼팽이 속임수에 빠져 완전히 당한 것이었다. 이 얼마나 부끄러운 일인가!

아직 부인이 남아 있었다. 사내는 부인을 쳐다보지도 않았다. 단지 바닥에 떨어져 있던 가죽 꾸러미를 낚아채더니 그 안에서 보석과 지갑, 금은 세공품들을 빼낼 뿐이었다. 부인이 한 쪽 눈을 떴다. 두려움에 몸이 완전히 굳어 있었다. 마치 상대의 노고를 덜어주기라도 하겠다는 듯 반지를 빼서 사내 앞으로 내밀었다. 사내는 그 반지를 받아들었다. 그리고 그녀를 빤히 들여다보았다. 그 순간 여자가 정신을 잃었다.

그러자 사내는 여전히 아무런 말도 하지 않은 채, 우리 두 사람에게는 눈길도 주지 않고 차분한 표정으로 자신의 자리로 돌아가 담배에 불을 붙였다. 그리고 조금 전에 손에 넣은 귀중품들을 유심히 살펴보기 시작했다. 결과에 아주 만족하는 듯했다.

나는 불만을 품지 않을 수 없었다. 간단하게 빼앗겨버린 만 이천 프랑 때문이 아니었다. 그 정도의 손해는 조금만 참으면 다시 내 손으로 돌아올 금액이었다. 소지품 속에 들어 있던 예정표와 견적서, 주소록, 통신원들의 리스트, 남의 손에 들어가면 위험할지도 모를 편지 때문에 걱정을 하고 있는 것도 아니었다. 그런 것들보다도 한층 더 직접적이고 심각한 걱정거리가 한 가지 있었다.

앞으로 무슨 일이 일어날지? 그것이 고민의 씨앗이었다.

내가 생라자르 역에 나타났다는 사실만으로도 일어났던 그 소동을 나는 이미 눈치 채고 있었다. 기욤 베를라라는 가명으로 사귀고 있는 친구의 집에 초대받아 가는 길이었는데 이 친구는 내가 아르센 뤼팽과 닮았다는 점을 매우 재미있어 했기 때문에 오늘은 변장도 충분히 하고 오지 않았다. 그 때문에 내 정체가 탄로 난 것이었다. 그리고 한 사내가 급행열차에서 다른 급행열차로 급하게 옮겨 타는 모습을 본 사람도 있었다. 그 사람이 아르센 뤼팽이 아니라면 또 누구겠는가? 따라서 루앙 시의 서장은 전보로 보고를 받았을 것이고 틀림없이 수많은 경관들을 대동하고 와서 이 열차가 도착하기만을 기다리고 있을 것이다. 수상한 여행객이 발견되면 신문도 할 것이고 객실 안도 꼼꼼히 조사할 것이다.

이런 사실들을 전부 알고 있었지만 나는 그다지 크게 흔들리지는 않았다. 루앙의 경찰이라고 해서 파리의 경찰들보다 크게 뛰어날 리가 없다는 사실 역시 잘 알고 있었기 때문이었다. 따라서 별 탈 없이 빠져나갈 수 있을 터였다. 개찰구에서 내 중원의원 의원증을 살짝 보여주기만 하면 모든 문제가 해결될 것이었다. 사실은 조금 전에도 이 방법으로 생라자르 역 개찰구에 있는 직원 앞을 통과했었다. 하지만 지금은 사정이 다르다. 나는 이미 자유를 잃었다. 지금까지 써왔던 그 어떤 방법도 쓸 수 없는 상황이었다. 서장은 운 좋게도 한 객실 안에서 손발이 묶여 어린 양처럼 얌전하게 있을 수밖에 없는, 포장을 완전히 마친, 요리만 하면 되도록 준비되어 있는 아르센 뤼팽을 발견할 것이었다. 서장은 역에 도착한 오리고기나 과일, 야채상자를 받는 것만큼 아주 간단하게 나를 받아들이기만 하면 되는 것이었다.

그런 어처구니없는 결말을 피하기 위해서 속박당한 내가 지금 무슨 일을 할 수 있단 말인가?

열차는 루앙을 향해서 달려가고 있었다. 베르농에도 생피에르에도 정차하지 않았고 다음 정차역이 바로 루앙이었다.

그런데 한 가지 내 관심을 끄는 문제가 있었다. 나와 직접적인 관계는 별로 없는 문제였지만, 전문가인 내 호기심을 자극하기에 충분한 문제였다. 동승한 이 길동무는 대체 어쩔 생각인지?

상대가 나 한 사람이라면 그는 루앙 역에 도착한 다음 천천히 역에서 빠져나갈 시간이 있을 것이다. 하지만 문제는 이 부인을 어떻게 처리할 것인가 하는 점이었다. 지금은 아주 조용히 몸을 사리고 있지만 정차해서 문이 열리자마자 일대 소동을 일으키며 큰 소리로 도움을 요청할 것이 뻔했다.

나는 바로 그 점 때문에 놀라지 않을 수 없었다. 그는 어째서 여자를 나처럼 묶어놓지 않는 것일까? 그렇게 하기만 하면 자신의 범죄가 발각되기 전에 천천히 모습을 감출 수 있을 텐데.

그는 여전히 담배를 피우며, 가늘게 떨어지던 빗방울이 드디어 굵은 선을 그리며 떨어지지 시작한 창 밖을 바라보았다. 그는 딱 한번 뒤를 돌아보았을 뿐이었다. 그리고 내 시간표를 꺼내들더니 페이지를 넘기기 시작했다.

부인을 바라보니 그녀는 적을 안심시키기 위해서 기절한 척 하고 있었다. 하지만 담배 연기 때문에 기침을 하는 바람에 속임수라는 것이 들통 나고 말았다.

그리고 나는 참으로 불편하기 짝이 없었다. 손발이 아파서 견딜 수가 없었다. 그럼에도 불구하고 나는 끊임없이 생각했다. 이리저리 계획을 세웠다.

퐁 드 라르슈, 우아셀....... 급행열차는 자신의 속도에 취한 듯 힘차게 달리고 있었다.

생트에티엔....... 순간, 사내가 자리에서 일어났다. 그리고 두 걸음 우리 쪽으로 다가왔다. 그러자 부인이 다시 비명을 지르더니 이번에는 진짜로 기절해버렸다.

하지만 그가 노리고 있던 것은 우리가 아니었다. 그는 우리 옆에 있는 창문을 열었다. 장대 같은 비가 쏟아지고 있었다. 그는 우산도 외투도 없는 듯 난처하다는 표정을 지었다. 그가 선반을 바라보았다. 거기에는 부인의 우산이 올려져 있었다. 그는 그것과 함께 내 외투도 내려 몸에 걸쳤다.

열차는 센 강의 철교를 건너고 있었다. 그가 바짓단을 걷어 올렸다. 그리고 밖을 내다보는 듯한 자세로 바깥쪽에 있는 걸쇠를 풀었다. 선로 위로 뛰어내릴 생각일까? 지금 뛰어내린다면 틀림없이 죽을 것이다. 열차가 생트카트린 산 중턱에 뚫어놓은 터널로 들어섰다. 사내는 문을 반쯤 열어 한쪽 다리로 첫 번째 계단을 더듬거리며 찾고 있었다. 이 무슨 미친 짓이란 말인가? 어둠속에 매연과 소음이 하나가 되어 이 사내가 하려는 짓을 환상처럼 보이게 했다. 그런데 갑자기 열차의 속도가 줄었다. 브레이크가 바퀴의 힘에 제동을 걸고 있었다. 속도는 점점 더 떨어지고 있었다. 터널의 이 부분에 공사가 계획되어 있으며 그 때문에 며칠 전부터 열차는 이곳을 통과할 때 속도를 줄여야 했음이 틀림없었다. 그리고 이 사내는 그것을 알고 있었던 것이다.

따라서 사내는 나머지 한쪽 다리를 계단 위로 내리고 두 번째 계단도 내려서 유유히 떠나기 전에 친절하게도 벗겨냈던 걸쇠까지 다시 잠그기만 하면 되는 것이다.

그의 모습이 사라지자마자 차창 밖의 빛이 더욱 하얀 연기를 비추고 있었다. 열차는 지금 계곡을 달리고 있었다. 터널 하나를 더 지나는가 싶더니 그들은 벌써 루앙에 도착해버렸다.

부인이 드디어 정신을 차렸다. 그녀는 보석을 잃어버렸다는 사실을 슬퍼했다. 나는 눈짓으로 동정을 구했다. 그녀가 그 사실을 깨닫고 나를 질식할 것처럼 만들고 있던 재갈을 풀어주었다. 그녀는 계속해서 나를 묶고 있던 밧줄도 풀어내려 했다.

내가 그녀를 제지했다.

"아니, 안 됩니다. 경찰에게 지금 모습 그대로를 보여줘야 합니다. 그 자를 잡을 만한 단서를 경찰에게 제공해야 하니까요."

"비상경보기를 울릴까요?"

"이미 늦었습니다. 녀석이 나를 공격할 때 눌렀어야죠."

"그랬으면 날 죽였을 거예요! 그래서 제가 말씀드렸잖아요. 그 사람이 기차에 타고 있다고! 바로 알아볼 수 있었어요. 신문에 난 얼굴이랑 똑같았잖아요. 덕분에 제 보석들을 전부 잃고 말았어요."

"걱정 마십시오. 틀림없이 잡힐 겁니다."

"아르센 뤼팽이 잡힐 거라고요? 그런 일은 절대로 없을 거예요."

"그건 부인 하기에 달렸습니다. 잘 들으세요. 열차가 멈추자마자 바로 문 쪽으로 가서 큰 소리로 소란을 피우세요. 경찰과 철도원들이 올 겁니다. 그럼 그들에게 당신이 본 걸 그대로 얘기하세요. 아르센 뤼팽이 내게 가한 폭행, 그의 도주 등을 가능한 간단하게 얘기하고 녀석의 특징을 알려주는 겁니다. 중절모자에 우산—
그건 부인 것이죠—허리 부분이 잘록한 외투 등......."

"그건 당신 것이죠?"

그녀가 말했다.

"내 거라고요? 무슨 소립니까? 녀석 것입니다. 나는 외투를 입
고 있지 않았습니다."

"그 사람도 처음 들어왔을 때 외투는 입고 있지 않았던 것 같은
데......."

"들고 있었습니다. 아니면 누군가 선반에 놓고 간 걸 겁니다.
어쨌든 내릴 때는 입고 내렸습니다. 중요한 건 바로 그 점입니다.
허리 부분이 잘록한 회색 외투, 기억나시죠? 아, 잊을 뻔했
네....... 제일 먼저 부인의 이름을 밝히십시오. 그리고 남편의 직
업도 잊지 마십시오. 그러면 틀림없이 이곳 형사들을 분할하게
할 겁니다."

드디어 루앙 역에 도착했다. 그녀가 재빨리 문 쪽으로 가서 밖
을 내다보았다. 나는 거의 명령조로 목소리를 높여서 지금부터
그녀가 해야 할 말을 그녀의 뇌리에 확실하게 각인하려고 노력하
며 말했다.

"기욤 베를라라는 제 이름도 말씀하십시오. 필요하다면 저와
아는 사이라고 말해도 상관없습니다. 그러는 편이 시간을 더 절
약할 수 있을 겁니다. 중요한 건 한시라도 빨리 예비수사를 시작
하도록 해서 아르센 뤼팽을 추적하도록....... 당신의 보석을 찾는
일이니까요. 잘 하실 수 있으시죠? 저는 남편의 친구인 기욤 베를
라입니다."

"알았어요. 기욤 베를라요?"

그녀는 곧 소리를 지르기도 하고 과장된 몸짓을 보이기도 했다. 열차가 채 멈추기도 전에 한 신사가 많은 사내들을 이끌고 열차로 뛰어들었다. 드디어 결판의 순간이 찾아왔다.

젖 먹던 힘까지 짜내며 부인이 외쳤다.

"아르센 뤼팽이....... 우리를 덮쳤어요. 제 보석을 빼앗겼어요. 제 이름은 르노....... 남편은 경시청 형무과 차장이에요. 어머! 마침 저기 있었네요. 동생인 조르주 아르델이에요. 여러분도 아실 테지만....... 루앙 신용은행의 지점장이니까......."

그녀가 우리들 곁으로 다가온 한 젊은이에게 입을 맞췄다. 서장이 그에게 인사를 했다. 그러자 그녀가 우는 소리로 다시 말을 이었다.

"바로 아르센 뤼팽이었어요. 이 분이 잠들어 있을 때 달려들어서 목을 졸랐어요. 이 분은 남편의 친구인 베를라 씨입니다.

서장이 물었다.

"그렇다면 아르센 뤼팽은 어디에 있는 겁니까?"

"센 강을 건넌 직후 터널을 지날 때 열차에서 뛰어내렸어요."

"틀림없는 뤼팽이었나요?"

"틀림없고말고요! 분명히 알 수 있었어요. 생라자르 역에서 본 사람도 있는 걸요. 중절모를 쓰고 있었어요."

서장이 내 모자를 가리키며 말했다.

"아닙니다. 이것과 똑같은 실크햇을 썼습니다."

"중절모였어요. 우리가 똑똑히 봤는걸요. 그리고 허리가 잘록한 회색 코트를 입고 있었어요."

르노 부인이 말했다.

"그건 맞습니다. 전문에도 허리 부분이 잘록하고 검은 벨벳으로 목깃을 댄 회색 외투에 관한 내용은 있었습니다."

"맞아요. 맞아. 검은 벨벳으로 목깃을 댔어요."

르노 부인이 기다렸다는 듯이 말했다.

나는 안도의 한숨을 내쉬었다. '잘 한다. 잘 하고 있어.'라며 속으로 그녀를 칭찬하지 않을 수 없었다.

드디어 경찰들이 묶여 있던 밧줄을 풀어냈다. 나는 가만히 입술을 깨물었다. 피가 돌기 시작했다. 오랫동안 불편한 자세를 취하고 있었으며 얼굴에 벌건 자국이 남을 정도로 재갈이 물려져 있었던 피해자에 어울리는 목소리로, 입에 손수건을 대고 몸을 웅크린 채 서장에게 말했다.

"서장님. 녀석은 아르센 뤼팽이었어요. 틀림없습니다. 서둘러 추적하면 틀림없이 잡을 수 있을 겁니다. 필요하다면 제가 돕겠습니다."

검찰당국의 조사를 받을 필요가 있는 차량만 열차에서 분리되었다. 열차는 르아브르를 향해서 출발했다. 나는 호기심 가득한 구경꾼들로 가득한 플랫폼을 가로질러 역장실로 안내되어 갔다.

여기서 나는 잠시 갈등을 했다. 적당한 구실을 만들어서 빠져나가 내 자동차로 도망을 가는 방법도 있었기 때문이었다. 여기 더 머문다는 것은 위험한 일이었다. 뭔가 사소한 일이라도 일어나거나 파리에서 전보가 한 통만 도착해도 나의 변장술은 완전히 들통 날 판이었다.

하지만 그 강도범을 나 혼자의 힘으로 잡을 수 있을까? 낯선 이곳을 혼자 돌아다닌다고 해봐야 녀석을 잡을 확률은 거의 없었다.

'좋았어. 모든 걸 하늘에 맡기고 이대로 여기 남아 있기로 하자. 승산은 별로 없지만 그러니 더욱 해볼 만한 일 아니겠어? 게다가 걸린 돈도 만만찮고.'

나는 마음 속으로 이렇게 다짐했다.

여기서 다시 한번 간단하게 진술을 해달라는 말을 듣고 내가 외치듯 말했다.

"서장님. 아르센 뤼팽은 상황을 점점 자신에게 유리한 쪽으로 끌고가고 있습니다. 역 앞에 내 자동차가 있으니 그걸 타고 함께 추적해보고 싶습니다만......."

서장이 무슨 말인지 알겠다는 표정으로 빙그레 웃으며 말했다.

"좋은 생각이긴 한데....... 너무 좋은 생각이라서 이미 실행 중에 있습니다."

"아, 그렇습니까?"

"그렇습니다. 부하 두 명이 자전거로 추적 중입니다. 조금 전부터."

"그런데 어디로?"

"그 터널 입구지요. 두 사람은 거기서 단서가 될 만한 것과 증거가 될 만한 걸 찾아낼 겁니다. 그런 다음 뤼팽의 뒤를 쫓겠지요."

나는 나도 모르게 어깨를 들썩였다.

"당신 부하들은 단서도 증거도 찾아내지 못할 겁니다."

"왜죠?"

"왜냐하면, 아르센 뤼팽은 틀림없이 그 누구의 눈에도 띄지 않고 터널에서 빠져나올 것이기 때문입니다. 그런 다음 처음 나온 길을 따라서 거기서부터……."

"거기서부터 루앙으로 나오겠죠. 그러면 거기서 우리들이 붙잡으면 되는 겁니다."

"루앙으로는 오지 않을 겁니다."

"그렇다면 루앙 근교를 돌아다니고 있단 말인데, 우리에게는 그게 더 유리한 상황……."

"근교를 돌아다니고 있지도 않을 겁니다."

"그럼 대체 어디에 숨어 있단 말이죠?"

내가 시계를 꺼내보며 말했다.

"지금쯤 아르센 뤼팽은 다르네탈 역 근처를 배회하고 있을 겁니다. 10시 50분, 그러니까 지금부터 22분 후에 녀석은 루앙의 북쪽 역에서 아미앵 행 열차에 오를 겁니다."

"그럴까요? 그런데 그걸 어떻게 알고 계시죠?"

"뭐, 이유는 간단합니다. 저 객실 안에 있을 때 아르센 뤼팽은 내가 가지고 있던 열차 시각표를 유심히 살펴봤습니다. 왜 그랬을 거라고 생각하십니까? 그건 그가 모습을 감춘 그 부근에 다른 철도선로가 없는지, 만약 있다면 역은 또 없는지, 그리고 그 역에 정차하는 열차는 없는지를 알아내기 위해서입니다. 나도 시간표를 살펴봤습니다. 그래서 알게 된 사실이지요."

"그렇군요. 대단하십니다. 정말 멋진 추리입니다. 놀랍습니다!"

서장이 말했다.

확고한 신념이 있었기 때문에 나 자신도 모르게 우쭐해져 너무 많은 말을 하고 말았다. 그는 깜짝 놀라서 나를 바라보았다. 그의 머릿속으로 조그만 의혹이 스치고 지나갔다는 사실을 나는 깨달을 수 있었다. 하지만 그것은 아주 작은 의혹에 지나지 않았다. 당국이 각지에서 입수한 아르센 뤼팽의 사진은 너무나도 불완전했으며 실제로 그의 앞에 있는 인물과는 너무나도 다른 아르센 뤼팽을 보여주고 있었기 때문에 나를 알아볼 수 있을 리 없었다. 그래도 나는 왠지 모를 불안감을 애써 감추려했다.

한동안 침묵이 이어졌다. 뭔지 확실하지는 않지만 알 수 없는 분위기가 우리들의 말문을 가로막고 있었다. 섬뜩한 전율이 내 온 몸을 휘감았다. 운이 나를 내버릴 것인가? 별 것 아니라는 표정으로 내가 웃으며 대답했다.

"이 정도는 아무것도 아닐지도 모릅니다. 지갑을 잃어버려서 그것을 찾고 싶다는 일념에 기지가 번쩍이게 되었으니까요. 그러니까 서장님의 부하 두 명만 붙여주신다면 녀석을 붙잡을 수 있을 것 같은 기분도 드는데......."

"맞아요! 서장님, 부탁이니 베를라 씨 말씀대로 해보세요."

르노 부인이 외쳤다.

고마운 그녀의 이 한마디는 참으로 결정적이었다. 유력자의 아내가 말하면 베를라라는 이 가명까지도 진짜 이름이 되며, 어떤 의혹도 미칠 수 없는 인격을 갖게 되는 것이었다.

서장이 자리에서 일어서며 말했다.

"베를라 씨. 제 말을 믿어주십시오. 저는 무엇보다도 당신의 성공을 바라고 있어요. 저도 당신만큼 아르센 뤼팽이 체포되기를 바라고 있는 사람입니다."

그는 나를 내 자동차가 있는 곳까지 데려다주었다. 서장이 직접 붙여준 오노레 마솔과 가스통 들리베라는 두 경관이 함께 차에 올랐다. 나는 핸들을 쥐었다. 운전사가 점화관을 돌렸다. 몇 초후, 우리는 역에서 빠져나왔다. 나는 탈출한 셈이었다.

이렇게 고도 노르망디를 둘러싼 국도를 자신의 모로 렙톤의 35마력짜리 자동차로 기세 좋게 달리고 있자니 나도 모르게 자부심이 피어오르기 시작했다. 모터는 경쾌한 소리를 내고 있었다. 양옆의 나무들이 뒤로, 뒤로 달려 나가고 있었다. 자유롭고 안전한 상태에 놓이게 된 나는 이제 두 사람의 정직한 국가권력의 대표자들과 협력해서 사소한 일을 하나 해결하기만 하면 되는 것이었다. 아르센 뤼팽이 아르센 뤼팽을 잡기 위해서 출발한 것이다!

치안을 위해 힘쓰고 있는 가스통 들리베와 오노레 마솔이여! 자네들의 도움이 내게 얼마나 커다란 힘이 되어주었는지. 자네들이 없었다면 난 어찌 되었겠는가? 자네들이 없었다면 교차로에서 난 몇 번이고 잘못된 길로 접어들었을 걸세. 자네들이 없었다면 아르센 뤼팽은 길을 잃었을 걸세. 그리고 녀석은 도망쳤을 것이고!

하지만 모든 문제가 해결된 것은 아니었다. 가야 할 길은 아직 멀고 험했다. 내게는 무엇보다도 녀석이 가져간 서류를 되찾아야만 하는 중요한 일이 남아 있었다. 무슨 일이 있어도 이 두 조수들이 그 서류에 코를 가져다 대게 해서는 안 된다. 그러니 그들의 손에 넘겨줄 수는 더더욱 없는 일이었다. 그들을 이용하기는 하지만 나는 그들과 따로 행동을 해야만 했다. 이것이 내가 가장 바라는 바였다. 하지만 그것은 쉽게 해낼 수 있는 일이 아니었다.

우리는 열차가 떠난 지 3분이 지나서야 다르네탈 역에 도착할 수 있었다. 하지만 나는 허리 부분이 잘록하고 목에 검은 벨벳을 댄 회색 외투를 입은 사내가 아미앵까지 가는 2등석 표를 샀다는 말을 듣고 매우 만족했다. 나의 탐정으로서의 데뷔는 성공적이라고 할 수 있었다.

들리베가 내게 말했다.

"그 열차는 급행이니까 19분 뒤에 몽테롤리에 뷔시 역에 정차할 겁니다. 만약 우리들이 아르센 뤼팽보다 먼저 그곳에 도착하지 못한다면 그는 아미앵으로 직행할 수도 있고 열차를 바꿔 타고 클레르로 가서 디에프나 파리로 갈 수도 있습니다."

"몽테롤리에는 얼마나 떨어져 있죠?"

"23km입니다."

"19분에 23km라....... 우린 녀석보다 먼저 도착할 수 있습니다."

아슬아슬한 거리와 시간이었다. 충실한 나의 애마인 모로 렙톤이 이와 같은 열의와 정확함으로 나의 초조함을 달래준 적도 없었다. 나의 의지를 핸들이나 레버를 통해서가 아니라 직접 자동차에게 전달하고 있는 듯한 느낌이 들었다. 자동차가 나의 소망과 집념을 알고 있는 듯했고 파렴치한 아르센 뤼팽에 대한 나의 증오심을 이해하고 있는 듯했다. 비겁한 녀석! 배신자! 나는 과연 그 녀석에게 이길 수 있을까? 아니면 이번에도 녀석이 국가권력을, 내가 대리로 수행하고 있는 국가권력을 가지고 놀 것인가?

"오른쪽으로!"

들리베가 외쳤다.

"왼쪽으로! 똑바로!"

우리는 미끄러지듯 달려 나갔다. 이정표들은 우리들이 다가가면 모습을 감추는 약하고 가련한 동물처럼 보였다.

그런데 모퉁이를 돌아서자 갑자기 연기가 피어오르고 있는 것이 보였다. 급행열차였다.

1km정도 앞서거니 뒤서거니 치열한 경쟁이 계속되었다. 하지만 처음부터 승부가 결정된 것이나 다름없는 불공평한 경쟁이었다. 도착하고 보니 우리는 열차 길이의 20배 정도 되는 거리를 앞질러 있었다.

단 3초 만에 우리는 이등열차가 멈춰 서는 곳 앞으로 달려갔다. 문이 열렸다. 몇몇 사람들이 열차에서 내려왔다. 우리가 찾는 녀석의 모습은 보이지 않았다. 우리는 열차 안을 살피고 돌아다녔다. 아르센 뤼팽의 모습은 어디에도 없었다.

"아뿔싸! 열차와 나란히 서서 달릴 때 자동차 안에 있는 내 모습을 보고 열차에서 뛰어내린 게 틀림없어."

차장이, 역에 들어서기 200m 전쯤에서 선로의 제방으로 뛰어내리는 사람을 봤다고 증언해 내 추측을 뒷받침해 주었다.

"앗, 저기…… 지금 건널목을 건너는 게 바로 그 사람입니다!"

나는 달리기 시작했다. 두 조수에게 따라오라고 말하고 싶었지만 결국 그를 따라잡은 것은 한 사람뿐이었다. 마솔만이 속도나 지구력 면에서 뛰어난 주자였기 때문이었다. 순식간에 마솔과 도망자 사이의 거리가 좁혀졌다. 사내가 마솔이 따라오고 있다는 사실을 눈치 챘다. 울타리를 뛰어넘어 재빨리 제방 쪽으로 도망치더니 제방을 기어오르기 시작했다. 그러더니 작은 숲 속으로 숨어들었다.

우리가 그 숲이 시작되는 곳을 가보니 마솔이 거기서 우리들을 기다리고 있었다. 우리와 따로 행동해서는 안 될 것 같아서 추적을 멈췄다고 했다.

"잘 했소. 그 만큼 달렸으니 녀석도 지쳤을 것이 틀림없소. 이제 녀석은 잡은 거나 다름없소."

내가 그에게 말했다.

나는 어떻게 해야 혼자 도주하고 있는 녀석을 잡을 수 있을지 생각하며 부근을 수색했다. 빼앗긴 것들이 경찰의 손에 넘어가 귀찮은 취조를 받은 뒤에 되돌려받지 않도록 하기 위해서 내 혼자 힘으로 그것을 되찾고 싶었다. 결국 나는 동료들 곁으로 돌아왔다.

"이렇게 하면 금방 잡을거요. 마솔 씨, 당신은 왼쪽으로 돌아가 녀석을 기다리고 계시오. 들리베 씨, 당신은 오른쪽을 맡아주시오. 그리고 각자 위치에서 이 숲의 뒤쪽을 감시하기 바라오. 그렇게 하면, 녀석이 당신들의 눈에 띄지 않고 이 숲을 빠져나가기 위해서는 이 웅덩이 길을 통하는 수밖에 없는데 그곳은 내가 지키겠소. 만약 그래도 녀석이 나타나지 않는다면 내가 안으로 뛰어들겠소. 그런 다음에 녀석을 어느 한쪽으로 몰겠소. 그러니 당신들은 그저 기다리고 있기만 하면 되는 거요. 아! 한 가지 잊은 게 있군. 위험이 닥치면 총을 쏴서 서로에게 알리도록 합시다."

마솔과 들리베가 각각 지정한 방향으로 갔다. 그들의 모습이 보이지 않을 때까지 기다렸다가 나는 숲 중앙으로 들어섰다. 모습이 보이지 않도록, 발소리가 들리지 않도록 주의에 주의를 거듭

하며 안으로 들어갔다. 이곳은 사냥을 위해서 만들어진 울창한 숲으로 몸을 웅크리고 헤치고 나가야만 하는 푸른 잎들의 터널 같은 오솔길이 여러 갈래로 갈라져 있었다.

오솔길 한쪽 끝으로 공터가 있었는데 젖은 풀 위에 발자국이 찍혀 있었다. 나는 나무들 사이를 비집고 나가면서 그 발자국을 따라갔다. 얼마쯤 가다보니 회반죽을 발라 지은, 반쯤 무너져 내린 폐가가 한 채 서 있는 얕은 언덕의 기슭이 나왔다.

'녀석은 틀림없이 저기 있을 거야. 주위를 살피기에 아주 좋은 장소로군.'

나는 이렇게 생각했다.

나는 건물 가까이까지 기어올랐다. 가벼운 소리가 들려와 그 안에 사람이 있음을 알려주었다. 그랬다. 건물의 갈라진 틈으로 이쪽을 등진 녀석의 모습이 보였다. 반동을 이용해서 나는 녀석에게 달려들었다. 녀석은 손에 들고 있던 권총으로 나를 겨누려 했다. 하지만 나는 그럴 틈을 주지 않았다. 그리고 녀석의 두 팔이 자기 몸 밑으로 깔려 비틀어지도록 녀석을 쓰러뜨린 뒤 한쪽 무릎으로 가슴을 짓눌렀다.

그의 귓가에 입을 대고 내가 말했다.

"잘 들어라, 이 풋내기 녀석아! 난 아르센 뤼팽이다. 조용히 내 서류들과 부인의 가죽 꾸러미를 내놔라, 어서······ 그러면 네 녀석을 경찰의 손아귀에서 벗어나게 해주고 내 동료로 삼아 주지. 어떻게 할 건지 대답해라."

"알겠습니다."

녀석이 속삭이듯 말했다.

"고마운 말이로군. 오늘 아침, 너는 아주 멋지게 일을 해치웠어. 그 정도라면 쓸만할 게야."

그제서야 나는 자리에서 일어났다. 그런데 녀석이 주머니 속을 뒤적이더니 안에서 커다란 칼을 꺼내 갑자기 내게로 달려들었다.

"멍청한 녀석!"

내가 외쳤다.

나는 한 손으로 그의 공격을 막았다. 그리고 나머지 한쪽 손으로 그의 경동맥을 힘껏 내리쳤다. 이른바 당수라고들 말하는 것이었다. 녀석은 정신을 잃고 쓰러졌다.

나는 내 서류들과 지갑을 찾아냈다. 그런 다음 그의 지갑을 꺼내 보았다. 거기서 봉투 한 장이 나왔는데 봉투에는 '피에르 옹프레이' 라는 이름이 적혀 있었다.

나는 몸이 굳어버렸다. 피에르 옹프레이는 오퇴유의 라퐁텐 가의 살인범이다! 피에르 옹프레이는 델보아 부인과 두 딸을 목 졸라 죽인 녀석이다. 나는 몸을 굽혀 녀석을 들여다보았다. 그랬다. 그 객실 안에서 처음 그를 보았을 때, 낯익은 얼굴이라는 생각이 들었던 것도 바로 그 때문이었다.

하지만 시간이 없었다. 나는 봉투 속에 백 프랑짜리 지폐 두 장과 명함을 넣었다. 명함 뒤쪽에는 이런 말을 적어놓았다.

「아르센 뤼팽이 동료 오노레 마솔과 가스통 들리베에게 감사의 뜻으로 드림.」

나는 이것을 르노 부인의 가죽 꾸러미와 함께 눈에 잘 띄는 방의 중앙 부분에 놓았다. 위험에서 구해준 그 친절한 부인에게 어찌 이것을 돌려주지 않을 수 있겠는가!

하지만 나는 여기서 조금이라도 값나가 보이는 것은 전부 내가 가져갔음을 고백하지 않을 수 없다. 소라껍데기로 만든 빗과 텅 빈 지갑만을 남겨둔 채. 어쩔 수 없지 않은가? 직업은 직업이니. 그리고 그녀의 남편은 너무나도 수치스러운 직업을 가지고 있지 않은가?

녀석을 처치해야만 했다. 녀석이 움직이기 시작했다. 어떻게 하면 좋을까? 내게는 이 녀석을 도울 자격도 벌할 자격도 없었다.

녀석의 권총을 집어 들어 한 발 쏘았다.

'두 형사가 달려와 알아서들 처리하겠지. 모든 걸 자네 운에 맡기겠네.'

나는 이렇게 생각한 다음, 전속력으로 달려 그 웅덩이 길에서 벗어났다.

20분 후, 조금 전 녀석을 추격할 때 봐 두었던 비스듬히 가로지른 한 줄기 길이 나를 자동차가 있는 곳까지 안내해 주었다.

그리고 4시에 나는 루앙의 친구에게 뜻밖의 일이 생겨서 방문을 뒤로 미룰 수밖에 없겠다는 소식을 전보로 전했다. 여기서만 밝혀두겠는데 나는 두려웠다. 이제는 이곳 형사들도 일이 어떻게 된 것인지를 알았으니 이곳을 다시 방문하는 일은 무기한 연기할 수밖에 없었다. 그들에게 있어서 이는 상당히 아쉬운 일일 것이다.

몇 개의 도시를 거쳐서 6시에 파리로 돌아왔다.

석간을 통해서 나는 경찰들이 피에르 옹프레를 체포했다는 사실을 알 수 있었다.

다음 날 ─세련된 자기선전의 효과는 결코 경시할 만한 것이 아니니─『에코 드 프랑스』지에 다음과 같은 선정적인 기사가 실렸다.

「어제, 뷔시 부근에서 복잡한 사건의 끝에 아르센 뤼팽이 피에르 옹프레이를 체포하는 데 성공했다. 라 퐁텐가 살인사건의 범인은 이번에도 파리 발 르 아브르 행 열차 안에서 형무소 차장의 부인인 르노 마담의 귀중품을 강탈했었다. 아르센 뤼팽은 르노 부인을 위해서 귀중품이 들어 있던 가죽 꾸러미를 되찾은 것 외에도 이 극적인 체포를 도와 준 보안관의 두 형사에게도 후한 보상을 했다.」

여왕의 목걸이

드뢰 수비즈 백작 부인은 일 년에 두어 번, 그러니까 오스트리아 대사관에서 열리는 무도회나 빌링스톤 부인이 여는 저녁 모임, 중요한 의식이 있을 때에만 자신의 눈처럼 하얀 어깨 위에 '여왕의 목걸이'를 걸쳤다.

그 목걸이는 영국 왕가에 보석을 대고 있던 보석상 뵈머와 바상즈가, 프랑스 국왕 루이 15세가 아끼던 뒤바리 부인을 위해서 만든 것으로 드로앙 수비즈 추기경이 프랑스의 왕비인 마리 앙투아네트에게 바치려고 했던 것인데 드 라 모트 백작의 부인인 잔 드 발루아가 남편과 그의 공모자인 레토 드 빌레트의 도움을 얻어 1785년 2월의 어느 날 밤에 중간에서 가로챘다는 전설적인 목걸이였다.

정확하게 말하자면 목걸이의 틀만이 진품이었다. 레토 드 빌레트가 보관하고 있는 동안 라 모트 백작과 그의 아내가 그것을 만든 보석상 뵈머가 고생 끝에 손에 넣은 멋진 다이아몬드를 전부 뜯어내서 따로따로 팔아버렸기 때문이다. 그 후 그는 이탈리아에서 남겨진 목걸이 틀을 추기경의 조카이자 유산 상속인 가스통 드 드뢰 수비즈에게 넘겼다. 그는 추기경의 조카이자 유산 상속자이기도 했지만, 엄청난 파산을 큰아버지의 도움으로 모면한 경력이 있는 인물이기도 했다. 그는 큰아버지를 기리기 위해서 영국의 보석상 제페리스가 소유하고 있던 다이아몬드 몇 개를 다시 사들이고 부족한 부분은 크기는 똑같지만 질은 매우 떨어지는 다이아몬드로 보충하여 뵈머와 바상즈가 처음 만들었을 때와 똑같은 모습으로 '속박의 목걸이'를 멋지게 복원해냈다.

드뢰 수비즈 일가 사람들은 약 1세기라는 오랜 세월 동안 이 역사적인 목걸이를 가보로 여기며 자랑스러워해 왔다. 여러 가지 일들의 영향으로 일가의 자산이 줄어들었지만 그들은 이 국가적으로 귀중한 유품을 팔기보다는 절약하는 생활을 택했다. 특히 백작 자신은, 세상 사람들이 조상 대대로 내려오는 저택을 소중히 여기듯 이 목걸이를 소중하게 여겼다. 그는 만약을 위해서 리용 신용은행의 금고를 빌려 평소에 그 곳에 목걸이를 보관해 두었다. 아내가 그것을 걸고 싶다고 말하면 그날 오후에 그가 직접 은행으로 가서 가져온 뒤, 다시 자신이 직접 은행으로 가져가곤 했다.

그날 밤, 카스티유 궁에서 벌어진 연회에서 — 이는 금세기 초에 일어난 사건임을 알아두시기 바란다 — 백작 부인은 가장 커다란 주목을 받았다. 백작 부인의 아름다움은 그날 밤 연회를 연 크리스티앙 왕의 눈에도 띄었다. 그 목걸이는 요염한 목 주위에서 눈부시게 빛나고 있었다. 다이아몬드의 수많은 단면들이 샹들리에의 불빛을 받아 마치 불꽃처럼 반짝이고 있었다. 이 고귀한 목걸이의 아름다움을 이처럼 자연스럽고 품위 있게 소화해낼 수 있는 사람은 백작 부인 외엔 아무도 없을 것 같았다.

낡은 생제르맹 저택의 침실로 둘이 돌아왔을 때, 드뢰 백작은 자신에게 박수를 보내고 싶은 심정으로 그날 밤에 맛보았던 두 가지 승리를 만끽하고 있었다. 그의 아내와 그리고 벌써 4대에 걸쳐서 가문의 이름을 드높이는 데 도움을 준 목걸이가 자랑스러워서 견딜 수가 없었다. 그의 아내는 자신의 유치한 허영심을 이 목걸이로 어느 정도 달래고 있었는데 이는 그녀의 교만한 특성 중 하나이기도 했다.

풀고 싶지 않다는 생각이 들기도 했지만 그녀는 목걸이를 풀어 남편에게 건네주었다. 백작은 마치 처음 보기라도 한다는 듯이 자랑스러운 마음으로 그것을 바라보았다. 그런 다음 추기경의 문장이 새겨진 붉은 가죽 상자에 목걸이를 넣었다. 그리고 침실 옆에 있는 골방으로 들어갔다. 그곳은 침실과는 완전히 분리되어 있었으며, 유일한 출입구는 침대 부근에 있었다. 그는 평소와 다름없이 모자 상자와 속옷가지들이 산더미처럼 쌓여 있는 높은 선반 위에 목걸이를 감춰두었다. 침실로 돌아와 문을 잠근 다음 옷을 갈아입었다.

다음날 아침, 점심을 먹기 전에 리용 신용은행에 갈 생각으로 9시에 일어나 외출할 채비를 한 뒤 커피를 한 잔 마시고 마구간으로 가서 두어 가지 지시를 내렸다. 자신이 아끼는 말 한 마리가 마음에 걸려 정원으로 데리고 나와 걸어보게도 하고 달려보게도 했다. 그런 다음 아내 곁으로 돌아왔다.

그녀는 아직도 침실에서 나오질 않았다. 몸종의 도움을 받아가며 머리를 손질하고 있었다. 그녀가 물었다.

"외출하실 건가요?"

"응....... 저걸 되돌려놓고 오겠소."

"아, 참! 그렇죠........ 그래야 안심을 하죠."

그가 골방으로 들어갔다. 몇 초 후에 그가 아내에게 물었다. 평소와 별반 다를 바 없는 목소리였다.

"여보, 그 목걸이 당신이 꺼냈소?"

그녀가 대답했다.

"왜요? 전 아무것도 꺼내지 않았는데요."

"하지만 없는 걸."

"그럴 리가....... 저는 그 문조차도 열지 않았는걸요."

골방에서 나온 그의 얼굴이 하얗게 질려 있었다. 겨우 들릴 정도의 조그만 목소리로 더듬더듬 말했다.

"다, 당신이 꺼내지 않았다고? ...... 당신이 아니라면? ...... 어떻게 된 거지?"

그녀가 자리에서 벌떡 일어나 남편이 있는 곳으로 달려갔다. 둘이서 황급히 찾아보았다. 모자 상자를 떨어뜨리기도 하고 산더미처럼 쌓인 속옷가지들을 파헤치기도 했다. 그러면서도 백작은 계속 중얼거렸다.

"소용없는 짓이야. 다 쓸데없는 짓이라고. 여기에, 바로 이 선반 위에 올려놓았는데........"

"하지만 착각할 수도 있잖아요."

"여기에 올려놨었다고, 이 선반 위에. 다른 선반이 아니야."

그 방은 꽤 어두운 편이었기 때문에 두 사람은 촛불을 밝혔다. 두 사람은 방해가 되는 속옷가지들을 전부 치웠다. 결국 그 좁은 방안에 아무것도 남지 않게 되고서야 두 사람은 실의에 빠진 채 그 유명한 '여왕의 목걸이'가 사라졌다는 사실을 인정하게 되었다.

단호한 성격을 가진 백작 부인은 시간을 낭비하지 않고 곧장 경찰서장인 발로르브 씨에게 이 사실을 알렸다. 그녀는 이미 그의 명석함과 민첩함을 잘 알고 있었다. 일단 상황에 대하여 자세한 설명을 들은 그가 물었다.

"백작님, 지난 밤 침실로 들어온 자가 아무도 없었다고 확신하실 수 있으십니까?"

"확신합니다. 나는 깊이 잠들지 못하는 사람입니다. 그리고 무엇보다도 이 침실에는 걸쇠가 걸려 있었습니다. 오늘 아침에 아내가 몸종을 불렀을 때 내가 직접 가서 그것을 풀었습니다."

"골방으로 들어가는 다른 통로는 없다고 하셨죠?"

"하나도 없습니다."

"창은?"

"있기는 있지만 폐쇄한 지 오랩니다."

"한번 보여주십시오."

촛불을 밝혔다. 그러자 발로르브 서장이, 나무상자로 막혀 있는 것은 창문 높이의 절반밖에 되지 않는다는 사실, 상자가 창문에 밀착되어 있지 않다는 사실을 사람들에게 환기시켜 주었다.

"하지만 소리를 내지 않고서는 이것을 움직일 수 없을 정도로는 밀착시켜 놓지 않았습니까?"

드뢰 백작이 말했다.

"이 창은 어디와 통합니까?"

"작은 안뜰과 연결되어 있습니다."

"위에도 층이 더 있습니까?"

"이 위에 두 개 층이 더 있습니다. 하지만 하인들이 사는 4층까지 촘촘한 철조망을 쳐놓았습니다. 이 방도 그래서 이렇게 어두운 겁니다."

그 뒤, 상자를 옮겨보고 나서야 창이 닫혀 있다는 사실을 깨달았다. 외부에서 누군가 창을 통해서 침입했다면 이렇게 되어 있지는 않았을 것이다.

백작이 자신의 의견을 말했다.

"만약 그 누군가가 침실을 통해서 나갔다면."

"그랬다면 백작님은 오늘 아침에 걸쇠가 걸려 있는 걸 보지 못했을 겁니다."

서장이 한동안 생각에 잠겨 있다가 부인에게 질문을 던졌다.

"부인, 어젯밤에 목걸이를 하실 거라는 사실을 주위 사람들도 알고 있었습니까?"

"알고 있었지요. 나는 결코 그 사실을 숨기거나 하지 않았으니까요. 하지만 우리가 그걸 골방에 숨겨둔 다는 사실은 아무도 몰랐을 거예요."

"정말 아무도요?"

"아무도 몰라요. 아, 어쩌면......."

"부인, 부탁입니다. 제발 확실하게 말씀해 주십시오. 그게 가장 중요한 점이니까요."

부인이 남편을 보고 말했다.

"저 지금 앙리에트를 생각하고 있었어요."

"앙리에트 말인가? 그녀 역시 이곳에 대해서는 모를 거요."

"정말 그렇게 생각하세요?"

"그 분은 누구시죠?"

"여학교 시절의 친구로 기술자와 결혼하기 위해서 가족과의 연을 끊은 사람이에요. 남편이 죽은 뒤로 아들 한 명과 함께 생활하고 있는데 그들을 위해서 제가 이 저택의 한 방을 내줬어요."

그런 다음 부인은 조금 말하기 힘들다는 투로 말했다.

"여러 가지로 저를 도와주고 있어요. 재주가 많은 여자거든요."

"몇 층에 살고 있습니까?"

"저희와 똑같은 층에서 살고 있어요. 그렇게 떨어져 있지도 않고....... 이 복도 끝에 있는 방이에요. ...... 그러고 보니...... 그 여자가 쓰고 있는 부엌의 창이......."

"저 안뜰에 면하고 있단 말이겠죠?"

"맞아요. 우리 방의 창과 마주보고 있어요."

이 말 뒤에 한동안 침묵이 흘렀다.

그러다 발로르브 서장이 앙리에트가 살고 있는 곳으로 안내해 달라고 말했다.

사람들이 찾아갔을 때, 그녀는 바느질을 하고 있었다. 예닐곱 살 정도로 보이는 어린 아들 라울이 그녀 옆에서 책을 읽고 있었다. 그녀를 위해서 마련한, 벽난로도 없는 방 한 칸과 부엌으로 사용하고 있는 창고뿐인 초라한 공간을 보고 놀란 서장은 그녀에게 물었다. 도난사고가 있었다는 사실을 들은 그녀는 깜짝 놀라는 표정을 지어보였다. 전날 밤, 그녀는 백작 부인의 몸단장을 도왔으며 부인의 목에 자신이 직접 목걸이를 걸어주었다.

"어떻게 된 일이죠? 어떻게 그런 일이 있을 수 있죠?"

그녀가 외쳤다.

"뭔가 짚이는 게 없습니까? 뭔가 의심되는 부분이라도? 범인이 당신의 방을 통과했을지도 모릅니다."

자신이 의심을 받게 될지도 모른다는 사실을 꿈에도 생각지 못한 그녀가 웃으며 대답했다.

"하지만 저는 방 밖으로 전혀 나가질 않았는걸요. 원래 외출은 전혀 하지도 않고. 그리고 못 보셨나요?"

그녀가 창고의 문을 연 뒤 말을 이었다.

"보세요. 저쪽까지 족히 3m는 될 거예요."

"범인이 저쪽으로 들어갔을 거라는 생각은 어떻게 아신 겁니까?"

"그야....... 목걸이를 저쪽 방에 두지 않았었나요?"

"당신은 그 사실을 어떻게 알고 있습니까?"

"어머! 밤에는 목걸이를 저기에 둔다는 사실을 처음부터 알고 있었어요. 내가 있을 때 그런 얘기를 한 적이 있었는걸요."

아직 젊지만 슬픔에 시들어버린 그녀의 얼굴에는 다정함과 체념의 빛이 역력하게 드러나 있었다. 하지만 잠깐의 침묵 속에서 어떤 위험을 느끼기라도 한 듯한 깊은 불안이 순간 그녀의 얼굴에 나타났다. 그녀는 아들을 꼭 끌어안았다. 아들은 어머니의 손을 잡더니 거기에 부드럽게 키스를 했다.

"설마 그 여자를 의심하고 있는 건 아니겠죠? 그녀라면 내가 보장할 수 있습니다. 세상 누구보다도 정직한 여자입니다."

두 사람만 남았을 때 드뢰 백작이 서장에게 말하였다.

"아닙니다! 저도 백작님과 같은 생각입니다. 저는 그저 잠시 그녀가 자신도 모르는 사이에 공범자를 도왔을지도 모른다고 의심했을 뿐입니다. 하지만 그런 생각은 버려야 한다는 사실을 인정하지 않을 수 없군요. 그 생각은 제가 직면하고 있는 이 문제를 해결하는데 조금도 도움을 주지 않습니다."

서장은 더 이상 수사의 성과를 거두지 못했다. 그 후, 예심판사가 이 사건에 대해서 추가 조사를 했다. 하인들을 신문하기도 하고, 걸쇠의 상태를 살피기도 했으며, 골방으로 난 창을 실제로 여닫기도 하고....... 하지만 모든 일이 헛수고였다. 걸쇠는 완벽했다. 밖에서는 골방의 창을 열 수도 닫을 수도 없다는 사실을 알게 되었다.

수사가 앙리에트에게 집중되기 시작했다. 모두가 설마라고 생각하면서도 결국에는 그녀를 생각하지 않을 수 없었기 때문이었다. 그녀의 생활에 대한 철저한 조사가 행해졌다. 그 결과 3년 동안 그녀가 저택 밖으로는 단 네 번밖에 나가지 않았다는 사실을 알게 되었다. 게다가 네 번 모두 뚜렷한 목적이 있었다는 사실을 확인할 수 있었다.

그녀는 실질적으로 드뢰 부인의 심부름과 바느질을 도맡아 해왔다. 그런 그녀를 부인이 매우 엄하게 대했다는 사실을 모든 하인들이 은연중에 증언했다.

"만약 우리가 범인을 알고 있다 하더라도 그가 어떤 방법으로 목걸이를 훔쳐냈는지에 대해서는 전혀 알지를 못합니다. 우리는 두 가지 장애물의 방해를 받고 있습니다. 즉, 문과 창이 방해가 된다는 말입니다. 그리고 두 가지 의문에 사로잡혀 있습니다. 대체 어떻게 해서 방 안으로 숨어들었고 더욱더 알 수 없는 것은, 범인이 어떻게 걸쇠가 걸린 문과 폐쇄된 창을 그대로 남겨둔 채 밖으로 도망칠 수 있었는지에 관한 것입니다."

일주일이나 수사를 했지만 결국은 서장과 같은 결론밖에는 얻지 못한 예심판사가 말했다.

4개월에 걸친 수사 끝에 판사는 드뢰 부인이 급하게 돈 쓸 데가 생겨서 그 여왕의 목걸이를 팔아치운 것이라고 내심 추측하며 이번 사건에 대한 수사를 일단락 짓기로 했다.

아무튼 그 귀중한 목걸이 도난사건이 드뢰 수비즈 부부에게 오랫동안 치유되지 않을 깊은 상처를 남겼다. 보물을 도둑맞았다는 소문이 퍼지자 그 보물에 의해서 유지되던 그들의 신용이 땅에 떨어져 냉혹하기 짝이 없는 고리대금업자들로부터 시달림을 받게 되었다. 그들은 가재도구를 팔기도 하고 담보를 잡히기도 하는 등 살을 깎아내는 듯한 아픔을 겪어야만 했다. 그들을 구제해준 먼 친척의 막대한 유산 증여가 없었다면 그들은 당연히 파산해버리고 말았을 것이었다.

그리고 그들은 귀족으로서의 체면을 잃게 되어 자존심에도 커다란 상처를 입었다. 그런데 이상한 것은 부인이 여학교 시절의 친구였던 앙리에트에게 박하게 대했다는 점이었다. 그녀는 이 친구를 진심으로 미워했으며, 공공연하게 친구를 범인 취급했다. 처음에는 친구를 4층에 있는 하인들이 쓰는 공간으로 내몰더니 결국에는 아무런 예고도 없이 저택에서 내쫓아버렸다.

그 뒤로는 별다른 문제없이 시간이 흘렀고 백작 부부는 자주 여행을 떠났다.

다만 이 기간 동안에 한 가지 주목할 만한 일이 벌어졌다. 앙리에트가 떠난 지 몇 개월 후, 백작 부인은 한 통의 편지를 받았는데 그 편지를 읽고는 놀라지 않을 수 없었다.

「부인.

뭐라 감사의 말씀을 드려야 할지 모르겠습니다. 그걸 보내 주신 건 바로 당신이겠죠? 당신 외에 누가 보냈겠습니까? 당신 외에 제가 이런 오지에서 숨어살고 있다는 사실을 아는 사람은 한 사람도 없으니까요. 만약 제가 잘못 알고 있는 것이라면 용서해주시기 바랍니다. 그리고 그저 지난 날 제게 베풀어주신 당신의 호의에 감사의 말씀을 드리는 것이라고만 알아주시기 바랍니다.......」

앙리에트는 무슨 말을 하고 있을 걸까? 현재는 물론, 과거에 그녀에게 베풀었던 백작 부인의 호의란, 결국 불공평한 처사 외에는 아무것도 없질 않았는가? 그런데도 감사를 한다니? 이건 또 무슨 말인가?

나중에 설명을 강요당하자 앙리에트는 서류도 아니고, 우편으로 도착한 편지에 동봉한 천 프랑짜리 지폐 두 장을 받았다고 대답했다. 답장과 함께 넣어 보낸 그 봉투에는 파리 소인이 찍혀 있었으며, 누가 보더라도 억지로 꾸며서 쓴 것이라 짐작되는 필적으로 받는 사람의 주소만이 적혀 있었을 뿐이었다.

이 이천 프랑의 출처는 어디일까? 누가 보낸 것일까? 사법당국이 조사에 나섰다. 하지만 이 오리무중 속에서 무슨 단서를 찾을 수 있겠는가?

그런데 이와 똑같은 일이 12개월 뒤에도 일어났다. 그리고 세 번째, 네 번째 해에도 한 번씩, 6년간 계속되었다. 다른 점이 있다면 5년, 6년째 되던 해에는 금액이 두 배로 뛰었다는 사실이었다. 덕분에 갑작스런 병으로 쓰러졌던 앙리에트는 충분한 치료를 받을 수 있었다.

그런데 다른 문제가 생겼다. 우체국에서 현금을 동봉하는 것은 절차에 어긋난다는 이유로 이들 편지 중 한 통을 몰수한 것이었다. 그래서 마지막 두 통은 적법한 절차를 밟아 발송되었다. 그 중 먼저 보내진 한 통은 생제르맹 우체국 소인이 찍혀 있었고, 다른 한 통은 쉬렌 우체국 소인이 찍혀 있었다. 먼저 보낸 편지의 발신인은 앙크티, 나중에 보낸 편지의 발신인은 페샤르였다. 물론 주소는 모두 꾸며낸 것이었다.

6년 후, 앙리에트가 죽었기에, 수수께끼는 풀리지 않은 채 남겨졌다.

위의 일들이 세상에 널리 알려졌으며 사건이 가지고 있는 특성 때문에 끓어오르는 세상의 관심을 막을래야 막을 수가 없었다. 18세기 후반, 프랑스 전역을 들끓게 한 지 120년이 지난 지금 다시 한번 이렇게 감동을 불러일으키고 있는 그 목걸이의 기구한 운명에 대해서 사람들은 이야기했다. 하지만 지금부터 내가 하려는 이 이야기는 그 누구에게도 알려지지 않은 사실이다. 알고 있는 자들은 주요 당사자들과 백작이 절대 비밀에 부쳐줄 것을 요구한 몇몇 사람들에 불과하다. 그들이 곧 그 약속을 깨고 비밀을 입 밖에 낼 것이 뻔하기 때문에 내가 떳떳하게 이 이야기를 공개함으로써 사람들은 이 사건을 푸는 열쇠가 됨은 물론 그제 조간 신문에서 발표한 그 편지에 대한 속사정을 알게 될 것이다. 그 거칠기 짝이 없는 편지는 이 사건이 드리우고 있는 어둠 위에 음험함과 기괴함을 더해 주는 내용이었다.

5일 전의 일이었다. 드뢰 수비즈 백작의 집에서 점심식사를 한 사람 중에는 그의 두 조카딸과 사촌 여동생이 섞여 있었다. 그 외에 남자로는 국회의원인 보샤스, 데사빌 재판장, 백작이 시칠리아 섬에서 알게 된 플로리아니 경, 클럽에서 알게 된 오랜 친구이자 육군 대장인 루지에르 후작이 자리를 함께 했다. 식사 후, 여자들이 커피를 가져왔다. 남자들은 자리를 떠나지 않는다는 조건으로 담배를 한 대씩 피워도 좋다는 허락을 받아냈다. 이야기가 한창 무르익었고, 아가씨 중 한 명이 재미있는 카드점을 보기 시작했다. 그 다음으로 유명한 범죄들이 화제에 올랐다. 그러자 매번 기회가 있을 때마다 백작을 놀리지 않고는 견디지 못하는 드 루지에르 씨가 그 목걸이 사건을 화제로 올렸다. 드뢰 백작이 이보다 더 싫어하는 화젯거리는 없었다.

모든 사람들이 각자 자신의 의견을 피력했다. 모든 사람들이 자신만의 논리로 이야기들을 했고, 당연히 서로의 생각이 엇갈렸으며 모두 황당한 주장들뿐이었다.

"플로리아니 경은 어떻게 생각하세요?

백작 부인이 물었다.

"글쎄요. 저는 아무런 의견도 관심도 없습니다."

모든 사람들이 믿을 수 없다는 듯 중얼거렸다. 그도 그럴 것이 플로리아니 경은 방금 전까지 팔레르모에서 재판관을 하고 있는 아버지와 함께 관계된 두어 가지 사건에 대해 당당하게 이야기했기 때문이었다. 그리고 아버지의 영향 때문에 이런 문제에 대한 그의 관심과 판단력은 보통 사람 이상의 것이었다.

"실제로 능력 있는 탐정도 포기했던 사건을 해결한 적도 몇 번 있기는 합니다만, 그렇다고 해서 나 자신을 셜록 홈즈 같은 사람이라고 생각해본 적은 한번도 없습니다. 그리고 이 사건에 관한 자세한 내용을 전혀 모르거든요."

그가 겸손하게 말했다.

모두가 이 집의 주인을 바라보았다. 썩 내키지는 않았지만 백작은 사건에 대해서 간략하게 이야기하지 않을 수 없었다. 플로리아니 경은 백작의 얘기에 가만히 귀 기울였다. 깊은 생각에 잠겨 있다가 두어 가지 질문을 하기도 했다. 그런 다음 중얼거리듯 말했다.

"이상하네....... 들은 바대로라면 그리 어려운 문제도 아닌데요."

백작이 어깨를 들썩였다. 하지만 다른 사람들은 모두 플로리아니 경 주변으로 모여들었다. 드디어 그가 무슨 교주라도 된 듯한 엄숙한 어조로 말을 이었다.

"일반적으로 어떤 살인사건이나 절도사건의 범인을 색출할 때는 먼저 그 살인이나 절도가 어떤 방법으로 행해졌는지를 밝혀내야 합니다. 제가 보기에 이번 사건은 아주 간단합니다. 그 이유는 우리가 생각할 수 있는 길이 복수가 아닌 단수라는 점, 즉 범인이 침실의 문이나 골방의 창을 통하지 않고서는 그 방으로 들어갈 수 없다는 점 때문입니다. 그런데 안에서 걸쇠를 걸어놓은 침실의 문을 밖에서는 열 수가 없습니다. 그러니까 범인은 틀림없이 골방의 창을 통해서 들어온 겁니다."

"하지만 그 창은 닫혀 있었습니다. 당시 조사를 해보고 닫혀 있다는 사실을 알게 되었습니다."

드뢰 백작이 불쾌하다는 듯이 말했다. 백작의 말에는 귀 기울이지 않고 플로리아니 경이 계속해서 말을 이었다.

"범인은 부엌의 발코니와 창틀 사이에 놓을 사다리나 판자를 준비해 그것을 건너기만 하면 됐을 겁니다. 그리고 그 목걸이가 들어 있는 상자가……."

"조금 전에도 말했지만 창은 닫혀 있었다니까요!"

백작이 자리에서 벌떡 일어나며 외쳤다.

이번에는 플로리아니 경도 그에 반응하지 않을 수 없었다. 백작의 그런 억지 항변에는 조금도 신경 쓰지 않는다는 듯 침착한 태도로 대답했다.

"저도 창문이 닫혀 있었다고 생각합니다. 그런데 덧창이 달려 있지는 않은가요?"

"그걸 어떻게 알고 있는 겁니까?"

"이 저택이 지어질 당시의 일반적인 주택구조니까요. 그리고 달리 들어올 곳이 없기도 하고. 만약 덧창이 달려 있지 않았다면 이번 사건은 성립되지 않았을 겁니다."

"그렇군. 덧창은 틀림없이 있습니다. 하지만 그것도 창문과 마찬가지로 닫혀 있었습니다. 아무도 거기에 신경 쓰지 않았을 정도였으니까요."

"바로 그게 잘못된 점입니다. 누군가 살펴보기만 했다면 그것이 열렸었다는 사실을 쉽게 알 수 있었을 겁니다."

"어떻게 그걸 열 수 있다는 거죠?"

"이곳의 덧창 역시 철사를 몇 겹으로 꼬아 만든 끝부분이 고리처럼 되어 있고 그것을 당겨서 열도록 되어 있지 않습니까?"

"그렇습니다."

"그리고 그 고리가 창과 상자 사이에 늘어져 있지는 않았습니까?"

"그렇습니다. 그런데 그걸 어떻게......."

"연 방법은 이렇습니다. 유리를 절단한 뒤 생긴 그 틈 사이로 어떤 도구를 넣어서 — 가령 끝이 굽은 철 막대기 같은 것만 있으면 충분합니다 — 그 도구 끝에 고리를 끼우고 거기에 힘을 가해 연 겁니다."

백작이 비웃듯 말했다.

"아하, 과연 그럴 듯하군요. 정말 멋진 해석입니다! 하지만 너무 장담하지는 마십시오. 유리 사이에 틈새가 있을 리 없으니까요."

"틀림없이 틈이 생긴 데가 있었을 겁니다."

"말도 안 됩니다! 있었다면 틀림없이 발견했을 겁니다."

"발견하려면 그곳으로 시선을 돌려야 하는데 누구도 그곳으로 시선을 돌리지 않았을 겁니다. 틈은 틀림없이 있을 겁니다. 그게 없다는 건 말이 안 됩니다. 접합제의 선을 따라서 유리가 세로로 갈라진 부분이 있을 겁니다."

백작이 자리에서 일어났다. 매우 흥분한 것처럼 보였다. 살롱 안을 신경질적인 걸음걸이로 두어 바퀴 맴돈 후, 플로리아니 경 곁으로 다가가 말했다.

"사건이 일어난 이후로 그 방에는 손을 대지 않았습니다. 그 누구도 그 방에 들어간 사람은 없습니다."

"그렇다면 내 말이 사실인지 아닌지 천천히 확인하실 수 있겠군요."

"당신의 그 설명은 검찰당국이 검증한 사실과 일치하는 점이 하나도 없습니다. 당신은 아무것도 보질 못했습니다. 당신은 아무것도 모릅니다. 그러면서도 내가 본 모든 것과, 그리고 우리들이 알고 있는 모든 것과는 모순되는 주장을 고집하고 있습니다."

백작이 화를 내도 플로리아니 경은 전혀 신경 쓰지 않는 모습이었다. 오히려 빙그레 웃으며 이렇게 말했다.

"저는 그저 확실하게 사건을 밝히려 하고 있을 뿐입니다. 제가 잘못 알고 있다면 어떤 부분을 잘못 알고 있는 건지 확실하게 보여주시기 바랍니다."

"그럼 바로 보여드리도록 하겠습니다. 당신의 그 장황한 이야기들이......"

드뢰 백작은 두어 마디 더 입속에서 중얼거리다가 자리에서 급하게 일어나 문 밖으로 나가버렸다.

누구 하나 입을 여는 사람이 없었다. 사람들은 모두 불안한 마음으로 지금 당장이라도 진실의 한 부분이 눈앞에 나타날 것인지 기다리는 듯한 심정이었다. 침묵은 점점 견디기 힘든 것이 되어갔다.

드디어 백작이 문 너머로 모습을 드러냈다. 얼굴은 파랗게 질려 있었으며 어떤 흥분에 사로잡힌 모습이었다. 그가 모든 사람들에게 떨리는 목소리로 말했다.

"제가 무례했습니다. 플로리아니 경이 워낙 생각지도 못한 말씀을 하시기에....... 설마 그런 게 있으리라고는 꿈에도 생각지 못했기 때문에......."

백작 부인이 덤벼들 듯 남편에게 물었다.

"대답해보세요. 제발....... 뭔가를 발견했나요?"

백작이 더듬더듬 대답했다.

"틈새가, 틈새가 있었어....... 말씀하신 바로 그곳에....... 유리에 세로로......."

그가 느닷없이 경의 팔을 잡더니 애원하는 투로 말했다.

"자, 이제 그 다음 얘기를 들려주십시오. 지금까지 하신 말씀이 전부 옳다는 사실을 저도 인정하겠습니다. 하지만 그게 전부는 아닐 겁니다. 말씀해 주십시오. 대체 어떤 일이 일어났던 겁니까?"

플로리아니가 조용히 백작이 잡고 있던 팔을 풀었다. 그리고 한동안 침묵하고 있다가 입을 열었다.

"그럼 말씀드리도록 하겠습니다. 사건은 이런 식으로 행해졌을 것으로 생각됩니다. 드뢰 부인이 그 목걸이를 하고 무도회에 참석하실 거라는 사실을 안 범인은 두 분이 집을 비운 사이에 골방의 덧창 쪽으로 건너갔습니다. 창 너머로 두 사람을 감시하고 있던 범인은 당신이 그 목걸이를 숨겨둔 장소까지도 알아냈을 겁니다. 당신이 나가자마자 범인은 유리를 절단해내고 철끈 끝에 달린 고리를 힘껏 밀어냈을 겁니다."

"그렇군요. 하지만 덧창을 통해서 창의 손잡이를 잡기에는 거리가 너무 멉니다."

"창을 열 수 없었다면 범인은 덧창을 통해서 안으로 들어온 겁니다."

"그건 불가능합니다. 그곳을 통해서 들어올 수 있을 만큼 체구가 작은 사내는 없을 테니까요."

"그렇다면 그건 사내가 아니었을 겁니다."

"사내가 아니면 뭐란 말입니까?"

"뻔하지 않습니까? 너무 좁아서 어른은 드나들 수 없다면 어린아이가 들어온 거겠죠."

"어린 아이라고요?"

"조금 전에 말씀하시지 않으셨습니까? 당신의 친구인 앙리에트 씨에게는 어린 아들이 한 명 있었다고."

"있습니다만....... 라울이라는 아들이 한 명."

"그렇다면 목걸이를 훔친 범인은 아무래도 라울인 것 같습니다."

"무슨 증거라도 있습니까?"

"증거가 있냐고요? ......증거는 얼마든지 있습니다. 가령......."

그는 입을 다물고 한동안 생각에 잠겼다가 다시 입을 열었다.

"가령, 다리를 이용한 것만 보아도 그 소년이 누구의 눈에도 띄지 않게 외부에서 들어온 것이라고는 보기 힘듭니다. 틀림없이 주변에 있는 물건을 이용했을 겁니다. 앙리에트가 부엌으로 이용했다던 그 창고에 냄비 등을 올려놓기 위해서 벽에 선반을 걸어놓았을 것으로 생각되는데 어떻습니까?"

"제 기억이 틀림없다면 선반이 두 개 있었습니다."

"선반을 받치고 있는 나무에 그 선반이 못으로 고정되어 있는지 조사해보는 게 좋을 겁니다. 고정되어 있지 않다면 우리는 소년이 그 선반 두 장을 연결해서 다리로 사용했을 거라고 봐도 될 겁니다. 그리고 아궁이도 있을 테니 거기서 그가 덧창을 열 때 사용했던 부젓가락도 발견할 수 있을지 모르겠습니다."

백작이 말없이 방 밖으로 나갔다. 하지만 이번에는 앞서 백작이 나갔을 때처럼 알 수 없는 불안감을 느끼는 사람은 아무도 없었다. 그들은 플로리아니의 추측이 틀림없이 맞아 떨어질 것이라는 사실을 알고 있었다. 그가 너무나도 자신 있게 말했기 때문에 사람들은 그의 말에 귀 기울일 수밖에 없었다. 사건에 대해 하나하나 추정해서 이야기하는 것이 아니라, 쉽게 그 진실성을 입증할 수 있는 이야기라도 하는 듯한 태도로 이야기를 했다.

따라서 백작이 돌아와 결과를 밝혔을 때, 놀라는 사람은 아무도 없었다.

"그 꼬마 녀석이야! 틀림없이 그 꼬마 녀석이 한 짓이야! 모든 것이 그 사실을 증명하고 있어."

"판자를 보셨나요? 부젓가락도?"

"봤어요. 판자의 못이 빠져 있었습니다. 부젓가락도 아직 거기에 남아 있고요."

드뢰 수비즈 부인이 외쳤다.

"그 아이라고요? 그 아이의 엄마라고 하는 게 더 정확하지 않을까요? 이 모든 건 앙리에트가 꾸민 짓이에요. 그녀가 아들에게 시킨 짓이 틀림없다고요!"

"아닙니다. 어머니와는 전혀 관계없는 일입니다."

플로리아니 경이 단호한 어조로 말했다.

"그럴 리가 없어요! 그 두 사람은 한 방을 썼다고요. 앙리에트

몰래 아이 혼자서 그런 짓을 할 리가 없잖아요."

"틀림없이 한 방에서 살고 있었겠지요. 하지만 이 모든 일은 그 옆방에서 이루어진 일입니다. 어머니가 잠들어 있는 사이에요."

"그렇다면 그 목걸이는 어떻게 된 겁니까? 정말 그 소년이 훔친 거라면 소지품 속에서 목걸이가 나왔을 게 아닙니까?"

백작이 말했다.

"그렇지 않습니다! 소년은 언제든지 자유롭게 외출했었습니다. 가령 당신들이 책상 앞에서 그를 발견한 날 아침에도 그는 학교에서 돌아온 뒤였습니다. 검찰 당국이 아무런 죄도 없는 어머니에게만 신경을 쓰고 소년의 서랍이나 교과서 사이를 살펴보지 않았다는 건 매우 안타까운 일입니다."

"당신 말이 전부 옳다고 합시다. 그렇다면 앙리에트가 매해 받은 이천 프랑은 대체 뭐란 말입니까? 그녀가 공범자였다는 사실을 말해주는 결정적인 단서가 아니겠습니까?"

"만약 그녀가 공범자였다면 과연 당신에게 감사의 편지를 보냈겠습니까? 게다가 그녀는 언제나 감시를 받고 있지 않았습니까? 하지만 소년은 자유로웠습니다. 소년은 언제든지 이웃 마을로 달려가 필요한 만큼의 다이아몬드를 닥치는 대로 고물상에게 팔아넘길 수 있었습니다. 단, 송금은 파리에서 직접해달라는 조건으로. 이와 같은 방법이 매해 반복된 것입니다."

뭐라 표현할 수 없는 불쾌함이 드뢰 수비즈 부부와 손님들의 마음을 강하게 압박했다. 플로리아니의 말과 태도에는, 처음 백작을 초조하게 만들었던 그 잘난 척하던 때와는 또다른 무엇인가가 있었다. 거기에는 비아냥거림과 같은 것이 있었다. 그것은 이런 경우에 어울리는 동정적이거나 우호적인 비아냥거림이 아니라 적의를 품고 있는 비아냥거림이었다.

백작은 애써 웃어넘기려 했다.

"정말 훌륭하고 흥미진진한 추리입니다! 놀랐습니다! 정말 뛰어난 상상력입니다!"

플로리아니가 아주 진지한 표정으로 외쳤다.

"아닙니다! 절대 그렇지 않습니다! 저는 상상만으로 말씀드린 것이 아닙니다. 저는 제 말대로 일어난 상황을 있는 그대로 이야기하고 있는 겁니다."

"당신의 말이 사실일 것이라고 생각하는 근거가 뭐죠?"

"전부 당신에게서 들은 그대로입니다. 저는 궁벽한 시골에서 생활했을 그 모자에 대해서 생각해봤습니다. 병으로 쓰러진 어머니와, 보석을 팔아서 어머니를 구하려 했던, 비록 구할 수는 없다 하더라도 어머니의 마지막 고통을 줄여주려 했을 소년의 책략과 고심에 대해서 생각해봤을 뿐입니다. 하지만 끝내 병을 이기지 못하고 그녀는 죽었습니다. 세월이 흘렀습니다. 소년은 성장해서 훌륭한 어른이 되었습니다. 그리고 — 여기서부터는 제 상상력이 좀 지나치게 작용하고 있다는 사실을 자인하지 않을 수 없지만 — 어른이 된 그 소년이 어린 시절 자신이 살았던 곳에 와보고 싶어졌다고 상상해봅시다. 그는 그곳에 와봤습니다. ...... 한번 생각해보시기 바랍니다. 드라마와도 같이 감동적인 한 장면 한 장면이 행해진 이 낡은 집에서 이루어진 그 만남이 얼마나 비통한 것이었을까를."

그의 말이 모든 사람들의 불안한 침묵 속에서 한동안 여운의 꼬리를 남겼다. 그리고 드뢰 부부의 얼굴에서는 이해하려고 노력하는 필사적인 모습과 동시에 이해하기를 두려워하는 모습도 읽어낼 수 있었다.

"대체 당신은 누구요?"

"저 말입니까? 팔레르모에서 당신과 알게 된 플로리아니입니다. 친절하게도 몇 번이고 이 집에 초대를 해주셨던 플로리아니입니다."

"그렇다면 방금 하신 말씀은 무슨 뜻입니까?"

"아, 그 얘긴 아무것도 아닙니다. 그저 제가 잠시 상상해본 것뿐입니다. 아직도 앙리에트의 아들이 살아 있다면 자신이 범인이었다는 사실, 자신이 그런 짓을 한 것은 어머니가 생활의 기반으로 삼고 있었던 하인으로서의 위치마저 위협 받고 있었다는 불행한 상황에 처해 있었기 때문이었다는 사실, 어머니의 불행을 보고만 있을 수 없었기 때문이었다는 사실을 당신들에게 말하는 그 기쁨을 상상해본 것에 지나지 않습니다."

그는 의자에서 반쯤 일어나 백작 부인 앞으로 몸을 내밀더니 감동섞인 목소리로 이야기를 계속했다. 더 이상 의심의 여지가 없었다. 플로리아니 경은 앙리에트의 아들이었다. 모든 것들이 그의 태도 속에서, 그의 말 속에서 그 사실을 당당하게 드러내고 있었다. 뿐만 아니라 자신이 그 소년이라는 사실을 인정받고 싶어하는 것이 그의 확실한 목적, 아니 그의 뜻이라는 사실을 알 수 있었다.

백작은 망설였다. 이 대담하기 짝이 없는 인물에 대해서 어떤 태도를 취해야 하는가? 벨을 울려서 하인들을 불러야 하는 것일까? 한바탕 소동을 일으켜야 하는 것일까? 지난날 자신들을 파산 직전에까지 이르게 한 이 사내의 정체를 밝혀야만 하는 것일까? 하지만 그러기에는 너무 많은 시간이 흘러버렸다. 그리고 소년이 범인이었다는 우습기 짝이 없는 이 말을 누가 믿겠는가? 역시 무슨 얘긴지 이해하지 못한 시늉을 하고 이 상황을 모면하는 것이 가장 좋을 듯했다. 이렇게 생각한 백작은 플로리아니에게 다가가 밝은 목소리로 말했다.

　"정말 기상천외하고 즐거운 얘기였습니다. 당신의 그 소설이 아주 마음에 듭니다. 그런데 그 효자의 표본이라고 할 만한, 감동을 전해준 젊은이는 어떻게 됐다고 생각하십니까? 앞길이 창창한 젊은이가 자신의 길을 포기하지 말았으면 하는데요."

　"물론 그런 허튼 짓은 하지 않았습니다."

　"그랬겠지요. 그렇게 화려하게 데뷔했을 정도였으니까요! 고작 여섯 살의 나이에 마리 앙투아네트마저도 매혹시킨 그 유명한 '여왕의 목걸이'를 훔쳐냈으니까요!"

　백작의 말에 플로리아니가 맞장구치듯 말했다.

　"훔친 것도 훔친 거지만, 자신에게는 털끝만큼의 피해도 주지 않았죠. 그 누구도 유리를 잘라냈다는 사실을 눈치 채지 못했으며, 쌓인 먼지 위에 남아 있는 자신의 흔적을 지우기 위해서 그것을 닦아 창틀이 깨끗해졌다는 사실도 누구 하나 깨닫지 못했습니다. …… 당시의 소년이 자부심을 느꼈다 해도 조금도 이상할 게 없었을 겁니다. 도둑질이란 이렇게 간단한 것일까? 훔치려고 마음먹고 손을 내뻗기만 하면 그것으로 모든 게 끝이란 말인가? ...... 제 생각에 소년은 그 뒤로도 수많은 도둑질을 생각해냈을 겁니다."

"그리고 손을 내밀었겠죠?"

"내민 것도 그냥 내민 게 아니라 두 손을 내밀었죠."

플로리아니가 웃으며 덧붙였다. 모든 사람들이 싸늘한 전율과도 같은 것을 느꼈다. 플로리아니라 자칭하는 이 사람의 생활에는 과연 어떤 비밀이 숨겨져 있는 것일까? 여섯 살의 나이에 이미 천재적인 태도, 그리고 지금은 옛 추억을 쫓는 호사가의 장난인지, 아니면 조그만 원한을 풀고 싶은 것인지? 대담하다고 해야 할지, 광기어린 행동이라 해야 할지? 게다가 우아한 신사가 지켜야 할 모든 예의범절을 지켜가면서 본인이 범죄를 저지른 피해자의 집에 뛰어든 이 괴물 같은 사람은 과연 어떤 베일에 싸여 있는 것일까?

그가 자리에서 일어났다. 그리고 마지막 인사를 하기 위해서 백작 부인에게로 다가갔다. 그녀가 자리에서 일어나 한 발 뒤로 물러났다. 그가 빙그레 웃었다.

"이런! 부인, 두려우신가요? 그렇다면 제가 너무 자극적인 마술을 부렸군요."

곧 그녀가 마음을 다잡고 품위를 지키며 말했다.

"아니에요. 그 효심 깊은 아들의 얘기는 아주 감명 깊게 들었습니다. 저도 제 목걸이가 그렇게 멋진 운명을 개척할 기회를 제공했다는 사실에 만족하고 있어요. 하지만 이런 생각은 해보지 않으셨나요? 그 여자 ...... 앙리에트의 아들은 천성에 따라서 그런 짓을 했다고."

순간 날카로운 비수가 꽂힌 듯한 아픔을 느끼며 그는 몸을 떨었다. 그리고 말했다.

"저도 그렇게 믿고 있습니다. 그 사건 이후, 소년이 실망해서 올바른 길을 걷지 않았다는 사실을 봐도 그 천성이 매우 뿌리 깊은 것이라는 사실을 알 수 있었으니까요."

"무슨 뜻이죠?"

"그럴 수밖에요. 부인도 아시다시피 다이아몬드는 대부분 가짜였으니까요. 진품은 영국의 보석상에게서 사들인 몇 개에 불과했습니다. 그 외의 것들은 생활비를 충당하기 위해서 하나씩 내다 팔았습니다."

백작 부인이 위압적인 태도로 말했다.

"그래도 역시 그것은 '여왕의 목걸이' 였어요. 앙리에트의 아들은 그 점을 이해하지 못했던 듯하군요."

"부인, 그 소년은 충분히 이해하고 있었을 겁니다. 진품이든 모조품이든, 그 목걸이는 남들에게 보이기 위한 과시용이었다는 사실을...... 그저 간판에 지나지 않았다는 사실을."

드뢰 씨가 말을 꺼내려 하자 부인이 그를 저지했다.

"당신이 말씀하시는 그 사람에게 조금이라도 염치라는 게 있다면......."

플로리아니의 너무나도 냉정한 눈빛에 기가 꺾여 도중에서 말을 끊었다.

그가 그녀에게 물었다.

"그 사람에게 조금이라도 염치가 있다면, 어쩌란 말씀이시죠?"

그녀는 이 남자를 상대로 이런 식으로 말을 해봐야 하나도 득될 것이 없다는 사실을 깨달았다. 자존심에 상처를 입었다는 사실에 분노가 치밀어 몸이 떨려왔지만 자신도 모르게 아주 정중한 말투로 되돌아와 있었다.

"전설에 의하면 레토 드 빌레트가 '여왕의 목걸이'를 손에 넣어 잔느 드 발루아와 함께 다이아몬드를 떼어냈을 때도 그 틀만큼은 손을 댈 수 없었다고 합니다. 다이아몬드는 일종의 장식 부속품에 지나지 않으며 틀이야말로 중요한 작품, 예술가의 창작이라는 사실을 알고 그것을 존중한 겁니다. 그 소년도 이 사실을 알고 있다고 생각하시나요?"

"나는 아직도 그 틀이 존재한다는 사실을 믿어 의심치 않습니다. 그 소년도 그것을 소중히 간직하고 있습니다."

"그렇습니까? 만약 그 소년을 만나게 된다면 제 말 좀 전해 주세요. 그는 한 일족의 소유물이자 영광인 보물 하나를 부당하게 소유하고 있다고요. 그리고 가령 그가 '여왕의 목걸이'에서 다이아몬드를 떼어냈다 하더라도 그건 여전히 드뢰 수비즈 가문의 소유물이라고요. 그것은 우리의 이름과 명예와 마찬가지로 우리한테는 귀한 소유물이라고요."

플로리아니 경이 간단하게 대답했다.

"만나면 꼭 전해드리도록 하겠습니다, 부인."

그는 그녀에게 인사를 했다. 백작과 자리에 있던 사람들에게도 차례로 인사를 한 뒤, 밖으로 나갔다.

나흘 후, 드뢰 부인은 침실 테이블 위에 추기경의 문장이 새겨진 붉은 가죽 상자가 놓여 있는 것을 발견했다. 그녀는 그 상자를 열어보았다. 안에는 '여왕의 목걸이'가 있었다.

　일관성과 논리를 추구하는 사람의 일생은 모든 것이 한 가지 목표를 향해서 나아가야 한다. ― 그리고 약간의 선전은 언제나 방해가 되지 않는 법이다. ― 다음날 『에코 드 프랑스』지는 다음과 같은 놀라운 기사를 실었다.

　「지난 날 드뢰 수비드 가문에서 도난당했던 그 유명한 장신구, '여왕의 목걸이'가 아르센 뤼팽에 의해서 발견되었다. 아르센 뤼팽은 지체하지 않고 그것을 정당한 소유자의 손에 넘겼다. 이 섬세하고 기사도적인 행동에 그저 갈채를 보낼 뿐이다.」

세븐 하트

언제나 어떤 한 가지 일이 문제가 된다. 그리고 '내가 아르센 뤼팽을 어떻게 알게 되었지?'라는 질문이 때때로 머릿속에 떠오른다.

내가 그를 알고 있다는 사실을 의심하는 사람은 거의 없다. 이 종잡을 수 없는 인물에 대해서 내가 모아온 여러 가지 사실들, 내가 이야기하는 반박할 수 없는 사실들, 내가 제출하는 새로운 증거들, 세상 사람들이 단순히 외면적인 현상만을 보고 그 내밀한 이유와 눈에 띄지 않는 관련성에도 깊이 관여할 수 없는 어떤 행동에 대한 나의 해석 등이 모든 것을 확실하게 증거하고 있다. 뤼팽의 생활 자체가 다른 사람과 친교라는 것을 맺지 못하게 하기 때문에 그와 친교를 맺을 수는 없지만 적어도 그와 나 사이에는 끊임없이 교환되고 있는 교우관계가 존재하고 있었다.

그런데 나는 그와 어떻게 아는 사이가 되었을까? 무슨 연유로 나는 그의 전기를 기술할 특권을 누리게 된 것일까? 그것이 왜 다른 사람이 아닌 나였을까?

이에 대한 답은 아주 간단하다. 그것을 결정지은 것은 나의 자격과는 아무런 상관도 없는 단순한 우연이었다. 나는 그의 길 위에 우연히 서 있었던 것이다. 그의 모험 중 가장 괴상한 것, 가장 신비한 것에 내가 휘말리게 된 것도 순전히 우연이었으며, 그가 멋지게 연출한 드라마, 복잡하고 기괴하며 지금 그것을 이야기하려 해도 일종의 당혹감을 느끼게 될 정도로 수많은 우여곡절이 있는 드라마의 등장인물이 될 수 있었던 것도 사실은 우연이었다.

제1막은 오랫동안 세상의 얘기거리가 되었던 6월 22일에서 23일 사이의 밤에 연출되었다. 여기서 미리 말해두겠는데 당시 내가 그렇게 이상한 행동을 취했던 것은 집으로 돌아올 때 특수한 정신 상태에 놓여 있었기 때문이었다. 그날 밤 우리는 친구들과 함께 라 카스카드라는 레스토랑에서 저녁을 먹었다. 그리고 집시들이 쓸쓸한 왈츠를 연주했던 그날 저녁 내내 담배를 피우며 살인과 도둑질이 가지고 있는 무시무시하고 어두운 관계에 대해서 이야기를 했다. 하지만 이는 잠자리에 들기 전에 나누는 얘기로는 적당하지 않은 내용이었다.

생 마르탱 부부는 자동차로 귀가했다. 장 다스프리 — 성격이 느긋하고 사랑스런 다스프리는 6개월 후에 모로코 국경에서 무참하게 살해되었다 — 와 나는 어둡고 후텁지근한 밤길을 걸어서 돌아왔다. 한 1년 전부터 내가 살고 있는 뇌일리의 마이요 대로에 위치한 조용한 집 앞에 도착했을 때 그가 이렇게 물었다.

"자네는 무섭지 않은가?"

"무슨 소리지?"

"자네 집은 외따로 떨어져서 이웃도 없고……. 주위에 있는 거라곤 오직 공터들뿐……. 나는 결코 겁쟁이는 아니지만 그래도 역시……."

"왜 갑자기 겁을 주는 거야?"

"아닐세! 다른 뜻이 있어서 이런 말을 하는 건 아니고, 아마도 생 마르탱 부부가 얘기한 범죄자들에 대한 이야기 때문인 것 같네."

작별의 악수를 나누고 그는 멀어져갔다. 나는 열쇠를 꺼내 문을 열었다.

"나 참! 앙투안, 촛불 켜두는 것을 잊었군."

내가 중얼거렸다. 이렇게 말하는 순간 나는 앙투안이 집에 없다는 사실을 떠올렸다. 그에게 휴가를 주었던 것이었다.

그러자 갑자기 암흑과 침묵이 내게 불쾌감을 가져다주었다. 나는 손으로 더듬거리며 가능한 한 빠른 걸음으로 2층에 있는 침실로 올라갔다. 그리고 평소와는 달리 잽싸게 문을 자물쇠로 잠그고 빗장까지 채웠다. 그런 다음 초에 불을 밝혔다.

초에 불을 붙이자 냉정함을 되찾을 수 있었다. 그래도 나는 가방에 있던 권총을 꺼내두었다. 사정거리가 먼 대형 권총이었다. 나는 그것을 침대 머리맡에 놓았다. 이렇게 하고 나자 완전히 침착함을 되찾을 수 있었다. 나는 잠자리에 들었다. 그리고 평소와 다름없이 침대 옆 테이블 위에 있던 책을 집어 들었다.

나는 오싹함을 느꼈다. 어젯밤 읽은 곳을 표시하려고 끼워두었던 페이퍼 나이프 대신 빨간 밀랍으로 다섯 군데나 봉인한 봉투가 들어 있었다. 나는 서둘러 그것을 빼 보았다. 내 이름과 주소 외에 '긴급'이라는 글이 덧붙여져 있었다.

편지였다! 내게 온 편지였다! 이걸 누가 여기에 놓은 것일까? 조금 신경질적으로 봉투를 뜯어 편지를 읽었다.

「이 편지를 개봉한 이후부터는 무슨 일이 일어나든, 무슨 소리가 들리든 움직여서는 안 된다. 꼼짝도 해서는 안 된다. 소리를 질러서는 더욱 안 된다. 아니면 당신의 생명이 위태로워질 것이다.」

나도 결코 겁쟁이는 아니다. 그리고 남들만큼 훌륭하게 닥쳐올 위험과 맞설 수 있으며 우리들의 상상이 빚어내는 가공의 위험을 가볍게 웃어넘길 수도 있는 사람이다. 그러나 거듭 말하겠지만 그날 밤 나는 평소와 달리 예민해져 있었으며 온몸의 신경이 곤두선 듯한 이상한 정신 상태에 빠져 있었다. 게다가 거기에는 설명하기 힘든 기분 나쁜 무엇인가가 있어서 제 아무리 강심장이라 할지라도 마음이 흔들리지 않을 수 없었다.

편지를 잡고 있는 손에 나도 모르게 힘이 들어갔다. 나는 그 협박문을 몇 번이고 되풀이해서 읽었다. '꼼짝도 해서는 안 된다. 소리를 질러서는 더더욱 안 된다. 아니면 당신의 생명이 위태로워질 것이다.' 이 무슨 황당무계한 소리란 말인가? 이런 건 그저 장난에 지나지 않는다. 저급한 농담에 지나지 않는다고 생각했다.

하마터면 나는 크게 소리내어 웃을 뻔했다. 하지만 무엇이 그런 나의 마음을 방해했던 것일까? 정체를 알 수 없는 어떤 공포가 내 목구멍을 막아버렸다.

하다못해 촛불이라도 불어서 끄고 싶은 마음이었다. 하지만 그럴 수가 없었다. '꼼짝도 해서는 안 된다. 아니면 당신의 생명이 위태로워질 것이다.' 라고 적혀 있었기 때문이었다.

때로는 현실 이상으로 강력한 이와 같은 자기암시와 맞서 싸울 필요가 어디 있겠는가? 그냥 눈을 감는 수밖에 달리 방법이 없었다. 나는 눈을 감았다.

바로 그 순간, 아주 작은 소리가 침묵 속을 가로질렀다. 뒤이어 삐걱거리는 소리가 들려왔다. 그것은 서재로 쓰고 있는 방에서 들려오는 듯했다. 서재와 침실 사이에는 작은 방이 하나 있을 뿐이었다.

실제로 다가온 위험이 나를 흥분하게 만들었다. 그리고 내가 자리에서 일어나고 싶어함을, 권총을 쥐고 싶어함을, 서재로 쓰고 있는 방으로 달려가고 싶어함을 깨달았다. 그럼에도 불구하고 나는 자리에서 일어나지 않았다. 내가 누워 있는 곳의 왼쪽 창에 달아놓은 커튼이 흔들렸기 때문이었다.

더 이상 의심의 여지가 없었다. 커튼은 틀림없이 움직였다. 그것은 아직도 움직이고 있었다! 그리고 나는 봤다.—오! 나는 확실하게 봤다— 창과 커튼 사이에, 그 좁은 공간에 사람이 있어 커튼이 수직으로 드리워지는 것을 방해하고 있었다.

그 사람도 나를 보고 있었다. 그는 틀림없이 성긴 커튼을 통해서 나를 지켜보고 있었다. 그제서야 나는 모든 사실을 파악할 수 있었다. 다른 녀석들이 물건을 밖으로 훔쳐내는 동안 저 녀석이 나를 꼼짝 못하게 감시하고 있는 것이라는 사실을. 자리에서 일어날까? 권총을 쥐어볼까? 하지만 그것은 불가능한 일이었다. 바로 저기에 사람이 있기 때문이다. 조금만 몸을 움직여도, 소리를 내도 나는 목숨을 부지하지 못할 것이었다.

격렬한 충격이 집안 전체를 흔들어놓았다. 뒤이어 처음 보다는 작지만 두 번째, 세 번째 충격음이 들려왔다. 그것은 튀어나온 것을 박아 넣는 망치질 소리와도 같았다. 나의 혼란스러워진 머릿속은 간신히 이런 생각만을 할 수 있었다. 그 외에도 여러 가지 소리들이 한꺼번에 들려왔다. 굉장한 소음이었다. 이것으로 녀석들이 마음 놓고 일하고 있다는 사실을 알 수 있었다.

편지의 글은 옳았다. 나는 조금도 움직일 수가 없었다. 비겁하기 때문일까? 아니다. 그것은 오히려 무기력 상태라고 보는 편이 정확할 것이다. 손가락 하나 까딱할 수 없는 완벽한 무기력 상태였다. 그리고 이는 현명한 처사이기도 했다. 그렇다. 무엇 때문에 맞설 필요가 있단 말인가? 저기 있는 사내의 뒤에서 그의 목소리를 듣고 달려올 또다른 사내들이 10명은 기다리고 있을 것이다. 두어 개의 장식용 융단과 몇몇 골동품을 지키기 위해서 목숨을 걸 필요가 있단 말인가?

이와 같은 고문은 하룻밤 내내 계속되었다. 견디기 힘든 고문이었다. 불안함에 떨어야 했다. 소리가 그치기는 했지만 당장이라도 다시 시작될 것만 같아 나는 경계를 늦추지 않았다. 그리고 저 사내! 무기를 손에 든 채 나를 감시하고 있는 저 사내! 공포에 빠진 나의 시선은 그에게서 떠나질 않았다. 내 심장은 격렬하게 고동치고 있었다. 그리고 이마와 전신에서 구슬 같은 땀방울이 흘러내렸다.

그러다 갑자기 편안한 기운이 온몸을 감싸는 것을 느낄 수 있었다. 우유를 배달하는 귀에 익은 마차 소리가 거리에서 들려왔다. 그와 동시에 희미하기는 하지만 새벽 기운이 닫힌 덧문 사이로 새어들어와 어둠 속에 섞여들기 시작한 것 같은 느낌이 들었다.

빛이 방 안으로 새어들기 시작했다. 곧 다른 마차들이 지나가는 소리가 들려다. 그리고 밤의 유령들이 전부 사라져버렸다. 그제야 처음으로 침대 옆 테이블로 손을 뻗었다. 조용히 아무 일도 없었다는 듯이. 내 정면에서는 아무 것도 움직이는 것이 없었다. 나는 옆쪽 커튼이 불거져 나온 부분을 노리듯 정확한 위치를 파악하고 있었다. 나는 내가 해야 할 동작들을 치밀하게 계산하고 있었다. 그리고 재빨리 권총을 손에 쥐고 방아쇠를 당겼다.

해방되었다는 기쁨에 소리를 지르며 침대에서 일어났다. 그리고 커튼 쪽으로 달려갔다. 커튼과 유리에 총알이 관통한 흔적이 있었다. 하지만 그 사내를 해치우지는 못했다. 거기에는 아무도 없었다.

아무도 없었다! 즉, 나는 하룻밤 동안 부풀어 오른 커튼의 최면술에 걸려 있었던 것이다! 그리고 그동안 도둑들은…… 울컥 화가 치밀어서 맹렬한 기세로 달려가 자물쇠를 풀어 방문을 열었다. 작은 방을 건너서 다시 문 하나를 열었다. 그리고 서재로 뛰어들어갔다.

그 순간 놀라움에 온몸이 굳어버리는 듯했다. 멍하게 숨을 헐떡이며 애초에 그 사내가 없었다는 사실을 알았을 때보다도 더욱 놀라 주위를 둘러보니 무엇 하나 없어진 게 없었다. 내가 도둑맞았을 것이라고 생각했던 모든 물건들, 가구와 유화와 대대로 내려오던 벨벳과 비단장식들이 전부 제자리에 놓여 있었다.

이해할 수 없는 광경이었다. 실제로 들려왔던 소란스런 소리, 물건을 나르는 듯한 소리는 과연 무엇이었단 말인가? 나는 서재를 둘러보았고 벽면을 조사해봤다. 그리고 낯익은 물품들의 목록을 하나하나 작성해보았다. 없어진 것은 아무것도 없었다. 특히 나를 맥 빠지게 한 것은 도둑들이 이곳에 왔다갔다는 흔적이 그 어디에도 없었다는 사실이었다. 위치가 흐트러진 의자 하나, 남겨진 발자국 하나 존재하질 않았다.

"이럴 수가. 난 미치지 않았어. 틀림없이 소리를 들었다고!"

머리를 양손으로 감싸 쥐고 혼자 중얼거렸다.

모든 신경을 집중해서 꼼꼼하고 면밀하게 서재 안을 살펴보았다. 하지만 헛수고였다. 이것도 하나의 발견이라고 할 수 있다면 완전한 헛수고는 아니었지만....... 바닥 위에 깔아놓은 조그만 페르시아 융단 밑에서 카드놀이에 쓰는 카드 한 장을 찾아냈다. 그것은 세븐 하트였다. 프랑스에서 흔히 볼 수 있는 카드였는데 묘한 부분이 있어서 내 주의를 끌었다. 일곱 개의 붉은 하트 모양의 각 밑쪽 끝부분에 조그만 구멍이 뚫려 있었다. 송곳 끝으로 뚫은 것으로 보이는 규칙적인 구멍이었다.

이것이 전부였다. 카드 한 장과 책갈피 사이에 끼워져 있던 편지 한 장. 그 외에 달라진 것은 아무것도 없었다. 이것들만으로 내가 꿈에 시달린 것이 아니었다는 사실을 충분히 증명할 수 있을까?

나는 하루 종일 서재 안을 살펴봤다. 그곳은 이 고즈넉한 집에 어울리지 않을 정도로 큰 방이었다. 이 집의 장식을 잠깐 보는 것만으로도 이 집을 세운 사람의 취향이 독특하다는 사실을 알 수 있다. 바닥은 색색의 작은 돌조각으로 모자이크를 해놨는데 커다랗게 대칭이 되는 모양을 하고 있었다. 그리고 모자이크가 붙어 있는 판자로 벽면을 뒤덮었다. 폼페이 양식의 우화가 있는가 하면, 비잔틴 양식의 그림도 있었고, 중세풍의 벽화와 같은 것도 있었다. 바쿠스가 술통에 걸터앉아 있는 모습도 있었으며, 꽃처럼 하얀 턱수염을 기른 황제가 금관을 끌어안은 채 오른손에 단검을 쥐고 있는 모습도 있었다.

아틀리에처럼 높은 곳에 커다란 창문이 하나 있었다. 이 창문은 밤이 되면 언제나 열어두는데 도둑들은 이 창을 통해서 사다리로 침입해 들어온 듯했다. 하지만 거기에도 무슨 확증이 있었던 것은 아니었다. 그저 흙을 다져놓았을 뿐인 정원 바닥에 사다리를 놓았던 흔적이 있을 법한데도 흔적다운 흔적은 어디에도 남아 있지 않았다. 집을 둘러싸고 있는 공터의 풀밭에도 아무런 흔적이 남아 있질 않았다.

고백하건대 경찰에 신고할 마음은 조금도 들지 않았다. 내가 겪은 일이 하도 이상한 것이어서 장난을 치고 있는 것이라고 여겨지거나 비웃음을 산다 해도 할 말이 없었기 때문이었다. 하지만 이틀이 지나서도 ─ 그날은 당시 내가 연속으로 기고하고 있던 『질 블라스』지에 내 시평(時評)이 실리는 날이었다 ─ 그날 밤의 일이 머리에서 떠나지 않았기 때문에 나는 그것에 대한 긴 글을 썼다.

이 기사가 사람들 눈에 띄지 않은 것은 아니었지만, 사람들은 이를 진지하게 받아들이지 않았으며 오히려 만들어낸 얘기라고 생각하고 있다는 사실을 알게 되었다. 생 마르탱 부부는 그 기사를 가지고 나를 놀려대곤 했다. 하지만 이 방면에 조예가 깊은 다스프리 씨만은 일부러 나를 찾아와 주었다. 그리고 자세한 사건의 전말을 들은 뒤, 여기저기를 조사했지만 알아낸 것은 아무것도 없었다.

그 후 이삼일 정도 지난 날 아침, 현관의 벨소리가 요란스럽게 울렸다. 하인인 앙투안이 방으로 들어와 어떤 남자가 얘기를 나누고 싶어한다고 알려왔다. 그 사람은 자신의 이름을 밝히지 않았다고 했다. 나는 그를 안으로 안내하라고 지시했다.

마흔쯤 돼 보이는 사람이 방 안으로 들어왔다. 짙은 갈색 머리카락, 힘이 넘쳐나는 듯한 얼굴, 낡았지만 깨끗하고 세련되어 보이는 복장이 어딘지 천박해 보이는 그의 태도와 조화를 이루지 못했다.

그는 인사도 없이 갑자기 자신의 사회적 지위를 내게 확인시켜 주는 듯한 억양의 갈라진 목소리로 말했다.

"여행 중에 들렀던 한 카페에서 『질 블라스』를 봤습니다. 거기서 선생님이 쓰신 기사를 읽었죠. 매우......, 흥미로운 얘기였습니다."

"아, 감사합니다."

"그래서 저는 다시 이곳으로 돌아왔습니다."

"네?"

"선생님과 얘기를 나누고 싶어서요. 기사에 적은 내용이 전부 사실입니까?"

"전부 사실입니다."

"꾸며낸 곳은 한 군데도 없습니까?"

"없습니다."

"그렇다면 도움이 될 만한 정보를 제공할 수도 있겠습니다."

"들어보겠습니다."

"아직은 안 됩니다."

"안 되다니요?"

"말씀드리기 전에 그것이 전부 사실인지 확인을 해봐야겠습니다."

"어떻게 그것을 확인한다는 말입니까?"

"나 혼자 이 방에 있게 해주십시오."

나는 놀라 그를 지켜보았다.

"무슨 뜻인지 잘 모르겠습니다만......."

"선생님의 기사를 읽고 제가 생각해낸 일입니다. 우연일지는 모르겠지만 내용의 어떤 부분이 내가 알고 있는 한 사건과 신기할 정도로 일치합니다. 그것을 밝히기 위한 유일한 방법은 잠시 동안 이 방에 저 혼자 있는 것뿐입니다."

이 말 뒤에는 그 무엇이 숨겨 있는 것일까? 후에 나는, 당시 이 말을 하는 사내의 얼굴에 걱정스러운 빛이 어려 있었다는 사실을 깨달을 수 있었다. 하지만 그때는, 조금 놀라기는 했지만 그의 요구가 특별히 이상하다고는 조금도 생각지 않았다. 그리고 매우 특이한 요구였기 때문에 나는 커다란 호기심을 느끼지 않을 수가 없었다.

내가 대답했다.

"그렇게 하십시오. 시간은 얼마나 필요하십니까?"

"3분이면 충분합니다. 그 이상은 걸리지 않을 겁니다. 3분이 지나면 제가 선생님이 계신 곳으로 가겠습니다."

나는 방에서 나왔다. 아래층으로 내려온 나는 시계를 꺼내 보았다. 1분이 지났다. 곧 2분이....... 나는 왜 숨이 차오르는 것을 느꼈던 것일까? 왜 그 순간이 그토록 엄숙하게 느껴졌던 것일까?

2분 30초....... 2분 24초....... 갑자기 총성이 들렸다.

나는 빠른 걸음으로 계단을 올랐다. 그리고 방으로 뛰어들었다. 나도 모르게 공포에 질려 소리를 질렀다.

방 한가운데 남자가 쓰러져 있었다. 왼쪽으로 쓰러져 움직이질 않았다. 그의 머리에서 뇌수가 섞인 피가 흘러내리고 있었다. 손목 옆에 떨어져 있던 권총에서는 아직도 연기가 피어오르고 있었다.

나는 반사적으로 몸을 움츠렸다. 하지만 그게 전부였다.

이 처참한 광경 외에도 나를 놀라게 하는 것이 한 가지 더 있었다. 나는 그것 때문에 도움을 요청하는 소리도 지르지 못했으며, 사내의 숨이 아직 붙어 있나 확인하기 위해서 그를 살펴보지도 못했다. 그에게서 두 걸음 정도 떨어진 바닥에 세븐 하트 카드가 한 장 떨어져 있었다.

나는 그것을 주워들었다. 일곱 개의 붉은 하트의 밑쪽 끝부분에 각각 구멍이 뚫려 있었다.

30분 후. 뇌일리 경찰서장이 찾아왔다. 뒤를 이어서 의사가 그리고 그 뒤를 이어서 보안과장인 뒤두이 씨가 찾아왔다. 나는 시체에 손을 대지 않았다. 초동수사를 방해하고 싶지 않았기 때문이었다.

검증은 아주 간단히 끝났다. 단서가 될 만한 것을 하나도 찾아내지 못했기 때문이었다. '하나도'라고 말을 해서 안 된다면 '조금밖에'라고 말을 하겠다. 죽은 자의 주머니 속에서는 어떤 서류도 발견되지 않았다. 옷에도 이름이 새겨져 있지 않았으며, 속옷

162

에도 이니셜이 새겨져 있지 않았다. 결국 그의 이름을 밝혀낼 만한 단서는 어디에도 없는 셈이었다. 게다가 서재에는 조금의 흐트러짐도 없었다. 가구의 위치 하나 흐트러지지 않았다. 모든 것이 있어야 할 곳에 놓여 있었다. 그렇다고 해서 이 사내가 단순히 자살을 위해서 우리 집에 온 것도 아니었으며, 또한 우리 집이 다른 집보다 자살하기에 좋은 것도 아니었다. 그에게 자살을 결심하게 한 어떤 이유가 있었을 것이다. 그리고 그 이유는 그가 혼자 있던 3분 동안에 확인한 어떤 새로운 사실의 결과였던 것임에 틀림없을 것이다.

과연 어떤 사실이었을까? 그는 과연 무엇을 봤던 것일까? 무엇을 깨닫게 된 것일까? 어떤 무시무시한 비밀을 발견한 것일까? 하지만 단서가 될 만한 것은 아무것도 없었다.

그러던 마지막 순간에 어떤 의외의 사건이 일어났는데 우리 모두는 그것이 매우 중요하다는 느낌을 받았다. 경찰 두 명이 몸을 숙여 시체를 들어 올린 뒤, 들것으로 옮겼다. 그 순간 주먹을 쥐고 있던 왼손이 펼쳐지며 그 속에서 명함 한 장이 떨어졌다.

이 명함에는 「조르주 앙데르마트, 베리 가 37번지」라고 적혀 있었다.

이것은 과연 무슨 의미일까? 조르주 앙데르마트는 파리 굴지의 은행을 운영하고 있는 사람이었다. 프랑스 철강공업을 커다랗게 발전시킨 금속은행의 창설자이자 그 은행의 대표이기도 했다. 그는 호사스런 생활을 하고 있었다. 사치스러운 사두마차를 소유하고 있었으며, 자동차와 경주마도 소유하고 있었다. 사람들은 그의 집에서 열리는 연회에 경쟁하듯 참석했다. 그리고 앙데르마트 부인의 정숙함과 아름다움도 널리 정평이 나 있었다.

"죽은 자의 이름일까요?"

내가 속삭였다.

보안과장이 허리를 굽혀 들여다보며 말했다.

"아닙니다. 앙데르마트 씨는 얼굴이 창백하고 백발이 섞여 있습니다."

"그렇다면 왜 이 명함을 쥐고 있었을까요?"

"전화 있습니까?"

"네. 복도에 있습니다. 안내하겠습니다."

그는 전화전호부를 뒤적였다. 그리고 415-21번을 호출했다.

"여보세요. 앙데르마트 씨 댁이죠? 그럼 보안과장인 뒤두이가 마이요 대로 102번지로 급히 와주길 바란다고 전해주십시오. 아주 급합니다."

20분 뒤, 앙데르마트 씨가 자동차에서 내려 안으로 들어왔다. 먼저 여기까지 와달라고 한 이유를 설명한 뒤, 그를 시체가 있는 곳으로 안내했다. 순간 그의 얼굴이 놀람으로 굳어졌다. 그리고 마치 주위에 아무도 없다는 듯 낮은 목소리로 이렇게 중얼거렸다.

"에티엔 바랭."

"이 사람을 알고 계십니까?"

"아니....... 글쎄요. 안다고 할 수도 있으려나....... 그저 얼굴을 알고 있을 정도입니다. 이 사람의 형이......."

"이 사람에게 형제가 있습니까?"

"그렇습니다. 알프레드 바랭이라는 사람인데....... 예전에 부탁

을 하러 온 적이 있었는데......, 무슨 내용인지 지금은 기억나지
않습니다만......"

"어디 살고 있나요?"

"형제가 함께 살고 있었습니다. 프로방스 가(街)였던 걸로 기억
합니다."

"혹시 이 사람의 자살 원인에 대해서 뭔가 짐작 가는 부분은 없
습니까?"

"전혀 없습니다."

"그럼 이 사람이 쥐고 있던 명함은? 주소까지 적힌 당신의 명함
이었습니다."

"글쎄요. 전혀 알 수가 없군요."

"물론 어떤 우연에 의해서 쥐고 있었던 거라고 생각됩니다만,
곧 그 점에 대해서도 사실이 밝혀지겠죠."

어쨌든 이것은 매우 기이한 우연이라고 나는 생각했다. 그리고
그 자리에 있던 모든 사람들이 그렇게 생각하고 있을 것이라는
인상을 받았다.

다음날 신문에서도 그리고 내가 이 사건에 대해서 들려준 친구
들에게서도 똑같은 인상을 받았다. 내 집을 무대로 펼쳐진 두 번
의 사건, 그 사건을 복잡하게 만드는 여러 가지 신비한 것들 중에
서도 일곱 개의 작은 구멍이 뚫린 세븐 하트가 두 번이나 발견된
수수께끼 같은 이 사건을 푸는 열쇠가 되는 것이 명함일 것이라
는 생각이 들었다. 그 명함을 단서로 어떻게든 진상을 밝혀낼 수
있을 것 같았다.

하지만 기대와는 달리 앙데르마트 씨는 그 어떤 단서도 제공하

지 않았다.

"제가 알고 있는 것은 모두 말씀드렸습니다. 이 외에 더 이상 드릴 말씀이 없습니다. 이 명함을 보고 가장 놀란 사람은 바로 나입니다. 여러분과 마찬가지로 나도 이 일이 신속히 밝혀지기를 기대하고 있습니다."

그는 이렇게 되풀이할 뿐이었다.

하지만 사건은 그것에 대해 아무것도 밝혀내질 못했다. 조사 결과 바랭 형제는 스위스 출신으로 수많은 가명을 사용하여 파란만장한 삶을 살아왔다는 사실이 밝혀졌다. 도박장에 드나들기도 했으며, 외국인 절도단에도 관계되어 있다가 경찰이 냄새를 맡았다는 사실을 알고는 몇 차례에 걸쳐 강도행각을 벌인 뒤 절도단을 해산했는데 바랭 형제가 거기에 관여했었다는 사실도 나중에서야 알게 되었다는 것이었다. 6년 전에 바랭 형제가 살고 있었다는 프로방스 가 24번지도 조사를 해봤지만 그들의 행방을 아는 사람은 아무도 없었다.

솔직히 말하자면 이 사건은 너무나도 모호했기 때문에 확실한 해결책을 찾아낼 수 없을 것이라고 나는 생각하고 있었다. 차라리 가능한 한 잊으려고 노력했을 정도였다. 하지만 나와는 달리 당시 자주 만났던 장 다스프리는 날이 갈수록 이 사건에 더욱 열을 올렸다.

프랑스의 모든 신문들이 이 사건에 대해서 다뤘으며 논평을 신기도 했다. 한 외국 신문에 실렸던 다음과 같은 기사를 내게 알려준 것도 사실은 그였다.

「조만간 황제 폐하를 모시고 아직 밝혀지지 않은 어떤 장소에서, 미래의 해

전에 혁명을 가져올 것이라고까지 일컬어지고 있는 잠수함의 시운전이 행해질 예정이다. 들리는 말에 의하면 그 잠수함의 이름은 '세븐 하트'라고 한다.」

세븐 하트라고? 우연의 일치일까? 아니면 우리는 이 잠수함의 이름과 앞서 얘기한 사건과의 관련성을 인정해야 하는 것일까? 만약 관련이 있다면 어떤 관련이 있는 것일까? 여기서 일어난 일과 저 멀리서 일어난 일 사이에는 아무런 관련도 없는 것처럼 여겨지기는 했지만……
"꼭 그렇게만 볼 수도 없는 문제일세. 전혀 관계없어 보이는 결과가 한 가지 원인에서 일어나는 경우도 있는 법이니까."

이틀 후 또다른 기사 하나가 우리들에게 전달되었다.
「조만간 시운전이 행해질 예정인 잠수함 '세븐 하트'를 몇몇 프랑스 기사들이 설계했다는 설이 끊임없이 나돌고 있다. 이들 프랑스 기사들은 당초 자국 사람들에게 협력을 요청했지만 거절당했고, 다음으로 영국 해군 당국에도 요청해보았지만 역시 거절을 당했다고 한다. 아직 이 소문의 진실성을 파악할 수는 없지만 우선은 이 내용을 전해둔다.」

나는 그처럼 커다란 반향을 일으킨 사건의 극히 민감한 부분에 대해서는 가능한 한 깊이 관여하고 싶지 않았다. 다행히 외교관계에 분규를 일으킬만한 위험은 이미 사라졌으니 당시 커다란 반향을 일으켰던 이 사건에 대한, 그리고 이른바 세븐 하트라 불리는 사건 해결에 일말의 단서를…… 막연하기는 하지만…… 제공한 『에코 드 프랑스』지의 기사만은 인용해두지 않을 수 없겠다.

살바토르라는 이름 하에 게재된 그 기사는 다음과 같은 내용이었다.

「'세븐 하트' 사건 내용의 일부 밝혀지다.

　간단히 이야기하도록 하겠다. 10년 전의 일인데 루이 라콩브라는 젊은 광산 기술자가 자신의 일생과 전 재산을 자신의 연구에 전부 바치기 위해서 직장을 그만두고, 한 이탈리아 백작이 그 당시 건축하고 꾸민 마이요 대로 102번지의 한 저택을 빌렸다. 그는 로잔 출신인 바랭 형제 — 한 사람은 조수로 실험을 도왔으며, 또다른 한 사람은 출자자를 물색하는 일을 맡았다 — 의 소개로 당시 금속은행을 창설했던 조르주 앙데르마트 씨와 교섭을 하기에 이르렀다.

　몇 차례의 회담 결과 루이 라콩브는 계획 중인 잠수함으로 조르주 앙데르마트 씨의 관심을 끄는 데 성공했으며, 곧 발명이 완성되면 앙데르마트 씨의 세력을 이용해서 해군성에서 모든 실험을 할 수 있도록 하겠다는 약속을 받아내기에 이르렀다.

　2년 동안 루이 라콩브는 앙데르마트 씨 댁을 자주 드나들었으며, 그때마다 설계의 진행 상황을 앙데르마트 씨에게 보고했다. 드디어 연구를 완성했으며, 다년간에 걸친 노력 끝에 획기적인 방식을 발견, 앙데르마트 씨에게 이제 활동을 개시해 줬으면 좋겠다고 말했다.

　그날, 루이 라콩브는 앙데르마트 씨 댁에서 함께 저녁식사를 했다. 그리고 밤 11시 30분에 그는 앙데르마트 씨 댁에서 나왔는데 이후로 행방이 묘연해졌다.

　당시 신문을 다시 읽어보면 알겠지만 이 젊은 기사의 가족은 검찰 당국에 실종신고를 했고, 재판소도 일단은 수사에 착수했었다. 하지만 아무런 확증도 잡질 못했다. 그래서 사람들은 괴팍한 성격의 변덕쟁이로 알려진 루이 라콩브가 아무에게도 알리지 않고 여행을 떠난 것이라고 믿었다.

이 신빙성 없는 가정을 일단은 받아들이기로 하자. 하지만 그러기에는 한 가지 걸리는 문제가 있다. 이는 프랑스라는 나라의 존망이 걸린 커다란 문제이다. 그렇다면 그 잠수함의 설계도는 과연 어떻게 됐는가? 루이 라콩브가 그것을 가지고 떠난 것일까? 아니면 파기해버렸을까?

우리들이 행한 엄밀한 조사에 의하면 그 설계도는 실제로 존재하는 것이다. 그것을 손에 넣은 것은 바랭 형제였다. 어떻게 해서? 우리는 아직 그 점을 밝혀내지 못했다. 그리고 우리는 그 형제가 왜 그것을 매각하려 들지 않았는지도 밝혀내지 못했다. 형제는, 어떻게 이것을 손에 넣었는지 추궁당하는 것이 두려웠던 것일까? 어쨌든 그 두려움은 오래 지속되지 않았다. 그리고 우리는 확신을 가지고 다음과 같이 말할 수 있다. 루이 라콩브의 설계도는 지금 한 강대국의 손에 들어갔으며, 우리는 그 강대국 대표자와 바랭 형제 사이에서 오갔던 이 문제에 관한 편지를 공표할 준비가 되어 있다고. 사실은 루이 라콩브에 의해서 설계된 잠수함 '세븐 하트'가 이웃나라의 손에 의해서 건조되고 있다.

과연 이 매국적인 배신행위에 관계한 사람들의 낙관적인 전망대로 상황은 그렇게 돌아갈 것인가? 우리는 그와 반대되는 상황을 기대해도 좋을 만한 합당한 이유를 가지고 있는데 사건은 반드시 우리들의 기대대로 될 것이라는 사실을 믿어 의심치 않는다.」

그리고 뒤이어서 다음과 같은 글이 덧붙여져 있었다.

「우리의 기대는 정확했다. 마지막으로 도착한 특별 정보에 의하면 '세븐 하트'의 시운전이 실패로 돌아갔다고 발표해도 좋을 듯하다. 왜냐하면 바랭 형제가 팔아넘긴 설계도에는, 루이 라콩브가 실종되던 날 밤 앙데르마트 씨에게 건네준 마지막 서류가 빠져 있었는데 그 서류는 설계도 전체를 이해하는 데 없어서는 안 될 중요한 요점을 적어놓은 서류인 듯하다. 이 서류가 없으면 이전의 설계도는 불완전한 것이 될 수밖에 없다. 그리고 이 설계도가 없으면 이 서류 역시 아무런 도움이 되지 않는다.

따라서 지금부터 우리의 소유물을 되찾기 위한 활동을 시작해도 그리 늦은 것은 아니다. 우리는 이 어려운 일을 성공시키기 위해서 앙데르마트 씨의 협력을 크게 기대하고 있다. 앙데르마트 씨로부터는 사건 당시 그가 보여줬던 이해할 수 없는 행동에 대한 설명을 듣고 싶다. 앙데르마트 씨는 에티엔 바렝의 자살 당시 왜 알고 있는 사실들을 진술하지 않았는지 그리고 왜 자신이 내용을 알고 있었던 서류가 없어졌다는 사실을 공표하지 않았는지 그 이유를 밝혀야 할 것이다. 또한 왜 10년 동안이나 자비로 고용한 탐정에게 바렝 형제의 뒤를 쫓게 했는지 그 이유도 설명해야 할 것이다.

우리가 앙데르마트 씨에게 기대하고 있는 것은 말이 아닌 행동이다. 그렇게 하지 않는 한……」

노골적인 협박장이었다. 이것은 실제로 어떤 형태로 나타날 것인가? 이 가명 하에 게재된 기사의 필자인 살바토르라는 인물은 앙데르마트 씨에 대해서 어떤 협박수단을 가지고 있는 것일까?

수많은 신문기자들이 이 저명인사를 취재했고 약 열 개에 이르는 인터뷰 기사가 협박에 대한 앙데르마트 씨의 경멸을 보도했다. 그에 대해서『에코 드 프랑스』지의 투고가는 다음과 같은 짧은 글로 대응했다.

「자신의 의사와는 상관없이 앙데르마트 씨는 지금 우리가 착수한 일에 협력하고 있다.」

이 기사가 신문에 게재된 날, 다스프리와 나는 저녁식사를 함께 했다. 그날 밤, 우리는 테이블 위에 몇 종류의 신문을 펼쳐놓고 사건에 대해서 이야기를 나누기도 하고 앞으로의 추이에 대해서 생각을 해보기도 했는데 아무리 의견을 교환해봐도 어둠 속을 헤치고나가다 언제나 같은 장애물에 부딪치는 듯한 기분은 결국 떨쳐낼 수가 없었다.

그런데 하인의 안내가 있었던 것도 아니고 벨이 울렸던 것도 아니었는데 갑자기 문이 열리더니 두꺼운 베일에 둘러싸인 한 여자가 안으로 들어왔다.

나는 자리에서 벌떡 일어나 그녀 쪽으로 다가갔다. 그러자 그녀가 내게 말했다.

"당신이 이 집의 주인이신가요?"

"그렇습니다. 하지만 저는 부인을......."

"대로 쪽 문이 열려 있더군요."

그녀가 변명하듯 말했다.

"하지만 현관문은 닫혀 있었을 텐데요?"

그녀는 대답하지 않았다. 틀림없이 부엌 쪽 계단을 이용해서 돌아들어온 것이라고 생각했다. 그렇다면 이 여자는 그 계단이 있다는 사실을 알고 있었던 것일까?

무거운 침묵이 흘렀다. 그녀는 다스프리를 가만히 바라보았다. 나 자신도 모르게 사교계의 살롱에서처럼 그를 그녀에게 소개했다. 그런 다음 그녀에게 의자를 권한 뒤, 찾아온 이유를 물었다.

그녀가 베일을 벗었다. 그녀의 머리카락은 갈색, 이목구비가 뚜렷했으며 대단한 미인은 아니었지만 상당한 매력이, 특히 얌전하고 슬픔에 잠긴 듯한 그녀의 눈에서 솟아오르고 있었다.

그녀가 말했다.

"나는 앙데르마트 씨의 아내예요."

"앙데르마트 부인이라고요?"

깜짝 놀라서 나는 부인의 말을 그대로 따라했다.

다시 한번 침묵이 흘렀다. 그녀가 차분한 목소리로 다시 말을 이었다.

"저, 잘 알고 계시는 그 사건 때문에 찾아온 거예요. 당신에게서 어떤 정보를 얻을 수 있지 않을까 해서......."

"하지만 부인, 저도 사실은 신문에서 보도한 내용 외에는 아는 게 없습니다. 어떤 점에서 제가 도움을 드릴 수 있을 것 같습니까? 말씀해 보십시오."

"그건 저도 잘 모르겠어요......."

바로 그 순간 나는 직감적으로 그녀가 보여주는 차분함은 거짓에 지나지 않을 뿐, 사실은 편안한 듯 보이는 그녀의 모습 속에는 깊은 혼란이 감춰져 있음을 깨달을 수 있었다. 한동안 어색한 침묵이 흘렀다. 그런데 그녀를 지켜보고 있던 다스프리가 그녀에게 다가서며 말했다.

"부인, 제가 몇 가지 질문을 드려도 될까요?"

"네, 그렇게 하세요. 그럼 저도 말을 하게 될 테니까요."

"어떤 질문을 드려도 전부 답해주실 수 있으십니까?"

"네, 전부 말씀드리죠."

다스프리는 한동안 생각에 잠겼다가 드디어 입을 열었다.

"루이 라콩브 씨를 알고 계셨습니까?"

"네, 남편이 소개해줘서 알고 있었어요."

"그를 마지막으로 본 게 언제였습니까?"

"우리 집에서 식사를 한 그날 밤이요."

"그날 밤, 이제 더 이상은 그 사람을 만나지 못할 것 같다는 느낌을 받지는 않으셨나요?"

"네. 종종 밑도 끝도 없이 러시아 여행에 대한 얘기를 하곤 했지만 그건 아주 막연한 얘기였어요."

"그렇다면 다시 만날 약속을 했었습니까?"

"이틀 후, 저녁식사 때."

"그의 실종에 대해서 어떻게 생각하십니까?"

"저는 하나도 모르겠어요."

"앙데르마트 씨는?"

"그건 저도 모르겠어요."

"그래도……."

"그 점에 대해서는 묻지 말아주세요."

"『에코 드 프랑스』지의 기사에 의하면……."

"그 기사는 바랭 형제가 그의 실종과 관계가 있는 것처럼 보도됐죠."

"부인도 그렇게 생각하십니까?"

"네."

"무슨 근거로 그렇게 생각하십니까?"

"우리 집에서 나섰을 때, 루이 라콩브 씨는 자신의 설계도와 관계가 있는 모든 서류를 넣은 가방을 들고 있었어요. 이틀 후, 남편과 바랭 형제 중 지금 살아 있는 사람이 대면을 했는데 그때 남편은 서류가 그들 형제의 수중에 있다는 증거를 잡았다고 했어요."

"그렇다면 남편은 왜 고소를 하지 않은 겁니까?"

"할 수가 없었어요."

"어째서요?"

"그 가방 속에는 루이 라콩브 씨의 서류 외에도 다른 것이 들어 있었기 때문이에요."

"그게 뭐였습니까?"

그녀는 주저했다. 당장이라도 대답할 것 같은 모습을 보였다가 결국에는 입을 다물어버리고 말았다. 다스프리가 다시 말을 이었다.

"그렇습니까? 남편은 그래서 경찰에 알리지 않고 그 형제를 미행했었군요. 남편은 그 서류와 함께 그 무엇, 그것을 미끼로 형제가 남편을 협박했을 그 위험한 것을 함께 찾으려 했던 것이군요."

"주인은 물론...... 저까지도 협박을 했어요."

"앗! 부인까지도 협박을 했다고요?"

"오히려 저를 주로 협박했지요."

그녀는 이 말을 기어들어가는 듯한 목소리로 말했다. 그녀를 가만히 주시하고 있던 다스프리가 두어 걸음 발걸음을 옮기더니 다시 그녀 곁으로 다가가 말했다.

"혹시 루이 라콩브에게 편지를 보낸 적이 있었습니까?"

"물론 있었지요. 남편과 친분이 있는 분이었으니까......."

"그런 공식적인 편지 외에도 루이 라콩브 씨에게 다른 성질의 편지를 쓰신 적이 있지 않았습니까? 무례한 질문인 줄 압니다만 이해해주시기 바랍니다. 진실을 전부 알아둘 필요가 있으니까요.

부인은 다른 성질의 편지를 쓰신 적이 있으십니까?"

"네, 있었어요."

"그 편지를 바랭 형제가 가지고 있는 거겠죠?"

"네, 맞아요."

"그리고 앙데르마트 씨도 그 사실을 알고 계시겠죠?"

"남편은 그걸 직접 보지는 못했어요. 하지만 알프레드 바랭이 그런 편지가 있다는 사실을 은근히 암시했죠. 만약 남편이 그들에게 불리한 행동을 하면 그것을 발표하겠다고 협박했어요. 남편은 그것이 두려워서…… 소문이 날까봐 두려워서 뒷걸음질치게 되었죠."

"하지만 남편은 갖은 수단을 다 동원해서 그 편지를 빼앗으려 했겠지요?"

"남편이 갖은 수단을 다 동원한 건 사실일 거예요. 하지만 알프레드 바랭과 마지막으로 대면한 날 이후로, 그 때 있었던 일에 대해서 제게 심한 말을 한 이후로 남편과 나 사이에는 아무런 친밀감도 신뢰도 찾아볼 수 없게 되었어요. 우리는 타인처럼 생활하고 있어요."

"더 이상 잃을 것도 없을 텐데 뭘 두려워하고 계시는 거죠?"

"비록 남편에게 타인과 같은 사람이 되어버렸지만 그래도 저는 한때 남편이 사랑했던 여자예요. 앞으로도 사랑받을 자격이 있는 여자고요. 틀림없어요! 확신할 수 있어요. 그 저주받은 편지만 아니었다면 남편은 아직도 나를 사랑했을 거예요."

그녀가 열띤 어조로 말했다.

"하지만 부인의 남편이라면 충분히 빼앗아올 수도 있었을 텐데....... 그 형제가 아주 경계를 한 모양이군요."

"맞아요. 안전하게 숨겨둘 수 있는 장소가 있다고 자랑까지 했다고 했어요."

"그래서요?"

"아무래도 남편이 그 장소를 찾아낸 것 같아요."

"정말입니까? 그게 어딥니까?"

"바로 여기에요."

나는 깜짝 놀라 자리에서 벌떡 일어났다.

"여기라고요?"

"네. 저도 예전부터 여기가 아닐까 생각하고 있었어요. 재주가 많고 기계 만지기를 좋아했던 루이 라콩브는 시간만 나면 금고와 자물쇠 만들기를 즐겼거든요. 바랭 형제가 그런 그의 모습을 지켜봤던 거겠죠. 후에 그 형제가 그것을 내 편지와 ...... 다른 서류들을 숨기는 장소로 이용한 거고요."

"하지만 형제는 여기에 살고 있지 않았습니다!"

내가 외치듯 말했다.

"4개월 전 당신이 살기 시작할 때까지 이 집은 비어 있었어요. 그러니까 형제가 이곳에 물건을 감춰뒀다고 해도 이상할 건 하나도 없어요. 자신들이 서류를 꺼낼 필요가 있을 때 와도 당신의 존재가 방해될 거라고는 생각지 않았던 듯해요. 그런데 그들은 남편을 염두에 두지 않았죠. 결국 남편은 6월 22일에서 23일에 걸친 밤에 그 금고를 뜯어서...... 찾고 있던 것을 꺼낸 뒤 그 형제에게 더 이상 자신은 그들을 두려워할 필요가 없을 뿐만 아니라 이제는 서로의 처지가 완전히 뒤바뀌었다는 사실을 알리기 위해서 명함을 남겨두었던 것입니다. 이틀 후, 『질 블라스』지의 기사를 보고 에티엔 바랭은 서둘러 이 집을 방문했죠. 그리고 이 서재에 홀로 남았습니다. 금고가 텅 비었다는 사실을 알게 된 그는 자살을 해버린 거고요."

잠시 후, 다스프리가 물었다.

"하지만 그것은 단순한 추측이 아닙니까? 앙데르마트 씨는 부인에게 아무런 말도 하지 않았겠죠?"

"네, 아무런 말도 하지 않았어요."

"부인에 대한 태도에 변화는 없었습니까? 더욱 우울해졌다거나, 걱정을 한다거나."

"그런 건 느끼지 못했어요."

"만약 남편이 그 편지를 봤다면 과연 전과 같이 행동할 수 있었을까요? 제 생각으로 남편은 그 편지를 아직 손에 넣지 못했습니다. 그러니까 이곳에 침입한 사람은 남편이 아니라는 말입니다."

"그렇다면 누굴까요?"

"이 모든 일을 쥐고 흔드는 자가 있습니다. 우리들에게는 복잡한 어둠을 통해서만 희미하게 보이는 어떤 목적을 향해서 일을 몰고 가는 신비한 인물입니다. 처음부터 모든 것을 알고 있는, 눈에 띄는 전능한 행동을 하는 신비한 인물입니다. 6월 22일 밤에 이 집에 들어온 것은 그와 그의 동료들입니다. 부인이 말씀하신 비밀의 장소를 발견한 것도, 앙데르마트 씨의 명함을 남겨놓은 것도, 바랭 형제가 배신했다는 증거와 당신의 편지를 실제로 손에 쥐고 있는 것도 바로 그 사람입니다."

"그 사람이 대체 누구란 말인가?"

더 이상 참을 수가 없어서 내가 물었다.

"두말하면 잔소리지!『에코 드 프랑스』지에 기고를 했던 살바토르라는 인물이 아니면 누구겠나? 이는 명백한 사실일세. 그 기사를 통해서 그는 바랭 형제의 비밀을 알고 있는 사람들에게만 어떤 내용을 전달한 걸세."

"만약 그렇다면 그 사람이 내 편지를 갖고 있다는 얘기군요. 그 사람이 이번에는 남편을 협박하겠죠? 아, 어쩌면 좋지?"

앙데르마트 부인이 겁먹은 듯 입을 다물었다.

"그에게 편지를 쓰도록 하십시오. 그에게 모든 사실을 밝히는 겁니다. 그리고 알고 싶은 모든 것을 그에게 말하는 겁니다."

다스프리가 말했다.

"무슨 말씀을 하시는 거예요?"

"그는 부인과 똑같은 일을 바라고 있습니다. 그가 형제 중 살아남은 사람을 노리고 행동하고 있음은 누가 봐도 알 수 있는 일입니다. 그의 적은 앙데르마트 씨가 아니라 알프레드 바랭입니다. 그를 도와야 합니다."

"어떻게요?"

"루이 라콩브의 설계도를 실용화하는 데 필요한 그 보충 서류를 남편이 가지고 계시죠?"

"네. 남편이 가지고 있어요."

"살바토르에게 그 사실을 알리도록 하십시오. 필요하다면 그 서류를 그에게 건네주도록 하십시오. 어쨌든 우선은 그와 연락을 취해야 합니다. 당신에겐 아무런 해도 되지 않을 겁니다."

대담하기 짝이 없는 충고였다. 한편으로는 매우 위험하게 보이는 충고이기도 했다. 하지만 앙데르마트 부인에게는 달리 선택할 길이 없었다. 그리고 다스프리의 말대로 그녀에게는 아무런 위험도 없었다. 그 미지의 사내가 적이라 하더라도 이 교섭이 사태를 더욱 악화시키지는 않을 것이었다. 그리고 그가 만약 특수한 목적을 추구하고 있는 것이라면 부인의 편지에 그다지 비중을 두지 않을 것이다.

어쨌든 이는 좋은 방책처럼 보였다. 당혹스러움 속에 사로잡혀 있던 앙데르마트 부인은 이 방법을 생각하는 것만으로도 기분이 좋아졌다. 그녀는 우리 두 사람에게 감사의 뜻을 밝혔다. 그리고 사건의 추이를 보고하겠다는 약속을 한 뒤 집으로 돌아갔다.

이틀 후, 그녀는 자신이 받은 다음과 같은 글을 우리에게 보내 왔다.

「그 편지는 거기에 없었습니다. 하지만 반드시 손에 넣겠습니다. 안심 하십시오. 모든 일은 꼼꼼하게 처리하겠습니다. S.」

나는 그 종이 쪽지를 집어보았다. 역시 6월 22일 밤에 내 책갈 피에 꽂혀 있던 편지의 필체와 똑같은 것이었다.

다스프리의 말대로 살바토르가 이번 사건을 연출하고 있다는 사실을 알 수 있었다.

실제로 우리를 둘러싼 어둠 속에서 몇 줄기 빛이 보이기 시작했다. 그리고 그 중 어떤 것은 의외로 밝은 빛을 띠고 있기도 했다. 하지만 아직도 수많은 점들이 어둠에 둘러싸여 있었다. 가령, 그 두 장의 세븐 하트! 나의 생각은 늘 그곳에서 막혀버리곤 했다. 그 혼란스러운 상황 속에서 일곱 개의 작은 구멍이 뚫린 카드 두 장이 나를 놀라게 했기 때문에 내가 필요 이상으로 마음에 두고 있는 것일지도 몰랐다. 그 두 장의 카드는 이번 사건에서 어느 정도의 비중을 차지하고 있는 것일까? 어느 정도의 중요함을 그 카드에 부여해야 하는 것일까? 루이 라콩브의 설계도를 바탕으로 잠수함이 '세븐 하트'라 명명되었다는 사실에서 어떤 결론을 이끌어내야 하는 걸까?

다스프리는 그 두 장의 카드에 커다란 관심을 보이지 않았다. 좀더 급하게 해결해야 할 다른 문제에 신경을 곤두세우고 있는 듯했다. 그는 끈질기게 그 비밀장소를 찾고 있었다.

"살바토르가...... 발견하지 못했던 그 편지를 어쩌면 내가 찾아낼 수도 있을 거야. 바랭 형제가 남들은 절대로 알아낼 수 없을 거라고 확신하고 있는 곳에서 무한한 가치를 가진 그 협박용 무기를 꺼내갔을 거라고는 생각되지 않으니까."

그는 이렇게 말하며 편지를 찾는 일에 계속 몰두했다. 서재를 샅샅이 뒤진 그는 다른 방에까지 수사의 손길을 내밀었다. 그는 집 안팎을 이 잡듯 뒤졌다. 울타리의 돌과 벽돌, 기와까지 벗겨내 보았다.

어느 날 그는 곡괭이와 삽을 들고 나타났다. 내게 삽을 건네주더니 자신은 곡괭이를 잡았다. 그리고 공터를 가리키며 말했다.

"저기로 가보세."

별로 내키지는 않았지만 나는 그의 뒤를 따라갔다. 그는 공터를 몇 개의 구간으로 나눠 순서대로 하나씩 조사해나가기 시작했다.

그런데 옆 공터의 담과 이쪽 담이 교차하는 지점에 가시덤불과 풀로 무성하게 뒤덮인 자갈과 작은 돌멩이가 산더미처럼 쌓여 있는 곳이 있었는데 그는 그곳을 파헤치기 시작했다. 그곳이 그의 주의를 끈 모양이었다.

나도 그를 도울 수밖에 없었다. 햇빛 속에서 우리는 1시간 이상이나 그 작업을 계속했다. 돌들을 완전히 제거하고 그 밑의 흙 부분을 어느 정도 파내려갔을 때, 다스프리의 곡괭이 날에 뼈 조각이 걸려 나왔다. 살펴보니 그것은 사람의 뼈로 한쪽 끝에 헝겊 조각이 붙어 있었다.

순간 내 얼굴이 창백해지는 것을 느낄 수 있었다. 나는 사각형으로 잘려진 조그만 철 조각이 땅 속에 박혀 있는 것을 보았는데 거기에는 붉은 반점이 묻어 있었다. 나는 허리를 굽혔다. 역시 그랬다. 철 조각은 트럼프만한 크기였고 반점은 여기저기 빛이 바랜 붉은 색이었다. 일곱 개가 있었는데 세븐 하트 카드의 하트 모양과 같은 위치에 있었으며 그 끝에 각각 구멍이 뚫려 있었다.

"이보게, 다스프리. 난 이번 사건에 넌덜머리가 나네. 자네가 계속 흥미를 갖는다면 말리지는 않겠네만 난 이쯤에서 그만둬야겠어."

너무 흥분해서일까? 아니면 강렬한 태양 아래서 일한 피로 때문일까? 집 안으로 돌아오는 발걸음이 떨렸다. 그리고는 깊은 잠에 빠져버렸다. 나는 48시간 동안이나 잠을 잤다. 고열에 시달렸다. 꿈속에서 침대 주위를 춤추며 맴도는, 피가 뚝뚝 떨어지는 자신의 심장을 서로의 얼굴에 내던지는 해골들에게 시달렸다.

다스프리는 변함없이 내게 충실했다. 나를 위해서 매일 3, 4시간씩 시간을 내주었다. 그 동안에도 서재에서 두드려보기도 하고, 찔러보기도 하며 하루 종일 비밀 장소를 찾고 있기는 했다.

"그 편지는 틀림없이 서재에 있을 거야. 내기를 해도 좋아."

그는 종종 나를 보러 와서는 이렇게 말하곤 했다.

"그런 얘기는 더 이상 듣고 싶지 않네."

온 몸에 소름이 돋을 만큼 오싹한 기분으로 내가 대답했다.

사흘째 되던 날 아침, 어느 정도 원기를 회복한 나는 자리에서 일어났다. 풍성한 아침 식탁이 내게 기운을 불어넣어 주었다. 그리고 5시쯤에 도착한 속달 한 통이 나를 완전히 낫게 해주었다. 전혀 뜻밖에 날아온 그 편지는 그만큼 나의 호기심을 자극했다.

속달에는 다음과 같은 말들이 적혀 있었다.

「선생,

6월 22일에서 23일에 걸친 밤에 제1막이 상연되었던 그 드라마는 지금 종말을 향해 달려가고 있습니다. 그런데 형편상 어쩔 수 없이 두 주인공을 대결시키지 않을 수 없게 되었습니다. 그 대결이라는 것은 꼭 선생의 집에서 이루어져야만 합니다. 그런 이유로 오늘 밤, 댁을 우리에게 빌려달라는 청을 하기 위해서 편지를 드립니다. 9시에서 11시까지, 2시간 동안 하인들을 다른 곳에 있도록 해주십시오. 당신을 위해서나 대결을 펼칠 두 사람을 위해서 무대를 좀 빌려주시기 바랍니다. 지난 6월 22일에서 23일에 걸친 밤에 제가 당신의 소유물에 얼마나 주의를 기울였는지를 잘 알고 계실 겁니다. 만약 이 사실을 비밀에 붙여두지 않는다면 그건 당신에게도 커다란 수치가 될 것입니다.

이 편지의 문장에는 은근한 비아냥거림이, 그리고 그의 요구에는 재미가 담겨 있었기 때문에 나는 이를 즐겁게 여겼다. 참으로 사랑스러운 장난이 아닌가? 그리고 이 편지를 보낸 사람은 내가 허락할 것이라고 굳게 믿고 있지 않은가? 무엇보다도 이 사람을 실망시키거나 그의 신뢰를 저버리는 짓은 하고 싶지 않았다.

하인은 내게서 극장 입장권을 받아 쥐고 8시에 외출했다. 그리고 다스프리가 찾아왔다. 나는 좀 전에 받은 속달을 그에게 보여주었다.

"그래서 어쩔 생각인가?"

그가 내게 말했다.

"어쩔 생각이냐고? 우리 집 문을 반쯤 열어둘 생각이라네. 누구라도 들어올 수 있도록."

"그럼 자네는 밖으로 나갈 생각인가?"

"절대로 그럴 순 없지."

"하지만 자네도 자리를 비워달라는 청을 받지 않았나?"

"그가 청해온 건 관여하지 말아달라는 내용일 뿐이었네. 따라서 관여할 생각은 없네. 하지만 무슨 일이 일어나는지는 꼭 내 눈으로 봐두고 싶어."

다스프리가 웃음을 터뜨렸다.

"허긴, 그럴 만도 하지. 나도 구경하고 싶을 정도니까. 아주 재미있는 구경거리가 될 거야."

벨소리가 그의 말을 끊었다.

"벌써 온 걸까? 아직 20분이나 남았는데! 설마 온 건 아니겠지?"

다스프리가 속삭이듯 말했다.

복도에 서서 나는 철문을 여는 끈을 잡아당겼다. 한 여자가 정원을 가로질러오고 있었다. 앙데르마트 부인이었다.

그녀는 몹시 당황한 듯했다. 숨을 헐떡이며 더듬더듬 말했다.

"나, 남편이...... 여기로 오고 있어요. 여, 여기서 누군가를 만나기로 했어요. 저...... 제가 쓴 편지를 돌려받기로 되어 있어요."

"그걸 어떻게 아셨죠?"

내가 그녀에게 물었다.

"우연히 알게 됐어요. 식사 중에 남편 앞으로 편지가 왔거든요."

"속달이었습니까?"

"전보였어요. 하인이 실수로 제게 건네줬어요. 바로 남편이 가져가긴 했지만 제가 이미 내용을 읽은 뒤였어요."

"부인도 그걸 읽으셨다고요?"

"대략 이런 내용이었어요. '오늘 밤 9시, 마이요 대로로 사건관련 서류를 가지고 오기 바람. 교환조건은 그 편지.' 식사를 마친 후 제 방으로 들어가는 척하면서 여기로 온 거예요."

"앙데르마트 씨도 모르십니까?"

"네."

다스프리가 나를 바라봤다.

"어떻게 생각하는가?"

"내 생각도 자네 생각과 다르지 않네. 즉, 앙데르마트 씨가 오늘밤 이곳에 불려나올 대결자 중 한 사람이라는 거지."

"누가 불러낸 것일까? 그리고 무슨 목적으로?"

"바로 그걸세. 지금부터 우리가 지켜봐야 할 게."

나는 두 사람을 서재로 안내했다.

좀 줍기는 했지만 세 사람은 맨틀피스 밑으로 들어가 벨벳 장막으로 몸을 가렸다. 우리는 거기서 몸을 웅크리고 있었다. 앙데르마트 부인은 두 남자 사이에 껴 있었다. 장막 사이를 통해서 우리는 서재를 전부 내다볼 수 있었다.

9시를 알리는 종소리가 들렸다. 몇 분 후, 정원에 있는 문이 삐걱거리는 소리를 냈다.

솔직히 말하자면 나는 숨막히는 불안감을 느끼고 있었다. 그리고 새로운 열기에 휩싸인 듯했다. 어찌 보면 당연한 일이었다. 이제 곧 수수께끼가 풀리는 것을 볼 수 있을 것이다! 지난 몇 주간 내 앞에서 펼쳐졌던 그 수수께끼 같은 사건의 진상이 모습을 드러내려 하고 있는 것이다. 그것도 내 눈앞에서 모든 일이 일어나려 하고 있는 것이다.

다스프리가 앙데르마트 부인의 손을 잡았다. 그리고 속삭이듯 말했다.

"움직여서는 안 됩니다! 무슨 일이 일어나도, 무슨 소리가 들려와도 움직여서는 안 됩니다."

누군가가 안으로 들어왔다. 에티엔 바랭과 무척 닮았기 때문에 나는 그가 알프레드 바랭이라는 사실을 바로 알 수 있었다. 둔중한 발걸음, 수염에 뒤덮인 흙빛 얼굴 모두가 똑같은 것이었다.

그가 안으로 들어왔다. 언제나 함정을 경계하며 그것을 피해다니는 습성을 가진 자가 보이는 불안한 모습으로 그는 방 안 전체를 둘러보았다. 순간 나는 이 벨벳 장막을 둘러친 맨틀피스가 그의 주목을 끈 듯한 느낌을 받았다. 그가 우리 쪽으로 세 걸음 다가왔다. 그런데 더욱 급한 생각이 떠올랐는지 그는 다른 곳으로 방향을 돌렸다. 그는 방을 가로질러 벽 쪽으로 다가가더니 하얀 수염에 화염검을 들고 있는 늙은 왕이 새겨진 모자이크 앞에서 발걸음을 멈췄다. 그는 의자를 밟고 올라서서 손가락으로 어깨와 얼굴의 윤곽을 매만지기도 하고 그림의 한 부분을 쓰다듬기도 했다.

그러더니 갑자기 의자에서 내려와 벽에서 떨어졌다. 발소리가 들려왔기 때문이었다. 앙데르마트 씨가 방 안으로 모습을 드러냈다.

앙데르마트 씨가 놀란 소리로 말했다.

"다, 당신! 당신이었소? 나를 불러낸 게?"

"내가 불러냈다고? 무슨 소리 하는 거야? 나야말로 댁의 편지를 받고 왔는데."

바랭이 동생의 목소리와 비슷한 갈라지는 목소리로 말했다.

"내 편지라고?"

"댁의 서명이 있는 편지였소. 나를 여기로 오게 한 건......."

"내가 뭣 하러 당신에게 편지를 쓰겠소?"

"내게 편지를 보내지 않았다고?"

바랭이 본능적으로 경계하는 모습을 보였다. 앙데르마트 씨에 대한 경계가 아니라 자신을 이 함정에 빠뜨린 미지의 적에 대한 경계였다. 그 순간 그의 시선이 우리 쪽으로 향하는가 싶더니 서둘러 문 쪽으로 발걸음으로 돌렸다.

앙데르마트 씨가 그의 앞을 가로막았다.

"바랭, 어쩌자는 거요?"

"뭔가 함정이 있는 것 같소. 난 가야겠소. 잘 있으시오."

"잠깐!"

"앙데르마트 씨. 날 내버려두시오. 우리는 서로 할 말도 없을 텐데."

"할 말이라면 얼마든지 있소. 마침 좋은 기회 같으니……."

"비키시오!"

"아니, 그럴 수 없소!"

앙데르마트 씨의 결연한 태도에 겁이 난 바랭은 뒷걸음질치며 중얼거리듯 말했다.

"그렇다면 어서 말해보시오. 어서 얘기를 마칩시다."

어떤 한 가지 사실이 나를 놀라게 했다. 그리고 나와 함께 있는 두 사람도 같은 생각으로 실망했을 것이라고 확신했다. 살바토르는 왜 이 자리에 나타나지 않는 것일까? 애초부터 자신은 여기에 가세할 생각이 없었던 것일까? 그저 앙데르마트와 바랭의 대결을 주선하는 것만으로도 충분하다고 생각했던 것일까? 나는 그것이 마음에 걸려서 견딜 수가 없었다. 그가 이 자리에 없다는 사실 때문에 이 결투가 숙명의 지배를 받고 있는 일 특유의 비극적인 양상을 띠고 있는 것처럼 느껴졌다. 그리고 이 두 사람을 격돌하게 하는 힘이 그들 이외의 곳에 있다는 사실이 나를 더욱 기분나쁘게 만들었다.

한동안 사이를 두었다가 앙데르마트 씨가 바랭 쪽으로 다가갔다. 그리고 상대의 눈을 똑바로 쳐다보며 말했다.

"이제 시간이 흘러서 더 이상 두려워할 것도 없을 테니 솔직하게 대답해주기 바라네, 바랭. 루이 라콩브를 대체 어떻게 한 거지?"

"왜 그런 어처구니없는 질문을 하는 거지? 그가 어떻게 됐는지 내가 알게 뭐요?"

"자네들은 알고 있지 않은가? 자네와 자네의 동생은 라콩브 수족이었으니. 게다가 그의 집, 그러니까 지금 우리들이 서 있는 이 집에 늘상 드나들질 않았나? 자네들은 그 일에 관한 모든 계획에 대해 알고 있었어. 그리고 그날 밤, 내가 루이 라콩브를 우리 집 문 앞까지 배웅했을 때 어둠 속에 숨어 있던 두 사람을 목격했네. 장담할 수 있어."

"그게 어쨌다는 말이오? 당신이 장담할 수 있다고 해서 뭐가 달라진다는 거지?"

"그건 자네와 자네의 동생이었네, 바랭."

"증거를 대보게."

"이틀 후, 자네가 라콩브의 가방에서 꺼낸 서류와 설계도를 내게 보이며 그것을 팔겠다고 한 것이 가장 큰 증거지. 그 서류가 어떻게 자네 손에 들어가게 된 거지?"

"앙데르마트 씨, 전에도 말한 것처럼 그 서류는 다음날 라콩브의 책상 위에서 우리가 발견한 것이오."

"거짓말."

"거짓말이라는 증거를 대보라니까."

"재판소에 알렸다면 틀림없이 증거를 찾아냈을 게야."

"왜 그렇게 하질 않았지?"

"왜냐고? 그건......."

그의 얼굴이 어두워지더니 입을 다물었다. 그러자 바렝이 입을 열었다.

"거 보시오. 당신에게 조금이라도 확신이 있었다면 우리의 협박 같은 건 개의치 않고 신고했을 거요."

"협박이라고? 그 편지를 말하는 건가? 단 1분이라도 내가 그 말을 믿었을 것 같아?"

"그 편지가 존재하지 않는다고 생각했다면 왜 우리에게 막대한 액수의 돈을 주겠다고 했던 거요? 그리고 그 후에도 동생과 나를 끈질기게 미행하지 않았소?"

"설계도를 되찾고 싶었을 뿐이야."

"거짓말! 그 편지 때문이었소. 일단 그 편지를 손에 넣은 뒤에 우리를 고소할 생각이었겠지. 그 때문에 우리는 몇 번이고 위험에 처하게 됐소!"

그가 큰 소리로 웃다가 갑자기 웃음을 멈추고 말했다.

"이제 이 일은 생각하기도 싫소. 늘 똑같은 소리만 되풀이 해봐야 나아질 건 아무것도 없으니. 그럼 이쯤에서 물러나야겠소."

"아니! 이대로는 떠날 수 없을 거야! 네가 먼저 편지 얘기를 꺼냈으니 그것을 주지 않고서는 여기서 나갈 수 없어!"

"마음대로 하시라지. 난 갈 테니."

"절대로 보내지 않을 거야!"

"잘 들으시오, 앙데르마트 씨. 내 한마디 충고할 테니."

"결코 돌려보내지 않을 테니 포기하시오."

"갈 수 있을지 없을지는 두고 보면 알겠지."

바랭이 화난 목소리로 소리 지르자 앙데르마트 씨가 놀라 숨을 들이켰다.

바랭도 그 소리를 들은 듯했다. 그 여세를 몰아 밖으로 나가려 했다. 앙데르마트 씨가 그를 힘껏 밀어붙였다. 바로 그 순간 바랭이 주머니로 손을 넣는 모습이 내 눈에 들어왔다.

"마지막으로 경고하겠소!"

"편지를 내놔!"

바랭이 권총을 꺼내 앙데르마트를 겨누며 말했다.

"이제 어쩔 생각이오?"

앙데르마트 씨가 몸을 숙였다.

순간 권총에서 한 발이 발사됐고, 순간 바랭의 손에서 권총이 떨어졌다.

나는 어리둥절하지 않을 수 없었다. 바로 내 옆에서 총알이 발사되었기 때문이었다! 다스프리가 단 한 발의 총알로 알프레드 바랭의 손에 쥐어져 있던 권총을 명중시킨 것이었다!

그리고 잽싸게 두 사람이 있는 곳으로 뛰쳐나가더니 바랭에게 얼굴을 들이밀고 그를 비웃듯 말했다.

"당신 운이 좋군. 정말 운이 좋아. 난 당신 손을 조준했는데 총에 맞았어."

두 사람이 어리둥절한 표정으로 다스프리를 바라보았다. 다스프리가 앙데르마트에게 말했다.

"나와는 상관도 없는 일에 껴들어서 죄송합니다. 하지만 당신이 너무 서툰 것 같아서요. 이제 내가 하도록 해주십시오."

그리고 바랭 쪽을 바라보며 말을 이었다.

"자, 지금부터는 내가 상대해주지. 확실히 하자고. 난 세븐 하트에 모든 걸 걸겠네."

그리고 그의 코 앞으로 붉은 일곱 개의 무늬가 새겨진 철판을 들이댔다.

사람이 그렇게 당황할 수도 있다는 사실을 나는 그때 처음 알았다. 새파랗게 질린 얼굴, 멍해진 두 눈, 괴로움에 일그러진 표정. 바랭은 코 앞에 들이민 카드를 마치 최면술에 걸린 사람처럼 멍하게 바라보았다.

"다, 당신 누구요?"

그가 더듬거리며 말했다.

"아까도 말했듯이 이 일과는 상관없는 사람이지. 하지만 일단 시작한 일은 끝장을 보는 성격일세."

"원하는 게 뭐요?"

"당신이 가져온 것 전부."

"난 아무것도 가져오지 않았소."

"말도 안 되는 소리. 그랬다면 당신은 여기 오지도 않았을 거야. 오늘 아침, 당신은 9시까지 여기로 오라는 편지를 받았어. 모든 서류를 다 가지고 말이야. 그리고 당신은 지금 여기 있네. 그렇다면 서류는 어디 있단 말이지?"

다스프리의 목소리와 태도에는 내가 지금까지 보지 못했던 위엄이 서려 있었다. 평소에는 다정하고 게으르기까지 한 이 사람이 힘에 넘치는 전혀 새로운 모습을 보여준 것이다. 완전히 제압당한 바랭이 자신의 주머니를 가리키며 말했다.

"서류는 여기 있소."

"전부 거기에 들어 있나?"

"그렇소."

"당신이 루이 라콩브의 가방에서 꺼내 폰 리벤 소령에게 팔아넘긴 서류 전부가 들어 있나?"

"그렇소."

"원본인가? 사본인가?"

"원본이오."

"얼마가 필요하지?"

"십만 프랑."

다스프리가 웃음을 터뜨렸다.

"당신 제 정신이야? 소령은 이만 프랑 밖에 내질 않았네. 그 이만 프랑도 시궁창에 버린 거나 마찬가지지. 시운전에 실패했으니 말일세."

"설계도를 제대로 읽지 못해서 그랬을 뿐이오."

"설계도가 부족한 거야."

"그렇다면 왜 그걸 갖고 싶어하는 거요?"

"다 쓸 데가 있네. 오천 프랑을 주겠네. 그 이상은 한 푼도 줄 수 없어."

"그럼 만 프랑. 나도 더 이상은 안 되오."

"좋았어. 그렇게 하지."

다스프리가 앙데르마트 씨 곁으로 다가가며 말했다.

"죄송하지만 수표를 한 장 써주시죠."

"하지만......, 난 지금......."

"당신의 수표책이요? 그거라면 여기 있습니다."

앙데르마트 씨가 어찌 된 영문인지 모르겠다는 표정으로 다스프리가 내민 수표책을 더듬으며 말했다.

"이건 틀림없이 내 수표책인데....... 이게 왜 당신 손에?"

"쓸데없는 말은 그만두고 어서 사인이나 하십시오."

앙데르마트 씨가 만년필을 꺼내 사인을 했다. 바랭이 손을 내밀었다.

"모든 협상이 다 끝난 게 아니니 그 손 치우게."

다스프리가 말했다.

그런 다음 앙데르마트 씨를 향해서 말했다.

"당신이 원하던 편지가 또 있지 않았습니까?"

"그렇습니다. 편지 한 묶음입니다."

"바랭, 그건 어디 있지?"

"난 그런 거 갖고 있지 않소."

"그럼 어디 있지, 바랭?"

"난 모르오. 동생이 관리했었으니까."

"그 편지는 여기에 숨겨뒀을 걸세. 바로 이 방 안에."

"그럼 당신은 그게 어디 있는지 알고 있다는 뜻이군."

"그걸 내가 어찌 알겠나?"

"당신도 그 비밀 금고를 열어봤을 게 아니오. 살바토르라는 작자만큼 잘 알고 있는 듯하니."

"그 금고에 편지는 없었네."

"그럴 리 없소."

"열어보게나."

바랭이 의심스럽다는 표정으로 바라보았다. 다스프리와 살바토르는 동일인물이 아닐까? 만약 그렇다면 이미 들통나버린 비밀장소를 공개해도 상관없을 것이다. 하지만 그렇지 않다면 그 장소를 밝힐 수는 없다.

　"열게."

　다스프리가 다시 말했다.

　"지금은 세븐 하트를 가지고 있지 않소."

　"그거라면 여기 있네."

　다스프리가 그 철판을 들이밀며 말했다.

　바랭이 뒤로 물러서며 말했다.

　"안 됩니다....... 그럴 수 없소....... 난 열 수 없소."

　"그럼 할 수 없지......."

　다스프리가 꽃처럼 하얀 수염을 기른 늙은 왕의 모자이크 앞으로 다가가더니 의자 위에 올라섰다. 세븐 하트 카드를 단검의 손잡이 부분에 가져다 댔다. 철판의 양 끝이 단검의 양 끝에 꼭 맞도록. 그런 다음 송곳으로 각 하트의 밑의 뾰족한 부분에 있는 구멍을 차례로 찔러 모자이크에 있는 일곱 개의 돌을 눌렀다. 일곱번째 돌을 누르자 무엇인가가 떨어져 나가면서 왕의 가슴 부분 전체가 회전하더니 금고처럼 만들어진 텅 빈 공간이 나타났다. 주위를 철로 둘러놓았으며 중간에 철판을 끼워 넣어 상하 2단으로 나누어 놓았다.

　"보게 바랭. 금고는 텅 비었어."

　"정말이군. 텅 비었어....... 그렇다면 동생이 그 편지를 꺼냈을 거요."

다시 바랭 쪽으로 다가간 다스프리가 말했다.

"상대가 나라는 걸 잊었나? 그런 술수가 통할 것 같아? 금고가 하나 더 있을 거야. 어디지?"

"그런 건 존재하지 않소."

"자네 돈이 더 필요한 건가? 얼마를 더 원하지?"

"만 프랑."

"앙데르마트 씨, 그 편지는 당신에게 만 프랑의 가치가 있는 겁니까?"

"그렇소, 그만한 가치가 있소."

바랭이 금고를 닫았다. 아주 기분 나쁘다는 듯이 세븐 하트 철판을 떼어내더니 그것을 다시 단검의 손잡이 부분에 가져다 댔다. 그런 다음 각 하트의 아래쪽 뾰족한 부분을 송곳으로 찔렀다. 그러자 이번에도 무엇인가 떨어져 나가는 소리가 들렸다. 그런데 이번에는 놀랍게도 두꺼운 금고 문의 앞쪽만이 열렸다. 금고 안에 또 하나의 금고였던 것이다.

끈으로 묶어 봉인된 편지 뭉치는 거기에 있었다. 바랭이 그것을 다스프리에게 넘겼다. 다스프리가 물었다.

"앙데르마트 씨, 수표에 사인하셨나요?"

"그렇소. 이미 했소."

"당신은 루이 라콩브에게서 건네받은 서류, 그러니까 잠수함의 설계도를 보충하는 그 서류도 가지고 계시지요?"

"그것도 가지고 있소."

거래가 행해졌다. 다스프리는 서류와 수표를 주머니에 넣더니 앙데르마트 씨에게 편지 뭉치를 건넸다.

"자, 당신이 원하던 것입니다."

앙데르마트 씨는 한동안 망설였다. 온갖 괴로움에 시달리며 찾아 헤매던 이 저주받은 물건에 손대기가 두렵다는 듯 곧 신경질적으로 그것을 낚아챘다.

옆에서 훌쩍이는 소리가 들려왔다. 나는 앙데르마트 부인의 손을 쥐었다. 그녀의 손은 얼음장처럼 차가웠다.

다스프리가 앙데르마트 씨에게 말했다.

"더 이상 우리가 나눠야 할 말은 없는 듯합니다. 부탁이니 고맙다는 말은 하지 말아주십시오. 나는 그저 우연히 도움을 줄 수 있었던 것뿐입니다."

앙데르마트 씨가 밖으로 나갔다. 그는 자신의 아내가 루이 라콩브에게 보낸 편지를 가지고 떠났다.

다스프리가 진심으로 기쁘다는 듯이 외쳤다.

"잘 됐어! 아주 잘 됐어! 모든 일이 잘 풀렸어. 이제 마무리만 하면 되는군. 바랭, 서류는 어디 있지?"

"이게 전부요."

다스프리가 그것들을 살펴보았다. 주의 깊게 살펴보더니 그것을 주머니에 넣었다.

"좋았어. 당신은 약속을 지켜줬어."

"그런데......"

"그런데 어쨌다는 거지?"

"수표 두 장은? 내가 받기로 한 돈......"

"뭐라고? 뻔뻔스럽기 짝이 없는 녀석이로군. 어떻게 그런 말을 할 수 있는 거지?"

"나는 내 권리를 주장하고 있을 뿐이오."

"그렇다면 당신이 훔친 서류에 대해서 내가 얼마간 돈을 지불해야 할 의무가 있다는 말인가?"

바랭이 화가 난 듯했다. 눈에 핏발이 서더니 분노로 몸을 떨었다.

"돈, 돈을 내놔. ...... 이만 프랑."

그가 더듬더듬 말했다.

"그럴 순 없어....... 좀 써야 할 데가 있거든."

"돈, 돈을 내놔!"

"잘 들어보게나. 아, 그 칼은 꺼내지 않는 게 좋을 거야."

그가 바랭의 팔을 움켜쥐자 바랭이 아픔을 견디지 못하고 신음 소리를 냈다. 그가 다시 말을 이었다.

"조용히 이 자리를 떠나게. 밖의 공기를 마시면 머리가 좀 맑아질 거야. 아니면 내가 안내를 해줄까? 저 공터 끝으로 가서 돌무더기 밑에서 나온 걸 보여줄 수도 있어......."

"아니야! 거짓말이야!"

"거짓말이라니? 엄연한 사실인데. 붉은 점이 찍힌 이 세븐 하트 철판도 거기서 나온 거야. 자네 기억하고 있나? 루이 라콩브가 언제나 몸에 지니고 다니던 물건인데, 자네와 자네의 동생이 시체와 함께 묻은 물건일세. 그 외에도 재판소에서 기뻐할 만한 것들이 수도 없이 나왔다네."

바랭은 분노에 떠는 두 손으로 얼굴을 덮으며 말했다.

"알았소. 내가 졌소. 아무런 말도 하지 않겠소. 대신 한 가지......., 한 가지 묻고 싶은 게 있소."

"뭐지?"

"커다란 금고에 상자가 하나 들어 있지 않았소?"

"아, 들어 있었소."

"6월 22일에서 23일에 걸친 밤, 당신이 이곳에 왔을 때 아직 상자가 있었소?"

"틀림없이 있었지."

"상자의 내용물은?"

"당신 형제가 넣어둔 물건이 고스란히 들어 있었소. 아주 멋진 보석들을 수집해놓았더군. 다이아몬드, 진주...... 당신 형제들이 여기저기서 훔친 물건들이더군."

"당신이 그걸 가져갔소?"

"당연하지. 당신이라면 안 그랬겠나?"

"그렇다면......, 내 동생은 그 상자가 없어진 걸 보고 자살한 거 겠군."

"그렇겠지. 폰 리벤 소령과 당신들이 주고받은 편지가 없어졌다고 해서 죽었을 리는 없을 테니까. 하지만 그 상자가 없어진 걸 보고는...... 그런데 자네가 묻고 싶은 것은 그게 전부인가?"

"아직 한 가지 더 있소. 당신 이름이 뭐요?"

"내 이름을 묻는 걸 보니 복수를 할 생각이로군."

"당연하지! 운은 돌고 도는 법이니까. 오늘은 당신이 이겼지만 내일 일은 모르는 법......"

"내일은 햇살이 당신을 비출 거요."

"나도 그렇게 생각하오. 이름이 뭐요?"

"아르센 뤼팽이오."

"아르센 뤼팽이라고?"

바랭은 몸을 가누지 못했다. 커다란 망치로 한 방 얻어맞은 사람처럼. 그 이름이 그로부터 모든 희망을 앗아간 듯했다. 다스프리가 웃음을 터뜨렸다.

"어리석긴. 그럼 보통 사람이 이런 멋진 무대를 마련할 수 있을 거라고 생각했나? 어림도 없는 소리. 적어도 뤼팽 정도는 돼야 가능한 일이지. 자, 이젠 일이 어떻게 된 건지 알았겠지? 풋내기 녀석, 어서 가서 복수할 준비나 하라고. 이 아르센 뤼팽이 기다리고 있을 테니까."

더 이상 아무런 말도 하지 않고 그는 상대를 밖으로 밀어냈다.

"다스프리, 다스프리!"

나는 지금까지 불러왔던 대로 그를 불렀다.

벨벳 장막을 들추고 내가 얼굴을 내밀었다.

그가 달려왔다.

"왜 그러나? 무슨 일이라도 생겼나?"

"앙데르마트 부인이 이상해."

그가 서둘러 정신을 차리게 하는 약을 뿌렸다. 계속 치료를 하면서 그가 내게 물었다.

"어떻게 된 거지? 무슨 일이 있었던 거야?"

"무슨 일이냐니? 그 편지 때문일세. 루이 라콩브가 가지고 있던 그 편지를 남편에게 건네줬기 때문일세."

내가 말했다.

그가 머리를 두드리며 말했다.

"그런가? 내가 정말로 그 편지를 건네줬다고 생각한 거군. 하긴. 그렇게 생각했다 해도 할 말은 없지. 거기까진 미처 생각 못했네."

정신을 차린 앙데르마트 부인이 뤼팽의 말에 열심히 귀를 기울였다. 그는 자신이 가져온 가방 속에서 조금 전 앙데르마트 씨가 가지고 떠난 것과 아주 똑같이 생긴 꾸러미를 꺼냈다.

"부인, 이것이 진짜 편지입니다."

"그럼......, 남편은?"

"이것과 똑같이 보이기는 하지만 어젯밤에 제가 새로 고쳐 쓴 것입니다. 남편은 모든 일을 직접 눈으로 확인했으니 절대 의심하지 않을 겁니다. 그 편지를 읽고 기뻐할 겁니다."

"하지만 필체가......"

"흉내 낼 수 없는 필체란 존재하지 않습니다."

그녀는 상류사회의 신사에게 말할 때와 같이 정중한 태도로 그에게 감사의 뜻을 전했다. 그런 그녀의 태도를 보고 나는 바랭과 아르센 뤼팽이 나눈 마지막 대화를 그녀가 듣지 못했다는 사실을 알 수 있었다.

나는 전혀 뜻밖의 모습을 보인 이 친구에게 무슨 말을 해야 좋을지 몰라 조금 당황한 눈빛으로 그를 바라보았다. 뤼팽이었다니! 이 사람이 뤼팽이었다니! 함께 클럽에서 즐기던 이 친구가 뤼팽이었다니! 나는 넋을 잃고 말았다. 하지만 그는 매우 여유 있는 모습을 보였다.

"자, 이제 장 다스프리와 작별 인사를 하게나."

"그래야 하나?"

"그래야지. 장 다스프리는 여행을 떠날 걸세. 나는 그를 모로코로 보낼 생각이지. 어쩌면 그는 거기서 자신에게 잘 어울리는 마지막을 맞이하게 될지도 모르지. 솔직히 말하자면 그게 그가 바라는 바일세."

"그래도 아르센 뤼팽은 우리 곁에 남아 있겠지?"

"물론이지. 아르센 뤼팽은 이제 막 자신의 일생을 시작했으니까. 그의 앞길은 아직 창창하네."

억제할 수 없는 강렬한 호기심이 일어, 나는 그에게 달려가 앙데르마트 부인과 멀리 떨어진 곳으로 그를 데려가 이렇게 말했다.

"그러니까 그 편지를 감춰두었던 두 번째 금고도 자네가 발견해냈단 말이지?"

"꽤 애를 먹었다네! 자네가 잠들어 있던 어제 오후에 간신히 발견해냈지. 사실은 그게 가장 쉬운 문제였는데! 가장 쉬운 문제가 가장 나중에 풀리곤 하는 법이지."

그리고 철판으로 만든 세븐 하트를 내보이며 말했다.

"커다란 금고를 열려면 이 카드를 저 모자이크 속 왕이 들고 있는 단검에 끼워야 한다는 사실을 나는 알고 있었지......."

"자넨 어떻게 그 사실을 알게 됐지?"

"별거 아닐세. 개인 정보망을 통해서 6월 22일 밤, 여기로 오기 전부터 알고 있었으니까."

"나와 헤어진 뒤에?"

"그렇다네. 특별히 고른 화젯거리로 자네의 신경을 날카롭게 만든 뒤 침대에서 꼼짝 못하게 만들어놓고 나는 천천히 조사에 착수한 거지."

"자네 생각은 정확히 맞아떨어졌네."

"나는 여기에 오기 전부터 특수하게 고안된 자물쇠로 채워진 금고 속에 작은 상자가 숨겨져 있다는 사실과 세븐 하트가 그 자물쇠를 여는 열쇠라는 사실을 알고 있었지. 그러니까 남은 문제는 이 세븐 하트가 꼭 들어맞는 곳을 찾아내기만 하면 되는 거였지. 1시간만에 찾아낼 수 있었다네."

"겨우 1시간만에?"

"먼저 저 모이이크를 좀 보게나."

"저 늙은 황제 말인가?"

"저 황제는 보통 카드인 하트에 등장하는 왕, 그러니까 샤를마뉴 황제가 아닌가?"

"듣고보니 그렇군. 그런데 어떻게 세븐 하트 한 장으로 때로는 큰 금고를 열고 때로는 작은 금고를 열 수 있는 거지? 그리고 자네는 왜 큰 금고밖에 열지 못했던 거고?"

"그 이유를 알고 싶나? 나는 늘 같은 방향으로 카드를 갖다댔기 때문일세. 어제 처음으로 그것을 거꾸로 댔더니, 즉 하트의 끝부분이 위쪽을 향하게 하면 그 위치가 바뀐다는 사실을 알게 되었네."

"그렇군!"

"듣고 나면 아주 간단한 문제지만 그걸 생각해내기란 그리 간단한 문제가 아니었다네."

"한 가지 더 묻고 싶은 게 있네. 앙데르마트 부인이 말하기 전에는 자네도 그 편지에 대해서는……"

"우리에게 고백하기 이전에 말인가? 전혀 알지 못했다네. 나는 금고 속에서 그 조그만 상자와 형제들이 주고받은 편지, 그들의 매국행위를 내게 증명해준 편지밖에 발견하지 못했으니까."

"그럼 자네가 그 형제들에 대해서 알게 되고 잠수함의 설계도와 서류를 발견하게 된 것도 전부 우연의 일치란 말인가?"

"전부 우연의 일치였지."

"그렇다면 자네는 왜 그 편지를 찾았던 거지?"

다스프리가 웃으며 말했다.

"자네 이 사건에 커다란 흥미를 느낀 모양이로군."

"가슴이 다 두근거릴 정도라네!"

"그런가? 알겠네. 앙데르마트 부인을 배웅한 뒤, 『에코 드 프랑스』지에 실릴 기사를 작성해서 넘기고 난 다음 다시 이곳으로 와서 자세한 얘기를 해주겠네."

그는 자리에 앉았다. 그리고 가벼운 필치로 간결한 기사를 작성했다. 그 기사는 아직도 모르는 사람이 없을 정도로 세상을 들끓게 만들었다.

「최근 살바토르가 제기한 문제를 아르센 뤼팽이 해결했다. 루이 라콩브 기사의 서류와 설계도 전부를 입수한 뤼팽은 그것을 외무부 장관에게 전달했다. 그는 이 설계도에 의해서 완성될 최초의 잠수함을 국가에 바치기 위해 모금운동을 일으킬 생각으로 먼저 이만 프랑을 국가에 헌납했다.」

"앙데르마트 씨의 수표가 바로 이 이만 프랑인가?"

그가 내민 원고를 읽고 난 내가 물었다.

"그런 셈이지. 바랭도 당연히 자신의 죄 값의 일부라도 치러야 할 테니까."

이상이 내가 아르센 뤼팽을 알게 된 경위이다. 클럽에서의 친구, 사교계의 친구였던 장 다스프리가 괴도 신사 아르센 뤼팽이었다는 사실을 알게 된 경위인 것이다. 그 위대한 인물과 즐거운 우정관계를 맺고, 점점 그의 신뢰를 얻었으며, 그의 충실하고 진지한, 그리고 그가 감사할 만한 그의 전담 작가가 된 경위인 것이다.

앵베르 부인의 금고

새벽 3시가 되어서도 여섯 대 정도의 마차가 고즈넉한 베르티에 가의 한 집 앞에 서 있었다. 그 집 문이 열리더니 한 무리의 남녀들이 성큼성큼 걸어 나왔다. 네 대의 마차가 좌우로 흩어져 떠났다. 그 거리에는 두 신사만이 남게 되었다. 그들은 그 중 한 사람이 살고 있는 쿠르셀 가의 한 모퉁이에서 헤어졌다. 남은 한 사람은 마이요 대로 입구까지 걸어갈 생각이었다.

그는 거기서 빌리에 가도를 건너 성벽 맞은편 보도를 걸어가고 있었다. 맑고 차가운 겨울밤이었다. 그는 걷는 것이 즐거웠다. 들이마시는 공기가 상쾌하기 그지없었다. 발걸음도 매우 가벼웠다.

그렇게 몇 분을 가다가 그는 미행을 당하고 있는 것 같다는 불길한 예감에 휩싸였다. 그리고 뒤를 돌아보니 실제로 가로수 사이를 미끄러지듯 쫓아오고 있는 사내의 모습이 보였다. 그는 겁쟁이는 아니었다. 하지만 가능한 한 빨리 테른에 있는 입시 세관소(入市稅關所)에 도착하려고 발걸음을 서둘렀다. 그런데 그 사내를 돌아보니 그가 달려오고 있는 모습이 보였다. 불안해진 그는 권총을 들고 이 사내와 맞서는 것이 가장 좋을 것 같다는 생각이 들었다.

하지만 그가 이 생각을 실행에 옮기기도 전에 사내가 먼저 그에게 달려들었다. 인적이 끊긴 거리에서 두 사람이 엉겨 붙어 격렬한 몸싸움을 벌였는데 곧 그는 자신에게 불리하다는 사실을 깨달았다. 그는 구원을 요청하는 소리를 지르며 끝까지 물러서지 않고 저항했다. 하지만 상대는 결국 그를 자갈 더미 위에 쓰러뜨리고 목을 조르며 손수건으로 입에 재갈까지 물렸다. 점점 눈이 감겨오고 이명이 들려오기 시작했다. 그는 거의 정신을 잃을 뻔했다. 그런데 그 순간 목을 조르던 힘이 약해졌다. 다리로 목을 누르고 있던 사내가 자신이 받은 공격을 막기 위해서 몸을 일으켰다. 지팡이로 손목을 한 대, 부츠 신은 발로 뒤꿈치를 한 대....... 사내는 두 번 비명을 지르더니 욕설을 퍼붓고는 다리를 절름거리며 도망쳤다.

쫓아갈 필요도 없다는 듯이 새로 등장한 사내는 몸을 굽혀 나를 바라보며 말했다.

"다친 데는 없습니까?"

크게 다친 데는 없는 것 같았지만 매우 놀란 듯 자리에서 일어나질 못했다. 다행히도 입시 세관소 직원 중 한 명이 비명소리를 듣고 달려와 주었다. 마차 한 대가 불려왔다. 봉변을 당한 신사가 그를 구해 준 사람의 도움으로 마차에 올랐다. 그는 곧 그랑다르메 가도에 있는 자신의 집에 도착했다.

문 앞에 도착하자 완전히 정신을 차린 그가 정중하게 감사의 말을 전했다.

"선생님은 제 생명의 은인입니다. 이 은혜를 평생 잊지 않겠습니다. 이런 시간에 아내를 놀라게 할 수는 없으니 날이 밝는 대로 아내에게도 감사의 말씀을 전하도록 하겠습니다."

그는 점심식사를 하러 와줬으면 좋겠다고 말한 뒤, 자신의 이름은 뤼도비크 앵베르라고 밝혔다. 그리고 그에게 물었다.

"선생님의 이름을 들을 수 있겠습니까?"

"물론이지요."

상대가 말했다.

그리고 자신을 소개했다.

"저는 아르센 뤼팽입니다."

당시 아르센 뤼팽은 아직 카오른 사건이나 라 상떼 형무소 탈옥, 그 외의 수많은 유명한 사건을 통해 명성을 얻기 전이었다. 게다가 그는 아직 아르센 뤼팽이라는 이름으로 불리지도 않았다. 훗날 빛나는 명성을 얻게 될 이 이름은 앵베르 씨를 구출한 뒤 즉석에서 떠올린 이름이었다. 그러니까 그가 실질적으로 행동을 개시한 것은 이 때가 처음이었다고 할 수 있을 것이다. 전신을 무장하고 전투준비를 완전히 갖추기는 했지만 그에게는 돈도 성공을 가져다 줄 권위도 없었으며, 아르센 뤼팽은 곧 자신이 거장으로 불리게 될 그 세계에 대해서도 한낱 풋내기에 불과했다.

그런 만큼 잠에서 깨어나 어젯밤에 받은 초대를 생각하자 전신이 떨려올 만큼 기뻤다. 드디어 목적에 한걸음 다가갈 수 있게 되었다. 이제야 그의 실력과 기량에 어울릴 만한 일에 착수하게 된 것이었다. 앵베르 부부의 막대한 재산, 이는 뤼팽과 같이 먹성 좋은 사람에게는 아주 잘 어울리는 먹이감이었다.

그는 특별히 신경을 써서 몸을 치장했다. 프록코트는 낡았으며, 바지는 닳았고, 실크햇은 붉게 바랬다. 커프스와 옷깃에는 터진 부분이 보였다. 모두 깨끗하기는 했지만 궁색해 보이는 것들이었다. 넥타이는 검은 리본에 인조 다이아몬드 핀을 꽂은 것으로 준비했다. 이런 과장스런 복장을 하고 그는 몽마르트르에 있는 자신의 집 계단을 내려왔다. 4층까지 내려오더니 지팡이 손잡이로 닫혀 있는 문 중 하나를 두드렸다. 거리로 나온 그는 대로로 접어들었다. 전차가 오자 그는 거기에 올랐다. 누군가가 그의 뒤를 따라오고 있었다. 4층에 살고 있는 사람이었는데 그와 같은 자리에 나란히 앉았다.

잠시 후, 뒤따라온 사람이 입을 열었다.

"저기, 두목님."

"저기, 일이 아주 잘 풀렸다네."

"드디어?"

"지금 그 집으로 점심식사를 하러 가는 길일세."

"두목이 그 집에서 점심식사를 하다니."

"내가 소중한 목숨도 돌보지 않고 꾸민 일이야. 당연히 그 정도 답례는 있어야지. 하마터면 네게 살해당할 뻔했던 뤼도비크 앵베르 씨를 내가 구해주질 않았나. 뤼도비크 앵베르 씨는 예의 바른 사람이야. 그래서 나를 바로 점심 식사에 초대한 거지."

한동안 침묵이 흘렀다. 곧 그 사내가 결심한 듯 물었다.

"그럼 포기할 생각은 없는 겁니까?"

"이봐! 어제의 습격을 계획하고, 새벽 3시에 성벽을 따라 난 길에서 지팡이로 하나밖에 없는 소중한 친구의 손목을 내려치고, 부츠를 신은 발로 걸어차면서까지 얻은 기회를 포기할 수 있다고 생각하나?"

208

아르센이 말했다.

"하지만 그 재산에 대한 소문이 워낙 좋질 않아서......."

"마음대로 떠들어대라고 하게. 지난 6개월간 나는 이 일에 대해서만 생각해왔네. 여러 가지로 조사도 해보고 연구도 했으며 그물도 쳤지. 하인들과 채무자들, 심지어는 별 관계가 없는 사람들까지도 만나봤네. 그래서 난 진실을 알고 있네. 재산이 그들의 말처럼 브로포드 영감에게서 물려받은 것이든 다른 경로를 통해서 얻은 것이든 그들이 재산을 가지고 있다는 것만은 틀림없는 사실이야. 어쨌든 재산이 존재하는 한 그것은 곧 내 것이 될 거야."

"일억 프랑이라니! 놀랍지 않습니까?"

"천만 프랑, 아니 오백 프랑이어도 상관없어! 지금 그 집 금고에는 커다란 증권 뭉치가 들어 있어. 조만간에 내가 그 열쇠를 손에 넣지 못한다면 나를 멍청이라고 불러도 좋아."

에트왈 광장에서 전차가 멈췄다. 사내가 속삭이듯 말했다.

"그럼 지금 해야 할 일은?"

"당장은 아무런 할 일도 없네. 곧 내가 지시를 하겠지만 그때까지는 꽤 시간이 있을 거야."

5분 뒤, 아르센 뤼팽은 앵베르 저택의 호화로운 계단을 오르고 있었다. 뤼도비크가 자신의 아내를 소개했다. 제르베즈는 체구가 작고 포동포동 살이 쪘으며 조금 말이 많은 사람이었다. 그녀는 뤼팽을 진심으로 환영했다.

"제가 우리 부부 둘이서만 생명의 은인을 대접하자고 했어요."

그녀가 말했다.

이렇게 그들은 처음부터 '생명의 은인'을 오랜 친구 대하듯 대했다. 디저트 코스에 들어설 무렵에는 더할 나위 없는 친밀함을 느끼게 되었다. 자연스럽게 자신에 관한 진솔한 얘기들이 오갔다. 아르센 뤼팽이 자신의 신상과 청렴한 재판관이었던 아버지의 일생과 어린 시절의 가난함과 지금의 어려운 생활상을 이야기했다. 제르베즈도 이에 지지 않고 자신의 청춘과 결혼, 브로포드 영감의 친절, 유산으로 그녀가 받은 1억 프랑과 그것의 상속을 지연시키고 있는 장애물과 현기증이 날 정도로 높은 이자로 빌려야만 했던 돈과 끊임없이 이어지고 있는 브록포드 영감의 조카들과의 분쟁과 그로 인한 지급정지 등 모든 사정에 대해서 이야기했다.

"맞아요. 뤼팽 씨. 주식은 저기 남편의 서재에 있어요. 하지만 그중 단 한 장이라도 배당권을 행사하면 우리는 모든 주식을 잃게 돼요. 우리 금고 안에 있기는 하지만 우리는 거기에 손도 댈 수 없는 상황이죠."

바로 옆방에 그것이 있다는 생각만으로도 뤼팽은 가벼운 떨림을 느꼈다. 그리고 그는 이 선량한 부인처럼 언제까지고 고귀한 영혼을 가지고 있지는 못할 것이라는 사실을 확실하게 느낄 수 있었다. .

"아, 그렇습니까? 거기에 있습니까?"

당장이라도 서재로 달려가고 싶은 심정으로 그가 말했다.

"그래요. 저기에 있어요."

이렇게 시작된 교제로 한층 더 긴밀한 관계를 맺게 되었다. 자연스럽게 물어오기에 아르센 뤼팽은 자신의 생활고와 빈곤함을 밝혔다. 그러자 이 불행한 청년은 즉석에서 월급 백 오십 프랑에 부부의 비서로 고용되었다. 그는 지금처럼 그대로 자신의 집에서 살면서 매일 일에 대한 명령을 받기 위해서 이곳에 오기로 했다. 그리고 편의를 위해서 3층에 있는 한 방을 그의 사무실로 내주기로 했다.

이 무슨 행운이란 말인가? 그는 뤼도비크의 서재 바로 위에 있는 방을 골랐다!

며칠 지나지 않아서 아르센은 비서라는 자신의 자리가 한가하기 짝이 없는 자리라는 사실을 깨달았다. 2개월간 그는 네 통의 하찮은 편지를 필사했을 뿐이었다. 그리고 주인의 서재에는 딱 한 번 불려 들어갔을 뿐이었다. 그러니까 그 금고를 실제로 본 것은 그때 딱 한 번 뿐이었다. 그리고 이런 한직에 있는 자에게는 앙크티 국회의원이나 그루벨 변호사 회장 등과 같은 명사와 자리를 함께 할 자격이 주어지지 않았다는 사실도 깨달을 수 있었다. 사람들은 자신들이 여는 연회에 그를 초대해 주지 않았다.

하지만 그는 이런 사실에 결코 실망하지 않았다. 조용히 어둠에 가리워진 자신의 위치를 지키는 것이 훨씬 유리하다고 생각했다. 그는 행복하고 자유롭게, 너무 나서지 않고 생활했다. 그렇다고 해서 그가 시간을 낭비하고 있었던 것은 아니었다. 우선 그는 몇 차례에 걸쳐서 뤼도비크의 서재로 몰래 숨어들어가 그 금고에게 경의를 표했다. 그럼에도 불구하고 금고는 여전히 굳게 닫혀 있는 상태였다. 그것은 보기에도 묵직한 주철과 강철의 거대한 덩어리였다. 이 녀석은 쇠톱이나 송곳, 지렛대 앞에서도 꿈쩍도 하지 않을 것 같았다.

아르센 뤼팽은 고집스런 성격의 소유자가 아니었다.

'힘은 실패하지만 계략은 성공한다. 중요한 것은 꼭 필요한 곳에 이목을 집중하고 있느냐 하는 점이다.'

마음 속으로 이렇게 생각했다.

그는 필요한 설비들을 갖추기로 했다. 갖은 어려움 속에서도 세심한 주의를 기울여 자신이 쓰는 방의 바닥 두께를 측정한 후, 서재의 돌림띠와 통하도록 구멍을 뚫어 납으로 만든 관을 박았다. 그는 도청기이자 망원경이기도 한 이 관을 통해서 정보를 수집할 생각이었다.

그날 이후로 그는 하루 종일 자신의 방바닥에 배를 깔고 엎드려 있었다. 그는 앵베르 부부가 금고 앞에서 장부를 살펴보기도 하고 서류를 뒤척여보기도 하며 이야기 나누는 모습을 몇 번이고 보아왔다. 그들이 자물쇠를 움직이는 네 개의 단추를 돌릴 때마다 그 숫자를 알아내려고 뤼팽은 온몸의 신경을 곤두세웠다. 뤼팽은 그들의 행동을 감시했다. 그들의 말을 엿들었다. 그들은 열쇠를 어디에 두는 걸까? 감춰두는 것일까?

어느 날 그는 서둘러 3층에서 내려왔다. 부부가 금고를 열어둔 채 서재 밖으로 나간 것을 보았기 때문이었다. 그는 과감하게 안으로 들어섰다. 하지만 부부는 이미 돌아와 있었다.

"앗! 죄송합니다. 잘못 들어왔습니다."

그가 말했다.

그런데 제르베즈가 그에게 다가오더니 그를 잡아끌며 말했다.

"안으로 들어오세요, 뤼팽 씨. 우리 집에서 당신이 못 갈 곳은 없어요. 우리에게 충고를 좀 해주세요. 어느 증권을 팔아야 할까요? 외채를 파는 게 좋을까요, 국채를 파는 게 좋을까요?"

"하지만 지불정지 상태 아닌가요?"

뤼팽이 깜짝 놀라서 물었다.

"모든 증권이 지불정지 상태에 있는 건 아니에요."

그녀가 금고의 문을 열었다. 금고 안에는 가죽 끈으로 묶어둔 가방들이 가득 들어차 있었다. 그녀가 그 중 하나에 손을 가져다 댔다. 그 순간 그녀의 남편이 그녀를 말렸다.

"안 돼, 안 된다고. 외채를 팔다니 그건 미친 짓이야. 외채는 값이 더 오를 거야. 그에 비해서 국채는 지금이 최고가라고. 이보게, 뤼팽. 자네는 어떻게 생각하나?"

뤼팽은 아무런 견해도 가지고 있지 않았지만 가능하면 국채를 팔라고 충고해 주었다. 그러자 그녀가 다른 가방을 금고에서 꺼냈다. 그리고 그 속에서 되는 대로 증권 한 장을 뽑아들었다. 그것은 액면가 천 삼백 칠십 사 프랑, 3%짜리 공채였다. 뤼도비크가 그것을 주머니에 넣었다. 그날 오후, 뤼도비크는 비서를 데리고 나가 그것을 매각하고 사만 육천 프랑을 받았다.

제르베즈는 늘 자기 집처럼 편안하게 지내라고 했지만 아르센 뤼팽은 도저히 자기 집과 같은 편안함을 느낄 수 없었다. 그와는 반대로 앵베르 가에서의 그의 위치가 그를 더욱 놀라게 했다. 몇 번의 우연찮은 기회에 그는 이 집 하인들이 아직도 자신의 이름을 모르고 있다는 사실을 알게 되었다. 뤼도비크는 그에 대해서 언제나 '선생에게 말을 전해주게⋯⋯.' 라든가 '선생은 오셨는가?' 라고 말했다. 왜 이렇게 애매한 호칭을 사용하는 걸까?

그리고 처음에는 그처럼 애지중지했던 앵베르 부인은, 여전히 은인을 대접할 때와 같은 태도를 보이기는 했지만 거의 말을 하려 들지 않았을 뿐만 아니라 이제는 거의 상대를 하려 들지 않았다. 사람들은 뤼팽을 방해받기 싫어하는 괴팍한 사람이라고 여기고 있는 듯했다. 그리고 사람들은 그러한 고립이 마치 뤼팽이 희망하기라도 했다는 듯이 그것을 존중하여 방해를 하지 않으려 노력했다. 한번은 복도를 지나다, 우연히 제르베즈가 두 손님에게 이렇게 말하는 소리를 들었다.

"워낙 거친 사람이거든요."

'그렇게 된 거였군. 난 거친 사람이었군.'이라며 그는 고개를 끄덕였다. 하지만 그는 더 이상 사람들의 묘한 행동들에 신경을 쓰지 않고 오직 자신의 계획을 수행하는 데만 온 힘을 기울였다. 그는 우연을 기대하기는 어려운 상황이라는 점을 확실하게 알 수 있었다. 그리고 금고의 열쇠를 늘 몸에 지니고 있을 뿐만 아니라 금고 단추의 숫자들을 엉망으로 만들어놓지 않고서는 금고에서 떨어지지 않는 제르베즈가 깜빡 실수하기를 기다리는 것은 쓸데없는 짓이라는 사실을 알게 되었다. 그러니까 그가 직접 나서서 어떤 행동을 취하는 것 외에는 달리 방법이 없었다.

한 사건으로 인해서 사태가 급변하고 말았다. 몇몇 신문에서 앵베르 부부에게 맹렬한 인신공격을 퍼붓기 시작한 것이었다. 사람들은 그들 부부를 사기꾼이라고 부르며 몰아세우기까지 했다. 아르센 뤼팽은 이 사건의 추이와 흔들리는 부부의 모습을 바로 옆에서 지켜보았다. 그리고 그는 이대로 망설이고 있다가는 밑천도 못 뽑을 것이라는 사실을 깨닫게 되었다.

5일 내내, 그는 평소처럼 6시에 퇴근하는 대신 자기가 쓰는 방으로 숨어들었다. 사람들은 그가 퇴근한 줄 알고 있었다. 하지만 그는 바닥에 배를 깔고 엎드려서 뤼도비크의 서재를 관찰했다.

5일이 지나는 동안에도 그는 이렇다할 만한 기회를 잡지 못했다. 그는 열쇠를 가지고 있었기 때문에 한밤중에 정원 쪽으로 난 문을 통해서 집으로 돌아가곤 했다.

그런데 6일째 되던 날, 뤼팽은 앵베르 부부가 적들의 악의에 가득 찬 소문에 맞서기 위해서 금고를 열어 목록을 만들기로 했다는 사실을 알게 되었다.

'오늘 밤, 드디어 기회가 왔군.'

저녁 식사 후, 뤼도비크가 서재로 들어왔다. 제르베즈가 따라와 그를 도왔다. 두 사람은 금고에서 꺼낸 장부를 살펴보기 시작했다.

1시간이 지났고 다시 한번 1시간이 지났다. 뤼팽은 하인들이 잠자리에 드는 소리를 들었다. 이제 2층에는 아무도 없었다. 12시가 되었다. 앵베르 부부는 여전히 일을 계속 하고 있었다.

"드디어 때가 왔군."

뤼팽이 중얼거렸다.

그는 자기 방의 창문을 열었다. 창은 정원 쪽으로 나 있었다. 밖은 달도 별도 없이 칠흑처럼 어두웠다. 그는 벽장에서 줄로 만든 사다리를 꺼냈다. 그리고 발코니에 있는 난간에 그것을 묶고 난간을 넘어서 조용히 밑으로 내려갔다. 빗물받이 홈통을 이용해서 자기 방 창 바로 밑에 있는 창까지 내려갔다. 물론 그것은 서재의 창이었다. 서재의 창에는 두꺼운 플란넬 천으로 만든 커튼이 마치 베일처럼 쳐져 있었다. 그는 한동안 발코니에 선 채로 귀를 기울이고 주위를 살폈다.

고요함 속에서 마음을 다잡은 뒤 그는 가만히 창을 밀어보았다. 일부러 창을 검사한 사람이 없는 한 창은 당연히 열리게 돼 있었다. 그가 오후에 고리가 맞물리지 않도록 교묘하게 비틀어놓았기 때문이었다.

　문이 움직였다. 그는 더욱 주의를 기울여서 문을 조금 더 열었다. 머리가 들어갈 수 있을 정도가 되자 그가 멈췄다. 커튼 두 개가 만나는 틈 사이로 불빛이 새어나왔다. 그는 제르베즈와 뤼도비크가 금고 옆에 앉아 있는 모습을 보았다.

　그들은 일에 몰두하고 있었으며 아주 가끔 조그만 목소리로 속삭이듯 말을 주고받을 뿐이었다. 아르센 뤼팽은 자신과 그들 사이의 거리를 계산했다. 그들이 소리를 지르기 전에 연속적으로 두 사람을 무력화 시킬 수 있는 정확한 동작을 그려보았다. 그리고 당장이라도 뛰어들려고 자세를 취하려는 순간 제르베즈가 이렇게 말했다.

　"방이 갑자기 싸늘해진 것 같아요. 저는 이만 가서 자야겠어요. 당신은 어떻게 하실 거예요?"

　"나는 일을 전부 끝내고 싶소."

　"그러려면 밤을 꼬박 새야 할지도 몰라요."

　"아니, 이제 1시간 정도만 더 하면 될 것 같소."

　그녀가 방 밖으로 나갔다. 20분, 30분이 흘렀다. 뤼팽이 창문을 조금 더 열었다. 커튼이 바람에 펄럭이기 시작했다. 뤼팽은 창문을 조금 더 열어젖혔다. 뤼도비크가 뒤를 돌아보았다. 그리고 커튼이 바람에 부풀어 있는 것을 보고 창을 닫으려고 자리에서 일어났다.......

비명소리 하나 지르지 못했다. 격투라고 할 것까지도 없었다. 정확히 두어 번의 동작으로 아무런 고통도 주지 않고 상대를 기절시킨 뒤 뤼팽은 커튼으로 그의 얼굴을 감싸고 전신을 꽁꽁 묶었다. 뤼도비크는 가해자의 얼굴을 볼 수 없었다.

그런 다음 뤼팽은 재빨리 금고 쪽으로 다가가 가방 두 개를 집어 들고 그것을 겨드랑이에 끼더니 서재 밖으로 나와 계단을 내려갔다. 정원을 가로질러 그동안 자신이 드나들던 쪽문을 열었다. 거리에서 마차 한 대가 그를 기다리고 있었다.

"우선 이걸 받게. 그리고 나를 따라와."

그가 마부에게 말했다.

다시 서재로 돌아왔다. 두 사람이 두 번 왕복하자 금고가 텅 비어버렸다. 그런 다음 뤼팽은 자신의 방으로 돌아와 사다리를 끌어올렸다. 그리고 모든 흔적을 지운 다음 집에서 나왔다. 그것으로 끝이었다.

몇 시간 후, 아르센 뤼팽과 그의 동료는 가방 속 내용물을 확인했다. 예전부터 예상하고 있었기 때문에 앵베르 부부의 재산이 세상에 알려진 것만큼 막대한 것이 아니라는 사실을 알고서도 그는 실망하지 않았다. 백만 프랑을 백 번 헤아리기는커녕 열 번 헤아릴 필요도 없었다. 그래도 총액은 상당한 숫자였다. 그리고 그것들은 모두 철도와 파리 시청, 수에즈 운하, 북부 광산 등의 우량 주식뿐이었다.

그는 만족했다.

"이걸 팔려면 상당히 깎아서 파는 수밖에 없을 거고, 또 방해를 받게 되면 더욱 싼 값에 팔아야만 할 거야. 하지만 그래도 상관없어. 처음으로 손에 넣은 이 돈으로 나는 내 마음껏 살 수도 있고 바라던 꿈도 일부는 이룰 수 있을 테니까."

그가 말했다.

"그럼 나머지는 어떻게 하죠?"

"태워버리게. 금고 속에 있을 때는 상당한 가치가 있는 것들이었지만 우리에게는 아무 짝에도 쓸모없는 종이 쪽지에 불과하니까. 이 증권들은 벽장 속에 넣어두었다가 적당한 때가 오면 꺼내기로 하세."

다음날, 뤼팽은 자신이 앵베르 가에 출근하는 것을 방해하는 사람이 아무도 없다는 사실을 깨달았다. 그리고 신문을 통해서 뤼도비크와 제르베즈가 행방을 감췄다는 놀라운 사실을 알게 되었다.

엄숙한 분위기 속에서 금고의 문이 열렸다. 형사들은 그 속에서 아르센 뤼팽이 남겨놓고 간 몇몇 물건들밖에 발견해내지 못했다.

이상이 사건의 진상이다. 그리고 그 세계에서 뤼팽의 공적으로 전해지고 있는 내용이다. 나는 뤼팽에게서 직접 이 얘기를 들었다. 그날 뤼팽은 자신이 먼저 이 얘기를 털어놓았다.

그는 한동안 내 작업실을 이리저리 걸어다녔는데 그의 눈 속에는 낯선 열기가 담겨 있었다.

"결국 그 사건은 자네 최대의 걸작이라고 할 수 있단 말인가?"

이 물음에 직접적으로 대답하지 않고 그는 이렇게 말했다.

"그 사건에는 규명하기 힘든 비밀이 몇 가지 숨겨져 있다네. 가령 내가 자네에게 한 이야기들을 전부 그대로 수용한다 하더라도 명쾌하게 풀리지 않는 점들이 한두 가지가 아닐세. 그 두 사람은 왜 야반도주를 했는지? 그들은 내가 준 도움을 왜 이용하지 않았는지? 몇 억 프랑이나 되는 재산이 금고 속에 있었는데 그것을 도둑맞아 전부 잃었다!' 라고 말해버리면 모든 문제가 간단히 풀리지 않겠나?"

"당황해서 그럴 정신이 없었던 게 아닐까?"

"그래, 옳은 소릴세. 그들은 당황해서 그럴 정신이 없었던 게야. 하지만 이렇게 볼 수도 있을 거야......."

"이렇게 볼 수도 있다니?"

"아니, 아무것도 아닐세."

그는 왜 입을 다물어버린 것일까? 그가 모든 사실을 밝힌 것이 아니라는 사실을 알 수 있었다. 그리고 그가 말하지 않은 것은 그에게 불쾌함을 주는 일이라는 사실도 알 수 있었다. 나는 놀라지 않을 수 없었다. 뤼팽을 주저하게 만들 정도의 일이라면 틀림없이 매우 중대한 일일 것이다. 나는 되는 대로 몇몇 질문을 던져보았다.

"그 뒤로 부부를 본 적은 있는가?"

"없네."

"그 후, 그 불행한 부부들에게 미안한 생각은 들지 않던가?"

"내가 왜 그런 생각을 하겠나?"

그가 펄쩍 뛰듯 놀라며 말했다.

그의 화난 모습이 나를 놀라게 했다. 그렇다면 내가 정곡을 찔렀단 말인가? 나는 고비를 늦추지 않고 계속해서 질문을 던졌다.

"당연하지 않은가? 자네만 아니었다면 그 두 사람은 위기에서 벗어났을지도 모르니까. 그리고 적어도 주머니 속을 가득 채워서 야반도주 할 수 있었을 게 아닌가?"

"그러니까 내가 당연히 미안한 마음을 품을 거라고 자네는 생각한다는 거지?"

"그렇지 않은가?"

그가 내 테이블을 힘차게 내리쳤다.

"그러니까 자네는 내가 당연히 미안한 마음을 품어야 한다는 건가?"

"미안한 마음이라고 해야 할지 어떨지는 모르겠지만 뭔가 있을 게 아닌가?"

"그런 녀석들에게 미안함을 느낄 필요 없네."

"자네에게 전 재산을 털린 사람들인데?"

"전 재산?"

"그렇지 않은가? 그 증권 다발들 말일세."

"그 증권 다발들? 내가 녀석들의 증권 다발을, 녀석들이 받아야 할 유산의 일부를 가로챘다는 그 말이지? 그 때문에 내가 미안한 마음을 품어야 한단 말이지? 그것은 내 죄란 말이지? 자네도 꽤 나 멍청하구먼. 아직도 모르겠나? 그 증권이라는 건 전부 가짜였다네!"

나는 멍한 표정으로 그를 바라보았다.

"사오백 프랑이나 되는 증권들이 전부 가짜였단 말인가?"

"전부 가짜였어. 채권, 파리 시채, 국고채권 그 모두가 가짜였다고! 휴지 조각, 전부 휴지 조각에 불과했다고! 나는 거기서 단한 푼도 건지질 못했네. 그런데 내게 미안한 마음이 들지 않냐고

물었나? 미안해해야 할 것은 그들일세! 녀석들은 나를 멍청이 취급했어! 완전 바보로 보고 돈을 짜냈지!"

원한과 상처받은 자존심이 빚어내는 격렬한 분노가 그를 뒤흔들어놓았다.

"맞았어. 하나에서 열까지 내가 완전히 진 게임이었어. 그 사건에서 내가 맡은 역할, 아니 그들이 내게 맡긴 역할이 뭔지 아나? 앙드레 브로포드 역이었다네. 하지만 나는 전혀 눈치 채지 못했지. 한참 후에 신문을 보고 여러 가지 정황을 떠올려본 후에야 그 사실을 알게 됐지. 내가 위험을 무릅쓰고 녀석을 악한의 손에서 구출해준 신사인 척하는 동안 녀석들은 나를 브로포드 일가의 한 사람으로 만들었던 걸세. 참으로 묘안이 아닐 수 없지. 3층의 방에서 생활하고 있는 그 괴팍한 사람, 모든 사람들이 경원시하고 있던 그 거친 사람, 그게 바로 브로포드였다네. 그리고 그 브로포드가 바로 나였다네! 그 브로포드라는 이름으로 얻은 신용 덕분에 은행에서 돈을 빌릴 수 있었으며, 공증인들도 자신들의 단골이 돼줄 것을 청하며 돈을 빌려줬지. 어떤가? 애송이에게는 정말 커다란 가르침 아니겠는가? 그들이 준 교훈을 통해서 나는 정말 많은 걸 배웠다네."

그는 갑자기 말을 끊더니 내 팔을 잡았다. 그리고 비아냥거림과 칭찬이 느껴지는 듯한 화난 어투로 의미심장하게 이렇게 말하는 것이었다.

"이보게. 그런데 말일세, 지금 제르베즈는 내게 천 오백 프랑을 빚지고 있다네."

나는 터져나오는 웃음을 참을 수가 없었다. 이는 그야말로 최고의 희극이 아닐 수 없었다. 뤼팽도 호쾌한 웃음을 언제까지고 그치질 않았다.

"그렇다네, 천 오백 프랑! 나는 내 월급을 단 한 푼도 받지 못했을 뿐만 아니라 그녀에게 천 오백 프랑을 빌려주기까지 했다네! 당시 내가 가지고 있던 돈의 전부였지. 그런데 돈을 빌려간 이유가 뭔지 아나? 듣고 싶겠지? 참으로 멋진 이유였다네. 그녀가 돌봐주고 있는 빈민들을 위한다는 거였어. 거짓말은 아니었으니 기분이 나쁘지는 않지만. 그녀가 뤼도비크 몰래 돌봐주고 있는 불행한 사람들을 위해서였지! 내가 진심에서 돈을 건네줬으니 참으로 우스운 일 아니겠는가? 아르센 뤼팽이 천 오백 프랑을 뜯긴 걸세! 그것도 뤼팽이 사백만 프랑이나 되는 위조증권을 훔쳐낸 그 부인에게 뜯긴 걸세. 이 멋진 결말에 이르기까지 내게는 그 얼마나 많은 노력과 천재적인 지혜와 수많은 준비가 필요했는지 아나? 내 평생, 그때 딱 한 번 사기를 당했다네. 그때는 정말 눈앞이 캄캄해지더군. 정말 감쪽같이 당했지……".

흑진주

요란한 벨 소리가 오슈 가 9번지 여자 관리인의 꿈을 흔들어 깨
웠다.

"모두 다 돌아온 거 같은데 대체 누굴까요? 이런 시간에. 벌써
3시가 다 됐는데."

그녀가 짜증 섞인 목소리로 이렇게 말하며 입구의 문을 여는 줄
을 잡아당겼다.

그녀의 남편이 야단치는 듯한 목소리로 말했다.

"의사 선생님을 보러 온 사람일지도 모르잖소."

아니나 다를까 밖에서 이런 소리가 들려왔다.

"아렐 선생님은 몇 층에서 사십니까?"

"4층 왼쪽이에요. 하지만 밤에는 왕진을 가지 않으세요."

"선생님을 꼭 뵈어야 하기에......"

그 신사가 현관 안으로 들어서 계단을 올랐다. 2층, 3층 그리고
4층의 아렐 의사 방 앞에서도 멈추지 않고 그대로 6층까지 올라
갔다. 거기서 그는 열쇠 두 개를 꺼내들었다. 그 중 하나로 자물쇠
를 열었고, 나머지 하나로 빗장을 풀었다.

"훌륭하군, 정말 훌륭해. 이로써 일이 간단하게 풀리게 됐어.
하지만 일을 시작하기 전에 먼저 퇴로를 확보해둬야겠지? 가만

있자…… 이 정도면 의사를 깨워서 왕진을 부탁했다가 거절당한 만큼의 시간이 흐른 걸까? 아직 조금 이른 듯하군. 조금만 더 기다리자."

10분 정도 지난 후에 그는 계단을 내려왔다. 그리고 관리실의 유리문을 두드리며 4층에 사는 의사에 대한 험담을 해댔다. 관리인이 그를 위해서 줄을 잡아당겨 입구의 문을 열어주었다. 그가 밖으로 나가자 뒤에서 문이 쿵 하고 닫혔다. 하지만 그 문은 잠기지는 않았다. 사내가 재빠르게 철판을 대서 문이 잠기지 않도록 했던 것이다.

그는 관리인 부부에게 들키지 않도록 소리 내지 않고 살금살금 건물 안으로 다시 들어왔다. 이로써 그는 퇴로를 완전히 확보한 셈이었다.

천천히 6층까지 올랐다. 끝에 있는 방으로 들어가 손전등 불빛에 의지하여 그곳에 있던 의자 위에 자신의 외투와 모자를 벗어 놓았다. 그리고 또다른 의자에 앉아 두꺼운 펠트 천으로 자신의 구두 위를 감쌌다.

"자! 이거면 됐어. 정말 간단하군. 세상 사람들은 왜 도둑질이라는 마음 편한 직업을 선택하지 않는지 모르겠어. 도무지 알 수가 없다니까. 조금만 솜씨를 발휘하고, 조금만 머리를 쓰면 이처럼 즐거운 일도 없는데. 정말 편한 직업이야. 한 집안의 가장에게 이보다 더 좋은 직업도 없을 거야. 너무 편해서 혼자 알고 있기 아까울 정도라니까."

그가 이 아파트의 자세한 도면을 펼쳤다.

"우선 방향을 익혀두자. 지금 내가 있는 여기가 복도 모퉁이다.

거리 쪽에 면해 있는 게 거실과 식당이고, 여기서 시간을 허비할 필요는 없지. 백작 부인은 워낙 성격이 특이한 사람이라......, 값나가는 골동품은 아무것도 놓아두지 않은 것 같으니까. ...... 그러니까 바로 목표를 향해서 돌진하자! 아! 이게 침실로 가는 복도의 도면이군. 3m만 더 가면 의상실의 문이 있을 거고 그곳이 백작 부인의 침실과 연결되어 있겠군."

그는 도면을 접어 넣고 손전등을 껐다. 그리고 소리 내서 거리를 재며 복도를 따라 걸었다.

"1미터......, 2미터......, 3미터....... 아, 이게 그 문이로군. 모든 일이 척척 잘 진행되고 있어. 단순하게 생긴 조그만 빗장 하나가 나와 저 침실 사이를 가로막고 있다. 하지만 나는 알고 있지. 그 빗장이 바닥에서 1m 43cm 떨어진 높이에 있다는 사실을. 그러니까 나는 그 옆에 조그만 홈집을 내면 그걸 제거할 수 있단 말이지."

그가 주머니에서 필요한 도구를 꺼냈다. 하지만 한 가지 생각이 문득 떠올랐기에 그는 손길을 멈췄다.

"그 빗장이 꼭 걸려 있으라는 법도 없지. 밑져야 본전이니 그냥 한번 열어보자."

그가 손잡이를 돌리자 문이 열렸다.

"야, 뤼팽. 오늘은 운이 정말 좋은걸. 이제는 뭘 할 차례지? 너는 전장의 지리를 잘 알고 있잖아. 너는 백작 부인이 흑진주를 숨겨둔 장소를 알고 있지...... 그러니까 그 흑진주를 손에 넣기 위해서는 이 침묵보다도 더 고요하고, 밤보다도 더 어두운 자로 변신하기만 하면 되는 거야."

아르센 뤼팽은 두번째 문을 여는 데 30여분을 허비했다. 그것은 침실로 통하는 문이었다. 그 작업은 매우 조심스럽게 행해졌기 때문에 설사 부인이 잠들어 있지 않았더라도 이상한 소리로 그녀를 불안하게 만드는 일은 없었을 것이다.

도면에 의하면 이제 그는 긴 의자를 따라서 가기만 하면 됐다. 그것이 그를 안락의자가 있는 곳으로 안내해줄 터였다. 그리고 그 다음에는 침대 옆에 있는 테이블로. 그 테이블 위에 편지지 상자가 있으며, 바로 그 속에 흑진주가 들어 있는 것이다.

그는 카펫 위에 엎드렸다. 그리고 긴 의자의 윤곽을 따라서 기어갔다. 그 의자의 끝부분까지 와서 그는 심장의 격렬한 고동을 진정시키기 위해서 움직임을 멈췄다. 특별히 불안한 것은 아니었지만 깊은 고요 속에서 사람들이 신경질적으로 느끼는 고뇌를 느끼지 않을 수 없었고, 또한 이 사실에 놀라지 않을 수 없었다. 그에게는 이보다 더 엄숙한 시간을 아무렇지도 않게 보낸 경험이 있었기 때문이었다. 지금 그를 위협하는 것이라고는 아무것도 없다. 그럼에도 불구하고 그의 심장은 왜 미친 종처럼 소란을 피우는 것일까? 그를 흔들리게 만든 건 저 잠들어 있는 여인일까?

그는 가만히 귀를 기울였다. 그리고 규칙적인 호흡소리를 들었다. 그는 친구가 옆에 있어줄 때와 같은 안도감을 느꼈다.

그는 안락의자를 찾았다. 그런 다음 아주 조그만 동작으로 테이블을 향해 기어갔다. 앞으로 뻗은 손으로 어둠을 더듬어가며.......그의 오른손이 테이블의 다리에 닿았다.

이제 몸을 일으켜 그 진주를 집어 들고 도망하기만 하면 되는 것이다. 순간 그의 심장이 놀란 짐승처럼 가슴 속에서 다시 고동치기 시작했다. 그 소리가 너무나도 커서 백작 부인이 깨지 않을 수 없을 것이라고 생각될 정도였다.

그는 강한 의지의 힘으로 심장을 진정시켰다. 그가 막 몸을 일으키려는 순간 왼손이 카펫 위에 있는 한 물건에 부딪혔다. 그는 그게 쓰러진 촛대라는 사실을 바로 알 수 있었다. 그리고 또다른 물건이 떨어져 있는 것이 눈에 들어왔다. 탁상시계였다. 가죽 케이스에 담겨진 여행용 소형 탁상시계였다.

무슨 일일까? 무슨 일이 있었던 걸까? 그는 이해할 수가 없었다. 이 촛대......, 이 시계....... 왜 이들 물건이 있어야 할 곳에 있지 않은 것일까? 이 기분 나쁜 어둠 속에서 무슨 일이 일어나고 있는 걸까?

그 순간 그의 입에서 비명소리가 새어나왔다. 뭐라 표현할 수 없는 묘한 것이 그의 손에 닿았기 때문이었다. 아니다, 그럴 리가 없다. 공포 때문에 머리가 이상해져서 그런 거다. 20초, 30초. 그는 꼼짝도 하지 않았다. 움직이지 않는 그의 얼굴에 땀방울이 맺히기 시작했다. 그의 손에는 아직도 그 감촉이 남아 있었다.

그는 마음을 굳게 먹고 다시 한번 팔을 뻗어보았다. 이번에도 그것이, 그 묘한 것이, 뭐라 표현할 수 없는 묘한 것이 손끝에 닿았다. 그는 그것을 쓰다듬어보았다. 그는 자신의 손가락에 온 신경을 집중시켜 그것을 만져보았다. 그리고 그것이 무엇인지를 알아내려 했다. 그것은 머리카락이었다. 사람의 얼굴이었다. 게다가 그 얼굴은 싸늘하게 식어 있었다. 마치 얼음과 같았다.

현실이 제 아무리 섬뜩한 것이라 할지라도 아르센 뤼팽 정도의 사람이라면 현실을 파악한 뒤에는 그것을 쉽게 극복해버린다. 그는 재빨리 손전등을 켰다. 그의 앞에 피투성이가 된 여자가 한 명 쓰러져 있었다. 그녀의 목과 어깨에 보기에도 끔찍한 상처가 있었다. 그는 몸을 구부려 그녀를 살펴보았다. 그녀는 죽었다.

"죽었어. 죽어버렸어."

그가 멍한 표정으로 되풀이해서 말했다.

그는 그녀의 한 곳에 고정된 눈동자를, 입가에 남아 있는 경련을, 핏기 가신 얼굴과 카펫 위로 흘러내려 지금은 검붉게 엉겨 붙은 엄청난 양의 피를 바라보았다.

자리에서 일어나 전등을 밝혔다. 불빛이 방안 가득 퍼졌다. 그는 격렬한 사투가 벌어졌음을 보여주는 여러 가지 흔적들을 볼 수 있었다. 침대 위는 엉망으로 헝클어져 있었다. 이불과 시트가 뜯겨져 있었다. 바닥에는 촛대가 그리고 11시 20분을 가리키고 있는 탁상시계가 떨어져 있었다. 거기서 조금 떨어진 곳에 의자 하나가 쓰러져 있었다. 그리고 곳곳이 온통 피바다였다.

"흑진주는 어떻게 됐지?"

그가 중얼거렸다.

편지지 상자는 있어야 할 곳에 있었다. 그는 그것을 재빨리 열어보았다. 그 속에 케이스가 들어 있었다. 하지만 케이스는 텅 비어 있었다.

"제길! 아르센 뤼팽. 자신을 행운아라고 자만하더니 너무 성급했어. 백작 부인은 죽었고 흑진주는 사라졌어. 꼴 좋군! 어서 도망치라고. 우물쭈물하고 있다가는 억울한 누명까지 쓰게 될 판이니까."

그러면서도 그는 움직이려 들지 않았다.

"도망친다고? 그래 나 아닌 다른 사람이라면 도망쳐야 하겠지. 하지만 나는 아르센 뤼팽이야. 도망치는 것보다 좀 더 나은 방법이 있을 거야. 우선 순서에 따라서 가만히 생각해보기로 하자. 어쨌든 나는 양심의 가책을 느낄 필요가 없으니까. 만약 내가 경찰이라면 어디부터 수사를 할 것인지에 대해서 생각해보자. 하지만 그걸 생각하기 위해서는 머리를 조금 식힐 필요가 있겠어. 지금 내 머리는 너무 복잡하거든."

그는 곁에 있던 안락의자에 털썩 몸을 묻었다. 뜨거운 이마에 떨리는 주먹을 가져다 대면서.......

오슈 가에서 일어난 이 사건은 근래 보기 드물게 사람들을 놀라게 한 사건 중 하나였다. 하지만 아르센 뤼팽이 이 사건에 특별한 빛을 비추지 않았다면 나는 이 사건에 대해서 이야기하지 않았을 것이다. 그가 이 사건에 관여하고 있다는 사실을 믿는 사람은 극히 드물었으며, 그 내용에 관해서 정확하게 알고 있는 사람은 아무도 없었다.

불로뉴 산책로를 걷다가 레옹틴 잘티와 마주치게 되었을 때 그를 몰라보는 사람은 아무도 없었다. 지난 날, 그녀는 프리마돈나였으며 앙디요 백작의 부인이었고 그의 미망인이기도 하였다. 20년 정도 전에는 그의 화려함으로 모든 파리 시민들을 경탄에 빠지게 했던 잘티였다. 그녀의 다이아몬드와 진주장식으로 전 유럽을 떠들썩하게 만들었던 앙디요 백작의 부인이었다. 사람들은 그녀가 몇 개의 은행금고와 몇 개의 오스트리아 금광을 소유하고 있다고 수근댔다. 지난 날, 왕과 왕비들을 위해서 일한 것처럼 커다란 보석상들이 잘티를 위해서 힘써 일했다.

그리고 이러한 모든 보물들을 단번에 날려버린 그 파국을 생각
지 않는 자가 한 사람이라도 있을까? 그녀가 소유하고 있던 은행
금고도, 금광회사도 전부 파국이라는 이름의 심연이 집어삼키고
말했다. 눈부신 보석 장식품들이 경매인의 손에 의해서 전부 팔
려나가고 남은 것이라고는 오직 하나, 그 흑진주뿐이었다. 흑진
주! 만약 그녀가 그것을 팔기로 결심하기만 한다면 그것만으로도
굉장한 재산을 손에 넣을 수 있었을 것이다.

하지만 그녀는 그것을 팔려 들지 않았다. 그녀는 흑진주를 팔기
보다는 소박한 아파트에서 가정부 한 명과 요리사 한 명 그리고
하인 한 명과 절약하며 생활하기를 원했다. 거기에는 그녀가 누
구에게나 분명하게 밝히곤 하던 뚜렷한 이유가 있었다. 그 흑진
주는 어떤 황제 폐하로부터 받은 선물이었다. 파산을 맞이하게
되어 소박한 생활을 하고 있기는 하지만 그녀는 화려했던 지난
날을 함께 해온 보석에게 늘 충실했던 것이다.

"살아 있는 한 이건 절대로 포기하지 않을 거야."

그녀는 늘 이렇게 말하곤 했다.

아침부터 밤까지 그녀는 그것을 목에 걸고 있었다. 밤이 되면
그것을 자신만이 알고 있는 장소에 보관해두었다.

신문에서 밝힌 이런 사실을 통해 사람들은 더욱 커다란 호기심
을 느끼게 되었다. 그리고 이상하게도 — 나처럼 수수께끼의 열
쇠를 알고 있는 사람에게는 당연한 일이었지만 — 살인범으로 생
각되는 사내의 체포가 사건을 한층 더 신비한 것으로 만들어 더
욱 오랫동안 세상의 관심거리가 되어버렸다. 사건이 일어난 지

이틀 후 신문은 다음과 같은 소식을 전했다.

「앙디요 백작 부인의 하인인 빅토르 다네그르가 체포되었다는 사실이 밝혀
졌다. 그가 범행을 저질렀다는 확고한 증거가 있다. 그가 거주하고 있는 다락방
침대의 스프링과 매트리스 사이에서 보안과장인 뒤두이 씨가 찾아낸 작업복 소
매에서 혈흔이 발견되었다. 그리고 그 작업복의 단추 하나가 떨어져나갔는데
이는 처음 수사 과정에서 피해자의 침대 속에서 발견되었다고 한다.

저녁 식사를 마친 후, 다네그르는 자신의 다락방으로 돌아가지 않고 의상실
에 숨어 있다가 그곳에서 유리문 너머로 백작 부인이 흑진주를 숨기는 모습을
지켜본 듯하다.

하지만 아직 이러한 추정들을 뒷받침 해줄 만한 증거가 하나도 발견되지 않
은 것도 사실이며, 아직도 풀리지 않은 의문점이 한 가지 더 남아 있다. 다네그
르는 아침 7시에 담배 가게에 모습을 드러냈는데 이에 대해서는 관리인의 아내
와 담배 가게 주인이 그의 알리바이를 증언해주었다. 한편, 복도 끝에 있는 방
에서 묵고 있는 백작 부인의 요리사와 가정부는 아침 8시에 일어났을 때, 현관
문과 부엌문에는 2중으로 자물쇠가 채워져 있었다고 증언했다. 20년 이상 백작
부인을 모셔온 이 두 사람은 조금도 의심할 필요가 없다. 이러한 증언들을 그대
로 받아들인다면 다네그르가 범행 후, 어떻게 그 아파트에서 빠져나왔는지 설
명할 수 없게 된다. 열쇠를 복사해두었던 것일까? 당국은 수사를 통해서 이러
한 점들을 명확하게 밝혀줄 것이다.」

당국의 수사는 무엇 하나 밝혀내질 못했다. 오히려 그 반대라고
할 수 있었다. 밝혀진 사실이라고는 빅토르 다네그르가 위험한
전과자이며, 알코올 중독자에 방탕한 생활을 하고 있으며, 칼을

휘두르는 일 정도는 아무렇지도 않게 해치우는 사람이라는 점이었다. 하지만 사건 자체는 수사가 진행될수록 더욱 깊은 어둠과 설명하기 어려운 모순에 휩싸여버리게 되는 듯했다.

우선 첫 번째로 생클레브 양이 — 그녀는 피해자의 사촌동생으로 유일한 상속인이기도 했다 — 백작 부인이 살해되기 한 달 전에 자신에게 보낸 편지에서 그녀가 어떤 식으로 흑진주를 숨기는지 밝혔다고 당국에 알려왔다. 그녀는 편지를 받은 이튿날 그 편지가 없어졌다는 사실을 깨달았다고 한다. 누가 훔쳐간 것일까?

그리고 관리인 부부는 아렐 의사를 찾아왔다며 계단 위로 올라간 한 사내를 위해서 자신들이 문을 열어줬다고 진술했다. 그런데 의사에게 물어보니 그를 찾아온 사람이 아무도 없었다는 사실이 밝혀졌다. 그렇다면 이 사람은 누구일까? 공범자일까?

신문과 세상 사람들은 공범자가 있다는 것을 기정사실로 받아들였다. 늙은 형사인 가니마르도 이 설을 지지했는데 거기에는 그럴 만한 이유가 있었다.

"이 사건에서는 뤼팽의 냄새가 납니다."

그가 판사에게 말했다.

"또 그 소리요? 당신은 무슨 사건에서든 뤼팽의 냄새가 난다고 하질 않소?"

판사가 말했다.

"어딜 가나 녀석이 있기 때문에 그 냄새를 맡게 되는 거지요."

"그보다 당신은 사건이 미궁에 빠질 때마다 뤼팽의 냄새가 난다고 말했다고 하는 편이 더 정확할 거요. 그리고 이 사건의 범행이 밤 11시 20분에 있었다는 사실을 탁상시계가 입증하고 있는

데 관리인이 말한 그 밤손님은 새벽 3시에 찾아왔다고 하질 않았소."

재판소는 일단 이렇게 된 것이라고 생각하면 억지로라도 사건의 방향을 자신들이 만들어낸 해석에 짜맞추려 드는 곳이다. 전과자에 알코올 중독자, 거기에 방탕한 생활. 결코 바람직하지 못한 빅토르 다네그르의 전력이 판사의 심증에 영향을 주었다. 처음 발견된 증거를 뒷받침할 만한 새로운 사실이 나타난 것도 아니었는데 판사의 확신은 조금도 흔들리지 않았다. 그는 수사를 중단해버렸다.

몇 주 후, 변론이 시작되었다.

시작되기는 했지만 그다지 열기를 느낄 수 없는 심리였다. 재판장은 무관심한 태도로 사건을 처리했으며, 검찰당국의 열의도 느껴지지 않았다. 상황이 이랬기 때문에 다네그르의 변호사가 큰 활약을 펼칠 수 있었다. 그는 기소장의 결함과 엉성한 부분에 대해서 지적했다. 물적 증거는 무엇 하나 존재하지 않았다. 누가 열쇠를 복사했단 말인가? 그 열쇠가 없다면 다네그르는 일단 아파트 밖으로 나선 이상 문을 이중으로 잠글 수 없었을 것이다. 그 열쇠를 본 사람이 있기라도 하단 말인가? 지금 그것은 어디에 있는가? 흉기로 쓰였을 것이라는 단검은 또 누가 봤단 말인가? 그리고 그것은 지금 어디에 있는가?

"무엇보다도 피고가 살해했다는 증거를 보여주시기 바랍니다. 도둑질하고 살인을 저지른 것이 새벽 3시에 그 아파트를 방문한 의문의 인물이 아니라는 증거를 보여주시기 바랍니다. 시계가 11시 20분에서 멈춰 있었다고 말씀하실 생각입니까? 하지만 그것은 아무런 증거도 되지 못합니다. 시계 바늘이란 것은 언제든지 원하는 시각에 돌려놓을 수 있는 것 아닙니까?"

이로써 빅토르 다네그르는 무죄판결을 받았다.

그는 금요일 저녁에 형무소에서 나왔다. 6개월간에 걸친 형무소 생활로 그는 매우 수척해졌다. 예심, 고독, 변론, 배심원의 심의 등 별로 달갑지 않는 것들 때문에 그는 병적으로 공포심을 느끼고 있었다. 밤이면 무시무시한 악몽과 환상처럼 떠오르는 교수대의 모습에 시달려야 했다. 그는 열과 공포로 몸을 떨어야만 했다.

그는 아나톨 뒤푸르라는 가명으로 몽마르트르 꼭대기에 있는 집의 조그만 방을 하나 빌렸다. 닥치는 대로 일을 해서 하루하루 근근이 연명해 나가고 있었다.

비참하기 짝이 없는 생활이었다. 세 번에 걸쳐서 세 명의 새로운 주인을 만났지만 그의 실체가 드러나면 그 자리에서 그를 해고해 버렸다.

때때로 그는 깨달았다. 아니, 깨달은 것 같다는 느낌이 들었다. 자신이 미행당하고 있다는 사실을. 그것이 바로 아직도 포기하지 않고 자신을 함정에 빠뜨리려는 경찰들의 소행이라는 사실은 너무나도 잘 알고 있었다. 그는 자신의 먹살을 쥐고 있는 보이지 않는 손의 힘을 느낄 수 있었다.

어느 날, 그는 근처 식당에서 저녁을 먹고 있었다. 누군가가 와서 그의 맞은편 자리에 앉았다. 마흔 정도 되어 보이는 남자였고 허름한 프록코트를 입고 있었다. 그는 수프와 야채 그리고 포도주를 한 병 주문했다.

수프를 다 먹고 난 그는 다네그르에게 시선을 주더니 한동안 뚫어져라 그를 바라보았다.

다네그르의 얼굴이 백지장처럼 하얗게 변했다. 이 사람도 지난 몇 주간 자신을 미행했던 사람들 중 한 명이리라. 자신에게 원하는 게 무엇일까? 다네그르는 자리에서 일어서려 했다. 하지만 그러질 못했다. 다리가 떨려왔기 때문이었다.

남자가 컵에 포도주를 따랐다. 그리고 다네그르의 잔에도 포도주를 따라주었다.

"건배하지 않겠나? 친구."

다네그르가 중얼거리듯 말했다.

"네....... 네....... 건강을 위해서 건배합시다, 친구."

"좋지. 자네의 건강을 비네. 빅토르 다네그르."

이 말을 들은 그는 자리에서 벌떡 일어났다.

"나요? 나를 말씀하시는 건가요? 아닙니다....... 솔직히 말하자면......"

"솔직히 말하자면? 그러니까 당신은 당신이 아니라는 말인가? 그 백작 부인의 하인이 아니라는 말인가?"

"하인이라니, 무슨? 내 이름은 뒤푸르입니다. 여기 주인한테 물어보세요."

"아나톨 뒤푸르는 이곳 주인에게 쓰는 이름이지. 재판소용 이름은 다네그르, 빅토르 다네그르."

"아닙니다! 무슨 소립니까? 누군가에게 속은 거겠죠."

낯선 사내가 주머니를 뒤적이더니 명함을 꺼내들었다. 빅토르가 그것을 읽었다.

「그리모당, 전 보안과 형사, 비밀탐정」

그는 몸을 떨었다.

"경찰인가요?"

"지금은 퇴직했지만 워낙 그런 일을 좋아해서 아직도 그걸로
밥벌이를 하고 있는 셈이지. 때때로 짭짤한 사건이……, 당신처럼
짭짤한 사건이 걸리거든."

"내 사건이라고요?"

"그렇다네. 당신 사건. 당신이 조금만 친절하게 대해준다면 아
주 짭짤한 사건이 될 거야."

"내가 친절하게 대하지 않는다면?"

"그렇게는 못할 걸. 지금 당신 입장에서 과연 나를 거역할 수
있을까?"

묵직한 불안감이 빅토르 다네그르를 엄습했다. 그가 물었다.

"무슨 일로 그러시는지……, 말씀을 해보세요."

"말해야겠지. 우리 가능한 빨리 얘기를 끝내자고. 나는 셍클레
브 양이 고용한 사람이야."

그가 말했다.

"셍클레브라니요?"

"앙디요 백작 부인의 상속인일세."

"그래서요?"

"그러니까 셍클레브 양이 당신에게서 그 흑진주를 찾아달라고
내게 의뢰를 해온 거지."

"흑진주라고요?"

236

"당신이 훔친 물건 말일세."

"난 그런 거 가지고 있지 않아요."

"가지고 있지 않다면 어떻게 했지?"

"내가 그걸 가지고 있다면 난 살인범이 아니오?"

"당신은 살인범이야."

다네그르가 억지웃음을 지며 상황을 모면하려 했다.

"다행히도 중죄재판소의 의견은 당신의 의견과 달랐습니다. 모든 배심원이 ― 지금 내 말을 잘 들어두세요 ― 나의 무죄를 인정해 줬습니다. 나는 아무런 양심의 가책도 느끼지 않고 있으며, 12명의 훌륭한 인간들의 신용도 얻고 있으니......."

전직 형사가 그의 팔을 움켜쥐었다.

"허풍 떨지 말고 지금부터 내 말을 잘 듣고 되씹어보시오. 충분히 그럴 만한 가치가 있을 테니까. 다네그르, 살인을 저지르기 3주일 전에 요리사의 부엌 열쇠를 몰래 훔쳐다 오베르캄프 가 244번지에 있는 우타르의 열쇠 가게에서 복사를 하지 않았나?"

"무슨 소립니까? 무슨 말도 안 되는 소립니까? 그 열쇠를 본 사람은 아무도 없습니다. 그런 열쇠는 존재하지도 않습니다."

빅토르가 시치미를 뗐다.

"이게 바로 그 열쇠야."

한동안 침묵이 흐른 뒤, 그리모당이 다시 말을 이었다.

"그리고 당신이 열쇠를 복사한 그 날, 라 레퓌블릭 광장의 잡화점에서 산 칼집 속에 든 칼로 백작 부인을 살해했어. 칼끝이 삼각형으로 뾰족하고 홈이 새겨진 단도였지."

"전부 엉터리예요. 잘도 꾸며대는군요. 그런 칼을 본 사람이 있기라도 하단 말입니까?"

"이게 바로 그 칼이지."

빅토르 다네그르가 몸을 움찔했다. 전직 형사가 말을 이었다.

"녹이 슬어 있어. 왜 녹이 슬었는지는 말하지 않아도 잘 알겠지?"

"그게 어쨌다는 거죠? 당신은 열쇠와 단도를 가지고 있습니다. 하지만 그게 내 것이라고 장담할 수 있습니까?"

"열쇠 가게의 주인과 당신에게 단도를 판 잡화점의 점원이 증언했네. 난 이미 그 사람을 만나서 얘기를 듣고 왔다네. 그 두 사람을 자네 앞에 세워놓으면 모르는 척하지는 못할 걸세."

그는 매우 엄격한 어조로 말했다. 서릿발처럼 단정적인 말투였다. 다네그르의 얼굴이 공포로 굳어졌다. 판사나 중죄재판소, 재판장, 검사도 이처럼 그를 공포에 떨게 만들지는 못했다. 지금은 자신조차도 확실하게 기억하고 있지 못한 일을 이처럼 명확하게 제시하지는 못했다.

하지만 다네그르는 애써 관심 없다는 표정을 지으며 이렇게 말했다.

"겨우 그 정도가 당신이 제시할 수 있는 증거의 전부란 말입니까?"

"또 있지. 부인을 살해한 후, 당신은 숨어들었을 때와 똑같은 경로를 통해서 도망갔어. 그런데 의상실 중간쯤 왔을 때 두려움에 다리가 떨려와서 벽을 짚었던 사실을 기억하고 있는가?"

"어, 어떻게 그 사실을 알고 있는 거지? 아무도 본 사람이 없는데."

빅토르가 더듬거리며 말했다.

"재판소에서는 알 수 없겠지. 누구도 촛불을 들고 벽을 살펴볼 생각을 하지 않았을 테니까. 하지만 그렇게 하기만 했다면 하얀 벽 위에 아주 흐리기는 하지만 자네의 엄지손가락 안쪽에서 묻은 것임을 알 수 있는 붉은 자국이 묻어 있다는 사실을 알 수 있었을 거야. 피투성이가 된 당신의 엄지손가락이 벽에 닿으면서 남긴 자국이지. 자네도 알다시피 지문이 남아 있으면 왈가왈부할 필요도 없지."

빅토르 다네그르의 얼굴이 백지장처럼 하얗게 변했다. 이마에 땀방울이 맺히기 시작했다. 그는 넋이 나간 눈빛으로 자신의 범행을 전부 지켜본 듯 훤히 꿰뚫고 있는 이 사람을 바라보았다. 그러다 더 이상 어쩔 수 없다는 표정으로 힘없이 고개를 푹 숙였다. 지난 몇 개월 동안 그는 많은 사람들과 싸워 왔다. 하지만 이 사내에 대해서는 도저히 손을 쓸 방법이 없다는 사실을 깨달았다.

"그 진주를 돌려준다면 얼마를 주시겠습니까?"

그가 더듬듯 말했다.

"한 푼도 줄 수 없어."

"뭐라고? 농담이겠지? 수십만 프랑이나 하는 진주를 주겠다는데 아무것도 못 주겠다고?"

"목숨만은 살려줄 수 있지."

이 말을 들은 사내는 몸을 떨었다. 그리모당이 아주 부드러운 어조로 말을 이었다.

"이보게 다네그르. 그 진주를 가지고 있어봐야 자네에게는 아무 짝에도 쓸모없는 물건일 뿐이야. 자네는 그걸 팔 방법이 없어.

그러니 가지고 있어봐야 소용없는 일이지."

"장물아비들이야 얼마든지 있습니다. 싸게만 내다 판다면······."

"하지만 이미 늦었네."

"어째서죠?"

"어째서라니? 아직도 모르겠나? 뻔하지 않은가? 재판소에서 다시 한번 자네를 잡아들일 테니. 게다가 이번에는 내가 제출할 이 단도와 열쇠, 자네의 엄지손가락 지문 등과 같은 증거들이 있다네. 안됐지만 자네는 벗어날 수 없을 거야."

빅토르는 두 손으로 머리를 감싸 쥐고 생각에 잠겼다. 이제 끝장이라는 생각이 들었다. 그랬다, 모든 게 끝이라는 생각이 들었다. 그 순간 엄청난 피로감과 함께 이제는 편하게 살고 싶다는 커다란 욕구가 그를 엄습했다.

그가 중얼거리듯 말했다.

"언제 돌려드리면 되겠습니까?"

"지금 당장. 1시간 이내로."

"아니면?"

"아니면 내가 이 편지를 보낼 걸세. 셍클레브 양이 검사총장에게 보내는, 자네에 대한 고소장이지."

다네그르가 제 손으로 포도주를 따라 연거푸 두 잔을 마시더니 자리에서 일어서며 말했다.

"계산이나 해주십시오. 그리고 밖으로 나갑시다. 이 얘기라면 이제 나도 지긋지긋하니까."

밖은 어두워져 있었다. 두 사람은 르픽 가에서 내려와 외곽도로를 따라 개선문 쪽으로 걸어가고 있었다. 두 사람 모두 묵묵히 걸었다. 피로에 지친 빅토르는 등을 구부정하게 하고 걸었다.

몽소 공원에 다다르자 그가 말했다.

"저 집 근처에 숨겨뒀습니다."

"하지만 체포되기 직전에 자네가 간 곳이라고는 담배 가게밖에 없질 않은가?"

"여깁니다."

다네그르가 힘없는 소리로 말했다.

두 사람은 공원의 철책을 따라서 걷다가 담배 가게가 있는 모퉁이에서 길을 건넜다. 거기서 몇 걸음 더 나가더니 다네그르가 발걸음을 멈췄다. 그의 다리가 떨려왔다. 마침 그곳에 있던 벤치에 떨썩 주저앉았다.

"어디지?"

전직 형사가 물었다.

"바로 저깁니다."

"저기라니? 무슨 소릴 하는 건가?"

"우리가 있는 곳 바로 앞, 저깁니다."

"우리 바로 앞이라고? 다네그르 말장난은 그만두지......."

"다시 말하지만 그건 바로 저기에 있습니다."

"저기가 어디냐니까?"

"두 개의 포석 사이."

"어느 포석?"

"찾아보세요."

"어느 포석이냐고 묻질 않나?"

그리모당이 다시 물었다.

빅토르는 대답하지 않았다.

"한번 놀아보자 이건가? 그것도 나쁘지는 않겠지."

"그게 아닙니다. 단지......, 나는 전 재산을 잃게 되는 거니 굶어 죽을지도 모릅니다."

"그렇군. 그래서 우물쭈물하고 있었던 건가? 알겠네. 멋진 신사의 모습을 보여주도록 하지. 얼마가 필요한가?"

"미국으로 가는 배의 가장 싼 표를 살 수 있는 뱃삯."

"알겠네."

"그리고 절차를 밟을 때 필요한 돈 백 프랑."

"이백 프랑을 주지. 자, 이젠 말해보게."

"하수구에서 오른쪽으로 12번째와 13번째 포석 사이에 있습니다."

"도랑 속에 말인가?"

"그렇습니다. 인도의 끝부분에."

그리모당이 주위를 둘러보았다. 전차가 지나고 있었다. 사람들이 지나다니고 있었다. 하지만 신경 쓰지 않았다. 아무도 의심하지 않을 것이다.

그는 칼을 꺼내 12번째 포석과 13번째 포석 사이에 꽂았다.

"만약 여기에 없다면?"

"내가 웅크리고 그것을 묻는 모습을 본 사람이 없다면 그건 아직 거기에 있을 겁니다."

그런 물건이 이런 곳에 있을 줄이야, 누가 상상이나 하겠는가?

그 흑진주가 도랑의 진흙 속, 누구라도 파갈 수 있는 곳에 있을 줄이야! 그 흑진주라면......, 그 한 알갱이만으로도 어마어마한 재산이 되질 않는가?

"얼마나 깊이 묻었지?"

"10cm 정도 될 겁니다."

그가 젖은 흙을 퍼냈다. 칼끝이 무엇인가에 부딪쳤다. 손가락으로 구멍을 넓게 팠다.

그는 흑진주를 찾아냈다.

"자, 여기 이백 프랑일세. 미국행 배표는 나중에 보내주도록 하지."

다음날, 『에코 드 프랑스』지에 다음과 같은 기사가 실렸는데 그 기사는 곧 전 세계로 퍼져나갔다.

「앙디요 백작 부인을 살해한 범인이 훔친 그 유명한 흑진주를 어제 아르센 뤼팽이 자신의 수중에 넣었다. 머지않아 이 귀중한 보석의 복제품을 런던, 상트 페테르스부르크, 캘커타, 부에노스 아이레스 및 뉴욕에서 전시할 예정이다. 아르센 뤼팽은 진품에 합당한 거래 제의가 들어오기를 기다리고 있다.」

"이렇게 해서 죄는 벌을 받고 미덕은 보상을 받게 된 거지."

이 사건에 얽힌 뒷얘기를 한 뒤, 아르센 뤼팽은 이렇게 결론을 내렸다.

"그러니까 자네가 운명의 선택을 받아 전직 보안과 형사 그리모당의 이름으로 그 물건을 범인에게서 되찾아왔다는 말이지?"

"그렇다네. 솔직히 말해서 그 사건은 내가 자랑스럽게 여기고 있는 사건들 중 하나지. 그녀의 죽음을 발견한 뒤, 백작 부인의 아파트에서 내가 보낸 40분은 내 일생 중에서도 가장 놀랍고도 심원한 시간이었지. 겨우 40분 만에, 미궁에 빠져버린 사건 속에 있던 내가 그 범죄를 어느 정도 재구성하고 두어 가지 단서를 바탕으로 백작 부인의 하인이 범인이라는 사실을 확신하기까지에 이르렀으니까. 그리고 나는 그 진주를 손에 넣기 위해서는 하인이 체포되도록 해야 할 필요가 있다는 결론을 내렸지. 그래서 그 하인의 옷에 있던 단추를 떼어내 적당한 곳에 놓아두었던 걸세. 하지만 범행을 결정적으로 증명하는 단서는 오히려 방해가 될 것이기에 그것만은 당국에 넘겨줄 수 없었지. 그래서 바닥에 떨어져 있던 칼과 열쇠 구멍에 꽂혀 있던 열쇠를 전부 가져왔다네. 그리고 문을 이중으로 잠그고 의상실 벽에 묻어 있던 지문을 지웠지. 그 순간 내가 보인 행동은......."

"천재적이었다고 말하고 싶은 거겠지?"

내가 참견을 했다.

"천재적이라. 그도 나쁘지는 않군. 무턱대고 덤벼드는 녀석들의 머리 속에는 절대로 떠오르지 않을 기지니까. 정말 놀랍지 않은가? 단 1초 만에 문제의 양극을 — 그러니까 체포와 방면을 말하는 걸세 — 생각해냈으니. 범인을 지치게 만들어서 완전히 넋이 나가게 한 다음, 방면되더라도 내가 놓은 조금 거친 덫에 빠져들 수밖에 없는 정신상태로 만들어 놓기 위해서 사법과 거대한 조직을 조금 이용한 거지."

"조금이라고? 아주 거친 덫이라고 말하게. 녀석에게는 더 이상 아무런 위험도 없었을 테니까."

"맞는 말일세. 아무런 위험도 없었지. 무죄방면이라는 사실을 뒤엎을 수는 없었을 테니까."

"딱한 사람이로군......."

"빅토르 다네그르가 딱하다고? 자네는 그가 살인범이라는 사실을 잊었나? 그 흑진주가 완전히 그의 손에 들어갔다면 그야말로 부도덕하기 짝이 없는 일이지. 생각해보게. 녀석은 아직 살아 있네. 다네그르가 살아 있다고!"

"그리고 그 흑진주는 자네 것이 되었고."

그는 자신의 가방 속 비밀스런 장소에서 그 흑진주를 꺼냈다. 손가락과 눈으로 애무하듯 그것을 쓰다듬더니 한숨 섞인 목소리로 말했다.

"어떤 러시아 귀족이, 어떤 멍청하고 야심에 찬 인도의 왕이 이 보물을 자신의 것으로 삼을까? 앙드요 백작 부인, 레옹틴 잘티의 눈처럼 하얀 어깨를 꾸미던 이 아름다움과 사치의 덩어리는 어떤 미국 부호의 소유물이 될 운명에 놓여 있는 걸까?"

뒤늦은 셜록 홈즈

"벨몽, 자네는 정말 신기할 정도로 아르센 뤼팽과 닮았네."

"마치 그를 아는 사람처럼 말하는군."

"몇몇 사진을 통해서만 그의 얼굴을 보아온 나라고 해서 남들보다 더 많이 아는 건 아닐세. 그의 사진은 볼 때마다 얼굴이 달라지니까. 하지만 모든 사진이 공통적으로 주는 인상이 있는데 그 인상과 자네가 너무 비슷하단 말이야."

오라스 벨몽이 조금 당황한 표정을 지었다.

"아무래도 그런 것 같네, 드반. 그런 소릴 자네에게서 처음 듣는 게 아니니 나로서도 참 난처하네."

"너무나도 비슷해서 만약 사촌형인 에스테반이 당신을 소개한 것이 아니라면, 그리고 나 자신도 아주 좋아하는 그 유명한 해양화가가 아니었다면 자네가 이곳 디에프에 와 있는 동안 나는 경찰에 밀고를 했을 걸세."

드반이 끈질기게 물고 늘어졌다.

이 농담에 함께 있던 모든 사람들이 웃음을 터뜨렸다. 이곳 티베르메스닐 성(城)의 대식당에는 벨몽 외에도 마을의 사제인 젤리스 신부와 최근 이 부근에서 훈련을 펼치고 있는 연대의 사관 10여 명이 함께 모여 있었다. 이들은 모두 은행 경영자인 조르주 드반과 그의 어머니의 초대로 모인 사람들이었다. 손님 중 한 명이 큰 소리로 말했다.

"그러고 보니 아르센 뤼팽이 파리 발 르아브르 행 급행열차를 습격한 이후 이 부근의 해안지대로 숨어들었다고 해서 큰 소동이 벌어진 적이 있지 않았습니까?"

"맞습니다. 3개월 전 일이었습니다. 그 사건이 벌어지고 난 바로 다음 주에 나는 카지노에서 친애하는 벨몽을 소개받았습니다. 그 후로 몇 번이고 이렇게 기분 좋은 방문을 해주었는데 그게 그러니까 머지않은 장래의 어느 날, 아니 정확히 밤이라고 해야겠지만, 좀 더 진지한 가정방문을 하기 위한 즐거운 전주곡이라고 할 수 있을 겁니다."

이 말이 끝나자 모든 사람들이 다시 웃음을 터뜨렸다. 그 다음 옛날 위병실로 쓰였던 방으로 옮겼다. 그곳은 천장이 높고 넓은 방으로 기움 탑의 하부 전체를 차지하고 있었다. 그 방에는 티베르메닐 성의 역대 주인들이 몇 세기에 걸쳐서 모아온 진귀한 보화들이 놓여 있었다. 진귀한 궤짝, 제기를 올려놓는 단, 장작을 쌓아놓는 단, 가지가 달린 촛대 등이 그곳을 장식하고 있었다. 돌로 만든 벽면에는 멋진 장식용 융단이 걸려 있었다. 네 개의 창문 모두가 벽 속에 깊이 박혀 있었는데 그 앞에는 긴 의자가 놓여 있었으며 창문의 위쪽 부분에는 납으로 주위를 두르고 고딕 양식으로 무늬를 넣은 뾰족한 유리가 끼워져 있었다. 입구와 왼쪽 창문 사이에는 크고 높다란 르네상스 양식의 책장이 있었는데 그 위에 금 글씨로 '티베르메닐'이라 적혀 있었다. 그리고 그 밑에는 일족의 가훈인 '원하는 바를 행하라'는 글이 적혀 있었다.

사람들이 일제히 담배를 피우기 시작하자 드반이 말했다.

"벨몽, 할 거라면 오늘밤에 해야 할 걸세."

"왜지?"

집주인의 농담에 맞장구를 치듯 화가가 말했다.

드반이 이 질문에 답하려고 하자 그의 어머니가 손짓으로 그를 제지했다. 그것을 못 본 것은 아니었지만 저녁 식사 때의 흥분과 손님을 기쁘게 해줘야겠다는 주인으로서의 마음이 더욱 강했다.

"말해주지. 이제는 얘기해도 상관없을 테니까. 떠들고 다녀도 손해 볼 게 없을 거야."

그가 중얼거리듯 말했다.

모두가 강한 호기심에 자극을 받아 그의 주위로 몰려들었다. 그러자 그가 놀라운 뉴스를 발표하는 사람처럼 아주 만족스럽다는 표정으로 말했다.

"내일 오후 4시에, 어떤 비밀도 전부 꿰뚫어보는 영국의 명탐정이자, 어떤 수수께끼도 풀고야 마는 셜록 홈즈가, 그의 모든 행적이 마치 소설가의 상상력에 의해서 만들어진 것처럼 신비에 싸인 놀라운 그가 우리 집을 방문하기로 되어 있다네."

모두 놀라 소리를 질렀다. 셜록 홈즈가 티베르메닐을 방문하다니! 그 소문은 역시 헛소문이 아니었단 말인가? 아르센 뤼팽이 이 부근에서 숨어 지내고 있단 말인가?

"아르센 뤼팽과 그 일당들은 틀림없이 이 부근에 있습니다. 카오른 남작 사건 이외에도 몬티니, 그뤼셰, 크라스빌의 도난사건이 우리의 국보적인 괴도 뤼팽의 짓이 아니라면 대체 누구 짓이겠습니까? 이번에는 드디어 내가 당할 차례가 왔습니다."

"카오른 남작처럼 협박장을 받기라도 했습니까?"

"똑같은 방법은 두 번 다시 쓰지 않을 겁니다."

"그렇다면?"

"그렇다면 무슨 일이 있었냐는 말씀이십니까? ...... 바로 이겁니다."

이렇게 말하며 그는 자리에서 일어났다. 그리고 책장에 꽂힌 커다란 책 두 권 사이의 빈 칸을 가리키며 말했다.

"여기에 책이 한 권 꽂혀 있었습니다. 16세기에 저술된 책으로 『티베르메닐 연대기』라는 제목인데 롤롱 후작이 봉건시대 때 이 땅에 성을 건조했을 때부터의 역사가 기록된 책입니다. 동판화로 찍은 도면이 세 장 들어 있습니다. 한 장은 말 위에서 내려다본 영지의 전경입니다. 또다른 한 장은 건물의 배치도, 마지막 한 장은 ─ 이게 가장 중요한 것인데 ─ 지하통로의 설계도입니다. 그 통로의 한쪽 끝은 성의 가장 바깥쪽에 있는 벽 밖으로 통해 있고, 또다른 한쪽은 여기, 즉 우리들이 지금 서 있는 이 방과 연결되어 있습니다. 그런데 그 책이 지난 달에 감쪽같이 사라졌습니다."

"이거 뭔가 조짐이 좋은걸. 하지만 그 정도의 일로 셜록 홈즈까지 부를 필요는 없지 않았을까?"

"그렇지. 내가 지금 말한 사실이 어떤 의미를 갖는 건지 알려주는 또다른 사건이 일어나지 않았다면 그를 부르지 않았을 걸세. 파리 국립도서관에도 그 연대기가 한 권 소장되어 있습니다. 그런데 지하통로에 관한 부분에서 두 권이 약간의 차이점을 보이고 있습니다. 예를 들자면 한쪽에만 단면도가 있다거나, 한쪽에만 축척이 적혀 있다거나, 인쇄된 것 이외에 잉크로 적어놓아 희미해지기는 했지만 한쪽에는 없는 주석이 남아 있다거나 하는 점들입니다. 나는 두 권의 이런 특징들을 알고 있었습니다. 그리고 이 두 장의 도면을 면밀하게 검토해야만 비로소 완벽한 도면이 된다는 사실도. 그런데 이곳에 있던 책이 없어진 다음날, 국립도서관에 소장되어 있던 책을 어떤 사람이 빌려갔는데 이후로 반납을 하지 않았다고 합니다. 그리고 그 책을 빌려간 사람이 누군지 끝내 밝혀내지 못했습니다."

이 말을 들은 사람들의 입에서 탄식이 흘러나왔다.

"그로써 사건이 중요한 의미를 갖게 된 거로군."

"그래서 경찰은 더욱 당황했습니다. 이중으로 수사를 진행했지만 아무것도 얻지 못했습니다."

드반이 말했다.

"아르센 뤼팽이 벌이는 일에 대해서는 늘 그 모양이라니까."

"맞습니다. 바로 그래서 저는 셜록 홈즈의 도움을 받기로 결심한 겁니다. 그는 아르센 뤼팽이라면 기꺼이 승부를 벌여보겠다고 답해 주었습니다."

"그건 뤼팽에게도 굉장한 영광이라 할 수 있겠군. 하지만 자네 말을 빌리자면, 우리의 국보적인 괴도가 티베르메닐에 대해서 아무런 음모도 가지고 있지 않다면 셜록 홈즈는 기껏 여기까지 왔는데 무료함만 느끼게 될 게 아닌가?"

"그 외에도 그의 관심을 끌 만한 문제가 한 가지 더 있다네. 바로 그 지하통로를 발견해내는 일이지."

"그건 자네가 좀 전에 말하지 않았나? 지하통로의 한쪽 끝은 들판과 연결되어 있고 다른 한쪽 끝은 이 방과 연결되어 있다고."

"그럼 어디쯤이라고 생각되나? 이 방의 어디쯤인지 알겠나? 도면에서 지하통로를 나타내는 선의 한쪽 끝은 'G.T'라는 머리 글자가 적힌 조그만 원에서 끝나는데 그건 틀림없이 기욤 탑을 의미하는 겁니다. 하지만 난처한 문제는 탑이 원형이라는 점. 이 원형의 어느 부분이 그 도면과 일치하는지 아무도 모른다는 점입니다."

드반이 두 번째 담배에 불을 붙였다. 그리고 베네딕틴 술을 잔에 따랐다. 여기저기서 질문이 쏟아졌다. 그는 모든 사람들의 흥미를 끌어냈다는 사실이 즐거운 듯 만면에 미소를 짓고 있었다.

"그 비밀의 열쇠는 사라졌습니다. 그 사실을 알고 있는 사람은 세상에 단 한 사람도 없습니다. 전해오는 얘기에 의하면 이곳에 자리 잡은 강력한 역대 성주들은 임종에 앞서 자신의 아들에게만 그 비밀을 얘기해주었다고 합니다. 그런데 공화력(共和曆) 2년 테르미도르 7일(1794년 7월 27일 – 역자 주)에 19세의 나이로 단두대의 이슬로 사라진 마지막 성주 조프루아에 이르러 그 비밀의 열쇠가 끊기고 말았습니다."

"하지만 그 이후부터 지금까지 계속 그곳을 찾으려 노력해오지 않았습니까?"

"물론 찾으려고 노력했죠. 하지만 전부 헛수고였습니다. 나도 국민의회 의원이었던 르리부르의 자손에게서 이 성을 산 뒤로 처음에는 여러 가지로 발굴 작업을 해봤습니다. 하지만 아무런 도움도 되질 않았습니다. 완전히 물로 둘러싸인 이 탑은 오직 한 줄기 다리에 의해서만 성채와 연결되어 있다는 사실을 생각해보시기 바랍니다. 그러니까 그 지하통로는 당연히 탑을 둘러싸고 있는 해자 밑으로 나 있을 겁니다. 국립도서관에 있는 도면에는 48단이나 되는 네 개의 계단이 있다고 되어 있는데 그 깊이가 대략 10m 이상은 될 것으로 추정됩니다. 다른 도면에 있는 축척을 바탕으로 계산해보면 전체의 길이가 200m나 될 것 같습니다. 그러니까 실질적으로는 바닥과 천장, 벽 사이에 있는 모든 공간이 문제의 대상이 되는 셈입니다. 그 사실을 알고 있기는 하지만 지금 당장 이 탑을 부숴야겠다는 결심은 좀처럼 서질 않습니다."

"그렇다면 어떤 단서가 있을지도 모른다고 생각하고 계신 겁니까?"

"전혀 감도 못 잡고 있습니다."

젤리스 신부가 동의할 수 없다는 듯한 투로 말했다.

"드반 씨, 그 두 개의 인용문을 여러분께 들려드리는 건 어떻습니까?"

"그럴까요? 신부님은 고문서에 상당한 정통하신 분으로 고인들의 비망록이나 회상록에 지대한 관심을 갖고 계신데 특히 티베르메닐과 관계가 있는 글에는 지대한 관심을 보이고 계십니다. 하지만 지금 말씀하신 인용문이라는 것은 오히려 문제를 더욱 복잡하게 만들뿐이라......"

드반이 웃으며 큰 소리로 말했다.

"그래도 한번 들어보고 싶습니다."

"여러분 모두 그렇게 생각하십니까?"

"꼭 듣고 싶습니다."

"신부님께서 여러 가지 글들을 읽고 연구하신 결과 프랑스의 두 왕이 그 비밀의 열쇠를 알고 있었다는 사실이 판명되었습니다."

"프랑스의 두 왕이?"

"앙리 4세와 루이 16세, 두 왕입니다."

"왕도 그냥 왕이 아니군요. 신부님은 그 사실을 어떻게 알게 되셨습니까?"

"그리 어려울 것도 없는 문제였습니다. 아르크 전투를 치르기 이틀 전에 앙리 4세가 이 성으로 들어와서 식사를 하고 하룻밤 묵어갔습니다. 밤 11시에 노르망디 제일의 미녀라 불리던 루이즈 드 탕카르빌이 에드가르 후작의 안내로 문제의 지하통로를 통해서 사람들의 눈을 피해 성 안으로 들어왔는데 그때 일가에 전해 내려오던 비밀을 왕에게 밝혔다고 합니다. 나중에 앙리 4세가 그 비밀을 재상인 쉴리에게 털어놓았는데, 재상은 그 비밀을 자신의 저서인 『왕가의 경제백서』에 수수께끼 같은 문장으로 남겨놓았습니다.

「떨리는 공중에서 도끼가 선회한다. 하지만 날개는 펼쳐지고 사람은 신의 품으로 향한다.」

한동안 침묵이 흘렀다. 잠시 후 벨몽이 놀리듯 말했다.

"거참, 잘도 꼬아놨구먼."

"그렇지? 신부님은 쉴리가 그 말 속에 비밀의 열쇠를 숨겨놓았다고 주장하고 계십니다. 회상록을 받아 적은 비서들도 그 비밀을 깨닫지 못하도록 주의하면서."

"상당히 예리한 지적이라고 생각합니다."

"나도 그 견해에는 동의합니다. 하지만 선회하는 도끼는 또 뭐고 펼쳐지는 날개는 또 뭐란 말입니까?"

"그리고 신의 품까지 가는 건 또 누구란 말입니까?"

"에잇! 모르겠다."

"그렇다면 우리의 선량한 루이 16세도 역시 여인의 방문을 받기 위해서 그 지하통로를 이용했단 말인가?"

벨몽이 말했다.

"그건 나도 모르겠네. 정확히 말할 수 있는 건 루이 16세가 1784년에 티베르메닐에 머문 적이 있었다는 사실뿐이지. 그리고 가짱의 밀고로 루브르 궁에서 발견된 유명한 철제 옷장 안에는 친필로「티베르메닐 2-6-12」이라고 적어놓은 쪽지가 있었다네."

오라스 벨몽이 큰 소리로 웃었다.

"만세! 이로 해서 어둠의 장막은 완전히 걷힌 셈이군. 그러니까 그건 2 곱하기 6은 12라는 구구단일세."

"얼마든지 비웃으십시오. 하지만 이 두 가지 글에 문제의 답이 포함되어 있는 것은 의심의 여지없는 사실입니다. 그리고 언젠가는 그 의미를 풀어낼 겁니다."

신부가 말했다.

"셜록 홈즈가 먼저 풀어낼까? 아니면 아르센 뤼팽이 먼저 풀어낼까? 자네는 어떻게 생각하는가? 벨몽."

드반이 물었다.

벨몽이 자리에서 일어나 드반의 어깨에 손을 얹었다. 그리고 또렷한 어조로 이렇게 말했다.

"내 생각으로는 자네가 가지고 있던 책과 도서관에 있던 책이 제공해준 설명에는 한 가지 중요한 부분이 빠져 있었는데 자네가 그걸 친절하게도 제공해준 것 같네. 정말 고마워."

"그래서?"

"그러니까 도끼가 선회하고, 날개가 날아오르고, 2 곱하기 6은 12니까 드디어 내가 전투를 개시할 때가 왔다는 거지."

"단 1분도 기다리지 않고?"

"단 1초도 허비할 수는 없지! 지금 당장, 그러니까 셜록 홈즈가 도착하기 전에 자네의 성채를 털어야 하니까."

"아, 그거 정말 시간이 없겠는데. 내가 배웅을 해줄까?"

"디에프까지?"

"물론이지. 디에프까지. 마침 12시 기차로 도착하는 앙드롤 부부와 그들 친구의 딸들을 마중 나가 여기로 데려와야 하거든."

그런 다음 사관들을 향해서 드반이 말을 이었다.

"그리고 여러분, 내일 점심을 여기 모여서 먹기로 하는 게 어떻 겠습니까? 여러분들의 도움이 필요합니다. 모두 성을 둘러싸고 있다가 11시를 알리는 종이 울리면 안으로 돌진해주시기 바랍니 다."

이 초대를 받아들이고 모든 사람들이 자리에서 일어났다. 잠시 후, 자동차 한 대가 드반과 벨몽을 태우고 디에프로 가는 도로 위를 달리기 시작했다. 드반은 벨몽을 카지노 앞에 내려주고 자신은 역으로 향했다.

12시에 그의 친구가 열차에서 내렸다. 그리고 12시 30분에 자동차는 티베르메닐 성의 문으로 들어섰다. 1시에 살롱에서 가볍게 야식을 먹은 뒤 각자 침실로 돌아갔다. 그리고 하나 둘씩 등불이 꺼졌다. 깊은 밤의 침묵이 성채를 둘러쌌다.

바로 그때 달을 덮고 있던 구름이 갈라지며 아주 짧은 순간이었지만 두 개의 창을 통해서 흘러들어온 하얀 빛이 거실을 가득 메웠다. 달이 낮은 산 너머로 숨어들었다. 이후부터는 다시 어둠이 계속됐다. 침묵에 깊은 어둠이 더해졌다. 때때로 가구가 말라 갈라지는 소리와 낡은 탑을 둘러싸고 있는 해자의 물가에 자라난 갈대잎 스치는 소리가 들려와 이 어둠과 침묵을 흔들어놓았다.

시계의 초침 소리가 끝없이 들려왔다. 그리고 2시를 알리는 종소리가 들려왔다. 계속해서 초침 소리가 밤의 무거운 평화 속으로 단조롭게 하지만 분주히 떨어져 갔다. 그리고 다시 3시를 알리는 종소리가 들려왔다.

그 순간 갑자기 열차가 통과하고 나면 신호판이 열리며 철컥 떨어지는 듯한 소리가 들려왔다. 얇은 빛이 한 줄기 거실 끝에서 끝까지 뻗어나갔다. 마치 불을 붙여 쏘아올린 화살 같았다. 그 빛은 책장 위쪽의 오른쪽 끝을 지탱하고 있는 기둥의 중앙 부분에 나있는 홈에서부터 새어나오고 있었다. 빛은 빛나는 원을 그리며 맞은편에 있는 거울 위에서 멈췄다. 그러더니 그 빛은 곧 어둠 속을 살피는 불안한 시선처럼 이쪽저쪽으로 움직이기 시작했다. 그런 다음 문득 빛이 사라지는가 싶더니 이번에는 책장의 일부가 위쪽으로 회전하며 아치형의 넓은 입구가 나타나는 것을 밝게 비추었다.

한 남자가 안으로 들어섰다. 한쪽 손에 손전등을 들고 있었다. 다른 한 남자, 뒤이어 또다른 남자. 뒤에 들어온 두 사람은 밧줄과 여러 가지 도구들을 손에 쥔 채 안으로 들어섰다. 처음 들어온 남자가 방 안을 둘러보기도 하고 귀를 기울이기도 했다. 그리고 말했다.

"다른 사람들을 불러."

그들 외에도 8명이나 되는 사람들이 지하통로를 통해서 안으로 들어왔다. 모두 거칠고 힘이 좋아 보이는 사람들이었다. 이사가 시작되었다.

눈 깜빡할 사이였다. 뤼팽이 가구들을 하나하나 살피며 돌아다녔다. 크기와 예술품으로서의 가치에 따라서 그것을 그대로 지나치기도 하고 이렇게 말하기도 했다.

"들고 나가!"

그러면 그 물건은 곧 밖으로 들어내졌다. 휑하니 뚫린 지하통로의 구멍 속으로 빨려 들어갔다. 루이 15세 양식의 안락의자 6개, 오뷔송의 장식용 융단, 구티에르의 서명이 새겨진 가지 달린 촛대, 프라고나르의 유화 2점, 나티에의 걸작, 우동이 만든 흉상 1점과 몇몇 조그만 조각들이 그렇게 자리를 옮겨갔다. 뤼팽은 때때로 멋진 궤짝이나 훌륭한 액자 앞에서 발걸음을 떼지 못하고 한숨을 쉬었다.

"이건 너무 무거워....... 이건 너무 커....... 안타까울 따름이군."

그런 다음 그는 다음 물건을 감정하기 시작했다.

아르센 뤼팽의 말을 빌리자면 그 방은 단 40분 만에 '깨끗이 정리' 되었다. 이 모든 일이 아주 질서정연하게, 사내들이 취급한 물건들이 마치 두꺼운 솜으로 뒤덮여 있는 것처럼 소리도 없이 진행되었다.

마지막으로 부울이라는 명공의 이름이 새겨진 벽시계를 짊어지고 나가는 사내에게 뤼팽이 말했다.

"이제 되돌아오지 않아도 되겠어. 트럭에 물건을 싣고 너희들은 로크포르에 있는 창고로 가. 알고 있지?"

"그럼 두목님은요?"

"오토바이를 두고 가게."

사내가 나가자 그는 책장을 원래대로 되돌려놓았다. 그리고 방 안을 돌아다니며 이사한 흔적과 발자국을 지운 다음 장막을 걷어 이 탑과 성채를 연결하는 복도로 접어들었다. 한가운데에 장식장이 있었다. 아르센 뤼팽이 이곳에 혼자 남은 것은 사실 이 장식장을 살펴보기 위해서였다.

그 안에는 놀랄 만한 물건들이 소장되어 있었다. 시계와 담배 케이스, 반지, 사슬, 진귀한 미니어처 등 값비싼 수집품들이 들어차 있었다. 그는 지렛대로 자물쇠를 뜯어냈다. 그 금은보화들을, 작고 귀중한 예술품들을 만지는 감촉이 그를 한없이 기쁘게 했다.

이것들을 위해서 미리 준비해 온, 어깨에 메고 있던 커다란 자루를 옆구리 쪽으로 내렸다. 그는 그 자루를 하나 가득 채웠다. 그리고 웃옷과 바지, 조끼 주머니도 가득 채웠다. 그가 지난 날 우리의 조상들이 애용해왔으며, 지금도 호사가들이 그토록 갖고 싶어 하는 진주 가방에 오른손을 뻗는 순간 아주 희미한 소리가 그의 귀를 때렸다.

그는 가만히 귀를 기울였다. 잘못 들은 것이 아니었다. 소리가 점점 또렷하게 들려왔다.

문득 떠오르는 생각이 있었다. 이 복도 끝에는 계단이 있는데 그 계단은 사람들이 살고 있지 않은 많은 방들과 연결되어 있었다. 그런데 오늘 밤부터 그 방을 드반이 디에프 역까지 마중을 나가 데려온 앙드롤 부부와 젊은 아가씨들이 쓰기로 되어 있다고 얘기해 주었다.

그는 재빨리 손전등을 껐다. 그리고 옆에 있던 움푹 파인 창으로 몸을 숨기자마자 계단과 연결되는 문이 열리더니 희미한 빛이 복도로 새어 들어왔다.

커튼에 반쯤 가려져 있었기 때문에 누구인지 확인할 수는 없었지만 누군가가 조심스럽게 계단을 내려오는 것을 느낄 수 있었다. 그는 그 사람이 더 이상 내려오지 않기를 바랐다. 하지만 계단을 완전히 내려서 복도를 따라 두어 걸음 안으로 들어섰다. 그리고 비명을 질렀다. 틀림없이 장식장 문이 열려 있고 그 안의 물건들이 반 이상 없어진 걸 본 모양이었다.

향수 냄새로 봐서 여자인 것 같았다. 그녀의 옷이 그가 숨어 있는 커튼에 거의 닿을 듯했다. 그녀의 심장소리까지 들려오는 듯한 느낌이었다. 그리고 그녀도 어둠 속, 자신의 뒤쪽으로 손이 닿을 만큼 아주 가까운 곳에 누군가가 있다는 사실을 깨달았음을 알 수 있었다. '겁을 먹고 있어. 그러니 틀림없이 되돌아갈 거야. 돌아가지 않을 리가 없어.' 라고 뤼팽이 속으로 중얼거렸다. 그런데 그녀는 돌아가려는 기색을 전혀 보이지 않았다. 그녀의 손에서 떨고 있던 촛불이 빛을 더했다. 그녀는 뒤를 돌아보더니 한동안 망설이는 듯한 기색을 보였다. 이 기분 나쁜 침묵 속에서 가만히 귀를 기울이고 있는 듯했다. 그러다가 갑자기 커튼을 열어 젖혔다.

두 사람의 시선이 부딪쳤다.

깜짝 놀란 뤼팽이 속삭이듯 말했다.

"당신! …… 당신이었나요? 아가씨."

그녀는 바로 미스 넬리였다.

대서양 횡단 여객선 속에서 만났던 그 아가씨였다. 잊을 수 없는 그 항해 내내 자신을 달콤한 꿈속에 빠지게 했던 바로 그 아가씨였다. 그가 체포되는 장면을 본 뒤 배신을 하는가 싶었지만 그가 훔친 보석과 돈다발이 숨겨진 카메라를 바다 속으로 던져버리는 멋진 장면을 연출했던 바로 그 아가씨, 넬리 양이었다. 그가 형무소에서 생활하는 오랜 시간 동안 헤아릴 수도 없이 자주 웃는 얼굴로 찾아와 그를 슬프게도 하고 기쁘게도 했던 바로 그 사람이었다.

밤 깊은 이런 시간에 두 사람을 성 안에서 마주치게 하는 신비한 우연의 힘에 말은커녕 몸 하나 꿈쩍할 수가 없었다. 서로가 서로의 환영을 보고 있는 듯한 착각 속에서 최면술에 걸린 사람들처럼 그저 멍하니 서 있을 뿐이었다. 너무나도 격한 감정에 다리가 떨려왔는지 넬리 양은 자리에 주저앉고 말았다.

그는 그녀를 정면으로 마주보고 섰다. 그러자 천천히 흐르는 시간의 흐름 속에서 그는 점점 자신이 지금 이 순간, 두 손 가득 골동품을 끌어안고 있고, 모든 주머니가 불룩하며, 터질 것 같은 자루를 어깨에 둘러메고 있는 자신의 이 모습이 상대에게 어떤 인상을 줄지를 깨닫게 되었다. 커다란 절망감이 그를 엄습했다. 범행 현장을 들킨 도둑의 한심한 모습으로 이런 곳에 서 있는 자신의 모습이 수치스러웠다. 앞으로 그가 제아무리 훌륭한 사람이 된다 하더라도 그녀는 영원히 그를 도둑으로 기억할 것이다. 타인의 주머니에 손을 넣기도 하고 문을 뜯어내 숨어들기도 하는 도둑으로 기억할 것이다.

회중시계 하나가 카펫 위로 떨어졌다. 뒤이어 또다른 하나가. 그 외에도 여러 가지 물건들이 그의 손에서 떨어질 것 같았다. 그럼에도 불구하고 그는 그것을 끌어안고 있을 만한 힘이 없었다. 그는 결심한 듯 갑자기 품고 있던 물건의 일부를 안락의자 위로 내던졌다. 주머니에 있던 물건들을 전부 꺼낸 뒤 어깨에 메고 있던 자루도 바닥에 내려놓았다.

그제야 그녀 앞에서 마음이 편안해졌다. 무슨 말을 하려고 그녀 앞으로 한 걸음 다가섰다. 그녀는 뒤로 물러서지 않았다. 하지만 공포심을 느꼈는지 자리에서 벌떡 일어났다. 그리고 탑 쪽으로 달려가기 시작했다. 그녀가 장막 안쪽으로 사라졌다. 그가 뒤쫓아 가보니 그녀는 놀란 듯 몸을 떨며 장막 뒤에 서 있었다. 그녀는 텅 빈 방 안을 겁먹은 표정으로 바라보고 있었다.

그가 망설이지 않고 바로 입을 열었다.

"내일 3시까지 모든 걸 제자리에 돌려놓겠습니다. 가구까지 전부......."

그녀가 아무런 말도 하지 않자 그가 다시 한번 말했다.

"내일 3시까지....... 꼭 약속을 지키겠습니다. 세상에 나를 방해할 사람은 단 한 사람도 없습니다. 내일 3시까지는 틀림없이......."

두 사람 사이에 오랜 침묵이 흘렀다. 그는 이 침묵을 깰 수가 없었다. 그리고 이 젊은 아가씨의 감정이 그에게 육체적인 고통을 주었다. 그는 아무런 말도 하지 않고 조용히 그녀에게서 멀어졌다. 그는 생각했다.

'제발 돌아가줬으면 좋으련만. 이대로 돌아가도 아무 일 없을 거라는 사실을 알아줬으면 좋으련만. 나를 무서워하지만 않아도 좋으련만.'

그런데 그녀가 갑자기 몸을 떨기 시작했다. 그리고 속삭이듯 말했다.

"발소리가...... 들려요. 이리로 오는 발소리가......."

그는 깜짝 놀라 그녀를 바라보았다. 그녀는 어떤 위험을 느낀 듯 매우 당황하는 모습이었다.

"아무 소리도 안 들리는데요. 그리고 만약......."

그가 말했다.

"안 돼요! 그건 안 돼요. 도망가세요. 어서 도망가세요."

"도망가라니? 왜죠?"

"그래야 해요. 그래야만 해요. 어서! 여기 계시면 안 돼요."

그녀가 복도 쪽으로 달려가 귀를 기울였다. 하지만 더 이상 아무런 기척도 들려오지 않았다. 그렇다면 바깥에서 들려오는 소리였나? 그녀는 한동안 그곳에 서 있었다. 그리고 틀림없이 안전하다는 것을 확인한 뒤 뤼팽이 있던 곳으로 되돌아왔다.

그 동안 아르센 뤼팽은 이미 모습을 감췄다.

자신의 성에 도둑이 들었다는 사실을 알게 된 드반은 속으로 이렇게 중얼거렸다.

'벨몽의 짓이야. 벨몽이 바로 아르센 뤼팽이었어.'

이것으로 모든 것이 증명된 셈이었다. 그 외의 다른 설명은 있을 수 없었다. 하지만 그 생각은 그리 오래 가지 않았다. 벨몽이 벨몽이 아니라는 사실을, 즉 그가 유명한 화가가 아니며 사촌형인 에스테반의 친구가 아니라는 사실을 도저히 믿을 수 없기 때문이었다. 그래서 신고를 받고 달려온 헌병대장에게도 그는 이 황당하기 짝이 없는 추측을 말할 수가 없었다.

그날 오전, 티베르메닐 성은 드나드는 사람들로 북적댔다. 헌병과 시골 경비대, 디에프 경찰서장, 마을사람들이 복도는 물론 정원과 성채 주위에서 한바탕 소동을 벌였다. 성 가까이서 훈련 중인 부대에서 들려오는 총소리가 분위기를 한층 더 혼란스럽게 만들었다. 초동수사에서는 아무런 단서도 잡지 못했다. 창문과 문이 모두 멀쩡한 것으로 봐서 물건은 틀림없이 비밀통로를 통해서 밖으로 실려나간 것 같았다. 하지만 바닥에는 발자국 하나 남아 있지 않았으며, 벽에서도 미심쩍은 부분은 전혀 찾아볼 수 없었다.

다만 사람들의 의표를 찌르는 아르센 뤼팽의 짓궂은 장난 이라고 볼 수밖에 없는 일이 한 가지 있었다. 16세기에 간행된 문제의 연대기가 제자리에 꽂혀 있었던 것이다. 그리고 그 옆에는 국립도서관에서 훔쳐온 것까지 나란히 꽂혀 있었다.

11시가 되자 사관들이 찾아왔다. 드반이 밝은 모습으로 그들을 맞아들였다. 수많은 예술품을 잃은 건 틀림없는 사실이었지만 다행히 그의 막대한 재산 덕분에 그 불쾌함을 견딜 수 있었다. 앙드롤 부부와 넬리 양도 밑으로 내려왔다.

소개를 마친 뒤, 손님이 한 명 부족하다는 사실을 깨달았다. 오라스 벨몽이었다. 오지 않을 생각일까?

그가 모습을 드러내지 않는다면 오히려 조르주 드반의 의심을 사게 되는 것이 아닐까? 그런데 정각 12시에 그가 모습을 드러냈다. 드반이 외쳤다.

"야! 이거 잘 왔네."

"내가 늦었나?"

"아니, 시간에 맞춰왔네. 바빴을 어제 밤의 일을 생각한다면 이 정도는 당연히 늦어야겠지! 자네도 소식은 들었겠지?"

"무슨 소식?"

"자네가 이 성을 털었다는 소식."

"설마!"

"틀림없는 소식일세. 그보다 먼저 언더다운 양에게 자네의 팔을 좀 빌려주게나. 그런 다음 테이블로 가자고. 아가씨, 소개하겠습니다."

그 젊은 아가씨의 당황한 모습에 놀라 그는 막 하려던 소개를 중단했다. 문득 떠오르는 생각이 있어서 이렇게 말을 했다.

"아참, 그랬었죠? 당신은 아르센 뤼팽과 함께 여행을 한 적이 있었죠? 그가 체포되기 직전에....... 너무 비슷하게 생겨서 놀라셨죠?"

그녀는 아무런 말도 하지 않았다. 그녀의 눈앞에서 벨몽이 빙그레 웃어보였다. 그가 가볍게 인사를 했다. 그녀가 그의 팔을 잡았다. 그는 식탁의 정해진 자리까지 그녀를 안내한 다음 자신도 그녀의 맞은편에 앉았다.

식사 내내 사람들은 아르센 뤼팽에 대해서, 사라진 가구에 대해서, 지하통로에 대해서, 셜록 홈즈에 대해서 이야기를 나눴다. 식사를 마칠 때쯤 처음으로 다른 이야기가 시작되었기에 벨몽도 함

께 이야기를 나눴다. 그는 재미있는 농담을 하기도 하고 진지한
자세를 보이기도 하면서 자신의 언변과 기지를 과시했다. 그는
저 젊은 아가씨의 관심을 끌기 위해서 모든 말을 하는 듯했다. 그
럼에도 불구하고 마음을 완전히 다른 곳에 빼앗긴 듯 그녀는 그
의 말에 귀 기울이지 않았다.

커피는 테라스에서 마시기로 했다. 그 테라스에서는 안뜰과 성
채 옆에 있는 프랑스식 정원을 내려다볼 수 있었다. 잔디밭 한가
운데서 연대의 군악대가 연주를 시작했다. 농부와 병사들이 정원
의 나무 사이사이에 흩어져 있었다.

그러는 동안에도 넬리 양은 '내일 3시까지....... 꼭 약속을 지키
겠습니다.' 라고 한 아르센 뤼팽의 말을 생각하고 있었다.

3시라고 약속했다! 그런데 성채의 왼쪽 지붕을 장식하고 있는
시계탑의 긴 바늘은 2시 40분을 가리키고 있었다. 그녀는 자신도
모르게 끊임없이 그쪽으로 시선을 돌렸다. 그리고 편안해 보이는
흔들의자에 느긋한 자세로 앉아 있는 벨몽을 지켜보았다.

2시 50분. ...... 2시 55분. ...... 젊은 아가씨는 깊은 불안감에
사로잡혔다. 예정된 시간에 바로 이 성채에서, 정원과 주위의 전
원이 사람들로 가득하고 검사와 예심판사들이 끊임없이 수사를
펼치고 있는 이 성채에서 그와 같은 기적이 일어날 수 있을까?

하지만......, 하지만 아르센 뤼팽이 그렇게도 엄숙하게 약속하
지 않았는가? 틀림없이 그의 말대로 될 것이라고 그녀는 생각했
다. 그의 속에 잠재되어 있는 힘과 권위와 믿음을 알고 있었기에.
그리고 그 일은 기적이 아니라 당연히 일어나야 할 일의 결과로
써 아주 자연스럽게 일어날 것 같다는 생각이 들었다.

일순, 넬리 양과 벨몽 두 사람의 시선이 마주쳤다. 그녀가 얼굴을 붉히며 얼굴을 돌렸다.

3시가 되었다. 3시를 알리는 첫 번째 종소리가 울려 퍼졌다. 뒤이어 두 번째 소리, 세 번째 소리....... 오라스 벨몽이 자신의 시계를 꺼내 보고 시계탑을 올려다보았다. 그런 다음 자신의 시계를 주머니에 넣었다. 몇 초가 흘렀다. 그 순간 잔디밭 주위에 모여 있던 사람들이 옆으로 물러났다. 철문을 넘어서 정원으로 달려든 두 대의 마차에게 길을 내주기 위해서였다. 마차는 두 대 모두 이두마차로 연대를 따라다니며 사관들이나 병사들의 짐을 나르는 포장마차였다. 마차는 현관 앞에서 멈춰 섰다. 마차에서 뛰어내린 보급 하사관이 드반 씨를 만나게 해달라고 했다.

드반이 서둘러 계단 밑으로 내려갔다. 마차의 포장 속에는 꼼꼼하게 포장되어 가지런히 늘어서 있는 자신의 가구와 유화와 미술품들이 실려 있었다.

물어보니 하사관은 당번 부관이 건네주었다면서, 당번 부관이 그날 아침에 받은 명령이 적힌 서류를 보여주었다. 거기에, 제4대대 2중대는 아르크 숲 속 알뢰 교차로에 있는 짐들을 티베르메닐 성의 소유주인 조르주 드반 씨에게 3시까지 보내라는 내용과 함께 보벨 대령의 서명까지 들어 있었다.

"교차로에 가보니 풀밭에 정말 이 모든 것들이 놓여 있었습니다. 좀 이상하다는 생각이 들기는 했지만 틀림없는 명령이었으니까요."

하사관이 이렇게 말했다. 사관 중 한 명이 서명을 살펴보았다. 교묘하게 위조되기는 했지만 틀림없는 가짜였다.

이 소란 속에서 넬리 양은 홀로 테라스의 한쪽 끝에 남아 있었다. 자신도 모르게 마음을 흔들어놓는 여러 가지 생각에 빠져들어 도무지 냉정을 되찾을 수가 없었다. 그녀는 문득 벨몽이 가까이 다가오고 있다는 사실을 깨달았다. 자리를 피하고 싶었지만 그녀는 테라스 난간과 오렌지나무, 협죽도, 대나무가 심겨져 있는 화분에 둘러싸여 있었다. 그녀가 거기서 빠져나갈 길이라고는 지금 벨몽이 걸어오고 있는 그곳밖에 없었다. 그녀는 움직이지 않았다. 얇은 대나무 잎에 흔들리는 태양광선이 그녀의 금발을 비췄다. 그가 낮은 목소리로 중얼거렸다.

"어젯밤의 약속은 지켰습니다."

아르센 뤼팽이 그녀 옆으로 다가갔다. 그들 주위에는 아무도 없었다. 그가 조금 망설이는 듯한 태도로, 다시 한번 말했다.

"어젯밤의 약속은 지켰습니다."

그는 감사의 말 한마디를, 이 행동에 대한 그녀의 관심을 보여주는 몸짓을 기대하고 있었다. 하지만 그녀는 단 한마디도 하지 않았다.

그녀의 침묵이 아르센 뤼팽을 초조하게 만들었다. 그와 동시에 그녀가 모든 진실을 알게 된 지금, 넬리와 자신 사이에 존재하는 골이 더욱 깊어졌음을 느꼈다. 그는 변명을 하고 싶었다. 자신의 생활 속에 있는 대담함과 위대함을 이해시키고 싶었다. 하지만 그것을 말하기에 앞서 해야 할 말들이 그에게 상처를 주었다. 그는 모든 설명이 어리석게 느껴졌으며, 무례하게 받아들여질 것이라고 느꼈다.

"참으로 오래 전 일이군요. 기억하고 계십니까? '프로방스 호의 갑판에서 보냈던 그 긴 시간들을? 맞습니다. 당신은 오늘과 마찬가지로 한 송이 장미를 들고 계셨습니다. 지금 들고 있는 것과 같은 창백한 장미였습니다. 전 그것을 갖고 싶다고 말했습니다. 하지만 …… 당신은 그 말을 듣지 못한 것 같았습니다. 그런데 당신이 떠나고 난 뒤에 나는 그 장미를 발견할 수 있었습니다. 아마 지금은 모두 잊으셨겠지요? 나는 그것을 소중히 간직하고 있었습니다."

이렇게 말해도 그녀는 아무런 대답도 해주지 않았다. 그녀는 그에게서 아주 멀리 떨어져 있는 사람처럼 느껴졌다. 그가 계속해서 말했다.

"그 즐거웠던 시간들을 위해서 지금 당신이 알고 계신 것들은 모두 잊어버리세요. 그 과거를 지금 이 시간과 연결짓지 않으시겠습니까? 어젯밤에 당신이 보신 내가 아니라 예전의 내가 지금의 나라고 생각해 주시지 않으시겠습니까? 그리고 그때 나를 바라봤던 것처럼 단 1초만이라도 당신의 눈으로 나를 바라봐 주시지 않으시겠습니까? 부탁입니다. 내가 그렇게도 변했나요?"

그의 말대로 그녀는 눈을 들어 그를 바라보았다. 그리고는 한마디도 하지 않은 채 자신의 손가락을 그가 검지에 끼고 있는 반지 위로 가져갔다. 보이는 것은 반지의 고리뿐이었다. 보석은 손바닥 쪽으로 돌려놓았는데 그것은 참으로 훌륭한 루비였다.

아르센 뤼팽이 얼굴을 붉혔다. 이 반지도 조르주 드반의 물건이었다.

그가 씁쓸한 웃음을 지으며 말했다.

"당신이 옳습니다. 그런다고 과거가 지워질 수는 없겠죠. 아르센 뤼팽은 아르센 뤼팽 이외의 그 누구도 아니며 아르센 뤼팽 이외의 그 누구도 될 수는 없는 법입니다. 그리고 당신과 나 사이에는 당연히 아무런 추억도 존재할 수 없겠죠. 죄송합니다. 이렇게 내가 당신 곁에 있는 것만으로도 당신에게는 수치가 된다는 사실을 내가 진작 깨달았어야 했는데.......”

그는 한 손에 모자를 들고 난간 쪽으로 물러났다. 넬리가 그의 앞으로 지나쳐 갔다. 그는 그녀를 붙들고 애원해보고 싶었다. 하지만 그에게는 그럴 만한 용기가 없었다. 그는 가만히 서서 그녀의 뒷모습을 바라보았다. 뉴욕 항에서 그녀가 트랩을 내려갔던 그 아득한 날에 그랬던 것처럼. 그녀가 정면 입구로 나 있는 계단을 오르기 시작했다. 한순간 대리석으로 만든 문 사이로 그녀의 화사한 실루엣이 보였다.

한 조각 구름이 태양을 가렸다. 아르센 뤼팽은 가만히 선 채로 모래 위에 남겨진 조그만 발자국을 바라보았다. 그러다가 갑자기 몸을 떨었다. 넬리가 몸을 기대고 있던 대나무 화분에 그 장미가 떨어져 있었기 때문이었다. 조금 전 그가 차마 달라고 말하지 못했던 그 창백한 장미가....... 이번에도 깜빡 잊고 그냥 간 것일까? 아니면 일부러 놓고 간 것일까?

그는 그것을 덥석 집어 들었다. 꽃잎이 흩어지며 떨어졌다. 그는 그것을 한 장 한 장 정성스럽게 주워올렸다.

“이젠 떠나자. 더 이상 내가 여기서 할 일은 없다. 그리고 셜록 홈즈와 마주치게 되면 일이 귀찮아질지도 모르니까.”

그가 혼자서 중얼거렸다.

넓은 정원에서는 사람의 그림자도 찾아볼 수 없었다. 하지만 헌병들 한 무리가 정문을 지키는 문지기의 방 옆에서 대기하고 있었다. 그는 잡목림 속으로 숨어들었다. 그리고 돌담을 뛰어넘었다. 그런 다음 가장 가까이에 있는 역으로 갈 생각으로 밭 사이로 난 좁은 길로 접어들었다. 채 10분도 가지 않아서 길은 더욱 좁아졌으며 길 양옆으로는 둑이 솟아올라 있었다. 그가 그 길로 접어들었을 때 맞은편에서 누군가가 걸어오고 있는 모습이 보였다.

체격이 좋고 깨끗이 면도를 한, 오십 쯤 돼 보이는 남자였다. 복장으로 영국인이라는 사실을 한눈에 알아볼 수 있었다. 묵직해 보이는 지팡이를 손에 쥐고 있었으며 가죽 가방을 어깨에 메고 있었다.

두 사람이 마주쳤다. 외국인이 약간 영국 억양이 섞인 말투로 뤼팽에게 물었다.

"실례합니다. 이게 성채로 가는 길이 맞습니까?"

"똑바로 가다가 돌담이 나오면 왼쪽으로 꺾어지십시오. 당신이 오기만을 애타게 기다리고 있습니다."

"넷?"

"어젯밤부터 당신이 올 거라고 드반이 자랑을 했으니까요."

"쓸데없는 말을 하셨군요. 안 됐지만 하는 수 없는 일이죠."

"누구보다도 먼저 인사를 드리게 되다니 정말 영광입니다. 나보다 더 열렬한 셜록 홈즈 씨의 팬도 없을 테니까요."

그의 어투 속에서 비아냥거림을 느낄 수 있었는데 이렇게 말한 그는 곧 후회하고 말았다. 셜록 홈즈가 관대하면서도 날카로운 시선으로 그의 발끝에서 머리끝까지를 살펴보았기 때문이었다.

뤼팽은 그의 눈에 의해서 지금까지의 그 어느 카메라보다도 더 정확하게 자신이 찍혔으며 그의 머리에 기억됐음을 느낄 수 있었다.

'벌써 필름에 내 모습을 담았군. 이제 이 사람 앞에서는 제 아무리 변장을 해도 소용없을 거야. 과연 내가 누군지를 알아봤을까?'

뤼팽은 이렇게 생각했다.

두 사람은 서로 인사를 나눴다. 그런데 바로 그때, 발자국 소리가 들려왔다. 발굽 소리를 울리며 달려오는 말의 소리였다. 말 위에는 헌병이 타고 있었다. 두 사람은 말의 발길에 채이지 않기 위해서 하는 수 없이 둑의 수풀 쪽으로 몸을 밀착시켰다. 헌병이 지나갔다. 일정한 간격을 두고 여러 명이 지나갔기 때문에 전부 지나가기까지는 상당한 시간이 걸렸다. 그들이 지나가는 동안 뤼팽은 이런 생각을 했다.

'중요한 건 지금 이 사람이 내 정체를 알아냈는가 하는 점이다. 만약 내 정체를 알아냈다면 지금 이 상황을 악용할 가능성이 아주 높아. 그렇게 되면 아주 귀찮아질 텐데.'

헌병들이 다 지나가자 셜록 홈즈가 자리에서 일어났다. 그리고 말없이 옷에 묻은 먼지를 털어냈다. 그가 메고 있던 가방의 끈이 가시나무에 걸렸다. 아르센 뤼팽이 서둘러 그것을 풀어주었다. 두 사람은 다시 한번 서로를 살펴보았다. 만약 이 모습을 누군가가 지켜봤다면 이 두 영웅의 첫 만남에 커다란 감동을 받았을 것이다. 두 사람 모두 비할 데 없이 뛰어난 사람으로 특별한 능력을 가지고 있기 때문에 지상에 존재하는 양대 산맥으로서 언젠가는 틀림없이 부딪쳐야 할 운명을 가지고 있으니.

잠시 후, 영국인이 말했다.

"감사합니다."

"무슨 말씀을."

뤼팽이 대답했다. 두 사람은 그렇게 헤어졌다. 뤼팽은 역 쪽으로 향했고 셜록 홈즈는 성채 쪽으로 향했다.

예심판사와 검사는 아무 짝에도 도움이 되지 않는 수사를 마치고 성채를 떠났다. 그 후부터 사람들은 홈즈의 명성에 걸맞는 커다란 호기심으로 그가 오기만을 기다리고 있었다. 선량한 신사처럼 보이는 홈즈를 본 순간 사람들은 자신들의 기대와는 전혀 다른 그의 모습에 얼마간 실망한 듯했다. 그에게서는 소설 속 주인공에게서나 볼 수 있을 법한 모습도, 셜록 홈즈라는 이름이 불러일으키는 신비하고 악마적인 모습도 찾아볼 수 없었다. 하지만 드반 만은 조금 과장스럽다 싶을 정도로 그를 반갑게 맞아들였다.

"드디어 오셨군요, 선생님! 이보다 더한 영광도 없을 겁니다! 드디어 제 오랜 소원이 이루어졌습니다. 오히려 이번 사건이 제게는 행운으로 여겨질 정도입니다. 덕분에 선생님을 뵙게 되었으니까요. 그런데 여기까지는 어떻게 오셨습니까?"

"들판을 통해서 왔어요."

"길이 엇갈렸나 보군요. 선생님을 모셔오라고 부두까지 자동차를 보내놨는데요."

"내 도착을 만천하에 알리고 싶었나요? 북과 악기를 동원해서?

내 일을 어렵게 만드는데 그보다 더 좋은 일도 없죠."

영국인이 불평섞인 어조로 말했다.

그의 깐깐해 보이는 이 태도가 드반을 당황하게 만들었다. 그는 농담으로 이 분위기를 바꿔보려고 말했다.

"다행스럽게도 편지로 말씀드렸을 때보다 일이 훨씬 더 쉬워졌습니다."

"어째서죠?"

"어젯밤에 뤼팽이 다녀갔습니다."

"내가 온다는 사실만 밝히지 않았어도 어젯밤에는 다녀가지 않았을 거요."

"그럼 언제 왔었을까요?"

"내일이나 내일모레쯤."

"만약 그랬다면?"

"뤼팽은 덫에 걸렸을 거예요."

"그럼 내 가구들은?"

"도둑맞지 않았을 겁니다."

"그런데 내 가구들은 지금 이곳에 있습니다."

"여기에?"

"3시에 모든 걸 돌려보냈습니다."

"뤼팽 손으로?"

"군용 포장마차 두 대로."

셜록 홈즈가 한숨을 내쉬며 모자를 고쳐 썼다. 그리고 가방의 끈을 쥐었다. 이 모습을 보고 드반이 외쳤다.

"왜 그러십니까?"

"돌아가야지요."

"왜 돌아가신다는 겁니까?"

"가구는 되찾았고 뤼팽은 멀리 도망갔고. 더 이상 내가 할 일이 없지 않습니까?"

"하지만 저는 선생님의 도움이 꼭 필요합니다. 뤼팽이 어떻게 들어왔고 어떻게 나갔는가, 그리고 왜 몇 시간 후에 그것들을 다시 돌려줬는가 하는 가장 중요한 점들에 대해서 아는 게 하나도 없으니까요. 어제 있었던 일이 내일 다시 일어나지 말라는 법도 없지 않습니까?"

"그럼 당신들은 아무것도 모르고 있단 말입니까?"

아직도 밝혀내야 할 비밀이 남아 있다는 사실을 알고 그의 태도가 조금 누그러지는 듯했다.

"그렇군요. 그럼 한번 찾아보기로 하죠. 가능한 한 빨리, 꼭 필요한 인원만 동원해서."

그는 이 말을 모든 사람들을 향해서 했다. 드반이 얼른 그 뜻을 알아채고 이 영국인과 둘이서만 탑 밑의 방으로 갔다. 홈즈는 무뚝뚝한 어조로, 미리 준비된 듯한 극히 제한적인 말들만을 사용해가며 어제의 모임에 대해서, 참석했던 초대객들에 대해서, 성에 대해서 잘 알고 있는 손님들에 대해서 물었다. 그런 다음 그는 뤼팽이 가져다놓은 연대기 두 권을 살펴보았다. 지하통로에 관한 두 개의 도면을 살펴보았으며, 젤리스 신부가 발견해 낸 두 개의 인용문을 몇 번이고 되풀이하게 했다. 그런 다음 이렇게 물었다.

"그 두 개의 인용문에 대해서 얘기한 게 어제가 처음이었나요?"

"어제가 처음이었습니다."

"전에 오라스 벨몽에게 말한 적은 없었나요?"

"없었습니다."

"그렇군. 자동차를 좀 불러주세요. 난 1시간 후에 떠나도록 하죠."

"1시간 후에?"

"당신이 제출한 문제를 푸는 데 아르센 뤼팽도 그 이상의 시간을 들이지는 않았어요."

"내가? 내가...... 문제를 제출했다고요?"

"맞아요. 아르센 뤼팽과 벨몽은 동일 인물입니다."

"저도 이상하다고는 생각하고 있었습니다. 이 몹쓸 녀석!"

뤼팽이 지난 몇 주간 찾고 있던 비밀의 열쇠를 바로 어젯밤 10시에 당신이 제공한 셈이죠. 덕분에 뤼팽은 어젯밤 동안에 그 비밀을 풀고 부하들을 모으고 댁을 방문할 수 있었던 겁니다. 나도 그에 뒤지지 않을 만큼 빠른 속도로 문제를 풀어낼 생각입니다."

그는 생각에 잠긴 채 방 안을 구석구석 살피며 돌아다녔다. 그런 다음 의자에 긴 다리를 꼬고 앉아 눈을 감았다.

드반이 조금 당황한 표정으로 그를 가만히 바라봤다.

'잠이 든 걸까? 아니면 생각에 잠긴 걸까?'

알 수는 없었지만 그는 하인에게 자동차를 대기시키라고 하기 위해서 밖으로 나갔다. 그가 다시 돌아왔을 때 영국인은 복도 계단의 밑 부분에 무릎을 꿇고 앉아 카펫을 들여다보고 있었다.

"뭔가 찾으셨습니까?"

"여길 보세요. 여기....... 촛농 투성이에요."

"정말이군요. 떨어진지 얼마 안 된 것 같은데."

"저 계단 위에는 더 많이 떨어져 있어요. 아르센 뤼팽이 문을 뜯어내고 속에 든 골동품을 꺼내 의자 위에 놓아두었던 장식장 주위에는 더 많이 떨어져 있죠."

"그래서 선생님은 어떤 결론을 내리셨는지......."

"아직 없습니다. 이런 사실들은 모두 그가 행한 일들을 확실히 증거해 주기는 하지만 이는 문제의 일면에 지나지 않습니다. 지금 나는 그런 것에 관계할 여유가 없습니다. 중요한 건 역시 그 지하통로의 구조입니다."

"그렇다면 선생님은 아직도 밝혀내길 희망하고 있다는......."

"희망 같은 건 하지 않습니다. 이미 알고 있으니까요. 이 성채에서 이삼 백 미터 떨어진 곳에 예배당이 있지 않습니까?"

"롤롱 후작의 무덤이 있는 반파된 예배당이 있습니다."

"댁의 운전사에게 거기서 나를 기다리라고 해주세요."

"운전사는 아직 돌아오지 않았습니다. 돌아오면 하인이 알려줄 겁니다. 그렇다면 무슨 단서라도......."

셜록 홈즈가 말이 채 끝나기도 전에 그의 말을 끊었다.

"죄송하지만 사다리와 램프를 가져다 주세요."

"네? 사다리와 램프가 필요하십니까?"

"필요하니까 부탁하는 거겠죠."

드반이 좀 어이없다는 표정으로 벨을 울렸다. 램프와 사다리가 등장했다.

군대의 명령과 같이 엄격하고 정확한 명령이 차례차례로 떨어졌다.

"그 사다리를 책장에 세워주세요. 티베르메닐(THIBER MESNIL) 이라고 적힌 글자의 왼쪽 편으로."

드반이 사다리를 가져다놓았다. 그러자 영국인이 계속해서 말했다.

"조금 더 왼쪽으로....... 약간 오른쪽....... 됐소. 바로 거기! 올라가세요. 됐어요. 모든 글자들이 양각으로 되어 있지요?"

"네 그렇습니다."

"먼저 H부터 시작합시다. 그걸 어느 한쪽으로 돌려보세요."

드반이 H라는 글자를 손에 쥐더니 외치듯 이렇게 말했다.

"정말 움직입니다! 오른쪽으로, 원주의 4분의 1 정도. 아니, 이 사실을 누구한테서 들은 겁니까?"

물음에는 답하지 않고 셜록 홈즈가 다시 말을 이었다.

"거기서 R이라는 글자까지 손이 닿나요? 닿는군요. 두어 번 움직여보세요. 빗장을 채웠다 풀었다 할 때처럼."

드반이 R이라는 글자를 움직여봤다. 그러자 놀랍게도 뒤쪽에서 무엇인가 벗겨지는 소리가 들려왔다.

"좋아, 좋았어. 그럼 이번에는 그 사다리를 또다른 한쪽, 그러니까 티베르메닐이라는 글자의 오른쪽 끝부분으로 옮겨요. 됐어요. 만약 내가 틀리지 않았다면, 모든 일이 제대로 풀렸다면 L이라는 글자가 창문처럼 열릴 겁니다."

홈즈가 말했다.

뭔지 모를 엄숙한 기분을 느끼면서 드반이 L이라는 글자에 손을 가져다 댔다. L이라는 글자가 열렸다. 그 순간 드반이 사다리에서 떨어졌다. T와 L이라는 글자 사이에 있는 책장이 회전을 하며 지하통로로 통하는 입구가 나타났기 때문이었다.

셜록 홈즈가 차분한 어조로 물었다.

"다치지 않으셨나요?"

"괜찮습니다. 다친 데는 없지만 솔직히 말씀드리자면 조금 어리둥절합니다. 글자가 움직이질 않나, 지하통로로 들어가는 커다란 문이 열리질 않나……"

드반이 자리에서 일어나며 말했다.

"그리 놀랄 필요도 없죠. 쉴리가 남긴 인용문 그대로니까요."

"그대로라니? 무슨 말씀이십니까?"

"뻔하지 않습니까? H(도끼)가 선회하고, R(공기)이 떨며, L(날개)이 펼쳐진다. 그 덕분에 앙리 4세가 그런 시각에 탕카르빌을 만날 수 있었던 거죠."

"그렇다면 루이 16세의 인용문은 어떻게 된 겁니까?"

어이없다는 표정으로 드반이 물었다.

"루이 16세는 주물을 잘 만들기도 했으며 뛰어난 열쇠공이기도 했죠. 그 왕의 저서로 알려진 『조합식 자물쇠론』이라는 책을 읽은 적이 있습니다. 그러니까 자신의 군주에게 이 멋진 기계장치의 걸작을 보여준다는 것은 티베르메닐 성주에게 있어서 매우 커다란 영광이었을 겁니다. 왕은 그 사실을 잊지 않기 위해서 2-6-12, 즉 H-R-L, 그러니까 티베르메닐(THIBER MESNIL)이라는 단어의 2번째, 6번째, 12번째에 있는 글자라고 적어놓은 거지요."

"앗! 과연 그렇군요. 이제 무슨 말인지 알 것 같습니다. 하지만 그래도 아직 한 가지…… 이걸로 그가 어떻게 나갔는지는 알았지만 그렇다면 들어올 때는 어떻게 했을까요? 잘 아시다시피 녀석은 밖에서 안으로 들어왔으니까요."

셜록 홈즈가 램프에 불을 밝혔다. 그리고 지하통로로 들어가 몇 걸음 앞으로 나아갔다.

"여길 보세요. 여기서 보면 시계의 내부처럼 기계의 알맹이를 전부 들여다볼 수 있습니다. 그리고 반대 방향이긴 하지만 글자들도 전부 있습니다. 그러니까 뤼팽은 이쪽에서 조작을 한 거죠."

"무슨 증거라도 있습니까?"

"증거라고? 바닥에 고여 있는 기름을 보세요. 뤼팽은 기계에 기름을 칠해야 한다는 사실까지도 꿰뚫어보고 있었던 겁니다."

셜록 홈즈가 놀랍다는 어투로 말했다.

"그럼 녀석은 반대편 입구도 알고 있었을까요?"

"내가 알고 있는 것과 마찬가지로. 따라오세요."

"지하통로로 말입니까?"

"무서운가요?"

"무서운 건 아니지만? 괜찮을까요? 길을 잃지는 않을까요?"

"눈 감고서도 갈 수 있을 겁니다."

두 사람은 우선 12개의 계단을 내려갔다. 그 다음에 다시 12개의 계단. 그 다음에도 다시 12개의 계단. 곧 두 사람은 긴 복도로 들어섰다. 벽돌로 만든 내벽은 각 시대별로 행해진 수리의 흔적이 남아 있었으며 곳곳에서 물이 새어나오고 있었다. 바닥은 축축하게 젖어 있었다.

"이 바로 위가 해자일 겁니다."

드반이 여전히 불안하다는 투로 말했다.

통로는 12개의 계단이 있는 곳까지 연결되어 있었다. 그 위에도 12개의 계단이 세 개 더 있었다. 두 사람은 바위를 파서 만든 조그만 동굴 안으로 들어섰다. 하지만 길은 거기서 끊어졌다.

"이런, 절벽이 가로막고 있을 줄이야. 귀찮게 됐군."

"돌아가는 게 어떻겠습니까? 더 이상 알아낼 필요도 없고 이것만으로도 충분하니까요."

그 순간 고개를 치켜든 영국인이 안도의 한숨을 내쉬었다. 그들의 머리 위에 건너편에서 본 것과 똑같은 장치가 놓여 있었다. 그가 다가가 건너편에서 했던 것처럼 세 글자를 움직였다. 화강암이 회전하기 시작했다. 나가보니 그 화강암은 롤롱 후작의 묘석이었고 거기에 티베르메닐이라는 12글자가 새겨져 있었다. 이로써 두 사람은 앞서 영국인이 말했던 예배당에 도착한 것이었다.

"사람이 신의 품으로 향한다. 즉 예배당으로 나오게 되는 거죠."

인용문의 마지막 부분을 그가 읊었다.

"그 짧은 인용문만 가지고 어떻게 이 모든 걸 알아냈단 말입니까?"

셜록 홈즈의 지혜와 기민함에 놀란 듯 드반이 큰 소리로 말했다.

"사실 그 인용문은 필요하지도 않았습니다. 당신도 알다시피 국립도서관에 소장 되어 있던 연대기에는 지하통로를 나타내는 선의 왼쪽 끝 부분이 원과 닿아 있었습니다. 그리고 이 사실은 몰랐겠지만 오른쪽 끝 부분은 십자가와 연결되어 있었습니다. 거의 지워져서 돋보기 없이는 보이지 않을 정도지만 어쨌든 십자가와 연결되어 있었습니다. 그 십자가가 바로 지금 우리가 서 있는 이 예배당을 뜻하는 것이었습니다."

영국인이 말했다.

가엾은 드반은 자신의 귀가 의심스러울 정도였다.

"정말 놀랍습니다! 기적이라고 해도 될 겁니다. 이렇게 모든 걸 알고 나니 유치한 장난 같기도 합니다만. 왜 지금까지 이 비밀을 아무도 밝혀내지 못했던 걸까요?"

"지금까지 그 누구도 세 가지, 혹은 네 가지 요소들을 그러니까 두 권의 연대기와 두 개의 인용문을 종합적으로 생각해보지 않았기 때문이죠. 아르센 뤼팽과 나 이외의 그 누구도."

"하지만 젤리스 신부님과 나도 역시 당신들과 똑같은 사실들을 알고 있었는데......."

드반이 말했다.

홈즈가 빙그레 웃으며 대답했다.

"드반 씨, 누구나 문제를 풀 수 있는 건 아닙니다."

"저는 10년 동안이나 찾아 헤맸습니다. 그런데 당신은 단 10분 만에......."

"놀랄 것 없어요. 일종의 습관이라고 할 수도 있는 거니까."

두 사람이 예배당 밖으로 나왔다. 순간 영국인이 놀라 외쳤다.

"앗! 자동차가 기다리고 있습니다!"

"저건 제 자동차입니다!"

"당신 자동차라고요? 운전사가 아직 안 돌아왔다고 하셨잖아요."

"맞습니다. 어떻게 된 일이지?"

두 사람이 자동차 있는 곳으로 다가갔다. 드반이 운전사에게 물었다.

"에두아르, 누가 여기로 오라고 했는가?"

"네, 벨몽 씨가 그랬습니다."

"벨몽이? 어디서 그를 만났지?"

"역 근처에서 만났습니다. 저를 보더니 예배당으로 가라고 말씀하셨습니다."

"자네보고 예배당으로 가라고 했단 말인가? 뭣 하러?"

"주인님의 친구이신......, 이 분을 기다리라고 말씀하셨습니다."

드반과 셜록 홈즈가 서로의 얼굴을 바라보았다. 드반이 말했다.

"그는 선생님이 이 수수께끼를 쉽게 풀 것이라는 사실을 알고 있었던 겁니다. 정말 세심하게도 신경을 써줬군요."

명탐정은 만족스럽다는 듯 입가에 미소를 지었다. 뤼팽이 보여 준 경의가 마음에 든 모양이었다. 크게 고개를 끄덕이며 그가 말했다.

"정말 대단한 사람입니다. 잠깐 봤을 때부터 그런 느낌을 받기는 했지만."

"선생님, 벌써 뤼팽을 봤단 말입니까?"

"저쪽 길에서 서로 마주쳤습니다."

"선생님은 그 사람이 오라스 벨몽, 아니 아르센 뤼팽이라는 사실을 알고 있었습니까?"

"처음에는 몰랐지만 바로 눈치를 챌 수 있었습니다. 그의 비아냥거리는 말을 듣고."

"그런데도 그를 그냥 보냈단 말입니까?"

"그렇습니다. 사실은 내게 아주 유리한 상황이었습니다만.......
헌병이 다섯 명이나 지나갔었거든요."

"정말 아깝군요! 더 없이 좋은 기회 아니었습니까?"

"그래도 놔줬습니다. 아르센 뤼팽 같은 사람을 우연히 찾아온
기회에 잡아들이고 싶지는 않습니다. 그는 반드시 내가 기회를
만들어 잡을 겁니다."

영국인이 자랑스럽다는 듯이 말했다.

하지만 시간이 너무 없었다. 그리고 뤼팽은 자동차를 보내줄 정
도로 친절을 베풀었다. 그의 친절을 무시할 수는 없었다. 드반과
셜록 홈즈가 자동차의 편안한 뒷좌석에 올랐다. 에두아르가 시동
을 걸었다. 모두가 함께 출발했다. 밭과 나무들이 자동차 뒤로 달
려갔다. 코 지방 특유의 완만한 풍경이 그들 앞에 펼쳐졌다. 자동
차에 매달아놓은 휴대용 주머니에 무엇인가 조그만 꾸러미가 꽂
혀 있는 것이 드반의 눈에 들어왔다.

"응? 저건 뭘까요? 무슨 꾸러민데요? 누구 거지? 앗, 선생님
이름이 있습니다."

"내 이름이?"

"읽어보십시오. '셜록 홈즈 씨께, 아르센 뤼팽이'라고 적혀 있
습니다."

영국인이 그 꾸러미를 받아들어 끈을 풀었다. 두 겹으로 된 포
장을 뜯어냈다. 그 속에는 시계가 하나 들어 있었다.

"앗!"

매우 분하다는 몸짓으로 그가 외마디 소리를 질렀다.

"시계로군요. 그렇다면 설마......."

드반이 말했다. 영국인은 아무런 대답도 하지 않았다.

"정말 놀랍습니다. 선생님의 시계로군요. 아르센 뤼팽이 선생님의 시계를 돌려준 것 아닙니까? 그걸 돌려줬다는 건 일단은 훔쳤다는 얘긴데…… 녀석이 선생님의 시계를 슬쩍 하다니! 아! 대단합니다. 아르센 뤼팽이 훔친 셜록 홈즈의 시계라. 정말 재밌습니다. 어떻게 이런 일이. 아, 죄송합니다. 하지만 우스워서 웃음을 참을 수가 없습니다."

그런 다음 실컷 웃고 나서야 문득 떠오른 듯 이렇게 말했다.

"맞습니다! 그는 범상치 않은 인물입니다."

영국인은 미동도 하지 않았다. 디에프에 도착할 때까지 멀리 지평선만 가만히 바라볼 뿐, 한번도 입을 열지 않았다. 무서운 침묵이었다. 그의 마음을 도무지 읽어낼 수가 없었다. 그 어떤 격렬한 분노보다도 더욱 무시무시했다. 부둣가에서 헤어질 때가 되어서야 입을 열었다. 이번에는 어떤 분노도 섞이지 않은, 홈즈의 모든 의지와 모든 정력이 한꺼번에 느껴지는 말투였다.

"맞아요. 그는 뛰어난 인물입니다. 드반 씨, 지금 당신에게 내민 이 손으로 그의 목덜미를 잡는다면 그보다 더한 기쁨도 없을 거라고 말할 만한 그런 인물입니다. 나는 분명히 느낄 수 있습니다. 아르센 뤼팽과 셜록 홈즈는 언젠가 반드시 만나야 할 운명에 처해 있다는 사실을. 그렇습니다. 이 두 사람이 마주치지 않을 수 있을 만큼 세상은 그렇게 넓지 않으니까요. 그 날이 오면 그때는 반드시……."

알림 | 이 작품에는 영국의 탐정 셜록 홈즈가 등장하는데 원서에는 헐록 숌즈 (Herlock Sholmes)라는 이름으로 등장한다. 당시 홈즈의 원작자인 코난 도일 이 강하게 항의를 해왔기 때문에 홈즈의 절친한 친구인 왓슨도 윌슨이라고 이름을 바꿀 수밖에 없었다. 하지만 본서에서는 우리나라 독자에게 친숙한 셜록 홈즈와 왓슨이라는 이름으로 번역했음을 알려둔다.

주요 등장인물

02

제르부아 베르사유 고등학교 교사

쉬잔 제르부아의 딸

드티낭 변호사

가니마르 주임형사

폴랑팡 형사

셜록 홈즈 영국의 명탐정

왓슨 셜록 홈즈의 친구

뒤두이 보안과장

도트렉 남작

앙투아네트 브레아 도트렉 남작의 하녀

샤를 하인

크로종 백작 부인 미국의 여성 부호

드 레알 부인 크로종 백작 부인의 친구

블라이헨 오스트리아 영사

뤼시앵 데스탕주 건축기사

클로틸드 데스탕주의 딸

스티크만 데스탕주의 비서

막심 베르몽 테스탕주의 하청인

빅토르 댕블발 남작

쉬잔 댕블발의 부인

알리스 드묑 가정교사

아르센 뤼팽 괴도신사

제1화 금발의 여인
23조 514번

작년 12월 8일, 베르사유 고등학교의 수학교사인 제르부아 씨는 한 고물상의 잡동사니 속에서 마호가니로 만든 작은 책상을 발견해 냈다. 서랍이 많아서 마음에 들었다.

'쉬잔의 생일 선물로 안성맞춤이야.'

그는 이렇게 생각했다.

검소한 생활을 하고 있었지만 딸을 기쁘게 해주겠다는 일념 하에 값을 깎고 또 깎았음에도 불구하고 떨떠름한 표정으로 육십오 프랑이라는 거금을 지불했다.

그가 주소를 가르쳐주고 있는데 아까부터 가게 앞을 어슬렁거리고 있던 품위 있어 보이는 차림의 젊은 사내가 그 책상을 바라보며 물었다.

"얼마지?"

"이미 팔렸습니다."

고물상 주인이 대답했다.

"앗, 그런가? 이 분이 사신 건가?"

제르부아 씨가 가볍게 인사를 했다. 자신과 같은 호사가가 이 책상을 탐낸다는 사실을 알고 그는 매우 기쁜 마음으로 가게에서 나왔다.

그런데 채 열 걸음도 가기 전에 조금 전의 그 젊은이가 제르부아 씨를 따라잡았다. 젊은이는 모자를 벗어들고 예의 바른 목소리로 이렇게 말했다.

"실례하겠습니다. 이런 무례한 질문을 하는 저를 용서해 주십시오. 그 책상을 특별히 찾고 계셨는지요?"

"아니요. 나는 물리학 실험에 쓸 중고 저울을 찾고 있었소."

"그렇다면 그 책상이 꼭 필요한 것은 아니겠지요?"

"아니, 내겐 꼭 필요하오."

"골동품이기 때문입니까?"

"편리하기 때문이오."

"그렇다면 그 책상만큼 편리하고 좀 더 깨끗한 것과 바꾸실 의향은 있으십니까?"

"이 책상도 그리 낡지는 않았소. 특별히 교환할 필요성도 못 느끼겠고."

"그래도……"

제르부아 씨는 화를 잘 내고 깐깐한 사람이었다. 그가 무뚝뚝하게 대답했다.

"이제 더 이상 얘기해도 소용없소."

그러자 이 낯선 젊은이가 그의 앞을 가로막았다.

"얼마를 주고 사셨는지는 모르겠지만 그 두 배를 주고 사겠습니다."

"안 되오."

"세 배를 드리겠습니다."

"정말, 왜 이러는 거요? 그만두지 못하겠소? 난 그걸 팔려고 산 게 아니오!"

기분이 상한 교수가 버럭 소리를 질렀다.

젊은이가 그를 말없이 노려보았다. 제르부아 씨는 후에도 그때 그의 눈빛을 잊을 수가 없었다. 그러다 말없이 등을 돌리더니 그 대로 그 자리에서 떠나버렸다.

1시간 후, 비로플레 가(街)에 있는 교수의 집으로 그 책상이 배 달되었다. 그는 딸을 불렀다.

"쉬잔, 네 마음에 들지 모르겠지만 너를 위해서 산 거란다."

쉬잔은 천진난만하고 행복해 보이는 아름다운 아가씨였다. 아 버지의 목을 감싸더니 아주 멋진 선물을 받았다는 표정으로 기쁘 다는 듯 입을 맞췄다.

그녀는 그날 밤으로 당장 하녀인 오르탕스의 도움을 받아 책상 을 자신의 방으로 옮겨놓은 뒤 서랍을 청소하고 그 안에 서류와 편지함, 우편물, 모아두었던 그림엽서, 사촌오빠인 필리프와의 추억이 담긴 물건들을 가지런히 정리했다.

이튿날, 아침 7시 30분에 제르부아 씨는 학교로 출발했다. 10 시, 쉬잔은 평소와 다름없이 교문에서 나오는 아버지를 기다리고 있었다. 교문 맞은편 길에 서 있는 쉬잔의 탄력 있는 모습과 아직 어린아이다운 해맑음이 남아 있는 미소를 보는 것이 그에게는 무 엇과도 바꿀 수 없는 기쁨이었다.

두 사람이 함께 집으로 돌아왔다.

"어때, 책상은 마음에 드니?"

"아주 멋져요! 오르탕스랑 둘이서 놋쇠 장식을 깨끗이 닦았어요. 마치 황금으로 만든 것 같다니까요."

"네 마음에 든 모양이로구나."

"마음에 든 정도가 아니에요. 그 책상없이 지금껏 어떻게 살아왔나 싶을 정도라니까요."

두 사람은 집 앞에 나 있는 조그만 정원을 가로질렀다. 제르부아 씨가 말했다.

"우리 점심을 먹기 전에 책상을 보러 가자꾸나."

"그래요! 그래요! 그거 정말 좋은 생각이에요!"

그녀가 앞장서서 계단을 올랐다. 그런데 자신의 방으로 들어선 그녀가 잔뜩 겁에 질린 듯 비명을 질렀다.

"왜 그러냐?"

제르부아 씨가 중얼거리듯 말했다.

딸의 뒤를 따라서 그가 방안으로 들어섰다. 그 책상이 감쪽같이 사라지고 없었다.

예심판사는 아주 대담한 수법으로 책상을 훔쳐냈다는 사실을 알고는 놀라지 않을 수 없었다. 쉬잔이 집 밖으로 나가고 하녀가 장을 보러 나간 사이에, 가슴에 커다란 배지를 단 — 옆집 사람이 그를 보았다고 했다 — 인부가 정원 앞에 손수레를 세워 놓고 벨을 두 번 울렸다. 옆집 사람은 하녀가 외출했다는 사실을 몰랐기 때문에 아무런 의심도 하지 않았다. 결국 그 사람은 아주 여유롭게 자신의 일을 해치운 것이다.

그런데 여기서 주목해야 할 점은 옷장과 괘종시계에는 전혀 손을 대지 않았다는 사실이었다. 뿐만 아니라 책상 위에 올려놓았던 쉬잔의 지갑 안에 금화는 고스란히 남아 있는 채로 옆 테이블 위로 옮겨져 있었다. 즉, 그는 오직 그 책상만을 노리고 들어온 것이었다. 그 사실 때문에 이 사건은 더욱 이해하기 힘든 사건이 되어버렸다. 겨우 그런 사냥감을 위해서 그렇게도 큰 위험을 감수했단 말인가?

제르부아가 제공할 수 있었던 유일한 단서라고는 어제 있었던 일을 설명하는 것뿐이었다.

"내가 거절을 하자 그 젊은이는 매우 불쾌하다는 표정을 지었을 뿐만 아니라 헤어진 후에는 내가 협박을 받고 있는 것이라는 인상을 뚜렷하게 받았습니다."

막연하기 짝이 없었다. 그 고물상도 조사를 해봤다. 그는 이 두 사람을 모두 모른다고 했다. 그 책상은 슈브뢰즈에서 어떤 사람이 죽은 뒤에 팔려고 내놓은 것을 사십 프랑을 주고 사온 것인데 적당한 가격에 팔아넘긴 것이라고 말했다. 이후로도 수사는 계속되었지만 별다른 진전은 없었다.

제르부아 씨는 자신이 커다란 손해를 보았다고 굳게 믿고 있었다. 서랍 중 하나가 2중으로 되어 있어서 거기에 값비싼 물건이 숨겨져 있었을 것이라고 생각했다. 그 비밀을 알고 있었기에 그 젊은이가 그렇게 대담한 행동을 한 것임에 틀림없다고 생각했다.

"가엾은 아버지! 하지만 그런 막대한 재산이 우리에게 무슨 소용이겠어요?"

쉬잔이 몇 번이고 거듭해서 말했다.

"무슨 소리냐? 지참금만 충분히 있으면 너는 어떤 멋진 사람하고도 결혼할 수 있었을 게야!"

동정심이 생길 정도로 가난한 사촌오빠인 필리프 이외의 사람과의 결혼은 생각지도 않았기에 쉬잔은 아버지의 말을 듣고 씁쓸한 한숨을 내쉬었다. 이렇게 활기와 여유를 조금 잃었고 후회와 낙담으로 어둠이 조금 더해지기는 했지만 베르사유의 이 작은 집에서의 생활은 전과 크게 다를 바 없이 이어졌다.

두 달이 지났다. 그 순간부터 갑자기 매우 중대한 일들이, 생각지도 못했던 행운과 파단이 연속해서 일어났다.

2월 1일 5시 30분, 제르부아 씨가 석간을 손에 든 채 집으로 돌아와 의자에 앉았다. 안경을 끼고 신문을 읽기 시작했다. 정치에는 관심이 없는 사람이었기에 그는 페이지를 넘겼다. 그러자 한 기사가 그의 주의를 끌었다.

「신문협회 복권 제3회 추첨
23조 514번이 백만 프랑......」

석간이 그의 손에서 미끄러져 떨어졌다. 방의 벽들이 그의 얼굴 앞에서 춤을 추기 시작했으며 심장의 고동이 멈추는 듯했다. 23조 514번, 그가 가지고 있는 복권이었다. 그는 친구의 부탁으로 그 복권을 사두었다. 그는 운명의 호의 같은 것에는 의지하지 않는 사람이었다. 그런데 그 복권이 당첨된 것이다!

재빨리 수첩을 집어 들었다. 23조 514번, 수첩에 확실히 적혀 있었다. 그런데 복권은?

그는 그 소중한 복권을 넣어 둔 상자를 찾으려고 서재로 뛰어들었다. 하지만 뛰어들자마자 문 앞에서 우뚝 멈춰 섰다. 이번에도 심장에 경련이 일어나는 듯했다. 그럴만도 했다. 상자가 거기에 없었던 것이다. 그리고 그 순간 벌써 몇 주 전부터 그 상자는 거기에 없었다는 사실을 깨달았다. 그가 학생들의 숙제를 채점할 때마다 앞에 있었던 그것이 몇 주 전부터 없었다는 사실을!

정원의 자갈을 밟는 발소리가 들려왔다. 그가 불렀다.

"쉬잔! 쉬잔!"

그녀는 장을 보고 돌아오는 중이었다. 그녀가 서둘러 2층으로 올라왔다. 그가 목멘 소리로 말했다.

"쉬잔......, 상자가...... 상자는...... 그 상자 어딨지?"

"무슨 상자요?"

"루블 백화점에서 사온....... 언젠가 목요일에 내가 사온....... 늘 이 책상 한쪽에 있었는데."

"어머, 아버지 잊으셨어요? 함께 그 상자를 치웠잖아요."

"언제였지?"

"그날 밤이었어요. 맞아요. 그 일이 있기 전날 밤......."

"치웠다니, 어디로? 얼른 대답하거라. 답답해서 죽겠구나."

"어디로 치웠냐고요? 그 책상 속으로요."

"그 도둑맞은 책상 말이냐?"

"네."

"그 도둑맞은 책상 속이란 말이지?"

그는 이 말을 무시무시한 주문이라도 외듯 조그만 목소리로 말했다. 그러더니 딸의 손을 잡고 더욱 낮은 목소리로 말했다.

"쉬잔, 그 책상 속에는 백만 프랑이 들어 있었단다."

"어머! 아버지, 왜 제게 말씀해주지 않으셨던 거죠?"

그녀가 천진난만하게 속삭이듯 말했다.

"신문 복권, 그게 백만 프랑짜리 복권이었다."

그가 말했다.

이 엄청난 재난이 두 사람을 압도했다. 그들은 더 이상 말을 잇지 못했다. 이 침묵을 깨뜨릴 용기가 없었다.

잠시 후, 쉬잔이 말했다.

"하지만 틀림없이 돈을 받을 수 있을 거예요."

"어떻게? 무엇을 근거로?"

"근거가 필요할까요?"

"당연하지!"

"무슨 근거가 될 만한 게 없어요?"

"하나 있기는 있지."

"어떤?"

"그 상자 속에 들어 있었단다."

"도둑맞은 그 상자 속에?"

"그러니까 책상을 훔친 녀석이 백만 프랑을 받게 될 거다."

"어떻게 그런 일이! 그럴 수는 없어요, 아버지. 그렇게 되지 않도록 조치를 취하실 거죠?"

"조치를 취한다고 해봐야 결과가 어떻게 될지 알게 뭐냐? 그 사람은 무슨 수든 쓸게다. 그에게는 여러 가지 책략이 있을 거야. 생각해보렴, 그 책상을 어떻게 훔쳐갔는지를......."

그는 마음을 다잡고 자리에서 벌떡 일어났다. 그리고 힘차게 발을 한 번 구르며 말했다.

"좋았어! 용서하지 않겠어. 백만 프랑은 절대로 넘겨 줄 수 없어! 넘겨줄 수 없고말고! 얼마나 재주가 좋은 녀석인지는 모르겠지만 그도 결코 그것을 손에 넣을 수는 없을 거다. 돈을 받으러 간다면 체포당할 게 뻔하니까! 어디 두고 보자지, 혼을 내줄 테니까!"

"아버지, 무슨 좋은 생각이라도 있나요?"

"끝까지 우리들의 권리를 지키는 게다. 무슨 일이 있어도! 반드시 이기고 말겠어. 백만 프랑은 내 거야. 꼭 내가 차지하고 말겠어!"

몇 분 후, 그는 다음과 같은 전보를 쳤다.

「파리, 카푸신가,

부동산 은행 총재,

23조 514번의 소유로서 모든 법률적 수단을 동원 타인에 대한 지불을 거절할 것을 요청함.

제르부아」

거의 같은 시간, 부동산 은행에 다음과 같은 전보가 한 장 더 도착했다.

「23조 514번은 내가 소유하고 있다.

아르센 뤼팽」

아르센 뤼팽의 생활을 구성하고 있는 수많은 모험 중 하나를 이야기하려 할 때마다 나는 어떤 당혹감을 느끼게 되는데 그 이유는 평범하기 짝이 없는 그의 모험까지도 독자들이 잘 알고 있다는 생각이 들기 때문이었다. 실제로 우리들의 '국민적 괴도'라는 아주 적절한 이름으로 불리는 이 사람의 모든 행동이 과장스럽다 싶을 정도로 보도되었으며, 모든 공적이 온갖 방면에서 연구되었고, 다른 경우 같으면 영웅적 행동에나 가해질 상세한 해설이 모든 행동에 대해서 가해졌기 때문이었다.

예를 들어서 기괴하기 짝이 없는 '금발의 여인'에 관한 얘기를 모르는 사람이 있을까? 신문기자들이 서로 경쟁이라도 하듯 커다란 활자로 각각의 일화를, '23조 514번......', '앙리 마르탱 대로에서의 범죄!', '청 다이아몬드'라는 등의 표제어로 게재한 그 일을 말이다. 영국의 명탐정 셜록 홈즈의 개입을 두고는 또 얼마나 말이 많았던가? 이 두 거물이 벌이는 싸움의 조그만 변화에도 사람들은 열광적으로 흥분을 했었다. 그리고 신문팔이 소년이 대로에서 '아르센 뤼팽 체포요!'라고 외치던 그날의 소동은 또 어땠는가?

그럼에도 불구하고 내가 이 사실에 대해서 다시 한번 이야기하는 것은 내가 새로운 사실을, 수수께끼의 열쇠를 입수했기 때문이다. 그가 벌이는 이런 종류의 모험에는 반드시 그 주위에 어두운 그림자 부분이 남기 마련인데 내가 그 그림자를 없앨 것이다. 나는 사람들이 자세하게 그리고 몇 번이고 되풀이해서 읽었을 기사도 인용할 것이며 낡은 인터뷰 기사도 인용할 것이다. 단, 나는 그 전부를 정리하고, 분류하여 거기에 정확한 진실을 덧붙일 것이다. 나의 협력자는 내게 한없는 호의를 가지고 있는 아르센 뤼팽이다. 그리고 홈즈의 친구이자 상담 상대이기도 한 왓슨도 때때로 나를 도와주었다.

그 두 통의 전보를 공표했을 때 사람들이 얼마나 기뻐했는지 모르는 사람은 없을 것이다. 아르센 뤼팽의 이름을 듣는 것만으로도 사람들은 전례 없는 재미를 보장받은 것이나 다름없다는 생각을 하게 된다. 관객에게 있어서 그것은 위안과도 같은 약속이었다. 게다가 이번 사건의 관객은 전 세계 사람들이었다.

부동산 은행이 바로 조사에 착수해서 얻은 결과, 23조 514번은 리용 신용은행의 베르사유 지점을 통해서 베시라는 포병 소령에게 판매된 것으로 밝혀졌다. 하지만 소령은 말에서 떨어져 사망했다. 그리고 그가 죽기 직전에 그 복권을 하는 수 없이 어떤 친구에게 양도했다는 사실을 몇몇 친구들의 증언을 통해서 확인할 수 있었다.

"그 친구라는 게 바로 납니다."

제르부아 씨가 강력하게 주장했다.

"증거를 보여주십시오."

부동산 은행의 총재가 말했다.

"증거를 보여 달라고요? 어렵지 않죠. 20명이나 되는 사람들이 내가 소령과 친하게 지냈다는 사실과 우리가 언제나 아름 광장에 있는 카페에서 만나는 사이였다는 사실을 증언해줄 겁니다. 그날도 형편이 어려워진 그 친구를 위해서 이십 프랑을 주고 그 복권을 산 겁니다."

"그걸 증명해 줄 사람이 있나요?"

"그건 없습니다."

"그렇다면 당신은 뭘 근거로 청구하실 생각입니까?"

"그 문제에 대해서 그가 내게 보낸 편지가 있습니다."

"어떤 편지죠?"

"복권과 함께 핀으로 꽂아 둔 편지입니다."

"한번 보여주십시오."

"그런데 그게 도둑맞은 책상 속에 들어 있습니다."

"그걸 찾아오십시오."

아르센 뤼팽이 소령의 편지라는 것을 공표했다. 『에코 드 프랑스』지에 실린 기사에 의하면 ─ 이 신문은 뤼팽의 공식 발표기관으로서의 영예를 얻고 있었는데 뤼팽이 이 신문사의 주요 주주라는 소문이 나돌고 있었다 ─ 뤼팽은 자신의 고문변호사인 드티낭씨에게 베시 소령이 제르부아 씨에게 보낸 편지를 제출할 것이라고 발표했다는 것이었다.

아르센 뤼팽이 변호사를 고용하겠다는 말이었다. 사람들은 미친 듯이 즐거워했다. 아르센 뤼팽이 일반 사람들처럼 법을 존중하여 자신의 대변자로서 법조계에 몸담고 있는 사람을 선택한 것이었다.

드티낭 변호사가 있는 곳으로 신문기자들이 구름처럼 몰려들었다. 그는 유력한 급진당의 의원, 근엄하고 고귀한 정신의 소유자로, 다소 회의적이기는 했지만 역설적인 언사를 즐기는 사람이기도 했다.

드티낭은 아직 아르센 뤼팽을 만나지는 못했다. 그는 그 사실을 진심으로 안타까워하고 있었다. 하지만 그가 뤼팽의 지시를 받고 있는 것만은 틀림없는 사실이었다. 자신을 선택해줬다는 사실에 크게 감동했으며, 이를 커다란 명예로 여기고 있었다. 그는 자기 고객의 권리를 무슨 수를 써서라도 지키겠다고 결심했다. 이제 막 작성한 파일을 당당하게 펼쳐 보였으며 소령의 편지도 보여주었다. 편지는 틀림없이 복권을 양도했다는 사실을 증명하고 있기는 했지만 그것을 양도받은 사람의 이름은 적혀 있길 않았다. '친애하는 친구에게……' 라고 밖에는 적혀 있지 않았다.

소령의 편지와 함께 아르센 뤼팽이 적어 보낸 메모에 다음과 같은 내용이 적혀 있었다. 「친애하는 친구는 바로 나를 말하는 겁니다. 이 편지를 내가 소유하고 있다는 사실이 가장 커다란 증거입니다.」

신문기자들은 지체하지 않고 바로 제르부아 씨 댁으로 달려갔다.

" '친애하는 친구' 는 바로 나를 말하는 겁니다. 아르센 뤼팽이 복권과 함께 소령의 편지도 훔쳐간 겁니다."

그는 이렇게 반복해서 말했다.

신문기자들이 이 소식을 전하자 뤼팽이 항의를 해왔다.

"증명해보라지!"

다시 그 기자들을 앞에 두고 제르부아 씨가 큰 소리로 말했다.

"책상을 훔쳐간 게 바로 그 작자란 말이오!"

그러자 이번에는 뤼팽이 말했다.

"증명해보라지."

참으로 흥미로운 구경거리였다. 23조 514번의 소유자라 주장하는 두 사람의 공개 결투, 신문기자들의 왕래, 뤼팽의 침착함과는 대조적으로 당황하는 모습을 보이는 가엾은 제르부아 씨.

불쌍한 것은 제르부아 씨였다. 신문은 그가 내뱉은 비탄으로 가득했다! 그는 자신의 불행을 애절하게, 소박하게 호소했다.

"여러분들이 알아주기 바라는 사실은, 그 악당이 내게서 앗아간 것은 다름 아닌 쉬잔의 지참금이라는 사실입니다! 나 혼자였다면 상관없습니다. 하지만 마음에 걸리는 건 쉬잔입니다. 생각해 보십시오. 백만 프랑은 거금입니다. 십만 프랑의 열배입니다. 처음부터 그 책상 속에는 보물이 들어 있을 것 같다는 생각이 들었습니다."

뤼팽이 책상을 훔쳤을 때는 그 속에 복권이 들어 있었다는 사실을 알지 못했을 뿐만 아니라 그 복권이 1등에 당첨될 것이라고는 누구도 몰랐던 게 아니냐고 반박을 해봐야 전혀 소용없는 일이었다. 그는 그저 울먹이며 한탄의 소리만을 늘어놓을 뿐이었다.

"아닙니다. 녀석은 알고 있었던 거예요! 아니라면 왜 그런 하찮은 책상을 그 고생을 해가며 훔쳤겠습니까?"

"무엇 때문에 훔쳤는지는 모르겠지만 어쨌든 당시에는 이십 프랑의 가치밖에 없었던 종이 쪽지를 손에 넣기 위해서 그 책상을 훔치지는 않았을 겁니다."

"백만 프랑이나 되는 거금입니다. 녀석은 처음부터 알고 있었던 거예요. 녀석은 뭐든 다 알고 있습니다. 아......, 당신들은 그 악당에 대해서 모릅니다. 하긴 백만 프랑을 도둑맞아본 적이 없는 당신들이 뭘 알겠습니까?"

이런 대화들이 한없이 오고갔다. 사건 20일째 되던 날, 제르부아는 아르센 뤼팽이 보낸 편지를 받았다. 그는 그 편지를 읽으면서 점점 더 커다란 불안을 느끼게 됐다.

「관객들은 우리들 사이에서 벌어지고 있는 일을 즐기고 있습니다. 이제 슬슬 진지하게 생각해야 할 때가 왔다고 생각지 않으십니까? 저는 굳게 마음먹었습니다.

일은 아주 간단합니다. 나는 복권을 가지고 있지만 안타깝게도 돈을 받을 권리는 가지고 있지 못합니다. 그리고 당신은 돈을 받을 권리는 있지만 복권은 가지고 있지 않습니다. 즉, 우리는 서로 상대 없이는 아무것도 할 수 없는 것입니다.

그럼에도 불구하고 당신은 자신의 권리를 내게 양보하려들지 않고 있으며, 나 역시도 당신에게 복권을 양보할 마음이 없습니다.

어떻게 하면 좋겠습니까?

방법은 하나밖에 없을 듯합니다. 서로 분배하는 것입니다.

당신이 오십만 프랑, 내가 오십만 프랑. 이렇게 하면 공평할 것입니다. 솔로몬의 재판이라고 할 만한 이 현명한 재판이 우리 내부에 있는 정의감을 만족시켜줄 것입니다.

이는 매우 정당한 해결법으로 즉시 결정해야 할 것입니다. 이는 당신에게 조금이라도 논의의 여지가 있는 제안이 아니라, 사태가 당신에게 굴복할 것을 강요하고 있는 필요입니다. 당신이 생각할 시간을 3일 주겠습니다. 금요일 아침에 『에코 드 프랑스』지의 3행 광고란에서 아르센 뤼팽에게 보내는 비밀통보를 읽을 수 있게 되기를 바랍니다. 완곡하게 제시한 내 제안에 대해 전면적인 동의를 한다면 당신은 바로 복권을 손에 넣게 되어 그 당첨금을 받을 수 있게 될 겁니다. 그런 후에 내가 지시한 방법대로 오십만 프랑을 내게 건네주면 됩니다.

당신이 거절한다 하더라도 내가 돈을 받을 수 있도록 미리 손을 써놨습니다. 단, 당신이 고집을 피운다면 그 때문에 매우 커다란 사건이 벌어질 것이며, 당신은 추가비용으로 당신 몫에서 이만 오천 프랑을 더 지불해야 한다는 사실을 알아두시기 바랍니다.

아르센 뤼팽」

울컥 화가 치밀어 오른 제르부아 씨는 그 편지를 신문기자에게 보이기도 하고 필사도 하게 하는 커다란 실수를 범해버렸다. 너무 화가 난 나머지 그는 온갖 어리석은 행동을 저지르고 만 것이었다.

"줄 수 없어! 단 한 푼도 줄 수 없다고!"

기자들을 앞에 놓고 그가 외쳤다.

"틀림없는 내 몫인데 그걸 나누자니! 절대 그럴 수 없어. 복권을 찢어버리고 싶으면 찢어버리라고!"

"하지만 한 푼도 손에 넣지 못하는 것보다 오십만 프랑이라도 받는 게 낫지 않을까요?"

"문제는 돈이 아니오. 중요한 건 내 권리요. 내 권리를 법정에서 반드시 증명해보이겠소."

"뤼팽을 벌하겠단 말입니까? 굉장하군요."

"아니, 부동산 은행을 상대로 싸우겠단 말이오. 부동산 은행은 당연히 내게 백만 프랑을 지불해야 하오."

"그 복권과 교환을 하던지 아니면 당신이 그것을 양도받았다는 증거라도 있어야 할 게 아닙니까?"

"아르센 뤼팽이 그 책상을 훔쳤다고 자백했으니 그게 증거가 될 거요."

"아르센 뤼팽의 자백만으로 법정에서 만족할 만한 판결을 내릴 까요?"

"내 알 바 아니요. 어쨌든 나는 최선을 다할 거요."

관객들은 흥분하기 시작했다. 서로 내기를 하기도 했다. 어떤 사람들은 아르센 뤼팽이 제르부아 씨를 굴복시킬 것이라고 말했다. 또다른 사람들은 제르부아 씨가 뼈아픈 타격을 입게 될 것이라고 말했다. 모든 사람들이 불안감을 느꼈다. 두 사람의 실력에 너무나도 커다란 차이가 있었기 때문이었다. 한쪽 편에서는 무시무시한 공격력을 내보이고 있는데 다른 한쪽 편은 궁지에 몰린 짐승처럼 몸을 잔뜩 웅크리고 있기 때문이었다.

금요일, 사람들은 『에코 드 프랑스』지를 앞다투어 사들였으며 3행 광고가 실리는 5면에 뜨거운 시선을 보냈다. 하지만 거기에 아르센 뤼팽 앞으로 보내는 글은 단 한 줄도 실려 있지 않았다. 제르부아 씨는 뤼팽의 제안에 침묵으로 답한 것이었다. 이는 당연히 선전포고라는 의미를 담고 있었다.

그날 밤, 사람들은 석간의 기사를 통해서 제르부아 씨의 딸이 유괴되었다는 사실을 알게 되었다.

아르센 뤼팽의 연극 가운데 세상 사람들을 즐겁게 해주는 것은 언제나 경찰들이 연기하는 희극적 역할이었다. 모든 일이 경찰을 완전히 무시한 채 이루어지고 있었다. 뤼팽은 말을 하기도 하고,

글을 쓰기도 했으며, 예고하기도 하고, 명령하기도 하고, 협박하기도 하고, 실행에 옮기기도 했다. 보안과장이나 경찰들은 그의 계획을 조금도 방해할 수 없는 존재로 여기고 있는 듯 했다. 경찰력은 존재하지 않는다고, 가령 존재한다 하더라도 무력하기 짝이 없다는 사실을 보여주기라도 하는 듯 했다. 즉, 그들의 방해는 전혀 문제 될 것이 없었다.

그럼에도 불구하고 경찰은 끊임없이 움직이고 있었다. 아르센 뤼팽에 관한 일이 생기면 모든 경찰들이 의욕을 불태웠으며, 화를 냈고, 거품처럼 들고 있어났다. 뤼팽이야 말로 철천지 원수였다. 경찰을 바보로 알고 경찰에 도전하고 있으며 경멸하기도 하였다. 더욱 화가 나는 것은 경찰을 완전히 묵살해버린다는 사실이었다.

그런데 그런 적을 상대로 어떻게 싸우면 좋단 말인가? 하녀들의 증언에 의하면 쉬잔은 9시 40분에 집을 나섰다고 했다. 10시 5분이 조금 넘은 시각에 고등학교에서 나온 그녀의 아버지는 언제나 그녀가 서 있던 그 길 위에서 그녀를 찾아볼 수가 없었다. 그러니까 모든 사건이 그의 집에서 고등학교까지, 혹은 고등학교 가까운 곳까지 쉬잔을 안내했던 그 20여분이라는 짧은 산책 시간에 이루어진 것이었다.

두 이웃이 집에서 300미터 정도 떨어진 곳에서 그녀와 마주쳤다고 증언했다. 한 부인이 가로수길을 걸어가는 아가씨를 봤다고 했는데 그 인상착의가 쉬잔과 똑같았다. 그런데 그 뒤로는 어떻게 된 것일까? 그 뒤의 일에 대해서는 무엇 하나 알아낸 것이 없었다.

여러 방면에서 수사가 진행되었다. 역과 입시세관소(入市稅關所)의 직원들이 심문을 받았다. 그들은 이 유괴사건과 관계가 있을 법한 그 어떤 사실도 알고 있지 못했다. 그런데 빌 다브레 시에 있는 잡화점에서 파리 쪽에서 나온 자동차에게 휘발유를 팔았다는 제보가 있었다. 운전석에는 운전사가 있었으며 차의 안쪽 자리에는 금발 — 눈부실 정도의 금발이었다고 증인은 확실하게 말했다 — 의 아가씨가 타고 있었다. 1시간 후, 그 자동차는 베르사유 쪽에서 되돌아왔다. 자동차와 마차로 거리가 북적대고 있었기 때문에 그 자동차는 서행을 할 수밖에 없었는데 덕분에 잡화상은 아까의 금발 여인 옆에 숄인지 베일로 얼굴을 가린 또다른 여성이 한 명 타고 있다는 사실을 알 수 있었다. 그것이 바로 쉬잔 제르부아 양이라는 사실은 조금도 의심할 필요가 없었다.

그렇다면 유괴는 백주 대낮에 베르사유 시내 한복판에서, 그것도 교통량이 많은 길 위에서 일어난 것이라고 밖에는 상상할 수 없었다.

어떻게 그런 일이 가능하단 말인가? 그리고 과연 어디서? 누구도 도움을 요청하는 외침을 듣지 못했으며, 이상하게 여겨질 만한 행동을 본 사람도 없었다.

잡화상은 그 자동차가 프종 사의 마크가 새겨진 24마력짜리 리무진으로 짙은 감색이었다고 말했다. 경찰은 자동차 유괴사건의 전문가라 할 수 있는 그랑 가라주 사의 여자 지배인 봅 발투르 부인에게 문의를 했다. 그녀의 말에 의하면 금요일 아침에 하루 종일 쓰겠다며 프종 리무진을 빌려간 금발의 여인이 있었다는 것이었다. 그런데 그 날 자동차만 돌아오고 그녀는 함께 오지 않았다는 것이었다.

"그럼 운전수는?"

"에르네스트라는 남자인데 그 전날 한 유력한 추천자의 말을 믿고 고용한 사람이었어요."

"지금도 여기서 일하고 있습니까?"

"아니요. 자동차를 가져다 놓고는 그 다음 날부터 출근하지 않았어요."

"행방을 알 수 없을까요?"

"찾을 수 있어요. 추천해 준 분께 물어보면 알 수 있을 거예요. 여기 그 사람들의 이름이 있어요."

그 사람들을 찾아가 보았지만 에르네스트라는 남자를 아는 사람은 한 명도 없었다. 늘 이 모양으로 암흑에서 벗어나려고 하나의 단서를 붙들고 발버둥 쳐봐야 또다른 암흑이, 또다른 수수께끼가 기다리고 있을 뿐이었다.

제르부아 씨는 자신을 이런 불행으로까지 몰고 간 이 싸움을 계속할 여력이 남아 있지 않았다. 딸이 실종된 이후 완전히 기력을 잃었으며 끝없이 고민을 한 끝에 결국에는 화해를 하기로 마음먹었다.

『에코 드 프랑스』지에 실려 세상을 들뜨게 한 3행 광고가 그의 전면적이고 무조건적인 항복을 확인시켜 주었다.

멋진 승리였다. 싸움은 4일만에 끝난 셈이었다.

이틀 후. 제르부아 씨가 부동산 은행의 정원을 가로지르고 있었다. 총재실로 안내된 제르부아 씨는 23조 514번 복권을 내밀었다. 총재는 놀라 자리에서 벌떡 일어났다.

"오! 가지고 계시는군요. 녀석이 돌려주던가요?"

"다른 곳에 섞여 있던 걸 찾아냈습니다."

제르부아 씨가 대답했다.

"하지만 당신은 문제가 있다고 말씀하시지 않으셨습니까?"

"그건 전부 세상에 떠도는 헛소문, 엉터리 거짓말이었습니다."

"어쨌든 증거가 될 만한 서류가 필요합니다."

"소령의 편지면 충분하겠지요?"

"물론입니다."

"여기 있습니다."

"됐습니다. 그럼 이 복권과 편지를 잠시 보관하겠습니다. 15일 간 조사를 하도록 되어 있어서요. 돈을 받으실 수 있게 되면 바로 연락을 드리겠습니다. 그때까지는 아무런 말씀도 하지 마시고 이 번 사건을 완벽한 침묵 속에서 정리하는 것이 당신을 위해서 좋을 것입니다."

"나도 그럴 생각입니다."

제르부아 씨는 아무런 말도 하지 않았다. 총재도 역시 입을 다물었다. 하지만 세상에는 제아무리 입을 다물고 있어도 누설되어 버리고 마는 소문이 있기 마련이다. 그때문인지 아르센 뤼팽이 대담하게도 23조 514번 복권을 제르부아 씨에게 돌려줬다는 소문이 일시에 퍼졌다. 이 소문을 들은 사람들은 그의 행동에 놀람과 동시에 칭찬의 말을 아끼지 않았다. 이는 당당한 승부사나 쓸 수 있는 방법이었다. 그 귀중한 복권을, 그 중요하기 짝이 없는 패를 테이블 위로 내려놓을 줄이야! 물론 그가 그것을 내려놓은 것은 충분히 계산된 행동이었으며, 상대를 견제할 만한 또다른 패가 필요했기 때문이었다. 하지만 만에 하나 그 아가씨가 도망을 친다면, 그가 붙들고 있는 인질을 빼앗기게 된다면 그때는 어떻게 할 것인가? 두 마리 토끼를 잡으려다 한 마리도 못 잡는 꼴을 당하게 될지도 모른다.

경찰은 그가 약점을 드러낸 것이라 생각하고 수사에 총력을 기울였다. 아르센 뤼팽은 자신의 손에 넣었던 무기를 버리고 스스로 빈 손이 되었으며, 자신의 꾀에 빠져서 거의 손에 넣었던 백 프랑은 한 푼도 손에 넣지 못할 것이다. 그렇게 되면 곧 그를 조롱하는 사람들이 나타나 그를 적으로 삼을 것이었다.

하지만 그렇게 하기 위해서는 쉬잔을 찾아낼 필요가 있었다. 그러나 아무리 찾아보아도 그녀를 발견할 수가 없었다. 그렇다고 해서 그녀가 도망칠 수 있을 것 같지도 않았다.

그랬다. 세상 사람들이 말하는 것처럼 이로써 그가 먼저 1점을 획득한 것이었다. 1회전은 아르센 뤼팽의 승리였다. 하지만 아직 가장 어려운 문제가 남아 있질 않은가? 제르부아 양은 틀림없이 그의 수중에 있었다. 이 점은 누구나 잘 알고 있는 사실이었다. 그는 오십만 프랑과 교환하는 조건이 아니라면 그녀를 돌려보내지 않을 것이었다. 하지만 그 교환은 어디서, 어떤 방법으로 행해질 것인가? 이 교환이 이루어지려면 반드시 만남이 이루어져야 한다. 그렇다면 제르부아 씨는 이 사실을 경찰에 알리고 그 힘을 빌려서 딸을 되찾고 돈을 건네주지 않을 수도 있지 않을까?

제르부아 씨에게 기자가 물었다. 기자들은 초췌한 모습으로 침묵을 지키고 있는 제르부아 씨의 마음을 이해할 수가 없었다.

"아무런 할 말도 없소. 나는 그저 기다릴 뿐이오."

"그럼 제르부아 양은 어떻게 되는 겁니까?"

"아직 수사가 계속되고 있소."

"하지만 아르센 뤼팽으로부터 편지가 오지 않았습니까?"

"안 왔소."

"오지 않았다고 확실하게 말씀하실 수 있습니까?"

"그건 말할 수 없소."

"그럼 역시 온 거로군요. 어떤 지시를 받았습니까?"

"아무런 말도 하고 싶지 않소."

기자들이 드티낭 변호사에게 질문공세를 퍼부었다. 하지만 그도 입을 열려 들지 않았다.

"뤼팽 씨는 제 의뢰인입니다. 내가 세심한 주의를 기울여야 한다는 사실은 당신들도 잘 알고 있을 게 아니오."

그는 일부러 근엄한 표정을 지으며 이렇게 대답했다.

이런 모습이 관객들의 마음을 초조하게 만들었다. 은밀한 곳에서 책략이 진행되고 있음은 틀림없는 사실이었다. 아르센 뤼팽은 자신이 쳐놓은 그물을 점점 좁혀가고 있었다. 이에 대해서 경찰은 밤낮으로 제르부아 씨의 주위를 감시하고 있었다. 세상 사람들은, 이제 남은 방법은 오직 세 가지밖에 없다고들 수군거렸다. 체포, 승리, 아니면 비참한 참패.

그런데 대중들의 이런 호기심은 부분적으로만 채워지고 말았다. 그러니까 이 사건의 실체가 밝혀지는 것은 이 책을 통해서가 처음인 것이다.

3월 12일 화요일, 제르부아 씨는 평범한 봉투 속에 담겨 있던 부동산 은행의 통지서를 받았다.

목요일 오후 1시, 그는 파리 행 기차에 올랐다. 2시, 그는 천 프랑짜리 지폐 10장을 손에 쥐었다.

그가 손을 벌벌 떨면서 — 그도 그럴 것이 그 돈은 쉬잔의 몸값이었다 — 한 장 한 장 세고 있을 그 시간에 부동산 은행 정면 현관에서 조금 떨어진 곳에 세워 놓은 자동차 한 대 속에서 두 사내가 이야기를 나누고 있었다. 한 사람은 머리가 희끗희끗하며, 쥐꼬리만한 월급을 받고 있는 사람처럼 보이는 옷차림이나 태도와는 달리 힘에 넘쳐 보이는 얼굴을 한 주임 형사 가니마르였다. 뤼팽의 숙적, 늙은 가니마르였다. 가니마르가 폴랑팡 형사에게 말했다.

"얼마 안 남았어....... 5분도 지나지 않아서 그 선생을 만날 수 있을 걸세. 만반의 준비는 다 돼 있겠지?"

"완벽합니다."

"전부 몇 명인가?"

"8명입니다. 그 중 2명은 자전거를 가지고 있습니다."

"나는 세 사람 몫을 해치울 수 있어. 이 정도면 충분하기는 한데 너무 많은 것 아닐까? 어쨌든 무슨 일이 있어도 제르부아 씨를 놓쳐서는 안 되네. 제르부아 씨를 놓치면 그는 뤼팽과 약속한 대로 만나서 오십만 프랑을 건네주고 딸을 되찾아오고 그것으로 사건은 끝날 테니 말일세."

"그런데 그 사람은 왜 경찰과 함께 행동하지 않는 겁니까? 그렇게 하면 훨씬 더 간단하게 일을 해결할 수 있을 텐데. 우리의 힘을 빌리면 백만 프랑이 온전히 자신의 차지가 될 텐데요."

"맞는 말일세. 하지만 무서워서 그랬을 거야. 상대를 속이면 딸을 영원히 잃게 되는 게 아닌가 하고."

"상대라면?"

"녀석이지."

가니마르는 녀석이라는 말을 엄숙하면서도 어딘지 겁먹은 것 같은 투로 말했다. 마치 예전에 그 날카로운 이빨의 맛을 본 적이 있는 초자연적인 존재에 대해서 말하고 있는 것처럼.......

"생각해보면 우리가 그 선생의 뜻과는 상관없이 그를 지켜야 한다는 것도 우스운 일이군요."

폴랑팡 형사가 아주 극단적인 의견을 표명했다.

"뤼팽 앞에서는 늘 세상이 거꾸로 돌아간다니까."

가니마르가 한숨 섞인 소리로 말했다.

1분이 지났다.

"조심하게."

그가 말했다.

제르부아 씨가 나왔다. 카퓌신 가 끝에서 그는 대로의 왼쪽으로 건너갔다. 그는 상점들을 바라보며 상점가를 따라서 천천히 걸어가고 있었다.

"이상할 정도로 침착한데. 주머니에 백만 프랑이 있는 사람이 저렇게 침착할 수도 있나?"

가니마르가 말했다.

"어쩔 생각일까요?"

"아니, 특별히 어쩔 생각은 없을 걸세. 하지만 어쨌든 나는 경계를 할 거야. 상대가 뤼팽이니까."

바로 그 순간 제르부아 씨가 인도에 있는 신문판매소로 다가가 두어 종류의 신문을 고른 뒤 거스름돈을 받아들고 신문 하나를 펼쳐 팔을 펴고 종종걸음으로 걸으며 신문을 읽기 시작했다. 그러더니 갑자기 도로 옆에 서 있던 자동차에 올라탔다. 미리 엔진을 걸어놓은 듯했다. 곧 자동차가 출발하더니 그대로 마들렌 성당을 끼고 돌아 모습을 감췄다.

"제길! 이번에도 녀석의 손에 넘어갔군!"

가니마르가 외쳤다.

그가 달리기 시작했다. 그러자 이를 보고 있던 다른 경관들도 동시에 마들렌 성당의 모퉁이를 향해 달려갔다.

그런데 갑자기 그가 웃기 시작했다. 말제르브로 가의 입구에서 그 자동차의 바퀴에 구멍이 생겨 멈춰 서 있었기 때문이었다. 제르부아 씨가 자동차에서 내렸다.

"서두르게, 폴랑팡. 운전사는 아마 에르네스트라는 녀석일 거야."

폴랑팡이 운전사를 붙잡고 조사했다. 가스통이라는 택시회사에 고용된 사람이었다. 10분 정도 전에 한 신사가 택시를 세우더니 신문판매소 옆에서 어떤 사람이 올 때까지 엔진을 건 채로 기다리고 있으라는 부탁을 받았다는 것이었다.

"그럼, 나중에 택시에 오른 사람은 어디로 가자고 말했었지?"

폴랑팡이 물었다.

"'말제르브로, 메신 거리, 팁은 두 배'라고 말했을 뿐입니다. 몇 번지인지는 말하지 않았습니다."

그런데 그 동안에도 제르부아 씨는 한시도 지체하지 않고 처음으로 다가온 영업용 마차를 향해서 달려갔다.

"콩코르드 지하철역까지 갑시다."

지하철을 타고 가던 제르부아 씨는 팔레 루아이알 광장에서 내렸다. 그런 다음 다른 마차를 타더니 이번에는 부르스 광장으로 달려갔다. 거기서 다시 지하철을 타고 빌리에 거리에서 내려 다시 마차를 잡아탔다.

"클라페이롱 가 25번지로 갑시다."

클라페이롱 가 25번지는 바티뇰로 옆에 위치해 있었다. 그는 2층으로 올라서 벨을 울렸다. 한 신사가 문을 열어주었다.

"여기가 드티낭 선생님 댁입니까?"

"내가 드티낭입니다. 제르부아 씨죠?"

"그렇습니다."

"잠깐 기다리십시오."

제르부아 씨가 드티낭 변호사의 서재로 들어섰을 때는 이미 3시가 넘은 시각이었다. 제르부아 씨가 변호사에게 물었다.

"정확히 지정한 시각에 왔습니다. 아직 오지 않았습니까?"

"아직 안 왔습니다."

제르부아 씨가 의자에 앉아 이마의 땀을 닦았다. 몇 시인지 잊은 사람처럼 자기 시계를 꺼내 바라보았다. 그리고 불안한 듯 물었다.

"올까요?"

변호사가 대답했다.

"세상 누구보다도 제가 그 사실을 알고 싶습니다. 이렇게 애타게 누군가를 기다려본 적도 없을 겁니다. 만약 그가 온다면 그는 커다란 위험을 감수해야만 할 겁니다. 보름 전부터 이 집은 엄중

한 감시 하에 놓여 있었으니까요. 나마저도 의심받고 있을 정도입니다."

"나에 대한 감시는 훨씬 더 엄중했습니다. 그러니까 나를 미행하던 형사들을 완전히 뿌리쳤다고는 장담할 수 없습니다."

"그렇다면......."

"무슨 일이 벌어지든 내 책임은 아닙니다. 내가 비난을 받아야 할 이유는 어디에도 없습니다. 내가 무슨 약속이라도 했단 말입니까? 나는 그저 그의 명령에 따를 뿐입니다. 그저 맹목적으로 그의 명령에 따랐을 뿐입니다. 그가 지정한 시각에 돈을 받았습니다. 그가 지정한 방법대로 선생님 댁에 왔습니다. 딸에 대한 책임이 있기 때문에 나는 충실하게 약속을 전부 지켰습니다. 그러니까 그도 약속을 지키기 바랍니다."

교수가 불안하다는 어조로 계속해서 말했다.

"내 딸을 데리고 그가 나타나겠지요? 어떻게 생각하십니까?"

"나도 일이 그렇게 되기를 바라고 있습니다."

"하지만......, 선생님은 그를 만났을 게 아닙니까?"

"내가요? 아닙니다! 그는 단지 편지로 우리 두 사람과 만나고 싶다고 말했을 뿐입니다. 그리고 3시 전에는 하인들을 전부 외출시키도록 할 것과 당신이 도착한 이후 그가 떠날 때까지 이 아파트에 그 누구도 들이지 말라고 말했을 뿐입니다. 만약 내가 그 제안을 수락할 수 없다면 『에코 드 프랑스』지의 3행 광고에 거절의 말을 남기라고 했습니다. 하지만 나는 아르센 뤼팽의 일을 기꺼이 돕고 싶었기 때문에 이 모든 것을 수락했을 뿐입니다."

제르부아 씨가 울먹이는 듯한 목소리로 말했다.

"아이고! 일이 대체 어떻게 되려고 이러나."

그는 주머니에서 지폐를 꺼내 테이블 위에 늘어놓았다. 그런 다음 그것을 이등분했다. 두 사람 모두 아무런 말도 하지 않았다. 때때로 제르부아 씨는 혹시 누군가가 벨을 울린 게 아닐까 하고 귀를 기울였다.

그는 점점 더 커다란 불안에 휩싸이게 되었다. 드티낭 변호사도 거의 비통에 가까운 낭패감을 맛보고 있었다.

변호사는 침착함을 완전히 잃고 있었기 때문에 한시도 가만히 있질 못했다. 갑자기 자리에서 일어났는가 싶더니 느닷없이 이렇게 말하는 것이었다.

"오지 않을 겁니다. 어떻게 올 수가 있겠습니까? 그가 여기에 온다는 건 그야말로 미친 짓 아니겠습니까? 우리 두 사람에 대해서는 그도 신용을 하고 있을 겁니다. 우린 정직한 사람들이니까요. 그를 배신할 수 없는 정직한 사람들이니까요. 하지만 이 집 안에서만 위험이 도사리고 있다고는 볼 수 없습니다."

그러자 제르부아 씨가 깜짝 놀라며 양손을 지폐 더미 위에 올린 채 더듬거리며 말했다.

"제발 와주어야 할 텐데. 제발 와 줘! 쉬잔을 찾을 수만 있다면 이 돈을 전부 다 줄 수도 있어."

문이 열렸다.

"아니요. 반만 있으면 됩니다. 제르부아 씨."

누군가가 안으로 들어와 서 있었다. 멋지게 차려입은 젊은이였다. 제르부아 씨는 그 사람이 베르사유의 고물상 앞에서 자신에게 말을 건 사람이라는 사실을 바로 알 수 있었다. 그가 젊은이 쪽으로 달려갔다.

"그런데 쉬잔은? 내 딸은 어디 있소?"

아르센 뤼팽이 정중한 태도로 문을 닫았다. 그리고 침착하게 장갑을 벗으며 변호사에게 말했다.

"친애하는 선생님. 제 권리를 옹호하는 일에 기꺼이 동의해주신 점 정말 감사드립니다. 이 은혜 평생 잊지 않겠습니다."

드티낭 변호사가 속삭이듯 말했다.

"당신, 벨도 울리지 않았죠? 문이 열리는 소리도 듣지 못했는데⋯⋯"

"벨이나 문이라는 건 원래 아무런 소리도 내지 않고 움직이게 되어 있는 겁니다. 어쨌든 내가 여기 와 있습니다. 중요한 건 그 점이 아닐까요?"

"내 딸을! 쉬잔을! 어떻게 한 거요?"

제르부아 씨가 되풀이해서 물었다.

"이런, 이런. 선생 너무 서두르지 마시오. 그리고 안심하세요. 곧 따님이 당신 품속으로 뛰어들 테니까요."

뤼팽이 말했다.

그가 방 안을 거닐기 시작하더니 칭찬의 말을 건네는 지체 높은 양반과 같은 어투로 말했다.

"제르부아 씨, 조금 전에 당신이 보여줬던 교묘한 활약에 칭찬의 말을 보냅니다. 그 자동차 타이어에 느닷없이 구멍만 나지 않았어도 우리는 에투아르 광장에서 쉽게 만날 수 있었을 겁니다. 그랬으면 이런 방문으로 드티낭 선생님을 귀찮게 해드리지 않을 수도 있었을 텐데…… 하는 수 없죠! 그냥 하늘이 정한 일이라고 생각할 수 밖에요."

그가 지폐 뭉치를 발견했다. 그리고 이렇게 외쳤다.

"이야! 정말 대단합니다! 여기에 백만 프랑이 있었군요! 이러고 있을 게 아니라 당장 가져가도록 하겠습니다."

"하지만 제르부아 양이 아직 오지 않았는데요."

드티낭 변호사가 테이블 앞을 막아서며 말했다.

"그게 어쨌다는 겁니까?"

"그러니까 그 아가씨가 모습을 드러내야 할 필요가 있는 것 아닙니까?"

"그렇군요! 그렇군요! 알겠습니다. 그러니까 아르센 뤼팽을 그정도밖에 믿지 못하시겠다는 거죠? 내가 오십만 프랑을 착복한 뒤 인질은 돌려주지 않을지도 모른다고 생각하시는 거죠? 선생님, 커다란 오해를 하고 계시는군요. 운명이 나를 인도해서, 조금…… 특수한 일을 하게 했다고 해서 양심마저 의심을 받게 되다니…… 세심하고 치밀한 내가 말입니다! 선생님, 그렇게 걱정되신다면 창문을 열고 한번 불러보시기 바랍니다. 열 명도 넘는 경찰들이 아래 거리에 깔려 있으니까요."

"정말입니까?"

아르센 뤼팽이 커튼 한쪽을 젖혔다.

"제르부아 씨가 가니마르를 따돌리지 못한 건 당연한 일입니다. 역시 있지 않습니까? 보세요, 저기 건강한 내 친구가 와 있지 않습니까?"

"어떻게 이런 일이! 하지만 난 하라는 대로……."

제르부아가 외쳤다.

"저를 배신하지는 않았다고 말씀하시려는 거겠죠? 나도 그랬을 거라고 믿고 있습니다. 하지만 저들은 프로니까요. 아, 저쪽에는 폴랑팡이 있네요. …… 그리고 그레옴도! …… 이런, 디외디도 있네! 내 친구들이 전부 다 모였군요."

드티낭 변호사가 깜짝 놀라며 뤼팽을 바라보았다. 어떻게 이렇게 침착할 수 있는가? 그는 아무런 위험도 없는 아이들의 장난을 보고 있는 사람처럼 진심으로 기쁘다는 듯이 웃고 있었다.

경관의 모습과 이 사람의 여유로운 태도가 변호사를 안심시켰다. 그가 가로막고 있던 테이블 앞에서 물러났다.

아르센 뤼팽이 두 돈다발 속에서 각각 25장의 지폐를 뽑아들었다. 그런 다음 그 50장을 드티낭 변호사에게 건네줬다.

"선생님, 이건 제르부아 씨와 아르센 뤼팽이 드리는 사례금입니다. 이 정도는 드려야 할 의무가 우리에겐 있습니다."

"당신들에게 그런 의무는 전혀 없습니다."

드티낭 변호사가 말했다.

"아닙니다. 이렇게 폐를 끼쳤는데요."

"하지만 제가 그걸 즐거워했다면 어쩌실 겁니까?"

"그러니까 선생님은 아르센 뤼팽으로부터 아무것도 받고 싶지 않다는 말씀이신가요? 그럼 나에 대한 소문이 나빠질 텐데."

그가 그 오만 프랑을 제르부아 씨에게 내밀며 말을 이었다.

"선생님, 우리의 만남을 기념해서 이걸 드리겠습니다. 제르부아 양의 결혼 축의금입니다."

제르부아 씨가 낚아채듯 돈을 집어가더니 이렇게 말했다.

"딸은 결혼하지 않소."

"선생님이 허락하지 않는다면 결혼은 할 수 없겠죠. 하지만 따님은 지금 애가 탈 정도로 결혼을 하고 싶어합니다."

"그걸 어떻게 안다는 거요?"

"아가씨들이란 아버지의 허락 없이도 곧잘 꿈을 꾸곤 하는 법이거든요. 다행히도 아르센 뤼팽이라는 수호신이 있어서 사랑스러운 아가씨들 마음의 비밀을 책상서랍 깊은 곳에서 발견해내곤 하죠."

"그 책상 속에서 다른 무엇이라도 발견했단 말입니까? 사실은 당신이 왜 그 책상을 노렸는지 매우 궁금하던 차였습니다."

드티낭 변호사가 물었다.

"역사적인 이유가 있습니다. 선생님. 제르부아 씨의 생각과는 달리 그 책상 속에는 복권 외의 그 어떤 보물도 숨겨져 있지 않았습니다. 그리고 그 복권에 대해서 나는 알지도 못했습니다. 단지 그 책상을 갖고 싶어서 꽤 오래 전부터 그걸 찾고 있었습니다. 주목과 마호가니로 만든 그 책상, 아칸더스 잎 모양의 장식이 달린 그 책상은 마리 발레브스카가 살았던 불로뉴의 작은 집에서 발견된 것인데 서랍 중 한 곳에 '프랑스인의 황제 나폴레옹 1세의 충실한 신하 막시옹' 이라는 글이 새겨져 있습니다. 그리고 그 위에 칼로 판 것으로 보이는 '마리여, 당신에게' 라는 글도 있습니다. 그 후 나폴레옹은 조세핀 황후를 위해서 그 책상과 똑같은 것을 만들도록 했습니다. 그러니까 조세핀 황후가 살았던 말메종 성을 방문한 사람들이 감사하는 마음으로 구경하고 있는 그 책상은 국립가구보관소에 보존되어 있죠.

이것은 이번에 내 컬렉션이 된 그 명품의 불완전한 모조품일 뿐입니다."

　제르부아 씨가 거의 우는 듯한 소리로 말했다.

　"세상에! 그 고물상에서 이 사실을 알았다면 당장 당신에게 양보했을 것이오!"

　아르센 뤼팽이 웃으며 말했다.

　"그랬으면 당신은 23조 514번 복권의 당첨금을 혼자서 독차지할 수도 있었을 텐데."

　"그랬다면 당신도 내 딸을 납치하거나, 괴롭히지는 않았을 텐데."

　"괴롭혔다고요? 무슨 말씀이신지?"

　"인질로 잡혀 얼마나 괴로웠겠소?"

　"아니, 크게 착각하고 계시는군요. 제르부아 양은 인질로 잡혀 있지 않았습니다."

　"내 딸아이가 인질로 잡혀 있지 않았다고?"

　"단 1초도. 인질로 잡았다면 그건 폭력을 행사한 거겠죠. 하지만 그녀는 모든 것을 허락하고 스스로 인질이 되어준 겁니다."

　"스스로 인질이 됐다고?"

　당황스럽다는 듯 제르부아 씨가 되풀이했다.

　"오히려 사정을 했다고 말하는 편이 정확할지도 모르겠습니다. 제르부아 양처럼 머리가 좋고 마음 깊은 곳에 남모를 사랑을 간직한 아가씨가 어찌 자신의 지참금을 손에 넣는 일을 거절할 수 있겠습니까? 아! 한 치의 거짓도 없이 말씀드리겠는데 고집스러운 당신에게 이기려면 다른 방법이 없다는 사실을 그녀에게 이해시키는 일은 그리 어려운 일이 아니었습니다."

아주 재미있다는 듯이 얘기를 듣고 있던 드티낭 변호사가 참견을 했다.

"처음 따님과 얘기를 나누기까지가 가장 힘들었을 텐데요. 전혀 모르는 사람이 말을 걸었다고 쉽게 응하지는 않았을 테니까요."

"내게 그 정도는 식은 죽 먹깁니다. 나는 아가씨를 만나는 영광을 누리지는 못 했지만, 여자친구가 앞장서서 이번 일을 맡아줬습니다."

"자동차에 타고 있었다던 그 금발의 여인이겠지요?"

드티낭 변호사가 말했다.

"맞습니다. 고등학교 근처에서 처음 만났을 때 모든 얘기가 끝나버렸습니다. 그 후, 제르부아 양과 그녀의 새로운 여자친구는 따님이 가장 즐거워할 만한 유익한 방법으로 벨기에와 네덜란드를 여행하며 돌아다녔습니다. 곧 따님께서 직접 얘기를 들려줄겁니다."

그때, 현관 벨소리가 들려왔다. 연속해서 세 번, 다음으로 한 번, 그리고 한참 사이를 두었다가 다시 한 번 울렸다.

"따님이 오셨군요. 선생님, 죄송하지만 문을 좀 열어주시겠습니까?"

변호사가 서둘러 자리에서 일어났다.

두 젊은 여자가 들어섰다. 그 중 한 명이 제르부아 씨의 품속으로 뛰어들었다. 다른 한 명은 뤼팽에게 다가갔다. 키가 크고 가슴이 풍만하며 눈에 띨 정도로 얼굴이 하얗고 두 갈래로 느슨하게 묶은 머리는 곱슬거리는 눈부신 금발이었다. 온통 검은색 옷을 입었으며 장식이라고는 그저 흑요석으로 만든 목걸이를 걸고 있었을 뿐이었는데도 아주 세련되고 우아한 느낌을 주었다.

아르센 뤼팽이 그녀에게 무슨 말인가를 했다. 그런 다음 제르부아 양에게 인사를 한 뒤 말했다.

"제르부아 양, 소란을 피워서 죄송합니다. 하지만 그렇게 불쾌하지는 않으셨을 줄로 아는데......."

"불쾌했었다고요? 저 너무 행복했었어요. 가엾은 아버지 걱정만 하지 않았다면요."

"정말 다행이로군요. 다시 한번 아버님께 입을 맞춰주세요. 그리고 이 기회를 이용해서 ─ 지금이야말로 절호의 기회니까요 ─ 당신의 사촌 오빠에 대한 얘기를 하세요."

"제 사촌 오빠라니....... 무슨 말씀이시죠? 도무지 무슨 말씀이신지......."

"아니, 잘 알고 계시지 않습니까? 사촌 오빠 필리프 씨....... 그 사람이 보낸 편지를 소중하게 간직하고 계신 그 청년 말입니다."

쉬잔의 얼굴이 새빨갛게 달아올랐다. 그리고 당황하는 모습이 역력했다. 하지만 곧 뤼팽의 말대로 다시 한번 아버지의 품속으로 몸을 던졌다.

뤼팽이 따뜻한 눈빛으로 두 사람을 지켜봤다.

'선을 행하면 보답 받는다더니 바로 이를 두고 하는 말이군! 정말 가슴 찡한 장면이야. 행복한 아버지! 행복한 딸! 뤼팽, 이건 자네가 만들어낸 것이니 참으로 기쁘지 않은가? 이 사람들은 후에도 자네에게 감사할 거야. 이 사람들의 후손까지도 자네의 이름

을 공경할 거야. 아! 역시 가정을 가져야 해. 정말 가정이 부럽군.'

그가 창 쪽으로 다가가며 말했다.

"그 선량한 가니마르는 아직도 저기에 있을까? 이 감격적인 장면을 보여준다면 그도 매우 기뻐할 텐데. 뭐야 그랬군. 벌써 자리를 떴군. 저기에는 아무도 없어....... 녀석도, 그 부하들도....... 이런, 드디어 일이 급박하게 됐어. 녀석들이 문 안으로 들어섰다 해도, 관리인이 있는 곳까지......, 아니 그보다 더 가까이 이미 계단을 오르고 있다손 치더라도 놀랄 건 없지!"

순간 제르부아 씨가 몸을 움직이기 시작했다. 딸이 돌아오자 현실적인 생각이 그의 내부에서 자라기 시작한 것이었다. 적인 뤼팽을 체포한다는 것은 자신에게 오십만 프랑의 가치가 있는 일이었다. 본능적으로 그는 한 발 앞으로 나섰다. 우연처럼 보이는 듯한 태도로 뤼팽이 그의 앞을 가로막았다.

"제르부아 씨, 어딜 가시려고요? 경찰들의 손에서 나를 지켜주실 생각이십니까? 친절에 감사드립니다. 하지만 신경 쓰실 필요는 없습니다. 그들은 나보다도 더 당황하고 있을 테니까."

그가 생각에 잠긴 투로 말을 이었다.

"그러니까 그들이 뭘 알고 있겠습니까? 당신이 여기 있다는 사실, 그리고 어쩌면 제르부아 양이 여기에 있을지도 모른다는 사실, 그들은 제르부아 양이 낯선 여인과 함께 이곳으로 들어오는 모습을 봤을 테니까요. 하지만 내가 여기 있다고는 꿈에도 못할 겁니다. 오늘 아침 녀석들이 지하실에서 다락방까지 가택수사를 벌인 이 집에 내가 있으리라고 상상이나 하겠습니까? 녀석들은 틀림없이 내가 들어설 때 붙잡으려고 기다리고 있을 겁니다. 가없은 사람들! 하지만 녀석들이 저 낯선 여인을 이곳으로 보낸 게 나라고, 그녀의 목적이 이 거래를 성사시키는 데 있다고 상상하지 않는다면 얘기는 또 달라지지만....... 이제 녀석들은 저 여인이 돌아갈 때 붙잡으려고 기다리고 있을 거야......."

벨소리가 울려 퍼졌다.

순간 뤼팽이 재빠른 동작으로 제르부아 씨를 말렸다. 그리고 차갑고 명령적인 목소리로 이렇게 말했다.

"움직이지 마. 딸을 생각해서 허튼 짓 할 생각 말아. 아니면 각오해야 할 거요. 그리고 드티낭 선생, 약속을 잊지는 않으셨겠죠?"

제르부아 씨가 못 박힌 듯 그 자리에 멈춰섰다. 변호사도 손가락 하나 까딱할 수 없었다.

조금도 서두르는 기색 없이 뤼팽이 모자를 집었다. 모자에는 먼지가 조금 묻어 있었다. 그는 솔 대신 소매 끝으로 그것을 털어냈다.

"선생님, 볼일이 있으시면 언제든지 연락하십시오. 쉬잔 양, 부디 행복하기를 바래요. 필리프에게도 안부 전해주시오."

그가 주머니에서 뚜껑이 이중으로 된 커다란 금시계를 꺼냈다.

"제르부아 씨, 지금이 3시 42분입니다. 46분이 되면 이 방에서 나가셔도 좋습니다. 하지만 단 1분이라도 빨리 나가서는 안 됩니다. 알겠습니까?"

"하지만 저들은 힘으로 밀고 들어올 것이오."

드티낭 변호사가 말했다.

"선생님, 법을 잊으신 듯하군요. 가니마르는 절대로 프랑스 국민의 집에 무단 침입하지는 않을 겁니다. 우리에게는 느긋하게 카드 한 판 정도를 즐길 수 있는 시간이 있습니다. 하지만 당신들 세 분은 침착함을 조금 잊으신 듯하군요. 이럴 때 너무 오래 있는 것은 금물......"

그가 시계를 테이블 위에 올려놓았다. 방문을 열고 금발의 여인에게 말했다.

"준비는 됐소?"

그가 앞장섰다. 마지막으로 제르부아 양에게 매우 정중하게 인사를 하고 방에서 나갔다. 그리고 문을 닫았다.

현관에서 그가 큰 목소리로 말하는 소리가 들려왔다.

"가니마르, 안녕하신가? 부인에게도 안부 좀 전해주게. 조만간에 점심을 얻어먹으러 갈 테니....... 그럼 잘 있게나, 가니마르."

격렬하고 요란스러운 벨소리가 다시 들려왔다. 뒤를 이어서 쉴새 없이 문을 두드리는 소리와 계단 부근에서 사람들이 떠드는 소리가 들려왔다.

"3시 45분이군."

제르부아 씨가 중얼거렸다.

몇 초 후, 결심한 듯 그가 현관으로 나섰다. 뤼팽과 금발 여인의 모습은 이미 사라지고 없었다.

"아버지! 나가서는 안 돼요! ...... 잠깐 기다리세요!"

쉬잔이 외쳤다.

"기다리라고? 너 제정신이냐? 저런 악당에게 친절을 베풀다니....... 오십만 프랑은 어쩌고?"

그가 문을 열었다.

가니마르가 뛰어 들어왔다.

"그 여자는....... 어디 갔습니까? 그리고 뤼팽은?"

"저기 있었는데......, 아직 저기 있을 겁니다."

가니마르가 환호성을 올렸다.

"드디어, 독 안에 든 쥐다. 이 건물은 완전히 포위되어 있어."

드티낭 변호사가 이견을 제시했다.

"하지만 부엌 쪽에 사다리가 있습니다."

"그 사다리는 정원으로 내려가게 되어 있소. 밖으로 나갈 수 있는 건 정문 하나뿐이오. 거기는 열 명이 지키고 있지."

"들어올 때 뤼팽은 정문으로 들어오지 않았습니다. 그러니까 나갈 때도 거기로는 가지 않을 겁니다."

"그럼 어디로 나간단 말이오? 하늘로 날아간단 말이오?"

가니마르가 반박했다.

그가 커튼을 젖혔다. 부엌으로 향하는 기다란 복도가 눈에 들어왔다. 그곳을 통해 달려간 가니마르는 사다리로 나가는 문이 이중 자물쇠로 잠겨 있는 것을 보았다.

그가 창을 통해서 부하 한 명을 불렀다.

"아무도 없나?"

"없습니다."

"그렇다면 그 두 사람은 아직 건물 안에 있을 거야! 어느 방엔가 숨어 있을 거야! 현실적으로 도망치는 건 절대 불가능한 일이야. 아! 친애하는 뤼팽이여, 당신은 나를 바보 취급했지만 이번에야 말로 그 원수를 갚아주겠소."

밤 7시, 보안과장 뒤두이 씨는 그때까지 아무런 보고도 들어오질 않자 깜짝 놀라서 클라페이롱 가로 직접 달려갔다. 그는 건물을 지키고 있는 경찰들에게 질문을 했다. 그런 다음 드티낭 변호사의 집을 찾아가 침실로 안내를 받았다. 그는 거기서 한 사람의 인간이라기보다는 카펫 위에서 버둥거리고 있는 두 다리를 보았다. 그 다리의 임자는 난로 속에 깊이 몸을 처박고 있었다.

"이보게! …… 이보게!"

목이 막힌 듯한 목소리로 도움을 청하는 소리가 들렸다.

그러자 또다른 목소리가 높은 곳에서 그에 답하는 소리가 들렸다.

"어이! …… 어이!"

뒤두이 씨가 웃으며 외쳤다.

"가니마르, 뭐하는 건가? 굴뚝청소부처럼 뭘 하고 있는 건가?"

형사가 굴뚝 안에서 기어나왔다. 얼굴은 새까맣고 옷은 그을음투성이, 두 눈은 열기로 반짝이고 있었다. 마치 다른 사람처럼 보였다.

"녀석을 찾고 있습니다."

신음하듯 그가 말했다.

"녀석이라니? 누구?"

"아르센 뤼팽입니다. 아르센 뤼팽과 그 여자친구를 찾고 있습니다."

"사람 놀라게 하지 말게! 그 두 사람이 설마 굴뚝 속에 숨어 있을 거라고 생각한 건 아니겠지?"

가니마르가 자리에서 일어났다. 새까만 다섯 개의 손가락으로 상사의 소매를 쥐더니 분노에 찬 낮은 목소리로 말했다.

"과장님, 그렇다면 녀석들이 어디 있단 말입니까? 분명히 여기 어딘가에 있을 겁니다. 녀석들도 과장님이나 나처럼 뼈와 살을 가진 인간입니다. 그들이 연기처럼 사라질 수는 없는 법입니다."

"맞네. 사라지는 않지만 도망을 치니 이상하다는 걸세."

"어디로? 대체 어디로 도망갔을까요? 이 집을 포위하고 있습니다. 옥상에도 경찰이 있습니다."

"옆집은?"

"옆집과 이어지는 부분은 없습니다."

"아파트의 다른 층은?"

"저는 이곳에 살고 있는 사람들을 전부 알고 있습니다. 수상한 사람은 한 사람도 없습니다. 발소리 하나 들려오지 않았습니다."

"틀림없이 모든 사람들을 알고 있나?"

"확실합니다. 관리인도 보장할 수 있다고 했습니다. 그리고 만약을 위해서 각 층에 한 명씩 사람을 배치했습니다.

"그렇다면 이미 잡은 거나 다름없지 않은가?"

"제 말이 그 말입니다, 과장님. 바로 그렇다니까요. 틀림없이 잡을 수 있을 겁니다. 반드시 잡아보이겠습니다. 두 녀석 모두 여기 있을 테니까요. 여기 아니면 어디로 갔겠습니까? 걱정 마십시오, 과장님. 오늘 밤 못 잡으면 내일 잡아보이겠습니다. 여기서 밤을 샐 생각입니다. 오늘 밤은 여기서 밤을 새겠습니다."

실제로 가니마르는 그곳에서 밤을 샜다. 그 다음날도 그랬고 다음, 다음날도 마찬가지...... 그렇게 꼬박 3일이 지났는데도 신출귀몰하는 뤼팽과 그의 여자친구를 찾아내기는커녕 그 어떤 추정을 입증하는 데 도움이 되는 조그만 단서 하나도 찾아낼 수 없었다.

하지만 가니마르의 마음은 조금도 변하질 않았다.

"녀석들이 도망친 흔적이 어디에도 없는 건 녀석들이 아직 여기에 숨어 있기 때문이다."

어쩌면 그의 마음속 깊은 곳에는 그처럼 강한 확신은 없었을지도 모른다. 하지만 그는 그 사실을 입 밖으로 낼 수는 없었다. 아니다, 절대로 그럴 리가 없다. 한 사내와 한 여자가 동화 속 악마처럼 사라져버리다니. 절대로 있을 수 없는 일이다. 이렇게 용기를 잃지 않고, 그 남녀가 이 건물의 석재와 하나가 되어 아주 은밀한 장소에 숨어 있는 것을 찾아내기 위해서 가니마르는 수사를 멈추지 않고 계속했다.

청 다이아몬드

　3월 27일 밤, 앙리 마르탱 대로 134번지의 조그만 저택 안에서 — 이는 6개월 전에 형으로부터 물려받은 집이었다 — 제2 제정 시대에 베를린 주재 대사를 역임했던 늙은 장군, 도트렉 남작이 편안해 보이는 안락 의자에 몸을 깊이 묻고 잠들어 있었다. 그 옆에서는 심부름하는 여자가 그를 위해서 책을 읽고 있었으며, 오귀스트 수녀가 침대를 따뜻하게 하고 등불을 밝히고 있었다.

　"앙투아네트 양, 모든 준비가 끝났으니 나는 이제 가봐야겠습니다."

　"알겠습니다. 수녀님."

　"그리고 요리사가 휴가를 가기 때문에 이 집 안에는 남자 하인과 당신 두 사람밖에 없다는 사실을 잊어서는 안 됩니다."

　"남작님 일이라면 걱정하지 마세요. 부탁하신 대로 옆방에서 문을 열어놓고 잠을 잘 테니까요."

　수녀가 밖으로 나갔다. 잠시 후 하인인 샤를이 남작의 지시를 받기 위해 안으로 들어왔다. 남작은 잠에서 깨어나 있었다. 그가 직접 하인에게 말했다.

　"평소 말한 대로 하게, 샤를. 자네 방과 연결된 벨에 이상은 없는지 잘 살펴보게. 벨이 울리면 바로 내려와서 의사를 모시고 오게나."

"남작님은 여전히 걱정이신가 보군요."

"아무래도 좋질 않아. 상태가 좋지 않은 것 같아. 그건 그렇고, 앙투아네트 양. 저 책은 어디까지 읽었지?"

"남작님, 아직 잠자리에 드시지 않을 겁니까?"

"아니, 아직. 내가 잠자리에 드는 건 좀 더 시간이 지나서야. 그 때는 아무런 도움도 필요 없지."

20분 후, 노인은 다시 꾸벅꾸벅 졸기 시작했다. 그 모습을 보고 앙투아네트는 발끝으로 살금살금 걸어 방에서 나왔다.

그 시각, 하인인 샤를은 평소와 다름없이 1층의 모든 덧문을 하나하나 꼼꼼하게 닫고 있었다.

부엌에서 그는 정원으로 내려가는 문의 빗장을 질렀으며 현관에서는 빗장 외에도 두 개의 문을 묶는 안전사슬까지 걸었다. 그런 다음 4층에 있는 자신의 다락방으로 올라가 잠자리에 들었다.

1시간이나 지났을까? 그가 갑자기 침대에서 벌떡 일어났다. 벨이 울리고 있었다. 벨소리는 길게, 약 7초나 8초 동안이나 차분하게 울리고 있었다.

"아이고, 남작님이 또 시작하셨구나."

졸음을 쫓으며 샤를이 혼자 중얼거렸다.

그는 옷을 갈아입고 서둘러 계단을 달려 내려갔다. 문 앞에서 멈춰서 늘 하던 대로 문을 두드렸다. 아무런 대답이 없었다. 그는 방 안으로 들어섰다.

"응? 불이 꺼졌네. 왜 불을 끈 거지?"

그가 중얼거렸다.

그리고 작은 목소리로 불러보았다.

"아가씨?"

아무런 답도 없었다.

"거기 계세요? 아가씨. 무슨 일이 있었습니까? 남작님이 안 좋으신가요?"

그의 주위에는 침묵이, 무거운 침묵이 흐르고 있었다. 이윽고 그는 섬뜩한 느낌이 들었다. 두어 발 앞으로 나아갔다. 발끝에 의자가 닿았다. 손을 내밀어 만져보았다. 그는 그것이 쓰러져 있다는 사실을 깨달았다. 이어 그의 손에 바닥에 있는 다른 물건들, 둥근 테이블과 병풍이 닿았다. 불안해진 그는 벽 쪽으로 몸을 뺐다. 그리고 더듬거리며 전등의 스위치를 찾아 그것을 돌렸다.

방 한가운데, 테이블과 거울이 달린 옷장 사이에 그의 주인 도트렉 남작이 쓰러져 있었다.

"이, 이게 어떻게 된 거야? 어, 어떻게 이런 일이......."

그가 더듬거리며 말했다.

그는 어떻게 해야 좋을지 몰랐다. 손가락 하나 까딱하지 못한 채 눈을 둥그렇게 뜨고 엉망이 된 방을 바라보았다. 의자가 쓰러져 있었다. 크리스털로 만들어진 커다란 촛대는 산산조각 나 있었다. 탁상시계는 대리석으로 만든 난로바닥에 떨어져 있었다. 이런 흔적들이 끔찍하고 거친 사투가 벌어졌음을 알려주고 있었다. 시체로부터 조금 떨어진 곳에서 단검의 강철로 만들어진 손잡이가 빛을 발하고 있었다. 칼끝에서는 핏방울이 뚝뚝 떨어지고 있었다. 매트리스 끝에는 피 묻은 손수건이 걸려 있었다.

겁에 질린 샤를이 비명을 질렀다. 칼에 찔린 남작이 마지막 힘을 짜내 일시적으로 몸에 힘을 주었지만 곧 몸에 힘이 빠져 그대로 축 늘어져버렸기 때문이었다. 이후로는 두어 번의 경련이 있었을 뿐 그것으로 모든 일이 끝나버렸다.

샤를이 몸을 숙여 남작을 살펴보았다. 목 부분에 난 가느다란 상처에서 피가 쏟아져 나와 카펫이 검붉게 물들어 있었다. 얼굴에는 무엇인가 겁에 질린 듯한 표정이 역력하게 남아 있었다.

"살인이야, 살인이야."

그가 중얼거렸다.

그는 또다른 살인이 있을지도 모른다는 생각에 몸을 떨었다. 앙투아네트가 옆방에서 잠을 자고 있지 않았는가? 남작을 살해한 범인이 그녀마저도 살해했을지도 몰랐다.

그가 문을 열어보았다. 방에는 아무도 없었다. 앙투아네트는 유괴당한 것일까? 아니면 범행이 일어나기 전에 밖으로 나간 것일까? 그는 그 둘 중 하나일 것이라고 생각했다.

다시 남작의 방으로 돌아왔다. 책상이 눈에 들어왔다. 그는 책상 위는 헝클어지지 않았다는 사실을 알았다.

테이블 위에는 남작이 늘 하던 대로 열쇠와 지갑, 그리고 그 옆에 금화 한 무더기가 쌓여 있었다. 샤를이 지갑을 열어 안을 살펴보았다. 지폐가 들어 있었다. 그는 그것을 세어보았다. 백프랑짜리 지폐가 13장 들어 있었다. 그는 도저히 참을 수가 없었다. 본능적으로 그리고 기계적으로 자신의 행동을 깨닫지 못한 채 그 지폐 13장을 뽑아 자신의 웃옷 주머니 속에 숨겼다. 계단을 달려 내려가 빗장을 벗겼다. 안전사슬을 푼 뒤 밖으로 나와 문을 조심스럽게 닫았다. 그리고 정원을 통해서 도망쳤다.

샤를은 정직한 사람이었다. 철문이 채 닫히기도 전에 밖의 공기를 쐬고 얼굴에 빗방울이 와 닿자 그는 퍼뜩 정신이 들어 그 자리에 멈춰 섰다. 자신이 한 행동이 생생하게 떠올랐다. 그러자 갑자기 무서운 생각이 들었다.

영업용 마차가 한 대 지나가고 있었다. 그는 마부를 불렀다.

"이보게, 마부. 서둘러 경찰서로 가서 경찰을 불러와주게. 급한 일이야! 사람이 죽었다고!"

마부가 채찍으로 말을 후려쳤다. 하지만 샤를은 저택 안으로 들어갈 수가 없었다. 그가 문을 닫아버렸기 때문이었다. 이 저택의 문은 밖에서는 열 수 없게 되어 있었다.

벨을 울려봐야 안에는 아무도 없었기 때문에 다 소용없는 일이었다.

하는 수 없이 라 뮈에트 옆에 있는 이 거리를, 잘 정돈된 파란 나무들이 장식처럼 서 있는 정원을 따라서 서성이고 있었다. 1시간이나 지난 뒤 모습을 드러낸 경관에게 사건의 자세한 상황을 얘기하고 지폐 13장을 건네주었다.

그 사이에 열쇠공이 불려와 어렵게 정원으로 통하는 철문과 현관문을 여는 데 성공했다. 경관이 방으로 들어섰다. 그리고 하인에게 말했다.

"뭐야? 방이 엉망진창으로 어질러져 있었다고 하지 않았나?"

그가 뒤를 돌아보았다. 샤를은 최면술에 걸린 사람처럼 입구에 멍하니 서 있었다. 모든 가구가 있어야 할 자리에 있었기 때문이었다. 둥근 테이블은 두 개의 창문 사이에 멀쩡하게 서 있었다. 그 앞에는 의자도 가지런히 놓여 있었다. 탁상시계는 벽난로 선반 위에 놓여 있었다. 촛대의 파편은 깨끗이 치워지고 없었다.

망연자실, 하인이 중얼거렸다.

"시체는? ...... 남작님은?"

"그래, 피해자는 어디 있는 거지?"

경관이 외쳤다.

그가 침대 쪽으로 다가갔다. 커다란 시트를 걷어보니 전 베를린 주재 프랑스 대사인 남작 도트렉 장군이 누워 있었다. 훈장으로 장식한 육군 장군의 외투를 입고 있었다.

얼굴은 평온했다. 두 눈은 지그시 감겨 있었다.

하인이 중얼거렸다.

"누군가 온 겁니다."

"어디로 들어왔다는 거지?"

"그건 모르겠습니다. 하지만 내가 없는 동안에 누군가 왔다간 겁니다. 맞아요, 바닥. 이 부근쯤에 강철로 만들어진 비수가 떨어져 있었습니다. 그리고 저 침대 위에는 피 묻은 손수건이...... 그게 전부 없어졌습니다. 누군가 전부 가지고 간 겁니다. 누군가 전부 정리를 해놓은 겁니다."

"누가 그랬단 말인가?"

"범인이 그랬을 겁니다."

"하지만 문은 전부 닫혀 있질 않았나?"

"저택 안에 숨어 있었을 겁니다."

"그렇다면 아직 저택 안에 숨어 있을 거야. 자네는 바로 집 앞에 있질 않았나?"

하인이 잠시 생각에 잠겼다가 천천히 입을 열었다.

"말씀을 듣고보니 그렇군요. 난 철문 곁에서 멀리까지 가지 않았습니다. 그렇다면......."

"그렇다면 누가 가장 늦게까지 남작 옆에 남아 있었지?"

"시중을 드는 여자인 앙투아네트 양이었습니다."

"그 여자는 어디 있나?"

"그녀의 침대가 헝클어져 있지 않을 걸로 봐서, 오귀스트 수녀님이 안 계신 틈을 타서 외출한 듯합니다. 그리 이상한 일도 아닙니다. 그녀는 아름답고......, 젊고......."

"그렇다면 어떻게 나갔단 말인가?"

"문으로 나갔겠지요."

"하지만 자네가 빗장을 채우고 안전사슬을 걸어놓지 않았는가?"

"내가 늦은 거겠죠. 그 전에 이미 저택에서 나갔을 겁니다."

"그렇다면 그녀가 나간 뒤에 범행이 저질러졌단 말이지?"

"그럴 겁니다."

저택 안을 위에서부터 아래까지, 다락방에서 지하실까지 샅샅이 뒤져봤지만 범인은 이미 도망쳐버린 후였다. 어떻게 도망쳤단 말인가? 어디로 도망쳤단 말인가? 과연 범인이 범행 현장으로 돌아와 자신에게 불리한 증거가 될 만한 것을 모조리 없애버려야겠다고 생각했던 것일까? 아니면 공범자가 있는 것일까? 검찰 당국은 이런 의문에 사로잡히지 않을 수 없었다.

7시가 되자 검시를 위해 의사가 왔다. 8시에는 보안과장이 왔으며, 그 다음으로 검사와 예심판사가 도착했다. 경관, 형사, 신문기자, 도트렉 남작의 조카, 그 외에도 많은 사람들이 찾아와서 저택 안은 매우 복잡했다.

조사가 진행되었다. 샤를의 기억을 바탕으로 시체의 위치를 검증해보았다. 오귀스트 수녀가 오자 곧 그녀도 심문을 받았다. 하지만 아무것도 발견할 수 없었다. 오귀스트 수녀가 앙투아네트의 실종 소식을 듣고 놀랐다는 것이 그나마 수확이라면 수확이었다. 12일 전에 훌륭한 신분증명서를 보고 그 아가씨를 고용했다는 것이었다. 따라서 그 아가씨가 자신에게 맡겨진 환자를 버려두고 밤에 혼자 외출했다는 사실을 믿으려들지 않았다.

"만약 외출을 한 거라면 벌써 돌아왔을 거야."

예심판사가 말했다.

"그런데 아직 돌아오지 않는 걸 보니, 결국 그녀는 어떻게 됐는가 하는 처음 의문으로 되돌아가는 수밖에 없겠군."

"내 생각에는 그녀가 범인에게 유괴당한 것 같습니다."

샤를이 말했다.

이 추정은 매우 그럴듯했으며 외견상의 어떤 것과도 일치하는 주장이었다. 보안과장이 말했다.

"유괴당한 거라고? 그렇군, 완전히 무시할 수도 없는 말이야."

"무시할 수도 없는 말이라고요? 그 추정은 사실과도, 조사 결과와도 그리고 그 어떤 이론과도 맞아떨어지질 않습니다."

어떤 목소리가 들려왔다. 그 목소리는 매우 거칠었다. 그리고 매우 강경했다. 그 목소리의 주인공이 가니마르라는 사실을 알고서는 아무도 놀라지 않았다. 그렇게 거침없이 말을 할 수 있는 것은 가니마르 뿐이었기 때문이었다.

"아, 가니마르 자네였나? 자네가 와 있을 줄은 몰랐네."

뒤두이 씨가 외쳤다.

"2시간 전부터 와 있었습니다."

"그렇다면 자네는 23조 514번 복권, 클라이페이롱 가 사건, 금발의 여인, 아르센 뤼팽 이외의 다른 사건에도 관심을 가지고 있단 말인가?"

"잠깐! 잠깐! 이 사건과 뤼팽이 관계가 없다고는 누구도 단언할 수 없습니다. 어쨌든 새로운 사실이 발견될 때까지는 그 복권 사건에 대해서 이야기하지 말도록 합시다. 그리고 이 사건에 눈을 돌리도록 합시다."

늙은 형사가 냉소하는 투로 말했다.

가니마르는 그의 독특한 수사법이 새로운 유파를 만들거나, 그 이름이 사법 연대기에 오래도록 남을 만큼 위대한 경관도 아니었다. 뤼팽이나 르콕, 셜록 홈즈가 가지고 있는 번뜩임이 그에게는 없었다. 하지만 그도 관찰력, 명석한 두뇌, 인내력, 직감을 고루 갖추고 있는 사람이었다. 그의 특징은 절대적인 독자성을 가지고 수사를 진행한다는 점이었다. 그 어떤 것도, 뤼팽이 그에게 거는 일종의 마법과도 같은 것들을 제외하면 그 어떤 것도 그의 판단을 흐리거나 그에게 영향을 주지 못했다.

어쨌든 이 사건에서도 그는 눈부신 활약을 했으며 재판관들에게도 그의 협력은 반가운 것이기도 했다.

그가 말했다.

"우선, 나는 샤를에게서 이 점에 대해서 확실히 듣고 싶네. 그러니까 처음 봤을 때는 물건들이 쓰러져 있고 엉망진창이었는데 다시 들어와 보니 모든 것이 제자리에 있었단 말이지?"

"모든 것이 평소와 다름없이 제자리에 놓여 있었습니다."

"그렇다면 그 각각의 물건들이 평소 어디에 놓여 있는지 잘 알고 있는 사람이 아니라면 그것들을 제자리에 돌려놓지 못했을 겁니다."

이 말은 모든 사람들을 놀라게 했다. 가니마르가 계속해서 말했다.

"샤를 한 가지만 더 묻겠네. 자네는 벨소리를 듣고 잠에서 깼다고 했지? 누가 자네를 부른 것 같나?"

"남작님입니다."

"그렇군. 그렇다면 남작은 어느 순간에 벨을 울린 것일까?"

"격투가 끝난 뒤......, 죽음 직전이었겠죠."

"글쎄, 그건 아닌 것 같은데. 자네가 처음 봤을 때 남작은 벨의 단추에서 4미터 이상이나 떨어진 곳에 쓰러져 있지 않았는가?"

"그럼 격투를 벌이다 울린 거겠죠."

"그것도 아닐 걸세. 왜냐하면 벨소리는 평소와 다름없이 울렸다고 하질 않았나? 상대가 그렇게 벨을 울릴 만한 시간적 여유를 줬을 리 없지 않겠나?"

"그럼 공격당하기 직전에 울렸을 겁니다."

"그것도 아닐 걸세. 벨이 울린 뒤 자네가 이 방에 들어오기까지는 길어야 3분밖에 안 걸렸을 거라고 자네가 말하지 않았나? 만약 남작이 미리 벨을 울렸다면 격투와 살해, 단말마 그리고 도망까지 이 모든 것이 3분 만에 행해졌다는 말이 돼. 다시 말하지만 그건 있을 수 없는 일일세."

"하지만 누군가가 벨을 울린 것만은 틀림없는 사실일세. 남작이 아니라면 대체 누구란 말인가?"

예심판사가 말했다.

"범인입니다."

"무슨 목적으로?"

"목적은 모르겠습니다. 어쨌든 벨을 울렸다는 사실은, 벨이 하인의 방과 연결되어 있다는 사실을 알고 있었다는 결정적인 증거입니다. 과연 누가 그런 자세한 내용을 알고 있었을까요? 저택 안에 살고 있는 사람이겠죠."

추정의 범위가 좁혀졌다. 빠르고 명쾌하고 이론적인 말로 가니마르가 문제의 핵심을 풀어냈다. 이로써 늙은 경감의 생각을 확실히 알 수 있었다. 따라서 예심판사가 다음과 같은 결론을 내린 것도 어찌 보면 당연한 일이었다.

"그러니까 간단하게 말하자면 자네는 앙투아네트 브레아를 의심하고 있단 말이지?"

"의심하는 게 아니라 그녀를 기소하겠습니다."

"공범으로 기소하겠단 말인가?"

"도트렉 남작 살인사건의 하수인으로 기소하겠습니다."

"무슨 소린가? 뭘 증거로……."

"증거는 이 한 줌의 머리카락입니다. 저는 이것을 피해자의 오른손과 손톱이 파고 들어간 부분에서 발견했습니다."

그가 머리카락을 내보였다. 그것은 황금실처럼 눈부시게 빛나는 금발이었다. 샤를이 중얼거리듯 말했다.

"이건 틀림없이 앙투아네트의 머리카락입니다. 틀림없습니다."

그가 덧붙여 말했다.

"그리고......, 이런 일도 있었습니다. 그 단검......, 두 번째 왔을 때는 이미 사라져버리고 없었던 그 단검도 사실은 그녀 것이었습니다. 책의 페이지를 자르는 데 사용했었습니다."

그의 말이 끝나자 무겁고 긴 침묵이 이어졌다. 범행이 여자의 손에 의해서 행해졌기 때문에 더욱 무시무시하게 느껴졌다. 예심 판사가 자신의 의견을 말했다.

"한층 더 자세한 사실이 밝혀질 때까지 남작은 앙투아네트 브레아에 의해서 살해된 것으로 봅시다. 하지만 그 사실을 증명하기 위해서는 우선 그녀가 범행 후 어떤 경로로 빠져나갔다가 샤를이 집 밖으로 나간 후에 되돌아오는지, 또 경관이 오기 전까지 어떻게 나갔는지를 설명할 필요가 있소. 가니마르, 이 점에 대한 당신의 의견이 있나?"

"전혀 없습니다."

"그렇다면?"

가니마르가 난처한 표정을 지었다. 그러다가 괴롭다는 듯 말했다.

"내가 말할 수 있는 건, 23조 514번 복권 사건과 같은 수법이, 마술과도 같은 수법이 이번 사건에서도 사용되었다는 것뿐입니다. 앙투아네트 브레아는 이 저택 안에서 나타나기도 하고 사라지기도 하는, 아르센 뤼팽이 드티냥 변호사의 집에 숨어들기도 하고 금발 여인을 데리고 사라지기도 한 것과 같은 신출귀몰함을 보여줬습니다."

"그건 또 무슨 뜻이지?"

"그러니까 나는 이 두 가지의 기이한 암호를 생각하지 않을 수 없다는 사실입니다. 앙투아네트 브레아는 12일 전에, 그러니까 그 금발 여인이 내가 쳐놓은 그물 사이로 빠져나간 그 다음날, 오귀스트 수녀에 의해서 이 집에 고용되었습니다. 그리고 두 번째는 그 금발 여인의 머리카락이 여기에 있는 머리카락과 마찬가지로 강렬한 빛, 금속처럼 빛나는 윤기를 가지고 있다는 사실입니다."

"그러니까 자네는 앙투아네트 브레아가......."

"바로 그 금발 여인이라는 말입니다."

"뤼팽이 이 두 사건을 계획했다는 말이지?"

"그렇게 생각됩니다."

갑자기 웃음소리가 들려왔다. 보안과장이 웃음을 참지 못한 것이었다.

"뤼팽이라고? 역시 뤼팽인가? 이도 저도 다 뤼팽. 어디에나 뤼팽이 있단 말인가?"

"있을 곳에는 있죠."

기분이 상한 가니마르가 커다란 목소리로 말했다.

"어디에 있든 거기에 있을 만한 이유는 있었을 게 아닌가? 그런데 이번 사건의 경우는 그 이유가 확실하지 않다는 생각이 드네. 책상 위에는 손도 대지 않았으며 지갑도 그대로 남아 있었으니까. 그리고 금화도 고스란히 남아 있었네."

뒤두이가 말했다.

"그렇습니다. 하지만 그 유명한 다이아몬드는 어떻습니까?"

가니마르가 외쳤다.

"다이아몬드라니? 무슨?"

"그 청 다이아몬드 말입니다! 프랑스 왕국 왕관의 일부를 구성하고 있던 그 유명한 다이아몬드는 A공작이 레오니드 L에게 주었고 레오니드 L의 사후에 도트렉 남작이 열애 중인 그 여배우에게 선물하려고 사들였던 물건입니다. 내 또래의 사람들에게는 잊을 수 없는 유명한 이야기 중 하나였습니다."

"만약 그 청 다이아몬드가 발견되지 않는다면 사건의 모든 것을 설명할 수 있을 거야. 그런데 어디를 찾아보면 되지?"

예심판사가 말했다.

"남작님의 왼쪽 손을 찾아보십시오. 그 청 다이아몬드는 언제나 남작님의 손에서 떨어진 적이 없었으니까요."

샤를이 말했다.

"남작의 손이라면 내가 봤지."

가니마르가 피해자 곁으로 다가서며 확실한 어조로 말했다.

"보시다시피 여기에는 그저 금반지밖에 없습니다."

"손바닥을 한번 보십시오."

하인이 말했다.

가니마르가 굳게 쥐어져 있던 손가락을 폈다. 반지는 안쪽으로 돌아가 있었다. 그리고 반지의 한가운데 청 다이아몬드가 빛나고 있었다.

"어떻게 된 일이야? 뭐가 뭔지 하나도 모르겠군."

가니마르가 멍한 표정으로 중얼거렸다.

"이제 가엾은 뤼팽을 의심하지는 않겠지?"

뒤두이가 비웃듯 말했다.

한동안 생각에 잠겨 있던 가니마르가 좀 과장스런 어조로 말했다.

"나는 뭐가 뭔지 모를 때만 아르센 뤼팽을 의심합니다."

이 기괴한 범죄가 일어난 다음날, 검찰 당국이 행한 검증은 이것으로 마무리 지어졌다. 막연하고 모순뿐인 검증이었는데 그 이후에 행해진 조사에서도 어떤 확증도 잡아내질 못했다. 앙투아네트의 이동 경로는, 금발의 여인의 그것과 마찬가지로 전혀 설명할 길이 없었으며, 기껏 도트렉 남작을 살해했으면서도 그 손가락에서 지난 날 프랑스 왕관을 장식했다는 전설을 가지고 있는 그 다이아몬드를 빼가지 않은 이 금발의 비밀스러운 여성은 과연 어떤 인물인가도 전혀 알 길이 없었다.

그리고 무엇보다도 그녀에 대한 호기심 때문에 이 범행은 더욱 사람들의 주목을 끌게 되었고 그로 인해 여론이 들끓어 올랐다.

도트렉 남작의 상속인들이 이런 고마운 기회를 놓칠 리가 없었다. 그들은 앙리 마르탱 대로에 있는 그 저택에서, 곧 드루오 경매 회관에서 매각될 가구와 집기류를 전시했다. 전시된 것은 최근에 만들어진 이상한 취향의 가구와 예술적 가치라고는 조금도 없는 물건들뿐....... 하지만 오직 하나, 방 한가운데 석류빛 벨벳에 둘러싸인 받침대 위에서 유리 종에 의해 지켜지고 있으며 두 관리인이 감시를 하고 있는 청 다이아몬드 반지가 찬연한 빛을 발하고 있었다.

참으로 크고 멋진 다이아몬드였다. 비할 데 없는 순수함을 간직하고 있었다. 맑은 물에 하늘이 비친 것 같은, 말로는 표현 할 수 없는 푸름이었다. 하얀 천에서 언뜻 느낄 수 있는 푸른빛을 띠고 있었다. 사람들은 감탄했으며 흥분했다. 그리고 사람들은 피해자의 방을, 시체가 누워 있던 장소를, 피에 젖은 카펫을 걷어낸 바닥을, 특히 살인범 여자가 빠져나간 단단한 벽을 두려움에 찬 시선으로 바라보았다. 사람들은 난로 앞 대리석이 움직이는 것은 아닐까, 거울 테두리 장식에 회전시키는 데 쓰는 스프링이 숨겨 있지 않을까 몇 번이고 확인을 해봤다. 사람들은 뻥 뚫려 있는 구멍을, 터널의 입구를, 하구로나 지하묘지와 연결되어 있는 비밀통로를 상상했다.

청 다이아몬드의 경매는 드루오 회관에서 행해졌다. 사람들은 모두 긴장을 했다. 곧 경매의 흥분이 광기처럼 변해버렸다.

그곳에는 화려한 축제 때면 반드시 모습을 드러내는 파리의 상류 인사들이 전부 모여 있었다. 살 능력이 있는 사람들, 살 능력이 있을 것으로 생각되는 사람들, 주식투자가, 예술가, 다양한 부류의 여성들, 장관들, 이탈리아 출신의 테너 가수, 망명 중인 국왕 등. 이 사람들은 자신의 신용도를 높이기 위해서 뻔뻔스럽게도 앙칼진 목소리로 십만 프랑까지 가격을 올려놓는 조금 사치스러운 짓을 해버렸다. 이탈리아의 테너 가수가 십오만 프랑, 프랑스의 한 여배우가 십칠만 오천 프랑까지 값을 올려놓았다.

하지만 이십만 프랑이 되자 사람들은 점점 용기를 잃고 말았다. 이십오만 프랑이 되자 이제 두 사람이 경합을 벌이게 되었다. 금광을 운영하고 있는 유명한 자본가인 헤르슈만과 다이아몬드와 보석 수집가로 유명한 미국의 여자 부호 크로종 백작 부인이 바로 그들이다.

"이십 육만......, 이십 칠만......, 이십 칠만 오천......, 이십 팔만......."

진행자가 두 경쟁자의 안색을 살펴며 계속해서 값을 불렀다.

"부인께서 이십 팔만을 제시했습니다. 다른 분 안 계십니까?"

"삼십만."

헤르슈만이 중얼거리듯 말했다.

한동안 침묵이 흘렀다. 모든 사람들의 시선이 크로종 백작 부인에게로 쏠렸다. 웃는 얼굴로 앞에 놓인 의자에 기대 서 있었지만 창백한 얼굴이 마음의 동요가 있었음을 말해주고 있었다. 사실 그녀와 그곳에 있던 사람들은 상식적으로 이 싸움은 당연히 저 자본가가 승리할 것이라고 확신하고 있었다. 오억 이상이나 되는 재산의 후광을 엎고 있었기 때문에 어떤 변덕이든 아무렇지도 않게 할 수 있는 것이다. 그 사실을 잘 알고 있으면서도 그녀는 다시 한번 값을 올렸다.

"삼십 오만."

다시 한번 침묵이 감돌았다. 다시 값을 올리는 목소리가 당연히 들려올 것이라고 기대하며 사람들은 금광 소유주를 바라라보았다. 강하고 거친 마지막 한마디를 이쯤에서 들을 수 있을 것이었다.

그런데 목소리가 들려오지 않았다. 헤르슈만은 오른손에 들고 있던 종이 쪽지를 바라보고 있었으며 왼손에는 뜯어낸 봉투조각을 든 채 꼼짝도 하질 않았다.

"삼십 오만입니다."

진행자가 반복해서 외쳤다.

"하나......, 둘....... 아직 늦지 않았습니다. 다른 분 안 계십니까? 반복하겠습니다. 하나......., 둘......."

헤르슈만은 움직이려 들지 않았다. 마지막으로 다시 한번 침묵이 감돌았다. 낙찰을 알리는 망치소리가 들렸다.

"사십 만."

망치소리를 들은 헤르슈만이 그제야 정신이 든 듯 자리에서 벌떡 일어서며 외쳤다.

너무 늦었다. 낙찰은 번복할 수 없는 사실이 되어버렸다.

사람들이 그의 주위로 몰려들었다. 어찌된 일인가? 어째서 좀 더 빨리 값을 부르지 않았는가?

그가 웃음을 터뜨렸다.

"왜냐고요? 나도 잘 모르겠습니다. 잠시 정신이 나갔었나봅니다."

"어떻게 그런 일이 있을 수 있죠?"

"있습니다. 이 편지 때문이죠."

"그 편지를 받았다고 해서......."

"그 당시에는 내 마음을 혼란스럽게 하기에 충분했습니다."

가니마르가 그 자리에 있었다. 그는 반지의 경매를 보러 왔던 것이었다. 그가 한 직원에게 다가가 물었다.

"자네였지? 헤르슈만 씨에게 편지를 건넨 게."

"맞습니다."

"누가 부탁한 거지?"

"한 여인이 부탁했습니다."

"어디 있는가?"

"어디? ...... 아, 저기 계십니다. 두꺼운 베일을 두르신 저 분입니다."

"저쪽으로 가고 있는 저 분?"

"그렇습니다."

가니마르가 서둘러 입구 쪽으로 갔다. 그리고 계단을 내려가고 있는 여자의 뒷모습을 발견했다. 그가 달리기 시작했다. 현관 가까이서 인파에 앞길이 막혀버렸다. 문 밖으로 나서보았지만 여자의 모습은 이미 사라지고 없었다.

그는 다시 경매장으로 들어섰다. 헤르슈만에게 다가가 이름을 밝힌 뒤 그 편지에 대해서 물었다. 헤르슈만이 그것을 건네주었다. 연필로 쓴 필기체였는데 이 자본가도 본 적이 없는 필체로 다음과 같은 말들이 적혀 있었다.

「그 청 다이아몬드는 불행을 가져온다. 도트렉 남작을 생각하라.」

청 다이아몬드에 얽힌 사연은 그것으로 끝이 아니었다. 끝은커녕 도트렉 남작 살인사건과 드루오 회관에서의 사건으로 더욱 널리 세상에 알려지게 되었다. 그로부터 6개월 뒤, 이 보석은 다시 한번 세상의 주목을 끌게 되는 운명을 맞이하게 된다. 크로종 백작 부인이 그렇게도 마음고생을 하며 손에 넣었던 귀중한 보석을 그 해 여름에 도둑맞았기 때문이었다.

당시 전 세계 사람들이 이 변화무쌍한 극적 장면에 열광했으며, 이제 필자인 내가 다소간의 빛을 던져줄 수 있는 이 괴사건에 대해서 요약해보도록 하겠다.

8월 10일 밤, 크로종 부부의 초대를 받아 머물고 있던 손님들은 숨 만이 내려다보이는 멋진 성채의 살롱 안에 모여 있었다. 막 피아노를 치기 시작한 백작 부인이 옆에 있던 작은 받침대 위에 방해가 되는 보석류들을 손가락과 목에서 떼어내 올려놓았는데 그 안에는 도트렉 남작이 소유하고 있던 반지도 섞여 있었다.

1시간 후, 백작은 사촌형인 당델 부부와 백작 부인의 절친한 친구 드 레알 부인과 함께 살롱에서 나왔다. 백작 부인은 오스트리아 영사인 블라이헨 씨 부부와 함께 살롱에 남아 있었다.

세 사람은 한동안 이야기를 나눴다. 잠시 후, 백작 부인이 살롱의 탁자 위에 놓여 있던 램프를 껐다. 바로 그 순간 블라이헨 씨가 피아노에 있는 두 개의 램프를 껐다. 잠시 어둠 속에서 혼란이 일어났다. 곧 영사가 초에 불을 붙였다. 그런 다음 각자의 방으로 돌아갔다. 그런데 방으로 들어선 순간, 백작 부인은 자신이 보석을 놓고 왔음을 깨닫고 몸종을 시켜 가져오라고 했다. 몸종이 돌아왔다. 그리고 그대로 벽난로 위 장식장에 놓았는데 백작 부인은 그것을 확인하지 않았다. 이튿날, 크로종 부인은 반지 하나가, 그 청 다이아몬드 반지가 없어졌음을 알았다.

그녀가 남편에게 말했다. 두 사람은 바로 결론을 내렸다. 몸종에게는 혐의가 없었기 때문에 범인은 틀림없이 블라이헨 씨일 것이다.

백작은 아미엥 시의 경찰본부에 신고를 했다. 경찰이 바로 조사에 착수했다. 그리고 오스트리아 영사가 그 반지를 비밀리에 매각하거나 발송하지 못하도록 엄중하게 감시를 했다.

경관들은 밤낮으로 성채를 감시했다.

아무런 일도 일어나지 않은 채로 2주일이 흘렀다. 블라이헨 씨가 잠시 말미를 달라고 청해왔다. 그날 그에 대한 고소장이 제출되었다. 서장이 공식적으로 관여하여 짐을 검색하라고 명령했다. 영사가 늘 열쇠를 몸에 지니고 다니는 조그만 가방 속에 치약병이 있었는데 그 병 안에 반지가 들어 있었다.

블라이헨 부인이 놀라 기절했다. 그녀의 남편은 체포되었다.

용의자가 자신을 어떻게 변호했는지 세상 사람들은 잘 알고 있을 것이다. 반지가 발견된 것은 크로종 씨가 자신에게 복수를 한 것이라고 밖에는 달리 설명할 길이 없다고 강력하게 주장했다. '백작은 난폭한 사람입니다. 그리고 부인을 불행하게 만들고 있습니다. 나는 부인과 오랜 시간 동안 얘기를 나눈 결과 이혼을 하라고 적극적으로 권했습니다. 이 사실을 안 백작이 내가 출발하기 직전에 그 반지를 세면도구 속에 넣어서 복수를 하려 했던 것입니다.' 라고 말했다. 백작 부부는 고집을 피우며 고소를 취하하려 들지 않았다. 양쪽 모두에게 신빙성이 있었으며 양쪽 모두 그럴듯하게 들리는 말을 했다. 대중들은 부부의 말과 영사의 말 중 자신의 마음에 드는 것을 고르면 되는 것이었다. 천칭을 한쪽으로 기울어지게 할 만한 결정적인 사실은 아무것도 발견되지 않았다. 1개월에 걸친 소문과 추측과 수사에도 불구하고 확실한 요소는 아무것도 발견되지 않았다.

세상에 떠다니는 시끄러운 소문에는 입을 다물고 있었지만, 자신들이 해온 비난을 정당화해줄 만한 결정적인 증거가 잡히지 않았기 때문에 크로종 부부는 결국 견디지 못하고 이 난마처럼 얽힌 문제를 풀 능력을 가진 보안과장을 파리에서 파견해 달라고 부탁했다. 가니마르가 파견되었다. 나흘 동안 늙은 형사는 여기저기 찾아다니기도 하고, 정원을 둘러보기도 하고, 몸종과 운전사, 정원사, 근처 우체국의 직원 등과 오랫동안 이야기를 나누기도 하고 블라이헨 부부, 당델 부부, 드 레알 부인의 숙소를 수사하기도 했다. 그러던 어느 날 아침, 누구에게도 인사를 하지 않고 모습을 감춰버렸다.

그런데 1주일 뒤, 그들은 다음과 같은 전문을 받았다.

「내일 금요일 오후 5시 부아시 당글라 가의 일본 찻집으로 오기 바람.
가니마르」

금요일 정각 5시에 그들을 실은 자동차가 부아시 당글라 가 9번지에서 멈춰 섰다. 보도에 서서 그들이 오기를 기다리고 있던 늙은 경관이 한마디 설명도 없이 일본 찻집 2층으로 그들을 안내했다.

그들은 방 안에서 두 사람을 볼 수 있었다. 가니마르가 그들을 소개했다.

"이 분은 베르사유 고등학교의 선생님이신 제르부아 씨입니다. 아르센 뤼팽이 이 분의 오십만 프랑을 뜯어간 사실을 알고 계실 겁니다. 이 분은 도트렉 남작의 조카로 그의 상속인이기도 한 레오니스 도트렉 씨입니다."

네 사람이 자리에 앉았다. 몇 분 후, 다섯 번째 사람이 안으로 들어왔다. 그는 보안과장이었다.

뒤두이 과장은 매우 기분이 언짢은 사람처럼 보였다. 그가 사람들에게 인사를 하자마자 말했다.

"무슨 일인가? 가니마르. 경찰서에서 자네가 전화로 남긴 메모를 보고 오는 길인데 뭐 대형 사건이라도 터졌나?"

"대형 사건이지요, 과장님. 1시간 안으로 내가 관여해왔던 사건의 마지막 장이 이곳을 무대로 펼쳐질 겁니다. 과장님께서 꼭 참석해 주셔야겠다고 생각했기에 일부러 부탁을 드린 겁니다."

"계단 밑 입구 부근에서 만난 디외지와 폴랑팡도 필요해서 불렀단 말인가?"

"그렇습니다, 과장님."

"그래 대체 무슨 일인가? 체포? 꽤 거창한 무대로구먼. 자, 가니마르 설명을 해보게."

가니마르는 몇 초간 말을 하지 않고 망설였다. 이윽고 듣는 사람을 놀라게 해주겠다는 의도가 확실하게 담긴 어투로 이렇게 말을 꺼냈다.

"우선 제가 확실하게 말씀드릴 수 있는 것은 블라이헨 씨는 반지 도난사건과 전혀 무관하다는 사실입니다."

"이보게! 그건 단순한 단정에 지나지 않는가? 그것도 매우 중대한……"

뒤두이 씨가 말했다.

백작이 물었다.

"그 단정……, 그것이 당신이 발견한 사실의 전부입니까?"

"아닙니다. 이번 도난이 있었던 날로부터 이틀 후, 댁의 손님 세 명이 자동차로 드라이브를 나갔다가 우연히 크렉시 마을에 이르렀습니다. 세 사람 중 두 사람은 유명한 격전지를 구경하러 갔었지만 나머지 한 분은 서둘러 우체국으로 가서 규정대로 끈을"

묶고 봉인을 한 소포를 내용물 가격 백 프랑이라고 표시해서 발송했습니다.

크로종 씨가 반박했다.

"거야 당연한 일 아닙니까?"

"그 사람이 본명 대신 루소라는 가명을 썼다는 점, 파리에 살고 있는 수취인 벨룩스라는 사람이 그 소포를 그러니까 그 반지를 받은 날 밤에 이사를 했다는 점을 아신다면 여러분도 당연한 일이라고는 생각지 않으실 겁니다."

"그렇다면 그게 내 사촌형인 당델 부부 중 한 사람일지도 모른다는 말이오?"

"그 두 분은 아닙니다."

"그렇다면 드 레알 부인이란 말이오?"

"그렇습니다."

어처구니없다는 듯이 백작 부인이 외치듯 말했다.

"어머, 경관님, 내 친구인 드 레알 부인이 범인이란 말씀인가요?"

"부인, 한 가지만 여쭙도록 하겠습니다. 드 레알 부인은 청 다이아몬드 반지 경매장에 모습을 나타냈었죠?"

"맞아요. 하지만 따로따로 갔었어요. 우리랑 함께 간 게 아니에요."

"반지를 사라고 그 분이 권하지 않았나요?"

부인이 그때 일을 떠올리며 말했다.

"맞아요. 그러고 보니……. 그녀가 먼저 반지 얘기를 꺼냈어요."

"부인, 이건 매우 중요한 대답입니다. 드 레알 부인이 먼저 당신에게 그 반지 얘기를 꺼냈고, 그것을 사라고 권했던 게 틀림없는 사실입니까?"

"하지만……, 내 친구가 반지를 훔치다니, 그런……."

"죄송한 말씀입니다만, 드 레알 부인은 사귄 지 얼마 되지 않은 친구지 신문에서 말한 것처럼 그리 절친한 사이는 아니시죠? 절친한 친구라는 이유로 그 부인은 혐의선상에서 벗어날 수 있었습니다. 두 분은 지난 겨울부터 알고 지내던 사이에 지나지 않습니다. 나는 확실하게 말씀드릴 수 있습니다. 그 사람이 자신에 대해서, 자신의 과거에 대해서, 자신의 친구들에 대해서 부인께 한 말은 전부 거짓말입니다. 블랑슈 드 레알 부인이라는 사람은 당신에게 말하기 전까지는 존재하지 않았으며 지금도 존재하지 않습니다."

"그 다음은 뭐죠?"

"다음이라니요?"

가니마르가 말했다.

"그래요. 얘기는 아주 재미있어요. 하지만 우리 문제와 무슨 관계가 있다는 거죠? 만약 드 레알 부인이 반지를 훔쳤다면 거기에 무슨 증거라도 있단 말인가요? 그리고 왜 그걸 다시 블라이헨 씨의 치약병 속에 숨겼겠어요? 그런 말도 안 되는 얘기가 어디 있겠어요? 고생해서 간신히 훔쳐낸 청 다이아몬드니 소중하게 보관했을 거예요. 이에 대해서는 어떻게 대답하실 생각이시죠?"

"제게는 아무런 답도 없습니다. 하지만 드 레알 부인이 거기에 답해주실 겁니다."

"그렇다면 그녀는 존재한다는 말이군요."

"존재합니다만…… 존재하지 않습니다. 간단히 말씀드리자면 이렇게 된 겁니다. 3일 전, 평소와 다름없이 신문을 읽다가 트루빌에 체재 중인 외국인 명단의 가장 위에 「보리바주 호텔 내 드 레알 부인, 그 외……」라고 실려 있는 걸 봤습니다. 나는 그날 밤으로 트루빌로 달려가 보리바주 호텔의 지배인에게 물었습니다. 인상착의와 내가 입수한 몇 가지 정보를 바탕으로 그 드 레알 부인이 내가 찾던 인물이라는 사실을 알게 됐습니다. 하지만 그녀는 이미 호텔을 떠난 뒤였습니다. 파리의 주소를 콜리제 가 3번지라고 적어놨습니다. 그제, 나는 그 주소를 찾아갔습니다. 그리고 드 레알 부인이 아니라 그냥 레알 부인('드'는 귀족을 나타내는 말-역자 주)이라는 사람이 그곳 3층에서 살고 있는데 다이아몬드 중개업을 하고 있으며 종종 집을 비운다는 사실을 알아냈습니다. 어제 나는 그녀가 사는 곳을 찾아가 레알 부인에게 가명을 대고 값비싼 보석을 살 수 있는 사람들을 소개해주겠다고 말했습니다. 오늘 여기서 그 첫 번째 대면이 이뤄지는 셈입니다."

"뭐라고요? 그럼 우린 그 사람을 기다리고 있는 건가요?"

"5시 30분까지 오기로 했습니다."

"그런데 그게 사실인가요?"

"그 여자가 크로종 씨의 성채에 있던 그 레알 부인이냐고요? 나는 거기에 대한 확실한 증거를 가지고 있습니다. 하지만…… 들어보세요. 폴랑팡이 보내는 신호가 들립니다."

휘파람소리가 한바탕 들려왔다. 가니마르가 자리에서 벌떡 일어났다.

"꾸물거릴 시간이 없습니다. 크로종 씨, 부인을 옆방으로 데리고 가십시오. 그리고 당신도, 도트렉 씨......, 그리고 당신도요, 제르부아 씨....... 문을 열어둘 테니 신호를 하면 바로 나와 주세요. 과장님은 여기 남아 계십시오."

"만약 다른 손님이 오면?"

뒤두이 과장이 걱정되는 듯 말했다.

"그건 신경 쓰지 않으셔도 됩니다. 이 집은 개업한 지 얼마 되지 않았고 주인은 내 친굽니다. 그 누구도......, 그 금발 여인 외에는 아무도 들어오지 않을 겁니다."

"금발의 여인이라고? 자네 무슨 얘기가 하고 싶은 건가?"

"그 금발의 여인, 바로 그 금발의 여인입니다. 과장님. 아르센 뤼팽의 여자친구이자 공범자인 그 베일 속의 금발의 여인입니다. 내게는 충분한 증거가 있지만 지금 과장님 앞에서 다시 한번 모든 피해자들의 증언을 듣고 싶습니다."

그가 창문으로 밖을 내다봤다.

"왔습니다. 들어왔습니다. 이제 더 이상 도망치지 못할 겁니다. 폴랑팡과 디외지가 입구를 지키고 있으니까요. 과장님, 그 금발의 여인은 이제 독 안에 든 쥐가 되고 말았습니다!"

그 순간 한 여자가 문 앞에서 멈춰 섰다. 키가 크고 말랐으며 얼굴은 매우 창백했고 머리카락은 눈부실 정도의 금발이었다. 완전히 흥분에 고조된 가니마르는 한마디도 못한 채 서 있었다. 그녀가 거기에 서 있었다. 그의 눈앞에, 그가 생각했던 상태 그대로! 이것은 아르센 뤼팽에 대한 멋진 승리였다! 그리고 멋진 복수였다! 하지만 그와 동시에 그는 이 승리가 너무 손쉽게 이루어졌기에 어쩌면 이 금발 여인이 뤼팽의 특기인 그 기적적인 힘으로 자신의 손에서 빠져나가는 것이 아닐까 걱정이 될 정도였다.

그러나 그녀는 사라지지 않고 기다리고 있었다. 침묵에 놀라 자신의 불안을 감추려 들지도 않고 주위를 둘러보았다.

'가버릴 것 같은데! 가버릴 것 같아!'

가니마르는 겁먹은 표정으로 생각했다.

그가 재빨리 그녀와 문 사이를 가로막고 섰다. 그녀가 몸을 획 돌리더니 밖으로 나가려 했다.

"안 됩니다. 안 돼요. 왜 돌아가시려 하는 거죠?"

그가 말했다.

"그렇다면 당신은 왜 이러는 거죠? 이유를 모르겠네요. 보내주세요."

"당신이 돌아가실 이유는 어디에도 없습니다. 부인. 반대로 남으셔야 할 이유는 얼마든지 있습니다."

"하지만......"

"안 됩니다. 돌려보낼 수 없습니다."

그녀가 새파랗게 질린 얼굴로 옆에 있던 의자에 쓰러지듯 앉았다. 그리고 중얼거렸다.

"어쩌란 말씀이시죠?"

가니마르가 이긴 것이었다. 그는 지금 금발 여인을 잡은 것이었다. 정신을 가다듬고 그가 말했다.

"말씀드렸던, 보석을...... 특히 다이아몬드를 사고 싶어하는 친구들을 소개하도록 하겠습니다. 약속하신 그 다이아몬드는 손에 넣으셨습니까?"

"아니....... 아니요. 무슨 말씀이신지....... 그런 얘기는 들은 적이 없는데......."

"있을 텐데요. 잘 생각해보십시오. 친구 중 한 명이 당신에게 청 다이아몬드를 건네주기로 되어 있었을 텐데요. 내가 농담처럼 '그 청 다이아몬드 같은 것'이라고 웃으며 말하자 당신이 '바로 그거예요. 내가 도움이 될 것 같네요.'라고 말씀하지 않았습니까? 생각나시죠?"

그녀가 입을 다물었다. 조그만 손가방이 손에서 떨어졌다. 그녀가 그것을 얼른 집어 들더니 가슴에 꼭 껴안았다. 그녀의 손가락이 가늘게 떨리고 있었다.

"안 됩니다."

가니마르가 말했다.

"드 레알 부인. 당신은 우리를 못 믿으시는군요. 그렇다면 좋은 예를 하나 보여드리겠습니다. 내가 가지고 있는 것을 보시기 바랍니다."

그가 손가방에서 조그만 꾸러미를 꺼내 펼쳐보였다. 그리고 거기서 머리카락 한 움큼을 꺼냈다.

"우선 이건 앙투아네트 브레아의 머리카락입니다. 살해당한 남작이 죽을 때까지도 놓지 않고 손에 쥐고 있던 것입니다. 제르부아 양에게 보여줬더니 틀림없이 그 여자의 머리카락이라고 확실하게 증언했습니다. 그런데 이게 당신의 머리카락과 같은 색을 하고 있습니다. 한 치의 어긋남 없이 똑같은 색입니다."

레알 부인이 멍한 표정으로 그를 바라보았다. 형사가 하는 말의 뜻을 진짜로 모르는 사람 같았다. 그가 계속해서 말했다.

"다음은 향수병 두 개입니다. 상표도 없고 내용물도 없습니다.

하지만 냄새만은 아직도 충분히 남아 있습니다. 제르부아 양이 오늘 아침에 2주일간 함께 여행을 했던 그 금발 연인이 언제나 사용하던 향수라고 말했습니다. 그런데 병 중 하나는 크로종 씨의 성채에서 드 레알 부인이 묵었던 방에 있었던 것이고 다른 하나는 당신이 보리바주 호텔에서 묵었을 때 쓰던 방에 남아 있던 것이었습니다."

"무슨 말씀을 하시는 거죠? 금발 여인에......, 크로종 씨의 성채라니......."

이에는 답하지 않고 형사가 테이블 위에 종이 네 장을 늘어놓았다. 그리고 말했다.

"마지막으로 여기 있는 종이 네 장입니다. 하나는 앙투아네트 브레아의 필적, 다른 하나는 청 다이아몬드 경매장에서 헤르슈만 남작에게 편지를 건네준 부인의 필적, 또다른 하나는 크로종 성채에서 묵었던 드 레알 부인의 필적, 그리고 마지막으로 이것은......, 부인, 당신 자신의 필적입니다. 트루빌의 보리바주 호텔의 포터에게 당신이 건네준 이름과 주소입니다. 그런데 이 네 개의 글씨를 비교해보십시오. 모두 똑같습니다."

"대체 이게 다 뭐란 말이죠? 장난 좀 그만하세요."

"이건 말입니다. 부인! 아르센 뤼팽의 여자친구이자 공범자인 금발의 여인이 바로 당신이라는 뜻입니다!"

가니마르가 커다란 몸짓을 해가며 외쳤다.

그는 옆방의 문을 열어 제르부아 씨에게 달려가더니 그의 어깨를 밀어 레알 부인 앞으로 데려왔다.

"제르부아 씨, 따님을 납치한 여자, 그리고 드 티냥 변호사 댁에서 만났던 여자라는 생각이 들지 않으십니까?"

"아닙니다."

모든 사람들이 놀람과 충격에 휩싸였다. 가니마르가 중심을 잡지 못하고 비틀거렸다.

"충분히 생각하고 말씀드리는 겁니다. 부인은 그 금발의 여인과 머리색도 똑같고……, 얼굴색도 똑같이 창백합니다. 하지만 전혀 닮지 않았습니다."

"믿을 수 없어……. 어떻게 이런 착각을 할 수 있단 말이지? 도트렉 씨, 당신은 앙투아네트 브레아를 알고 계시죠?"

"앙투아네트 브레아라면 숙부님 댁에서 본 적이 있습니다. 하지만 이 분은 그 사람이 아닙니다."

"그리고 이 분은 드 레알 부인도 아닙니다."

크로종 백작이 말했다.

이것이 최후의 일격이었다. 가니마르는 멍한 표정으로 서서 머리를 숙인 채 눈을 어디에 둬야 할지를 몰라 했다. 그가 야심 차게 세운 계획이 산산조각 나버렸다. 공든 탑이 완전히 허물어지고 말았다.

뒤두이 과장이 자리에서 일어났다.

"부인, 사과드리겠습니다. 변명의 여지가 없는 오해가 있었던 듯한데 부디 잊어주시기 바랍니다. 하지만 저는 부인이 이 방에 들어섰을 때 보여줬던 불안한 모습……, 그 이유를 알 수가 없습니다."

"그건 당연한 거 아닌가요? 정말 무서웠어요. 이 손가방 안에는 십만 프랑도 넘는 보석이 들어 있어요. 그리고 당신 친구의 태도는 사람을 안심시킬 수 있을 만한 것이 아니었어요."

"자주 댁을 비우신다고 들었는데……."

"직업상 필요에 의해서 집을 비우는 거라고 이해해주십시오."

뒤두이 과장은 더 이상 아무런 말도 할 수 없었다. 그는 부하 쪽을 바라보았다.

"가니마르, 아무래도 자네가 정보를 너무 경솔하게 수집한 것 같군. 그리고 조금 전에 자네가 이 부인에게 보여준 행동은 적절하지 못한 것이었어. 후에 내 방으로 오게. 자네 변명을 들어줄 테니."

모임은 그것으로 끝났으며, 보안과장은 파리로 돌아가려 했다. 바로 그때 전혀 뜻밖의 일이 벌어졌다. 레알 부인이 가니마르에게 다가가 말했다.

"지금 들어보니 당신이 가니마르 씨 같던데…… 틀림없나요?"

"맞습니다."

"그렇다면 이건 당신에게 온 편지로군요. 보시다시피 이런 이름으로 오늘 아침에 편지를 받았어요. '레알 부인 댁, 쥐스탱 가니마르 씨' 난 누가 장난하는 건 줄 알았어요. 당신 이름이 가니마르인 줄은 몰랐었으니까요. 그런데 이걸 보낸 미지의 사람은 우리들이 만날 걸 미리 알고 있었나 보네요."

이상한 예감이 들어서 쥐스탱 가니마르는 당장에라도 그 편지를 가로채 찢어버리고 싶었다. 하지만 상사 앞에서 그렇게 할 수는 없었다. 그래서 하는 수 없이 봉투를 뜯었다. 편지는 다음과 같은 내용이었다. 그는 들릴락말락 하는 낮은 소리로 그것을 읽었다.

「옛날 옛적, 어떤 곳에 금발의 여인과 뤼팽 그리고 가니마르라는 사람이 살았습니다. 마음씨 나쁜 가니마르가 아름다운 금발의 여인을 괴롭히려 했지만 착한 뤼팽은 그렇게 하도록 내버려둘 수 없다고 생각했습니다. 착한 뤼팽은 금발의 여인을 크로종 부인과 친하게 교제하도록 하기 위해서 그 부인에게 드 레알 부인이라며 소개를 해주었습니다. 그 이름은 금발에 얼굴이 창백한 한 여상인의 이름과 아주 똑같지는 않았지만 거의 비슷했습니다. 착한 뤼팽은 이렇게 생각했습니다. '악당 가니마르가 만약 금발의 여인을 추적 중에 있다면 그는 정직한 여상인을 추적하게 될 테니 이보다 더 고마운 일도 없을 거야.' 라고. 이 현명한 판단은 멋지게 맞아떨어졌습니다. 악당 가니마르가 매일 아침 읽는 신문에 실은 기사, 진짜 금발의 여인이 보리바주 호텔에 일부러 놓아두고 온 향수병, 진짜 금발의 여인이 보리바주 호텔의 포터에게 써서 건네준 레알 부인의 주소와 이름. 이것만으로도 충분했습니다. 어떻게 생각하나 가니마르? 나는 이 모험담을 아주 상세하게 자네에게 들려주고 싶었네. 당신은 재치 있는 사람이니 누구보다도 먼저 웃어줄 것이라는 사실을 알고 있었기 때문에. 그렇다네. 이건 아주 통쾌한 일이야. 그리고 자백하겠는데 나는 매우 즐거웠다네.

친애하는 친구여, 다시 한번 감사의 말을 전하네. 고마웠소. 그리고 뒤두이 과장님께도 안부를 전해주게나.

아르센 뤼팽」

"녀석은 모든 걸 알고 있었어! 내가 그 누구에게도 말하지 않은 사실까지도 알고 있었어. 내가 과장님께 여기로 와주기를 청했다는 사실을 녀석이 어떻게 알았을까요? 내가 첫 번째 향수병을 발견했다는 사실을 녀석은 어떻게 알았을까요? 그 사실들을 어떻게 알았을까요?"

웃기는커녕 거의 울상을 지으며 가니마르가 말했다.

그는 발을 구르기도 하고 머리를 쥐어뜯기도 하며 가엾을 정도로 절망에 빠진 모습을 보였다.

뒤두이 과장도 불쌍하다는 생각이 들었는지 그에게 이렇게 말했다.

"가니마르, 힘내게. 이 다음에는 확실하게 해치우자고."

그런 다음 보안과장은 레알 부인과 함께 방에서 나갔다.

10분 정도 시간이 흘렀다. 가니마르는 여전히 뤼팽의 편지를 되풀이해서 읽고 있었다. 방 한쪽 구석에서 크로종 부부, 도트렉 씨, 제르부아 씨가 뭔가 열심히 얘기를 나누고 있었다. 곧 백작이 형사에게 다가와 말했다.

"결국 초가삼간만 태우고 벼룩은 구경도 못한 셈이 됐습니다."

"그렇지 않습니다. 내 조사로 그 금발의 여인이 뤼팽이 조종한 두 사건의 협력자라는 사실이 입증되었습니다. 이는 굉장한 성과입니다."

"아무런 도움도 되지 않는 성과겠지요. 문제는 더욱 이해할 수 없는 것이 되어버렸습니다. 금발의 여인은 청 다이아몬드를 훔치기 위해서 살인을 했지만 그것을 훔치진 않았습니다. 또 그것을 훔쳤으면서도 다른 사람의 이익을 위해서 그것을 포기했습니다."

"거기까지는 나도 알 길이 없습니다."

"맞습니다. 바로 그렇습니다. 하지만 알아낼 사람이 있을지도 모릅니다."

"무슨 말씀을 하고 싶으신 겁니까?"

백작이 잠시 망설였다. 백작 부인이 남편의 말을 받아 확실하게 말했다.

"우리 생각에는 당신 외에도 뤼팽을 혼내주고 그를 항복하게 만들 만한 실력자가 한 명 더 있을 거라고 생각해요. 가니마르 씨, 만약 우리들이 셜록 홈즈에게 도움을 요청한다면 당신은 불쾌함을 느끼실까요?"

그가 당황하며 말했다.

"아, 아니요. 불쾌하다니요. 단지......, 무슨 말씀을 하시는 건지 잘 모르겠습니다."

"간단합니다. 뚜렷한 결론을 내리지 못하고 있는 사건에 이제 나는 신물이 날 정도예요. 확실한 사실을 알고 싶어요. 제르부아 씨와 도트렉 씨도 나와 같은 생각이고요. 그래서 우리는 유명한 영국의 명탐정에게 의뢰를 하기로 합의를 봤어요."

"옳은 말씀입니다, 부인. 이 늙은 가니마르에게는 뤼팽에 맞서 싸울 만한 기량이 없습니다. 그런데 셜록 홈즈가 과연 성공할 수 있을까요? 나도 그가 꼭 성공해줬으면 하는 마음 간절합니다. 난 진심으로 그 사람을 존경하고 있으니까요. 하지만......, 승산이 별로 없습니다."

"성공하지 못 할 거란 말씀인가요?"

"그게 솔직한 내 의견입니다. 셜록 홈즈와 아르센 뤼팽의 목숨을 건 싸움이 시작되기 전부터 승부는 이미 결정난 것이라는 생각이 듭니다. 영국인의 패배입니다."

"어쨌든 당신도 홈즈를 도와주실 거죠?"

"물론이죠, 부인. 전력을 다해서 도와줄 겁니다."

"홈즈의 런던 주소를 알고 계시나요?"

"알고 있습니다. 파커 가 219번지입니다."

그날 밤으로 크로종 부부는 블라이헨 영사에 대한 고소를 취하했다. 그리고 운명의 초청장이 셜록 홈즈 앞으로 배달되었다.

셜록 홈즈 전투를 개시하다

"안녕하십니까? 뭘 드시겠습니까?"

"뭐든 자네 마음에 드는 걸로 가져오게. 자네 마음에 드는 거면 아무거나 상관없지만 고기와 알코올만은 사양하겠네."

아르센 뤼팽이 먹을 것에는 크게 관심이 없는 사람처럼 대답했다.

웨이터가 경멸하는 듯한 표정을 지으며 자리에서 물러났다.

내가 외치듯 말했다.

"자네 아직도 채식주의를 고집하고 있나?"

"더욱 심해지고 있다네."

뤼팽이 고개를 끄덕이며 대답했다.

"취향인가, 신앙인가? 아니면 단순한 습관 때문인가?"

"건강을 위해서라네."

"그럼 육식은 절대로 하지 않나?"

"가끔 깰 때도 있지……. 사교계의 모임에 나갔을 때는…… 괴짜 취급받고 싶지는 않으니까."

우리 두 사람은 북부 역 근처에 있는 한적한 레스토랑 구석에서 함께 저녁 식사를 하고 있었다. 뤼팽이 이곳으로 나를 불러냈다. 그는 종종 아침에 전보를 보내서 그날 저녁에 파리의 어느 구석진 곳에서 나와 만나기로 약속을 하곤 했다. 그럴 때마다 그는 말을 많이 했으며 생활을 즐기고 있는 천진난만하고 순진한 소년처럼 보였다. 뜻밖의 일화나 추억, 내가 알지 못하는 모험담 등을 반드시 들려주곤 했다.

그날 밤, 그는 평소보다 더 할 얘기가 많은 듯했다. 조금 이상하게 느껴질 정도로 크게 웃고 떠들었다. 그 특유의 교묘한 풍자, 경쾌하고 자연스러우면서도 악의 없는 해학을 끊임없이 늘어놓았다. 이런 그를 보는 것은 매우 즐거운 일이었다. 때문에 나도 내가 만족하고 있다는 사실을 털어놓지 않을 수 없었다.

"맞아! 요즘 나는 모든 일이 너무 즐거워서 참을 수가 없어. 내 안에 있는 생명이 마르지 않고 무한히 솟아나는 보물이라는 생각이 들 정도라네. 내가 얼마나 마음껏 살아가고 있는지는 모든 사람들이 알고 있지 않나?"

"낭비하고 있는 걸지도 모르네."

"보물은 얼마든지 있다네! 나는 언제까지고 자신을 소비하고 낭비할 수 있지. 내 힘과 젊음을 언제 어디서나 과시할 수 있어. 그래야만 좀 더 격렬하고 젊은 힘을 받아들일 여지가 생기는 거지. 그리고 나의 생활은 매우 아름답지! 나는 내가 바라기만 한다면 지금 당장이라도 웅변가, 공장 주인, 정치가, 그 무엇이든 될 수가 있다네. 그럼에도 불구하고 나는 그런 생각은 절대로 품지 않을 걸세. 나는 아르센 뤼팽이야. 그러니까 아르센 뤼팽으로 남을 생각이네. 나는 고금을 통틀어서 내 운명보다 충실하고 강렬한 운명을 찾고 있네만 아직 찾질 못했어. 나폴레옹? 그래, 그럴지도 모르겠군. 프랑스 전쟁 당시 황제의 자리에서 말년을 맞은 나폴레옹은 전 유럽의 압박을 받아 일전을 치를 때마다 이게 마지막 결전은 아닐까 하며 늘 자문했다고 하질 않나? 그 때의 나폴레옹일세."

진심일까? 아니면 농담을 하고 있는 걸까? 어쨌든 그의 목소리에는 열기가 담겨 있었다.

그가 계속해서 말했다.

"중요한 것은 이것일세. 알겠는가? 위험! 끊임없이 위험을 느끼는 걸세! 위험을 공기처럼 들이마시며, 자신의 신변에 사납게 불어오는, 덫을 놓고 기다리고 있는, 절박한 위험을 느끼면서…… 그리고 폭풍의 한가운데 있으면서도 꿈쩍도 하지 않고 침착하게 있어야 하네! 아니면 파멸이 있을 뿐이라는 이 절박함…… 이것과 견줄 만한 감동은 오직 하나, 자동차 경주자가 느끼는 스릴이 있을 뿐이지! 단, 자동차 경주는 하루면 끝나지만 나의 경주는 평생 계속 될 걸세."

"자네 감상적인 기분에 빠진 모양이군. 그렇게 감상적인 기분에 빠졌는데도 이유가 없다고 하지는 않겠지?"

내가 큰 소리로 말했다.

그가 빙그레 웃었다.

"과연 자네는 역시 훌륭한 심리학자로군. 틀림없이 한 가지 이유가 있네."

그가 말했다.

그는 커다란 컵에 얼음물을 가득 따라 마셨다. 그런 다음 내게 말했다.

"자네 오늘 아침에 『르 탕』지를 읽었나?"

"아니, 읽지 않았네."

"셜록 홈즈가 오늘 오후에 영불해협을 건넜고 6시경에 파리에 도착했을 걸세."

"뭐라고? 대체 뭣 때문에?"

"크로종 부부와 도트렉의 조카 그리고 제르부아 선생의 초청에 의한 작은 여행이지. 그들은 북부 역에서 만나 가니마르를 찾아 갔네. 지금쯤 여섯 명이서 이야기를 나누고 있을 거야."

나는 아르센 뤼팽에 대해서 강렬한 호기심을 가지고 있기는 하지만 그럼에도 불구하고 그가 직접 말하지 않는 한은 그의 사생활에 대해서는 묻지 않기로 하고 있었다. 그에 대한 최소한의 예의로써 끝까지 지키겠다고 마음먹고 있었다. 실제로 이때만 해도 청 다이아몬드 사건과 관계가 있는 인물로 그의 이름은 정식으로 발표되지 않았었다. 그래서 나는 아무런 질문도 하지 않았다. 그가 계속해서 말했다.

"또 『르 탕』지에는 우리의 믿음직스러운 가니마르의 회견내용도 실려 있었는데 그 기사에 의하면 내 여자친구라는 한 금발 여인이 도트렉 남작을 살해하고, 크로종 부인으로부터 그 유명한 청 다이아몬드 반지를 훔쳐내려고 했다는 걸세. 물론 그는 이 모든 범죄를 내가 뒤에서 조종한 것이라고 주장하고 있네."

나는 가벼운 전율을 느꼈다. 정말일까? 나는 이 말을 믿어야 하는 걸까? 도벽과 과장스러운 생활 태도 등이 가져오는 당연한 결말이 결국 이 사람을 범죄로까지 내몰고 있는 것일까? 나는 다시 한번 그를 훑어보았다. 그는 아주 침착한 모습이었다. 그의 눈은 거짓없이 상대를 바라보고 있었다.

나는 그의 손을 가만히 들여다보았다. 그것은 아주 섬세하게 조각된, 나쁜 짓이라고는 전혀 할 수 없을 것 같은 참된 예술가의 손이었다.

　"가니마르가 터무니없는 착각에 빠져 있군."

　나도 모르게 이렇게 중얼거렸다.

　그가 반박했다.

　"아니, 아닐세. 가니마르는 보통 인물이 아니야. 때로는 날카로운 면을 보여주기도 하지."

　"날카로움이라고?"

　"그렇고 말고. 그 회견 내용만 봐도 알 수 있지 않나. 그건 명인이나 쓸 수 있는 기술일세. 우선 첫 번째로, 그는 자신의 경쟁자인 영국인의 도착을 공표함으로써 내게 경각심을 불러 일으켜 그의 일을 더욱 어렵게 만들었네. 두 번째로, 자신이 이번 사건의 조사를 통해서 알아낸 정확한 정보를 발표해서 셜록 홈즈가 자신이 발견한 것 이외의 것은 이용하지 못하도록 했네. 이건 정말 막상막하의 싸움이 될 걸세."

　"어쨌든 자네는 그 두 사람을 상대해야 하는데 대단한 적들이 아닌가?"

　"아니! 한 사람은 없는 것과 마찬가질세."

　"다른 한 명은?"

　"홈즈 말인가? 그래, 솔직히 말하자면 그는 좀 귀찮은 존재지. 하지만 바로 그렇기 때문에 내가 의욕에 넘쳐 있는 걸세. 그리고 내가 이렇게 기분이 좋은 이유이기도 하지. 무엇보다도 자존심이 걸린 문제일세. 사람들은 나를 해치우기 위해서 그 영국의 명탐정을 초청하는 것도 결코 지나친 일이 아니라고 생각하고 있네. 그리고 생각해보게. 나 같은 파이터에게 홈즈를 상대로 한 판 승부를 벌일 수 있다는 게 얼마나 기쁜 일일까. 마지막으로 나는 내 모든 힘을 쏟아 부어야 할 걸세. 나는 상대를 알고 있는데 그는 단 한 걸음도 물러서지 않는 사람이기 때문일세."

"워낙 강한 사람이니까."

"정말 강한 사람일세. 탐정으로서 그에 견줄만한 사람은 과거에도 없었지만 미래에도 아마 나타나지 않을 거라고 나는 믿고 있네. 하지만 그에 비해서 내겐 유리한 점이 한 가지 있네. 그는 공격을 해야 하지만 나는 지키기만 하면 된다는 점이지. 내가 맡은 역할이 훨씬 더 쉬워. 그리고......"

그는 다음과 같이 자신의 말을 마치면서 가만히 미소를 지어보였다.

"나는 그의 전법을 알고 있지만 그는 나의 전법을 알지 못하네. 그러니까 불시에 그가 생각지도 못했던 방법으로 기습할 생각일세."

그는 손가락으로 테이블을 가볍게 두드렸다. 그리고 매우 기쁘다는 듯이 드문드문 말을 했다.

"아르센 뤼팽 대 셜록 홈즈...... 프랑스 대 영국...... 드디어 트라팔가 해전에서의 빚을 갚을 수 있게 됐군. 아! 가엾게도...... 그는 내가 준비를 갖추고 있다는 사실을 꿈에도 생각지 못하고 있네. 뤼팽이 예고를 받았으니 힘은 배가 될 걸세......"

그가 갑자기 격렬한 기침을 하며 말을 끊었다. 그리고 목에 무엇인가가 걸리기라도 한 것처럼 냅킨으로 얼굴을 가렸다.

"빵 조각이라도 걸렸나? 물을 조금 마셔보게."

내가 물었다.

"아니, 그런게 아닐세."

숨막히는 목소리로 그가 말했다.

"그럼......, 대체 왜 그러는 건가?"

"숨이 막혀."

"창문을 열라고 할까?"

"아니, 그보다 우리 나가세....... 얼른 내 외투와 모자를 집어주게나. 나는 먼저 도망치겠네."

"그건 대체 무슨 뜻이지?"

"지금 막 들어온 저 두 신사....... 그 중 키가 큰 사람을 보게나. 알겠는가? 여기서 나갈 때 내 왼쪽으로 걸어주게나. 저 사람이 나를 보지 못하도록."

"자네 뒷자리에 앉으려는 저 사람 말인가?"

"맞아, 그 사람....... 개인적이 이유가 있어서 나는 여기 더 머물고 싶지 않네. 밖에 나가서 얘기하세."

"대체 누군데 그러는 거야?"

"셜록 홈즈일세."

그가 가까스로 정신을 가다듬었다. 자신이 당황했다는 사실이 부끄러운 듯 냅킨을 내려놓고 물을 한 잔 마셨다. 그런 다음 빙그레 웃으며 완전히 침착함을 되찾은 모습으로 내게 말했다.

"우습군. 안 그런가? 나는 쉽게 당황하는 편은 아닌데도 이렇게 뜻밖에 마주치게 되니 당황스러워서......."

"대체 뭘 두려워하는 거지? 변장에 변장을 거듭하는 자네가 아닌가? 아무도 자네를 알아보지 못할 걸세. 나는 자네를 만날 때마다 늘 새로운 사람을 만나는 듯한 기분이 들 정도라네."

"하지만 녀석은 나를 알아볼 거야. 녀석은 한 번밖에 나를 보지 못했지만 나는 그때 느낄 수 있었어. 평생 잊지 않겠다며 나를 뜯어본 것을. 녀석이 본 것은 변장으로 감출 수 있는 나의 외견이 아니라 나의 본질이었어. 그리고......, 그리고...... 이 만남이 너무 의외여서...... 묘한 만남이군! 이런 조그만 레스토랑에서......"

"그럼 나가도록 할까?"

내가 그를 재촉했다.

"아니....... 아니......."

"어쩔 생각인가?"

"솔직하게 행동하는 게 가장 좋지 않을까? 녀석에게 나 자신을 맡겨보는 걸세."

"설마 그런 짓을 하려는 생각은 아니겠지?"

"할 생각이라네. 녀석에게 물어서 녀석이 알고 있는 점을 알아낼 수 있다는 이점이 있을 뿐만 아니라....... 아! 녀석의 시선이 내 목으로 어깨로 쏠리고 있는 느낌이 들기 시작했어. 녀석은 생각하고 있어....... 녀석이 기억을 더듬고 있어......."

뤼팽이 생각에 잠겼다. 그 입가에 짓궂은 미소가 번지는 것처럼 보였다. 순간, 이곳 정세의 필요에 따라서 행동하기보다는 타고난 천성인 충동적 성질에 따라서 그가 갑자기 자리에서 일어나더니 휙 돌아섰다. 그리고 밝게 인사를 하며 말했다.

"우연이군요. 정말 운이 좋습니다. 제 친구를 소개하겠습니다."

영국인은 1, 2초간 망설이는 빛을 보이더니 본능적으로 아르센 뤼팽을 향해 뛰어들려는 자세를 취했다. 뤼팽이 머리를 옆으로 흔들었다.

"안 됩니다. 그런 모습은 멋있지도 않고...... 무엇보다 쓸데없는 짓입니다."

영국인이 좌우를 살펴보았다. 도와줄 사람을 찾고 있는 듯 했다.

"그것도 안 됩니다. 그보다는 당신에게 나를 체포할 자격이 있는가 하는 게 중요하겠죠. 자 이제 당신이 얼마나 통이 큰 사람인지를 보여주시기 바랍니다."

뤼팽이 말했다.

이런 경우 자신이 통이 큰 사람이라는 걸 보여주는 것은 매우 불리한 일이었다. 그럼에도 불구하고 이 영국인은 그렇게 하는 것이 최상의 방법이라고 판단한 듯 했다. 그가 자리에서 일어나 차가운 목소리로 소개를 했다.

"내 친구이자 협력자인 왓슨입니다. 이쪽은 아르센 뤼팽."

왓슨의 당황하는 모습에는 웃음을 참을 수가 없었다. 휘둥그레진 두 눈과 떡벌어진 커다란 입이 사과처럼 윤기 흐르는 피부의 활달해 보이는 얼굴에 두 개의 선을 긋고 있었다. 그 주위에는 짧게 쳐올린 머리카락과 짧은 수염이 거친 잡초의 줄기처럼 늘어서 있었다.

"왓슨, 자네는 평범한 만남에 대한 놀라움을 너무 노골적으로 드러내고 있는 것 같은데."

셜록 홈즈가 농담처럼 그를 놀리듯 말했다.

왓슨이 중얼거렸다.

"왜 체포하지 않는 거지?"

"왓슨, 자네 아직도 모르겠나? 이 신사는 나와 입구 사이에 있는 자리를 차지하고 있다네. 그것도 입구에서 두 걸음 떨어진 곳이야. 내가 손가락하나 까닥하기도 전에 먼저 밖으로 뛰쳐나갈 걸세."

"그런 건 아무래도 좋습니다."

뤼팽이 말했다.

그는 테이블을 끼고 돌더니 홈즈가 자신과 문 사이에 위치하도록 자리를 잡고 앉았다. 마치 '나 잡아드슈' 하는 듯한 행동이었다.

이 대담무쌍한 행동을 칭찬할 권리가 자신에게 있는지를 확인하기 위해서 왓슨은 홈즈의 안색을 살폈다. 홈즈의 얼굴은 아무런 답도 제공하질 않았다. 잠시 후 그가 외쳤다.

"웨이터!"

웨이터가 왔다. 홈즈가 주문했다.

"소다수와 맥주, 위스키."

화친이 성립되었다······, 당분간은. 이렇게 네 사람은 한 테이블에 앉아서 조용히 얘기를 나눴다.

셜록 홈즈는 어디서나 흔히 볼 수 있는 평범한 인상이었다. 나이는 오십대 전후, 사무실 책상 앞에서 장부를 기입하며 평생을 보내온 정직한 사람처럼 보였다. 적갈색 구레나룻, 깨끗하게 깎은 턱수염, 조금 둔해 보이는 외견, 무엇 하나 그를 선량한 런던 시민과 구별해주는 것이 없었다. 오직 하나, 무서울 정도로 날카롭고 생생하게 살아 있으며 깊은 속까지 꿰뚫어 볼 것 같은 눈빛만은 예외였다.

그리고 이는 누가 뭐래도 셜록 홈즈였다. 즉, 그는 직감력과 관찰력, 명민함, 재치의 화신과 같은 사람이었다. 지난날 인간의 상상력이 만들어 낸 가장 다른 성질의 두 탐정, 그러니까 에드거 앨런 포의 뒤팽과 가보리오의 르콕을 취해 조물주가 더욱 특이하고 비현실적이지만 가장 마음에 드는 사람으로 만든 것이 그라는 느낌을 주었다. 세상 사람들은 이 탐정을 세계적으로 유명하게 만든 위대한 업적을 들으면서 이 사람, 즉 셜록 홈즈도 역시 전설상의 인물, 예를 들자면 위대한 소설가 코난 도일과 같이 뛰어난 작가의 머리에 의해서 생생하게 살아난 주인공이 아닐까하고 의심하곤 했다.

아르센 뤼팽이 체류기간을 묻자 홈즈는 갑자기 얘기를 본론으로 돌려서 대답했다.

"내 체류기간은 당신에게 달렸소, 뤼팽."

"아! 그렇습니까? 내게 달렸다면 오늘 밤에 떠나는 배로 돌아가시기 바랍니다."

뤼팽이 웃으며 큰 소리로 말했다.

"오늘 밤은 너무 이른 것 같고 8일이나 10일 쯤 지나면 아마도……."

"그렇게 급하십니까?"

"관여하고 있는 일이 몇 가지 있어서요. 영국의 중국은행 도난, 에클레스턴 양 납치……. 이런저런 일로 좀 바빠요. 어떨까요? 뤼팽 씨. 1주일이면 충분할까요?"

"충분합니다. 당신이 청 다이아몬드와 관계된 두 사건만으로 만족한다면. 이 두 가지 사건의 해결이 내 안전을 위협할 수 있는 유리한 입장을 당신에게 제공한다면 나는 무엇보다도 시간이 흐르는 것을 가장 조심해야겠지요."

"옳은 말이오. 나도 반드시 8일이나 10일 안에 그 유리한 입장에 설 생각이오."

영국인이 말했다.

"그럼 11일째 되는 날 나를 체포하겠단 말씀이시군요. 그렇죠?"

"10일이 마지막 날이 될 거요."

뤼팽이 생각에 잠겼다가 머리를 옆으로 내저으며 말했다.

"힘들겠는데요……, 그건……."

"어려울지도 모르겠지만, 불가능한 일은 아니오. 아니, 확실해요."

"확실합니다."

친구가 그런 결론을 내리기까지 거친 복잡한 일련의 과정을 자신도 확실하게 꿰뚫어 보았다는 듯 왓슨이 말했다.

셜록 홈즈가 빙그레 웃었다.

"이 방면에 정통한 왓슨조차도 당신에게 증언하지 않습니까?"

이렇게 못을 박은 뒤 그는 계속해서 말했다.

"물론 내가 모든 열쇠를 쥐고 있는 건 아니오. 사건이 일어난 지 벌써 2, 3개월이 지났으니까. 평소 내가 조사의 기초로 삼을 만한 재료나 단서는 이미 얻을 수 없는 시기니까요."

"예를 들자면 흙이 묻은 발자국이나 담뱃재 같은 것."

왓슨이 잘난 척 참견을 했다.

"하지만 가니마르 씨의 그 훌륭한 결론 외에도 내 수중에는 사건에 관한 모든 기사, 그동안 모아온 여러 사람의 의견 그리고 그것을 바탕으로 도출해 낸 내 특유의 생각이 있어요."

"그러니까 분석과 추리의 힘으로 얻은 몇몇 견해가 우리에게는 있단 말이오."

왓슨이 거만한 투로 사족을 달았다.

"이런 말씀을 드리면 너무 예의 없는 걸까요? 당신이 도달한 결론의 대략을 들려달라고 청하면 너무 예의 없는 겁니까?"

뤼팽은 홈즈에게 말할 때 더욱 정중한 어조로 말했다.

이 두 사람이 한 테이블에 앉아서 어떤 어려운 문제를 해결하는 듯한 모습으로, 의견의 차이점을 좁히려는 듯한 모습으로 진지하게 그리고 유유히 이야기를 나누는 모습은 참으로 보기 드문 극적인 장면이었다. 그것은 또한 극도로 수준 높은 유머이기도 했다. 두 사람은 이 유머를 예술 애호가로서, 혹은 예술가로서 깊이 음미하고 있는 듯했다. 왓슨은 완전히 안심하고 있는 듯했다.

셜록이 천천히 파이프에 담배를 채워 불을 붙였다. 그리고 다음과 같이 말했다.

"나는 이번 사건이 처음 생각했던 것보다 훨씬 더 단순할 것 같다는 느낌이오."

"맞아. 훨씬 더 간단해."

충실한 메아리처럼 왓슨이 말했다.

"내가 사건들이라고 말하지 않은 건 사실 사건은 하나뿐이기 때문이오. 도트렉 남작의 죽음, 반지 사건, 그리고 역시 잊어서는 안 될 23조 514번의 비밀, 이 모든 것은 금발 여인의 수수께끼라고 불릴 만한 단일 사건의 여러 면에 지나지 않소. 그러니까 문제는 단일 사건에 등장하는 세 개의 삽화를 꿰뚫고 있는 관련성을 발견하고, 세 개의 사건에 사용된 수단의 단일성을 입증해줄 만한 사실을 발견해 내면 되는 것이오. 너무 표면적으로만 판단하는 경향이 있는 가니마르는, 이 단일성을 범인의 뛰어난 변장술, 신출귀몰한다는 점에 있다고 보고 있지만 그처럼 기적의 힘으로 설명하려는 것은 내 마음에 들지 않는 방법이오."

"그럼 어떻게 생각하고 있습니까?"

"나는 이렇게 생각하고 있소. 이 세 가지 사건에 일관되게 흐르고 있는 특징은, 지금까지 그 누구도 눈치 채지 못했지만, 미리 선택해 둔 장소에서 사건이 일어나게 한 당신의 확고한 의지요. 이것이 계획 이상으로 중요하며, 꼭 필요하고, 성공을 위해서는 없어서는 안 될 조건이기도 했소."

"사실에 입각해서 좀 더 자세히 들려주실 수 없겠습니까?"

"어려울 것 없지. 예를 들어서 제르부아 씨와의 일을 놓고 보자면, 처음부터 당신은 드티낭 변호사의 집을 선택해 놓았으며 모두가 만나야 할 장소였다는 점을 확실히 알 수 있소. 당신이 금발의 여인과 쉬잔 양을 공식적으로 만날 수 있는 장소로 그보다 더 안정감을 주는 곳도 없었을 겁니다."

"제르부아 씨의 딸을 말하는 거요."

왓슨이 덧붙여 설명했다.

"그럼, 이번에는 청 다이아몬드 이야기를 해봅시다. 당신은 도트렉 남작이 가지고 있을 때부터 자신의 것으로 만들어야겠다고 생각하고 있었나요? 그렇지는 않았겠죠. 남작이 형님의 저택으로 옮겼습니다. 6개월 후에 앙투아네트 브레아가 나타났습니다. 이것이 당신의 첫 번째 시도였소. 하지만 다이아몬드는 당신의 수주에 들어오질 않고 여론을 들끓게 만들며 드루오 회관에서 경매에 붙여졌소. 이 경매는 완전히 자유롭게 이루어졌을까? 가장 돈을 많이 내는 사람이 그 보석을 손에 넣을 수 있을까? 그렇지 않았소. 자본가인 헤르슈만이 낙찰을 바로 눈앞에 둔 순간, 한 괴부인이 그에게 협박장을 보냈소. 그리고 그 괴부인이 미리 손을 써서 그 영향을 받은 크로종 백작 부인이 그 다이아몬드를 사게 됐소. 다이아몬드는 바로 모습을 감췄을까? 그렇지 않았소. 당신이 손 댈 수 없었기 때문이오. 그래서 그쯤에서 잠시 간주곡을 연주할 필요가 있었지. 곧 백작 부인은 성채에 자리를 잡게 되었소. 이는 당신이 기다리고 기다리던 절호의 기회였소. 여기서 반지가 모습을 감췄소."

"일단 사라진 반지가 블라이헨 영사의 치약병 속에서 발견되다니 이상한 일이군요."

뤼팽이 반박했다.

셜록이 주먹으로 테이블을 치며 큰 소리로 외쳤다.

"어림없는 소리! 그런 유치한 속임수로 나를 속이려들지 말았으면 좋겠소. 멍청이들이라면 속아 넘어갈지 모르겠지만 내 속에는 구렁이가 들어 있소."

"그렇다면?"

"그 뜻은......"

홈즈는 자기 말의 효과를 더욱 높이기 위해서 잠시 말을 끊었다. 이윽고 입을 열었다.

"치약병 속에서 발견된 그 청 다이아몬드는 모조품이오. 진품은 당신이 가지고 있소."

아르센 뤼팽이 한동안 입을 다물고 있었다. 곧 태연한 얼굴로 영국인을 가만히 바라보며 말했다.

"과연 홈즈 씨구면."

"어떻소? 정말 대단하지 않소?"

왓슨이 매우 감탄한 듯한 표정으로 토를 달았다.

"맞습니다. 그렇게 봐야만 모든 것들이 명백해지며 모든 것들이 참된 의의를 갖게 됩니다. 그 어떤 예심판사도, 그 세 가지 사건에 열중했던 그 어떤 특파원도 진실된 방향으로 그렇게 깊이까지 파고들지는 못했습니다. 이는 실로 직감과 추리에 의한 기적이라고 할 수 있습니다."

뤼팽이 긍정했다.

"별 말씀을! 조금 생각해 보면 쉽게 알 수 있는 일이오."

이름 높은 전문가의 칭찬을 들은 영국인이 아주 기쁘다는 표정으로 말했다.

"그렇습니다. 생각하는 기술만 알고 있으면 충분히 알 수 있는 일인데 그걸 알고 있는 사람은 정말 적습니다! 이것으로 추측의 범위도 좁아졌고, 어느 정도 기반도 닦아놓았습니다."

"그렇소! 이제 내게는 왜 그 세 가지 사건들이 클라페이롱 가 25번지, 앙리 마르탱 대로 134번지, 크로종 성채에서 행해졌는지 그 이유를 밝혀내는 일만이 남았소. 문제의 모든 답이 바로 거기에 있소. 그 이외의 것들은 속임수와 유치한 장난에 불과하오. 당신도 그렇게 생각하겠지요?"

"나 역시도 그렇게 생각합니다."

"그렇다면 뤼팽 씨, 나의 역할은 앞으로 10일 안에 끝날 것 같다고 말해도 크게 틀리지 않을 것 같지 않소?"

"10일 후에는 그렇게 되겠군요. 모든 진상이 밝혀질 겁니다."

"그리고 당신은 체포될 것이오."

"아닙니다."

"아니라고?"

"제가 체포되려면 도저히 있을 수 없는 상황, 상상할 수도 없을 만큼 불행한 일련의 우발사건들이 일어나야만 합니다. 하지만 나는 그런 상황을 상상할 수도 없습니다."

"상황이나 우발사건들이 해낼 수 없는 일을 해낼 수 있는 것이 한 인간의 의지의 힘과 집념이오, 뤼팽 씨."

"또다른 한 사람의 의지의 힘과 집념으로 그 의도에 대해서 뛰어넘을 수 없는 장애물을 설치하지 않는다는 경우에만 한정되는 말이겠지요, 홈즈 씨."

"뛰어넘을 수 없는 장애물이란 이 세상에 존재하지 않소, 뤼팽 씨."

이 때 두 사람이 교환한 눈빛은 매우 의미심장한 것이었다. 하지만 서로에게 도전하려는 뜻은 없어보였으며 오히려 평온함 속에서도 단호한 무엇인가를 찾아볼 수 있었다. 서로 맞부딪치는 두 개의 검과 같았다. 그것은 맑고 활기찬 소리를 냈다.

"제 생각도 그렇습니다. 그 말씀 마음에 들었습니다. 정말 사내 중의 사납니다. 적이지만 멋있습니다. 역시 셜록 홈즈 씨입니다.

일이 재밌어질 것 같군!"

뤼팽이 외쳤다.

"당신 무섭지 않소?"

왓슨이 어리석은 질문을 했다.

"무섭습니다. 왓슨 씨. 그리고 그 증거로."

뤼팽이 자리에서 일어서며 말을 이었다.

"서둘러서 퇴로를 확보하도록 해야겠습니다. 아니면 둥지에 있다 잡힐지도 모르니까요. 그럼, 10일이라고 하셨습니다. 홈즈 씨."

"그렇소. 10일이오. 오늘이 일요일이니까 다음 주 수요일이면 모든 일이 끝날 거요."

"그리고 나는 갇히게 된다는 말씀이십니까?"

"그 점에 대해서는 조금도 의심하지 않아도 좋소."

"아! 평온한 생활을 즐기고 있었는데. 날 귀찮게 하는 건 아무 것도 없었으며, 모든 일이 잘 풀렸고, 경찰에는 아무런 볼일도 없었고, 나를 둘러싼 모든 세계의 동정을 얻으며 살아가고 있었는데....... 이제 와서 모든 게 바뀌다니! 동전의 양면이라고 해야 할까? 맑은 날 뒤의 궂은 날....... 웃고 있을 새가 없어. 그럼 실례하겠습니다."

"서두르시오. 단 1분도 지체하지 말고."

홈즈에게 완전히 굴복한 상대에 대한 배려로 왓슨이 말했다.

"단 1분도 허비하지는 않을 겁니다, 왓슨 씨. 하지만 당신을 뵙게 돼서 얼마나 행복했는지, 그리고 당신과 같은 훌륭한 협력자를 얻은 선생님을 제가 얼마나 부럽게 여기고 있는지는 말씀을 드려야겠습니다."

그들은 무슨 원한이 있는 것도 아닌데 운명의 힘에 의해서 어쩔 수 없이 무자비한 싸움을 강요받아 결투장에 선 두 적수처럼 정중하게 인사를 나눴다. 그런 다음 뤼팽이 나의 팔을 잡고 밖으로 데리고 나갔다.

"어떤가? 자네가 준비하고 있는 뤼팽 회고록 중에서 오늘의 식사 장면은 멋진 효과를 발휘할 수 있을 것 같은데."

그가 레스토랑의 문을 닫았다. 그리고 두어 걸음 앞으로 가더니 발걸음을 멈췄다.

"담배는?"

"필요 없네. 자네도 별로 피우고 싶지 않은 것 같은데."

"나도 피우고 싶지 않네."

이렇게 말했으면서도 성냥으로 담배에 불을 붙인 그는 성냥불을 끄기 위해서 몇 번이고 그것을 흔들었다. 그리고 바로 불을 붙인 담배마저도 집어던지더니 종종걸음으로 차도를 건너더니 신호를 받고 나타난 것처럼 갑자기 모습을 드러낸 사내 옆으로 다가갔다. 그 사내와 함께 몇 분 동안 보도에 선 채로 이야기를 나누더니 드디어 내 곁으로 돌아왔다.

"실례했네. 저 못된 홈즈가 나를 가지고 놀려 하고 있네. 하지만 확실히 말해두겠는데 그 정도로 뤼팽은 흔들리지 않는다고…… 아! 제길, 내가 어떤 인간인지 똑똑히 알려주겠어. 잘 가게. 친절한 왓슨의 말처럼 난 지금 단 1분도 허비할 수 없네……"

이렇게 말한 그는 서둘러 그곳에서 떠났다.

이 기묘한 저녁은, 적어도 내가 동석했던 이날 저녁의 일부는 이렇게 지났다. 이렇게 얘기하는 이유는 그 이후에도 몇 시간에 걸쳐서 여러 가지 다른 일들이 일어났기 때문이다. 그 일에 대해서는 그날 함께 레스토랑에 있었던 사람들을 통해서 후에 자세하게 들을 수 있었다.

뤼팽이 나와 헤어진 바로 그 순간 셜록 홈즈도 시계를 바라보며 자리에서 일어났다.

"8시 40분일세. 9시에 역에서 백작 부부와 만나기로 되어 있네."

"나가세!"

왓슨이 위스키 두 잔을 연거푸 들이키며 말했다.

두 사람은 밖으로 나왔다.

"왓슨, 뒤돌아봐서는 안 되네. 미행을 당하고 있을지도 모르네. 미행을 당해도 아무렇지도 않은 듯한 모습을 보여야 하네. 그런데 왓슨, 자네 의견을 들어보고 싶네. 뤼팽은 왜 저 레스토랑에 있었을까?"

왓슨이 아무런 망설임없이 대답했다.

"먹기 위해서겠지."

"왓슨, 함께 일할수록 자네가 더욱 발전한다는 사실을 느낄 수 있네. 실제로 자네는 훌륭해졌어."

어둠 속에서 왓슨의 얼굴이 기쁨으로 발갛게 물들었다. 홈즈가 계속해서 말했다.

"먹기 위해서일지도 모르지만, 어쩌면 가니마르가 그 회견기사에서 밝힌 것처럼 내가 크로종으로 가는지를 확인하기 위해서일지도 모르네. 나는 녀석의 기대를 저버리고 싶지 않으니 그곳으로 가도록 하겠네. 하지만 나는 녀석을 따라잡아 시간을 벌 필요가 있어. 그러나 성채까지는 가지 않을걸세. 자네는 이 길에서 도망치도록 하게. 마차를 세 번 갈아타도록 하게. 그리고 나중에 짐보관소에 맡겨둔 트렁크를 찾으러 와주게나. 자, 서둘러서 엘리제 팔라스 호텔로 돌아가게!"

"호텔로 돌아간 다음엔 어떻게 하지?"

"방을 잡아 잠을 자게. 편안하게 쉬면서 내 지시를 기다리고 있으면 돼."

왓슨은 자신에게 주어진 중대한 임무를 자랑스럽게 생각했기 때문에 기분 좋게 그곳을 떠났다. 셜록 홈즈는 승차권을 산 뒤, 아미앵 행 급행열차에 올라탔다. 크로종 백작 부부는 이미 열차 안에 올라타 있었다.

그는 백작 부부에게 가볍게 인사를 했다. 그리고 다시 한번 파이프에 불을 붙였다. 통로에 선 채로 조용히 담배연기를 피워 올렸다.

열차가 움직이기 시작했다. 10분 뒤, 그는 백작 부인 옆에 자리를 잡고 앉아 이렇게 말해다.

"부인, 그 반지를 가지고 계신가요?"

"네. 가지고 있어요."

"잠깐 보여주세요."

반지를 받아든 그가 그것을 살펴보았다.

"역시 생각한 대로군요. 이건 재생 다이아몬드입니다."

"재생 다이아몬드라니요?"

"최신 기법으로, 다이아몬드 가루를 아주 높은 온도로 녹여서 하나의 다이아몬드로 재생시키는 것입니다."

"무슨 말씀이세요? 내 반지는 진짜 다이아몬드예요."

"당신 반지는 진품이지만 이건 당신 것이 아닙니다."

"그럼 내 건 어디 있단 말이죠?"

"뤼팽의 수중에 있습니다."

"그럼 이건?"

"이건 당신 것과 바꿔치기 한 겁니다. 블라이헨 씨의 치약병 속에 넣어둔 것을 당신이 발견해낸 것이죠."

"그럼 이건 모조품이란 말인가요?"

"틀림없는 모조품입니다."

놀라움과 낭패감으로 백작 부인은 입을 다물어버렸다. 남편은 도저히 믿을 수가 없는지 계속해서 반지를 만지작거리고 있었다. 드디어 부인이 중얼거리듯 말했다.

"그런 일이 있을 수 있나요? 그렇다면 왜 바꿔치기를 한 걸까요? 그리고 어떤 방법으로 훔친 걸까요?"

"내가 지금부터 가서 그것을 밝히려 합니다."

"크로종 성채로 가실 건가요?"

"아니요, 크레유에서 내려서 다시 파리로 돌아갈 겁니다. 아르센 뤼팽과 나의 대결은 파리에서 펼쳐질 겁니다. 어디서 공격을 해도 그 효과는 마찬가지지만 뤼팽에게 내가 여행 중인 것처럼 보이는 편이 더 유리합니다."

"그래도 여기까지……."

"부인. 부인께 그런 건 아무래도 상관없는 일 아닙니까? 중요한 것은 부인의 다이아몬드 아닌가요?"

"맞아요."

"그렇죠? 그렇다면 안심하세요. 조금 전 나는 이보다 더 어려운 약속을 했습니다. 이번에도 셜록 홈즈의 명예를 걸고 약속하겠습니다. 반드시 진짜 다이아몬드를 찾아드리겠습니다."

열차가 속도를 늦췄다. 그는 그 가짜 다이아몬드를 주머니에 넣었다. 그리고 승강구의 문을 열었다. 백작이 외쳤다.

"거기는 반대쪽입니다!"

"이렇게 하면 뤼팽이 내게 미행을 붙였다 해도 따돌릴 수 있습니다. 그럼 안녕히 가세요."

역무원 한 사람이 그를 제지했지만 소용없는 일이었다. 영국인은 역장실 쪽으로 성큼성큼 걸어갔다. 50분 뒤, 그는 열차로 뛰어올라 12시가 조금 넘은 시각에 파리로 돌아왔다.

그는 역 구내를 빠져나가 식당으로 들어섰다가 다른 문을 통해서 밖으로 나가 영업용 마차에 뛰어올랐다.

"클라페이롱 가로 가주시오."

미행하는 사람이 없다는 사실을 확인한 뒤에 그는 마차를 클라페이롱 가 입구에 세웠다. 드티낭 변호사의 집과 양 이웃집을 주의 깊게 조사했다. 일정한 걸음으로 걸어 몇 군데의 거리를 측정한 뒤 수첩에 숫자들을 적어넣었다.

"마부, 앙리 마르탱 대로로."

그 대로와 퐁프 가가 만나는 모퉁이에서 그는 마차삯을 지불했다. 보도를 따라 134번지까지 가서 얼마 전까지 도트렉 남작의 주택이었던 집과 양옆으로 서 있는 두 임대주택 앞에서 조금 전에 했던 것과 같은 방법으로 각 건물 전면의 폭을 재고 이들 건물을 연결하는 길까지의 거리를 계산했다.

이 거리에는 인적이 전혀 없었으며 양쪽으로 늘어선 가로수들의 밑은 매우 어두웠다. 나무들 사이 곳곳에서 가스등의 불빛이 깊은 어둠을 상대로 싸움을 벌이고 있었지만 전혀 의미 없는 싸움이라는 생각이 들었다. 가스등 중 하나가 저택의 일부분에 약한 빛을 던지고 있었다. 홈즈는 철문에 걸려 있는 '임대'라는 패찰을 봤다. 쓸쓸한 잔디밭을 둘러싸고 있는 두 줄기 길은 황폐해져 있었으며 커다란 창문은 빈집 특유의 을씨년스러운 빛을 머금고 있었다.

'그도 그렇겠군. 남작이 죽은 후로 빌리려는 사람이 없는 게야. 그래! 안으로 들어가서 조사를 해볼 수도 있겠군.'

이런 생각이 그의 머릿속을 스치는 순간 그는 이미 이를 실행에 옮기고 있었다. 하지만 어떻게 들어갈 수 있단 말인가? 철문이 너무 높아서 도저히 넘을 수가 없었다. 그는 손전등과 함께 늘 몸에 지니고 다니는 만능열쇠를 주머니에서 꺼냈다. 그런데 놀랍게도 문 중 하나가 반쯤 열려 있었다. 그는 그 문이 닫히지 않도록 주의하면서 정원 안으로 들어섰다. 하지만 그는 세 걸음도 가지 않아서 멈춰 서고 말았다. 3층 창 중 하나에서 불빛이 새어나오고 있었다.

불빛은 두 번째 창을, 그리고 세 번째 창을 지났는데 그는 각 방의 벽면에 어른거리는 사람의 그림자 외에는 아무것도 보질 못했다. 곧 등불은 3층에서 1층으로 내려왔으며 끊임없이 방에서 방으로 옮겨 다녔다.

"밤 1시에 도트렉 남작이 살해당한 집을 대체 누가 돌아다니고 있는 걸까?"

깊은 흥미를 느낀 셜록이 혼자 중얼거리듯 말했다.

이 의문을 푸는 방법은 오직 하나밖에 없었다. 스스로 안으로 들어가 보는 것이었다. 그는 주저하지 않았다. 그런데 그가 현관 가까이로 다가가려고 가스등이 던진 불빛을 가로질러가는 것을 안에 있는 사람이 눈치 챈 듯했다. 갑자기 실내의 등불이 꺼져 홈 즈는 그의 모습을 확인할 수가 없었다.

계단 위로 올라서 문을 살짝 밀어보았다. 이것도 역시 열려 있었다. 아무런 소리도 들리지 않았기에 그는 과감하게 안으로 들어섰다. 계단 난간의 끝부분까지 가서 그는 2층으로 올라가보았다. 하지만 그곳 역시 같은 침묵, 같은 어둠에 잠겨 있을 뿐이었다.

계단을 완전히 올라서 그는 한 방으로 들어섰다. 그리고 밤의 빛이 희미하게 비추고 있는 창가로 다가갔다. 창 밖으로 한 사내의 모습이 눈에 들어왔다. 다른 계단으로 내려가 다른 문을 통해서 빠져나간 듯했다. 옆집과의 사이에 세운 담 밑에 심어놓은 나무들을 따라서 왼쪽 편으로 달려가고 있었다.

"이런! 도망가 버렸군!"

홈즈가 외쳤다.

그는 서둘러 계단을 내려갔다. 현관 밖 계단을 뛰어 내려가 퇴로를 차단하려 했다. 하지만 사람의 모습은 이미 사라지고 없었다. 무성한 나무 사이에서 희미하게 움직이는 어둠보다 더 검은 덩어리를 발견하기까지는 몇 초간의 시간이 걸렸다.

영국인은 생각했다. 저 사람은 쉽게 도망갈 수 있었을 텐데 왜 도망가려 하지 않았을까? 자신의 작업을 방해한 침입자를 이번에는 자신이 감시할 생각이었을까?

'어쨌든 저 녀석 뤼팽은 아니야. 뤼팽은 좀 더 솜씨가 좋을 테니까. 틀림없이 부하 중 한 명일 거야.'

그는 생각했다.

상당한 시간이 흘렀지만 셜록은 가만히 서서 자신을 지켜보고 있는 적에게서 눈을 떼지 않았다. 그런데 그 적도 마찬가지로 움직이지 않았다. 홈즈는 무의미하게 멍하니 서 있을 사람이 아니었다. 권총의 탄창을 살펴본 뒤에 단도를 빼들고, 그를 무시무시한 인간으로 만들어주는 그 냉정한 용기와 위험을 두려워하지 않는 마음에 사로잡혀 적을 향해서 똑바로 달려들었다.

딸깍거리는 소리가 들려왔다. 상대가 권총을 손에 쥐는 소리였다. 셜록이 대담하게 수풀 속으로 뛰어들었다. 상대는 몸을 피할 시간도 없었다. 영국인이 그에게 엉겨붙었다. 격렬하고 절망적인 몸싸움이 시작되었다. 그 순간 셜록은 상대가 단도를 뽑아들려고 한다는 사실을 눈치 챘다. 하지만 홈즈는 처음 만난 순간부터 이 뤼팽의 공범자를 꼭 잡아야겠다는 뜨거운 열망과 승리가 눈앞에 있다는 마음에 흥분하여 무한한 힘이 솟아오르는 기분이었다. 그는 상대를 제압한 뒤 전신의 무게를 그 위에 실었다. 그리고 가련한 사내의 목을 맹금류의 발톱과 같은 손가락으로 누른 채 다른 한 손으로 손전등을 찾아 불을 켜 포로의 얼굴을 살폈다.

"왓슨."

깜짝 놀란 그가 비명을 질렀다.

"셜록 홈즈 아닌가?"

괴로운 듯한, 당장이라도 숨이 막힐 듯한 공허한 목소리로 중얼거렸다.

두 사람은 오랫동안 마주한 채, 한마디도 할 수가 없었다. 완전히 지쳐서 무엇을 생각할 기력도 없이 같은 자세로 움직이지 않았다. 자동차 경적 소리가 정적을 깨뜨렸다. 희미한 바람이 불어와 나뭇잎을 흔들었다. 홈즈는 아직도 손가락으로 왓슨의 목을 누르고 있었고 왓슨은 점점 힘이 빠지는지 가쁜 숨을 희미하게 내뱉고 있었다.

셜록은 갑자기 분노에 휩싸여 일단 상대의 목에서 떼었던 손으로 바로 그의 양 어깨를 움켜쥐고 격렬하게 흔들어대며 말했다.

"여기서 뭘 하고 있는 건가? 말해보게....... 뭐 하는 거냐고? 수풀 속에 숨어서 나를 감시하라고 내가 언제 명령했던 말인가?"

"자네를 감시하다니. 자네인 줄 모르고 그랬네."

왓슨이 신음소리와도 같은 소리로 말했다.

"그럼 왜지? 이런 데서 뭘 하고 있었던 거야? 침대에 있으라고 하지 않았나?"

"그래서 침대에 있었다고."

"왜 잠을 자지 않았나?"

"잠을 잤다네."

"잠에서 깨지 말았어야지!"

"자네 편지 때문에 깼다네."

"내 편지라고......."

"그렇다네. 자네가 보낸 것이라며 심부름하는 아이가 호텔로 가지고 와서......."

"내가 보낸 편지라고? 제정신인가?"

"틀림없네."

"어디에 있나? 그 편지?"

왓슨이 그에게 편지 한 장을 내밀었다. 손전등을 비추며 그는 어이없다는 표정으로 읽었다.

「왓슨, 침대에서 일어나게. 그리고 바로 앙리 마르탱 대로로 가주게. 그 집에는 아무도 없네. 들어가서 조사를 해보고 정확한 도면을 완성하면 다시 돌아와서 자도록 하게.

셜록 홈즈」

"나는 방들의 넓이를 재고 있었네. 그 순간 정원에 사람이 있다는 사실을 깨달았지. 그래서 순간 생각하기를......."

"그 사람을 붙잡을 생각이었겠지. 묘안이군. 하지만 왓슨, 앞으로는 내가 보낸 편지를 받으면 우선 위조가 아닌 내 필적인가 확인하도록 하게."

홈즈가 왓슨을 도와 자리에서 일으켜 세우며 말했다.

"그렇다면, 그 편지는 자네가 보낸 게 아니란 말인가?"

드디어 진상을 알게 된 왓슨이 말했다.

"불행히도 아닐세."

"그럼 누가 보낸 거지?"

"아르센 뤼팽이야."

"그 편지를 보낸 목적이 뭘까?"

"그건 나도 모르겠네. 모르겠으니 더욱 걱정이지. 녀석은 왜 일부러 자네에게 이런 일을 시킨 걸까? 만약 내게 무슨 짓을 한 거라면 이해할 수 있겠지만 이번 일은 자네에게만 국한되는 일이야. 대체 뭘 노리고 이런 일을 한 거지......"

"나는 서둘러 호텔로 돌아가겠네."

"나도 가겠네, 왓슨."

두 사람은 문이 있는 곳까지 왔다. 앞장서서 가던 왓슨이 빗장을 당겼다.

"어? 자네 문을 잠그고 들어왔나?"

왓슨이 말했다.

"설마. 한쪽 문을 일부러 열어놓고 왔다네."

셜록이 직접 당겨보고는 깜짝 놀라 자물쇠 쪽으로 달려들었다. 욕설이 입에서 흘러나왔다.

"제길....... 닫혔어! 자물쇠마저 채워놨네."

그가 있는 힘껏 문을 흔들었다. 곧 그것이 쓸데없는 헛수고라는 사실을 깨닫고는 두 손을 힘없이 내리며 차가운 목소리로 말했다.

"이제 모든 걸 알았네. 전부 녀석의 함정이야. 내가 크레유에서 내릴 줄 미리 알고 오늘 밤 바로 이곳을 조사할 경우를 대비해서 여기에 귀여운 쥐덫을 장치해 놓은 걸세. 그리고 친절하게 함께 잡혀줄 친구까지 보내준 거지. 이렇게 해서 내 하루를 빼앗아간 거야. 그리고 쓸데없는 짓 말라는 나에 대한 경고일지도 모르네......"

"그러니까 우리는 녀석의 포로가 됐다는 말이군."

"바로 그렇다네. 셜록 홈즈와 왓슨이 아르센 뤼팽의 포로가 된 것일세. 참으로 멋진 개막이야……. 하지만 잘못 생각했어. 언제 까지고 이런 짓을 할 수 있도록 내버려두진 않겠어."

부르르 떨고 있는 그의 어깨를 왓슨이 두드려 주었다.

"저 위를……, 저 위를 보게……. 불빛이 새어나오고 있어."

그랬다. 2층 창 중 하나에서 불빛이 새어나오고 있었다.

두 사람이 각자 다른 계단을 통해 그곳으로 달려갔다. 그리고 동시에 등불이 켜져 있는 방문 앞에 도착했다. 방 한가운데 짧은 초가 불타고 있었다. 그 옆에 바구니가 하나 있었는데 그 안에는 술병 하나, 몇 개의 닭다리, 빵 반조각이 담겨 있었다.

홈즈가 커다란 소리로 웃음을 터뜨렸다.

"눈물겨운 야식의 향연이구먼. 여긴 마법의 궁전이야. 참된 낙원이라고! 이보게 왓슨, 그렇게 제사 지내는 사람처럼 서 있지 말게. 모든 일이 참으로 즐겁지 않은가?"

"정말 즐거운 건가?"

왓슨이 침통한 어조로 말했다.

"정말이지. 나는 이보다 더 유쾌한 경험을 해본 적이 없네. 정말 세련된 희극 아닌가? 아르센 뤼팽은 고급 코미디의 대가일세. 그는 사람을 제멋대로 가지고 놀지만 그 방법은 아주 멋지네! 세상의 모든 황금을 다 준다 해도 이 향연과는 바꾸지 않을 생각일세, 왓슨. 친구여, 자네는 나를 슬프게 하는군. 내가 사람을 잘못 본 걸까? 자네에게는 불행을 웃음으로 날려버릴 만한 고귀한 성격이 부족한 건가? 뭘 꾸물거리고 있는가? 생각해보게. 지금쯤 내 칼이 자네의 목을 찔렀거나 내가 자네 칼에 찔렸을 지도 모르네. 그렇지 않은가? 그게 자네가 하고 싶었던 일 아닌가? 이 나쁜 친구야."

홈즈가 일부러 과장된 목소리로 너스레를 떨었다.

그는 유머와 비아냥거림이 섞인 말투로 풀이 죽어 있는 왓슨의 마음을 풀어주는 데 성공했다. 그리고 닭다리 하나와 포도주 한 잔을 먹게 했다. 곧 초가 다 타버리자 두 사람은 잠을 잘 생각으로 바닥에 누웠다. 벽에 머리를 기대고 잘 수밖에 없었다. 이런 상황을 맞게 되자 자신의 어리석음을 뼈저리게 느끼게 되었다. 두 사람의 잠자리는 초라하기 짝이 없었다.

다음 날 아침, 왓슨은 삭신이 쑤시고 한기가 느껴져 잠에서 깨어났다. 조그만 인기척이 그의 주의를 끌었다. 셜록 홈즈가 몸을 웅크린 채 무릎을 꿇고 앉아 쓰레기를 돋보기로 살펴보기도 하고 거의 지워져버린 숫자를 분필로 따라 그려보고 그 숫자를 수첩에 옮겨 적기도 하고 있었다.

그 일에 특별한 관심을 갖기 시작한 왓슨을 데리고 그는 방 하나하나를 조사했다. 결국 두 개의 방에서 희미하게 지워진 숫자를 발견했다. 그리고 참나무 판자 위에서 동그라미 두 개, 벽에 댄 판자 하나 위에서 화살표 하나, 계단의 네 번째 단에서 네 개의 숫자를 발견할 수 있었다.

1시간 정도 뒤에 왓슨이 그에게 말했다.

"숫자는 정확한가?"

"정확한지는 모르겠네. 어쨌든 무슨 의미가 있을 거야."

이 발견으로 기분이 완전히 좋아진 홈즈가 대답했다.

"아주 확실한 어떤 것을 나타내고 있는 걸세. 그건 바닥의 판자 숫자를 나타내는 걸세."

왓슨이 말했다.

"그렇군."

"바로 그렇다네. 그리고 저 두 개의 동그라미는 판자의 소리가 나쁘다는 걸 뜻하는 거지. 두드려보면 알 수 있을 걸세. 그리고 저 화살표는 음식을 나르는 엘리베이터의 방향을 나타낸 거고."

홈즈가 감탄했다는 표정으로 가만히 왓슨을 바라보았다.

"정말 대단하군! 친구, 어떻게 그 사실을 알아냈나? 자네의 통찰력에 비하면 나는 부끄러울 따름일세."

"그리 놀랄 것도 없네. 어젯밤 자네가 보낸 편지, 아니 그건 뤼팽이 보낸 거였지. 그러니까 뤼팽의 지시에 따라서 어젯밤에 내가 이 표시들을 적어놓은 걸세."

왓슨이 기쁨에 넘친 표정으로 말했다.

이 순간 왓슨은 어젯밤 홈즈와 수풀 속에서 격투를 벌였을 때보다 더한 위험에 처한 것일지도 몰랐다. 홈즈가 당장이라도 맹렬한 기세로 달려들어 이 사내를 목 졸라 죽이고 싶다고 생각하고 있었기 때문이다.

그는 분노를 억눌렀다. 그의 얼굴에 미소로 시작해서 씁쓸한 웃음으로 끝난 표정이 떠올랐다. 그가 말했다.

"좋았어, 좋았어. 전부 커다란 도움이 될 만한 일들이야. 자네의 뛰어난 분석력과 관찰력으로 그 외에도 달리 알아낸 건 없는가? 나는 그 결과도 참고로 하고 싶은데."

"그 외에는 아무것도 없네."

"거 안 됐군. 시작은 아주 멋졌는데. 하지만 그렇다면 어쩔 수 없지. 이쯤에서 물러나기로 하세."

"물러나다니? 어디로? 어떻게?"

"제대로 된 사람이 일반적으로 나갈 때 쓰는 방법, 그러니까 문으로."

"문은 닫혀 있네."

"열어야지."

"누가?"

"가로수 길에서 서성이고 있는 저 두 경관을 부르게."

"하지만......."

"하지만, 뭔가?"

"너무 처참하지 않은가? 사람들이 뭐라고 하겠나? 셜록 홈즈와 왓슨이 아르센 뤼팽의 포로가 되었다는 사실을 알게 되면."

"어쩔 수 없네. 세상 사람들은 배를 움켜쥐고 웃겠지. 그렇다고 해서 여기서 살 수도 없는 노릇 아닌가?"

홈즈가 얼굴을 찡그리며 차가운 목소리로 대답했다.

"다른 방법은 찾아보지 않을 건가?"

"찾아보지 않을 걸세."

"하지만 우리를 위해서 음식을 가져다놓은 사람은 들어올 때도, 나갈 때도 정원을 통하지는 않았네. 그러니까 다른 출입구가 있을 거야. 그걸 찾도록 하세. 그렇게 하면 경찰의 도움은 받지 않아도 되니까."

"굉장한 추리력이군. 하지만 자네 잊은 건 아니겠지? 파리의 경찰들이 지난 6개월간 그 출입구를 찾아봤다네. 그리고 나도 어제 자네가 잠들어 있는 사이에 이 집을 샅샅이 뒤져봤어. 이보게, 순진한 친구! 아르센 뤼팽이라는 오리는 우리가 사냥하기 어려운 오리일세. 녀석은 단서가 될 만한 것을 무엇 하나 남기지 않았어……."

11시, 셜록 홈즈와 왓슨은 그 집에서 해방되었다. 그리고 가까이에 있는 경찰서로 연행되어 갔다. 거기서 서장은 철저하게 그들을 심문한 뒤, 마지막으로 속이 뒤집힐 만한 위로의 말로 그들을 달래며 석방해주었다.

"두 분이 어젯밤에 당한 일에 진심으로 유감의 뜻을 전합니다. 프랑스인의 손님 맞는 법에 대해서 불만을 품으셨을지도 모르겠습니다. 워낙 고통스러운 밤을 보내셨으니까요. 아! 뤼팽이라는 녀석은 정말 무례하기 짝이 없는 녀석입니다."

마차 한 대가 와서 그들을 엘리제 팔라스까지 데려다주었다. 프론트에서 왓슨이 자기 방 열쇠를 달라고 했다.

종업원은 잠시 열쇠를 찾아보더니 깜짝 놀란 얼굴로 답했다.

"손님, 그 방은 직접 해약하시지 않았습니까?"

"내가? 어떻게?"

"친구께서 오늘 아침에 가져오신 선생님의 편지로."

"친구라고?"

"선생님의 편지를 전해주신 신사 말입니다. 맞아! 선생님의 명함도 함께 들어 있었습니다."

왓슨이 그것을 받아들었다. 그건 틀림없는 그의 명함이었다. 그리고 편지도 틀림없는 그의 필체로 적은 것이었다.

"제길! 또 이런 장난을 쳤군."

그가 작은 목소리로 중얼거렸다.

"그럼 짐은 어떻게 했지?"

"친구분께서 가져가셨습니다."

"뭐라고? 그걸 그냥 내줬단 말이오?"

"그렇습니다. 선생님의 명함을 들고 있었으니까요."

"하긴....... 그랬겠지......."

두 사람은 뚜렷한 목표도 없이 상젤리제 대로를 따라 말없이 천천히 걸었다. 아름다운 가을 햇살이 이 대로를 비추고 이었다. 공기는 맑고 기분이 좋았다.

로타리까지 와서 셜록이 파이프에 불을 붙였다. 그리고 다시 걸음을 옮기기 시작했다. 왓슨이 외쳤다.

"홈즈, 자네는 매우 차분한 것 같은데 나는 그 심정을 이해할 수가 없네! 상대는 자네를 완전 바보취급 했네. 고양이가 생쥐를 가지고 놀 듯 그는 자네를 장난감 취급하고 있어. 그런데도 자네는 한마디도 하질 않네."

홈즈가 걸음을 멈추고 말했다.

"왓슨, 나는 자네의 명함에 대해서 생각하고 있었네."

"그래서?"

"그래서 말이지, 상대는 우리와의 대결을 피할 수 없는 것이라고 보고 자네와 내 필체를 미리 파악해두었고, 자신의 지갑에 자네의 명함까지 꽂아 놓았다네. 자네, 생각해보았나? 그게 어느 정도의 용의주도함, 명석함, 의지력, 방법, 조직력을 의미하는 건지?"

"그러니까……."

"그러니까, 왓슨. 그렇게 완벽한 무장과 준비를 갖추고 있는 적과 싸울 수 있는 건 — 그리고 싸워 이길 수 있는 건 — 바로 나밖에 없다는 말일세. 잘 보게나, 왓슨."

그가 웃음을 터트리더니 말을 이었다.

"그리고 그건 나조차도 처음부터 성공한다고는 장담할 수 없다는 것이지."

6시, 『에코 드 프랑스』지 석간에 다음과 같은 기사가 실렸다.

「오늘 아침, 제16구의 경찰서장인 테나르 서장이, 아르센 뤼팽의 꾀에 빠져 고 도트렉 남작의 저택 안에 갇혀 멋진 밤을 보낸 셜록 홈즈와 왓슨을 석방했다.

게다가 여행용 트렁크를 도난당했다면서 두 사람은 아르센 뤼팽을 고소했다.

이번에는 두 사람에게 조그만 교훈을 심어주는 데 그쳤던 아르센 뤼팽은, 이번 일을 계기로 두 사람에게 더 이상 귀찮게 방해하지 말아달라고 정중하게 부탁했다.」

"바보 같이! 이건 어린애 장난이야! 나는 뤼팽의 이런 점이 유일하게 마음에 들지 않네. 너무 어린애 같아. 구경꾼들을 너무나도 의식하고 있어. 그 사람 속에는 건달이 살고 있어."

"그러니까 결국, 셜록 홈즈는 아직도 냉정함을 잃지 않고 있단 말인가?"

"여전히 냉정함을 잃지 않았네. 화를 내봐야 무슨 소용이 있겠나? 어차피 최후의 승자는 내가 될 테니까."

홈즈가 극도의 분노가 느껴지는 어조로 이렇게 말했다.

어둠 속 희미한 빛

제아무리 마음을 단련한 사람이라 할지라도, — 홈즈가 불운에도 굴하지 않는 이런 부류의 사람 중 하나였는데 — 그리고 불굴의 사내라 할지라도 새로운 싸움을 시작하려 할 때는 온 몸의 힘을 짜내야 할 필요가 있는 듯하다.

"내일은 휴식을 취하도록 하겠네."

홈즈가 말했다.

"그럼, 나는 어떻게 할까?"

"자네는 옷가지와 속옷들을 좀 사두게. 그동안 나는 좀 쉬고 있을 테니까."

"푹 쉬도록 하게나 홈즈. 내가 잘 지켜보고 있을 테니까."

왓슨은 마치 최고의 위험이 기다리고 있는 전초에 세워진 초병처럼 거드름을 피우며 이렇게 말했다. 그의 웃옷 가슴 부분이 팽팽하게 힘이 들어간 근육으로 인해 부풀어 올랐다. 그는 자신들이 묵고 있는 호텔의 조그만 방을 날카로운 눈빛으로 난도질하듯 둘러보았다.

"잘 부탁하네, 왓슨. 나는 조금 쉬면서 이번 상대에 가장 잘 어울리는 전법을 짜내도록 하겠네. 우리가 뤼팽에 대해서 잘못 생각하고 있었어. 다시 한번 원점으로 돌아갈 필요가 있어."

"가능하다면 출발점 이전으로 되돌아가고 싶지만 과연 그럴 만한 시간이 있을까요?"

"9일이나 남았네, 친구. 그 중 5일은 없어도 될 거야."

영국인은 그날 오후 내내 파이프 담배를 태우기도 하고 잠을 자기도 하면서 시간을 보냈다. 전투를 개시한 것은 그 이튿날이 되어서부터였다.

"왓슨, 모든 준비를 마쳤네. 자, 나가보기로 할까?"

"나가세. 솔직히 말하자면 나는 실력 발휘할 기회가 오기만을 기다리고 있었네."

왓슨이 넘쳐날 것 같은 전의를 불태우며 말했다.

홈즈는 세 번에 걸쳐 장시간의 대화를 나눴다. 처음은 드티낭 변호사와 이야기를 나눴다. 홈즈는 변호사의 아파트를 샅샅이 조사했다. 그 다음은 쉬잔 제르부아 양과 이야기를 나눴다. 그는 이 아가씨에게 전화를 걸어 밖으로 나오게 한 뒤, 그 금발의 여인에 대해서 물었다. 마지막으로 만난 사람은 도트렉 남작 살인사건 이후로 성모방문회의 수녀로 돌아간 오귀스트 수녀였다.

홈즈가 사람들을 만날 때마다 왓슨은 밖에서 기다렸다. 그리고 이야기가 끝날 때마다 일일이 묻곤 했다.

"만족할 만한 대화를 나눴나?"

"아주 만족하고 있네."

"틀림없이 그럴 거라고 생각하고 있었네. 우리가 가닥을 제대로 잡은 거겠지? 자, 가세."

그들은 그날 많은 곳을 걸어 돌아다녔다. 앙리 마르탱 대로에 있는 그 저택으로 가서 양옆에 있는 건물들을 조사했다. 그런 다음, 클라페이롱 가까지 걸어가서 25번지에 있는 집의 정면을 조사했다. 그때 홈즈가 말했다.

"이 집들 사이에 틀림없이 비밀통로가 있을 거야. 다만, 한 가지 알 수 없는 것은……"

왓슨은 이 순간 처음으로 자신의 천재적인 스승의 전능함을 마음 한구석에서 의심하기 시작했다. '왜 저렇게 말만 많이 하고 실제 하는 일은 별로 없는 걸까?' 하는 마음이었다.

"왜인지 답해줄까?"

홈즈가 왓슨의 마음속 의문에 답하듯 큰 소리로 말했다.

"뤼팽같은 녀석을 상대할 때는 우연을 단서로 삼아서 나아갈 수밖에 없네. 따라서 확실한 사실에서 진상을 도출해내는 대신 자신의 머릿속에서 진상을 찾아내 그것이 사건과 완전히 일치하는지를 확인해야만 하기 때문일세."

"하지만 비밀통로가 있다면?"

"있다고 해도 달라질 건 아무것도 없네! 그런 통로를 내가 찾아냈다고 해서, 뤼팽이 변호사의 집을 드나들고 금발의 여인이 도트렉 남작을 살해한 후 빠져나간 비밀통로를 내가 알아냈다고 해서 과연 수사에 진척을 본 것일까? 그 사실이 녀석을 공격할 무기를 내게 제공해줄까?"

"어쨌든 공격을 해야 할 것 아닌가?"

왓슨이 큰 소리로 외쳤다.

이 말이 끝나기가 무섭게 그는 '악' 하는 비명소리를 올리며 뒷걸음질을 쳤다. 그들의 발밑에 무엇인가가 떨어져 있었다. 모래가 반쯤 들어 있는 자루였는데 만약 그들이 맞았다면 중상을 입었을지도 모른다.

홈즈가 고개를 들어 위를 보았다. 그들 머리 위에 있는 건물의 6층 발코니에서 인부들이 작업을 하고 있었다.

"이거, 운이 좋았구먼. 까딱하면 저 멍청이가 떨어뜨린 자루를 머리에 맞을 뻔했어. 위험천만이야......"

그는 말을 끊고 그 집을 향해서 달려가더니 6층까지 단숨에 뛰어올랐다. 그 집의 하인이 매우 놀랐지만 그는 개의치 않고 안으로 뛰어 들어가 발코니로 나섰다. 그런데 거기에는 아무도 없었다.

"여기 있던 인부들은......"

홈즈가 하인에게 물었다.

"지금 막 돌아갔습니다."

"어디로?"

"뒷문 계단으로 갔습니다."

홈즈가 몸을 숙여 아래쪽을 내려다보았다. 두 사내가 자전거를 끌고 건물에서 나오고 있는 것이 보였다. 그들은 안장에 앉더니 그대로 모습을 감추고 말았다.

"전에부터 작업을 하고 있었나?"

"저 두 사람 말입니까? 오늘 아침부터 시작했습니다. 이번에 새로 온 사람들입니다."

홈즈가 왓슨이 있는 곳으로 돌아왔다.

두 사람은 어두운 기분으로 호텔로 돌아왔다. 이렇게 해서 두 번째 날도 쓸쓸한 침묵 속에서 끝나버리고 말았다.

다음날도 같은 일정으로 진행되었다. 그들은 앙리 마르탱 대로에 있는 어제 그 벤치에 자리를 잡고 앉았다. 그런데 한번 자리를 잡고 앉은 홈즈는 그 세 채의 집을 눈앞에 둔 채, 안 그래도 불만이 가득해 도무지 일을 즐기지 못하는 왓슨이 실망을 할 정도로 오랫동안 앉아 휴식을 취하는 것이었다.

"홈즈, 누굴 기다리는 건가? 저 세 집 중 한 군데서 뤼팽이 나오기라도 한다는 말인가?"

"아닐세."

"그럼, 금발의 여인이 나타나기라도 한다는 건가?"

"아닐세."

"그럼?"

"나는 그저 어떤 일이든 좋으니 조그만 일이라도 일어나기를, 내가 출발점으로 삼을 만한 일이 일어나기를 기다리고 있는 걸세."

"만약 그 일이 일어나지 않는다면?"

"그때는 내 내부에서 무엇인가가 일어날 게야. 화약의 도화선에 붙은 불같은 것이……."

마침 한 가지 일이 일어나 이날 오전의 단조로움을 깨뜨렸다. 하지만 그것은 오히려 불쾌함을 전해주는 일이었다.

대로의 두 줄기 보도 사이에 있는 기마용 도로를 달려가던 한 신사의 말이 달려들어 그들이 앉아 있던 벤치와 부딪쳤다. 말의 꼬리가 홈즈의 어깨를 스쳤을 정도로 가까운 곳에 부딪쳤다.

"이봐! 하마터면 어깨를 다칠 뻔하지 않았나?"

홈즈가 상대를 비웃으며 말했다.

그 신사가 말과 씨름을 하고 있었다. 영국인이 권총을 꺼내 조준을 했다. 순간 왓슨이 거칠게 그의 손을 붙들었다.

"자네 미쳤나? 대체 왜 그러는 거야? 저 신사를 죽일 생각인가?"

"놔! 왓슨. 팔을 놓으라고."

격투가 시작되었다. 그러는 동안 신사는 말을 달래 좌우로 박차를 가했다.

"자, 이젠 됐군. 어디 한번 쏴보게나."

말을 탄 사람이 어느 정도 멀어지자 승리감에 젖은 왓슨이 자랑스럽다는 듯이 외쳤다.

"이 한심한 사람아! 저게 뤼팽의 공범자라는 사실을 아직도 모르겠나?"

홈즈가 분노로 몸을 떨었다. 왓슨이 완전히 풀이 죽어 중얼거렸다.

"뭐라고? 저 사람이......."

"뤼팽의 공범자일세. 모래가 든 자루를 머리 위에서 던진 인부들도 마찬가지고."

"어떻게 그런 일이?"

"어쨌든 증거를 손에 넣을 절호의 기회였는데."

"저 사람을 죽여서 말인가?"

"무슨 소린가? 그저 말을 쓰러뜨리려 했을 뿐이야. 자네만 아니었다면 나는 뤼팽의 공범자를 한 명 잡을 수 있었을 걸세. 자네가 얼마나 멍청한 짓을 했는지 이제 알겠나?"

그날 오후도 우울하게 지나갔다. 5시, 두 사람이 벽 쪽으로 붙지 않도록 주의하면서 클라페이롱 가를 왔다 갔다 하고 있는데

서로 팔짱을 끼고 노래를 부르며 맞은편에서 다가온 세 인부가 그들과 맞부딪쳐서도 팔짱을 풀지 않고 그대로 길을 지나가려고 고집스럽게 버텼다. 기분이 상한 홈즈가 그들을 방해했다. 가벼운 실랑이가 벌어졌다. 홈즈가 권총을 꺼내더니 권총으로 한 사람의 가슴팍을 때렸고, 또다른 한 사람의 얼굴을 때려 세 사람 중 두 사람을 해치웠다. 그들은 그 이상 저항하지 않고 나머지 한 사람과 함께 도망쳤다.

"아! 속이 다 시원하다. 가슴이 답답해서 참을 수 없던 참이었는데 덕분에 몸 좀 풀었네."

그리고 벽에 기대 있는 왓슨을 보고 그에게 말을 걸었다.

"왜 그러나 친구? 혈색이 안 좋은데."

왓슨은 축 늘어진 채로 말을 듣지 않는 팔을 내보이며 중얼거렸다.

"어떻게 된건진 모르겠지만 팔이 아파서......."

"팔이 아프다고? 많이 아픈가?"

"그렇다네....... 오른쪽 팔이."

여러 가지로 손을 써봤지만 팔은 도무지 움직이질 않았다. 셜록이 팔을 만져보았다. '얼마나 아픈지를 정확하게 알기 위해서'라며 처음에는 살짝, 다음에는 아주 세게. 그가 너무나도 아파했기 때문에 그는 당황해서 가까이에 있는 약국으로 달려갔다. 그런데 약국으로 들어서자 왓슨이 기절을 해버렸다. 약사와 조수들이 열심히 치료를 해주었다. 팔의 뼈가 부러졌다는 결론에 도달했다. 그러자 이번에는 외과의, 수술, 병원이라는 말들이 오갔다. 급한 대로 모두 함께 환자의 옷을 벗겼다. 아픔을 참지 못하고 환자는 비명을 질렀다.

"자......, 자....... 괜찮을 걸세. 조금만 참으면 돼, 친구. 5, 6개월 정도 지나면 완전히 나을 거야. 그 악당들에게 반드시 본때를 보여주겠어! 자네도 알고 있지? 특히 녀석에게...... 이런 장난을 친 것도 역시 그 저주받을 뤼팽이니까....... 아! 신의 이름으로 맹세하네. 그때는 반드시......."

그가 갑자기 말을 끊었다. 잡고 있던 왓슨의 팔을 놓았다. 덕분에 왓슨은 아픔으로 펄쩍 뛰어올랐고 불쌍하게도 그대로 정신을 잃고 말았다. 그런데도 홈즈는 자신의 이마를 두드리며 말했다.

"왓슨, 생각났어....... 우연일까?"

그는 움직이지 않았다. 가만히 한 곳을 응시하며 더듬더듬 중얼거렸다.

"그래, 맞아. 틀림없어....... 모든 일이 확실해지는군. ...... 바로 곁에 있는 걸 멀리서 찾으려니 눈에 띌 리가 있나? ...... 그래, 잘 생각해보면 찾아낼 수 있을 줄 알았어. ...... 왓슨, 틀림없이 자네도 기뻐할 걸세!"

친구를 그대로 내버려둔 채 그는 거리로 뛰쳐나갔다. 그리고 25번지로 달려갔다.

입구의 오른쪽 윗부분에 있는 돌에 다음과 같은 글이 새겨져 있었다.

「건축기사 데스탕주, 1875년」

23번지에도 똑같은 글이 새겨져 있었다.

여기까지는 조금도 이상할 게 없었다. 그렇다면 앙리 마르탱 대로에는 어떤 글이 새겨져 있을까?

영업용 마차가 지나갔다.

"마부, 앙리 마르탱 대로 134번지로 가주게. 서둘러서."

마차 안에 서서 그는 말을 격려하기도 하고 마부에게 팁을 주겠다고 약속하기도 했다.

"빨리⋯⋯, 더 빨리!"

퐁프 가의 모퉁이 부근에서 그는 조바심에 몸이 달아오르는 듯했다. 그가 떠올린 사실이 과연 진상의 일부일까?

가 보니 그 건물의 돌 중 하나에 다음과 같은 문구가 새겨져 있었다.

「건축기사 데스탕주, 1874년」

양옆에 있는 집에도 똑같이 「건축기사 데스탕주, 1874년」이라고 새겨져 있었다.

너무나도 커다란 감동을 받은 나머지 그는 마차 구석에 앉아서 몇 분간 기쁨에 몸을 떨었다. 드디어 짙은 어둠 속에 한 줄기 희미한 빛이 비추기 시작했다. 수많은 오솔길이 뒤얽혀 있는 어둡고 커다란 숲 속에서 드디어 적이 남긴 첫 번째 흔적을 발견한 것이었다.

가까이에 있는 우체국으로 달려가 그는 크로종 성채로 전화를 해달라고 부탁했다. 백작 부인이 직접 전화를 받았다.

"여보세요! 부인이십니까?"

"홈즈 씨세요? 안녕하십니까?"

"네. 덕분에 잘 지냅니다. 급하게 여쭐 게 있는데요. 부인, 여보세요? 한 가지⋯⋯."

"네, 네."

"크로종 성채는 언제쯤 지어졌습니까?"

"30년 전에 불이 나서 그 후로 다시 지은 겁니다."

"건축기사는 누구였죠? 그리고 몇 년도에?"

"입구 위에 건축기사, 뤼시엥 데스탕주, 1877년이라고 새겨져 있어요."

"감사합니다, 부인. 안녕히 계세요."

"데스탕주....... 뤼시엥 데스탕주....... 들어본 적이 있는 이름 같은데."

그는 이렇게 중얼거리며 우체국에서 나왔다.

책 대여점이 눈에 들어왔다. 그는 『근대 인명사전』을 빌려 그것을 살펴보았다. 그런 다음, 다음과 같은 내용을 옮겨적었다.

「뤼시엥 데스탕주, 1840년 생. 로마 대상 수상, 레지옹 도뇌르 훈장 수여, 건축에 관한 뛰어난 저작을 다수 남겼으며......」

그는 거기서 조금 전의 약국으로 그리고 약국에서 왓슨이 옮겨 간 병원으로 갔다. 왓슨은 고통스러운 표정으로 침대에 누워 있었다. 한 손에는 기브스를 하고 있었고 오한으로 몸을 떨며 헛소리를 중얼거리고 있었다.

"됐네! 됐어! 드디어 실마리를 찾았어."

홈즈가 외쳤다.

"실마리라니?"

"나를 목적지까지 데려다 줄 실마리일세! 이제부터는 탄탄대로를 걷게 될 걸세. 거기에는 발자국과 단서들이 남아 있을 거야."

"담뱃재라도 떨어져 있을 거란 말인가?"

갑작스런 사태의 진전에 기운을 얻은 왓슨이 물었다.

"그 외에도 여러 가지가 있네! 생각해보게, 왓슨. 내가 드디어 금발의 여인과 관련된 세 가지 사건을 연결하는 신비의 실마리를 찾아냈다네. 뤼팽이 왜 그 세 가지 사건이 일어난 저택들을 선택했는지 자네 알겠나?"

"글쎄, 왜 그랬을까?"

"그건 그 저택들이 똑같은 건축기사에 의해서 지어졌기 때문일세, 왓슨. 그걸 알아낸 게 뭐 그리 대단하냐고 말할 생각인가? 틀림없이 그럴지도 모르지. 하지만 그래서 아무도 생각해내지 못했던 걸세."

"누구도? 자네 외에는 그 누구도?"

"그렇다네. 나 외의 그 누구도 생각해내지 못했다네. 하지만 지금 나는 알고 있네. 똑같은 건축기사가 유사한 도면을 사용해서 언뜻 보기에는 기적과도 같지만 알고 보면 그리 놀랄 것도 없는 그 세 가지 범행을 가능하게 만들었다는 사실을."

"그랬군!"

"정말 아슬아슬한 순간이었네, 친구. 사실은 나도 넌덜머리가 나려던 차였거든....... 벌써 4일째가 아닌가?"

"열흘밖에 시간이 없는데."

"그래! 지금부터는 척척 진행될 거야."

그는 한시도 시간을 지체할 수 없었다. 말이 많고 활기에 넘친 모습이 평소의 그와는 다른 모습이었다.

"그건 그렇고 조금 전 대로에서 그 녀석들이 자네 팔을 부러뜨렸을 때, 내 팔을 부러뜨렸을 수도 있을 거라는 생각을 하면 등골이 오싹해지네. 왓슨, 자네 생각은 어떤가?"

왓슨은 이 무시무시한 가정에 대해서 그저 몸서리를 칠 뿐이었다. 홈즈가 계속해서 말했다.

"우리는 이번 교훈을 깊이 생각해봐야 할 걸세. 안 그런가, 왓슨? 정직한 방법으로 뤼팽과 맞서려 했던 것이 실수였네. 그나마 자네만 부상을 당했으니 손실을 반으로 줄인 셈이라 할 수 있겠지."

"나도 다행히 한쪽 손만을 다쳤을 뿐일세."

왓슨이 울상을 지으며 말했다.

"두 팔을 다 다쳤다 해도 할 말이 없었을 걸세. 이제 허세는 그만 부리도록 해야겠어. 백주 대낮에 미행을 당하고 있으니 내게 승산이 있을 리가 없지. 어둠 속에서 자유롭게 행동할 수만 있다면 적이 제아무리 강하다 해도 승리는 나의 것일세."

"가니마르가 자네를 도와줄 걸세."

"그의 도움을 받을 생각은 눈곱만치도 없네. 나는 '아르센 뤼팽이 저기 있다, 여기가 녀석의 은신처다, 붙잡으려면 이렇게 하면 된다'고 말할 수 있을 때가 되면 가니마르를 부르러 갈 것이네. 페르골레즈 가에 있는 그의 집이나 샤틀레 광장에 있는 스위스 주점으로. 그때까지 나는 혼자 움직일 걸세."

그가 침대 곁으로 다가왔다. 한쪽 손을 왓슨의 어깨에 얹었다. 그것은 물론 아픈 쪽 어깨였다. 그리고 다정한 목소리로 이렇게 말했다.

"몸조리 잘 하고 있게나, 친구. 지금부터 자네가 할 일은 아르센 뤼팽의 부하 두어 명을 속이는 일일세. 녀석들은 내 행적을 뒤쫓기 위해서 병문안을 올 나를 기다리고 있을 거야. 하지만 기다리다 지치겠지. 이건 아무에게나 맡길 수 없는 아주 중요한 역할일세."

"중요한 임무를 맡겨주다니 정말 고맙네. 전력을 다해서 성실하게 그 임무를 수행하겠네. 그렇다면 자네는 더 이상 병문안을 오지 않겠다는 말인가?"

왓슨이 진심으로 감사하며 이렇게 말했다.

"와 봐야 소용없는 일 아닌가?"

"하긴....... 그도 그렇지....... 나도 별일 없는 한 곧 좋아질 테고. 어쨌든 마실 것을 좀 주겠나?"

"마실 것?"

"몸에 열이 있어서 그런지 목이 말라 죽겠네."

"잠깐만 기다리게. 바로 가져오겠네."

그는 두어 개의 병을 만지작거리다 담배가 눈에 들어오자 자신의 파이프에 불을 붙이더니 친구의 부탁같은 것은 듣지도 못한 사람처럼 갑자기 밖으로 나가버렸다. 그러는 동안에 왓슨은 손에 닿지 않는 곳에 있는 컵을 애원하는 듯한 눈빛으로, 원망스러운 눈빛으로 바라보고 있었다.

"데스탕주 씨 계십니까?"

저택의 현관문을 연 하인이 찾아온 손님을 위아래로 훑어보았다. 이 호화로운 저택은 말제르브 광장과 몽샤냉 가가 만나는 모퉁이에 위치해 있었다. 희끗희끗한 머리에 덥수룩한 수염, 길고 지저분한 검은 프록코트가 못생긴 이 조그만 사내와 묘하게 잘 어울린다는 사실을 알고 하인은 그에 합당한 경멸이 담긴 어조로 대답했다.

"데스탕주 님은 집에 계시거나 안 계시거나 둘 중 하나겠죠. 어디서 오셨나요? 명함은 갖고 계시겠죠?"

손님은, 명함은 갖고 있지 않았지만 소개장을 가지고 있었다. 그래서 하인은 그 소개장을 데스탕주에게로 가져다줄 수밖에 없었다. 그러자 데스탕주는 그 손님을 안으로 데리고 오라고 명했다.

조그만 사내는 본관의 한쪽 편을 차지하고 있는 원형의 넓은 방으로 안내되었다. 그 방의 벽면은 책들로 완전히 둘러싸여 있었다. 건축가가 그에게 말했다.

"당신이 스티크만 씨입니까?"

"네, 그렇습니다."

"비서가 병이 나서 내 지시로 시작한 장서목록, 특히 독일어판 장서의 목록을 작성하는 일을 계속할 수 없기에 대신 당신을 보낸다고 들었습니다. 이런 일을 해본 적이 있나요?"

"네, 오랫동안 이 일을 했었습니다."

스티크만 씨가 강한 독일어 억양이 섞인 말투로 대답했다.

이런 식으로 이야기는 눈 깜빡할 사이에 끝나버렸다. 데스탕주 씨는 한시도 지체하지 않고 새로운 비서와 함께 작업에 착수했다.

이것이 그 집에 들어선 셜록 홈즈의 모습이었다.

뤼팽의 감시를 피하기 위해서 그리고 뤼시앵 데스탕주와 그의 딸 클로틸드가 함께 살고 있는 저택 안으로 잠입하기 위해서 명탐정은 미지의 세계에 뛰어들기도 하고, 수많은 전략을 세우기도 하고, 여러 가명을 이용해서 많은 사람들의 호의를 사고 진심을 이끌어내야만 했다. 그러니까 48시간 동안 복잡하기 짝이 없는 생활을 해야만 했던 것이다.

그렇게 해서 그는 다음과 같은 정보를 얻을 수 있었다. 데스탕주 씨는 몸이 좋질 않아서 휴식을 취하려고 일에서 손을 뗐으며, 지금까지 수집한 건축 관련 서적에 둘러싸여 생활을 하고 있다는 것이었다. 연극 구경과 먼지 쌓인 고서적 외에 그의 관심을 끄는 것은 아무것도 없다는 소문이었다.

그의 딸인 클로틸드는 좀 특이한 여자로 알려져 있었다. 아버지처럼 언제나 방에만 처박혀 있었는데 그곳은 저택 내의 다른 부분에 있었다. 그녀는 절대로 외출을 하지 않았다.

데스탕주 씨가 불러주는 책 제목을 표에 적어 넣으며 홈즈는 이렇게 생각했다.

'아직 결정적인 실마리를 잡은 건 아니지만 그래도 상당한 진전이 있었다. 내가 알고 싶어서 견딜 수 없는 문제, 데스탕주 씨는 아직도 아르센 뤼팽의 친구일까? 아직도 뤼팽을 만나고 있을까? 그 세 채의 건축물에 관한 서류가 존재할까? 그 서류가, 같은 장치가 있는 그리고 뤼팽이 자신과 자신의 일당들을 위해서 소유하고 있는 다른 건물의 소재를 밝혀주지는 않을까? 이런 문제들 중 적어도 하나는 밝혀낼 수 있지 않을까?

데스탕주 씨가 아르센 뤼팽의 공범자라니? 이 존경받을 만한 인물, 레지옹 도뇌르 훈장을 받은 사람이 강도와 함께 일을 하고 있다는 가설은 도저히 받아들일 수가 없었다. 그리고 만약 이들이 공범관계에 있다하더라도 데스탕주 씨가 30년도 더 전에 당시

젖먹이 아이였던 아르센 뤼팽의 탈주를 어떻게 예상이나 할 수 있었을까?

어쨌든 영국인은 일에 열중했다. 그의 놀라운 직감력과 천부적인 재능으로 주변에 감돌고 있는 비밀을 감지해냈다. 그것은 정확히 설명하기 어려운 미묘한 일을 통해서 감지할 수 있었다. 이 저택에 처음 들어섰을 때부터 그런 인상을 받았다.

이틀째 아침이 되어서도 그는 아직 이렇다할 발견을 하지 못하고 있었다. 2시에 그는 서고로 책을 찾으러 온 클로틸드를 처음 볼 수 있었다. 밤색 머리에, 조용한 움직임, 말수가 적은 삼십대 전후의 여인이었다. 자신 속에 갇혀서 살아가는 사람 특유의 쌀쌀맞은 표정이 얼굴에 드러나 있었다. 그녀는 데스탕주 씨와 두어 마디를 나누더니 홈즈 쪽은 쳐다보지도 않고 그대로 방에서 물러났다.

오후는 단조롭게 흘러갔다. 5시가 되자 데스탕주 씨가 외출을 한다고 했다. 홈즈는 둥근 서고의 중간쯤에 만들어 놓은 회랑 위에 홀로 남겨졌다. 해가 기울고 있었기에 그도 돌아갈 준비를 하고 있었다. 그런데 그 순간 어디선가 삐걱거리는 소리가 들려왔다. 그와 동시에 서고 안에 누군가 다른 사람이 있는 듯한 느낌이 들었다. 그대로 꽤 긴 시간이 흘렀다. 갑자기 홈즈가 몸을 떨었다. 그의 바로 옆에 있는 발코니의 어두운 부분에서 사람의 모습이 나타났기 때문이었다. 이런 일이 있을 수 있을까? 지금까지 존재를 알지 못했던 저 사람은 대체 언제부터 함께 있었던 것일까? 그리고 어디로 들어온 것일까?

그 사람은 계단을 내려와 참나무로 만든 커다란 책장 쪽으로 다가갔다. 회랑 난간에 쳐놓은 커튼 뒤로 몸을 숨긴 뒤, 무릎을 꿇고 앉아 바라보니 그 사람이 책장 하나 가득 꽂혀 있는 서류들을 휘젓고 있는 것이 보였다. 무엇을 찾고 있는 것일까?

그런데 그 순간 갑자기 문이 휙 열리더니 데스탕주 양이 뒤따라오는 사람에게 하는 말이 들려왔다.

"결국 외출은 하지 않는다는 말씀이시죠? 그럼 불을 켜겠어요. 잠깐만 기다리세요. 움직이지 마시고."

이렇게 말하며 그녀가 안으로 들어왔다.

그는 책장의 문을 닫고 커다란 창 안쪽으로 몸을 숨긴 뒤, 커튼을 자신 쪽으로 끌어당겼다. 데스탕주 양은 왜 저 사내의 모습을 보지 못한 것일까? 왜 사내가 내는 소리를 듣지 못한 것일까? 그녀는 차분한 태도로 전등의 스위치를 켰다. 그리고 물러서서 아버지를 맞들였다. 두 사람이 마주보고 앉았다. 그녀는 자신이 손에 들고 있던 책을 읽기 시작했다.

"비서는 벌써 돌아갔나요?"

잠시 뒤 그녀가 물었다.

"보다시피 돌아갔단다."

"아버지는 그 비서가 여전히 마음에 드세요?"

그녀는 비서가 병에 걸려서 스티크만이 대신 와 있다는 사실을 전혀 모르는 사람처럼 계속해서 물었다. .

"여전히……, 여전히 마음에 든다."

데스탕주 씨의 머리가 좌우로 흔들리기 시작했다. 잠들어버린 것이다.

또 한동안 시간이 흘렀다. 딸은 책을 읽고 있었다. 그런데 그 창의 커튼이 움직였다. 그리고 사내가 벽을 따라서 문 쪽으로 미끄러지듯 움직이기 시작했는데 데스탕주 씨의 뒤쪽으로 그러니까 클로틸드의 정면을 지나게 되었다. 덕분에 홈즈는 그를 확실하게 볼 수 있었다. 의심할 필요도 없이 그 사람은 아르센 뤼팽이었다.

영국인은 기쁨에 몸을 떨었다. 그의 계산은 정확했다. 그는 신비한 사건의 한가운데로 잠입해 들어왔을 뿐만 아니라, 예상했던 장소에 뤼팽이 나타난 것이었다.

그런데 이 사내의 움직임을 모를 리가 없는 클로틸드가 눈 하나 깜빡이지 않고 있었다. 뤼팽이 거의 문에 다가서서 서둘러 손잡이 쪽으로 팔을 내미는 순간 그의 옷깃에 스쳐 무엇인가가 테이블 위에서 떨어졌다. 데스탕주 씨가 깜짝 놀라 눈을 떴다. 하지만 그 순간 아르센 뤼팽은 이미 모자를 한쪽 손에 들고 빙그레 웃으며 노인 앞에 서 있었다.

"막심 베르몽 아닌가? 막심 베르몽이 오다니, 정말 기쁘군! 무슨 바람이 불어서 온 거지?"

데스탕주 씨가 반갑다는 듯이 외쳤다.

"선생님과 클로틸드가 보고 싶어서 왔습니다."

"어디 여행이라도 다녀왔는가?"

"어제 돌아왔습니다."

"그럼 우리와 함께 식사를 하겠나?"

"친구들과 레스토랑에서 식사를 하기로 했습니다."

"그렇다면 내일은 어떤가? 클로틸드, 내일 찾아와달라고 부탁을 하렴. 아! 정말 반갑네. 막심! 요즘 부쩍 자네 생각이 나더군."

"정말입니까?"

"정말이지 않고. 예전의 서류들을 정리해서 저 책장 속에 넣어 놓았는데 그 안에서 우리들이 마지막으로 작성한 계산서가 나왔다네."

"무슨 계산서입니까?"

"앙리 마르탱 대로의 그것일세."

"뭐라고요? 그런 종이 조각까지 아직도 가지고 계십니까? 아무런 도움도 되지 않는 걸......."

세 사람은 넓은 프랑스 창으로 둥근 서고와 분리해 놓은 아담한 살롱으로 자리를 옮겼다.

'저 사람이 정말 뤼팽이란 말인가?'

홈즈는 문득 의아한 생각이 들었다.

그랬다. 그는 틀림없는 뤼팽이었다. 하지만, 뤼팽과 아주 닮았지만 그러면서도 특유의 개성, 독특한 특징, 그만의 눈빛, 특징 있는 머리카락을 갖춘 또다른 사람이기도 했다.

상체에 꼭 들어맞는 연미복, 하얀 넥타이에 부드러운 셔츠를 입은 그는 아주 즐거운 듯 대화를 나눴다. 그의 이야기에 데스탕주 씨는 진심으로 밝게 웃었으며 클로틸드의 입술에도 미소가 번졌다. 그 미소 하나하나는 아르센 뤼팽이 바라고 있는 것이며, 그에게는 더할 나위 없이 기쁜 선물이기도 한 듯했다. 그는 더욱 재치 있고 활기차게 이야기를 했다. 그러자 이 행복하고 명랑한 목소리의 울림에 자신도 모르게 빠져버린 클로틸드의 얼굴에 활기가 넘쳐나기 시작했으며, 평소 그녀를 마음이 상한 사람처럼 보이게 했던 차가운 표정이 사라지기 시작했다.

홈즈가 생각했다.

'두 사람은 서로 사랑하고 있군. 그렇다면 클로틸드 데스탕주와 막심 베르몽 사이에는 대체 어떤 공통점이 있는 걸까? 그녀는 알고 있을까? 막심 베르몽이 바로 아르센 뤼팽이라는 사실을.'

7시가 되도록 그는 두려움에 떨면서도 사소한 한마디라도 놓치지 않으려고 가만히 귀를 기울이고 있었다. 그런 다음 아주 조심스럽게 회랑에서 내려와 살롱에서는 절대 볼 수 없는 쪽으로 해서 서고를 가로질렀다.

밖으로 나온 홈즈는 문 앞에 사람을 기다리는 어떤 자동차도 마차도 없다는 사실을 확인했다. 그런 다음 말제르브 로를 따라 다리를 절뚝이며 걷기 시작했다. 그러다가 다음 골목에 다다르자 그는 지금까지 팔에 걸치고 있던 외투를 입고 모자의 형태를 바꾼 뒤 몸을 곧게 폈다. 이렇게 변장을 마친 뒤 다시 말제르브 광장으로 돌아와 거기서 데스탕주 저택의 문을 지켜보며 기다렸다.

곧 아르센 뤼팽이 문 밖으로 나왔다. 콩스탕티노플 가와 롱드르 가를 지나서 파리의 중심으로 향했다. 백 걸음 정도 뒤로 처져서 셜록 홈즈가 아르센 뤼팽을 미행했다.

영국인에게 이는 참으로 즐거운 시간이었다! 그는 이제 막 지나간 사냥감의 냄새를 맡은 훌륭한 사냥개처럼 맛있다는 듯이 공기를 들이켰다. 실제로 자기 적수의 뒤를 쫓는다는 이 사실이 그에게는 견딜 수 없이 즐거웠다. 지금 미행당하고 있는 건 자신이 아니라 아르센 뤼팽이었다. 자유자재로 모습을 바꾸는 아르센 뤼팽이었다. 홈즈는 마치 끊을 수 없는 쇠사슬에 묶여 있기라도 한 것처럼 상대를 자신의 시선으로 꼭 붙들고 있었다. 지나가는 사람들 사이로 자신의 사냥감을 바라보며 그는 커다란 즐거움을 느꼈다.

그런데 곧 한 가지 기묘한 일이 그를 놀라게 했다. 홈즈와 아르센 뤼팽 사이의 가운데쯤 되는 곳에 몇몇 사람들이 같은 방향으로 걸어가고 있었는데 특히 왼쪽 보도로는 중산모를 쓴 두 건장한 사내가, 그리고 오른쪽 보도로는 사냥 모자를 쓴 또다른 두 사내가 입에 담배를 물고 걸어가고 있다는 사실을 깨달았다.

어쩌면 이는 단순한 우연일지도 몰랐다. 하지만 홈즈는 뤼팽이 담배 가게에서 발걸음을 멈췄을 때 네 사람 역시 발걸음을 멈췄다는 사실에 놀랐으며, 네 사람 전부가 그와 동시에, 하지만 따로 따로 움직이는 사람들처럼 마르탱 대로를 향해서 걷기 시작했을 때는 한층 더 놀라지 않을 수 없었다.

'아뿔싸! 녀석, 미행을 당하고 있는 것 같은데!'

홈즈는 이렇게 생각했다.

다른 사람들이 아르센 뤼팽을 미행한다는 생각은, 다른 사람들에게 영예를 빼앗길지도 모른다는 생각이 아니라 ── 이는 전혀 문제될 것이 없었다 ── 자신만의 힘으로 지금까지 겪어본 적이 없을 정도로 무시무시한 적을 해치우겠다는 커다란 즐거움과 열렬한 의욕을 빼앗길지도 모른다는 생각이 들어 그를 화나게 만들었다. 오해의 소지는 조금도 없었다. 그 네 사내들은 자신들의 발걸음을 다른 한 사람의 그것에 맞춰서 걸어가고 있으면서도 그런 자신들을 다른 사람이 눈치 채지 못하도록 자연스러움을 가장하려는 모습이 역력하게 눈에 들어왔다.

"가니마르는 뤼팽에 대해서 내게 말한 것보다 더 많이 알고 있는 게 아닐까? 나를 속이고 있는 게 아닐까?"

홈즈가 중얼거렸다.

그는 네 사내들 중 한 명에게 다가가 그들과 협력을 할까도 생각해보았다. 그런데 큰길이 가까워짐에 따라서 사람들이 점점 더 많아져 뤼팽을 놓칠지도 모른다는 생각에 그는 더욱 빨리 걸을 수밖에 없었다. 그가 큰길로 접어들었을 때 뤼팽은 엘데르 가 모퉁이에 있는 헝가리 요리점의 계단을 올라가고 있었다. 입구가 커다랗게 열려 있었기에 대로 건너편에 있는 벤치에 앉은 홈즈는 뤼팽이 꽃으로 장식된 화려한 음식들이 놓여 있는 테이블에 앉는 모습을 볼 수 있었다. 그곳에는 연미복을 입은 세 신사와 매우 세련돼 보이는 두 여자가 미리 와 있었는데 아주 과장스러운 모습으로 그를 반갑게 맞아들였다.

셜록 홈즈는 그 네 사내를 찾아보았다. 그들이 레스토랑 옆 카페의 집시 연주자들의 연주를 들으려고 모여 있는 사람들 사이에 섞여 있음을 확인했다. 이상한 점은 그들이 아르센 뤼팽에게 신경을 쓰는 것 이상으로 자신들 주위에 있는 사람들에게 신경을 쓰고 있는 듯하다는 점이었다.

갑자기 그들 중 한 사람이 담배를 꺼내더니 프록코트에 실크햇을 쓴 신사에게로 다가갔다. 신사가 피우고 있던 담배를 내밀었다. 홈즈는 그들이 이야기를 나누고 있는 것 같다는 인상을 받았다. 담배에 불을 붙이는 것 치고는 너무 많은 시간이 걸렸다. 곧 신사가 계단 위로 올라가 레스토랑 안을 들여다보았다. 뤼팽을 발견하자 그에게 다가가 그와 한동안 이야기를 나눴다. 그런 다음 옆 테이블에 자리를 잡고 앉았다. 홈즈는 그 신사가 앙리 마르탱 대로의 벤치에 앉아 있을 때 말을 타고 달려와 부딪친 신사라는 걸 눈치 챘다.

이로써 그는 깨달았다. 아르센 뤼팽은 미행을 당하고 있었던 것이 아니었다. 이 사내들은 그의 부하들이었던 것이다! 그들은 맹주의 안전을 위해 경호를 하고 있었던 것이다! 그의 호위병이자, 추종자, 그의 의장대였던 것이다. 맹주가 위험에 처하게 될 경우, 곳곳에 부하들이 있어서 그 위험을 알려주고 그의 안전을 지킬 준비가 되어 있는 것이다. 저 네 명의 사내들도 부하이고 프록코트를 입은 신사도 부하인 것이다!

전율이 영국인의 몸을 꿰뚫고 지나갔다. 과연 자신에게 이 변화무쌍한 자를 잡을 만한 힘이 있을까? 이 정도의 맹주에 의해서 지배되고 있는 완벽한 단결력을 보이고 있는 이 무리들의 힘이 얼마나 클지 상상이 되질 않았다.

그는 수첩을 한 장 뜯어서 연필로 몇 줄을 갈겨쓰더니 그것을 봉투에 넣었다. 그리고 벤치에 누워 자고 있던 15세 정도로 보이는 소년에게 말했다.

"애야, 영업용 마차를 타고 샤틀레 광장에 있는 스위스 주점으로 가서 그곳 카운터에 이 편지를 좀 전해주렴. 아주 급하단다."

그는 소년에게 오프랑짜리 은화를 주었다. 소년이 모습을 감췄다.

30분이 지났다. 사람들이 더욱 많아져서 홈즈는 가끔씩 뤼팽의 부하들을 확인할 수 있을 뿐이었다. 그 순간 누군가가 홈즈를 건드렸다. 그리고 한 목소리가 그에게 이렇게 속삭였다.

"왜 그러십니까? 홈즈 씨. 무슨 일이라도 있습니까?"

"아, 당신이었군요. 가니마르 씨."

"네. 술집에서 편지를 받고 달려왔습니다. 무슨 일입니까?"

"바로 저기에 있어요."

"정말입니까?"

"저쪽이요. 저 레스토랑 안쪽....... 고개를 오른쪽으로 기울여서 보세요. 녀석이 보이나요?"

"안 보입니다."

"옆자리의 여자에게 샴페인을 따르고 있어요."

"아닙니다. 저 사람은 녀석이 아니에요."

"녀석이에요."

"내가 보장하겠습니다. 앗! 역시 녀석인가? ...... 그렇군. 앗! 나쁜 녀석, 어떻게 저렇게 똑같을 수가 있지? 그럼 옆에 있는 저 사람들은 동료들입니까?"

가니마르가 신기하다는 듯 중얼거렸다.

"아니요. 녀석 옆자리에 있는 여자는 클라이브덴 양, 또다른 여자는 드 클리트 공작의 부인, 정면에 있는 사람은 런던 주재 스페인 대사에요."

가니마르가 뛰쳐나가려 했다. 셜록이 그를 말렸다.

"경솔하게 굴지 마시오! 당신은 혼자에요!"

"녀석도 혼잡니다."

"아니에요. 부하들이 거리에서 망을 보고 있어요. 그리고 레스토랑 안에도...... 저 신사가 있잖아요."

"하지만 내가 아르센 뤼팽의 멱살을 잡고 녀석의 이름을 외치면 가게 안의 모든 손님들과 종업원들이 나를 도와줄 겁니다."

"그런 사람들의 도움보다는 경찰의 도움을 받는 편이 나을 거예요."

"그렇게 하면 뤼팽의 일당들이 눈치 채고 말 겁니다. 홈즈 씨, 안 그렇습니까? 우물쭈물 할 때가 아닙니다."

가니마르의 말이 옳았다. 홈즈도 그 사실을 잘 알고 있었다. 흔치 않은 이번 기회를 이용해서 승부를 내야 했다. 그는 가니마르에게 주의를 주었다.

"당신이 누군지 바로 꿰뚫어보겠지만 그래도 가능한 한 그것을 늦출 필요가 있을 겁니다."

그리고 자신은 신문 판매대 뒤쪽으로 몸을 숨긴 뒤 뤼팽에게서 시선을 떼지 않았다. 뤼팽은 옆자리의 여자에게 바싹 다가가 앉아 미소를 짓고 있었다.

가니마르는 아주 급한 볼일이 있는 사람처럼 두 손을 주머니에 넣은 채 대로를 가로질렀다. 그러다 반대편 보도에 올라서자마자 갑자기 방향을 바꿔서 레스토랑의 입구 앞에 있는 계단을 뛰어올랐다.

날카로운 호각소리가 울려 퍼졌다. 가니마르가 지배인과 마주쳤다. 지배인은 입구를 가로막고 서서 혐오스럽다는 듯 형사를 돌려세웠다. 자기 레스토랑의 호사스러움을 더럽힐 것 같은 더러운 복장의 침입자에게 하듯 그를 밀어냈다. 가니마르가 비틀거렸다. 바로 그 순간, 프록코트를 입은 신사가 밖으로 나왔다. 그는 형사를 도왔다. 지배인과 그는 격렬한 말싸움을 벌였다. 그러면서 두 사람은 가니마르를 끌어안고 한 사람은 그를 밖으로 밀어

내려 했고 한 사람은 그것을 막으려 했기에 가니마르도 몸부림을 쳐보기는 했지만 가엾게도 늙은 형사는 결국 계단 밑으로 밀려나고 말았다.

곧 사람들이 몰려들었다. 소동이 벌어진 것을 알고 달려온 두 경관이 사람들 틈을 비집고 들어가려 했지만 알 수 없는 어떤 힘이 작용해서 두 사람을 움직이지 못하게 했다. 그들은 자신들을 밀쳐내는 어깨와 앞길을 가로막는 사람들의 몸 사이에 갇혀버리고 말았다.

갑자기 마법에 걸리기라도 한 것처럼 길이 열렸다. 지배인이, 자신이 착각했음을 깨닫고 거듭 사과를 했다. 프록코트의 신사도 싸움을 중단했다. 군중들이 흩어졌다. 경관들이 다가갔다. 가니마르가 그 여섯 명이 있던 테이블을 향해서 달려들었다. 그런데 거기에는 다섯 명 밖에 보이질 않았다. 그는 주위를 둘러보았다. 자신이 들어온 곳 외의 다른 입구는 없는 듯했다.

"여기에 있던 사내는? 당신들은 여섯 명이었소. 안 그렇소? 여기 있던 사람 어디 갔냔 말이오!"

형사가 어안이 벙벙해 있는 다섯 손님에게 외쳤다.

"데스트로 씨 말인가요?"

"아니요, 아르센 뤼팽이요."

종업원 하나가 옆으로 다가왔다.

"그 손님은 2층으로 올라가셨습니다."

가니마르가 달리기 시작했다. 2층에는 몇 개의 방이 있었으며 거리로 통하는 문이 하나 있었다.

"제길! 이런 데서 녀석을 찾아야 한다고? 녀석은 이미 멀리 도망쳤을 거야!"

가니마르가 울상을 지으며 말했다.

하지만 뤼팽은 멀리 도망치지 않았다. 겨우 200미터 정도 떨어진 곳에 있는, 마들렌과 바스티유를 왕복하는 승합마차에 타고 있었다. 승합마차는 세 마리의 말에 이끌려 유유하게 오페라좌 앞의 광장을 지나 카퓌신 가를 달리고 있었다. 승강구 가까운 곳에 중산모를 쓴 두 거한이 서서 이야기를 나누고 있었다. 계단을 오르자마자 있는 2층 좌석에는 몸집이 작은 노인이 앉아 꾸벅꾸벅 졸고 있었는데 이 사람이 바로 셜록 홈즈였다.

마차의 흔들림에 따라서 머리를 끄덕이며 영국인은 생각했다.

"그 믿음직한 왓슨이 지금 내 모습을 봤다면 틀림없이 자신의 파트너를 자랑스럽게 여겼을 텐데....... 제길! 그 호각소리가 난 순간부터 승부는 이미 결정 난 거였어. 그 레스토랑 주변을 감시하는 게 제일 좋았다는 것도 쉽게 알 수 있었는데. 그런데도 실제로 그 악마 녀석을 상대로 할 때는 2 더하기 2는 4가 아니라는 생각이 드니 정말 이상한단 말이야......."

종점에서 셜록은 아래층을 내려다보았다. 아르센 뤼팽이 두 호위병 앞을 지나가면서 속삭이는 소리가 들려왔다.

"에트왈에서 기다리겠네."

"에트왈에서 기다리시겠다고. 좋습니다. 그럼, 거기서 뵙도록 하겠습니다. 저도 반드시 가도록 하겠습니다. 녀석은 택시로 가게 내버려두고 나는 마차로 호위병들을 미행해야겠군."

두 호위병들은 걸어서 갔다. 역시 에트왈로 들어섰다. 거기서

뤼팽 베스트 걸작선 |429

샬그랭 가 40번지의 폭이 좁은 한 집의 벨을 눌렀다. 홈즈는 인적이 드문 이 골목의 휘어져 들어간 부분에 몸을 숨길 수 있었다.

1층에 있는 두 개의 창문 중 하나가 열렸다. 중산모를 쓴 사람이 덧문을 닫았다. 덧문의 난간이 밝아졌다.

10분 후, 한 신사가 같은 집으로 찾아와서 벨을 눌렀다. 바로 뒤를 이어서 또다른 한 사람이. 그리고 마지막으로 택시가 달려오더니 멈춰 섰다. 그 안에서 두 사람이 내리는 것을 볼 수 있었다. 아르센 뤼팽과 두꺼운 외투, 베일로 몸을 감싸고 있는 한 여인이었다.

"틀림없이 금발의 여인일 거야."

멀어져가는 택시를 바라보며 홈즈가 중얼거렸다.

잠시 시간이 흐르기를 기다렸다가 창턱으로 기어올라가 까치발을 하고서 실내를 들여다볼 수 있었다.

벽난로 위 장식장에 기대서 아르센 뤼팽이 활기차게 이야기를 하고 있었다. 다른 사내들은 긴장한 채로 뤼팽의 주위에 서 있었다. 홈즈는 사내들 중에서 그 프록코트를 입은 신사를 찾아낼 수 있었다. 그리고 조금 전 레스토랑의 지배인처럼 보이는 사내도 있었다. 금발의 여인은 그에게 등을 돌린 채 안락의 자에 기대 있었다.

홈즈는 생각했다.

'회의를 열고 있군. 조금 전의 일이 녀석들에게 불안감을 심어주었어. 그래서 회의를 할 필요가 생긴 거야. 아! 어떻게든 녀석들을 일망타진 할 수 있었으면 좋겠는데.'

부하 중 한 명이 몸을 움직였기에 홈즈는 재빨리 창턱에서 뛰어

내려 어두운 곳으로 몸을 숨겼다. 프록코트를 입은 신사와 지배인이 집에서 나왔다. 그와 동시에 2층에 불이 켜졌다. 누군가가 두 창문의 덧문을 닫았다. 그러자 1, 2층이 모두 어두워졌다.

"녀석과 여자는 1층에 남아 있을 거야. 부하 중 한 명이 2층에서 살고 있는 거겠지."

홈즈는 혼자 이렇게 중얼거렸다.

그는 밤 깊도록 자리를 떠나지 않고 계속해서 그 집을 감시했다. 자신이 없는 사이에 아르센 뤼팽이 다른 곳으로 가버릴까 두려웠기 때문이다. 4시, 골목 끝으로 두 경찰이 지나가는 모습을 본 그는 그들에게 다가가 정황을 설명하고 그 집을 잘 감시하고 있으라고 부탁했다.

그런 다음 그는 페르골레즈 가에 있는 가니마르의 집으로 가서 잠을 자고 있던 그를 흔들어 깨웠다.

"녀석을 다시 잡았어요."

"녀석이라면, 아르센 뤼팽 말입니까?"

"그래요."

"조금 전과 같은 상황이라면 나는 관여하고 싶지 않습니다. 잠이나 더 자겠습니다. 그래도 그럴 순 없으니 우선 서로 가봅시다."

두 사람은 메스닐 가로 향했다. 그리고 거기서 서장인 드쿠앵트르 씨의 집으로 가서 여섯 명의 경찰들을 데리고 샬그랭 가로 되돌아왔다.

"이상 없습니까?"

홈즈가 그곳을 감시하고 있던 두 경찰에게 물었다.

"이상 없습니다."

새벽빛에 하늘이 점점 밝아왔다. 곧 모든 배치가 끝나자 서장이 벨을 울려 관리인이 있는 방으로 뛰어들었다. 갑작스런 습격에 놀란 관리인 여자가 부들부들 몸을 떨면서 1층에는 사는 사람이 없다고 대답했다.

"뭐라고? 사는 사람이 없다고?"

가니마르가 외쳤다.

"없습니다. 2층에 살고 있는 르루 씨 형제가 1층도 빌렸어요. 시골에서 올라오는 친척들을 위해서 가구를 들여놓았을 뿐이에요."

"친척이라면, 신사와 숙녀를 말하는 건가?"

"맞아요."

"어젯밤에 그 형제들과 함께 왔었나?"

"왔었을지도 모르겠지만....... 저는 잠을 자고 있었기에....... 하지만 오지 않았을 거예요. 열쇠는 제가 가지고 있거든요. 그런데 열쇠를 달라는 말을 하지 않았으니......."

그 열쇠로 서장이 복도 맞은편에 있는 방의 문을 열었다. 아래층에는 방이 두 개밖에 없었다. 두 개 모두 텅 비어 있었다.

"이게 어떻게 된 일이지? 분명히 녀석과 여자가 있는 걸 봤는데."

홈즈가 소리를 질렀다.

서장이 비웃듯 말했다.

"나도 그랬을 거라고 믿고 있습니다. 하지만 녀석은 이미 이곳에 없습니다."

"2층으로 올라가 봅시다. 틀림없이 2층에 있을 거예요."

"2층에는 르루 씨 형제가 살고 있어요."

모든 사람들이 2층으로 올라갔다. 서장이 벨을 눌렀다. 두 번째 누르자 다름 아닌 호위병 중 한 명이 셔츠바람으로 험상궂은 표정을 지으며 나왔다.

"뭐야, 시끄럽게...... 누가 이런 시간에 사람을 깨우는 거야?"

그러다 그는 당황한 듯 말을 끊었다.

"아니, 이거 실례했습니다. 설마 이게 꿈은 아니겠지요? 드쿠앵트르 씨! 그리고 당신은 가니마르 씨가 아닙니까? 어쩐 일이십니까?"

커다란 폭소가 터져 나왔다. 가니마르는 웃음을 참지 못하고 배를 움켜쥔 채 얼굴이 새빨개질 정도로 웃었다.

"자네였나 르루. 아! 우스워라. ...... 르루가 아르센 뤼팽의 공범자였다니. ...... 아! 웃겨 죽겠네. ...... 르루, 동생을 잠깐 만날 수 있겠나?"

"에드몽, 너 거기 있냐? 가니마르 형사님께서 오셨다."

또다른 한 사람이 나타났다. 그를 보자 가니마르는 더욱 크게 웃어대기 시작했다.

"어떻게 이런 일이 있을 수 있지? 누가 이런 일을 상상이나 했겠어? 자네들 정말 어처구니없는 일을 당했구먼. 이보다 더 황당한 일도 없을 거야. 다행히 늙은 가니마르가 지켜보고 있으니 별일은 없을 걸세. 그리고 그에게는 도와줄 친구도 있으니 걱정할 필요 없겠지....... 멀리서 일부러 와준 친구들이라네!"

그런 다음 홈즈 쪽을 되돌아보며 그가 소개를 했다.

"이 사람은 보안과 형사인 빅토르 르루. 유능한 강력계 형사 중 한 명입니다. 이 사람은 에드몽 르루. 감식과 주임입니다."

납치

    셜록 홈즈는 당황하지 않았다. 항변해야 하는 것일까? 이 두 사람을 고발해야 하는 것일까? 하지만 이 두 가지 모두, 해봐야 소용없는 일일 것이다. 어디에도 필요한 증거가 없었으며 그것을 찾는 데 걸릴 시간도 아깝다는 생각이 들었다. 지금은 누구도 그의 말을 믿어주지 않을 것이다.

    의기양양한 가니마르 앞에 이를 악물고, 두 손을 굳게 쥐고 서 있던 홈즈는 자신의 분노와 실망을 상대가 눈치 채지 못하도록 하려고 애썼다. 그는 민중의 지팡이인 르루 형제에게 정중하게 인사를 하고 물러났다. 현관에서 지하실 입구처럼 보이는 낮은 쪽문 쪽으로 슬쩍 방향을 바꿨다. 그리고 빨간 돌멩이를 하나 집어 들었다. 그것은 석류석이었다.

    집 밖으로 나온 그는 뒤돌아서 집의 번지를 표시하는 40이라는 숫자 옆에 있는 '건축기사 뤼시앵 데스탕주, 1877년'이라고 새겨진 글을 읽었다.

    42번지에 있던 것과 같은 글이었다.

    홈즈는 생각했다.

    '여기도 문이 두 개가 있었군. 40번지와 42번지는 서로 연결되어 있어. 왜 진작 이 생각을 못했을까? 어젯밤 나는 두 경찰들과

이곳에 남아 있어야 했어.'

그는 어젯밤 그곳을 지키고 있던 두 경찰에게 물었다.

"내가 없는 동안 저쪽 문을 통해서 두 사람이 나오지 않았나?"

이렇게 말하며 그는 옆집의 문을 가리켰다.

"네. 신사 한 명과 여자 한 명이 나왔습니다."

홈즈가 가니마르의 팔을 잡고 길가로 데려가며 말했다.

"가니마르 씨, 당신 그렇게 웃어댔으니 내가 폐를 끼쳤다고 해서 더 이상 나를 원망하진 않겠죠?"

"아! 물론이죠. 조금도 당신을 원망하지 않습니다."

"그렇죠? 하지만 제아무리 능숙한 농담이라 할지라도 때와 장소를 가려서 해야 하는 법이죠. 이제 농담은 그만둬야 할 시간인 것 같군요."

"저도 그렇게 생각합니다."

"오늘이 벌써 7일째예요. 앞으로 3일 후에 나는 꼭 런던으로 돌아가야 합니다."

"이런!"

"나는 꼭 돌아갈 겁니다. 그래서 당신에게 부탁이 있는데요. 화요일에서 목요일에 걸친 밤에는 출동준비를 갖추고 대기해주기 바랍니다."

"오늘 아침처럼 출동하기 위해서겠죠?"

가니마르가 빈정거리듯 말했다.

"맞아요. 말할 필요도 없이 오늘과 같은 출동이에요."

"그럼 그 결과는?"

"뤼팽의 체포입니다."

"정말입니까?"

"내 명예를 걸고 맹세하죠."

홈즈가 작별 인사를 했다. 그리고 가까이에 있는 호텔로 들어가서 잠시 휴식을 취했다. 다시 기운을 차리고 자신감을 회복한 홈즈는 샬그랭 가로 돌아왔다. 관리인 여자에게 금화 두 개를 쥐어주고 루루 형제가 외출했다는 사실, 이 집이 아르맹자라는 사람의 소유라는 사실을 알아냈다. 그런 다음 촛불을 들고 조금 전에 그 앞에서 석류석을 주웠던 조그만 쪽문을 통해서 지하도로 들어갔다.

계단이 끝나는 곳에서 그는 먼저 주운 것과 똑같이 생긴 석류석을 하나 더 주웠다.

그는 생각했다.

'역시 내 생각대로야! 이곳과 연결되어 있었어. 어디, 내 만능 열쇠로 1층 주거자가 쓰기로 돼 있는 지하실을 열 수 있나 보자. 아, 열렸다. 잘 됐군. 우선 포도주를 올려놓는 선반을 조사해봐야겠어. 아! 역시! 이 부분에는 먼지가 없어. 그리고 바닥 위에는 발자국이 찍혀 있고……'

문득 부스럭거리는 소리가 들려와 그의 신경을 곤두서게 만들었다. 그는 재빨리 문을 닫고 촛불을 끈 다음 빈 상자가 쌓여 있는 곳 뒤로 몸을 숨겼다. 몇 초 후 그는 철제 선반 중 하나가 벽과 함께 조용히 돌아가 앞으로 나와 있다는 사실을 깨달았다. 등불이 비춰오기 시작했다. 팔 하나가 보이더니 한 사내가 안으로 들어왔다.

사내는 무엇인가를 찾는 듯, 몸을 웅크렸다. 손가락으로 몇 번이고 먼지를 털어냈다. 그리고 몇 번인가 몸을 일으켜 세우더니 왼쪽 손에 들고 있던 상자 속에 무엇인가를 던져 넣었다. 그런 다음 사내는 자신의 발자국과 함께 뤼팽과 금발의 여인이 남긴 발자국을 지웠다. 그리고 포도주를 올려놓는 선반 쪽으로 다가갔다.

사내가 찢어지는 듯한 비명을 지르더니 그대로 쓰러져버렸다. 홈즈가 달려든 것이었다. 눈 깜빡할 사이에 벌어진 일이었다. 참으로 간단하게 일이 끝나버리고 말았다. 사내는 두 팔과 다리를 묶인 채 바닥에 나뒹굴고 있었다.

영국인이 몸을 웅크리며 말했다.

"얼마를 주면 입을 열겠나? 네가 알고 있는 사실을 전부 말해 봐."

사내가 비웃는 듯한 미소로 답하는 것을 보고 홈즈는 이 제안이 아무런 효과도 발휘하지 못할 것이라는 사실을 깨달았다.

그는 사내의 주머니를 뒤지는 것으로 만족할 수밖에 없었다. 하지만 주머니에서는 열쇠꾸러미 하나와 손수건 한 장, 홈즈가 주운 것과 같은 석류석이 12개 정도 든 상자 하나가 나왔을 뿐 전리품은 조금도 얻을 수 없었다.

"자, 이 사내를 어떻게 해야 하지? 일당들이 구출하러 올 때까지 기다렸다 전부 붙잡아서 경찰에 넘겨야 하나? 하지만 그게 무슨 도움이 되겠어? 뤼팽에 대한 홈즈의 입장을 유리한 것으로 만들어주기나 할까?"

그는 쉽게 결정을 내리지 못했다. 우선은 그 상자를 조사해보기로 결심했다. 상자에는 '레오나르 보석점, 라 페 가'라고 적혀 있었다.

그는 사내를 그냥 놓아주기로 결심했다. 그는 선반을 밀어놓고 지하실 문을 닫은 다음 그 집에서 나왔다. 우체국으로 가서 속달로 데스탕주 씨에게 내일이나 뵐 수 있을 것 같다는 전갈을 보냈다. 그런 다음 그는 보석점으로 가서 석류석을 건네주었다.

"부인의 심부름으로 이 보석을 가지고 왔습니다. 전부 여기서 산 장신구에서 떨어진 것들입니다."

홈즈의 예상은 맞아 떨어졌다. 보석상이 대답했다.

"네. 알고 있어요. 조금 전에 부인에게서 전화가 왔는데 직접 오실 거라고 합니다."

보도에 서 있던 홈즈가 두꺼운 베일을 두른 채, 행동이 조금 수상하게 여겨지는 부인을 발견한 것은 5시가 지난 시각이었다. 상점의 창문 너머로 부인이 매장의 받침대 위에 석류석이 여기저기 박힌 고풍스러운 장신구를 올려놓는 것이 보였다.

곧 상점에서 나온 그녀는 보도에서 두어 가지 볼일을 본 뒤 클리시 쪽으로 올라가 영국인이 처음 와보는 길을 따라 몇 번이고 방향을 틀었다. 그는 저녁 어스름에 묻혀서 여자 관리인의 방해도 받지 않고 한 6층짜리 집으로 그녀를 따라서 들어갈 수 있었다. 2동으로 이루어진 건물로 많은 사람들이 살고 있었다. 2층에서 멈춰 선 여자가 한 방으로 들어섰다. 2분 후, 영국인은 자신의 운을 시험해보았다. 조금 전에 빼앗은 열쇠 꾸러미의 열쇠를 조심스럽게 구멍에 꽂아보았다. 네 번째 열쇠를 꽂자 자물쇠가 움직였다.

어둠 속에서 그는 깨달았다. 각 방들이 빈 집처럼 텅 비어 있으며 모든 문들이 열려 있다는 사실을 알게 되었다. 단, 복도 끝에서 등불의 빛이 새어나오고 있었다. 살금살금 다가가 안을 들여다보았다. 그 살롱과 옆방을 구분하고 있는 거울 너머로 그 벨벳을 감싸고 있던 여자가 옷과 모자를 벗어서 그 방에 오직 하나 밖에 없는 의자 위에 걸쳐놓고는 벨벳으로 만든 실내복으로 갈아입는 모습이 보였다.

그리고 그녀가 벽난로 위 장식장으로 다가가 벨을 누르는 모습을 보았다. 그러자 장식장 오른쪽 밑 부분에 있는 판자가 흔들리며 벽면을 타고 미끄러지더니 옆에 있는 판자 속으로 들어가 버리는 것이었다.

여자는 틈이 충분히 넓어지기를 기다렸다가 손에 램프를 들고 그곳으로 들어가...... 모습을 감췄다.

장치는 매우 간단했다. 홈즈도 바로 그것을 이용했다.

그는 손으로 앞을 더듬으며 어둠 속을 걸어 나갔다. 그러자 얼마 지나지 않아서 얼굴에 뭔가 부드러운 것이 닿았다. 성냥불을 켜보고 자신이 긴 가운과 옷이 가득 걸려 있는 작은 방에 와 있음을 알았다. 옷을 헤치고 나가자 장식용 융단으로 막아놓은 문이 나타났다. 그때 마침 성냥불이 꺼졌기에 낡은 융단의 올 사이로 새어 들어오는 등불의 빛을 느낄 수 있었다.

옳다구나 싶어서 그는 건너편을 엿보았다.

금발의 여인이 바로 코 앞에 있었다.

그녀는 램프를 끄고 전등을 켰다. 홈즈는 이 순간 처음으로 그녀의 얼굴을 제대로 볼 수가 있었다. 그는 몸을 떨었다. 수많은 우여곡절과 고생 끝에 드디어 정체를 밝혀낸 금발의 여인은 다름

아넌 클로틸드 데스탕주였다.

도트렉 남작을 살해한 하수인도, 청 다이아몬드를 훔친 범인도 바로 클로틸드 데스탕주였던 것이다. 아르센 뤼팽의 비밀스런 여자친구도, 그 금발 여인도 모두 클로틸드 데스탕주였던 것이다.

그는 생각했다.

'정말 화가 나는군. 나는 왜 그렇게 어리석었을까? 뤼팽의 여자친구는 금발이고 클로틸드는 갈색 머리라는 이유로 나는 이 두 사람을 함께 생각하려 하지 않았어. 그 금발의 여인이 남작을 살해하고 다이아몬드를 훔친 뒤에도 아무렇지도 않게 금발로 살아갈 거라고 생각하기라도 했단 말인가?'

홈즈가 있는 곳에서 그 방의 일부가 보였다. 그곳은 귀중한 장식들과 밝은 벽걸이로 우아하게 꾸며놓은 여자의 방이었다. 마호가니로 만든 취침용 의자가 조금 높은 단 위에 놓여 있었다. 그곳에 앉은 클로틸드는 두 손으로 머리를 움켜쥔 채 가만히 있었다. 잠시 후, 홈즈는 그녀가 울고 있다는 사실을 깨달았다. 굵은 눈물이 뺨을 타고 흘러 내려와 입가에 맺히더니 한 방울씩 벨벳으로 만든 실내복 위로 떨어졌다. 눈물방울은 끊임없이 솟아오르는 샘물처럼 끝없이 흘러 떨어졌다. 이처럼 천천히, 끊임없이 흘러 떨어지는 눈물로 표현되는 그녀의 쓸쓸하고 체념에 가득한 절망의 모습은 더할 나위 없는 슬픔을 전해주었다.

그런데 바로 그때, 그녀 뒤편에 있는 문이 열리더니 아르센 뤼팽이 안으로 들어섰다.

두 사람은 오랫동안 아무 말 없이 서로를 바라보고 있었다. 이

옥고 그가 그녀 옆에 무릎을 끓고 앉았다. 뤼팽이 그녀의 가슴에
자신의 머리를 묻고 두 팔로 그녀를 끌어안았다. 지금 이 젊은 여
자를 끌어안고 있는 그의 몸짓에서 끝없는 다정함과 수많은 연민
이 느껴졌다. 두 사람은 그대로 움직이지 않았다. 달콤한 침묵이
두 사람을 하나로 묶고 있었다. 이제 눈물은 거의 말라 있었다.

"내가 그토록 당신의 행복을 빌었건만."

속삭이는 듯한 목소리로 뤼팽이 말했다.

"저는 행복해요."

"아니, 눈물이 그 증거야. 클로틸드, 당신의 눈물이 날 힘들게
해."

그녀는 자신도 모르게 이 부드러운 목소리에 마음을 빼앗기는
듯했으며 희망과 행복에 기대고 싶은 심정으로 가만히 귀를 기울
이는 듯했다. 갑자기 미소가 번지면서그녀의 얼굴이 부드러워졌
다. 하지만 그것은 아주 쓸쓸해 보이는 미소였다. 뤼팽이 그에게
애원했다.

"슬퍼하지 마, 클로틸드. 슬퍼해선 안 돼. 당신에게 슬퍼할 권
리는 없어."

그녀가 가느다랗고 부드러우며 하얀 두 손을 그에게 내밀었다.
그리고 깊은 생각에 잠긴 사람처럼 말했다.

"이 손이 내 손인 한 나는 슬퍼할 수밖에 없을 거예요, 막심."

"어째서지?"

"사람을 죽인 손이니까요."

막심이 외쳤다.

"쉿! 그 일을 생각해선 안 돼. 과거는 이미 죽었어. 과거는 아무

런 문제 될 게 없어."

그는 그 창백한 손에 오랫동안 입을 맞췄다. 그녀가 그를 바라보았다. 한 번 입맞춤을 할 때마다 그 무시무시한 기억이 조금씩 옅어지기라도 한다는 듯, 그녀는 좀더 밝은 미소를 지었다.

"저를 사랑해주세요, 막심. 제겐 그게 필요해요. 다른 어느 여자도 나만큼 당신을 사랑할 수는 없을 테니까요. 전 모든 행동을 당신의 마음에 들기 위해서 해왔어요. 그리고 지금도 그렇게 행동하고 있어요. 당신이 명령하지 않아도. 이 모두가 당신의 은밀한 소망에 따르고 싶기 때문이었어요. 제 모든 본능과, 제 모든 양심이 거부하는 일까지도 나는 마다하지 않고 해왔어요. 전 차가운 기계처럼 행동했어요. 그 행동이 당신에게 도움이 되고 당신이 그것을 원했기 때문이었죠. 그리고 저는 내일 당장이라도 그것을 반복할 준비가 되어 있어요. 영원히, 언제까지라도."

그가 괴롭다는 듯이 말했다.

"아! 클로틸드. 나는 왜 내 위험한 생활 속으로 당신을 끌어들였을까? 나는 5년 전에 당신이 사랑해주었던 그 막심 베르몽으로 남았어야 했어. 그리고 또다른 나의 모습을 당신에게 보이지 말았어야 했는데."

그녀가 낮은 목소리로 말했다.

"저는 그 또다른 한 분을 사랑하고 있어요. 그리고 제게는 아무런 후회도 없어요."

"아니. 당신은 이전의 생활을, 밝은 곳에서의 생활을 잃은 것을 후회하고 있어."

"당신이 곁에 있는 한 저는 무엇 하나 후회하지 않아요. 제 눈에 당신의 모습이 어려 있는 한, 잘못도 죄도 존재하지 않아요. 당신과 멀리 떨어져 있을 때 내가 불행해지고, 괴로워하고, 울고, 모든 행동이 혐오스럽게 느껴진다 해도 그런 건 상관없어요. 당신의 사랑이 모든 걸 씻어주니까요. 전 무슨 일이든 참겠어요. 하지만 그 대신 저를 사랑해주셔야만 해요."

그녀가 정열적으로 말했다.

"나는 당신을 사랑해야만 하기 때문에 사랑하는 게 아니야, 클로틸드. 오직 당신을 사랑한다는 유일한 이유 때문에 당신을 사랑하고 있는 거야."

"정말이에요?"

그녀가 깊은 신뢰를 담아서 말했다.

"나는 당신에 대해서도 아주 잘 알고 있어. 하지만 내 생활은 과격하고 복잡해. 그래서 늘 내가 바라는 만큼의 시간을 당신에게 바치지 못하고 있는 거야."

이 한마디에 그녀는 불안함을 느낀 듯했다.

"무슨 일이 있었나요? 또 무슨 위험이라도? 어서 말해보세요."

"아니, 심각한 문제는 아직 아무것도 일어나지 않았어. 단지……."

"단지, 뭐죠?"

"그러니까 녀석이 냄새를 맡기 시작했어."

"홈즈가요?"

"응. 헝가리 요리점에 가니마르를 끌어들인 것도 녀석이야. 어젯밤, 샬랭 가에서 경찰 두 명에게 감시를 하게 한 것도 녀석이지. 나는 그 증거를 가지고 있어. 오늘 아침에 가니마르와 홈즈가 함께 그 집을 조사하고 있더군. 그리고......."

"그리고 또 뭐죠?"

"사실은 부하 중 한 명인 자니오가 녀석에게 당했어."

"그 문지기 말인가요?"

"맞아."

"오늘 아침에 브로치에서 떨어진 석류석을 주워달라고 그 사람을 샬렝 가로 보냈는데요."

"더 이상 의심의 여지가 없어. 홈즈가 녀석을 덫에 빠뜨려 잡아들인 게 틀림없어."

"그럴 리가 없어요. 라 페 가의 보석상에 석류석이 와 있었는 걸요."

"그럼 그 후에 어떻게 됐지?"

"어머! 막심, 저 두려워지기 시작했어요."

"두려워할 필요는 없어. 하지만 솔직히 말하자면 사태가 심각해졌군. 녀석은 지금 무엇을 하고 있을까? 어디에 숨어 있을까? 혼자 움직인다는 게 녀석의 강점이야. 즉, 누구에게도 배신당하지 않는다는 거지."

"어떻게 하실 생각이에요?"

"아주 조심해야겠어, 클로틸드. 안 그래도 얼마 전부터 당신도 알고 있는 그 난공불락의 은거지로 거주지를 옮길 생각이었거든. 그런데 홈즈가 나타났으니 예정을 앞당겨야겠어. 홈즈같은 사람이 누군가의 뒤를 밟기 시작했다면 틀림없이 그 목적을 달성하고 말테니까. 그래서 나는 대책을 강구했지. 모레, 수요일에 이사를 할 거야. 정오까지는 모든 준비가 끝날 거야. 그리고 2시가 되면 우리가 생활했던 모든 흔적을 깨끗이 지우고 떠날 수 있도록 계획을 세워놨어. 이건 보통 일이 아니야. 그러니 그때까지는……."

"그때까지 어떻게 하란 말씀이죠?"

"우린 만날 수 없어. 그리고 당신은 그 누구도 만나서는 안 돼. 절대 외출해서는 안 돼. 자신에 대해서는 조금도 걱정하지 않는 나지만, 당신에 대해서는 모든 게 걱정이야."

"그 영국인의 손이 저한테까지 미치지는 않을 거예요."

"그는 뭐든 가능한 사람이야. 바로 그 점을 내가 두려워하는 거지. 어제 내가 하마터면 당신 아버지께 들킬 뻔했을 때, 나는 데스탕주 씨의 낡은 장부가 들어 있는 책장을 찾으러 간 거였어. 그걸 그대로 내버려두면 위험하거든. 위험은 여기저기에 숨어 있어. 적이 어둠 속에서 어슬렁거리고 있다는 사실을, 그리고 곧 습격해 올 것이라는 사실을 나는 잘 알고 있어. 녀석이 우리를 지켜보고 있다는 걸……, 녀석이 우리 주위에 그물을 치고 있다는 걸 난 느낄 수 있어. 이건 내 직감이지만 내 직감은 한번도 나를 배신한 적이 없었어."

"그렇다면 얼른 돌아가세요, 막심. 그리고 내 눈물 같은 건 잊어버리세요. 이제부터 강한 모습을 보여드리겠어요. 그리고 위험이 사라질 때까지 기다리겠어요. 그럼, 어서 가세요. 막심."

이렇게 말한 그녀는 오랫동안 그를 끌어안았다. 그리고 방 밖으로 그를 밀어낸 것도 그녀였다. 홈즈는 멀어져가는 두 사람의 목소리를 듣고 있었다.

어젯밤 이후부터, 앞뒤 가리지 않고 덤벼들지 않고는 견딜 수 없는 기분에 사로잡혀 그는 용감하게 빈 방으로 뛰어들었는데 그 끝은 계단과 연결되어 있었다. 그가 막 내려서려는 순간, 아래층에서 이야기를 나누는 소리가 들려왔다. 그래서 그는 또 다른 계단으로 통하는 원주형 복도를 통해 가는 편이 낫다는 사실을 깨달았다. 계단 밑으로 내려왔다. 그는 심하게 놀랐다. 낯익은 가구와 방이 눈에 들어왔던 것이다. 문 하나가 반쯤 열려 있었다. 그는 넓은 원형 방에 들어와 있었다. 그곳은 바로 데스탕주 씨의 서고였다.

그가 중얼거렸다.

"그렇게 된 거로군. 정말 굉장해! 이로써 모든 사실이 밝혀졌어. 클로틸드, 그러니까 금발 여인의 방은 그 옆의 아파트와 연결되어 있는 거야. 그리고 그 옆집의 출입구는 말제르브 광장 쪽이 아닌 그 옆의 거리, 내 기억이 정확하다면 몽샤냉 가 쪽으로 나있는 거야. 정말 대단해! 이로써 모든 사실을 설명할 수 있게 됐어. 클로틸드 데스탕주가 절대로 외출을 하지 않는 사람이라는 소문을 그대로 유지하면서 어떻게 애인을 만나러 갈 수 있었는지. 그리고 어제 저녁 저 회랑 위에 있던 내 옆으로 아르센 뤼팽이 어떻게 홀연히 나타날 수 있었는지도 알게 됐어. 옆의 아파트와 이 서고 사이에는 또다른 통로가 하나 더 있을 거야."

홈즈가 결론을 내렸다.

"비밀통로가 있는 집이 또 있을 거야. 그것도 역시 건축기사는 데스탕주겠지! 기껏 여기까지 왔으니 온 김에 그 책장 속도 조사를 해보자. 그 외에도 비밀통로가 있을 만한 집에 대한 자료를 손에 넣는 거야."

홈즈는 회랑 위로 올라가 난간에 쳐놓은 커튼 뒤로 몸을 숨겼다. 그는 매우 늦은 시각까지 거기서 숨어 있었다. 하인 하나가 전등을 끄러 들어왔다. 그로부터 1시간이 지나서 영국인은 자신의 손전등을 켰다. 그리고 책장 쪽으로 다가갔다.

이미 알고 있던 대로 그 책장 속에는 건축기사 데스탕주 씨의 서류와 견적서, 출납부 등이 들어 있었다. 안쪽으로는 연대순으로 분류해 놓은 장부가 나란히 꽂혀 있었다.

그는 최근 장부들부터 차례대로 뽑아들어 목차 부분을, 특히 '아'로 시작되는 부분을 살폈다. 곧 아르맹자라는 말이 63이라는 숫자와 함께 적혀 있을 것을 발견하고 63쪽을 열어 읽어보았다.

「아르맹자, 샬그랭 가 40번지」라고 적혀 있었다.

이어서 발주자를 위해서 그가 소유하고 있는 가옥 내에 난방장치를 신설할 목적으로 행해진 공사에 대한 자세한 내용이 기재되어 있었다. 그리고 한편 구석에 「서류 M.B 참조」라는 메모가 적혀 있었다.

"그래! 바로 이거야! 서류 M.B가 바로 내가 찾고 있던 거야. 덕분에 뤼팽 씨의 현 주소를 알게 됐군."

거의 동틀 무렵이 되어서야 그는 한 파일 묶음의 뒷부분에서 문제의 서류를 찾아낼 수 있었다.

그것은 총 15쪽으로 구성되어 있었다. 맨 앞에는 샬그랭 가 아르맹자 씨와 관계된 서류의 사본이 있었다. 그 다음에는 클라페이롱 가 25번지의 소유주인 바티넬 씨의 요청으로 행해진 공사에 대한 자세한 내용이 있었다. 그 다음은 앙리 마르탱 대로 134번지 도트렉 남작을 위해서 할당되어 있었으며, 그 다음은 크로종 성채를 위해서, 그리고 나머지 11장은 파리의 몇몇 소유주들을 위해서 할당되어 있었다.

홈즈는 그 열한 명의 이름과 주소를 옮겨 적었다. 그리고 나서 그 서류들을 원래 있던 장소에 꽂아 놓은 뒤 창문을 열어 지나는 사람이 없는 광장 쪽으로 뛰어내렸다. 세심하게 덧문을 내려놓는 것도 잊지 않았다.

호텔에 있는 자기 방으로 돌아와 그는 평소와 다름없이 파이프에 불을 붙였다. 그리고 연기의 구름 속에 휩싸여 M.B 그러니까 막심 베르몽, 혹은 아르센 뤼팽이라 불리는 사내에 관한 서류에서 얻을 수 있는 결론을 찾기 위해 연구했다.

8시, 그는 가니마르에게 다음과 같은 속달을 보냈다.

「나는 오전 중에 페르골레즈 가로 갈 것 같습니다. 거기서 당신에게 한 사람을 인도하고 싶은데 그 사람을 체포하는 것은 매우 중요한 일입니다. 어쨌든 오늘 밤은 댁에 계시기 바랍니다. 그리고 내일 아침과 오전 중, 정오까지. 우선 30명 정도의 경관을 준비해주시기 바랍니다.」

그런 다음 큰길로 나와서 택시 한 대를 잡았다. 운전사의 상냥하고 선량하며 그다지 영리해 보이지 않는 얼굴이 마음에 들었다. 그는 말제르브 광장의 데스탕주 저택에서 조금 떨어진 곳에서 내렸다.

"기사 양반, 시동을 꺼주시오. 바람이 차니 옷깃을 세운 다음 느긋하게 기다려주기 바라오. 그리고 1시간 30분이 지나면 시동을 걸어놓길 바라오. 내가 돌아오면 바로 페르골레즈 가로 갈 수 있도록."

데스탕주 저택의 문 앞에 서서 그는 마지막으로 다시 한번 망설였다. 뤼팽이 이사할 준비를 거의 마쳐가고 있는 이 중요한 시점에서 이처럼 금발의 여인에 연연할 필요가 있을까 하는 생각이 들었다. 차라리 그 건물 리스트를 참고로 자신의 적이 살고 있는 곳을 밝혀내는 것이 급선무가 아닐까 싶었다.

"정신 차려! 금발의 여인을 잡기만 하면 승리는 내 것이 된다고."

그가 벨을 눌렀다.

데스탕주 씨는 이미 서고에 와 있었다. 두 사람은 한동안 함께 일했다. 홈즈는 클로틸드 양의 방으로 갈 구실을 찾기에 여념이 없었다. 바로 그때 그 젊은 아가씨가 모습을 드러내더니 아버지에게 아침인사를 했다. 그리고 옆의 조그만 살롱에 앉아서 편지를 쓰기 시작했다.

홈즈가 위치한 곳에서 그녀를 볼 수 있었다. 그녀는 테이블에 기대 앉아 때때로 펜을 멈추고 생각에 잠기는 듯 했다. 그는 한동안 기회를 엿봤다. 곧 책 한 권을 손에 든 채로 데스탕주 씨에게 말했다.

"따님이 발견하는 대로 가져다달라던 책을 발견했습니다."

그는 옆의 살롱으로 들어갔다. 그리고 그녀의 아버지가 있는 곳에서는 보이지 않는 곳에 자리를 잡고 클로틸드 앞에 버티고 섰다.

"저는 아버지의 새로운 비서 스티크만입니다."

"어머! 그러세요. 아버지는 비서를 바꾸신 건가요?"

그녀가 별 생각 없이 말했다.

"그렇습니다, 아가씨. 그런데 아가씨께 드릴 말씀이 있습니다."

"잠깐 앉으세요. 금방 끝나니까요."

그녀는 쓰던 편지에 몇 자를 더 적어 넣은 다음, 서명을 하고 봉투를 봉했다. 그리고 전화의 호출 벨을 눌렀다. 자신의 봉재사를 불러 갑자기 필요하게 됐으니 여행용 외투를 서둘러 만들어달라고 부탁했다. 그리고 나서야 비로소 홈즈를 보며 말했다.

"기다리게 해서 죄송해요. 그런데 당신이 하시려는 말, 아버지 앞에서는 할 수 없는 건가요?"

"그렇습니다, 아가씨. 그리고 부디 큰 소리를 내지 않도록 부탁드리겠습니다. 데스탕주 씨가 듣지 못하도록 하는 게 좋을 테니까요."

"누구한테 좋다는 얘기죠?"

"당신을 위해섭니다, 아가씨."

"아버지가 들어서는 안 될 얘기라면 저도 듣고 싶지 않아요."

"하지만 이 이야기는 꼭 들으셔야만 합니다."

두 사람은 서로를 노려보며 자리에서 일어났다.

곧 그녀가 입을 열었다.

"그럼 말씀해보세요."

여전히 선 채로 그가 말했다.

"만약 내가 사소한 점에서 잘못된 사실을 말한다 하더라도 이해해주시기 바랍니다. 지금부터 드릴 말씀의 중요한 부분은 정확한 사실이라고 미리 보장할 수 있으니까요."

"미사여구를 늘어놓을 필요는 없어요. 사실만을 말씀하세요."

갑자기 그녀가 말을 끊는 통에 그는 깨달았다. 이 젊은 여자가 경계하고 있음을...... 그는 계속해서 말했다.

"알겠습니다. 그럼 바로 본론으로 들어가겠습니다. 즉, 5년 전 당신의 아버님께서는 막심 베르몽 씨와 알게 되었습니다. 건축의 도급업자...... 혹은 건축기사라고 자신을 소개했을 겁니다. 그 점에 대해서는 확실히 알고 있지 못합니다. 어쨌든 데스탕주 씨는 이 젊은이에게 호의를 갖게 되었습니다. 그리고 건강이 나빠져 일을 할 수 없게 되었기 때문에 아버님께서는 베르몽 씨에게 오랜 손님들로부터 받은 일감들 중 그의 능력에 적합하다고 생각되는 몇 가지 일들을 맡기셨습니다."

셜록이 잠시 말을 끊었다. 그는 젊은 아가씨의 얼굴이 한층 더 창백해졌다는 사실을 알 수 있었다. 그럼에도 불구하고 그녀는 아주 차분한 목소리로 말했다.

"무슨 말씀을 하지는 건지 저는 잘 모르겠어요. 그리고 그런 일들이 우리와 무슨 관계가 있는지도."

"관계는 지금부텁니다. 아가씨. 그러니까 막심 베르몽 씨의 본명은, 당신도 저처럼 알고 계시겠지만, 아르센 뤼팽입니다.

그녀가 소리 내어 웃었다.

"말도 안 돼요. 아르센 뤼팽이라고요? 막심 베르몽 씨가 아르센 뤼팽이라는 말인가요?"

"말씀드린 대로 입니다. 아가씨, 제가 요점만 말씀드린다고 해서 일부러 모르는 척 하신다면 저도 자세하게 말씀드릴 수밖에 없겠군요. 아르센 뤼팽은 이 댁에서 자신의 악행을 성취하는 데 필요한 한 여자친구, 아니 여자친구 이상의 맹목적인 공범자......, 그것도 정열적으로 심취해 있는 공범자를 찾아낸 것입니다."

그녀가 자리에서 일어났다. 아무런 동요도 보이지 않았다. 아무런 동요도 보이지 않았기에 그녀의 침착한 모습에 오히려 홈즈가 놀랐을 정도였다. 그녀가 또렷한 어조로 말했다.

"당신이 무엇 때문에 그런 말씀을 하시는 건지 저는 도저히 이해할 수가 없네요. 그리고 알고 싶지도 않고요. 그러니까 더 이상 아무런 말씀도 마시고 이 방에서 나가 주세요."

"처음부터 많은 시간을 뺏을 생각은 아니었습니다. 단, 나 혼자 이 집에서 나가지는 않겠다고 결심했습니다."

홈즈가 그녀만큼 조용한 목소리로 대답했다.

"그럼 누구와 함께 나가겠다는 말이죠?"

"당신입니다."

"저요?"

"그렇습니다. 아가씨. 함께 이 집에서 나가는 겁니다. 그리고 당신은 아무런 저항도 하지 말고, 단 한마디도 하지 말고 저를 따라와 주시기 바랍니다."

이해할 수 없는 점은 두 사람 모두가 너무나도 냉정했다는 것이었다. 그들의 태도, 그들의 목소리만을 놓고 보자면, 그들의 모습은 필사적인 대결이라기보다는 오히려 의견을 달리하는 두 사람의 은근한 논의처럼 느껴졌다.

열어 놓은 프랑스 창 너머로 데스탕주 씨가 원형 서고 안에서 천천히 책을 만지고 있는 모습이 보였다.

클로틸드가 가볍게 어깨를 한 번 들썩인 다음 자리에 앉았다. 셜록이 시계를 꺼내 보았다.

"10시 30분입니다. 5분 후에는 나가도록 합시다."

"안 나간다면?"

"안 나가신다면 데스탕주 씨께 말씀드리겠습니다."

"무슨 말을?"

"사실을 밝히겠습니다. 막심 베르몽의 베일에 싸인 생활과 그 공범자의 이중생활에 대해서 얘기할 생각입니다."

"그 공범자의?"

"그렇습니다. 금발의 여인이라 불리는 그 여자. 원래는 금발이었던 그 여자의 생활을."

"증거로 아버지께 뭘 보여주실 생각이시죠?"

"아버님을 샬그랭 가로 모시고 가겠습니다. 그리고 아르센 뤼팽이 위임받은 시공을 이용해서 자신의 부하에게 만들게 했던 40번지와 42번지 사이의 통로, 실제로 당신들 두 사람이 어젯밤 이용했던 그 통로를 보여드리겠습니다."

"그리고?"

"그리고 데스탕주 씨를 드티냥 변호사의 집으로 모시고 가 당신이 뤼팽과 함께 가니마르의 손에서 벗어나기 위해서 내려갔던 뒷문쪽 사다리를 함께 내려갈 생각입니다. 그리고 두 사람이 함께 그 출입구가 클라페이롱 가가 아닌 바티뇰 로에 있는 이웃집과의 사이에 있을 것으로 생각되는 통로를 찾아볼 생각입니다."

"그리고?"

"그리고 데스탕주 씨를 크로종 성채로 모시고 가겠습니다. 그렇게 하면 그 성채를 재건할 때 아르센 뤼팽이 시공한 공사의 종류를 잘 알고 계시는 아버님께서는 아르센 뤼팽이 부하들에게 만들게 한 비밀통로를 쉽게 발견하실 수 있을 겁니다. 아버님께서는 알게 되실 겁니다. 밤중에 금발의 여인이 그 통로를 통해서 백작 부인의 방으로 숨어들어 벽난로 위 장식장에 놓아두었던 청 다이아몬드를 훔쳤고 그로부터 2주일 뒤에 블라이헨 영사의 방으로 숨어들어 이 청 다이아몬드를 병 속에 숨겼다는 사실을…… 왜 그런 행동을 했는지 저로서는 조금 이해하기 힘들지만 어쩌면 여자들이 흔히 보여주는 조그만 복수였을지도 모르겠습니다. 어쨌든 이는 그리 중요한 문제가 아닙니다."

"그리고?"

홈즈가 엄숙한 목소리로 말했다.

"그리고 데스탕주 씨를 앙리 마르탱 대로의 134번지로 모시고 가겠습니다. 거기서 둘이 함께 도트렉 남작이 어떤 식으로……"

"그만, 그만 하세요! 용서하지 않겠어요. 그러니까 당신은 그 범인이 나라고 말하고 싶은 거죠?"

겁을 먹은 젊은 아가씨가 갑자기 더듬거리며 중얼거렸다.

"당신이 도트렉 남작을 살해한 것이라고 나는 확실하게 말할 수 있습니다."

"아니, 아니에요. 그건 억울한 누명이에요!"

"아가씨, 당신은 도트렉 남작을 살해했습니다. 당신은 청 다이아몬드를 훔칠 목적으로 앙투아네트 브레아라는 가명을 사용하여 남작의 집에서 살면서 늙은 남작을 살해했습니다."

여기서 다시 한번 대답에 궁해진 그녀가 애원하는 듯한 투로 이렇게 중얼거렸다.

"이제 그만하세요. 제발 부탁입니다. 그렇게 모든 것을 잘 알고 계시니 제가 남작을 살해하지 않았다는 사실도 잘 알고 계시겠네요."

"나는 당신이 남작을 살해했다고는 말하지 않겠습니다. 남작에게는 발작증세가 있는데 그것을 진정시킬 수 있는 사람은 오직 오귀스트 수녀뿐입니다. 그 수녀가 없었기 때문에 남작은 당신에게 달려들었을 겁니다. 그렇게 격투를 벌이는 동안 자신의 생명을 지키기 위해서 당신은 남작을 찔렀을 겁니다. 자신이 한 짓이두려워서 당신은 벨을 눌렀습니다. 그리고 당신은 도망쳤습니다. 청 다이아몬드를 훔치려고 그 집에서 살기 시작했음에도 불구하고 그것을 피해자의 손가락에서 빼내는 것도 잊은 채. 잠시 후, 당신은 옆집에 하인으로 있는 뤼팽의 부하를 데려왔습니다. 당신은 남작을 침대로 옮기고 방 안을 정리했습니다. 그렇지만 역시 청다이아몬드를 훔칠 마음은 들지 않았습니다. 이상이 사건의 전말입니다. 그러니까 다시 한번 말씀드리지만 당신은 남작을 살해하지 않았습니다. 하지만, 그래도 역시 남작을 찌른 건 당신의 그 손입니다."

그녀는 이마 위에서 길고 가느다란, 파랗게 질린 양쪽 손의 손가락으로 깍지를 꼈다. 그리고 그 자세로 오랫동안 움직이지 않았다. 그리고 마지막으로 손가락을 푼 뒤 고통으로 일그러진 표정을 보이며 말했다.

"아버지께 말씀드리려 했던 건 그게 전부인가요?"

"그렇습니다. 그리고 그 외에도 제게는 금발 부인을 알고 있는제르부아 양이라는 증인이 있으며, 앙투아네트 브레아를 알아볼 수 있는 오귀스트 수녀가 있고, 드 레알 부인을 알아볼 수 있는 크로종 백작 부인이 있다는 사실도 말할 생각입니다. 이상이 제가아버님께 말씀드리려 했던 내용의 전부입니다."

"절대로 그렇게 하도록 내버려두지는 않을 거예요."

그녀는 그의 위협으로 닥쳐온 위험을 앞에 두고 오히려 냉정함을 되찾으며 이렇게 말했다.

그가 자리에서 일어났다. 그리고 서고를 향해서 발걸음을 떼어놓으려 했다. 클로틸드가 그를 불러 세웠다.

"잠깐만요."

침착함을 완전히 되찾은 그녀가 잠시 생각에 잠겼다가 냉정한 어조로 이렇게 물었다.

"당신이 셜록 홈즈 씨죠?"

"그렇습니다."

"제가 어떻게 하시길 바라는 거죠?"

"어떻게 하시길 바라냐고요? 나는 아르센 뤼팽에게 결투를 신청했는데 무슨 수를 써서든 이길 생각입니다. 눈앞에 닥쳐온 결말을 기다리고 있는 동안 당신과 같은 귀중한 인질을 손에 넣을 수 있다면 그건 나를 매우 유리하게 만드는 일이 될 것이라고 생각합니다. 그러니까 아가씨, 저를 따라오시기 바랍니다. 나는 당신을 친구에게 맡길 생각입니다. 목적이 달성되면 당신을 바로 자유롭게 해드리겠습니다."

"그것뿐인가요?"

"그것뿐입니다. 나는 국가의 경찰이 아닙니다. 따라서 시비곡직을 판단할 자격이 내게는 없습니다."

그녀는 드디어 결심한 듯했다. 그녀는 잠시 시간을 달라고 부탁했다. 그리고 눈을 감았다. 홈즈는 갑자기 침착해져 눈앞에 닥친 위험 같은 것에는 전혀 무관심한 듯 보이는 그녀의 모습을 가만히 바라보았다. 영국인은 이렇게 생각했다.

'이 여자, 과연 자신이 위험에 처해 있는 거라고 생각하고 있기나 한 걸까? 도저히 그렇게는 안 보이는데. 뤼팽이 보호해줄 거라고 생각하는 거야. 뤼팽만 있으면 그 누구도 자신에게 손을 댈 수 없을 거라고 생각하는 거야. 뤼팽은 전능하다. 뤼팽에게 실수란 있을 수 없다고 굳게 믿고 있어.'

"아가씨, 아까 5분이라고 말씀드렸는데 벌써 30분이 흘렀습니다."

그가 말했다.

"방에 가서 필요한 것들을 챙겨와도 될까요?"

"그렇게 하고 싶으시면 그렇게 하세요. 몽샤냉 가에서 기다리고 있겠습니다. 나는 문지기인 자니오와 아주 친하게 지내고 있습니다."

"앗! ...... 알고 계신가요?"

그녀가 공포에 잠긴 얼굴로 이렇게 말했다.

"여러 가지 사실들을 알고 있습니다."

"그럼 먼저 가서 기다리세요. 모자를 이리로 가져오라고 할 테니까요."

그의 모자와 외투가 도착했다. 그러자 홈즈가 그녀에게 말했다.

"아버님께 우리 두 사람이 함께 외출하는 이유를, 그리고 경우에 따라서는 며칠이 걸릴지도 모르는 당신의 부재를 설명해둘 필요가 있을 겁니다."

"그럴 필요 없을 거예요. 나는 곧 이곳으로 되돌아올 테니까요."

여기서 두 사람의 시선이 다시 한번 격렬하게 부딪쳤다. 상대를 비웃는 듯 하면서도 조용한 시선이었다.

"그를 굳게 믿고 계시는군요."

홈즈가 말했다.

"맹목적이라고 말할 수 있죠."

"그가 하는 일은 전부 옳은 일이라고 생각하고 계시죠? 그가 바라는 일은 전부 실현될 거라고 믿고 계시죠? 당신은 그의 모든 것에 찬성하며 그를 위해서라면 무엇이든 할 각오가 되어 있죠?"

"나는 그를 사랑하고 있으니까요."

연정에 몸을 떨며 그녀가 말했다.

"그래서 이번에도 역시 그가 구해줄 거라고 믿고 계신 건가요?"

그녀가 어깨를 들썩여 보였다. 그리고 아버지 쪽으로 다가가서 외출을 하겠다고 말했다.

"스티크만 씨를 잠깐 데려갈게요. 둘이서 국립도서관에 다녀오겠어요."

"점심때는 돌아올 수 있겠니?"

"아마……, 아니 못 올지도 모르겠네요. 하지만 걱정하지 마세요."

그녀가 힘차게 홈즈에게 말했다.

"그럼 함께 가겠습니다."

"순순히?"

"모든 걸 맡기겠어요."

"도망치려고 하면 나는 큰 소리로 소동을 피울 겁니다. 그럼 당신은 체포되어 투옥되고 말 겁니다. 잘 기억해두십시오. 금발의 여인에게는 체포영장이 발부되어 있으니까."

"절대 도망치지 않을 거예요. 제 명예를 걸고 맹세하죠."

"나도 믿겠습니다. 그럼 가시죠."

그가 미리 말한 대로 두 사람은 어깨를 나란히 하고 저택에서 나왔다.

광장으로 나와보니 조금 전의 그 택시가 반대방향을 향한 채 정차해 있었다. 운전사의 등과 모자가 보였다. 모자를 외투의 목깃 부분까지 푹 눌러쓰고 있었다. 가까이 다가가자 엔진이 움직이는 소리가 들려왔다. 그는 문을 열었다. 클로틸드에게 탈 것을 권한 뒤, 자신도 그녀의 옆자리에 앉았다.

자동차가 출발하더니 외곽도로를 타고 오슈 대로를 지나 그랑 다르메 대로를 달리기 시작했다.

셜록은 계획을 세우기에 여념이 없었다.

'가니마르는 집에서 대기하고 있을 거야. 나는 이 아가씨를 그에게 맡길 거고....... 아가씨의 정체를 밝혀야 할까? 아니, 그렇게 하면 가니마르는 바로 유치장에 처넣으려 들 거야. 그럼 얘기가 엉망이 되어버리지. 그 일이 끝나면 M.B 서류의 리스트를 바탕으로 집들을 조사하자. 그런 다음 행동 개시다. 드디어 오늘 밤, 늦어도 내일 아침이면 나는 가니마르를 만나러 갈 거고 약속대로 아르센 뤼팽과 그 일당들을 그에게 건네줄 수 있을 거야.'

그는 양손을 비볐다. 드디어 목적지에 거의 다 도착했으며, 그를 막을 만한 것은 아무것도 없다는 사실에 만족하였다. 그리고 그답지 않게 진심을 털어놓고 싶다는 욕구에 휩싸여 결국 이런 말을 해버리고 말았다.

"아가씨, 내가 너무 기뻐하는 것 같아 미안하군요. 하지만 악전고투가 계속 됐었기에 그만큼 더 기뻐할 수밖에 없는 거예요."

"정당한 승리인 걸요. 기뻐하는 것도 당연하죠."

"미안하군요. 어? 그런데 여기가 어디지? 기사 양반, 아까 내가 한 소리 못 들었소?"

이때 택시는 뇌이 문을 통해서 파리 밖으로 빠져나가려 하고 있었다.

"어떻게 된 거요? 페르골레즈 가가 성 밖에 있다는 게 말이나 되오?"

홈즈가 운전석과 뒷좌석 사이에 있는 창을 내렸다.

"이봐, 기사 양반! 어디로 가는 거야. 페르골레즈 가로 가자니까!"

운전사는 아무런 말도 하지 않았다. 홈즈가 더욱 큰 소리로 다시 한번 말했다.

"페르골레즈 가로 가자니까!"

운전사는 여전히 아무런 말도 하지 않았다.

"아! 이봐! 안 들리나? 아니면 일부러 그러는 건가? 난 이런 곳에 아무런 볼일도 없다고. 페르골레즈 가로 가! 차를 돌려서 가능한 한 빨리 가달라고!"

운전사는 여전히 침묵을 지켰다. 영국인은 불안으로 몸을 떨었다. 그는 클로틸드를 바라보았다. 정체를 알 수 없는 미소가 그녀의 입가에 번졌다.

"왜 웃는 거죠? 이 정도의 착오 가지고....... 그래도 사태는 아무것도 변한 게 없습니다."

홈즈가 불쾌하다는 듯이 말했다.

"그래요. 그 무엇도 절대로 변하지 않아요."

그녀가 대답했다.

문득 한 가지 생각이 떠올라 그는 깜짝 놀랐다. 홈즈는 자리에서 반쯤 일어나 운전사를 바라보았다. 좁은 어깨, 커다란 몸집....... 전신에 식은땀이 흘렀다. 두 주먹을 불끈 쥐었다. 무시무시한 사실이 확신처럼 떠오르는 순간이었다. 이 사내는 바로 아르센 뤼팽이었던 것이다.

"자, 홈즈 씨. 이 짧은 드라이브에 대한 감상은?"

"상쾌하네, 아주 상쾌해."

홈즈가 대답했다.

이 짧은 말을 목소리의 떨림 없이, 전신의 동요를 느끼지 못하도록 말하기 위해서 필요했던 것만큼 강한 자제력을 발휘한 적은 지금까지 단 한번도 없었다. 하지만 그 직후, 그에 대한 격렬한 반동으로 분노와 증오의 커다란 물결이 방파제를 부수고 의지의 힘을 휩쓸어가 버렸다. 순간적으로 권총을 뽑아들어 데스탕주 양을 향해 겨눴다.

"뤼팽, 당장 차를 세우게. 아니면 데스탕주 양을 쏘겠네."

"관자놀이를 쏘고 싶다면 뺨을 겨냥하라고 충고해두겠네."

뤼팽이 돌아보지도 않고 답했다.

클로틸드가 말했다.

"막심, 너무 빨리 달리는 거 아니에요? 돌을 깔아놓은 도로는 미끄럽단 말이에요. 전 아주 겁쟁이거든요."

그녀가 여전히 미소 지으며 도로를 바라보았다. 차 앞에 깔린 돌은 매우 울퉁불퉁했다.

"세워! 세우라고! 내가 무슨 짓을 하려는 건지 모르겠나?"

홈즈가 분노로 미친 듯이 소리 질렀다.

총구가 그녀의 머리카락에 닿았다.

그녀가 속삭였다.

"막심, 너무 경솔해요! 이렇게 달리면 미끄러진다니까요."

홈즈가 무기를 주머니에 넣었다. 그리고 손잡이를 잡아 무모하다는 사실을 알면서도 지금이라도 당장 뛰어내릴 준비를 했다.

클로틸드가 그에게 말했다.

"위험해요. 뒤에서 자동차가 달려오고 있어요."

몸을 구부려 그가 바라보았다. 과연 자동차 한 대가 쫓아오고 있었다. 앞이 뾰족하고 외관이 멋진 대형 빨간색 자동차에 모피를 입은 네 사내가 타고 있었다.

'제길! 완벽한 경호로군. 참을 수밖에 없겠어.'

그가 생각했다.

운명이 등을 돌렸을 때, 그것을 감수하고 다음 기회를 기다릴 줄 아는 자 특유의 자부심 높은 인내의 기분으로 그는 팔짱을 꼈다. 자동차가 센 강을 건너 쉬렌, 뮈에유, 샤투를 지나는 동안 모든 것을 체념한 채, 분노와 슬픔을 가만히 억누르고 오직 어떤 기적과도 같은 방법으로 아르센 뤼팽이 운전사와 자리를 바꿨는지 그것을 알아내려고 생각에 생각을 거듭했다. 오늘 아침에 대로에서 잡은 택시의 그 사람 좋아 보이는 젊은 운전사가 미리 배치해

놓은 그의 부하라고는 도저히 생각되지 않았다. 하지만 아르센 뤼팽이 미리 알고 있었던 것도 사실이다. 그리고 바꿔치기를 한 것은 홈즈가 클로틸드를 협박하고 있는 동안 이루어졌다. 왜냐하면, 그 이전에는 그 누구도 홈즈의 이 계획을 알 수 없었기 때문이었다. 그런데 두 사람의 만남 이후, 클로틸드와 홈즈는 한시도 떨어지지 않고 함께 있었다.

문득 떠오르는 생각이 있었다. 클로틸드가 재봉사와 전화로 얘기를 나눴다는 사실이었다. 그로써 그는 모든 것을 바로 알 수 있었다. 그가 용건을 말하기도 전부터, 단지 데스탕주 씨의 새로운 비서로서 이야기를 나누고 싶다고 말한 것만 가지고도 그녀는 위험을 느끼고, 상대의 본심과 목적을 꿰뚫어보고 아주 냉정하게 그리고 자연스럽게 필요한 행동을 하고 있는 것처럼 보이면서, 상인과 이야기를 나누는 것처럼 보이면서, 미리 약속된 말을 사용하여 뤼팽에게 구원을 요청했을 것임에 틀림없었다.

아르센 뤼팽이 어떻게 찾아왔는지, 어떻게 엔진을 걸어놓은 채 정차해 있는 이 택시를 수상하다고 생각했는지, 어떻게 그가 운전사를 매수했는지는 중요한 일이 아니었다. 분노를 일순간에 잠재울 정도로 홈즈를 감탄하게 했던 것은, 비록 사랑에 빠졌다고는 하지만 일개 여자에 지나지 않는 그녀가 자신의 마음을 제어하고, 본능을 억제하고, 얼굴 표정과 눈빛에 전혀 흔들림 없이 노련한 셜록 홈즈의 의표를 찌른 바로 그 순간이었다.

이처럼 뛰어난 조수들의 도움을 받으며, 몸에 지니고 있는 권위의 작용으로 한 여인에게조차도 이처럼 커다란 힘과 대담함을 줄 수 있는 이런 인물을 상대로 싸우려면 대체 어떻게 하면 된단 말인가?

택시는 센 강을 건넜다. 그리고 생제르맹 언덕을 올랐다. 그 거리로 들어서 500미터 정도 더 간 뒤에서야 택시는 속도를 떨어뜨렸다. 뒤따라오던 자동차가 나란히 달리기 시작했다. 곧 두 대가 함께 멈춰 섰다. 주위에는 아무도 없었다.

"홈즈 씨, 차를 바꿔 타십시오. 이 녀석은 너무 굼벵이 같아서."

뤼팽이 말했다.

"기꺼이 갈아타지."

다른 소리를 할 입장이 아니었기에 홈즈는 흔쾌히 그의 말을 받아들였다.

"그리고 이 모피 외투를 입으십시오. 있는 힘껏 밟을 테니까. 또 샌드위치 두 개도 함께 받으십시오. 자, 자. 그러지 마시고 받으세요. 언제 식사를 할 수 있을지 알 수 없으니까요."

네 사내들은 이미 자동차에서 내렸다. 그 중 한 명이 다가왔다. 얼굴을 가리고 있던 안경을 벗었기에 홈즈는 그가 헝가리 요리점에 있던 프록코트를 입은 신사라는 사실을 알 수 있었다. 뤼팽이 그에게 말했다.

"자네는 이 택시를 내게 빌려준 운전사에게 돌려주게. 레장드르 가의 오른쪽 첫 번째 술집에서 기다리고 있을 걸세. 약속했던 금액의 2차분, 천 프랑을 건네주기 바라네. 잠깐! 잊을 뻔했군. 자네의 안경을 홈즈 씨에게 주게나."

뤼팽은 데스탕주 양과 잠시 이야기를 나눈 뒤, 운전석에 가서 앉았다. 홈즈를 옆자리에 앉히고 뒷좌석에 부하 한 명을 태운 뒤 출발했다.

뤼팽이 '힘껏 밟겠다'고 한 말은 허풍이 아니었다. 처음부터 현기증이 날 정도로 달렸다. 지평선이 신비한 힘에 이끌리듯이 그들 쪽으로 달려들었다. 그리고 달려들었나 싶으면 그 순간 심연으로 빨려 들어가듯 사라져버렸다. 나무와 집들, 들판과 숲도 심연에 빨려들기 직전의 급류처럼 빠른 속도로 사라져갔다.

뤼팽과 홈즈는 단 한마디도 나누지 않았다. 두 사람의 머리 위에서 일정 간격으로 서 있는 포플러 잎들이 규칙적으로 커다란 소리를 냈다. 이렇게 망트, 베르농, 가이용 등 여러 도시들이 사라져갔다. 하나의 언덕에서 또다른 언덕으로 달려가는 동안, 봉 스쿠르에서 캉트뢰 로를 지나는 동안, 루앙과 그 교외가, 항구가, 몇 킬로미터에 걸친 해안이 사라져갔다. 루앙도 한낱 시골마을처럼밖에는 여겨지지 않았다. 뒤이어 뒤클레르, 코드베크 지방, 그곳 특유의 기복을 스치듯 힘차게 달려 릴본과 키유뵈를 지났다. 어느덧 그들은 센 강 기슭의 조그만 곳에 도착했다. 그곳에 화려하지는 않지만 튼튼해 보이는 요트가 한 척 묶여 있었다. 굴뚝에서 검은 연기가 무럭무럭 피어오르고 있었다.

자동차가 멈췄다. 그들은 2시간 만에 160km를 질주한 것이었다.

감색 외투에 금장식 줄을 단 모자를 쓴 사내가 나와 인사를 했다.

"수고했소, 선장. 전보는 받았겠지?"

뤼팽이 외쳤다.

"네, 받았습니다."

"제비 호의 준비는 끝났겠지?"

"출항 준비를 마쳤습니다."

"그럼, 홈즈 씨."

영국인이 주위를 둘러보았다. 한 무리의 사람들이 한 카페의 테라스에, 다른 한 무리가 보다 가까운 곳에 모여 있는 것이 보였다. 순간 망설였지만 제아무리 저항을 한다 해도 바로 잡혀서 배로 끌려가고 선창 깊은 곳에 던져질 것이 뻔했기 때문에 트랩에 올라 뤼팽 뒤를 따라서 선장실로 들어갔다.

선실은 넓고 매우 깨끗했다. 판자에 발라놓은 니스와 구리 장식이 반짝여 매우 밝았다.

뤼팽이 문을 닫았다. 그리고 매우 무뚝뚝한 어투로 다짜고짜 이렇게 말했다.

"그러니까, 당신이 알고 있는 게 뭐요?"

"모든 걸 다 알고 있지."

"모두? 자세하게 말해보게."

이 영국인에 대해 보여줬던 조금 비꼬는 듯한 정중한 말투는 이미 사라지고 없었다. 지금 그의 어투는 끊임없이 명령해온, 그리고 그 명령 앞에서는 비록 셜록 홈즈라 할지라도 굴복하지 않을 수 없는, 주인으로서 명령하는 그런 어투였다.

두 사람은 서로를 적으로, 빈틈을 엿보는 적으로서 노려보았다. 신경질적으로 뤼팽이 계속해서 말했다.

"지금까지 몇 번 당신과 부딪쳤어. 차라리 안만나느니 못한 일이었지. 이제 더 이상 당신이 나를 잡으려 놓은 덫을 피하기 위해 시간을 허비하고 싶지 않아. 여기서 확실하게 말해두겠는데 당신에 대한 나의 태도는 당신의 답에 따라 달라질 거야. 그러니까 당신은 뭘 알고 있는 거지?"

"몇 번을 물어도 답은 변하지 않아. 모든 걸 다 알고 있어."

뤼팽이 분노를 억눌렀다. 그리고 거친 어투로 말했다.

"당신이 알고 있는 걸 내가 대신 말해보지. 당신은 내가 막심 베르몽이라는 이름으로 데스탕주 씨가 건축한 집 중 15채를 개조했다는 사실을 알고 있어."

"그래."

"당신은 그 15채 중 4채를 알고 있어."

"그래."

"그리고 당신은 나머지 11채에 대한 정보도 가지고 있어."

"그래."

"당신은 그 리스트를 어젯밤, 데스탕주 씨 댁에서 입수했을 거야."

"그래."

"그 11채 중에 내가 친구들과 함께 사용하고 있는 집이 있을 것이라 판단하고 그 집을 찾아보라고 가니마르에게 의뢰했어."

"아니."

"그렇다면?"

"나는 혼자서 움직여왔고, 앞으로도 혼자서 움직일 생각이란 말일세."

"그렇다면 나는 더 이상 두려워할 것이 없다는 말이군. 당신이 내 손아귀에 있으니 말이야."

"그래, 당신은 아무것도 두려워할 것이 없어. 내가 당신 손아귀에 있는 동안에는."

"그 말은, 오래 여기 머물지 않겠다는 말이군."

"그렇지."

아르센 뤼팽이 영국인에게 한 발 다가섰다. 그리고 아주 조용히 그의 어깨에 손을 얹으며 말했다.

"이봐, 어떤가? 나는 더 이상 입씨름하기 싫어. 그리고 당신은 더 이상 나를 막을 수 없는 상태에 있어. 그러니 여기서 이야기를 마무리 짓자고."

"이야기를 마무리 짓도록 하지."

"자네의 명예를 걸고 맹세해주기 바라네. 이 배가 영국 영해 안에 들어가기 전까지는 탈출을 시도하지 않겠다고."

"내 명예를 걸고 자네에게 맹세하겠네. 모든 수단을 동원해서 탈출하겠다고."

홈즈가 의연하게 말했다.

"정말 알 수 없는 녀석이군. 당신도 잘 알고 있을 게 아니오? 내 한마디면 당신을 완전히 무력하게 만들 수 있다는 사실을. 여기 있는 사람들은 모두 나를 맹목적으로 따르는 사람들이야. 내 손 짓 하나면 이 사람들은 자네 목에 쇠사슬을 걸 수도 있다고."

"사슬은 끊어지네."

"해안에서 16km 떨어진 바다 한복판에 당신을 던져버릴 수도 있어."

"나는 수영을 할 줄 알아."

"멋진 대답이군. 실례했소. 화를 내서! 용서해 주시오. 이제 결론을 내립시다. 내가 나와 내 친구들의 안전을 위해서 필요한 수단을 강구하는 건 당연한 일이라고 생각지 않으십니까?"

뤼팽이 웃으며 큰 소리로 말했다.

"모든 수단을 강구하는 건 당연한 일이겠지. 하지만 전부 쓸데 없는 짓이야."

"쓸데없는 짓일지도 모르겠습니다. 하지만 선생님은 내가 대책을 강구한다고 해서 날 원망하지는 않으시겠죠?"

"원망하지는 않겠네. 그것이 자네의 의무일 테니까."

"그럼 그렇게 하겠습니다."

뤼팽이 문을 열었다. 그리고 선장과 뱃사람 두 명을 불렀다. 그들은 영국인을 붙잡아 소지품을 빼앗은 뒤 두 다리를 묶어 선장의 침대에 묶었다.

"그만! 내가 이렇게까지 하는 것도 당신이 너무 완고하고 사태가 워낙 심각해서야."

뱃사람들이 밖으로 나갔다. 뤼팽이 선장에게 말했다.

"선장, 홈즈 씨의 시중을 들라고 여기에 선원 한 사람을 남겨두게. 그리고 자네가 가능한 한 상대를 해드리게. 최선을 다해서 정중하게 모셔야 하네. 포로가 아니라 손님이니. 선장, 자네 시계는 지금 몇 시지?"

"2시 5분입니다."

뤼팽이 자신의 시계와 선장실 안에 걸려 있는 시계를 보았다.

"2시 5분이라....... 정확하군. 사우샘프턴까지 얼마나 걸리지?"

"천천히 가면 9시간 걸립니다."

"11시간 동안 가도록 하게. 한밤중에 사우샘프턴을 출항하고, 르 아브르에 아침 8시에 도착하는 기선이 있는데 그 기선이 출발하기 전에 입항해서는 안 돼. 알았지? 선장, 다시 말하겠어. 이쪽

분이 그 배를 타고 프랑스로 다시 돌아온다면 우리에게 커다란 위험이 되니 사우샘프턴에 오전 1시 이전에 도착해서는 안 돼."

"알겠습니다."

"그럼 선생님, 저는 이만 실례하겠습니다. 내년쯤 이승이나 저승에서 뵙도록 하겠습니다."

"내일 또 보지."

몇 분 후, 홈즈는 자동차가 멀어져가는 소리를 들었다. 그 직후, 제비 호의 바닥 부근에서 증기가 격렬하게 끓어오르는 소리가 들려왔다. 배가 움직이기 시작했다.

3시경, 배는 센 강 하구를 넘어 바다 가운데로 나갔다. 그때 몸이 묶인 채 침대 위에 누워 있던 홈즈는 깊은 잠에 빠져 있었다.

이튿날, 두 호적수가 벌인 싸움의 마지막 날인 10일째 되는 날,

『에코 드 프랑스』지에 다음과 같은 유쾌한 기사가 실렸다.

「어젯밤, 아르센 뤼팽에 의해 영국의 탐정인 셜록 홈즈에게 국외 추방명령이 내려졌다. 정오에 발령된 이 명령은 그날로 바로 실시, 홈즈는 오전 1시에 사우샘프턴에 상륙했다.」

뤼팽의 두 번째 체포

아침 8시부터 두 대의 이삿짐 차가 불로뉴 대로와 뷔고 대로를 연결하는 크르보 가를 혼잡하게 만들었다. 그 거리 8번지에 있는 아파트 5층에서 살고 있던 펠리스 다베 씨가 이사를 하는 중이었다. 그리고 같은 건물 6층과 양옆에 있는 건물의 6층을 하나로 합쳐 살고 있던 감정가 뒤브뢰유 씨가 마침 그날 — 이는 단순한 우연이었다. 두 사람은 전혀 모르는 사이였다 — 수집해두었던 가구를 다른 곳으로 보내는 중이었다. 유명한 이 수집품들 때문에 외국의 중개인들이 매일 같이 찾아오곤 했었다. 부근 주민들은 열두 대의 운반차 어느 것에도 이사센터의 이름이 적혀 있지 않았다는 사실과 타고 있던 어느 인부도 근처 술집에서 시간을 끌지 않았다는 사실을 알고는 있었지만 그것이 사람들 사이에서 화제가 된 것은 후의 일이었다. 인부들이 아주 열심히 일을 했기 때문에 11시에는 모든 준비를 마칠 수 있었다. 남아 있는 것이라고는 텅 빈 방구석에 남아 있는 종이조각과 헝겊조각이었다.

펠리스 다베 씨는 우아한 젊은 신사였다. 최신 유행의 세련된 복장을 하고 있었지만 손에 쥐고 있는 훈련용 지팡이의 무게로 봐서 대단한 완력의 소유자인 듯했다. 펠리스 다베 씨는 여유있는 모습으로 내려와 페르골레즈 가 맞은편, 보아 대로를 가로지르는 거리의 벤치에 자리 잡고 앉았다. 그의 옆에는 신경질적인 행동을 보이는 여자가 신문을 읽고 있었으며 남자아이가 삽으로 모래더미를 파며 놀고 있었다. 잠시 후, 다베 씨가 여자 쪽은 쳐다보지도 않고 말을 했다.

"가니마르는?"

"오늘 아침 9시에 나갔습니다."

"어디로?"

"경찰청으로 갔습니다."

"혼자서."

"혼자 갔습니다."

"밤사이에 전보를 받지 못했나?"

"한 통도 받지 못했습니다."

"당신은 여전히 신뢰를 얻고 있나?"

"여전히 신뢰를 얻고 있습니다. 내가 가니마르의 아내를 잘 섬기고 있기 때문에 남편이 하는 일을 전부 들려주고 있습니다. 오늘 아침에도 우리는 함께 있었습니다."

"아주 잘 하고 있군! 새로운 명령이 올 때까지 매일 11시에 이곳으로 오길 바라네."

그는 자리에서 일어났다. 그리고 도팽 문 근처에 있는 중화요리점으로 들어가 계란 두 개와 야채, 과일로 가볍게 식사를 했다. 그런 다음 크르보 가로 되돌아와 여자 관리인에게 말했다.

"잠깐 올라가 살펴본 뒤에 열쇠를 건네주겠소."

그는 마지막으로 서재로 쓰던 방을 둘러보았다. 거기서 그는 벽난로의 장식장 옆으로 내려와 있는 한 줄기 가스관의 굽어 있는 마디의 끝부분을 잡았다. 그리고 관의 끝부분을 막고 있던 구리 마개를 열었다. 나팔 모양의 조그만 기계를 그곳에 끼우더니 크게 숨을 내뱉었다.

희미한 소리가 그에게 답해왔다. 입을 관 가까이로 가져가 그가 속삭였다.

"뒤브뢰유, 아무도 없나?"

"네, 없습니다."

"올라가도 되겠나?"

"네, 오십시오."

그는 다음과 같이 중얼거리며 관을 원래 있던 대로 해놓았다.

"과연 어디까지 진보할까? 20세기는 인생을 즐겁고 아름답게 해주는 사랑스러운 발명품으로 넘쳐나고 있어. 즐겁기 짝이 없어. 특히 나처럼 목숨을 놓고 도박을 벌이고 있는 사람에게는!"

그는 벽난로 장식장의 대리석 장식 중 하나를 회전시켰다. 벽을 둘러싸고 있던 대리석판 자체가 움직이기 시작했다. 그리고 그 위에 있던 거울이 보이지 않는 홈을 따라서 옆으로 미끄러지며 커다란 구멍이 나타났다. 굴뚝 내부에 만들어두었던 계단의 일부가 나타났다. 전부 잘 닦여진 주철과 하얀 타일로 만들어졌는데 아주 깨끗했다.

그가 위로 올라갔다. 6층에 오르자 굴뚝 위로 똑같은 크기의 구멍이 있었다. 뒤브뢰유 씨가 기다리고 있었다.

"이곳의 준비는 끝났나?"

"끝났습니다."

"완전히 정리했나?"

"완전히 정리했습니다."

"인원은?"

"호위를 맡은 사람 세 명만 남아 있습니다."

"그럼 가세."

그들은 한 사람씩 같은 통로를 통해서 가장 위층인 하인들 전용 층까지 올라갔다. 그리고 세 사내가 있는 다락방으로 들어갔다. 사내 중 한 명이 창 밖을 살펴보고 있었다.

"이상 없나?"

"이상 없습니다, 두목님."

"거리는 조용한가?"

"아주 조용합니다."

"10분 후면 나는 완전히 철수할 거야. 그 후에 자네들도 나오도록. 그때까지 거리에서 조금이라도 수상한 점이 발견되면 바로 내게 알리도록!"

"마지막 순간까지 경보 벨에 손가락을 대고 있도록 하겠습니다, 두목님."

"뒤브뢰유, 자네는 이삿짐을 나르는 사람들에게 이 선만은 절대로 만지지 말라고 틀림없이 말해두었겠지?"

"틀림없이 말해두었습니다."

"그럼 나도 안심해도 되겠군."

두 신사는 펠리스 다베의 아파트로 내려왔다. 다베가 대리석의 장식을 원래대로 되돌려놓고 쾌활하게 외쳤다.

"뒤브뢰유. 경보 벨, 전보장치, 통화관, 비밀통로, 움직이는 바닥, 숨겨진 계단 등 이곳에 있는 이 멋진 장치들을 나중에 발견해낼 녀석의 얼굴을 한번 보고 싶구먼. 마치 동화 속 나라에나 있을 법한 장치들 아닌가?"

"아르센 뤼팽의 훌륭한 광고가 될 겁니다."

"하고 싶지 않은 선전이었지. 버리기에는 너무 아까운 설비들 이니까. 뒤브뢰유....... 전부 새로 시작할 거야. 이번에는 당연히 새로운 방식으로 해야지. 같은 일을 반복해서는 안 되니까. 어쨌 든 홈즈 녀석이 원망스럽군."

"아직 돌아오지 않았을까요? 홈즈 녀석."

"어떻게 돌아올 수 있겠어? 사우샘프턴에서 출발하는 배는 오 직 하나, 한밤중에 출발하는 그것뿐이야. 그리고 르 아브르에서 는 아침 8시에 출발해 11시에 도착하는 열차가 하나 있을 뿐이 야. 녀석이 한밤중에 출발하는 배에 타지 못하는 이상 —확실하 게 명령을 했으니 녀석은 틀림없이 타지 못했을 거야 — 프랑스 에 들어오려면 뉴헤이븐이나 디에프를 경유해야 하니 오늘 저녁 에나 도착할 수 있지."

"만약 온다면 어떻게 합니까?"

"홈즈는 포기할 줄 모르는 사람이니 반드시 돌아올 거야. 하지 만 왔을 때는 이미 늦었을 거야. 그때 우리는 멀리 떠나 있을 테니 까."

"데스탕주 양은?"

"1시간 후에 만나기로 약속했네."

"그 분 댁에서요?"

"아니, 이번 폭풍이 지난 후 며칠이 지나면 집으로 돌아올 예정 이네....... 모든 용건을 처리하고 그녀를 위로할 일만 남았을 때.

하지만 뒤브뢰유 자네는 서둘러야 할 걸세. 우리 모두의 짐을 실으려면 시간이 많이 걸릴 거고, 자네는 꼭 부두에 있어야 할 사람이니까."

"분명히 감시당하고 있지 않은 건가요?"

"누가 감시를 하겠나? 내가 두려워하는 건 홈즈뿐일세."

뒤브뢰유가 밖으로 나갔다. 펠리스 다베가 마지막으로 살던 곳을 둘러봤다. 찢어진 두어 통의 편지를 주워 올렸다. 그런 다음 분필 한 조각을 찾아 그것을 주워 올렸다. 식당의 수수한 벽지 위에 커다란 테두리를 그린 다음 마치 기념비로 삼겠다는 듯 거기에 이렇게 적었다.

'20세기 초의 5년간, 이곳에서 괴도신사 아르센 뤼팽이 살다.'

이 짓궂은 장난에 그는 매우 만족한 듯했다. 휘파람으로 쾌활한 곡을 불며 그 낙서를 바라보다가 큰 소리로 외쳤다.

"이로써 다음 세대의 역사가들에 대한 내 의무도 다한 셈이군. 이제 가볼까? 서두르게, 셜록 홈즈 선생. 난 3분 이내로 이 집에서 떠날 거야. 그 순간 당신의 패배가 결정되는 거지. 앞으로 2분, 기다리겠소. 위대한 양반...... 앞으로 1분! 오지 않을 생각인가? 그렇다면 나는 당신의 퇴위와 나의 신격을 선언하겠소. 그런 다음 퇴장하도록 하지. 안녕, 내가 군림했던 55개의 방으로 이루어진 6개의 아파트여! 안녕, 나의 밀실이여!"

벨소리가 그의 고양된 찬사를 중단시켰다. 날카롭고 요란스러우며 찢어질 듯한 벨소리였다. 두 번 울리고 끊어졌다 다시 두 번 울리더니 소리가 그쳤다. 경계하라는 경보였다.

무슨 일이지? 어떤 예상치 못했던 위험이 닥친 것일까? 가니마르일까? 아니 그건 있을 수 없는 일이다.

그는 지금 막 서재로 돌아가 여기서 빠져나가려던 차였다. 하지만 우선 창으로 다가갔다. 거리에는 아무도 없었다. 적은 이미 실내로 침입한 것일까? 그는 가만히 귀를 기울였다. 그리고 희미하게 들려오는 소리를 들었다. 더 이상 망설이지 않고 그는 서재로 뛰어들었다. 그가 막 방에서 나서려는 순간 복도로 통하는 문에 자물쇠가 채워지는 소리가 들렸다.

"이런, 위험한 순간이군. 이 집은 포위당했을지도 몰라....... 뒤쪽 사다리는 이미 틀렸어. 다행히 아직 굴뚝이......."

그가 중얼거렸다.

그는 잽싸게 장식을 눌렀다. 하지만 장식은 움직이지 않았다. 한층 더 힘을 주어 눌러보았지만 그래도 역시 움직이지 않았다.

그 순간 맞은편 문이 열리고 발소리가 들려온다는 느낌을 받았다.

"제길. 이 장치가 움직이지 않으면 나는 당하고 말아."

그가 저주하듯 말했다.

그의 손가락이 장식 주위에서 움직임을 멈췄다. 전신의 체중을 실어서 그가 밀어봤다. 무엇 하나 움직이질 않았다. 무엇 하나! 조금 전까지만 해도 잘 움직이고 있던 장식이 믿기 힘든 운명의 장난처럼 움직이질 않았다. 그는 온 신경을 집중했다. 온몸을 떨었다. 대리석 덩어리는 여전히 미동도 하지 않았다. 이런 장애물이 그의 앞길을 가로막다니 이게 가당키나 한 일인가? 그는 대리석을 두드렸다. 격분에 찬 주먹을 굳게 쥐고 두드렸다. 때렸다. 마구 욕을 해댔다.

"이런, 뤼팽 씨. 무슨 일인가요? 마음에 들지 않는 일이라도 있나요?"

공포심에 깜짝 놀란 뤼팽이 뒤를 돌아보았다. 셜록 홈즈가 그의 앞에 서 있었다.

틀림없는 셜록 홈즈였다. 뤼팽은 마치 기분 나쁜 유령이라도 본 것처럼 눈을 깜빡이며 그를 바라보았다. 셜록 홈즈가 파리로 왔다! 어젯밤, 그가 위험물을 다루듯 조심스럽게 영국으로 발송한 셜록 홈즈가 그의 눈앞에, 자유롭게, 그것도 승리감에 젖어서 서 있는 것이 아닌가? 아! 불가능한 일이 아르센 뤼팽의 의지와는 반대로 현실이 되어 기적처럼 일어났으니, 모든 자연법칙이 뒤집히고, 비논리적이며 비정상적인 것이 승리를 거둔 것임에 틀림없었다. 이렇게 셜록 홈즈가 그의 앞에 있으니.

그러자 영국인이 이번에는 비아냥거리는 듯한 어투로, 지금까지 자신이 몇 번이고 당했던 상대를 무시하는 듯한 은근한 몸짓으로 말했다.

"뤼팽, 오늘 지금 이 순간 이후로 나는 자네 덕분에 도트렉 남작의 저택에서 보내야 했던 하룻밤도, 친구인 왓슨이 당했던 재난도, 자동차로 납치당했던 일도, 자네의 명령으로 갑갑한 침대에 묶여 여행을 해야만 했던 최근의 일도 전부 잊겠다고 선언하겠소. 이 한순간이 모든 것을 깨끗이 지워주는군. 나는 더 이상 아무것도 기억하지 않겠소. 나는 충분히 보상받았소. 나는 너무 과분한 보수를 받았어."

뤼팽은 아무런 말도 하지 않았다. 영국인이 말을 이었다.

"자네도 그렇게 생각하지 않나?"

그가 동의를 구하듯, 과거에 대한 계산서를 요구하듯 끈질기게 물었다.

한동안 생각에 잠겼다가 ― 그 순간 영국인은 뤼팽이 자신의 마음 깊은 곳까지 들어와 모든 것을 살피고 있는 것 같다는 느낌을 받았다 ― 뤼팽이 말했다.

"내가 보기에 당신의 지금 태도는 아주 진지한 동기에서 나온 것으로 생각되는데요."

"매우 진지한 동기에서 나온 것이라네."

"우리 선장과 선원들의 감시를 피해서 도망쳤다는 사실은, 우리의 싸움 전체를 놓고 보자면 그리 중요한 일은 아닐 겁니다. 하지만 지금 여기, 이렇게 아르센 뤼팽 앞에 혼자 나타났다는 사실은 당신이 복수를 위해서 가능한 모든 수단을 완벽하게 강구했다고 여겨지게 하는데요."

"가능한 모든 수단을 완벽하게 준비했지."

"그렇다면 이 집은?"

"포위되었네."

"그렇다면 이 위의 아파트는?"

"뒤브뢰유 씨가 쓰던 아파트 세 개도 포위되었네."

"그러니까 결국......."

"그러니까 결국, 뤼팽 자네는 체포된 거나 다름없다는 얘기지. 자네의 뜻과는 상관없이 체포된 거야."

자동차로 납치당했을 때 홈즈를 괴롭혔던 그 기분을 지금 뤼팽이 맛보고 있었다. 자신에게로 향하는 격분, 반항. 하지만 결국은 일종의 믿음과도 같은 기분이 그를 현실에 하는 수 없이 굴복하게 만들었다. 두 사람은 쌍벽을 이룰 만큼 서로 강하기 때문에 그들은 마찬가지로 패배를 일시적인 고난이라 여기고 이를 감수하지 않으면 안 되는 것이다.

"우린 이제 비긴 셈이군요."

그가 확실하게 말했다.

영국인은 이 말이 매우 기쁜 듯했다. 두 사람은 아무런 말도 하지 않았다. 잠시 후, 뤼팽이 마음을 가다듬고 빙그레 웃으며 말했다.

"하지만 나는 분하다고는 생각지 않아요. 싸울 때마다 이기는 일에도 넌덜머리가 나거든요. 나는 팔을 조금만 뻗어도 당신의 가슴 한가운데를 찌를 수 있었으니까. 하지만 지금은 내가 당할 차례군요. 한방 먹었습니다, 선생님."

그가 기분 좋다는 듯이 웃었다. 그리고 다시 말을 이었다.

"이로써 세상 사람들도 즐거워할 겁니다. 천하의 뤼팽이 독 안에 든 쥐 신세가 되고 말았으니. 아! 선생님. 덕분에 나는 살얼음을 걷는 듯한 기분입니다. 인생의 묘미는 바로 여기에 있습니다."

그는 속에서 주체할 수 없이 넘쳐흐르는 기쁨을 억누르기라도 하듯, 굳게 쥔 주먹으로 자신의 광대뼈를 눌렀다. 그에게서는 자신의 실력으로는 넘을 수 없는 놀이를 즐기려는 아이 같은 모습도 엿볼 수 있었다. 그가 영국인에게 다가갔다.

"그런데 지금 뭘 기다리고 계신 거죠?"

"내가 뭘 기다리느냐고?"

"그렇습니다. 저쪽에서 가니마르가 부하를 데리고 오고 있습니다. 왜 들어오지 않는 겁니까?"

"내가 들어오지 말라고 부탁했기 때문일세."

"그가 승낙했습니까?"

"그가 내 지휘에 따르겠다는 조건을 전제로 그의 협력을 구했네. 그리고 그는 아직도 펠리스 다베가 뤼팽의 공범자에 불과하다고 여기고 있어."

"그럼 조금 전의 질문을 다른 형식으로 다시 한번 묻겠습니다. 그렇다면 당신은 왜 혼자 들어오셨습니까?"

"무엇보다도 자네와 이야기를 나누고 싶었기 때문일세."

"아! 아! 하실 말씀이 있으십니까?"

이 생각이 뤼팽에게는 묘하게 마음에 드는 듯했다. 세상에는 행위 이상으로 말이 더 기쁠 경우도 있는 법이다.

"홈즈 씨에게 권할 의자 하나 없는 것이 안타까울 뿐입니다. 반쯤 부서진 이 낡은 상자에라도 앉아 주시겠습니까? 아니면 이 창턱이 좋으시겠습니까? 하다못해 맥주 한 잔이라도 있었으면 좋았을 텐데....... 갈색 맥주를 좋아하십니까, 은색 맥주를 좋아하십니까? 어쨌든 우선 좀 앉으십시오."

"앉을 필요 없네. 얘기만 하면 돼."

"그럼 말씀해보십시오."

"단도직입적으로 말하지. 내가 프랑스에 머문 이유는 자네를 체포하기 위해서가 아니었어. 자네를 추적하게 된 것은 내 참된 목적을 달성하기 위해 달리 방법이 없었기 때문이지."

"그렇다면 그 목적은?"

"청 다이아몬드를 찾는 일이었어!"

"청 다이아몬드 말입니까?"

"그렇소. 블라이헨 영사의 치약병 속에서 발견된 것은 진품이 아니었기 때문이지."

"맞습니다. 진품은 금발의 여인이 내게 보냈습니다. 내가 그와 똑같은 모조품을 만들도록 했습니다. 당시 나는 백작 부인의 다른 보석도 노리고 있었고 블라이헨 영사는 이미 용의자로 지목되었기 때문에 금발의 여인이 자신이 의심받지 않도록 하기 위해서 가짜 다이아몬드를 영사의 집 속에 몰래 넣어둔 것입니다."

"그렇게 해놓고 자네는 진품을 가지고 있었겠지?"

"물론입니다."

"나는 그 다이아몬드가 필요하네."

"죄송하지만, 그건 안 됩니다."

"나는 크로종 백작 부인에게 그 다이아몬드를 찾아주겠다고 약속했네. 나는 틀림없이 그걸 손에 넣을 걸세."

"내가 소유하고 있는 이상 그걸 손에 넣을 수는 없을 겁니다."

"바로 자네가 소유하고 있기 때문에 내 손에도 들어올 수 있는 걸세."

"내가 그것을 당신에게 돌려줄 거란 말입니까?"

"그렇지."

"자발적으로?"

"내가 사겠네."

뤼팽이 갑자기 밝은 목소리로 말했다.

"역시 영국인이시군요. 모든 일을 거래로 생각하시니."

"거래는 거래일세."

"그렇다면 대신 내게 무엇을 제안하겠습니까?"

"데스탕주 양의 자유."

"데스탕주 양의 자유라고요? 하지만 내가 알고 있기로 그녀는 체포당하지 않았습니다."

"내가 가니마르에게 필요한 정보를 넘겨줄 생각이네. 자네의 비호가 없다면 그녀도 곧 체포되고 말겠지."

이 말을 듣고 뤼팽이 폭소를 터뜨렸다.

"선생님, 선생님은 자기 것도 아닌 물건을 달라고 하고 있습니다. 데스탕주 양은 안전합니다. 나는 조금도 걱정하지 않습니다. 다른 것을 주시기 바랍니다."

영국인이 난처하다는 표정을 확실히 드러내고 뺨을 붉히며 망설였다. 그러다 갑자기 한 손을 뤼팽의 어깨에 얹으며 말했다.

"만약 내가 제공하는 것이......."

"나의 자유라면?"

"아닐세. 나는 일단 이 방에서 나가 가니마르와 의논을 한 뒤에......."

"내게도 생각할 시간을 주기 위해서입니까?"

"그렇다네."

"그게 이제 와서 무슨 도움이 되겠습니까? 이 빌어먹을 장치들이 움직이지 않는 지금에 와서."

뤼팽이 벽난로 위 장식장의 테두리를 만지며 신경질적으로 누르며 말했다.

그는 놀라움에 튀어나오려던 외침을 삼켰다. 이 어찌된 일이란 말인가? 뜻밖에도 운이 되찾아와 대리석 덩어리가 그의 손가락

아래서 움직였던 것이다!

이는 하늘이 도운 것이었다. 탈주가 가능하다는 얘기였다. 이렇게 된 이상 무엇 때문에 홈즈가 제시한 조건에 승복할 필요가 있단 말인가?

그는 좌우로 돌아다니며 걸었다. 그리고 어떻게 대답해야 할지를 생각했다. 이번에는 뤼팽이 영국인의 어깨에 자신의 한 손을 얹으며 말했다.

"홈즈 씨, 깊이 생각해 보았는데 내 일은 내 스스로 처리하고 싶습니다."

"하지만......."

"아니, 누구의 도움도 얻지 않겠습니다."

"자네가 일단 가니마르에게 붙잡힌다면 모든 게 끝장이라네. 더 이상 절대로 도망칠 수 없을 거야."

"글쎄요?"

"생각할 필요도 없이 그것은 미친 짓이나 다름없네. 모든 출입구를 봉쇄했어."

"아직 한 군데 남아 있습니다."

"어디지?"

"내가 선택할 출입구가 바로 그곳입니다."

"말장난 그만두게! 자네는 이미 체포된 거나 다름없어."

"그럴 리가 있겠습니까?"

"그래서?"

"그러니까 나는 청 다이아몬드를 돌려주지 않겠습니다."

홈즈가 시계를 꺼내 보았다.

"2시 50분일세. 3시가 되면 가니마르를 부르겠어."

"그렇다면 우리는 아직 10분 동안 이야기를 나눌 수 있다는 말이군요. 홈즈 씨, 그 10분을 충분히 이용하도록 하겠습니다. 우선 나의 절실한 호기심을 위해서 대답해주지 않으시겠습니까? 어떻게 내 주소와 펠리스 다베라는 가명을 알아냈는지."

뤼팽의 기분이 갑자기 좋아졌다는 사실이 마음에 걸려 주의 깊게 감시하면서도 홈즈는 자신의 자존심을 자극하는 뤼팽의 질문에 기꺼이 대답을 했다.

"자네의 주소 말인가? 금발의 여인이 가르쳐줬다네."

"클로틸드가?"

"그렇다네. 생각나는가? 어제 아침 내가 그녀를 자동차로 납치하려 했을 때 그녀가 재봉사에게 전화했다는 사실을?"

"그랬군."

"하지만 나는 그 재봉사가 다름 아닌 자네였다는 사실을 나중에 깨닫게 되었다네. 그리고 어젯밤 내 뱃속에서 내 자랑할 만한 기억을 더듬어서 자네의 전화번호가 73이라는 숫자로 끝난다는 사실을 알아냈지. 자네가 '개조' 한 집들의 리스트를 가지고 있었기 때문에 오늘 아침 11시, 파리에 도착하자마자 전화번호부 속에서 펠리스 다베 씨의 이름과 주소를 찾아낼 수 있었지. 그 이름과 주소를 찾아낸 뒤에 나는 가니마르 씨에게 협력을 요청했지."

"멋집니다. 최고입니다! 나는 경의를 표할 수밖에 없겠습니다. 그런데 내가 이해할 수 없는 건 어떻게 르 아브르에서 기차를 탈 수 있었는가 하는 점입니다. 제비 호에서 어떻게 도망을 친 겁니까?"

"나는 도망치지 않았네."

"하지만......"

"자네는 1시 전에는 사우샘프턴에 입항하지 말라고 선장에게 명령했네. 하지만 나는 12시에 상륙했다네. 그래서 르 아브르 행배에 오를 수 있었던 거지."

"선장이 나를 배신했단 말인가? 믿을 수 없어."

"선장은 자네를 배신하지 않았네."

"그렇다면 어째서?"

"문제는 선장의 시계에 있었다네."

"선장의 시계라고요?"

"그렇다네. 선장의 시계가 문제였지. 내가 1시간 앞으로 돌려놓았던 그 시계가."

"어떻게 그런 일이 가능했던 겁니까?"

"시계를 맞출 때 쓰는 태엽을 돌려놓았지. 우리는 가까이 마주 보고 앉아서 이야기를 나눴어. 그가 흥미를 느낄 만한 이야기를 해줬지. 그는 전혀 눈치 채지 못한 듯했네."

"브라보! 브라보! 훌륭한 계략이었습니다. 나도 잘 기억해둬야 겠습니다. 그렇다면 벽시계는 어떻게 한 겁니까? 선장실에 걸려 있던 벽시계 말입니다."

"아! 벽시계는 좀 더 까다로웠지. 난 발이 묶여 있었으니까. 다행히 선장이 자리를 비웠을 때 나를 지키던 선원이 바늘을 조금 움직여 주었다네."

"설마 그 녀석이? 순순히 응하던가요?"

"아! 자신의 행동이 얼마나 중요한 의미를 갖는지 모르고 한 일이라네. 나는 무슨 일이 있어도 런던 행 첫차를 타야 한다고 말했지. 그러자…… 녀석이 내 말대로 해줬다네."

"그에 대한 보답은?"

"보답으로는 조그만 선물을 하나 했지. 그는 선량한 사람이니 곧 그걸 자네에게 당당하게 건네줄 걸세."

"어떤 선물입니까?"

"아주 하찮은 물건이라네."

"그렇다면?"

"청 다이아몬드."

"청 다이아몬드를?"

"그렇다네. 자네가 백작 부인의 다이아몬드와 바꿔치기한, 그리고 부인이 내게 맡긴 그 모조 다이아몬드……"

갑자기 커다란 웃음소리가 터져 나왔다. 뤼팽은 배를 움켜쥐고 눈물을 글썽이며 웃었다.

"이건 정말 웃지 않을 수 없군. 내 가짜 다이아몬드를 그 선원이 받다니! 그리고 선장의 시계에, 벽시계까지."

홈즈는 뤼팽과 자신 사이에 지금처럼 격렬한 사투를 벌인 적이 없었다는 사실을 느낄 수 있었다. 그는 뛰어난 본능의 힘으로 상대편의 극단적인 쾌활함 속에 모든 능력을 집중시켜 짜낸 무시무시한 사념이 집적되어 있음을 깨달을 수 있었다.

뤼팽이 점점 다가왔다. 영국인은 뒤로 물러섰다. 그리고 손을 조끼의 주머니 속으로 자연스럽게 가져갔다.

"3시일세, 뤼팽."

"벌써 3시입니까? 안타깝군요. 이제부터 재미있어지려던 차였는데........"

"자네의 답을 기다리고 있네."

"나의 대답? 이거 참, 까다로운 사람이로군요. 그렇다면 우리의 승부도 이것으로 끝이란 말입니까? 내 자유를 놓고 벌인 승부도."

"다이아몬드를 내놓겠나?"

"좋습니다. 그럼 선공을 하십시오. 어떤 수를 쓰시겠습니까?"

"처음부터 끝장을 보겠네."

홈즈가 권총을 한 발 쏘며 이렇게 말했다.

"나는 한 방 먹이겠소."

아르센이 영국인을 향해 주먹을 날리며 말했다.

홈즈는 허공을 향해 발포했다. 가니마르에게 급히 도움을 청할 필요가 있다는 사실을 깨달았기 때문이었다. 하지만 아르센의 주먹을 명치에 정통으로 맞은 홈즈는 창백한 얼굴로 비틀거렸다. 뤼팽은 단걸음에 벽난로 위 장식장 쪽으로 달려갔다. 그러자 대리석 판이 움직이기 시작했다. 하지만 이미 늦었다. 그 순간 방의 문이 열렸다.

"항복해! 뤼팽. 아니면........"

가니마르는 뤼팽이 생각하고 있었던 것보다 훨씬 더 가까이에 있었던 듯했다. 권총을 겨눈 채 문 앞에 서 있었다. 그 뒤로는 스무 명쯤 되는 그의 부하들이 하나 가득 들어차 있었다. 하나 같이 거칠고 험악해 보였으며, 그가 조금이라도 저항을 하면 마치 개를 패듯이 두들겨 팰 것 같은 우락부락한 사내들뿐이었다.

그는 침착하게 손을 내저었다.

"항복할 테니 손 대지 말게."

그리고 그대로 팔짱을 꼈다.

놀랄 만한 순간이었다. 가구와 장식품이 모두 사라져버린 방 한 가운데 아르센 뤼팽의 목소리가 메아리치며 긴 여운을 남겼다. '항복할 테니!' 란 도저히 믿을 수 없는 말이었다. 그들은 모두 이번에도 어떤 구멍을 통해서 그가 모습을 감추거나 밑바닥이 꺼지며 적이 모습을 감출 것이라고 생각하고 있었다. 그런데 그가 항복을 한 것이었다. 가니마르가 앞으로 나섰다. 그리고 매우 감격한 듯 이런 순간에 어울리는 엄숙한 동작으로 그에게 손을 내밀며 진심으로 기쁘다는 듯한 목소리로 이렇게 말했다.

"뤼팽, 체포하겠네."

뤼팽이 몸을 떨었다.

"무섭지 않은가? 선량한 가니마르여. 왜 그렇게 기분 나쁜 표정을 짓고 있나? 친구의 무덤에 인사를 온 사람 같지 않은가? 제발 부탁이니 문상객 같은 얼굴은 그만두게."

"자네를 체포하겠네."

"자네 스스로 놀라고 있는 듯하군. 법의 충실한 집행자인 주임 형사가 법의 이름으로 악당 뤼팽을 체포하는 것 아닌가? 이건 그야말로 역사적인 순간일세. 자네는 그것의 중요함을 잘 알고 있어. 그것도 이번이 두 번째가 아닌가? 정말 대단하네, 가니마르. 자네의 출세는 보장된 거나 다름없네."

말을 마친 뤼팽은 자신의 두 손목을 강철로 만들어진 수갑 쪽으로 내밀었다.

이 일은 조금 엄숙한 빛을 띤 채 이루어졌다. 평소 같으면 매우 거칠며, 뤼팽에 대해서는 격렬한 반감을 가지고 있던 경찰들도 이번만은 이 변화무쌍한 인물에 손을 댈 수 있다는 사실에 놀랐는지 매우 신중하게 행동하고 있었다.

"가엾은 뤼팽. 고급 주택가에 살고 있는 자네 친구들이 이 굴욕적인 모습을 봤다면 과연 뭐라고 했을까?"

뤼팽이 탄식 섞인 목소리로 자신에게 이렇게 말했다.

그는 전신의 근육에 서서히, 연속적으로 힘을 주어 두 손목을 벌렸다. 그의 이마에 핏발이 섰다. 수갑이 그의 살 속으로 파고들었다.

"에잇!"

그가 외쳤다.

사슬이 끊어져버렸다.

"다른 걸 주게, 친구. 이런 건 아무런 도움도 안 된다니까."

이번에는 두 개를 한꺼번에 채웠다.

"좋았어! 무슨 일이든 철저히 대비를 하는 편이 좋지."

다음으로 경찰들 숫자를 세어보며 말했다.

"친구들, 대체 몇 명이 온 건가? 25명? 한 30명쯤 되나? 정말 많이도 왔구먼. 이래서야 달리 방법이 없지. 아! 15명만 됐어도 어떻게 해보는 건데."

그는 당당한 모습을 보였다. 마치 자신이 가장 자신 있는 연기를 가볍게, 자랑스럽게 자신의 모든 것을 다 바쳐서 열연하는 명배우와 같은 모습이었다. 홈즈는 그를 지켜보았다. 모든 백미, 모든 뉘앙스를 전부 감상할 수 있는 관객이 멋진 무대를 바라보고 있는 듯한 모습이었다. 그는 사법이라는 강력한 기능의 지지를 받고 있는 30명의 경관과 무기도 가지고 있지 않을 뿐만 아니라 수갑마저 차고 있는 한 개인의 격투가 대등하게 펼쳐지고 있는 것 같다는 기묘한 인상을 받았다. 양쪽의 실력이 동등하게 비춰졌다.

"어떻습니까? 선생님. 이게 선생님이 하신 일입니다. 당신 덕분에 뤼팽은 감옥의 눅눅한 지푸라기 위에서 썩게 생겼습니다. 당신도 마음이 편하지만은 않다는 사실, 후회에 몸부림치고 있다는 사실을 자백하시겠지요?"

뤼팽이 홈즈에게 말했다.

영국인이 자신도 모르게 두 어깨를 들썩였다. 마치 '이렇게 된 건 모두 자네 탓일세.'라고 말하기라도 하듯이…….

"결코! 결코 청 다이아몬드를 당신에게 줄 수 없습니다. 아! 생각하기도 싫어. 그렇게 고생을 했는데. 절대로 내놓을 수 없습니다. 아마, 다음 달쯤 될 것 같은데, 런던으로 당신을 찾아가서 자세한 얘기를 들려드리겠습니다. 그런데 다음 달에 런던에 계실 겁니까? 아니면 빈으로 찾아가는 게 좋을까요? 아예 페테르부르크로 갈까요?"

그는 깜짝 놀랐다. 천장 부근에서 갑자기 벨소리가 들려왔기 때문이었다. 하지만 그건 경보용 벨소리가 아니었다. 전화벨 소리였다. 전화선은 두 창문 사이를 통해서 그의 서재까지 연결되어 있었으며 수화기는 아직 치워지지 않은 상태였다.

전화다! 아! 무시무시한 우연이 만들어 놓은 이 덫에 대체 누가 빠지려는 것일까? 아르센 뤼팽이 수화기를 향해서 그것을 산산

조각 내겠다는 듯, 그렇게 해서 자신에게 무엇인가를 말하려고 하는 그 신비한 목소리를 막아보겠다는 듯 움직이기 시작했다. 하지만 가니마르가 먼저 수화기를 집어 들어 몸을 웅크렸다.

"여보세요. 648-73번입니다. 네 맞습니다."

갑자기 홈즈가 거칠게 가니마르를 밀어붙였다. 그리고 수화기를 잡고 송화기에 손수건을 대 자신의 목소리를 조그맣게 만들었다.

그 순간 홈즈는 뤼팽을 바라보았다. 두 사람의 시선이, 두 사람이 같은 생각을 하고 있으며 그것은 전화를 건 사람이 금발의 여인이라는, 아주 당연한 그리고 거의 확실한 가정의 마지막 결론까지 두 사람이 꿰뚫어보고 있다는 증거를 서로에게 보여주었다. 그녀는 펠리스 다베에게, 아니 막심 베르몽에게 전화를 걸 생각이었다. 그런데 그녀는 홈즈에게 모든 것을 털어놓게 되었던 것이다.

영국인이 더듬거리듯 말했다.

"여, 여보세요! 여보세요! ...."

침묵이 흘렀다. 홈즈가 계속해서 말했다.

"그래, 나야. 막심."

생각했던 대로 드라마는 비극적 양상을 띠기 시작했다. 평소 뤼팽은 매우 강인하고 조소적이었지만 지금은 자신의 불안을 감추는 것조차 잊고 있었다. 그는 괴로움에 파랗게 질린 얼굴로 통화 내용을 들으려고, 그 내용을 살피려고 온몸의 신경을 곤두세웠다. 홈즈는 그 신비한 목소리에 대해서 계속 답하고 있었다.

"여보세요! ...... 여보세요! 그래, 전부 끝났어. 안 그래도 약속대로 지금 막 당신이 있는 곳으로 가려던 차였어. ...... 어디라고? 당신이 있는 곳 말이오. 그렇게 하는 게 차라리 나을 것 같지 않아? ......"

홈즈는 말문이 막혀버린 듯 잠시 망설였다. 그리고 그대로 입을 다물어버리고 말았다. 그가 가능한 한 자신은 말을 하지 않으면서 상대 아가씨에게 질문을 던지려 하고 있으며, 그녀가 어디에 있는지 전혀 모르고 있다는 것만은 틀림없는 사실이었다. 게다가 가니마르가 옆에 있다는 사실이 신경에 거슬리는 듯했다. 아! 기적이 일어나 이 저주받을 대화를 연결하고 있는 선을 끊어주기만 한다면! 뤼팽은 전력을 다해서, 온 신경을 집중해서 그런 기적이 일어나기를 바랐다!

하지만 홈즈는 계속해서 말했다.

"여보세요! 여보세요! ...... 여보세요. ...... 잘 안 들리나? 나도 잘 안 들려...... 알아듣기 힘들어...... 소리가 희미해...... 듣고 있나? 그래! 그럼......, 가만히 생각해봤는데...... 집으로 돌아가는 편이 낫겠어. 위험이라니? 전혀 없어. ...... 녀석은 영국에 있어! 사우샘프턴에서 녀석이 도착했다는 전보가 왔어."

우습기 짝이 없는 말이었다. 홈즈는 그 말을 아주 즐겁다는 듯이 하고 있었다. 그리고 이렇게 덧붙였다.

"그러니까 당신도 서둘러. 나도 바로 갈 테니까."

그가 수화기를 내려놓았다.

"가니마르 씨, 당신 부하 세 사람만 빌려주시죠."

"금발의 여인 때문입니까?"

"그래요."

"그게 누구이며 어디에 있는지 알고 계시는군요."

"대단한 수확물이군. 뤼팽과 함께 그녀까지 잡아들이다니.......오늘은 정말 멋진 날이야. 폴랑팡, 두 사람만 불러오게나. 그리고 홈즈 씨를 따라가게."

영국인이 세 경관을 데리고 밖으로 나갔다.

이것으로 드디어 마지막이다. 그 금발의 여인도 곧 홈즈의 손아귀에 들어올 것이다. 찬사를 받아 마땅할 그의 노력과 뜻밖의 행운으로 이 승부는 홈즈의 승리로, 뤼팽에게는 돌이킬 수 없는 패배로 끝나버리려 하고 있었다.

"홈즈 씨."

영국인이 자리에 멈춰 섰다.

"뤼팽."

뤼팽은 이 마지막 일격에 커다란 동요를 느끼고 있는 듯했다. 이마의 깊은 주름이 눈에 띄었다. 피곤해 보였으며, 어딘지 쓸쓸해 보였다. 하지만 곧 마음을 가다듬고 애서 아무렇지도 않다는 투로 외쳤다.

"운명이 나를 괴롭히고 있다는 사실을 당신도 인정할 겁니다. 조금 전에는 내가 이 비밀통로로 도망치는 것을 방해해서 나를 당신의 손에 넘겨주었습니다. 그 운명이 이번에는 전화를 이용해서 금발의 여인을 당신에게 넘겨주려 하고 있습니다. 나는 당신의 명령에 따르겠습니다."

"무슨 뜻이지?"

"그러니까 교섭을 재개할 뜻이 있다는 말입니다."

홈즈가 가니마르를 한쪽으로 데려가더니 뤼팽과 단 둘이서 이야기를 나누게 해달라고 부탁했다. 부탁이라고는 하지만 반대할 수 없을 정도로 강한 어조였다. 그런 다음 그는 뤼팽이 있는 곳으로 돌아왔다. 드디어 최후의 담판이 시작됐다. 그것은 매우 신경질적인 분위기로 시작되었다.

"자네가 바라는 것은?"

"데스탕주 양의 석방입니다."

"그 댓가가 무엇인지는 알고 있겠지?"

"그렇습니다."

"알면서도 받아들이겠다는 건가?"

"어떤 조건이든 받아들이겠습니다."

"뭐라고? 하지만...... 조금 전 자네는 거절하지 않았나? 자네의 석방과 교환하자 했을 때는......"

영국인이 놀라며 말했다.

"그 때는 내 일신상의 문제였습니다. 홈즈 씨, 하지만 지금은 한 여인의 신상에 관계된 문제가 되어버리고 말았습니다. 그것도 내가 사랑하는 여인의 일입니다. 보시는 바와 같이 프랑스라는 나라의 사람들은 이런 종류의 문제에 대해서 매우 특이한 사고방식을 가지고 있습니다. 가령 그것이 뤼팽이라는 이름을 가진 사내라 할지라도 예외는 아닙니다. 아니, 오히려 뤼팽이기 때문에 그렇게 하는 겁니다."

그는 아무렇지도 않다는 듯이 이렇게 말했다. 홈즈는 간신히 알아볼 수 있을 정도로 고개를 움직여 경의를 표했다. 그런 다음 이렇게 중얼거렸다.

"그럼 청 다이아몬드는?"

"벽난로 옆에 세워둔 제 지팡이를 잡으십시오. 한 손으로 손잡이를 누르면서 다른 한 손으로 지팡이 끝 부분의 쇠를 돌리십시오."

홈즈가 지팡이를 집어 끝 부분을 돌렸다. 지팡이를 돌리자 손잡이가 점점 빠져나간다는 사실을 알 수 있었다. 그 손잡이 안쪽에 퍼티로 만든 둥근 구슬이 있었으며 그 속에 다이아몬드가 하나 있었다.

그는 그것을 살펴보았다. 틀림없는 청 다이아몬드였다.

"데스탕주 양은 자유일세, 뤼팽."

"앞으로도 지금처럼 자유롭게 지낼 수 있습니까? 그녀는 이제 더 이상 당신을 두려워할 필요가 없겠죠?"

"그 누구도 두려워할 필요 없네."

"무슨 일이 있어도."

"무슨 일이 있어도. 나는 이미 그녀의 이름과 주소를 잊었네."

"감사합니다. 그럼 다음에 또 뵙도록 하겠습니다. 안 그렇습니까? 홈즈 씨. 곧 다시 만날 수 있겠죠?"

"그럼, 그렇고 말고."

잠시 후, 영국인과 가니마르 사이에서 매우 뜨거운 논의가 시작되었다. 홈즈가 조금 거친 방법으로 그 논의를 중단시켰다.

"가니마르 씨, 당신과 의견이 다른 점 매우 안타깝게 생각하오. 하지만 내게는 당신을 설득할 시간이 없소. 나는 1시간 후에 영국으로 떠나야 하오."

"그럼......, 금발의 여인은 어떻게......."

"난 그런 사람 몰라요."

"하지만 조금 전까지만 해도……."

"앞으로 어떻게 할지는 당신이 결정하시오. 나는 이미 뤼팽을 당신에게 넘겼습니다. 청 다이아몬드도 여기 있습니다. 당신이 직접 크로종 백작 부인에게 건네주는 편이 좋을 것이오. 이제 당신에게는 아무런 불평불만도 없을 듯한데."

"하지만 금발의 여인이."

"당신이 직접 찾아보시오."

그는 모자를 깊이 눌러쓴 뒤 거침없이 밖으로 나갔다. 용건이 끝나면 우물쭈물하는 습관은 전혀 가지고 있지 않은 사람처럼 보였다.

"안녕히 가십시오, 선생님. 특별히 친밀했던 우리 관계를 난 영원히 잊지 못할 겁니다. 왓슨 선생님께도 안부 전해주십시오."

뤼팽이 외쳤다.

아무런 대답도 듣지 못한 그가 싸늘하게 웃으며 말했다.

"이게 바로 영국식 작별법인가? 안타까운 일이군! 저 훌륭한 섬나라 사람들은 우리가 자랑스럽게 여기는 예의라는 이름의 꽃을 가지고 있지 않아. 가니마르, 한번 생각해보게. 지금과 같은 경우 프랑스 사람이라면 어떤 식으로 퇴장했을지를. 극도로 세련된 예의로 자신의 승리를 포장했을 걸세. 그런데 가니마르, 뭘 꾸물대는 거지? 아, 이제 와서 가택수사를 하겠다고? 미안하지만 여기는 종이 한 장 남아 있질 않아요. 서류들은 이미 안전한 장소로 옮겨놓았지."

"하지만 무엇인가 발견할 수 있을지도 모르는 일 아닌가?"

뤼팽은 단념했다. 두 경관에게 붙잡힌 채, 수많은 경관들에 둘러싸인 채 잡다한 조사를 벌이는 모습을 참을성 있게 바라보았다. 하지만 조사가 20분이나 계속되자 드디어 한숨을 터뜨리기 시작했다.

"서둘러주게, 가니마르. 이래서 언제 끝나겠나?"

"그렇게 바쁜가?"

"그렇소. 급해. 급한 일이 나를 기다리고 있어."

"감옥에서?"

"아니 시내에서."

"뭐라고? 그래 몇 시에?"

"2시에 약속을 했다고."

"벌써 3시가 다 됐는데."

"그러니까 난처하다는 거지. 난 늦었단 말이야. 난 늦는 것만큼 싫은 일도 없다고."

"앞으로 5분만 더 기다려주게."

"그 이상은 기다리지 않겠어."

"감사합니다. 서두릅죠."

"자넨 말이 너무 많아. 그 책장도 살펴볼 생각인가? 그 안에는 별거 없다고."

"하지만 편지가 꽤 들어 있는 걸?"

"오래된 청구서들이야."

"아니, 리본으로 묶어 놓은 것 말이야."

"붉은색 리본 말인가? 오! 가니마르, 부탁이니 그것만은 풀어 보지 말게나."

"여자에게서 받은 것이군."

"그렇소."

"귀부인인가?"

"그것도 최상류층의."

"그녀의 이름은?"

"가니마르 부인일세."

"쓸데없는 농담하지 마! 바보 같은 장난도 정도껏 하라고!"

형사가 벌컥 소리를 질렀다.

이때 각 방들을 조사하기 위해 흩어졌던 형사들이 아무런 성과
도 올리지 못했다는 보고를 해왔다. 뤼팽이 웃으며 말했다.

"자네들은 내 동료들의 명단이나, 내가 독일 황제와 관계가 있
다는 사실을 증명해 줄 증거물을 찾아낼 생각이었겠지? 하지만
가니마르, 당신들이 찾아야 할 건 이 아파트에 숨겨진 여러 가지
비밀들이라고. 그러니까 이 가스관은 통화관이고, 이 벽난로 뒤
로 계단이 있으며, 이 벽 뒤에 동굴이 있다는 사실 같은 것 말일
세. 그리고 복잡하고 신기한 경보장치들! 자, 가니마르, 이 단추
를 한번 눌러보게나."

가니마르가 뤼팽의 말대로 했다.

"아무런 소리도 들리지 않지?"

뤼팽이 물었다.

"안 들리는데."

"내게도 들리지 않아. 하지만 자네는 기구를 담당하고 있는 내
부하에게 우리를 공수할 경기구를 준비하라는 명령을 내린 셈이
야."

"쓸데없는 소리 마. 바보 같은 장난은 그만두고 이제 나가기로 하세."

수사를 마친 가니마르가 말했다.

그가 앞장서 걷기 시작했다. 경관들이 그의 뒤를 따랐다.

하지만 그는 몇 걸음 가지 않아서 멈춰 섰다. 경관들이 그를 밀어보았다. 소용없는 짓이었다.

"이봐! 가지 않을 생각인가?"

가니마르가 말했다.

"가기는 갈 거야."

"그런데 왜 그러나......."

"경우에 따라서는 얼마든지."

"어떤 경우를 말하는 건가?"

"나를 어디로 데려가느냐에 따라서 달라지지."

"당연히 유치장으로 데려가야지."

"그럼 가지 않겠네. 난 유치장에는 볼일이 없다고."

"자네 미친 거 아닌가?"

"조금 전에 급한 약속이 있다고 말하지 않았나?"

"뤼팽!"

"가니마르, 아직도 모르겠나? 금발의 여인이 내가 오기만을 기다리고 있네. 설마 자네도 내가 여자를 불안 속에 버려둘 만큼 예의 없는 사람이라고 생각하는 건 아니겠지? 그야말로 신의를 저버리는 일 아닌가?"

조롱하는 듯한 뤼팽의 말에 일일이 대답하기 귀찮아진 가니마르가 말했다.

"이보게 뤼팽. 나는 자네에게 극도의 친절을 베풀었지만 모든 일에는 정도가 있는 법일세. 잔소리 말고 날 따라와."

"못 가겠네. 나는 약속을 했네. 그러니 약속장소로 가겠어."

"내 말을 결코 듣지 않겠다는 건가?"

"갈 수 없소."

가니마르가 신호를 보냈다. 두 형사가 양옆에서 팔짱을 끼고 뤼팽을 들어올렸다. 그런데 그 다음 순간, 그들은 고통에 찬 신음소리를 올리며 뤼팽에서 손을 뗐다. 뤼팽이 양손으로 그들의 몸에 긴 바늘을 찔러 넣었던 것이었다.

화가 난 다른 경관들이 그에게 달려들었다. 동료를 위해서 복수를 하고 지금까지 당했던 모욕을 갚아야겠다는 생각에 그간 품고 있던 원한이 폭발한 것이었다. 그들은 마음껏 때리기도 하고, 걷어차기도 했다. 아주 강렬한 주먹이 그의 관자놀이에 작렬했다. 뤼팽이 쓰러졌다.

"그가 부상이라도 당하는 날엔 그냥 두지 않겠어!"

가니마르가 벌컥 화를 내며 외쳤다.

그는 바로 응급조치를 할 생각으로 몸을 구부렸다. 하지만 뤼팽이 자유롭게 숨을 쉬고 있는 것을 보고 형사들에게 손발을 들라고 명령한 뒤, 자신은 그의 허리를 들었다.

"아주 천천히 가라고! 흔들리지 않게....... 아! 난폭한 녀석들. 하마터면 죽을 뻔했잖아. 이봐 뤼팽, 기분은 어떤가?"

뤼팽이 눈을 떴다.

"가니마르, 이래도 되는 건가? 나를 때리게 내버려두다니."

"자네가 잘못한 걸세. 멍청한 녀석. 그렇게 고집을 피우니까 그렇지. 그래도 아프지는 않지?"

가니마르가 풀죽은 목소리로 말했다.

층계가 있는 곳으로 나왔다. 뤼팽이 신음소리를 냈다.

"가니마르....... 엘리베이터로 가세....... 내 뼈가 남아나질 않겠어."

"좋은 생각이군. 묘안이야. 게다가 계단은 너무 좁아서 내려갈 수 없을 테니......."

가니마르가 그의 말에 찬성했다.

그가 엘리베이터를 끌어올렸다. 경관들이 조심조심 뤼팽을 자리에 앉혔다. 가니마르가 그의 옆으로 올라타면서 부하들에게 말했다.

"우리와 동시에 내려가도록. 관리인의 방 옆에서 기다리게. 알겠나?"

그가 문을 닫았다. 문이 채 닫히기도 전에 비명 소리가 들려왔다. 실이 끊긴 풍선처럼 엘리베이터가 갑자기 위로 오르기 시작했다. 그들을 조롱하는 듯한 웃음소리가 들려왔다.

"제길!"

희미한 어둠 속에서 손전등을 켜들고 하강 버튼을 찾으며 가니마르가 외쳤다.

하지만 그 버튼이 보이지 않자, 그가 외쳤다.

"6층이다. 6층 문을 지켜라!"

경찰들이 서둘러 계단을 올랐다. 그런데 믿을 수 없는 이상한 일이 벌어졌다. 엘리베이터가 가장 위층의 천장을 뚫고 지나간 듯했다. 경찰들의 시야에서 벗어나더니 갑자기 그 위의 하인들이 사용하는 공간으로 파고들 듯 멈춰 섰다. 기다리고 있던 세 사내가 문을 열었다. 그 중 두 사람이 가니마르를 낚아챘다. 가니마르는 꼼짝도 하지 못한 채 멍하니 있기만 했다. 저항하려 들지도 않았다. 세 번째 사람이 뤼팽을 데리고 갔다.

"예고한 대로일세, 가니마르. 아까 말한 기구를 이용한 탈출이지. 이게 다 자네 덕일세. 앞으로는 나를 너무 동정하지 말게나. 그리고 잘 기억해두게. 아르센 뤼팽은 그럴 만한 특별한 이유가 없는 한 얻어맞거나 상처 입지 않는다는 사실을. 잘 있게!"

이미 엘리베이터의 문은 닫혀 있었으며, 가니마르를 실은 채 밑으로 내려가고 있었다. 모든 일들이 순식간에 벌어졌기 때문에 늙은 형사는 관리인의 방 옆에서 부하 경관들을 따라잡을 수 있었다.

한마디도 하지 않고 그들은 서둘러 정원을 가로질렀다. 그리고 부엌 쪽에 있는 계단을 올랐다. 탈주 현장이었던 하인들이 쓰는 가장 위층에 다다랐다. 이것이 유일한 방법이었다.

번호가 붙어 있는 조그만 방들이 양쪽으로 늘어서 있는 구불구불한 긴 복도 끝에 자물쇠가 걸려 있지 않은 문이 있었다. 그 문 너머로 옆집의 복도가 연결되어 있었는데 그 복도 역시 구불구불했으며 양옆으로 조그만 방들이 늘어서 있었다. 그 복도의 끝은 부엌으로 통하는 계단이었다. 가니마르가 그곳을 통해서 내려가 정원과 현관을 가로질렀다. 그리고 거리로 뛰쳐나갔다. 그곳은 피코 가였다. 그는 그제야 안쪽으로 길게 만들어진 이 두 건물은 서로 이어져 있으며 각각의 정면은 교차하는 두 개의 길이 아니라 평행으로 달리는 두 개의 길에 면해 있으며 둘 사이에는 60m

나 되는 간격이 있다는 사실을 깨달았다.

그가 관리인의 방으로 들어섰다. 그리고 명함을 내밀며 말했다.

"네 사내가 이곳을 지나지 않았나?"

"지났습니다. 5층과 6층에 살고 있는 하인 두 사람과 그 친구 두 사람이었습니다."

"5층과 6층에는 누가 살고 있나?"

"페벨 씨 일가와 그의 사촌형인 프로보 씨가 살고 있습니다. 두 분 모두 오늘 이사했습니다. 조금 전 나갔던 하인 두 사람만 남아 있었습니다. 그들이 조금 전에 나간 겁니다."

'빌어먹을! 아까운 기회를 놓쳤군! 그 일당들이 이 일대 건물에서 살고 있었는데.'

관리인 방에 있는 긴 의자에 쓰러지듯 주저앉으며 가니마르가 생각했다.

40분 후, 북부 역으로 마차를 타고 달려 온 두 신사가 짐꾼 하나를 데리고 서둘러 칼레 행 급행열차 쪽으로 다가갔다.

그들 중 한 명은 한쪽 팔을 목 뒤로 감은 붕대에 매달고 있었다. 안색으로 봐서 몸 상태가 그리 좋아 보이지는 않았다. 다른 한 사람이 매우 기쁘다는 표정으로 말했다.

"서두르게, 왓슨. 이 열차를 놓쳐선 안 돼....... 아! 왓슨! 지난 열흘 동안의 일을 평생 잊을 수 없을 걸세."

"나도 마찬가지야."

"아! 정말 멋진 승부였어."

"정말 대단했을 거야."

"곳곳에 조그만 어려움이 있기는 했지만......."

"어려움은 아주 사소한 것들이었지."

"결과적으로는 모든 싸움에서 이긴 커다란 승리였지. 뤼팽은 체포되었고, 청 다이아몬드도 되찾았으니!"

"내 한쪽 팔은 부러졌고."

"이 정도 만족할 만한 성과를 거뒀으니 팔 한두 개쯤 부러진 건 문제될 게 없지."

"특히 그게 내 팔일 때는 더욱 그렇지."

"그래, 옳은 말이야! 생각나나, 왓슨? 영웅처럼 괴로워하며 자네가 약국으로 옮겨졌던 바로 그 순간 나는 어둠 속에서 한 줄기 빛을 봤다네."

"정말 운이 좋았군!"

열차의 문이 닫히기 시작했다.

"여러분, 서둘러 승차해주십시오."

짐꾼이 문이 열려 있는 객차의 계단으로 올라섰다. 그리고 선반에 트렁크를 올려놓았다. 그러는 동안 홈즈는 불운에 빠진 왓슨이 열차에 오르는 것을 돕고 있었다.

"이봐, 어떻게 된 거야, 왓슨. 언제까지 꾸물거릴 거냐고? 힘을 내게 친구."

"힘은 넘쳐나고 있네."

"그럼 뭐가 문제지?"

"한쪽 손을 쓸 수가 없어서."

"그 정도 가지고 엄살인가? 누가 들으면 세상에 팔을 다친 사람이 자네 하나밖에 없는 줄 알겠네. 그럼 팔이 없는 사람은 어떻겠나? 정말로 팔이 없는 사람은? 자, 잘했네. 이젠 됐어."

그가 짐꾼에게 50상팀짜리 은화를 건네주며 말했다.

"자, 친구. 이걸 받게나."

"감사합니다. 홈즈 씨."

영국인이 눈을 들었다. 그 짐꾼은 다름 아닌 아르센 뤼팽이었다.

"자, 자네가......"

영문을 알 수 없다는 듯한 표정으로 홈즈가 말을 더듬었다.

왓슨도 한쪽 손을 휘저으며 무엇인가를 증명하려는 듯한 사람의 몸짓으로 더듬더듬 말했다.

"다, 당신이! 하지만 당신은 체포되지 않았소? 홈즈에게서 그렇게 들었는데. 홈즈와 당신이 헤어졌을 때, 당신은 가니마르와 그의 부하 30명에게 둘러싸여 있었다고."

"그럼 당신은 내가 작별인사도 하지 않는 실례를 범할 거라고 생각했소? 그렇게도 각별한 우정을 나눴는데! 내가 그런 실례를 범할 거라고 생각했다면 그건 상당히 괴로운 일이군요."

발차를 알리는 기적이 울렸다.

"뭐, 그 정도는 용서해드리도록 하겠습니다. 그런데 빠뜨린 물건은 없으신가요? 담배와 성냥......, 모두 챙기셨죠? 그리고 석간은? 내 체포에 대한 자세한 기사가 실려 있습니다, 선생님. 또한, 당신이 세운 공적에 관한 얘기도 실렸습니다. 그럼 이만 실례하겠습니다. 선생님을 뵙게 돼서 정말 행복했습니다. 진심으로 즐거웠습니다. 다음에 다시 용건이 생기면 언제든지 말씀하십시오. 내 기꺼이 도와드리겠습니다."

뤼팽이 플랫폼으로 뛰어내리더니 아래쪽에서 기차의 문을 닫았다.

　　"안녕히 가십시오. 편지를 쓰겠습니다. 선생님도 답장을 주시겠죠? 그리고 왓슨 씨, 부러진 팔은 좀 어떻습니까? 두 분의 소식을 기다리고 있겠습니다. 엽서라도 상관없으니 종종 보내주시기 바랍니다. 주소는 '파리의 뤼팽'이면 충분합니다. 우표도 필요 없습니다. 안녕히 가십시오. 조만간 다시 뵙겠습니다."

　　손수건을 흔들며 아르센 뤼팽이 말했다.

제2화 유대 램프
제1장

셜록 홈즈와 왓슨은 커다란 벽난로 양옆에 각각 자리 잡고 앉아 활활 타오르고 있는 코크스 불꽃 쪽으로 다리를 길게 뻗고 있었다.

히스 뿌리로 만들어 은테를 두른 홈즈의 짧은 브라이어 파이프에는 불이 꺼져 있었다. 재를 털어내고 다시 담배를 채운 뒤 불을 붙이고 실내복 자락을 무릎 위로 걷어 올렸다. 그런 다음 깊이 들이마신 담배연기로 조그만 원을 만들며 능숙하게 천장 쪽으로 뿜어냈다.

왓슨은 그런 홈즈를 지켜보고 있었다. 벽난로 앞 카펫에 몸을 둥그렇게 말고 앉아 있는 충견처럼 동그랗게 뜬 눈을 깜빡이지도 않고 오로지 주인을 바라보는 것 외에는 달리 바라는 것이 없다는 듯한 천진한 눈빛으로 그를 바라보고 있었다. 주인은 이쯤에서 침묵을 깨울 것인가? 그가 빠져 있는 몽상의 비밀을 밝히고 명상의 왕국으로 왓슨을 데려가줄 것인가? 왓슨은 그 왕국으로 들어가는 문이 봉쇄되어 있는 것 같다는 느낌을 받았다.

홈즈는 여전히 입을 다물고 있었다.

왓슨이 먼저 입을 열어보았다.

"무사태평한 날들이 계속되는군. 이렇다 할 사건 하나 일어나지 않고."

홈즈는 더욱 굳게 입을 다물었다. 하지만 그가 뿜어내는 둥그런 연기는 더욱 멋진 모습을 띠기 시작했다. 왓슨 이외의 사람이었다면, 이렇게 아무런 생각을 하지 않아도 좋을 시간에 아무래도 좋을 이런 사소한 성공이 가져다 주는 자기만족에 의한 행복감에 젖은 홈즈의 기분을 이해할 수 있었을 것이다.

실망한 왓슨은 자리에서 일어나 창가로 다가갔다.

황량한 기분이 들게 하는 비를 뿌리는 어두운 하늘 밑의 을씨년스러운 집들 사이로 쓸쓸한 길들이 길게 누워 있었다. 마차가 한 대 지나갔다. 그리고 또 다시 한 대. 왓슨은 그 마차들의 번호를 수첩에 적었다. 언제, 어떤 도움이 될지 모르기 때문이다.

"야, 이거, 우체부가 오셨는데."

그가 큰 소리로 말했다.

우체부가 하인의 안내를 받아 안으로 들어왔다.

"등기가 두 통 왔습니다. 서명 부탁드립니다."

홈즈가 수령장에 서명을 했다. 문까지 나가 우체부를 배웅한 뒤에 편지 한 통을 뜯으며 안으로 돌아왔다.

"뭐 기쁜 소식이라도 있나?"

잠시 후 왓슨이 말했다.

"이건 아주 흥미로운 제안인 걸. 자네 사건을 기다리고 있지 않았나? 드디어 일이 하나 생겼네. 읽어보게......."

왓슨이 그 편지를 읽었다.

「수많은 경험을 갖고 계신 귀하의 도움을 얻고자 이렇게 글을 올립니다. 저는 커다란 도난의 희생자인데 지금까지의 수사로는 아무것도 알아낸 것이 없습니다.

사건에 대한 대략적인 내용을 알려드리고자 몇 종의 신문을 따로 보내드립니다. 만약 선생님께서 이번 사건을 맡아주신다면 누추하지만 저희 집을 귀하가 사용할 수 있도록 제공할 생각이며, 이미 서명을 마쳤으니 동봉한 수표에 필요한 만큼 여비를 기재하셔서 사용하시기 바랍니다.

전보로 답을 주신다면 더없이 기쁘겠습니다. 진심으로 제 청을 받아들여주시기 바랍니다.

뮈리요 가 18번지, 남작 빅토르 댕블발」

"그래, 그래. 이거 재밌겠는 걸. 파리로의 작은 여행이라. 생각만 해도 그리 나쁘진 않군. 세상에 널리 알려진 아르센 뤼팽과의 결전 이후 한동안 파리를 잊고 있었는데 그때보다는 다소 평온한 조건 하에서 그 도시를 구경하는 것도 그리 나쁘지는 않겠지."

그는 수표를 네 조각으로 찢었다. 그리고 팔이 아직 자유롭지 못한 왓슨이 파리를 저주하는 말을 중얼대는 동안 두 번째 편지 봉투를 뜯었다.

곧 그가 초조한 기색을 보이기 시작했다. 읽는 동안 이마에 깊은 주름이 생기더니 편지를 꼬깃꼬깃 둥그렇게 말아서 바닥에 힘껏 내팽개쳤다.

"왜 그러나? 무슨 일이지?"

왓슨이 놀라 소리쳤다.

왓슨이 둥그렇게 말린 종이를 서둘러 집어 들었다. 그리고 그것을 읽으면서 점점 놀라움이 커져 가는 듯했다.

「친애하는 홈즈 선생님,

귀하는 귀하에 대한 저의 경애와 귀하의 명성에 대한 저의 관심을 잘알고 계십니다. 그러니 귀하의 협력을 요청한 그 사건에는 부디 관계하지 말아주시기 바랍니다. 귀하의 관여는 수많은 귀찮은 문제들을 낳을것이며, 귀하의 노력은 비참한 결과로 끝날 뿐만 아니라 귀하는 자신의실수를 만천하에 고백해야 할 처지에 놓이게 될 것입니다.

귀하가 이와 같은 굴욕을 당하지 않도록 해야겠다는 일념 하에 저는우리 우정의 이름으로 귀하가 평온하게 난롯가에 앉아 계시기를 간절히바라는 바입니다.

왓슨 씨에게도 안부 전해주십시오. 친애하는 선생님, 귀하에게는 진심으로 경의를 표합니다.

아르센 뤼팽」

"아르센 뤼팽이라고?"

왓슨이 당황스럽다는 듯 반복했다.

홈즈가 주먹으로 테이블을 두드리며 말했다.

"드디어 그 자식이 소란을 피울 모양이로군! 어린애 취급하며나를 놀리고 있어. 내가 만천하에 실수를 고백해야 할 거라고? 무슨 헛소리야? 그 청 다이아몬드를 되찾은 것이 바로 나라는 사실을 잊은 건 아니겠지?"

"이 녀석, 무서워서 이러는 걸 거야."

왓슨이 그의 기분을 맞추며 말했다.

"어림없는 소리 말게. 아르센 뤼팽은 절대로 무서워하는 위인이 아닐세. 이렇게 도전장을 내밀었다는 게 그 증거지."

"그건 그렇고 녀석은 댕블발 남작이 편지를 보냈다는 사실을 어떻게 알았을까?"

"그걸 내가 어떻게 알겠나. 점점 어리석은 소리만 하는군."

"나는 또 자네가......"

"뭔가? 내가 점쟁이라도 되는 줄 알았단 말인가?"

"그런 건 아니지만 자네가 기적을 실현하는 모습을 몇 번이고 옆에서 지켜봤기 때문에......"

"그 누구도 기적을 일으킬 수는 없어! 나도 그렇고, 누구라도 마찬가지야. 단, 나는 생각할 뿐일세. 추리할 뿐이지. 그리고 결론을 내리네. 하지만 점은 치지 않아. 점이란 멍청한 자들이나 하는 짓이지."

왓슨은 매를 맞은 개처럼 꼬리를 내렸다. 그리고 멍청한 사람이 되지 않기 위해서 왜 홈즈가 화난 표정으로 방 안을 성큼성큼 돌아다니는지 절대로 점을 치지 않으려 노력했다. 하지만 홈즈가 하인을 불러 트렁크를 가져오라고 명령을 하자 왓슨도 이미 이렇게 명확한 물적 증거가 나타났으니 자신도 생각하고, 추리해서 홈즈가 여행을 떠나기로 결심했다는 결론을 내릴 수 있는 자격을 얻게 되었다고 생각했다.

그와 같은 정신 작용에 의해서 그는 실수를 두려워하지 않는 인간이 되어 단호하게 홈즈에게 물었다.

"홈즈, 파리로 가려는 거지?"

"그럴지도 모르겠네."

"자네가 파리로 가는 건 댕블발 남작의 요구에 응한다기보다는 뤼팽의 도전을 받아들이기 위해서지?"

"그럴지도 모르네."

"셜록, 나도 따라가겠네."

"그럴 텐가, 친구? 그렇다면 자네는 왼팔도 오른팔처럼 될 운명을 조금도 두려워하지 않는다는 말이지?"

홈즈가 방 안을 돌아다니던 발걸음을 멈추고 이렇게 외쳤다.

"뭐가 두렵겠는가? 자네가 함께 있어줄 텐데."

"정말 존경스럽네. 자네는 사내 중의 사내야! 녀석에게 확실하게 알려주자고. 우리에게 도전장을 내던진 것이 얼마나 커다란 잘못이었는가를. 서두르게 왓슨, 첫 열차 안에서 만나기로 하세."

"남작이 보냈다던 신문은 기다리지 않을 생각인가?"

"기다려본들 뭐하겠나?"

"전보라도 보내둘까?"

"쓸데없는 짓이야. 그건 나의 도착을 뤼팽에게 알리는 거나 다름없는 일이지. 사양하겠네. 왓슨, 이번에는 완벽에 완벽을 기해야 하네."

그날 오후, 두 사람은 도버에서 배에 올랐다. 멋진 항해였다. 칼레에서 파리로 가는 급행열차 안에서 홈즈는 3시간 정도 깊은 잠을 잤다. 그러는 동안 왓슨은 객실 입구에서 망을 보면서 공허한 눈빛으로 생각에 잠겨 있었다.

홈즈는 기분 좋게 눈을 떴다. 다시 한번 아르센 뤼팽과 대결을 펼칠 생각을 하니 진심으로 기쁜 마음이 들었다. 지금부터 기쁨을 맛볼 준비가 된 사람처럼 만족스럽다는 듯이 두 손을 비볐다.

"드디어 짜릿함을 다시 맛볼 수 있겠군."

왓슨이 외치며 말했다.

그리고 그도 역시 만족스럽다는 듯이 두 손을 비볐다.

역에 도착하자 홈즈는 외투를 손에 들었다. 그리고 왓슨은 두 개의 트렁크를 들고 그들의 표를 건네주며 활기찬 모습으로 역에서 나왔다.

"날씨가 좋군, 왓슨. 태양이 밝게 비추고 있어! 파리가 우리를 위해 축제를 준비한 듯하네."

"엄청나게 사람이 많군."

"고마운 일 아닌가, 왓슨. 덕분에 우리가 사람들 눈에 띄지 않을 테니. 이런 인파 속에서 누가 우릴 알아보겠나?"

"홈즈 씨죠? 그렇죠?"

이 말을 들은 홈즈는 가볍게 몸을 휘청이며 걸음을 멈췄다. 이렇게 확실하게 자신의 이름을 부르는 건 또 누구란 말인가?

그의 옆에 여자가 한 명 서 있었다. 젊은 아가씨였다. 간소한 옷차림이 오히려 품위 있는 모습을 자아내고 있었다. 아름다운 얼굴에는 불안과 고뇌의 기운이 서려 있었다.

그녀가 다시 한번 말했다.

"그렇죠? 선생님, 홈즈 씨 맞으시죠?"

그가 낭패감과 습관이 되어버린 조심스러움 때문에 대답을 하지 않자 그녀가 세 번째 그에게 물었다.

"제가 말씀을 드리고 있는 분이 틀림없이 홈즈 씨죠?"

"대체 뭘 어쩌라는 거지?"

혐오스러운 장사치 여인을 대하듯 그가 매우 거친 어조로 답했다.

그녀가 그의 앞을 가로막았다.

"제발, 제 얘기 좀 들어보세요. 아주 중요한 일이에요. 선생님은 뭐리요 가로 갈 것이라고 알고 있는데요."

"뭐라고?"

"전, 알고 있어요. 뭐리요 가…… 18번지로 가시는 거죠? 하지만, 안 돼요. 맞아요. 가시면 안 돼요. 틀림없이 후회하실 거라고 말씀드릴 수 있어요. 이렇게 말씀드린다고 해서 저를 위해서 이러는 거라고 생각지는 말아주세요. 이건 그저 진심이, 양심이 제게 시킨 말이에요."

홈즈가 그녀를 밀쳐내려 했다. 그래도 그녀는 물러나지 않았다.

"오! 제발 부탁이에요. 제발 고집 부리지 마세요. 아! 어떻게 해야 내 말을 믿으실까? 제 마음 속을, 제 눈 속을 들여다보세요. 거짓은 조금도 담겨 있지 않아요. 양쪽 모두 진실을 고하고 있어요."

그녀는 자신의 눈을 홈즈에게 가까이 가져갔다. 진지하고 맑은 눈빛이었다. 그곳에는 영혼이 그대로 드러나 있는 듯했다. 왓슨이 고개를 끄덕였다.

"아주 성실해 보이는 아가씨일세."

"맞아요. 그러니까 제발 저를 믿어주세요."

그녀가 간절하게 말했다.

"믿습니다, 아가씨."

왓슨이 대답했다.

"어머! 이렇게 기쁠 수가! 선생님도 저를 믿어주시겠죠? 그렇죠? 전 알 수 있어요. 틀림없어요. 정말 기뻐요! 이제 모든 일이 다 잘 될 거예요. 아주 잘 됐어. 역시 생각했던 대로야! 선생님, 20분 뒤면 칼레 행 열차가 출발할 겁니다. 그러니 그 열차에 올라 주세요. 어서, 제가 안내해 드릴게요. 이쪽으로 오세요. 서두르면 탈 수 있을 거예요."

그녀는 그를 끌고 가려 했다. 홈즈가 그녀의 팔을 잡았다. 그리고 매우 부드러운 목소리로 말했다.

"죄송하지만, 아가씨. 절대로 아가씨의 뜻에 따를 수 없어요. 나는 일단 손 댄 일을 중간에서 그만두는 사람이 아닙니다."

"그래서 이렇게 간절하게 부탁드리는 거예요. 아! 어떻게 해야 이해시킬 수 있을까?"

그녀를 무시한 채 그가 그 자리에서 떠났다.

왓슨이 그 아가씨에게 말했다.

"걱정 말아요. 저 사람은 언제나 끝장을 보는 성격인데 지금까지 단 한번도 실패를 한 적이 없으니까요."

그런 다음 그는 종종걸음으로 홈즈를 따라갔다.

「셜록 홈즈 대 아르센 뤼팽」

막 걸음을 떼어놓은 두 사람의 눈앞에 이렇게 적힌 커다란 글자가 나타났다. 두 사람은 그 글자가 있는 곳으로 다가갔다. 한 무리의 샌드위치맨이 묵직한 쇠덩이가 박힌 지팡이로 박자에 맞춰서 바닥을 두드리며 줄지어 걸어가고 있었다. 그들은 다음과 같은 글이 적힌 커다란 포스터를 등에 매달고 있었다.

「셜록 홈즈 대 아르센 뤼팽의 대결. 영국 선수 도착함. 명탐정. 뮈리요 가의 비밀에 도전. 자세한 내용은 『에코 드 프랑스』지에 게재.」

왓슨이 고개를 흔들며 말했다.

"이보게 홈즈. 은밀하게 수행하려던 일이 엉망이 되어버렸는걸. 이대로라면 뮈리요 가에서 의장대가 우리를 맞이하고 샴페인이 준비된 공식 리셉션이 벌어진다 해도 조금도 이상할 게 없겠어."

"자네는 생각해서 얘기할수록 더 한심한 얘기를 하니 참으로 알 수 없는 일이란 말이야."

이를 갈며 홈즈가 이렇게 말했다.

그는 샌드위치맨 중 한 사람에게 다가갔다. 억센 손으로 샌드위치맨과 그가 들고 있는 글자판을 단번에 깨뜨려버리겠다는 의지를 확실하게 읽을 수 있었다. 사람들은 그 포스터 주위로 몰려들어 농담을 나누기도 하고 웃음을 터트리기도 했다.

홈즈는 끓어오르는 분노를 억누르며 그 사내에게 말했다.

"언제 고용되었지?"

"오늘 아침입니다."

"걷기 시작한 건?"

"1시간 전입니다."

"포스터는 미리 준비되어 있었나?"

"그야 당연하죠. 일을 주선해준 곳에 도착해보니 이미 준비되어 있었습니다."

그러니까 아르센 뤼팽은 홈즈가 이 싸움을 받아들일 것을 미리 알고 있었던 것이다. 뿐만 아니라 뤼팽이 보낸 편지는 그가 이 싸움을 바라고 있을 뿐만 아니라 이 숙적과의 대결을 다시 한번 계획하고 있었음을 입증하는 것이었다. 왜일까? 무엇이 그에게 이 싸움을 다시 하도록 강요한 것일까?

셜록은 여기서 다시 한번 망설였다. 이렇게 과감하게 나오는 것은 뤼팽이 승리를 확신하고 있기 때문임에 틀림없었다. 그러니까 이렇게 쉽게 그의 부름에 응해 달려온 것은 그가 쳐놓은 덫에 빠져버리는 결과를 낳지 않을까?

"왓슨, 이제 가세. 이봐 마부, 뮈리요 가 18번지까지 가주게."

흥분에 몸을 떨며 홈즈가 외쳤다.

그리고 핏대를 세우며 주먹을 쥐더니 권투 시합을 시작하려는 듯한 사람처럼 기세 좋게 마차에 뛰어올랐다.

뮈리요 가의 길 양편에는 호화로운 저택이 늘어서 있었으며 뒤쪽으로는 몽소 공원이 내려다보였다. 그 중에서도 특히 눈에 띄는 것이 18번지의 저택이었다. 처자식과 함께 이곳에 살고 있는 댕블발 남작은, 예술가 겸 천만장자답게 멋진 가구와 비품들로 집을 꾸며놓았다. 본관 앞에는 정원이 있었으며, 그 양편으로 부속건물들이 줄지어 서 있었다. 뒤쪽에도 정원이 있었는데 그곳의 나무들은 공원의 나무들과 가지를 섞고 있었다.

벨을 누른 뒤 두 영국인은 정원을 가로질렀다. 하인이 별관 맞은편에 있는 한 작은 방으로 그들을 안내했다.

두 사람이 자리에 앉았다. 남작 부인의 방에 가득 들어차 있는 귀중품들을 재빨리 훑어보았다.

"정말 대단한 물건들이군. 취미와 자신의 마음에 따라서 이런 것들을 찾아낼 여유를 가지고 있을 정도의 사람이라면 틀림없이 나이가 있을 거야. 한......, 오십대 정도의......"

그는 말을 맺지 못했다. 문이 열리며 댕블발 씨가 부인과 함께 방으로 들어섰기 때문이었다.

왓슨의 생각과는 달리 부부는 모두 젊었다. 말과 행동에 품위가 넘쳐흐르고 있었으며, 활기찬 모습이었다. 두 사람 모두 거듭 감사의 말을 전했다.

"친절하게도 이렇게 찾아와 주셔서 대단히 감사합니다. 커다란 폐가 되는 일을 부탁하게 됐습니다. 저희에게 닥친 불행이 오히려 기쁘게 여겨질 정도입니다. 덕분에 이렇게 직접 뵙게 됐으니 말입니다."

'프랑스인들은 정말 속도 좋구면.'

깊이 있는 관찰의 결과라도 되는 듯 왓슨이 생각했다.

"시간은 금이라는 말이 있습니다. 특히 선생님의 시간은 더욱 귀중합니다. 홈즈 씨, 사건에 대해서 어떻게 생각하십니까? 해결하실 수 있을 것 같습니까?"

"해결하려면 우선 사건에 대해서 알 필요가 있겠죠."

"그렇다면, 모른다는 말씀이십니까?"

"모릅니다. 그러니 당신이 사건에 대해서 자세하게 설명해주셔야겠습니다. 대체 어떻게 된 일입니까?"

"도난사건입니다."

"언제 일이죠?"

"지난 주 토요일입니다. 토요일에서 일요일에 걸친 밤에 일어난 일입니다."

"그러니까 6일 전에 일어난 일이군요. 한번 들어보도록 하죠."

"먼저 말씀드리고 싶은 일이 있는데, 아내와 나는 신분상 필요한 생활은 영위해오고 있었지만 그다지 자주 외출하는 편은 아닙니다. 우리는 대체로 아이들의 교육, 때때로 열리는 연회, 집안 꾸미기 이런 것들로 시간을 보내고 있습니다. 그리고 우리는 거의 매일 밤, 아내의 방인 이곳에서 시간을 보냅니다. 이곳에는 수집한 미술품들도 몇 점 있습니다. 지난주 토요일에도 평소와 다름없이 11시쯤에 내가 전등을 끄고 아내와 함께 침실로 갔습니다."

"그 침실은 어디에 있나요?"

"바로 옆에 있습니다. 저기 보이는 저 문으로 들어갑니다. 이튿날, 그러니까 일요일에 나는 일찍 눈을 떴습니다. 쉬잔은 —이게 제 아내의 이름입니다 — 아직 잠들어 있었습니다. 잠을 깨우지 않으려고 가능한 한 조용히 이 방으로 들어왔습니다. 그런데 이 창이 열려 있는 것을 보고 나는 놀라지 않을 수 없었습니다. 전날 밤 우리가 직접 그 창을 닫았으니까요."

"하지만 하인이......."

"아침에 우리가 벨을 누르기 전에는 누구도 이곳에 들어오지 않습니다. 그리고 나는 언제나 옆방으로 통하는 이 문에 잊지 않고 빗장을 걸어둡니다. 그러니 이 창은 틀림없이 밖에서 연겁니다. 그 외에도 다른 증거가 있었습니다. 오른쪽 창문의 걸쇠 옆에 있는 두 번째 유리가 잘려나가 있었습니다."

"그럼 이 창문은......."

"창을 보면 아시겠지만 석조 발코니로 둘러싸인 조그만 테라스로 통합니다. 우리가 있는 곳은 2층으로, 본관 뒤쪽으로 펼쳐진 정원을 내려다보고 있습니다. 그러니까 범인은 틀림없이 몽소 공원을 통해서 들어와 사다리로 철책을 넘은 뒤, 테라스로 기어오른 겁니다."

"왜 그렇게 생각하시죠?"

"철책 양면에 있는 화단의 부드러운 흙 위에서 사다리를 놓았던 흔적이 발견되었습니다. 그리고 그것과 똑같은 자국이 테라스 밑에도 남아 있었습니다. 또 발코니에도 사다리와의 접촉으로 생긴 것이라고 확실하게 알 수 있는 흔적이 두 군데 남아 있었습니다."

"몽소 공원은 야간에 폐쇄되지 않나요?"

"폐쇄되지 않습니다. 그리고 14번지에 건축 중인 집이 한 채 있는데 그쪽으로도 쉽게 들어올 수 있습니다."

한동안 생각에 잠겨 있던 셜록 홈즈가 다시 입을 열었다.

"이제 도난에 대해서 들려주십시오. 그러니까 지금 우리가 있는 이 방에서 도난 사건이 있었단 말이죠?"

"그렇습니다. 이 12세기에 만들어진 성모상과 은제 성궤(聖櫃) 사이에 조그만 유대 램프가 하나 있었는데 그것이 없어졌습니다."

"도둑맞은 건 그것뿐인가요?"

"그것뿐입니다."

"아! 그렇습니까? 그런데 그 유대 램프라는 건 어떤 물건입니까?"

"그것은 옛날에 사용되던 놋쇠로 만들어진 램프입니다. 기다란 몸에 기름을 넣는 접시로 이루어져 있습니다. 이 접시에 부리처럼 생긴 심지가 두어 개 바깥쪽으로 나 있습니다."

"그러니까 그렇게 비싼 물건은 아니군요."

"그렇습니다. 그렇게 비싼 물건은 아닙니다. 하지만 거기에는 비밀스런 부분이 한 군데 있어서 우리는 거기에 고대 보석장식품의 걸작으로, 루비와 에메랄드가 무수히 박힌 순금제 키마이라 조각을 숨겨두는 습관이 있습니다."

"왜 그런 습관을?"

"그렇게 물으신다면 확실하게 대답할 수는 없지만, 그저 그렇게 좀 특이한 곳에 감춰두는 것이 재미있었다고나 할까요?"

"누구도 그 사실을 모르고 있었나요?"

"누구도 몰랐습니다."

"물론 그것을 훔친 사람 이외에는 아무도 모르고 있었겠죠. 모르고 있었다면 애써 유대 램프를 훔치거나 하지는 않았을 테니까요."

홈즈가 자신의 의견을 피력했다.

"그렇습니다. 그런데 그가 그 사실을 어떻게 알아냈을까요? 우리조차도 아주 우연히 그 비밀스러운 부분을 발견했는데."

"그것과 똑같은 우연이 누군가......, 하인이나 친하게 지내시는 분에게도 일어났을지 모르죠. 어쨌든 다음 얘기를 듣도록 하겠습니다. 그래서 경찰에 신고는 하셨겠죠?"

"물론 했습니다. 예심판사가 와서 조사를 했습니다. 커다란 신문사의 형사 담당기자들도 와서 각자 조사를 했습니다. 하지만 편지에서도 말씀드렸듯이 사건 해결의 실마리를 전혀 찾지 못한 듯합니다."

홈즈가 자리에서 일어나 창가로 다가갔다. 창문과 테라스, 발코니를 살펴보았다. 돋보기를 사용해서 사다리와의 접촉으로 생긴 두 개의 흔적을 살펴보았다. 그런 다음, 댕블발 씨에게 정원으로 안내해달라고 청했다.

밖으로 나오자 홈즈는 천연덕스럽게 등나무 의자에 앉아 꿈꾸는 듯한 시선으로 본관의 지붕을 바라보다가 갑자기 자리에서 일어나 조그만 나무상자가 두 개 놓여 있는 곳으로 향해 걸어갔다. 그는 상자를 치운 뒤, 지면에 무릎을 대고 등을 둥그렇게 구부린 다음 코를 지면에서 20cm 정도 떨어진 곳까지 가져가 꼼꼼하게 살펴보기도 하고 거리를 재기도 했다. 철책이 있는 곳에서도 이와 같은 작업이 이루어졌는데 철책 부근에서는 좀 더 빨리 조사가 끝났다.

"이제 끝났습니다."

두 사람이 댕블발 부인이 기다리고 있는 방으로 돌아왔다.

한동안 침묵을 지키고 있던 홈즈가 이렇게 말했다.

"남작님, 처음 얘기를 들었을 때부터 나는 이 범행이 너무나도 단순한 방법으로 행해졌다는 사실에 놀라고 있습니다. 사다리를 사용하고, 유리창을 자르고, 단 하나만을 훔쳐서 나갔다. 있을 수 없는 일입니다. 실제로 일은 그렇게 간단하게 이루어지지 않습니다. "이건 너무나도 간단명료합니다."

"그렇다면......."

"그러니까 유대 램프를 훔친 범행은 아르센 뤼팽의 지도 하에 행해진 일이라는 겁니다."

"아르센 뤼팽이라고요?"

남작이 외쳤다.

"그러니까 이번 범행은 그의 손에 의해서 행해진 게 아닙니다. 외부로부터는 그 누구도 침입하지 않았습니다. 어쩌면 하인 중 한 명이 다락방에서 테라스로, 조금 전 내가 보았던 빗물받이 홈통을 타고 내려왔던 것일지도 모릅니다."

"무슨 증거라도......."

"아르센 뤼팽이 침입했다면 이 방에서 빈손으로 나가지는 않았을 겁니다."

"빈손이라니요? 그럼 그 램프는?"

"램프를 집었다고 해서 다이아가 박힌 이 담배상자나 오팔이 박힌 이 오래 된 목걸이를 훔치지 못하지는 않았을 겁니다. 잠깐 손만 뻗으면 충분히 훔칠 수 있었을 겁니다. 하지만 그가 그렇게 하지 않았던 것은 그렇게 할 수 없었기 때문일 겁니다."

"그렇다면 남아 있던 흔적은?"

"전부 꾸며낸 것입니다. 혐의에서 벗어나기 위한 연출입니다."

"난간에 남아 있던 긁힌 자국은?"

"조작된 것입니다. 사포로 조작한 겁니다. 이게 제가 주운 그 사포 조각입니다."

"사다리를 놓았던 자국은? 설마......."

"그런 건 어린애 장난 같은 것입니다. 테라스 밑에 찍힌 네모난 구멍과 철책 옆의 두 구멍을 비교해보시기 바랍니다. 틀림없이 생김새는 비슷합니다. 하지만 이쪽 것은 평행을 이루고 있는데 저쪽 것은 그렇질 못합니다. 구멍과 구멍과의 간격을 재보시기 바랍니다. 저쪽에 있는 것과 이쪽에 있는 것이 서로 다릅니다. 테라스 밑에 있는 것은 23cm 떨어져 있는데 철책 옆에 있는 것은 28cm나 떨어져 있습니다."

"그럼 선생님이 내린 결론은?"

"내가 내린 결론은, 그 모양이 비슷한 걸로 봐서 그 구멍은 적당히 깎은 막대기 하나를 박아서 만든 것이라는 겁니다."

"그 막대기를 발견한다면 그보다 더한 증거도 없겠군요."

"바로 이게 그겁니다. 정원에 있던 월계수나무 화분 밑에서 주워온 것입니다."

홈즈가 말했다.

남작도 홈즈를 인정하지 않을 수 없었다. 이 영국인 탐정이 저택 문을 들어선 지 채 40분밖에 지나지 않았는데 벌써 물적 증거를 제시했기 때문에 그동안 사람들이 믿어왔던 것은 이미 흔적도 없이 사라져버리고 말았다. 진실이, 셜록 홈즈와 같은 인물의 추리라는 이름의 보다 견실한 무엇인가에 입각한 또다른 진실이 나타나기 시작한 것이었다.

"우리집 하인들을 의심하는 건 매우 커다란 문제라고 생각해요. 우리 하인들은 모두 옛날부터 우리를 위해서 일하던 사람들로 우리를 배신할 만큼 마음씨 나쁜 사람은 단 한 사람도 없어요."

남작 부인이 말했다.

"만약 그들 중 한 명이 당신들을 배신한 것이 아니라면 당신에게서 받은 이 편지가 도착한 바로 그날, 어떻게 이런 편지가 함께 도착할 수 있었는지 설명해보시기 바랍니다."

그는 아르센 뤼팽이 자신에게 보낸 그 편지를 백작 부인에게 내밀었다.

댕블발 부인은 어리둥절한 표정을 지어 보였다.

"아르센 뤼팽이......, 어떻게 알았을까요?"

"그 편지를 보낸다는 사실을 아무에게도 말하지 않았나요?"

"누구에게도 말하지 않았습니다. 그것은 그날 밤, 저녁 식사를 마친 후 우리들이 생각해 낸 일입니다."

"하인들이 있는 앞에서?"

"우리 아이들 둘만 있었을 뿐입니다. 아니, 아닙니다. 그때는 이미 소피와 앙리에트도 식탁을 떠난 뒤였습니다. 그렇지? 쉬잔."

댕블발 부인이 잠시 생각에 잠겼다 그 사실을 인정했다.

"그랬어요. 딸들은 가정교사의 방으로 가고 없었어요."

"가정교사라면?"

홈즈가 물었다.

"알리스 드묑 양이에요."

"그 분은 당신들과 함께 식사를 하나요?"

"함께 하지는 않아요. 따로, 방에서 드세요."

왓슨이 생각난 듯 물었다.

"홈즈에게 보낸 그 편지, 우체통에 넣으셨겠죠?"

"그렇습니다."

"누가 넣었나요?"

"20년 동안이나 우리 집에서 일하고 있는 하인 도미니크가 넣었습니다. 그쪽의 수사는 시간 낭비라고 생각됩니다."

남작이 대답했다.

"시간만 낭비하는 수사는 절대로 하지 않습니다."

왓슨이 거만하게 말했다.

첫 번째 수사는 이것으로 끝났다. 홈즈가 방으로 가겠다고 말했다.

1시간 후, 그는 식사를 하면서 댕블발 부부의 사랑스런 두 딸, 소피와 앙리에트를 볼 수 있었다. 8살과 6살 난 아름다운 꼬마 아가씨였다. 애기는 그다지 활기를 띠지 못했다. 남작과 부인의 호의에 대해서 홈즈가 매우 무뚝뚝하게 대답했기 때문에 부부도 결국은 입을 다물어버리고 말았다. 커피가 나왔다. 홈즈는 한 모금 마시고는 갑자기 자리에서 일어났다.

바로 그때 홈즈 앞으로 온 전보를 가지고 하인 한 명이 안으로 들어왔다. 홈즈가 그것을 펼쳐 읽어보았다.

> 「진심으로 경의를 표함. 귀하가 단시간 내에 거둔 성과는 놀랍기 짝이 없음. 그저 감탄할 뿐.
>
> 아르센 뤼팽」

홈즈가 귀찮다는 몸짓을 보이더니 전보를 남작에게 보이며 이렇게 말했다.

"남작님, 이제 아셨겠지요? 낮말은 새가 듣고 밤말은 쥐가 듣는다는 사실을?"

"정말 알 수가 없군요."

댕블발 남작이 어이없다는 듯 중얼거렸다.

"나도 어떻게 된 일인지 알 수가 없습니다. 하지만 한 가지 분명한 것은, 댁에서 행하는 모든 행동은 반드시 그에게 알려진다는 점, 입에 담은 말도 반드시 그의 귀에 들어간다는 점입니다."

그날 밤, 왓슨은 자신의 의무를 다 마치고 이제 자는 것 외에는 아무런 일도 남아 있지 않은 사람처럼 기분 좋게 침대에 누웠다. 그 때문이었는지 쉽게 잠에 들 수 있었다. 즐거운 꿈이 차례로 그를 찾아왔다. 꿈속에서 그는 홀로 뤼팽을 추적하기도 하고 자신의 손으로 그를 체포하기도 했다. 그를 추적할 때의 장면이 너무나도 생생했기 때문에 그는 잠에서 깨어났다.

누군가 그의 침대 곁에 서 있었다. 그는 권총을 집어 들었다.

"뤼팽, 조금이라도 움직이면 쏘겠어."

"이야! 아주 잘 하고 있군, 친구."

"뭐야, 자네였나? 홈즈, 무슨 일이지?"

"자네의 눈이 좀 필요하네. 잠깐 일어나주게......."

그가 왓슨을 창문 쪽으로 데리고 갔다.

"저 철책 너머를 보게나."

"공원 안 말인가?"

"그래. 아무것도 안 보이나?"

"아무것도 안 보이는데......."

"아니, 뭔가 보이는 게 있을 걸세."

"앗! 그렇군. 그림자가........ 둘이나."

"그렇지? 철책 바로 옆에........ 보게, 움직이고 있네. 서두르세."

손으로 난간을 더듬으며 두 사람은 계단을 내려갔다. 그리고 정원으로 내려서는 문이 있는 방으로 들어섰다. 유리창을 통해서 조금 전에 보았던 곳과 같은 곳에 있는 사람의 그림자 두 개를 확인했다.

"이상하군. 집 안에서 소리가 들려와."

홈즈가 말했다.

"집 안에서? 그럴 리가 있나, 모두 잠들었을 텐데."

"잘 들어보게나."

바로 그때, 사람을 부르는 희미한 소리가 철책 부근에서 들려왔다. 그리고 본관 쪽에서 비춰오는 듯한 희미한 빛이 두 사람의 눈에 들어왔다.

"댕블발 부부가 등불을 밝힌 것 같군. 우리가 있는 이 바로 위가 그들의 침실이니까."

홈즈가 속삭였다.

"우리가 들은 소리는 그들이 낸 소리 같은데. 어쩌면 부부도 철책을 감시하고 있었을지도 몰라."

왓슨이 말했다.

다시 사람을 부르는 소리가 조금 전보다 더욱 작게 들려왔다.

"모르겠네. 나는 모르겠어."

홈즈가 초조한 듯 말했다.

"나도 모르겠어."

왓슨이 토로했다.

홈즈가 문의 자물쇠를 풀고 빗장을 벗겼다. 그리고 조용히 문을 밀었다.

다시 한번 사람을 부르는 소리가 들려왔다. 이번에는 소리가 조금 컸으며 아까와는 다른 말투였다. 그러자 두 사람 머리 위에서 나던 소리가 커지더니 점점 분주하게 들려왔다.

"아무래도 테라스에서 들려오는 소리 같은데."

홈즈가 속삭였다.

그는 문틈으로 머리를 내밀어 밖을 살펴보았다. 그러다 자신도 모르게 나오려던 욕설을 되삼키며 뒷걸음질 쳤다. 두 사람 바로 가까이에, 테라스 발코니에 걸쳐놓은 사다리가 벽에 붙어 세워져 있었다.

"이런, 제길! 그 부인의 방에 누군가 있네! 조금 전부터 들려오던 건 바로 그 소리였어. 서둘러 사다리를 치우세."

홈즈가 말했다.

그런데 바로 그 순간, 사람 그림자 하나가 사다리를 타고 내려오더니 사다리를 어깨에 둘러메고 동료들이 기다리고 있는 철책 쪽으로 서둘러 달려가는 것이 보였다. 홈즈와 왓슨이 얼른 뛰어나가 그를 뒤쫓았다. 그들은 사내가 사다리를 철책에 기대세운 곳까지 뒤를 쫓았다. 철책 너머에서 총성이 두 발 들려왔다.

"맞았나?"

홈즈가 외쳤다.

"괜찮네."

왓슨이 대답했다.

왓슨이 그 사내의 몸을 뒤에서 잡아 밀어붙였다. 그러자 사내가 뒤로 휙 돌아서더니 한 손으로 왓슨을 밀치며 다른 한 손에 쥐고 있던 칼로 가슴을 찔렀다. 왓슨이 크게 숨을 내뱉으며 비틀거리더니 곧 쓰러지고 말았다.

"빌어먹을! 저 친구가 죽었다면 나도 너를 죽여버리고 말겠어."

홈즈가 외쳤다.

그는 왓슨을 잔디 위에 눕혔다. 그리고 사다리를 향해서 달려들었다. 하지만 이미 늦었다. 사다리 위로 뛰어오른 사내는 동료들의 도움을 받아 숲 속으로 도망친 뒤였다.

"왓슨, 왓슨. 상처는 깊지 않지? 어떤가? 그저 스쳤을 뿐이겠지?"

본관의 문이 여기저기서 열렸다. 댕블발 씨가 가장 먼저 달려왔고 뒤이어 하인들이 촛불을 들고 나타났다.

"무슨 일입니까? 어떻게 된 거죠? 왓슨 씨가 다치셨나요?"

남작이 외쳤다.

"아무것도 아닙니다. 그저 스쳤을 뿐입니다."

홈즈는 이렇게 말했지만 이는 그저 자신의 마음을 달래기 위한 것에 지나지 않았다.

피가 넘쳐흐르고 있었으며 얼굴은 창백하게 변해 있었다.

20분 뒤, 의사가 달려와 단도 끝이 심장 4mm 앞에서 멈췄음을 확인했다.

"심장 앞 4mm라고! 정말 위험했어. 왓슨, 자네는 늘 운이 좋단 말이야."

홈즈가 부럽다는 투로 말했다.

"정말 행운입니다. 행운이에요."

의사가 중얼거렸다.

"괜찮을 겁니다. 몸이 워낙 튼튼하니까요. 틀림없이 괜찮을 겁니다."

"6주간은 침대에 누워 있어야 하고, 2개월간 조용히 지내야 합니다."

"그것뿐입니까?"

"네. 다른 문제만 없다면요."

"무슨 소리요? 다른 문제가 생기길 바라는 거요?"

완전히 마음이 놓인 홈즈는 문제의 방으로 가서 남작을 만났다. 이번에 찾아온 방문객은 전번처럼 얌전히 돌아가지 않았다. 수치심도 없이 그는 다이아몬드가 박힌 담배상자와 오팔로 장식한 목걸이 등 일반적으로 봐서 한 사람의 도둑이 주머니에 넣을 수 있을 만큼의 여러 가지 물건들을 약탈해 갔다.

창문은 아직 열려 있는 상태였다. 유리창 중 하나가 깨끗하게 잘려나가 있었다. 그리고 새벽녘에 행해진 간단한 조사 결과, 사다리는 지금 건축 중인 집에서 가져온 것이라는 사실이 밝혀졌다. 이로써 범인의 잠입 경로를 알 수 있었다.

"그러니까, 유대 램프를 훔쳤을 때와 똑같은 방법을 답습한 겁니다."

댕블발 씨가 비아냥거리는 투로 말했다.

"맞습니다. 사법 당국이 처음으로 내린 해석을 그대로 수용한다면."

"그럼 선생님은 아직도 그 해석을 받아들이지 못하겠다는 말씀이십니까? 이 두 번째 사건이 첫 번째 사건에 대한 선생님의 의견을 조금도 흔들어놓지 못했단 말입니까?"

"흔들어놓기는커녕 오히려 더욱 확실해졌습니다."

"어떻게 그럴 수가 있습니까? 어젯밤 잠입해 들어온 자가 외부인이라는 확실한 증거가 있는데도 유대 램프를 우리 주변에 있는 사람이 훔친 것이라는 설을 완고하게 주장하시다니."

"이 저택 안에 살고 있는 누군가가 훔친 것입니다."

"그럼 어떻게 설명하시겠습니까?"

"아무것도 설명하지 않겠습니다. 나는 두 사건을 서로 외면상의 관계만 가지고 있을 뿐이라고 보고 그것을 따로따로 생각해서 양자를 연결하는 관련성을 찾아낼 생각입니다."

그의 믿음은 매우 확고한 듯했으며 그의 행동이 확고한 이유에 바탕을 두고 있는 듯했기 때문에 남작도 자신의 고집을 꺾을 수밖에 없었다.

"그렇습니까? 그럴지도 모르겠군요. 그럼 바로 서장에게 알리도록 하겠습니다."

"절대로 알려선 안 됩니다. 절대로 안 돼요! 나는 필요한 경우에만 그들을 부릅니다."

홈즈가 외쳤다.

"하지만 총도 사용됐고......."

"그런 건 신경 쓰지 않습니다!"

"하지만 선생님의 친구가......."

"친구는 그저 부상당했을 뿐입니다. 남작님께서 의사의 입을 막아주시기 바랍니다. 법률적인 책임은 전부 내가 지도록 하겠습니다."

　특별한 사건 없이 이틀이 흘렀다. 하지만 그동안 홈즈는 세심한 주의와, 대담하기 짝이 없는 침입자를 생각할 때마다 끓어오르는 자존심을 걸고 일을 계속했다. 그 침입은 홈즈의 눈앞에서, 그의 존재를 무시한 채 이루어졌으며 홈즈는 그를 막아내지 못했다. 피로를 모르는 사람처럼 그는 정원과 집 안을 샅샅이 뒤지고 돌아다녔다. 하인들과도 이야기를 나눴다. 조리실과 마구간에서도 오랜 시간 머물렀다. 결정적인 단서는 무엇 하나 잡지 못했지만 그래도 용기를 잃은 듯한 모습은 조금도 보이지 않았다.

　'꼭 찾아내고 말겠어. 여기서 꼭 찾아내겠어. 이번 사건은 금발의 여인 사건 때처럼 여기저기 찾아다닐 필요도 없고 나 자신도 모를 길을 따라서, 나 자신도 모를 목표를 향해 갈 필요도 없단 말이야. 이번에는 내가 사건 현장에 있었어. 적은 변화무쌍한 뤼팽만이 아니라 이 저택 안에서 생활하고 움직이고 있는 공범자도 있어. 아주 조그만 단서만 있어도 나는 틀림없이 그를 찾아낼 수 있을 거야.'

　그 단서라는 것, 그것을 실마리로 탐정으로서의 천재적인 재능을 가장 크게 발휘해 그가 승리를 거뒀던 유대 램프 사건 해결의 실마리를 제공한 것은 그야말로 우연한 사건이었다.

　3일째 되던 날 오후, 사건이 일어났던 방 바로 위에 있는 아이들의 공부방으로 들어갔던 그는 거기서 작은 딸인 앙리에트를 만났다. 아이는 가위를 찾고 있었다.

"보세요, 나도 만들 거예요. 그때 밤에 아저씨가 받았던 것과 같은 종이를."

아이가 홈즈에게 말했다.

"그때 밤이라니? 언제를 말하는 거지?"

"그때, 밥을 다 먹었을 때요. 아저씨가 받았잖아요, 위에 띠가 붙어 있던 종이를. ......맞아, 전보요....... 놀랐죠? 나도 그걸 만들 거예요."

아이가 밖으로 나갔다. 다른 사람 같았으면 이 꼬마 아가씨의 말을 별 의미 없는 어린아이의 말이라고 생각하고 말았을 것이다. 사실 홈즈도 처음에는 그저 한귀로 듣고 한귀로 흘려버린 뒤 계속해서 수사를 했다. 그러다 갑자기 아이의 마지막 말이 마음에 걸려 서둘러 아이의 뒤를 따라 나갔다. 그는 계단에서 아이를 따라잡았다.

"그럼 너도 종이 위에 띠를 붙일 거니?"

앙리에트가 아주 자랑스럽다는 투로 말했다.

"그럼요. 글자를 오려서 그걸 붙일 거예요."

"그 놀이는 누구한테 배웠니?"

"선생님이요. 우리 선생님이에요. 선생님이 그렇게 하는 걸 봤어요. 선생님은 신문에서 글자를 오려서 붙여요."

"그래, 선생님은 뭘 만들었니?"

"전보나 편지를 만들어서 보내요."

셜록 홈즈는 다시 아이들의 공부방으로 돌아갔다. 아이의 이야기가 묘하게 마음에 걸렸기 때문에 그것이 무엇을 의미하는 것인지 추리해내려 노력했다.

벽난로 위 장식장에 신문이 한 묶음 놓여 있었다. 그는 그것을 펼쳐보았다. 과연 아이의 말대로 단어와 행이 깨끗하게 잘려 있는 것이 보였다. 하지만 그 앞뒤의 글자를 읽는 것만으로도 그것은 앙리에트가 가위로 별 뜻 없이 잘라낸 것이라는 사실을 알 수 있었다. 이 신문의 묶음 속에 가정교사가 잘라낸 신문도 섞여 있을지 몰랐다. 하지만 그것을 어떻게 확인할 수 있단 말인가?

홈즈는 별 생각 없이 테이블 위에 쌓여 있던 교과서를 넘겨보았다. 그 다음, 책장 위에 놓여 있던 것을 펼쳐보았다. 그러다 갑자기 기쁨에 넘쳐 소리를 질렀다. 책장 구석에 쌓여 있던 낡은 메모장 위에 어린이들을 위한 그림책이 한 권 놓여 있었는데 그 그림책의 어떤 페이지에 오린 자국이 남아 있었다.

그는 자세히 살펴보았다. 그것은 각 요일을 적어놓은 페이지였다. 월요일, 화요일, 수요일, 목요일이라는 글자가 죽 늘어서 있었다. 토요일이라는 글자가 보이질 않았다. 유대 램프는 토요일 밤에 도둑을 맞았다.

셜록은 심장이 터질 듯한 기분을 느꼈다. 사건의 열쇠를 찾아냈음을 그에게 정확하게 알려주는 여섯 번째 감각이었다. 이 진실에 대한 파악, 이 확신에 바탕을 둔 감동, 이것은 단 한번도 그를 배신한 적이 없었다.

자신감에 넘쳐서 열기에 휩싸인 채 그는 서둘러 그림책을 넘겼다. 그러자 조금 뒷부분에서 다른 놀라움이 그를 기다리고 있었다.

그것은 알파벳을 늘어놓은 페이지였다. 그 밑에는 숫자가 한 줄 늘어서 있었다.

알파벳 9개, 숫자 3개가 깨끗하게 잘려나가 있었다. 홈즈가 그것을 수첩에 옮겨적었다. 순서대로 나열해보니 다음과 같은 결과가 나왔다.

「CDEHNOPRZ - 237」

"이런 언뜻 봐서는 아무런 의미도 없어 보이는데."

그가 중얼거렸다.

"이들 문자를 전부 사용해서 조합하면 한 개 혹은 두 개, 세 개의 완전한 단어를 만들 수 있을까?"

홈즈가 여러 가지로 조합을 해봤지만 헛수고였다.

도저히 떨칠 수 없는 단어가 딱 하나 있었다. 그것은 끊임없이 그의 연필 끝에서 나타났다. 그리고 점점 그것이 답일 것이라는 확신이 들기 시작했다. 그것은 실제 이론상으로도 일치할 뿐만 아니라 전반적인 상황과도 일치하는 것이었다.

그림책의 그 페이지에는 알파벳이 각각 하나씩밖에 나오지 않기 때문에 만들어진 단어가 불완전하며, 그것을 다른 페이지에서 오려낸 글자로 보충했을 것이라는 생각은 얼마든지 할 수 있었다. 아니, 오히려 그게 맞을 것이라는 생각이 들었다. 이런 조건하에서 생각해본다면 수수께끼의 답은 틀림없이 다음과 같은 것일 것이다.

「REPOND( )CH - 237」

앞 단어가 repondech(답장하라)라는 사실을 아주 분명하게 알 수 있었다. E가 하나 부족한 것은 E라는 글자를 이미 앞에서 사용했기 때문이리라.

한편, 두 번째 불완전한 단어는 틀림없이 237이라는 숫자와 합쳐져 발신인이 수신에게 주소를 알려주는 단어를 이루었을 것이다. 그러니까 토요일에 일을 치르겠다는 사실을 알린 뒤, 답장을 CH.237로 보내라고 요청한 것이다.

CH.237은 사서함 번호거나 아니면 불완전한 어떤 단어의 일부일 것이다. 홈즈가 그림책을 넘겨보았다. 글자를 오려낸 페이지는 더 이상 나타나지 않았다. 다른 새로운 사실을 발견해내기 전까지 당분간은 지금 발견한 이 사실에 만족할 수밖에 없었다.

"재밌죠, 아저씨?"

어느 틈엔가 앙리에트가 방에 돌아와 있었다. 홈즈가 대답했다.

"정말 재미있는데. 근데 너 다른 종이는 가지고 있지 않니? 다른 종이나 혹은 오려낸 글자나....... 그게 있으면 이 아저씨도 붙여보고 싶은데......."

"종이? 없어요....... 그리고 선생님이 싫어하세요."

"선생님이?"

"나 벌써 야단맞고 왔어요."

"어째서지?"

"내가 아저씨한테 얘기해서 그런대요. 좋아하는 사람에 대한 얘기를 다른 사람한테 해서는 안 된대요."

"그래, 맞는 말이다."

홈즈가 수긍하자 앙리에트는 무척 기쁜 모양이었다. 너무 기쁜 나머지 아이는 옷에 핀으로 꽂아두었던 헝겊주머니에서 헝겊조각과 단추 세 개, 각설탕 두 개, 마지막으로 네모난 종이를 한 장 꺼내 그 종이를 홈즈에게 내밀었다.

"혼나도 상관없으니까 이걸 드릴게요."

그것은 영업용 마차의 번호표로 8279라고 적혀 있었다.

"이 번호표 어디서 났니?"

"선생님 지갑에서 떨어진 거예요."

"언제?"

"일요일, 예배시간에 헌금을 내려고 돈을 꺼낼 때요."

"잘 됐구나! 그럼 이번에는 혼나지 않는 방법을 가르쳐주마. 선생님한테 나를 만났다는 걸 말하지 않으면 된단다."

홈즈는 바로 댕블발 씨를 만나러 갔다. 그리고 가정교사에 대해서 노골적인 질문을 했다. 놀란 남작이 자세를 바로잡았다.

"알리스 드묑 말입니까? 선생, 설마 그녀를 의심하고 있는 건 아니겠지요? ......절대로 그럴 리가 없습니다."

"언제부터 이 집에서 일했습니까?"

"아직 1년밖에 안 됐지만 그처럼 차분하고 믿을 만한 사람도 없을 겁니다."

"난 아직 한번도 보질 못했는데 어째서일까요?"

"이틀 정도 집에 없었습니다."

"하지만 지금은?"

"돌아오자마자 바로 선생님 친구를 간호하고 싶다고 하기에 그렇게 하도록 했습니다. 매우 상냥하고 헌신적이기 때문에 간호사

역할도 훌륭히 해내고 있습니다. 왓슨 씨도 아주 기뻐하고 있는
듯한 눈치입니다."

"아!"

홈즈는 자신도 모르게 커다란 소리를 지르고 말았다. 오랜 친구
의 용태를 살피는 것을 완전히 잊고 있었기 때문이었다.

한동안 생각에 잠겨 있던 그가 다시 질문했다.

"그런데 일요일 오전에 그녀는 외출을 했었습니까?"

"도난사건이 있었던 그 다음날 말입니까?"

"그렇습니다."

남작이 부인을 불러 그녀에게 물었다. 그녀가 대답했다.

"선생님은 그날도 평소와 다름없이 두 아이들을 데리고 11시
미사에 참석했습니다."

"11시 이전에는?"

"11시 이전에? 아무 데도 안 간 것 같은데....... 아니, 아니에요.
도난사건 때문에 너무 경황이 없었기 때문에....... 드디어 생각났
어요. 전날 밤, 일요일 아침에 외출을 해도 되겠느냐고 내게 물었
어요. 시골에서 파리로 온 사촌언니를 만나야 한다고 했었어요.
선생님, 설마 그녀를 의심하고 있는 건 아니시겠죠?"

"그럴 리가 있겠습니까? 어쨌든 한번 만나는 봐야겠습니다."

그는 왓슨이 누워 있는 방으로 올라갔다. 삼베로 만들어진 긴
회색 옷을 입은 간호사 같은 여자가 환자 쪽으로 몸을 웅크려 무
엇인가를 먹이고 있는 중이었다. 그녀가 뒤돌아보았을 때, 홈즈
는 그녀가 북부역에서 자신에게 말을 걸어왔던 아가씨였다는 사
실을 알 수 있었다.

두 사람 사이에는 아무런 말도 오가지 않았다. 알리스 드묑은 아무런 거리낌도 없이 그 사랑스럽고 차분한 눈으로 부드럽게 웃어보였다. 홈즈가 무슨 말인가를 하려했다. 하지만 목구멍까지 넘어온 그 말을 그대로 삼켜버리고 말았다. 그녀도 하던 일을 계속했다. 놀라 바라보고 있는 홈즈의 눈앞에서 그녀는 매우 침착하게 약병을 치우고, 붕대를 풀었다가 다시 감았다. 그리고 다시 한번 그녀 특유의 밝은 미소를 그에게 던졌다.

　　그는 그대로 발걸음을 돌려 방에서 나왔다. 정원 앞에 댕블발씨의 자동차가 서 있는 것을 보고 그대로 올라타 르 발루아에 있는 영업용 마차의 차고까지 갔다. 꼬마 아가씨가 준 번호표에 주소가 적혀 있었기 때문이었다. 일요일 오전에 8279호 마차를 사용했던 마부 뒤프레는 차고에 없었다. 홈즈는 자동차를 돌려보내고 교대시간까지 기다렸다.

　　마부 뒤프레는 이렇게 말했다. 몽소 공원 근처에서 검은 옷에 두꺼운 베일을 쓴 젊은 아가씨를 틀림없이 태웠노라고. 매우 서두르는 듯한 눈치였다는 말도 덧붙였다.

　　"짐 같은 건 들고 있지 않았나?"

　　"들고 있었습니다. 꽤 긴 꾸러미였습죠."

　　"그래서 어디까지 갔지?"

　　"테른 대로에 있는 생 페르디낭 광장의 모퉁이까지 갔습니다. 그리고 15분 정도 그 집에 있었을까요? 그런 다음 다시 몽소 공원으로 되돌아왔습니다."

　　"테른 대로의 그 집을 기억하고 있나?"

　　"기억하고 말굽쇼. 거기로 모셔다드릴까요?"

"나중에 부탁하겠네. 우선은 오르페브르 강변의 36번지까지 가 주게나."

그는 운 좋게도 경시청에서 가니마르를 만날 수 있었다.

"가니마르 씨, 시간 있나요?"

"뤼팽에 관한 일이라면 거절하겠습니다."

"뤼팽에 관한 일인데요."

"그럼 난 움직이지 않을 겁니다."

"뭐라고요? 포기할 건가요?"

"불가능한 일에는 손을 대지 않는 성격이라서요. 승산 없는 싸움에 뛰어드는 것도 이젠 신물이 납니다. 비겁하다고, 비열하다고 생각할지 모르겠지만...... 그런 건 아무래도 좋습니다. 뤼팽은 우리보다 한 수 위에 있습니다. 그러니 항복할 밖에 달리 방법이 없습니다."

"나는 항복하지 않아요."

"그 녀석이 당신이 손을 들게 만들 겁니다. 다른 사람과 마찬가지로."

"내가 당하는 모습을 바라보는 것도 좋지 않겠소?"

"아! 그거라면 재미있을지도 모르겠습니다. 전에 진 빚도 아직 남아 있고. 그럼 함께 나가보도록 하겠습니다."

가니마르가 솔직하게 말했다.

두 사람은 기다리고 있던 마차에 올랐다. 마부는 미리 말해둔 대로 그 집 조금 앞에 있는 대로 반대편의 조용한 카페 앞에 마차를 세웠다. 두 사람은 그곳 테라스에 있는 월계수 화분과 참빗살나무 사이에 몸을 숨겼다. 해가 저물어가고 있었다.

"웨이터, 적을 것도 가져다주게."

홈즈가 말했다.

그는 무엇인가를 적었다. 그리고 다시 한번 웨이터를 불렀다.

"이 편지를 맞은편 집의 관리인에게 전해주게나. 틀림없이 챙이 달린 모자를 쓴 채 현관문 앞에서 담배를 태우고 있는 저 사내일 걸세."

문지기가 홈즈에게로 다가왔다. 가니마르 주임형사라고 자신을 소개한 뒤, 혹시 일요일 오전에 검은 옷을 입은 젊은 여자가 찾아오지 않았었냐고 물었다.

"검은 옷 말이요? 그래, 왔었소. 9시경에. 언제나 3층으로 올라가는 여자요."

"자주 눈에 띄나?"

"그런 건 아닌데 최근에 자주 찾아오고 있소. 지난 보름 동안에는 거의 매일 왔지 아마?"

"그럼 일요일 이후는?"

"딱 한 번 왔었소. 오늘 빼고……."

"뭐라고? 오늘도 왔었다고?"

"지금 와 있지, 아마."

"와 있다고?"

"10분쯤 전이었을 거요. 평소와 다름없이 타고 온 마차는 생 페르디낭 광장에서 기다리고 있을 거요. 입구에서 그녀와 마주쳤었소."

"그럼 3층에는 누가 살고 있지?"

"두 사람이 있소. 하나는 여자들의 모자를 파는 랑제 양이오. 1

개월 전에 한 남자가 가구가 딸린 방 두 개를 그녀에게 다시 빌렸소. 브레송이라는 이름으로."

"왜 '브레송이라는 이름으로' 라고 말하는 거지?"

"틀림없이 가명이라고 생각되기 때문이오. 내 마누라가 청소를 하러 올라가는데 그와 같은 이니셜이 새겨진 셔츠는 두 장밖에 없다고 하니 틀림없는 거 아니겠소?"

"어떻게 생활하고 있지?"

"외출이 잦고 집에는 거의 들어오지 않소. 3일이나 집을 비우는 일도 허다하니까."

"토요일에서 일요일에 걸친 밤에는 집에 있었나?"

"토요일에서 일요일에 걸친 밤이라. 잠깐 기다리쇼. 생각해볼 테니...... 맞아요. 토요일 밤에는 집에 있었소. 그날 이후부터는 죽 집에만 있었소."

"어떤 사람이지?"

"글쎄, 뭐라 해야 좋을지...... 워낙 변화무쌍해서! 어떨 때는 체구가 크고 또 어떨 때는 체구가 작고, 뚱뚱한가 싶으면 말랐고......, 머리카락이 밤색인가 싶으면 금발이고. 매번 다른 사람인 줄 안다니까."

가니마르와 홈즈가 서로의 얼굴을 바라보았다.

"녀석이야, 역시 녀석이었어."

형사가 중얼거렸다.

순간 늙은 형사는 불안에 휩싸였다. 그런 그의 심정이 하품과 불끈 쥔 주먹으로 나타났다.

동요하지는 않았지만 홈즈도 역시 심장이 터질 듯한 기분을 느졌다.

"아! 저기, 그 아가씨가 나오고 있소."

틀림없이 그 가정교사가 현관문에 모습을 드러냈다. 그리고 광장을 가로질렀다.

"보세요. 이번에는 브레송 씨요."

"브레송 씨라고? 누가?"

"꾸러미를 옆구리에 끼고 있는 게 그 사람이오."

"하지만 아가씨와는 따로 움직이지 않나? 아가씨 혼자 마차에 오르는데."

"맞소! 저 두 사람이 함께 다니는 걸 한 번도 본 적이 없소."

두 사람이 서둘러 자리에서 일어났다. 그들은 가로등 불빛을 받은 뤼팽의 실루엣을 확인했다. 그는 광장과는 반대편으로 멀어져 가고 있었다.

"누구를 따라갈까요?"

가니마르가 물었다.

"녀석이지요, 당연하지 않습니까? 녀석이 핵심이니까요."

"그럼 나는 저 여자를 미행하겠습니다."

"그럴 필요 없어요. 여자라면 어디서 찾아낼 수 있는지 내가 알고 있으니....... 당신은 내 곁에 꼭 붙어 있으세요."

홈즈가 격렬한 어조로 말했다. 가니마르가 이번 사건에 대해서 알기를 원하지 않았기 때문이었다.

일정한 거리를 두고 오가는 사람들과 보도 위의 신문 가판대를 이용해서 몸을 숨겨가며 두 사람은 뤼팽의 뒤를 쫓았다. 아주 손쉬운 미행이었다. 뤼팽은 뒤돌아보지 않았으며, 오른쪽 다리를 조금 저는 듯한 걸음으로 걷고 있었기 때문이었다. 하지만 거의 알아볼 수 없을 정도로 다리를 절고 있었기 때문에 노련한 관찰력을 가진 자만이 그것을 알아볼 수 있었다. 가니마르가 말했다.

"저 녀석, 다리가 안 좋은 척하고 있군."

그리고 계속해서 말했다.

"앗! 경찰 두어 명을 불러서 녀석을 잡아야겠어! 도망칠 위험이 있으니까."

그런데 테른 문에 이르기까지 경찰은 단 한 명도 보이지 않았다. 그가 성벽을 지나쳐버리면 그 누구의 도움도 허사가 되어버릴 것이다.

"따로 움직입시다. 이곳은 너무 한적해서 녀석의 눈에 띌지도 몰라요."

홈즈가 말했다.

이곳은 빅토르 가였다. 두 사람은 각각 양쪽 보도로 나뉘어 가로수를 따라 걸었다.

그렇게 20분을 걸었다. 뤼팽이 왼쪽으로 꺾여져 강변으로 접어들 때까지. 두 사람은 뤼팽이 강가로 내려가는 것을 보았다. 그는 몇 초 동안 그곳에 머물렀는데 무엇 때문이었는지 두 사람은 알 길이 없었다. 그런 다음 그는 제방으로 돌아와 왔던 길로 되돌아갔다. 두 사람은 어떤 철책의 굵은 기둥에 몸을 바싹 붙였다. 뤼팽이 두 사람 앞을 지났다. 그때 그는 꾸러미를 들고 있지 않았다.

뤼팽의 모습이 멀어지자 또다른 한 사람이 거리 모퉁이에서 나와 가로수 사이로 몸을 숨겼다. 홈즈가 작은 목소리로 말했다.

"저 사람도 뤼팽의 뒤를 밟고 있는 듯합니다."

"맞습니다. 아까부터 저 사람을 본 듯합니다."

미행이 재개되었다. 그 새로운 사람이 가세했기 때문에 더욱 복잡한 양상을 띠게 되었다. 뤼팽은 왔던 길로 되돌아가 테른 문을 지나 생 페르디낭 광장에 있는 그 집으로 들어갔다.

가니마르가 그 집으로 다가갔을 때 관리인은 막 문을 닫고 있었다.

"지금 그 사람을 봤겠지?"

"봤소. 계단의 가스등을 끄고 있는데 그 사람이 자기 방문의 빗장을 지르고 있었소."

"저 사람과 함께 사는 사람은 없는가?"

"하인도 아무도 없소. 여기서는 밥을 먹지 않으니까."

"부엌 쪽으로 난 계단은 없나?"

"없소."

가니마르가 홈즈에게 말했다.

"가장 간단한 방법은 내가 뤼팽의 문 앞을 지키고 있는 동안 당신이 드무르 가의 서장을 불러오는 겁니다. 내가 편지를 써주겠습니다."

홈즈가 반대했다.

"그 동안 녀석이 도망치면?"

"내가 지키고 있을 겁니다."

"뤼팽을 상대로 일 대 일은 불리해요."

"하지만 내게 녀석의 집으로 뛰어들 권리는 없습니다. 게다가 지금은 밤이 아니오."

홈즈가 어깨를 들썩여보였다.

"뤼팽을 체포하기만 한다면 어떤 상태에서 잡아들였는지 문제 삼을 사람은 아무도 없을 겁니다. 그리고 그저 벨을 누르기만 하면 되는 겁니다. 대단할 것 없지 않나요? 일단 저지르고 보면 뒷일은 어떻게든 될 겁니다."

두 사람이 계단을 올랐다. 계단 왼편에 양쪽으로 열게 되어 있는 문이 하나 있었다. 가니마르가 벨을 눌렀다. 아무런 소리도 들려오지 않았다. 다시 한번 눌렀다. 아무도 나오지 않았다.

"들어가 봅시다."

홈즈가 속삭였다.

"좋습니다. 들어가 봅시다."

하지만 두 사람은 움직이지 않고 자리에 서 있었다. 결심이 서지 않는 모양이었다. 큰일을 눈앞에 두고 망설이는 사람이 늘 그렇듯 두 사람은 행동에 옮기기가 두려웠던 것이다. 그리고 두 사람에게는 갑자기 뤼팽이 여기에 없을 것 같다는 생각이 들었다. 그 악마 같은 사람이 이런 식으로 쉽게 체포될 리 절대 없을 것이라는 사실을 두 사람은 너무나도 잘 알고 있었다. 절대로 있을 수 없는 일이었다. 절대로. 그는 이미 여기에 없을 것이다. 이어져 있는 옆집이나, 지붕, 적당히 마련해 둔 출구를 통해서 이미 도망쳤을 것이다. 이번에도 역시 뤼팽의 그림자밖에는 붙잡지 못할 것이다.

두 사람이 몸을 떨었다. 문 너머에서 작은 소리가 들려와 침묵을 스쳐 지나간 듯했다. 그로써 두 사람은 녀석이 나무로 만든 얇은 문 건너편에 있다는 뚜렷한 인상을 받게 되었다. 그가 두 사람의 말에 귀를 기울이고 있는 듯했다.

어떻게 해야 할 것인가? 사태는 그야말로 비극적이었다. 산전수전 다 겪은 노련한 두 탐정의 냉정함조차도 격한 감정에 압도당해 심장의 고동소리가 들려오는 듯했다.

눈짓으로 가니마르가 홈즈에게 물었다. 그런 다음 주먹으로 문을 힘껏 내리쳤다.

이번에는 발소리가 들려왔다. 자신을 숨기려 들지 않는 뚜렷한 발소리.......

가니마르가 문을 흔들었다. 홈즈가 맹렬한 기세로 달려와 어깨로 문을 깨뜨려버렸다. 두 사람이 안으로 뛰어들었다.

두 사람은 그 자리에서 우뚝 멈춰 서고 말았다. 옆방에서 총성이 한 발 들려왔던 것이다. 뒤이어 다시 한 발, 그리고 사람이 쓰러지는 소리.......

두 사람은 옆방으로 들어갔다. 벽난로 바로 옆에 한 남자가 쓰러져 있었다. 몸은 아직 꿈틀꿈틀 움직이고 있었다. 권총이 그의 손에서 미끄러져 떨어졌다.

가니마르가 몸을 숙였다. 죽은 자의 얼굴을 돌려보았다. 뺨에 하나, 관자놀이에 하나. 두 군데 커다란 상처에서 흘러나온 피로 얼굴은 새빨갛게 물들어 있었다.

"누군지 못 알아보겠는 걸."

그가 중얼거렸다.

"어쨌든 녀석은 아닙니다."

홈즈가 말했다.

"당신이 그걸 어떻게 압니까? 조사해 보지도 않고."

영국인이 비웃듯 말했다.

"그럼 당신은 아르센 뤼팽이 자살했을 거라 생각하는 겁니까?"

"하지만 거리에서는 틀림없이 녀석이었는데......."

"그건 그저 우리가 그렇게 믿고 싶었기 때문에 그렇게 믿은 것뿐입니다. 우리는 그 사람에게 속고 있었던 겁니다."

"그럼 이 사람은 공범자 중 한 명이겠군요."

"아르센 뤼팽의 공범자는 자살하지 않습니다."

"그럼 누굴까요?"

두 사람은 시체를 조사해 보았다. 셜록 홈즈가 주머니에서 텅 빈 지갑을 하나 발견해냈다. 가니마르가 다른 주머니에서 금화를 몇 개 발견했다. 셔츠에도 이름은 새겨져 있지 않았다. 다른 옷에서도 역시 발견되지 않았다.

커다란 트렁크와 조그만 가방 두 개가 있었는데 옷 이외에는 아무것도 들어 있지 않았다. 벽난로 위에 신문이 높다랗게 쌓여 있었다. 가니마르가 펼쳐보았다. 모두 유대 램프 도난사건에 관한 기사가 실려 있었다.

1시간 후, 자신들에게 쫓기다 마지막 순간에 자살을 해버린 이 정체불명의 사내에 대해서 아무것도 알아내지 못한 채 가니마르와 홈즈는 그곳에서 나왔다.

이 사람은 대체 누구란 말인가? 그는 왜 자살한 것일까? 그는 유대 램프 도난사건과 무슨 관계가 있는 것일까? 그가 거리를 돌아다닐 때 그의 뒤를 미행했던 것은 대체 누구란 말인가? 모두가 복잡하기 짝이 없는 문제들이었다. 모든 것이 의문투성이었다.

홈즈는 아주 불쾌한 기분으로 잠자리에 들었다. 이튿날 아침, 다음과 같은 속달이 도착해 있었다.

「아르센 뤼팽은, 자신이 브레송이라는 이름으로 비극적인 최후를 맞았다는 사실을 삼가 고하는 바이며, 오는 6월 25일 목요일, 국비로 행해지는 장례식에 참석해 주시기를 바라는 바입니다.」

제2장

홈즈가 아르센 뤼팽이 보내온 속달을 흔들어 보이며 왓슨에게
말했다.

"이보게 친구. 이번 사건에서 무엇보다 기분 나쁜 것은 그 악마
와도 같은 녀석의 한쪽 눈이 늘 나를 주시하고 있는 것 같다는 느
낌이 든다는 사실일세. 내가 아무리 은밀하게 한 생각이라 할지
라도 녀석은 반드시 꿰뚫어보고 있어. 엄격한 연출에 모든 동작
을 통제받고 있는 배우가 절대적인 명령에 따라서 오른쪽으로,
왼쪽으로 움직이고 있는 것 같은 기분이 드네. 왓슨, 이런 내 기분
을 이해하겠나?"

만약 왓슨의 체온이 40도에서 41도 사이를 오락가락하지 않았
다면, 그 고열로 인해 깊은 잠에 빠져 있지 않았다면 홈즈의 그런
기분을 이해할 수 있었을 것이다. 하지만 왓슨이 듣고 있는지 말
든지, 그런 것은 홈즈에게 중요하지 않았다. 그가 계속해서 말했
다.

"낙담하지 않기 위해서 나는 전심의 힘을 다 짜내고 모든 능력
을 동원해야 할 필요가 있네. 하지만 다행스럽게도 내게 있어서
이 정도의 유치한 장난은 바늘 끝으로 찌르는 것과 다를 바 없는
것, 오히려 좋은 자극이 되지. 아픔이 가라앉고 자존심에 받은 상

처가 아물면 나는 언제나 이렇게 자신에게 말하지. '마음대로 까불어보라고, 친구. 언젠가는 제 꾀에 넘어가 꼬리를 밟히고 말 테니까.'라고. 안 그런가? 왓슨. 첫 번째 전보와 그 전보가 꼬마 아가씨 앙리에트에게 심어준 생각을 통해서, 뤼팽과 알리스 드묑 사이에 비밀스러운 통신이 오고 있다는 것을 내게 알려준 것은 다름 아닌 뤼팽 자신이니까. 친구, 자네는 이 사실을 잊고 있는 듯하네."

그는 친구가 잠에서 깨어날 정도로 커다란 발소리를 내면서 방 안을 돌아다녔다.

"어쨌든 모든 일이 순조롭게 풀리고 있다고 볼 수 있네! 내가 걷고 있는 길은 조금 어둡기는 하지만 방향은 제대로 잡은 셈일세. 우선 브레송이라는 자가 어떤 사람인지 알게 될 거야. 나는 브레송이라는 자가 들고 있던 꾸러미를 내던진 센 강 기슭에서 가니마르와 만나기로 했네. 그로써 그 자의 역할이 무엇이었는지를 알 수 있을 걸세. 그 다음은 알리스 드묑과 나의 승부네만 그녀는 결코 무서운 상대가 아닐세. 그렇지 않은가, 왓슨? 어떻게 생각하나? 내가 곧 그 그림책을 오려 쓴 편지의 내용을, C와 H 두 글자의 의미를 알아낼 것 같지 않은가? 그것이 사건을 푸는 중요한 열쇠가 될 걸세, 왓슨."

바로 이때 가정교사가 안으로 들어왔다. 그리고 커다란 몸짓으로 움직이고 있는 홈즈를 보고 조용한 목소리로 이렇게 말했다.

"홈즈 씨, 환자를 깨우면 제가 가만히 있지 않을 거예요. 병에 걸린 친구의 잠을 방해하는 법이 어디 있어요. 의사가 절대 안정을 취해야 한다고 했잖아요?"

침착하기 짝이 없는 그녀의 태도에 놀라 그는 첫 만남 때와 다름없이 한마디도 하지 않고 그저 그녀를 바라보고 있었다.

"홈즈 씨, 왜 그렇게 쳐다보는 거죠? 아무것도 아니라고요? 아니, 그럴 리가 없어요. 언제나 무엇인가를 숨기고 있는 것 같아요. 그게 대체 뭐죠? 어서 말씀해보세요."

그녀는 밝은 얼굴 전체로, 그 천진난만한 시선으로, 미소를 머금은 듯한 입술로, 그런 태도 전체로, 마주잡은 두 손으로, 약간 앞으로 숙인 상체로 그에게 물었다. 그녀의 순진해 보이는 그런 모습에 영국인은 더욱 화가 났다. 그가 그녀 앞으로 한 걸음 다가서며 그녀에게 말했다.

"지난 밤, 브레송이 자살했습니다."

그녀가 도무지 이해할 수 없다는 표정으로 되물었다.

"브레송이 자살했다고요?"

그녀의 얼굴에는 아무런 표정 변화도 없었을 뿐만 아니라, 무엇인가를 애써 숨기려는 듯한 기색도 보이지 않았다.

"벌써 알고 있었군요. 그렇지 않았다면 적어도 당신은 놀라기라도 했을 거예요. 아! 당신 보기보다 대단한 사람이군요. 대체 왜 숨기는 거죠?"

그는 조금 전 탁자 위에 가져다놓은 그림책을 집어 들었다. 그리고 글자를 잘라낸 페이지를 펼쳐 보이며 이렇게 말했다.

"유대 램프를 도둑맞기 나흘 전, 당신이 브레송에게 보낸 편지의 정확한 내용을 알기 위해서는 이 책에서 잘라낸 글자를 어떤 순서로 나열해야 하는지 말씀해 주시지 않겠습니까?"

"어떤 순서?. ...... 브레송? ...... 도둑맞은 유대 램프?"

그녀는 천천히 그의 말을 반복했다. 이들 말들이 가진 의미를 찾아내려는 듯. 그가 말했다.

"그렇습니다. 이게 그 편지에 사용된 글자들입니다. 이 종이 위에 있는 글자들이. 브레송에게 뭐라고 써 보낸 거죠?"

"사용된 글자라니요? 내가 써 보낸 말이라니요?"

그녀가 갑자기 웃음을 터트렸다.

"앗, 이제 알았어요. 제가 그 도난사건의 공범자라고 생각하시는 거군요. 브레송이라는 사람이 유대 램프를 훔쳤는데 그가 자살을 했고요. 저는 그 사람의 애인이라고 생각하고 계시는 거죠? 어머, 아주 재미있는 생각이에요."

"그럼 어젯밤, 테른 대로에 있는 집의 3층에는 누구를 만나러 갔던 거죠?"

"누구냐고요? 모자를 팔고 있는 랑제 양의 집에 갔었죠. 랑제 양과 브레송이라는 사람이 동일인물이라는 말씀이신가요?"

이쯤 되자 홈즈도 의심을 하지 않을 수 없게 되었다. 사람은 상대를 속일 수 있을 정도로 공포와 기쁨, 불안 등의 감정을 가장할 수는 있지만 무관심과 때묻지 않은 행복한 웃음만은 가장할 수 없는 법이다.

그래도 그는 이렇게 말했다.

"그럼 한 가지만 더. 며칠 전 밤, 북부역에서 왜 말을 걸었던 거죠? 왜 이번 도난사건에 관여하지 말고 바로 돌아가라고 애원했던 거죠?"

"어머, 홈즈 씨. 당신은 호기심이 너무 강하시군요. 그 벌로 아무것도 말씀드리지 않겠어요. 그리고 제가 약국에 갔다 오는 동안 환자를 살펴보고 계세요. 서둘러 지어 와야 할 약이 있어요. 금방 다녀올게요."

그녀가 변함없이 자연스러운 웃음을 보이며 대답했다.

그녀가 방 밖으로 나갔다.

"한방 먹었군. 그녀에게서 무엇을 얻어내기는커녕 오히려 내가 속내를 들켜버리고 말았어."

홈즈가 중얼거렸다.

그리고 그는 청 다이아몬드 사건과 클로틸드 데스탕주에 대해서 자신이 행했던 심문에 대해서 생각해보았다. 그 금발의 여인도 그에 대해서 이와 같은 명랑함을 보이지 않았던가? 그는 이번에도 역시 아르센 뤼팽의 비호를 받으며 그의 직접적인 영향권 아래서 위험에 몸을 노출시키고 있으면서도 놀랄 정도의 침착함을 보이는 사람들 중 한 명을 상대로 하고 있는 게 아닐까?

"홈즈......, 홈즈......."

그는 자신을 부르고 있는 왓슨에게로 다가갔다.

"왜 그러나 친구? 괴로운가?"

왓슨이 입을 움직였지만 소리는 들리지 않았다. 전신의 힘을 짜내 간신히 말했다.

"아닐세....... 홈즈......, 그녀가 아니야. 절대로 그럴 리가 없어."

"무슨 소릴 하는 건가? 내가, 바로 내가 그녀라고 말하지 않나! 뤼팽이 길들이고 그의 조종을 받고 있는 여자 앞에서 나는 황당하고 멍청한 짓을 저지르곤 하네....... 지금 그녀는 내가 그림책 사건을 눈치 챘다는 사실을 전부 알아버렸네. 1시간도 지나지 않아서 뤼팽이 그 사실을 알게 될 걸세. 한 시간은커녕 지금 당장 알아버릴 걸세! 약국에 간다는 둥, 급히 지어 와야 할 약이 있다는 둥 하는 건 전부 거짓일세."

그는 바로 방에서 나와 메신 대로를 따라 내려왔다. 그리고 약국으로 들어가는 가정교사의 모습을 발견했다. 10분 뒤, 그녀는 하얀 종이로 싼 약병을 손에 쥐고 있었다. 그녀가 길을 따라 되돌아오고 있을 때 그녀를 뒤따르던 한 사내가 그녀에게 말을 걸었다. 모자를 한 손에 든 채, 무엇인가를 구걸하듯 비굴한 태도를 보이고 있었다.

그녀가 발걸음을 멈추고 그에게 적선을 했다. 그런 다음 다시 길을 가기 시작했다.

"무슨 말을 주고받은 것 같군."

영국인이 혼잣말을 중얼거렸다.

확신이라기보다는 직감에 가까운 것이었다. 하지만 그것은 그에게 전술을 바꾸게 할 만큼 강력한 직감이었다. 아가씨는 그대로 내버려둔 채, 가짜 거지의 뒤를 쫓았다.

그렇게 두 사람은 나란히 서서 생 페르디낭 광장에 이르렀다. 때때로 3층의 창문을 바라보기도 하고 그 건물을 드나드는 사람들을 지켜보기도 하였다. 1시간 후, 그는 뇌이 방면으로 가는 전차의 2층에 올랐다. 홈즈도 그를 따라 전차에 올라 사내와 조금 떨어진 뒷자리에 앉았다. 뒷자리에는 펼친 신문으로 얼굴을 가린 남자가 앉아 있었다. 성벽까지 오자 신문이 점점 낮아졌다. 홈즈는 그가 가니마르임을 확인했다. 가니마르가 그의 귀에 대고 가짜 거지를 가리키며 이렇게 말했다.

"저 사람이 바로 어제 브레송을 미행하던 그 사람입니다. 한 시간 전부터 광장을 어슬렁거리고 있었습니다."

"브레송에 대해서 알아낸 새로운 사실은 없습니까?"

홈즈가 물었다.

"있습니다. 오늘 아침, 그 앞으로 편지 한 통이."

"오늘 아침에? 그러니까 어제 보낸 거로군. 보낸 사람이 브레송의 죽음을 알기 전에."

"맞습니다. 예심판사의 손에 넘어갔지만 내용은 기억하고 있습니다.

'그는 어떤 거래에도 응하지 않는다. 첫 번째 몫과 두 번째 몫을 전부 요구했다. 그것이 제대로 안 풀릴 시에는 행동에 옮기겠다.'

서명은 없었습니다. 들으신 바대로 아주 짧은 내용입니다. 별로 크게 도움이 될 것 같지는 않습니다."

가니마르가 말했다.

"나는 그렇게 생각지 않습니다. 가니마르, 이 편지 내용에는 매우 중요한 의미가 담겨 있을 것 같은 느낌이 듭니다."

"어째서죠?"

"개인적인 이유로."

홈즈가 동료에게 때때로 보여주는 허물없는 말투로 대답했다.

샤토 가의 종점에서 전차가 멈췄다. 차에서 내린 그 사내가 천천히 걷기 시작했다.

홈즈가 너무 바싹 붙어서 미행을 하자 가니마르가 걱정스럽다는 듯 말했다.

"저 자가 뒤돌아보기라도 한다면 우린 끝장입니다."

"당분간은 뒤돌아보지 않을 걸세."

"그걸 어떻게 압니까?"

"아르센 뤼팽의 공범자니까. 뤼팽의 공범자가 저렇게 주머니에 두 손을 넣고 어슬렁어슬렁 걷는다는 건 자신이 미행당하고 있다는 사실을 알고 있다는 증거일세. 그리고 그는 아무것도 두려워하고 있지 않다는 증거이기도 하지."

"그래도 너무 가까이서 미행하는 것 아닙니까?"

"그렇다고 해서 녀석이 1분 안에 우리의 수중에서 빠져나갈 수 없는 그런 거리도 아니지. 녀석은 자신감에 가득 차 있어."

"이보세요! 날 너무 놀리지 말아요. 저기 카페의 입구에 자전거를 가진 경찰 두 명이 있습니다. 지금 내가 저 두 사람을 불러서 녀석을 잡는다 해도 녀석이 우리 손아귀에서 빠져나갈지 어디 한번 봅시다."

사내는 그런 일이 일어날 가능성이 전혀 없다고 생각하고 있는 듯했다. 반대로 그가 두 경관을 부르는 것이 아닌가?

"배짱 한번 두둑한 녀석이군."

가니마르가 내뱉듯 말했다.

사내는 두 경관이 막 자전거에 오르려 할 때 그들에게로 성큼성큼 다가갔다. 두어 마디를 건네고는 카페 벽에 기대두었던 또다른 자전거에 올라타 두 경찰을 데리고 자리에서 떠나버렸다.

영국인이 웃음을 터트렸다.

"어때요? 눈 깜빡할 사이에 사라져버렸죠? 그것도 당신 부하인 경찰들과 함께. 아! 뤼팽 녀석 정말 대단한 솜씨야. 경찰들까지 매수하다니! 내 이래서 녀석이 너무 침착하다고 했던 겁니다."

"그럼 어떻게 했어야 했단 말입니까? 사람을 비웃기란 쉬운 일입니다."

기분이 상한 가니마르가 외치듯 말했다.

"아, 아. 너무 화내지 말아요. 곧 이 빚을 갚도록 합시다. 지금 내게는 지원군이 필요한데."

"폴랑팡이 뇌이 대로에서 나를 기다리고 있을 겁니다."

"좋았어! 그리로 가서 그를 데리고 내게 와주기 바랍니다."

가니마르가 멀어져갔다. 홈즈는 자전거 바퀴자국을 따라갔다. 자전거 두 대의 바퀴에 홈이 파여 있었기 때문에 길의 먼지 위에 자국이 선명하게 남아 있었다. 바퀴자국을 따라가던 홈즈는 자신이 센 강가로 가고 있음을, 그리고 그 세 사람이 어젯밤 브레송이 꺾어져 들어갔던 곳으로 꺾어져 들어갔음을 깨달았다. 그렇게 그는 어젯밤 자신이 가니마르와 함께 숨어 있었던 그 철책이 있는 곳까지 이르렀다. 그리고 거기를 조금 지난 곳에서 바퀴자국이 어지러이 찍혀 있는 것을 발견했다. 그것은 그들이 거기서 한동안 멈췄다는 증거였다. 그 맞은편에 센 강 쪽으로 내뻗은 조그만 땅이 있었다. 그 끝에 낡고 조그만 배가 한 척 묶여 있었다.

브레송이 들고 있던 꾸러미를 던져놓은 곳이, 아니 그의 손에서 떨어뜨린 곳이 바로 그곳일 터였다. 홈즈가 둑 밑으로 내려갔다. 기슭은 완만한 언덕을 이루고 있었으며 강바닥은 매운 얕았다. 세 사람이 그 꾸러미를 건져내지 않는 한 홈즈는 쉽게 그것을 건

져냈 수 있을 것이다.

"아니, 아니야. 그 사람들에게 그럴 만한 시간은 없었을 거야. 기껏해야 15분이 지났을 뿐이니까. 그렇다면 왜 나를 일부러 여기까지 데리고 온 걸까?"

그가 혼자 중얼거렸다.

배 안에는 낚시꾼이 한 명 타고 있었다. 홈즈가 그에게 물었다.

"자전거를 타고 가는 세 사람 못 봤나요?"

낚시꾼이 보지 못했다며 손을 내저었다.

홈즈가 끈질기게 물었다.

"왔었을 텐데....... 세 명이오....... 당신 바로 옆에서 멈춰 섰을 텐데."

낚시꾼이 낚싯대를 옆구리에 끼고 주머니에서 수첩을 꺼내 거기에 무슨 말을 적더니 찢어 홈즈에게 내밀었다.

영국인은 몸을 크게 떨었다. 받아든 종이 쪽지 한가운데 그 그림책에서 오려낸 글자의 완벽한 조합으로 보이는 글자가 적혀 있었다.

「CDEHNOPRZEO - 237」

답답하게 느껴지는 햇빛이 강물 위로 쏟아지고 있었다. 그는 챙이 넓은 모자로 얼굴을 가린 채 상의와 조끼를 벗어 옆에 접어놓고는 다시 낚시를 시작했다. 그는 물 위에 떠 있는 찌를 주의 깊게 바라고고 있었다.

1분이 지났다. 엄숙하고 공포심마저 들게 하는 침묵의 1분이었다. '녀석일까?' 홈즈가 거의 고통에 가까운 불안을 느끼며 생각했다.

곧 모든 사실을 알아차리고 마음속으로 생각했다.

'역시 녀석이야! 틀림없어! 녀석 외에 그 누가 조금도 떨지 않고 무슨 일이 일어나든 저렇게 태연히 있을 수 있단 말인가? 그리고 녀석 외에 그 누가 그림책에 관한 일을 알고 있단 말인가? 알리스가 사람을 보내서 녀석에게 알린 거야.'

영국인은 자신의 손이 권총자루를 잡고 있다는 사실을, 그리고 자신의 두 눈이 그 사내의 등을 쏘아보고 있음을 문득 깨달았다. 자신의 몸짓 하나로 참극이 일어나 기괴한 모험가 뤼팽의 생명은 그것으로 끝날지도 모를 일이었다.

그럼에도 불구하고 낚시꾼은 꿈쩍도 하지 않았다.

홈즈는 총을 한 방 쏘아 모든 것을 끝내버리고 싶다는 걷잡을 수 없는 욕망과 자신의 성격에 맞지 않는 행위에 대한 혐오감에 휩싸여 신경질적으로 권총을 움켜쥐었다. 그는 틀림없이 숨을 거둘 것이다. 단 한 발이면 모든 일이 끝나버리는 것이다.

'아! 녀석이 일어나 주었으면, 자신을 방어해 주었으면....... 그렇게 하지 않는다면 그건 녀석의 잘못이야. 1초 후에...... 쏴버리겠어.'

그 순간 발소리가 들려와 그는 뒤를 돌아보았다. 가니마르가 형사들을 데리고 다가오고 있었다.

그 모습을 보고 홈즈는 생각을 바꿔서 단박에 작은 배 안으로 뛰어올랐다. 그 탄력에 의해서 묶여 있던 밧줄이 풀렸다. 홈즈가 사내에게 달려들어 뒤에서 그의 팔을 잡았다. 두 사람은 배의 바닥을 나뒹굴었다.

"어쩌자는 거야? 이게 무슨 짓이야? 우리 중 한 명이 상대를 제압한다 해도 그걸로 모든 게 끝이라고! 당신은 나를 어떻게 해야 좋을지 모를 거고, 나도 당신을 어디로 보내야 할지 모를 거라고. 둘이서 바보 같은 표정만 짓게 될 거야."

노 두 개가 물 속으로 미끄러져 들어갔다. 배는 물결을 따라 흘러 내려갔다. 기슭에서는 고함소리가 어지러이 들려왔다. 뤼팽이 계속해서 말했다.

"이런 바보 같은 짓 그만두라니까! 당신, 판단능력까지 상실해 버린 거야? 이런 멍청한 짓을 하다니, 나이값도 못해? 덩치만 커다래서! 비겁하게!"

그는 홈즈의 손에서 벗어났다.

울컥 화가 치밀어 오른 홈즈는 모든 것을 끝장내겠다는 각오로 주머니에 손을 넣었다. 자신도 모르게 욕설이 입에서 튀어나왔다. 뤼팽이 벌써 그의 권총을 앗아가 버렸기 때문이었다. 홈즈가 얼른 배 바닥에 무릎을 꿇고 앉아 떠내려가는 노를 건져내려 했다. 배를 저어 뭍으로 올라갈 생각이었던 것이다. 뤼팽도 다른 하나의 노를 건지려 애를 쓰고 있었다. 그는 배를 저어 강 가운데로 나갈 생각이었다.

"누가 먼저 잡을까? 하지만 모두 소용없는 일이오. 당신이 노를 잡으면 내가 젓지 못하게 방해할 거고, 내가 잡으면 당신이 방해할 테니. 그런데도 사람들은 모두 억척스럽게 살아가고 있소. 하지만 덧없는 짓이오. 모든 것은 언제나 운명이 결정하는 법이니....... 이게 바로 그 운이라는 거지. 보세요, 어떻습니까? 운명은 오랜 친구인 뤼팽의 손을 들어준 것 같소. 내가 이겼습니다. 물이 내게 유리하게 흐르고 있어요."

배는 기슭에서 점점 멀어지고 있었다.

"위험해!"

뤼팽이 외쳤다.

누군가 기슭에서 권총을 겨누고 있었다. 뤼팽이 고개를 숙였다. 총성이 한 발 들려왔다. 두 사람 근처에서 가볍게 물보라가 일었다. 뤼팽이 낄낄대며 웃었다.

"이거 놀랐는걸. 오랜 친구 가니마르의 짓이야! 천하의 가니마르가 이런 어리석은 짓을 하다니. 자네에게는 정당방위가 성립될 때만 총을 쏠 권리가 주어진다고. 자네가 자신의 의무를 잊을 정도로, 그러니까 이 가엾은 아르센이 당신에게 더 없이 중요한 의무를 완전히 잊게 할 만큼 당신을 무모하게 만들었단 말이오? 이런, 또 쏘려는 모양이군. 안 됐지만 그러면 우리 소중한 선생을 당신 손으로 쓰러뜨리는 결과를 낳고 말거요."

그는 자신의 몸으로 홈즈를 가로막았다. 그리고 앉았던 자리에서 일어나 가니마르에게 외쳤다.

"좋아, 이제 됐어! 이제야 마음이 좀 놓이는군. 여기를 노리라고, 가니마르. 심장 한가운데를! 좀 더 위야, 왼쪽, 또 실패로군. 변변찮은 녀석. 한 발 더 쏴보겠나? 뭐야 자네 떨고 있는 건가? 가니마르, 내가 구령을 붙여주길 바라는 건가? 자, 침착하라고! 하나, 둘, 셋, 발사! 또 실패로군! 어떻게 된 거야. 정부에서 자네에게 권총대신 장난감을 건네준 건 아닌가?"

그는 길고 두껍고 평평한 권총을 하나 꺼냈다. 그리고 제대로 겨냥하지도 않고 한 발을 쏘았다.

가니마르가 모자에 손을 가져갔다. 총알이 모자에 구멍을 내놓
았다.

"어떤가, 가니마르? 역시 좋은 회사에서 만든 권총이지? 너희
모두 경례하라고. 이게 바로 내 친구 셜록 홈즈 선생의 권총이
야!"

이렇게 말하고는 크게 팔을 휘둘러 그 권총을 가니마르에게로
던졌다.

홈즈는 자신도 모르게 빙그레 웃으며 칭찬을 하지 않을 수 없었
다. 이 얼마나 넘쳐나는 생명력이란 말인가? 젊음, 경쾌함! 그리
고 얼마나 즐겁게 보이는가? 그에게는 위기감이 육체적인 기쁨
이 되는 듯했다. 그리고 이 예외적인 인물에게는 상대에게 들키
지 않도록 도망치는 것이 즐거움인 위험을 추구하는 것 이외의
다른 인생의 목표는 없는 듯 보였다.

어느 틈엔가 강의 양쪽 기슭에 사람들이 몰려들어 있었다. 가니
마르와 부하경관들은 강의 흐름을 타고 강 한가운데로 아주 조용
히 흘러가고 있는 배를 따라서 움직였다. 이제 그는 체포된 것이
나 다름없는 것이었다. 그것은 수학 공식과도 같은 것이었다.

"유쾌하시죠? 선생님. 트란스발의 금괴 전부를 준다 해도 지금
당신이 앉은 그 자리를 물려주고 싶지 않은 게 본심일 겁니다! 당
신은 지금 특등석 첫 번째 줄에 앉아 있는 거니까요. 하지만 무엇
보다 중요한 것은 서막입니다. 그것이 끝나면 단숨에 제5막으로
넘어가기로 합시다. 아르센 뤼팽의 탈주냐, 체포냐 하는 막으로
말입니다. 그런데 선생님 한 가지 궁금한 점이 있습니다. 애매함

을 피하기 위해서 '예, 아니오'로만 대답해주시기 바랍니다. 이번 사건에서 손을 떼주시기 바랍니다. 아직 그리 늦지 않았습니다. 그리고 나는 당신이 저지른 실수를 만회할 수 있습니다. 하지만 더 시간이 흐르면 그렇게 할 수 없게 되어버립니다. 그렇게 해주시겠죠?"

"싫소."

뤼팽의 표정이 굳었다. 홈즈의 고집에 화가 난 모양이었다. 그가 다시 말했다.

"다시 말씀드리겠습니다. 이건 나를 위해서가 아니라 당신을 위해서입니다. 이 사건에 관여한 걸 누구보다도 먼저 당신이 후회할 것이라는 사실을 알고 있기 때문입니다. 마지막으로 다시 한번 묻겠습니다. 어떻게 하시겠습니까?"

"싫소."

뤼팽이 웅크리고 앉았다. 그리고 바닥의 판자를 한 장 뜯어냈다. 몇 분 동안 무엇인가를 했는데 홈즈는 그가 무엇을 하는 것인지 알 수가 없었다. 드디어 자리에서 일어난 그는 영국인 옆에 앉아 이렇게 말했다.

"선생님, 우리가 이 강가로 나온 건 같은 이유, 그러니까 브레송이 버린 물건을 주우러 온 것이라고 생각되는데 아닙니까? 나는 몇몇 동료들과 만나서 센 강의 바닥 탐험을 막 시작하려던 차였습니다. 내 복장을 보면 아시겠지요? 그런데 동료 중 한 명이 당신이 오고 있다는 사실을 알려왔습니다. 솔직히 고백하겠는데 나는 때때로 보고를 받고 있었기 때문에 당신의 조사가 진척됐다는 사실에는 조금도 놀라지 않았습니다. 아주 간단한 일이거든요. 뭐리요 가에서 나와 조금이라도 관계가 있을 만한 일이 일어나면 바로 전화로 내게 알려줍니다. 물론 당신도 알고는 있겠지만......."

그는 말을 멈췄다. 조금 전 그가 뜯어낸 바닥이 위로 솟아오르더니 조그만 분수가 되어 물이 솟아오르기 시작했다.

"이런! 내가 멍청한 짓을 했나보군. 이 낡은 배의 바닥에 구멍이 난 것 같습니다. 무섭지 않으십니까?"

홈즈가 어깨를 한 번 들썩였다.

뤼팽이 계속해서 말했다.

"그러니 당신도 알고는 있겠지만, 내가 싸움을 피하려 들수록 당신은 더욱 열을 내서 싸움을 걸어올 것이라는 사실을 미리 알고 있었기 때문에 당신과의 대결이 오히려 즐거워졌습니다. 모든 패가 내 손에 쥐어져 있고 결과를 뻔히 알고 있었기 때문입니다. 그래서 나는 이 대결에 가능한 한 모든 빛을 비춰야겠다고 생각했습니다. 당신의 패배를 세계에 알려 제2의 크로종 백작 부인, 제2의 댕블발 남작이 나의 일로 당신에게 도움을 청하지 않도록 하기 위해서입니다. 그렇다고 해서....... 선생님, 이걸 받으시죠."

그는 다시 한번 중간에서 말을 끊었다. 그리고 손을 둥그렇게 말아 망원경처럼 눈에 가져다대더니 양쪽 기슭을 바라보았다.

"야! 멋진 배를 하나 건져왔군. 마치 군함 같은데. 맹렬한 속도로 노를 저어 다가오고 있어. 채 5분도 지나기 전에 추격을 당해 모든 게 끝장나고 말겠군. 홈즈 씨, 충고 하나 하겠습니다. 내게 뛰어들어 나를 묶어다 우리나라의 경찰들 손에 넘겨주십시오. 이건 당신의 마음에도 드는 일이겠지요? 하지만 그 전에 우리가 침몰해버린다면 얘기는 또 달라지겠죠. 그때는 유언을 준비하는 수밖에 없을 겁니다. 어떻습니까?"

두 사람의 시선이 부딪쳤다. 홈즈가 드디어 뤼팽의 수를 읽어냈다. 그는 배의 바닥에 구멍을 낸 것이었다. 그 때문에 물이 점점 흘러들고 있었다.

물은 구두의 뒤꿈치를 적셨다. 곧 그들의 발까지 찼다. 그런데도 두 사람은 움직이려 하지 않았다.

물은 두 사람의 발목 위까지 차올랐다. 그러자 영국인이 담배를 하나 말아 불을 붙였다.

다시 뤼팽이 말을 이었다.

"선생님, 그렇다고 해서 그 말을 선생님에 대한 나의 무력함을 겸손하게 고백한 것이라고 생각지는 않으시겠죠? 자신이 선택한 싸움터 이외의 곳에서 일어난 싸움을 피하기 위해서, 나의 승리라는 결과를 미리 알고 있는 싸움만을 받아들인다는 것은 당신에게 항복하는 것과 다를 바 없는 일이니까요. 즉, 그것은 내가 무서워하는 유일한 적은 홈즈라는 사실을 인정하고, 자신의 행로에서 홈즈를 제거하지 않는 한 나는 언제나 불안할 수밖에 없다고 언명하는 것과 같은 것이니까. 친애하는 선생님. 운명이 당신과 대화를 나눌 수 있는 영광을 내게 부여한 기회를 이용해서 나는 바로 이 점을 말씀드리고 싶었던 겁니다. 안타까운 점은 이 대화가 족욕(足浴)을 하고 있는 상태에서 이루어졌다는 사실입니다. 이건 누가 보더라도 엄숙함이 느껴지지 않는 상황입니다. 족욕이라니, 말도 안 되지. 이렇게 된 이상 차라리 반신욕을 하는 게 나을 것 같습니다."

어느 사이엔가 물은 그들이 앉아 있는 의자까지 차올라 있었으며, 배는 점점 가라앉고 있었다.

홈즈는 여유롭게 담배를 물고 앉아 하늘을 바라보고 있었다. 위험에 둘러싸여 있으며, 군중에 둘러싸여 있고, 경관들에게 쫓기고 있으면서도 유쾌함을 잃지 않고 있는 이 사람 앞에서는 절대로 당황한 모습을 보이지 않겠다고 굳게 결심했던 것이다.

'뭐라고? 이정도 가지고 놀라서야 쓰겠나? 강물에 빠져 죽는 것쯤 매일 일어나는 일 아닌가? 그런 건 신경 쓸 가치도 없는 일일세.'

두 사람 모두 이렇게 말하고 있는 듯했다. 이렇게 한 사람은 이야기하고 다른 한 사람은 몽상에 빠져 있었지만, 두 사람 모두 무관심이라는 가면 밑에서 곧 모습을 드러낼 서로의 자존심의 무시무시한 격돌을 숨기고 있었던 것이다.

이제 1분 후면 배는 물 속으로 가라앉고 말 것이다.

뤼팽이 말했다.

"중요한 건 사법당국의 선수들이 도착하기 전에 침몰하느냐, 후에 침몰하느냐 하는 점입니다. 모든 것이 이 한 가지 사실에 달려 있습니다. 어차피 침몰은 막을 수 없는 상황에 있으니까요. 선생님, 드디어 엄숙한 유언의 때가 왔습니다. 나는 내 모든 재산을 영국의 국민인 셜록 홈즈에게 증여합니다. 아! 정말 대단한 걸. 사법당국의 선수들이 맹렬한 속도로 따라오고 있습니다. 늠름한 사람들이야! 보기만 해도 시원시원하군. 능숙한 손놀림! 뭐야, 폴랑팡 자네였나? 군함을 가져오다니 정말 멋진 생각이야! 내 상관에게 자네를 추천하도록 하지. 폴랑팡 반장. 자네 메달이 받고 싶은 거지? 알겠네. 틀림없이 받도록 해주겠네. 자네 파트너인 디외지는 어디 있지? 왼쪽 기슭의 백 명 정도 되는 원주민들 속에 섞여 있는 게 디외지 같군. 그렇지? 그러니까 내가 침몰에서 빠져나가게 되면 왼쪽 기슭에 있는 디외지와 그의 원주민들, 혹은 오른쪽 기슭에 있는 가니마르와 뇌이 주민들에게 잡힌다는 말이군. 참, 어려운 문제야."

한 번 흔들렸다. 그리고 배가 맴돌기 시작했다. 홈즈는 하는 수 없이 노를 꽂는 구멍을 잡을 수밖에 없었다.

"선생님, 웃옷을 벗으십시오. 그게 수영하기 더 편할 겁니다. 싫다고 하시지는 않으시겠죠? 거절하시겠다고요? 그럼 나도 내 옷을 입도록 하겠습니다."

뤼팽이 말했다.

그는 웃옷을 입었다. 그리고 홈즈와 마찬가지로 단추를 전부 채웠다. 그런 다음 한숨 섞인 소리로 이렇게 말했다.

"대단한 고집쟁이로군! 이런 사람이 그런 사건에 걸려들다니, 정말 안타까운 일이야. 뛰어난 솜씨를 발휘했지만 모두 물거품이 되고 말았소! 그건 당신의 재능을 낭비하는 일입니다."

"뤼팽, 자네는 말이 너무 많아. 과신과 경박함이라는 죄를 끊임없이 범하고 있소."

한동안의 침묵을 깨고 홈즈가 말했다.

"엄격한 비난이로군요."

"그로 인해 자네는 조금 전 내가 찾고 있던 정보를 제공하고 말았소."

"뭐라고요! 정보를 찾고 있었으면서 내게 그 말씀을 하지 않으셨다고요?"

"나는 누구의 도움도 필요 없어. 앞으로 3시간 후에 댕블발 부부에게 수수께끼의 열쇠를 건네주겠네. 이게 내 유일한 대답이야. ......"

그의 말이 채 끝나기도 전에 배는 두 사람과 함께 물 속으로 빨려 들어가고 말았다. 그 직후, 배가 뒤집혀 바닥을 드러내며 물 위로 떠올랐다. 양쪽 기슭에서 일제히 커다란 외침 소리가 들려왔다. 잠시 불안한 침묵이 이어지다 갑자기 새로운 환호성이 터졌다. 한 사람이 물 위로 떠올랐던 것이다.

그것은 셜록 홈즈였다.

그는 능숙한 솜씨로 크게 물살을 가르며 폴랑팡이 타고 있는 배 쪽으로 향했다.

폴랑팡 반장이 말했다.

"힘내십시오, 홈즈 씨. 우리가 갑니다. 기운을 잃어선 안 됩니다. 녀석은 나중에 잡도록 하겠습니다. 이미 독 안에 든 쥐나 다를 바 없으니까요. 괜찮습니다. 자, 조금만 더 힘을 내십시오. 이 밧줄을 잡으십시오."

영국인이 밧줄을 잡았다. 그리고 막 갑판 위로 오르려는 순간 뒤쪽에서 그를 부르는 소리가 들려왔다.

"수수께끼의 열쇠라면 꼭 찾아낼 수 있을 겁니다. 선생님. 아직도 찾아내지 못했다는 게 이상할 정도니까요. 하지만 그 다음은 어떻게 되는 겁니까? 그게 당신에게 무슨 도움이 된다는 거죠? 이미 승부에서 지고 난 후일 텐데 말입니다."

쓸데없는 말을 잘도 떠들어대며 배에 기어올라 편안한 자세로 배의 바닥에 걸터앉은 아르센 뤼팽은 엄숙한 몸짓을 보이며 상대를 설복시키려는 듯 계속해서 말을 이었다.

"친애하는 선생님, 잘 알아두시기 바랍니다. 더 이상 손을 쓸 수 없을 겁니다. 절대로 그럴 수 없을 겁니다. 당신이 처한 상황이 실로 안타깝습니다."

폴랑팡이 말을 끊었다.

"항복해라, 뤼팽."

"무례하군, 폴랑팡 반장. 사람의 말이 끝나기도 전에 말을 끊다니. 그러니까 내 말은......."

"항복해라, 뤼팽."

"시끄럽소, 폴랑팡 반장. 위험에 처하지 않은 이상 항복이란 없는 법이오. 설마 내가 위험에 처한 거라고 말할 생각은 아니겠지?"

"마지막으로 한 번 더 권한다, 뤼팽. 항복해라."

"폴랑팡 반장, 나를 죽일 생각은 조금도 없는 듯하군. 있다면 기껏해야 내게 부상을 입혀야겠다는 생각뿐이야. 내가 도망칠까 겁이 나는군. 하지만 내가 치명상을 입는다면 어떻게 하겠나? 그때 하게 될 후회를 생각해보게! 멍청이 같은 녀석! 말년에 느끼게 될 마음의 상처를 생각해보라고!"

탄환이 날았다.

뤼팽이 비틀거렸다. 한동안 배를 붙들고 있다가 곧 그것을 놓치더니 모습을 감췄다.

이 일은 정각 3시에 일어났다. 예고한 대로, 셜록 홈즈는 뇌이의 한 여관 주인에게 빌린 짧은 바지에 터질 것 같은 외투, 비단 끈이 달린 플란넬 셔츠를 입고 챙이 달린 모자를 쓰고 정각 6시에 미리 약속해 두었던 뤼리요 가의 내실에 모습을 나타냈다.

부부는 방 안을 이리저리 돌아다니고 있는 홈즈를 보았다. 그의 복장이 너무 우스웠기 때문에 두 사람은 웃음을 참느라 애를 먹었다. 깊은 생각에 잠긴 표정으로 등을 구부정하게 구부린 채, 그는 로봇처럼 창에서 문으로, 문에서 창으로 매번 똑같은 방향으로 회전하면 걷고 있었다.

그가 걸음을 멈췄다. 골동품 중 하나를 집어 들었다. 그리고 기계적으로 그것을 살펴보았다. 그런 다음 다시 걷기 시작했다.

드디어 부부 앞에 멈춰 선 그가 물었다.

"가정교사는 지금 댁에 계신가요?"

"네, 아이들과 함께 정원에 있습니다."

"남작님, 지금부터 하는 얘기는 아주 중요한 얘기니 드뫼 양도 함께 들었으면 합니다."

"그렇다면 역시......."

"잠시만 기다려주십시오, 남작님. 진상은 내가 당신들 앞에서 가능한 한 확실하게 설명할 일련의 사실을 속에서 자연스럽게 도출될 테니까요."

"그렇습니까? 알겠습니다. 당신이 좀 불러오구려."

댕블발 부인이 자리에서 일어났다. 곧 드뫼 양을 데리고 돌아왔다. 가정교사는 평소보다 더 창백한 얼굴로 방에 있던 테이블에 기대듯 서 있었는데 자신이 왜 불려왔는지 그 이유를 물으려 들지 않았다.

홈즈는 그녀를 쳐다보려 들지도 않았다. 그러다 갑자기 댕블발 씨를 바라보며 부정할 수 없을 것이라는 어조로 말했다.

"남작님, 며칠간에 걸친 조사 결과, 약간의 사건에 의해서 일시적으로 내 견해가 바뀐 적이 있기는 했지만 그래도 나는 처음 말씀드렸던 내용을 반복할 생각입니다. 그러니까 유대 램프는 이 저택 안에 살고 있는 누군가가 훔쳤습니다."

"범인의 이름은?"

"나는 알고 있습니다."

"그 증거는?"

"내가 가지고 있는 증거만으로도 범인은 겁을 먹을 겁니다."

"범인이 겁을 먹는 것만으로는 부족합니다. 범인은 램프를 우리에게 돌려줘야 합니다."

"유대 램프 말입니까? 그 램프는 이미 제가 확보하고 있습니다."

"오팔 목걸이는? 담배상자는?"

"오팔 목걸이, 담배상자 그리고 두 번째 도난 맞은 모든 물건을 제가 가지고 있습니다."

홈즈는 이처럼 연출된 분위기에서 자신의 승리를 조금 무뚝뚝하게 발표하는 것을 즐기는 성격이었다.

남작 부부는 조금 어리둥절한 모양이었다. 그리고 최고의 찬사인 호기심에 가득 찬 침묵으로 홈즈를 지켜보았다.

그제야 그는 지난 사흘 동안 자신이 한 일을 자세히 들려주었다. 그는 그림책을 찾아냈다는 사실을 털어놓았다. 그리고 종이를 꺼내 오려낸 글자로 만들어낸 단어를 적어보였다. 그런 다음 브레송이 센 강에 갔다는 사실과 그 사람이 자살했다는 사실을 밝혔다. 그리고 마지막으로 홈즈 자신이 조금 전 경험한 배의 침몰과 뤼팽의 실종을 말했다.

홈즈가 말을 마치자 남작이 작은 목소리로 말했다.

"이제 범인의 이름을 밝히는 일만 남았습니다. 그게 대체 누구란 말입니까?"

"범인은 이 그림책에서 오려낸 알파벳으로 단어를 만들어 뤼팽과 연락을 주고받은 자입니다."

"그 사람이 연락을 주고받은 사람이 뤼팽이라는 걸 어떻게 아십니까?"

"뤼팽이 그렇게 말했으니까요."

그가 물에 젖어 주름투성이가 된 종이 쪽지를 꺼내들었다. 그것은 배 안에서 뤼팽이 수첩을 찢어 적어준 것이었다.

"이걸 잘 보시기 바랍니다. 이건 내게 줄 필요가 전혀 없었던 것입니다. 이것으로 자신이 관여했다는 사실을 밝힐 필요도 없었습니다. 단순한 그의 장난에 지나지 않았지만 덕분에 나는 알게 되었습니다."

홈즈가 자랑스럽다는 듯 말했다.

"덕분에 알게 되었다고 하셨지만, 나는 뭐가 뭔지 하나도 모르겠습니다."

남작이 말했다.

홈즈가 연필로 단어의 숫자를 다시 한번 덧쓰며 말했다.

"CDEHNOPRZEO - 237."

"그건 언젠가 당신이 보여줬던 그 글자들 아닙니까?"

댕블발 씨가 말했다.

"아닙니다. 내가 한 것처럼 당신이 이 글자들에 대해서 끊임없이 연구했다면 내가 그랬던 것처럼 이것이 전번 것과는 다르다는 사실을 한눈에 알아봤을 겁니다."

"어디가 다릅니까?"

"이쪽에 두 글자가 더 많습니다. E와 O가."

"정말이군요. 몰랐습니다."

"repondez(답장 바람)라는 단어에서 빠졌던 C와 H에 이 두 글자를 더해 보십시오. 알아보실 수 있겠습니까? 조합 가능한 단어는 오직 하나입니다."

"그렇다면 그 의미는?"

"의미는 『에코 드 프랑스』지입니다. 뤼팽의 공식신문, 그가 '성명'을 발표하는 신문 말입니다. 『에코 드 프랑스』지의 세 줄 광고란 237번에 답하기 바람'이라는 뜻입니다. 내가 고생 끝에 얻어낸 열쇠가 바로 이것입니다. 마음 좋은 뤼팽이 이걸 내게 건네줬습니다. 이곳에 오기 전 나는 『에코 드 프랑스』지의 편집실에 다녀왔습니다."

"그래서 밝혀냈습니까?"

"아르센 뤼팽과 공범자 여인의 관계를 자세하게 밝혀낼 수 있었습니다."

홈즈는 4면이 펼쳐진 신문을 일곱 장 늘어놓더니 거기서 다음과 같은 글들을 짚었다.

1. ARS · LUP, 여자 보호 요청, 540.

2. 540. 설명 기다리겠음. AL.

3. AL. 적의 지배 하에 있음. 절망적.

4. 540. 주소 주기바람. 조사 필요.

5. AL. 뭐리요.

6. 540. 3시 공원. 제비꽃.

7. 237. 토요일 알겠음. 일요일 아침 공원.

"이게 바로 자세한 내용이라는 말입니까?"

댕블발 씨가 외쳤다.

"그렇습니다. 조금만 더 주의해서 본다면 당신도 내 의견에 동의하실 겁니다. 우선 540이라는 한 여자가 뤼팽에게 보호를 요청했습니다. 뤼팽이 그것에 대한 설명을 요구했습니다. 여자가 어떤 적의 지배 하에 있다고 했습니다. 그 적이 브레송이라는 점에는 의심의 여지가 전혀 없습니다. 도와주지 않는다면 그녀는 절망적일 것이라고 말했습니다. 용의주도한 뤼팽은 경계를 늦추지 않은 채, 누군지 명확하지 않은 이 여자에게 접근하지 않고 주소를 밝히라고 했습니다. 그리고 조사하겠다고 제안했습니다. 여자는 나흘 동안 망설입니다. 그건 날짜를 살펴보는 것만으로도 쉽게 알 수 있는 일입니다. 결국 급박해진 사태와 브레송의 강요에 견디지 못한 여자는 뭐리요 가라고만 자신의 주소를 밝혔습니다. 이튿날 아르센 뤼팽은 3시까지 몽소 공원으로 가겠다고 말하고 서로를 알아보기 위해서 제비꽃을 들고 나오라고 합니다. 이로부터 8일간 연락이 끊깁니다. 아르센 뤼팽과 여자는 직접 만나거나 편지를 주고받기 때문에 신문을 이용해서 연락할 필요가 없어졌습니다. 그렇게 해서 계획이 세워지게 됩니다. 즉, 브레송의 강요에 응하기 위해서 여자는 유대 램프를 훔치기로 합니다. 남은 건 범행 날짜를 결정하는 일뿐입니다. 조심스럽게 잘라낸 글자를 붙여 연락을 주고받던 여자는 토요일에 결행할 결심을 굳히고 '에코 — 237에 답하기 바람'이라는 글을 덧붙입니다. 뤼팽이 알았다는 뜻을 밝힌 뒤 일요일 아침에 공원으로 가겠다고 말합니다. 일요일 아침 도난사건은 이미 끝나버린 상태입니다."

"그렇군요. 모든 것이 완벽하게 맞아떨어집니다."

남작은 인정하지 않을 수 없었다.

홈즈가 말을 이었다.

"도난사건은 이렇게 이루어졌습니다. 여자는 일요일 아침에 집을 나서서 뤼팽에게 자신이 한 일을 보고하고 유대 램프를 브레송에게 전해주러 갑니다. 모든 일이 뤼팽이 예상한 대로 이루어진 셈입니다. 검찰은 열려 있던 창문, 지면에 남아 있던 네 개의 구멍, 발코니 두 군데에 남아 있던 긁힌 자국에 속아 성급하게 밖에서 누군가 침입한 것이라고 판단해버립니다. 덕분에 여자는 안심할 수 있었던 겁니다."

"그렇군요. 아주 논리적인 해석이라고 생각합니다. 그렇다면 두 번째 도난 사건은……."

남작이 말했다.

"두 번째 사건은 첫 번째 사건 때문에 일어난 것입니다. 신문에 유대 램프가 어떤 상황 하에서 도난당했는지 그 내용이 실리자 누군가가 다시 침입해서 첫 번째 사건 때 가져가지 않은 것을 훔쳐내려고 생각했습니다. 하지만 이번에는 진짜로 사다리를 이용해 저택에 침입했습니다."

"범인은 뤼팽이겠지요?"

"아닙니다. 뤼팽은 절대 그런 어리석은 짓을 하지 않습니다. 그리고 그런 사소한 일로 총을 쏘지는 않습니다."

"그럼 누굽니까?"

"브레송입니다. 틀림없습니다. 하지만 첫 번째 범행을 저질렀던 여인에게는 그 사실을 알리지 않았습니다. 이 방에 들어온 건 브레송이었습니다. 내가 뒤를 쫓아간 것도 그였습니다. 가엾은 왓슨에게 상처를 입힌 자도 그였습니다."

"틀림없습니까?"

"틀림없습니다. 브레송의 공범자 중 한 명이 어제 그가 자살하기 전에 편지를 보냈는데, 그 편지가 공범자와 뤼팽이 댁에서 훔쳐간 물건의 반환을 놓고 교섭을 시작했다는 사실을 입증하고 있습니다. 뤼팽은 '처음 훔쳐간 것(그러니까 유대 램프)'과 두 번째 훔쳐간 것 모두를 요구하고 있었습니다. 그리고 그는 브레송을 감시하고 있었습니다. 어젯밤 브레송이 센 강가에 갔을 때도 뤼팽의 동료 중 한 명이 우리처럼 그를 미행하고 있었습니다."

"브레송은 센 강에 왜 갔었을까요?"

"우리 수사에 진척이 있었다는 사실을 듣고……."

"누구에게 들었단 말입니까?"

"바로 그 여자에게서 들었습니다. 유대 램프가 발견되면 자신의 범행이 발각되지 않을까 하는 당연한 공포심을 그녀가 품게 되었기 때문에……. 어쨌든 얘기를 들은 브레송은 자신의 신변에 위험이 될 만한 물건을 전부 하나로 묶어서 그것들을, 위험이 지나가고 나면 다시 되찾을 수 있을 만한 장소에 숨겨둔 것입니다. 그곳에서 집으로 돌아가는 길에 가니마르와 나의 추격을 당하자 당황해서 자살을 한 것입니다. 물론 그 외에도 양심에 가책이 될 만한 나쁜 짓을 저질렀을 겁니다."

"그렇다면 그 꾸러미 속에는 무엇이 들었단 말입니까?"

"유대 램프와 그 외의 골동품들입니다."

"그럼 그것들은 아직 당신의 손에 들어온 것이 아니군요."

"뤼팽의 모습이 사라지자마자 나는 곧 수영을 해서 브레송이 선택한 그 장소로 가보았습니다. 거기서 기름종이와 보자기에 싸인 도난품들을 발견해냈습니다. 이 테이블 위에 있는 게 바로 그 것입니다."

남작이 말없이 끈을 끊었다. 젖은 보자기를 서둘러 풀었다. 그리고 문제의 그 램프를 꺼냈다. 받침대 밑의 나사를 풀었다. 두 손에 힘을 주어 기름 넣는 접시를 밀어냈다. 그것을 빼낸 뒤 두 개로 쪼개 그 안에서 루비와 에메랄드가 박힌 순금 키마이라를 꺼냈다.

조금도 손상되지 않았다.

언뜻 보기에는 매우 자연스러운, 그리고 단순한 사실들의 나열에 지나지 않는 것처럼 보이는 이 장면을 일관되게 아주 비극적인 것으로 만드는 무엇인가가 있었다. 그것은 홈즈가 말끝마다 끊임없이 가정교사에게 던지는 명백하고 직접적이며 변명을 용납하지 않겠다는 듯한 비난이었다. 그리고 알리스 드묑의 극히 인상적인 침묵이었다.

이 긴 시간, 세세한 증거들이 하나하나 추가되어 잔혹하게 쌓여가는 동안에도 그녀는 눈 하나 꿈쩍하지 않은 채, 맑은 시선의 깨끗함을 흐리는 반항이나 공포의 빛 하나 보이지 않았다. 대체 무슨 생각을 하고 있는 것일까? 특히 관심이 가는 것은 셜록 홈즈가 교묘하게 그녀를 몰아세운 이 틀을 깨고 자신을 변호해야 할 순간이 되면 과연 무슨 말을 할 것인가 하는 점이었다.

하지만 그 순간은 이미 지나버렸다. 그런데도 그녀는 여전히 입을 다물고 있었다.

"말씀하세요! 말씀해보라고요!"

댕블발 씨가 소리 질렀다. 그래도 그녀는 입을 열지 않았다.

그가 답답한 듯 말했다.

"단 한마디면 당신의 무죄를 입증할 수 있습니다. ......부정하는 말 한마디면. 나는 당신을 믿습니다."

그러나 그녀는 그 한마디를 하려 들지 않았다.

남작이 신경질적으로 방 안을 돌아다녔다. 그러다 홈즈를 바라보고 말했다.

"뭔가 잘못 된 겁니다. 선생님! 아무래도 이게 사건의 진상은 아닌 듯싶습니다. 세상에 상상할 수도 없는 범죄가 있기는 있습니다. 하지만 이 사건은 내가 알고 있는 모든 것, 지난 일 년 동안 내가 봐온 모든 것들과 모순 됩니다."

남작이 영국인의 어깨에 손을 얹었다.

"그렇다면 선생님, 당신이 틀리지 않았다는 절대적이고 결정적인 확신을 가지고 계십니까?"

홈즈가 망설였다. 갑작스러운 역습에 바로 반격을 가하지 못하는 사람처럼. 그러면서도 그는 빙그레 웃으며 대답했다.

"댁에 있는 사람들 중, 유대 램프에 이 멋진 보석이 숨겨져 있다는 사실을 알 수 있을 만한 지위에 있는 사람은 지금 내가 비난

하고 있는 사람밖에 없으니까요."

"믿을 수 없습니다."

남작이 중얼거렸다.

"본인에게 직접 물어보십시오."

그녀를 맹목적으로 믿고 있는 그였기에 그렇게 만은 하고 싶지 않았다. 하지만 지금에 와서 이 당연한 일을 하지 않을 수도 없는 일이었다.

남작이 그녀에게 다가갔다. 그리고 그녀의 눈을 가만히 바라보며 말했다.

"당신인가요? 당신이 그 보석을 훔쳤나요? 당신이 뤼팽과 연락을 주고받고 외부인이 침입한 것처럼 꾸민 건가요?"

그녀가 대답했다.

"그렇습니다. 제가 그랬습니다, 남작님."

그녀는 고개를 숙이지 않았다. 얼굴에는 수치심도 당혹감도 떠오르지 않았다.

"어떻게 이런 일이! 믿을 수 없는 일이야. 나는 당신을 조금도 의심하지 않았는데……. 왜 그런 짓을 한 겁니까? 가엾게도."

그녀가 말했다.

"저는 홈즈 씨가 말씀하신 대로 행동했습니다. 그 토요일에서 일요일에 걸친 날 밤 저는 이 내실로 들어왔습니다. 램프를 훔쳤습니다. 그리고 이튿날 그것을 가지고…… 그 남자의 집으로 갔습니다."

"아니, 아니야. 당신 말은 앞뒤가 맞질 않아."

남작이 반박했다.

"그날 아침, 이 내실의 문에 빗장이 걸려 있는 걸 내 눈으로 똑똑히 봤으니까."

그녀가 당황하며 얼굴을 붉혔다. 그녀는 마치 설명해주기를 바라는 사람처럼 홈즈 쪽을 바라봤다.

홈즈는 남작의 반박보다도 알리스 드묑의 난처해하는 표정에 더욱 놀란 듯했다. 그녀는 정말 아무런 대답도 할 수 없는 것일까? 홈즈가 유대 램프의 도난사건에 대해서 내린 설명을 확고한 것으로 만들었던 그녀의 고백은 조그만 사실을 확인해보면 바로 무너져 내릴 어떤 거짓을 숨기고 있었단 말인가?

남작이 계속해서 말했다.

"이 문은 잠겨 있었습니다. 전날 밤 내가 걸어둔 그대로 빗장이 채워져 있었다고 확실하게 말할 수 있습니다. 당신 주장대로 만약 이 문을 지났다면 누군가가 안쪽에서 그러니까 이 내실이나 우리의 침실에서 문을 열어준 겁니다. 하지만 이 두 방에는 나와 아내 이외에는 그 누구도 없었습니다."

홈즈가 갑자기 몸을 숙였다. 그리고 빨갛게 달아오른 얼굴을 감추기 위해서 두 손으로 얼굴을 감쌌다. 아주 강렬한 빛에 갑자기 노출된 사람처럼 그는 현기증에 휩싸여 비틀거렸다. 어둑어둑해진 풍경에 갑자기 밤기운이 사라진 것처럼 그는 모든 사실을 확실하게 이해할 수 있었다.

알리스 드묑은 무죄였다. 그것은 눈부실 정도로 확실한 진실이었다. 그것은 첫날부터 이 무시무시한 비난을 이 아가씨에게 쏟아 부음으로 해서 느꼈던 괴로움에 대한 설명이기도 했다. 이제 그는 모든 것이 확실히 보이기 시작했다. 그는 알고 있었다. 한 번의 손짓으로 반박의 여지가 없는 증거가 바로 그의 손에 들어올 것이었다.

그는 얼굴을 들었다. 그리고 몇 초 후, 가능한 한 자연스러운 눈빛으로 댕블발 부인을 바라보았다.

그녀의 얼굴은 창백하게 질려 있었다. 인생의 위기를 맞은 사람을 덮치는 그런 종류의 창백함이었다. 감추려고 했지만 그녀의 손이 희미하게 떨리고 있었다.

'앞으로 1초. 부인이 더 이상 견디지 못하고 털어놓을 거야.'

홈즈는 이렇게 생각했다.

자신이 저지른 과오로 인해 이 부부가 처하게 된 무시무시한 위험을 불식시켜야겠다는 일념으로 그는 두 부부 사이에 껴들었다. 그리고 남작을 바라본 순간, 그는 마음 깊은 곳에서 전율을 느꼈다. 조금 전 자신을 급습했던 그 빛이 지금은 댕블발 씨를 덮치고 있었던 것이다. 남편의 머릿속에서도 그와 같은 작용이 일고 있었던 것이다. 그도 깨달은 것이다! 그도 모든 사실을 알아버린 것이다!

알리스 드묑은 움직일 수 없는 진실을 향해서 절망적인 도전을 계속했다.

"맞습니다, 남작님. 제가 착각을 했어요. 맞아요. 나는 문으로 들어오지 않았습니다. 복도를 지나 정원으로 나가서 사다리를 타고……."

헌신적인 사람의 끝없는 노력이었다. 하지만 그것은 쓸데없는 노력이기도 했다. 목소리로 거짓말을 하고 있음을 알 수 있었다. 목소리에서 침착함을 찾아볼 수가 없었다. 이 다정한 아가씨에게서는 더 이상 그녀 특유의 맑은 눈동자도, 성실함도 찾아볼 수가 없었다. 더 이상 손써볼 수 없는 상황임을 깨달은 그녀는 고개를 숙였다.

잔인한 침묵이었다. 댕블발 부인은 불안과 공포로 몸이 굳어 창백한 얼굴로 기다리고 있었다. 남작은 아직도 자신의 행복이 붕괴되었다는 사실을 믿고 싶지 않은 듯 여전히 자신과 싸우고 있는 듯했다.

"말해봐! 설명해보라고!"

"저는 아무런 할 말도 없어요. 가엾은 사람."

조그만 목소리로, 고통에 일그러진 얼굴로 그녀가 말했다.

"그렇다면......, 드묑 양은......"

"드묑 양은 나를 구하기 위해서 그런 거예요. 헌신적인 사랑으로...... 자신이 모든 누명을 쓰고......"

"구하다니? 어디서부터? 누구로부터?"

"그 남자로부터."

"브레송을 말하는 건가?"

"네. 협박으로 저를 궁지로 몰고 갔어요. 친구 집에서 알게 되었는데...... 그런 사람을 믿다니...... 오! 하지만 용서를 받아야 할 그런 짓은 아무것도 하지 않았어요. 하지만 편지를 보내서...... 나중에 보여드릴게요. 다시 사들였어요. 고생 끝에...... 오! 저를 가엾게 여겨주세요. 얼마나 눈물을 흘렸는지 몰라요!!!"

"당신이! 쉬잔! 당신이!"

그가 때릴 생각으로, 죽일 생각으로 주먹을 치켜들었다. 하지만 곧 팔을 내렸다. 그가 다시 중얼거렸다.

"당신이, 쉬잔...... 당신이! 어떻게 이런 일이......."

부인은 그 비통하고 뻔한 사정을 더듬더듬 설명했다. 상대의 비열함을 깨달았을 때의 낭패감, 곧 그녀를 덮친 후회와 미칠 것 같은 심정, 그리고 그녀는 아리스의 감탄할 만한 행동에 대해서도 이야기했다. 이 젊은 아가씨는 여주인이 처한 절망적인 상황을 깨닫고 억지로 사정을 털어놓게 만든 뒤, 뤼팽에게 편지를 보내 그녀를 브레숑의 마수에서 구하기 위해 도난사건을 꾸민 것이었다.

"쉬잔, 당신이. 어떻게 그럴 수 있단 말이지."

댕블발 씨가 다시 한번 말했다. 몸을 웅크린 채.......

그날 밤, 칼레와 두브르 사이를 오가는 여객선 시티 오브 런던 호는 잔잔한 바다 위를 미끄러지듯 달리고 있었다. 밤은 고요하고 어두웠다. 옅은 구름이 배 위에 한가로이 떠 있었다. 주위에는 안개가 베일처럼 옅게 드리워져 달과 별의 하얀 빛이 펼쳐져 있을 무한의 공간과 배를 구분 짓고 있었다.

대부분의 승객들은 이미 선실이나 살롱으로 들어가 있었다. 하지만 몇몇 승객들은 갑판 위를 걷기도 하고 커다란 흔들의자에 두꺼운 담요를 덮고 앉아 잠을 자기도 했다. 곳곳에서 담배를 태우는 불빛이 보였다. 이 엄숙하고 거대한 정적 속에서 속삭이는 듯한 목소리가 미풍의 부드러운 숨결에 섞여서 들려오곤 했다.

배 옆의 난간을 따라서 규칙적인 걸음걸이로 걷던 승객 하나가 긴 의자에 누워 있는 사람 옆에 멈춰 서 그를 들여다보다가 누워 있던 사람이 몸을 조금 꿈틀거리자 그에게 말했다.

"아리스 양, 주무시는 줄 알았습니다."

"아니에요. 홈즈 씨. 졸리지 않아요. 생각을 좀 하고 있었어요."

"무슨 생각을 하고 있었습니까? 물어봐도 실례가 되진 않겠죠?"

"댕블발 부인을 생각하고 있었어요. 얼마나 슬퍼하실까? 인생이 엉망이 되어버렸으니까요."

"아닙니다. 그렇지 않아요. 부인의 잘못은 용서받지 못할 그런 것이 아닙니다. 댕블발 씨는 이 일을 금방 잊을 겁니다. 우리가 떠나올 때 이미 그의 눈빛이 어느 정도 누그러져 있었습니다."

그가 힘주어 말했다.

"그럴지도 모르겠네요. 하지만 완전히 잊기까지는 많은 시간이 걸릴 거예요. 그 동안 부인은 끊임없이 괴로워하실 거예요."

"당신은 그 부인을 진심으로 좋아하는군요."

"좋아하고말고요. 바로 그것이 무서워 떨릴 때도 미소 지을 수 있는 힘을 주었고, 당신의 눈빛에서 도망치고 싶은 순간에도 마주 바라볼 수 있는 힘을 주었어요."

"그럼 부인의 곁을 떠나게 돼서 괴롭겠군요."

"아주 괴로워요. 제게는 부모님도 친구도 없고……. 유일하게 그 분만이 의지할 곳이었는데."

"친구라면 곧 만들 수 있을 겁니다. 제가 보장하죠. 나는 아는 사람도 많고……, 영향력도 꽤 있는 편입니다. 당신은 새로운 환경이 싫지는 않을 겁니다."

아가씨의 슬픔에 마음이 흔들린 영국인이 말했다.

"그럴지도 모르죠. 하지만 댕블발 부인은 더 이상 제 곁에 계시지 않아요."

그 외에도 두 사람은 여러 가지 얘기를 나눴다. 그런 다음 셜록 홈즈는 다시 갑판 위를 두어 번 왕복했다. 그리고 동행자가 있는 곳으로 돌아와 앉았다.

홈즈는 인버네스의 주머니에서 파이프를 꺼냈다. 거기에 담배를 채운 뒤 연속해서 성냥 네 개에 불을 붙였지만 파이프에는 불이 붙지 않았다. 성냥이 다 떨어졌기에 그는 자리에서 일어나 몇 걸음 앞에 앉아 있던 신사에게 다가가 말을 했다.

"불 좀 빌릴 수 있습니까?"

신사는 바람에 강한 성냥이 든 갑을 꺼내 성냥을 그었다. 그러자 곧 불길이 올랐다. 그 빛으로 홈즈는 상대가 뤼팽임을 알아볼 수 있었다.

이 영국인이 아주 작은 몸짓으로 조금 뒤로 물러나지 않았다면 뤼팽이 자신이 이 배에 타고 있다는 사실을 홈즈가 미리 알고 있었던 것이라고 생각할 뻔했다. 그만큼 홈즈는 침착했으며, 적에게 내미는 손길에도 당황의 빛은 전혀 없었다.

"여전히 건강하군, 뤼팽."

"역시 대단하십니다!"

뤼팽이 외쳤다. 홈즈의 침착한 태도에 자신도 모르게 감탄한 것이다.

"대단하다니? 뭐가?"

"뭐냐고요? 당신은 내가 센 강에 빠지는 모습을 지켜봤습니다. 그리고 유령처럼 이렇게 당신 앞에 나타났습니다. 하지만 자존심, 나는 완전히 영국적인 자존심이라고 부르고 싶은데, 그 자존심의 힘으로 당신은 놀라는 동작 하나, 당황의 소리 한마디 보이지 않았습니다. 다시 한번 찬사를 보냅니다. 정말 멋집니다!"

"대단할 것도 없지. 배에서 자네가 떨어지는 모습을 보고 자네가 일부러 떨어진 것이라는 사실을 알 수 있었으니까. 게다가 반장이 쏜 총에 맞지 않았다는 사실도 알고 있었고."

"내가 어떻게 될지 끝까지 지켜보지도 않고 자리를 뜨셨습니까?"

"자네가 어떻게 될지는 이미 알고 있었네. 5백 명이나 되는 사람들이 1킬로에 걸친 해안을 점령하고 있지 않았나? 죽음을 면한다면 체포될 게 뻔했지."

"하지만 나는 지금 여기 이렇게 살아 있지 않습니까?"

"뤼팽, 어떤 짓을 한다 해도 내가 전혀 놀라지 않을 사람이 이 세상에 두 명 있다네. 그 하나는 나고, 그 다음은 자네지."

이로써 화친이 성립되었다.

비록 아르센 뤼팽에 대한 홈즈의 계획이 성공을 거두지 못했다 할지라도, 뤼팽이 결정적으로 체포를 포기해야 할 예외적인 적으로 남았다 할지라도, 이번 싸움에서 언제나 뤼팽이 우위를 점하고 있었다 할지라도, 적어도 영국인은 그의 놀라운 인내력으로 앞선 사건에서 청 다이아몬드를 되찾은 것처럼 유대 램프도 되찾았다. 세상에서 보기에 이번 사건의 결과는 특별히 빛나는 것이 아닐지도 몰랐다. 홈즈는 유대 램프를 발견하게 된 경위를 밝힐 수가 없었으며 범인의 이름도 밝힐 수가 없었다. 하지만 인간 대 인간, 뤼팽 대 홈즈, 탐정 대 도둑 등 이 대결을 공평한 시선으로 바라보자면 거기에는 승자도 패자도 없었다. 두 사람 모두 자신이 이겼다고 주장할 수 있는 입장이었다.

그런 입장에서 두 사람은 서로를 올바로 평가할 줄 아는 적수로서 무장을 해제한 채 이야기를 나눴다.

홈즈의 요청에 따라 뤼팽은 자신이 어떻게 탈출했는지를 이야기했다.

"글쎄요. 이걸 탈출이라고 부를 수 있을지 모르겠지만, 어쨌든 매우 간단했습니다. 유대 램프를 건네내기 위해서 만날 약속을 해두었기 때문에 제 친구들이 나를 지켜보고 있었습니다. 전복한 선채 밑에 30분 정도 숨어 있다가 폴랑팡과 그 부하들이 강가를 따라 내 시체를 찾는 틈을 이용해서 그 배 위로 올라왔습니다. 친구들이 모터보트를 타고 지나가면서 나를 건져 올렸고 그것으로 충분했습니다. 그렇게 해서 넋을 놓고 바라보고 있는 5백 명의 구경꾼과 가니마르, 폴랑팡의 눈앞에서 유유히 도망칠 수 있었습니다."

뤼팽이 말했다.

"대단하군. 정말 대단해! 그런데 이번에는 영국에 볼일이 생겼나?"

홈즈가 큰 소리로 말했다.

"그렇습니다. 잠깐 해결해야 할 일이 있어서....... 아, 잊고 있었군요. 댕블발 씨는 어떻게 됐습니까?"

"모든 사실을 알아버리고 말았다네."

"아! 이런. 친애하는 선생님. 제가 처음부터 말씀드렸던 게 바로 그 점입니다. 이렇게 되면 피해가 아주 커졌는데요. 돌이킬 수 없게 되어버렸습니다. 제게 맡겨두었으면 좋을 뻔하지 않았습니까? 한 이틀만 더 있었으면 그 유대 램프와 골동품들을 브레송에게서 되찾아 댕블발 부부에게 돌려줄 수 있었을 겁니다. 그랬으면 그 부부는 서로 평화롭게 일생을 보낼 수 있었을 텐데. 하지만 그와는 달리…….”

“그와는 달리, 내가 불화의 씨앗을 뿌리고 자네가 보호하고 있는 가정을 엉망으로 만들어버린 셈이지.”

홈즈가 쓸쓸한 웃음을 지으며 말했다.

“맞는 말씀입니다. 나는 그 가정을 보호하고 있었습니다. 나라고 언제나 훔치고 속이고 나쁜 짓만 일삼으라는 법은 없으니까요.”

“그렇다면 자네는 좋은 일도 한단 말인가?”

“시간이 허락하는 한. 그것도 꽤 즐거운 일입니다. 이번 사건에서 실로 유쾌했던 것은 내가 선인으로 사람을 도왔으며 당신이 악역을 맡아 절망과 눈물을 가져다주었다는 점입니다.”

“눈물! 눈물이라고!”

영국인이 반박했다.

“그럼요! 댕블발 가정은 파괴되었고 알리스 드묑 양은 눈물을 흘리고 있습니다.”

“그녀는 어쨌든 거기에 더 머물 수 없었네. 가니마르의 손이 그녀에게까지 미쳤을 거고…… 그리고 다시 댕블발 부인에게도 손이 미쳤을 테니까.”

“나도 그렇게 생각합니다. 선생님, 하지만 누구 때문에 그렇게 됐다고 생각하십니까?”

그들 앞을 두 사내가 지나갔다. 홈즈가 뤼팽에게 말했다. 지금까지와는 다른 목소리였다.

"저들이 누군지 알겠나?"

"선장인 듯합니다만."

"다른 한 사람은?"

"모르겠습니다."

"저 사람이 바로 오스틴 질레트 씨라네. 프랑스의 뒤두이 씨와 같은 지위를 영국에서 차지하고 있는 사람이지."

"아! 정말 운이 좋군요. 폐가 안 된다면 저를 좀 소개시켜 주십시오. 뒤두이 씨는 저와 각별한 친분이 있는 사람 중 한 명인데 오스틴 질레트 씨와도 그런 친분을 맺고 싶습니다."

두 사람이 다시 모습을 드러냈다.

"내가 자네 말을 진심으로 받아들인다면 어떻게 할 텐가? 뤼팽."

홈즈가 자리에서 일어나며 말했다. 그는 아르센 뤼팽의 손목을 아플 정도로 세게 쥐었다.

"왜 이렇게 세게 쥐시는 겁니까? 선생님, 안 그러셔도 각오하고 따라갈 생각입니다."

실제로 그는 조금도 저항하지 않고 홈즈가 이끄는 대로 따라갔다. 두 신사는 점점 멀어져가고 있었다. 홈즈가 발걸음을 재촉했다. 그의 손톱이 뤼팽의 살 속으로 파고들었다.

"자, 빨리, 빨리. 좀더 빨리 걸으라고."

가능한 한 빨리 모든 일을 마무리 짓고 싶은 듯, 열띤 목소리로 홈즈가 낮게 말했다.

그러다 홈즈는 발걸음을 멈췄다. 알리스 드묑이 자신들 뒤를 따라오고 있다는 사실을 깨달았기 때문이었다.

"드묑 양, 왜 그러시죠? 쓸데없는 짓입니다. 와 봐야 소용없어요."

이 말에 뤼팽이 대답했다.

"선생님, 아직 모르시겠습니까? 드묑 양은 자신의 의지로 우리를 따라오는 게 아닙니다. 당신이 내 손목을 잡고 있는 것과 같은 힘으로 내가 아가씨의 손목을 잡고 있기 때문이에요."

"어째서지?"

"알고 계시지 않습니까? 그녀 역시 소개를 시켜줄까 해서 그러는 겁니다. 유대 램프 사건에서 이 여자는 나보다 더 중요한 역할을 맡았었습니다. 아르센 뤼팽의 공범자로, 브레송의 공범자로 드묑 양도 역시 댕블발 남작 부인의 연애사건을 진술해야 할 겁니다. 당국에서도 이 사건에 커다란 흥미를 보일 겁니다. 그렇게 되면 당신이 보여준 눈물나게 고마운 간섭은 그 효험을 더욱 크게 발휘하게 될 겁니다. 친절한 홈즈 씨."

영국인은 잡고 있던 뤼팽의 손목을 놓았다. 뤼팽이 가정교사의 손목을 놓았다. 두 사람은 한동안 서로의 얼굴을 바라본 채 서 있었다. 잠시 후, 홈즈가 원래 있던 의자로 돌아가 앉았다. 뤼팽과 드묑 양도 자리로 돌아가 앉았다.

긴 침묵이 그들을 가로막고 있었다. 드디어 뤼팽이 입을 열었다.

"맞습니다. 선생님. 무슨 일을 하든 우리는 서로 친해질 수 없는 운명에 있습니다. 우리 사이에 패인 골은 결코 없어지지 않을 겁니다. 인사를 나누고, 악수의 손을 내밀고, 한동안은 환담을 나눌 수도 있겠지만 과거라는 이름의 골은 언제까지나 거기에 남아 있을 겁니다. 당신은 언제까지나 탐정 셜록 홈즈이고 나는 괴도 아르센 뤼팽입니다. 셜록 홈즈는 언제나 자발적으로, 적절하게 그리고 탐정으로서의 본능에 따라서 괴도 뤼팽의 추적에 열을 올릴 것이며 그를 '잡아들이려 할 것'입니다. 한편, 아르센 뤼팽은 언제나 괴도라는 사실을 잊지 않고 탐정의 손에서 벗어나기 힘쓰며, 틈만 나면 그를 조롱하려 들 것입니다. 지금이 바로 그 기회입니다. 핫! 하! 하!"

그가 소리 내어 웃었다. 교활하고, 잔혹하며, 귀에 거슬리는 웃음이었다.

그러다 갑자기 진지한 표정으로 드묑 양을 바라봤다.

"드묑 양, 안심하십시오. 어떤 일이 있어도 당신을 배신하지는 않을 테니까. 아르센 뤼팽은 절대로 배신하지 않습니다. 특히 자신이 사랑하는 사람, 존경하는 사람은요. 당신이 기분 나쁘지 않으시다면 이렇게 말씀드리고 싶습니다. 나는 당신의 용감함과 부드러운 성격을 사랑하고 존경한다고."

그는 지갑에서 명함을 꺼냈다. 그리고 그것을 둘로 찢었다. 그 중 하나를 드묑 양에게 내밀었다. 그리고 역시 감동과 경의에 찬 목소리로 이렇게 말했다.

"만약 홈즈 씨가 제대로 돌봐주지 않는다면 스트롱버그 양을 찾아가보세요. 주소는 쉽게 찾을 수 있을 겁니다. 그리고 그 명함에 '잊지 못할 추억'이라고 적어서 그녀에게 건네주세요. 스트롱

버그 양은 틀림없이 당신을 친자매처럼 돌봐줄 겁니다."

"감사합니다. 내일 이분을 찾아뵙도록 하겠어요."

그녀가 말했다.

"그럼, 선생님. 안녕히 주무십시오. 아직 1시간 정도 더 항해를 해야 합니다. 잠깐 눈을 붙이는 게 좋을 것 같습니다."

뤼팽이 자신의 의무를 다한 사내의 만족스러운 듯한 어투로 말했다.

그는 의자에 길게 누웠다. 그리고 두 손으로 머리를 받쳤다.

맑은 하늘에 달이 떠 있었다. 밝은 달빛이 별들 주위와 바다의 표면에 넘쳐나고 있었다. 물 속까지 환하게 보였으며 마지막 한 조각 구름이 흘러가는 하늘이 전부 달의 영역인 것처럼 보였다.

어두운 지평선 너머로 해안선이 보이기 시작했다. 승객들이 갑판 위로 나오기 시작했다. 갑판이 온통 사람들로 뒤덮였다. 오스틴 질레트 씨가 두 사람을 데리고 앞으로 지나쳤는데 홈즈는 그들이 영국의 경찰들임을 알 수 있었다.

의자 위의 뤼팽은 깊은 잠에 빠져 있었다.

옮긴이 · 박현석

목원대학교 국어국문학과 졸업.

번역 전문가, 에이전트.

번역서로는 『마법의 언어』,『어리석은 자의 철학』,『유쾌한 표현술』,

『바보들은 항상 머리로 생각한다』,『오만과 편견』,

『셜록홈즈 장편 베스트 걸작선』외 다수.

뤼팽 베스트 걸작선

2005년 11월 5일 1판 1쇄 인쇄
2012년 10월 5일 1판 11쇄 펴냄

지은이 | 모리스 르블랑
옮긴이 | 박현석
마케팅 | 홍의식
펴낸이 | 하중해

펴낸곳 | 동해출판
등록 | 제302-2006-48호
주소 | 경기 고양시 일산동구 장항1동 621-32호(410-380)
전화 | 031)906-3426
팩스 | 031)906-3427
e-mail | dhbooks96@hanmail.net

ISBN 89-7080-135-9 (03840)